Peter Matthiessen

UCCIDERE MISTER WATSON

FRASSINELLI

Killing Mister Watson
First published in Great Britain
by Collins Harvill, 1990

Originally published in English
by William Collins Sons & Co. Ltd

ISBN 88-7684-182-2 86-I-91

Ai pionieri della Florida sud-occidentale

Nei sei anni dedicati alle ricerche per questo libro, ho ricevuto un valido aiuto da esponenti di quasi tutte le famiglie in esso menzionate. Sono quindi grato a un gran numero di abitanti della Florida per il tempo e la cortesia che mi hanno dedicato. Alcuni di loro non sono vissuti fino a vedere ultimato il libro: penso a Ruth Ellen Watson (il nome è fittizio), Rob Storter, Robert Smallwood, Sammie Hamilton e Beatrice Bronson. Fra questi, tre ricordavano di aver visto Mister Watson da piccoli.

La mia riconoscenza va anche a Larry (Watson) Owen, Mary Ruth Hamilton Clark ed Ernie House. Ringrazio inoltre Frank e Gladys (Wiggins) Daniels, Marguerite (Smallwood), Fred Williams, Nancy (Smallwood), A.C. (Boggess) Hancock, Bert (McKinney), Julia (Thompson) Brown, Loren « Totch » Brown, Bill e Rosa (Thompson) Brown, Louise Bass, Paul Duke, Doris Gandees, Preston Sawyer, Buddy Roberts, Edith (Noble) Hamilton.

Ringrazio, per i suoi preziosi consigli, lo storiografo Charlton W. Tebeau, autore di eccellenti opere sulla Florida, fra cui *Man in the Everglades*; *Collier County: Florida's Last Frontier*; *The Story of the Chokoloskee Bay Country* e altre eccellenti opere sui pionieri della Florida.

Nessuno di coloro che ho citato, amici e consulenti, è responsabile dell'interpretazione da me data ai loro racconti e alle loro testimonianze.

Nota dell'autore

Un uomo tuttora noto nella sua comunità come Edgar Watson viene qui reinventato sulla scorta di pochi dati di fatto concreti: certificati di residenza e di matrimonio, due date sulla tomba e così via. Tutto il resto della storia si basa su ricordi, pettegolezzi, racconti e leggende che, nel corso di oltre ottanta anni, hanno contribuito a creare un mito.

Questo libro rispecchia l'opinione che io mi sono fatta su Mister Watson. È un'opera di narrativa e la maggior parte degli episodi è di mia invenzione. Non si tratta di un romanzo « storico » poiché quasi nulla qui è storicamente documentato. D'altro canto, non c'è nulla che *non* sarebbe potuto accadere: nulla cioè di incoerente con quel poco, pochissimo, che si sa per certo. È mia convinzione e speranza che questa vita « reinventata » contenga assai più « verità » su Mister Watson che non la leggenda.

Nota dell'autore

[illegible]

[illegible]

Prologo
24 ottobre 1910

Gli uccelli marini sono tornati a volare, pochi e malconci. Le starne bianche sembrano sudice nella luce livida e il loro volo ha un che di rigido, quasi non si sentissero più tanto sicure nel loro stesso elemento. Non riuscendo a localizzare i banchi di pesciolini dispersi dalla tempesta, vagano sulle torbide acque lanciando tristi gridi soffocati, in cerca di segni che le riportino all'ordine stabilito del mondo.

Sulla scia dell'uragano, la costa irregolare della Florida sud-occidentale, là dove i fiumi delle Everglades vanno a versarsi nel Golfo del Messico, appare sconvolta, appiattita nella mota, come tramortita dalla collera di Dio. Giorno dopo giorno, un vento grigio e lamentoso arruffa le mangrovie, sospinge le indocili maree che vagano tra le isole e le isolette desolate e risalgono i corsi d'acqua, lasciandosi dietro schiume brunastre e grovigli d'erba salmastra, detriti d'ogni sorta. Sulle rive della baia e sui greti dei fiumi costieri, un sole pallido si riflette su triglie e muggini che marciscono a mucchi.

Dall'isola di Chokoloskee, dove una colonia è sorta intorno all'antico tumulo indiano da cui ha preso il nome, guardando verso il Golfo il cielo appare simile a uno spettro, irrequieto, vagolante. Le nuvole basse sono gravide di pioggia. Avvoltoi dalle nere ali distese descrivono ruote sopra gli alberi sradicati. Dalla parte opposta, verso le acque interne, i resti della darsena e del molo, le baracche divelte e i relitti delle barche ingombrano la spiaggia. L'alluvione ha disseminato qua e là tutto ciò che ha strappato e portato con sé. I tetti di paglia sono stati scoperchiati, la paglia avvolge la cima di alcune travi facendole sembrare vecchie scope; le pareti si sono inclinate. Nell'aria umida all'acre odore di pesce si mescolano il puzzo di carogne d'animali e di ortaggi marci, il fetore dei pozzi neri scoperchiati. Pignatte, tegami, terraglie, una zangola, barilotti, secchi, stivali corrosi dalla salsedine, materassi di crine fradici d'acqua e bambole sventrate sono sparsi al suolo, su quella terra devastata.

Un gabbiano solitario si accanisce su una catasta di muggini morti, un cane abbaia senza convinzione, sferzando il silenzio.

Una figura di donna, con la sottana macchiata di fango, si aggira fra le macerie, si china a raccogliere una Bibbia e la ripulisce con le livide dita intirizzite. Si volta lentamente a guardare verso sud. Oltre il folto di mangrovie, dalla baia giunge in lontananza il motore di una barca. Si interrompe, riprende un po' più forte.

« Oh, signore », bisbiglia la donna. « Oh, no! Per favore, Gesù caro, no! »

Nella luce livida del crepuscolo, Ted Smallwood, che gestisce l'ufficio postale, sta recuperando l'ultima delle sue galline annegate. Tutto ciò che l'uragano ha lasciato della piccola darsena sono alcuni piloni che, sghembi, spuntano all'imboccatura del canale che lo stesso Smallwood ha scavato per le canoe indiane. Di là, l'acqua color piombo si estende fino alle nere pareti di mangrovia che la rinserrano da ogni lato.

L'uomo se ne sta accovacciato in quella putrida calura. Ode voci bisbigliare, come a un funerale. Poi sente il suono ovattato di passi di piedi scalzi dirigersi verso il moletto. Li riconosce dall'andatura, i suoi vicini. Al di sopra dei bisbigli, giunge il pulsare di un motore, attutito dalla distanza. Proviene da est, cioè dal Golfo del Messico, da Rabbit Key. Con una folata di vento quel *pot-pot-pot* arriva più distinto, sembra il battito del cuore. Come se egli sentisse il battito del suo cuore per la prima volta.

Tre giorni prima, quando quella stessa barca era partita diretta a sud, tutte e dieci le famiglie dell'isola Chokoloskee avevano assistito alla partenza. Ma solo Smallwood aveva fatto un cenno di saluto. Anche lui, tuttavia, si augurava che fosse davvero la fine, che l'uomo seduto al timone non tornasse mai più. Che scomparisse per sempre dalla loro vita.

Ma il vecchio D.D. House aveva detto: « Ritornerà ».

Il clan degli House abita a un centinaio di metri dalla bottega di Ted Smallwood, che ora vede i neri stivali del suocero discendere dal tumulo indiano. Lo seguono Bill House, il giovane Dan e Lloyd, a piedi scalzi. Bill chiama la sorella ed entra nella bottega-ufficio postale, al cui piano superiore c'è l'alloggio della famiglia Smallwood. Si odono dei passi sul pavimento di legno.

Soffocando per il caldo, con i primi brividi della malaria nelle ossa, Smallwood si sente così male che, quando esce dal pollaio e si rialza in piedi, la vista gli si offusca e la testa gli gira. Grande e grosso com'è, va a sbattere con violenza contro il muro della casa e sua moglie, all'interno, lancia un grido d'allarme. Lentamente Smallwood si raddrizza, inarca la schiena dolorante. Trae un profondo respiro, fa una smorfia e tossisce rabbrividendo. Ha nelle narici, e anche in bocca, il gusto dolciastro dei polli decomposti.

« Guardate un po' chi c'è! Non è Ted? »

La vanga di Smallwood, conficcata nella nera terra a mo' di risposta, stride su vecchi gusci d'ostrica bianchi nel mucchio di letame. Di nuovo lui la conficca, ma l'attrezzo gli sfugge urtando una radice. I ragazzi House ridono.

« Tienila stretta quella vanga, ragazzo. Potrebbe servirti. »

Ted Smallwood replica: « Ci ho quattro fucili, io! Non è abbastanza? »

Il vecchio si sofferma a osservare il genero. Daniel David House ha fili d'argento nelle sopracciglia e i baffi gli si congiungono con le basette. Sebbene non porti il colletto, è vestito a festa: camicia bianca, giacca nera, stivaletti lustri, pantaloni neri sorretti da bretelle. Si tiene a distanza dai ragazzi, biondi e flemmatici, che Ida Borders gli ha partorito.

« Dov'è sua moglie, allora? » domanda il vecchio.

« Dentro casa, coi piccoli. Con vostra figlia e le vostre nipoti, Mister House. » Allorché il vecchio grugnisce e gli volta le spalle, Ted alza la voce. « Si godranno un bello spettacolo! »

In quel mentre passa Henry Short, con il fucile che gli penzola sul fianco. Ha un'aria indifferente.

« Pure tu? »

« Lascialo perdere, a Henry », dice Bill House uscendo. Bill House ha trent'anni, un pezzo d'uomo con il viso segnato dal sole e dal vento.

Mamie Smallwood ha seguito Bill fuori di casa. Quando il fratello si volta, per calmarla, la giovane donna grassoccia esclama: « Lasciami in pace! » Piange. « E il figlio piccolo dov'è? Ha solo tre anni! »

Il vecchio Dan scuote la grossa testa e bada a camminare, rifiutandosi di ascoltar oltre. Il giovane Dan e Lloyd lo seguono da presso, diretti verso la spiaggia.

Una giovane donna sbuca da dietro la casa. « Mister Smallwood! Vi prego... Ditemi cosa sta succedendo. » Poiché lui non le risponde, lei grida: « Oh, Signore! » e se ne va di corsa continuando a chiamare suo figlio a gran voce.

Gli isolani si stanno radunando. Una ventina, o più. Tutti armati di schioppo o carabina.

Charlie T. Boggess zoppica; si è slogato una caviglia durante l'uragano. « Sta' tranquilla, donna, sta' tranquilla! » grida alla moglie che chiama il figlio. Poi, rivolto a Smallwood: « Ma perché non ha tirato dritto? Per Key West! »

Ted risponde: « Non la senti, Ethel che si sgola? Torna a casa, ti conviene, e curati quella caviglia ».

Isaac Yeomans, che arriva in quel momento, dice: « Key West? Nossignore! Mica è il tipo che rinuncia ». Isaac ha bevuto e questo lo rende ardito. Sembra quasi si rallegri di ciò che spaventa gli altri. « Ti ricorderai di Sam Lewis, no, Ted? A Lemon City? »

Smallwood annuisce. « Anche Sam Lewis lo hanno linciato. »

Bill House si sofferma sui gradini. « Questa non è gentaglia! »

« Dici? » Ted alza la voce per farsi sentire dal padre di Bill. « Metti che veniva qui solo per riprendersi la famiglia e poi andare? »

Bill House replica: « Andare, proprio come dici tu, Ted, e fare le stesse cose da qualche altra parte ».

« Mister Smallwood! Avete visto il piccolo Addison? »

Gli uomini voltano le spalle alla giovane donna e guardano lontano, verso sud. La barca in arrivo è una macchia sfocata nella luce color piombo della baia di Chokoloskee.

Henry Short appoggia il suo Winchester a un ramo del grosso albero che, divelto dall'uragano, giace di traverso alla radura. A sua volta si appoggia all'albero e incrocia le braccia, quasi a significare che tutta la faccenda non lo riguarda affatto.

Il crepuscolo si addensa dietro la barca in arrivo. Gli uomini armati, seminascosti nel sottobosco, sono troppo tesi per scacciare le zanzare. All'imbrunire di una buia giornata, al riparo delle piante, Ted Smallwood non riesce più a distinguere le facce sotto le tese dei cappellacci. I vicini di casa gli sembrano anonimi come fuorilegge.

Senza rallentare, la barca si fa strada fra i banchi di ostriche. Si staglia la sagoma del timoniere, con il largo cappello calato sulla fronte.

Isaac Yeomans imbraccia la doppietta, mette in canna due cartucce, si sistema il cappello. « Hai da essere anche tu della partita, Ted. » Sta guardando verso il mare. « Siamo amici suoi anche noi. Non ci piace nemmeno a noi, tutto questo, come non piace a te. »

« Non avanzo un soldo da lui, con me ha sempre giocato leale. Non ci ho niente contro di lui, io », replica Smallwood in tono concitato, rivolto a Yeomans e Boggess, suoi amici da quindici anni. « Neanche voi altri, ragazzi, avete mai avuto fastidi da lui. Posate quei fucili, tanto più che quanto a mira fate schifo. »

Altri esitano, accanto alla bottega, restii a scendere verso l'approdo. Indossano la stessa camicia da una settimana, sono spaventati, sgomenti, e vorrebbero coinvolgere anche Ted Smallwood. La sua partecipazione darebbe a ciò che sta per accadere una parvenza di legalità. Se nessuno è innocente, nessuno può essere colpevole.

Alcuni profughi, venuti da Lost Man's River a causa dell'uragano, si sono raccolti nei pressi della bottega, a un centinaio di metri dall'approdo.

Uno di loro grida: « Lo volete ammazzare, non è vero? » Henry Thompson è alto e magro, con la pelle cotta dal sole. Un altro annuisce, schiarendosi la gola. « Credevo che voleste soltanto arrestarlo. »

« Mica si lascia arrestare, quello là », risponde Bill House. « Ce ne siamo accorti l'altro giorno. »

« Se nessuno si tira indietro è meglio! » grida il vecchio Dan House.

Uno dice: « Ted lo sa quanto noi cosa bisogna fare, solo che non vuole impicciarsi ». Un altro ridacchia: « Diamine, Ted, non c'è da aver paura. Siamo dodici contro uno ».

« Può essere che non ho paura nel senso che dite voi. Può essere che *ho* paura di ammazzare uno a sangue freddo. »

« Lui non ha paura, Ted, del sangue freddo. Più è freddo, meglio è. »

« Nessuno l'ha mai dimostrato davanti a un tribunale. »

« Non c'è tribunale, da noi, per dimostrarci niente. »

Dietro gli uomini stanno appostati alcuni ragazzi cenciosi, muniti di fionde e fuciletti ad aria compressa. Sgridati, si rifugiano fra gli alberi e si acquattano, come piccoli animali da preda.

Vestito di scuro, nella penombra al limite del bosco, Henry Short si confonde con le frasche, simile a un uccellaccio che si nasconde. Sta guardando la scia biancastra che la barca si lascia dietro, sull'acqua grigia del canale, e ascolta quel *pot-pot-pot* farsi sempre più forte, come un crepitio di fucilate. La sagoma del barcaiolo solitario si staglia lentamente nel cielo della sera.

Le donne chiamano dal bosco. Il vecchio Dan grida al genero: « Se sei suo amico, Ted, vai a cercargli il figlio! »

Ted si inoltra fra gli alberi spogliati dal vento. Il bosco è muto, tacciono gli uccelli, i cani sono immobili. Solo le zanzare, imperterrite, seguitano a ronzare.

Ted chiama a gran voce.

Un grugnito di un porco selvatico spezza d'un tratto il silenzio del bosco.

Smallwood torna verso casa e la giovane madre lo segue. Con quei grembiuli bianchi, dietro la porta a grata, le due donne sembrano spettri. Nessuna delle due piange. Le figliolette si aggrappano alle sottane. Succhiandosi il pollice, fissano la barca.

Smallwood, incerto sul da farsi, si aggira qua e là. Sua moglie ha preso per mano la madre del bambino. « Avrebbe dovuto stargli dietro », dice Ted. E sbatte la lanterna. Mamie si porta un dito alle labbra, come se l'uomo sulla barca potesse sentirlo.

« C'è il mio vecchio dietro tutto questo, eh? » bisbiglia. « E pure Bill e Dan! »

Smallwood colpisce una zanzara, poi si guarda la mano per controllare se l'ha fatta fuori. « Accendi il fuoco », dice. La piccola Thelma si precipita verso il secchio di carbonella.

Ted guarda la sua Mamie Ulala, ignorando la giovane donna che sembra in trance. Dice: « Ci sono tutti quanti. Tutti, tranne quelli di Lost Man's ».

Questa cupa giornata era attesa da sempre. Anche la giovane donna, nel suo pallore presago, sembra rendersene conto. L'ora è tarda e una vita volge rapida al termine.

« Vogliono farla finita », borbotta Smallwood.

La piccola Thelma e la sua amica Ruth Ellen stanno rincantucciate in un angolo, pronte a proteggere i più piccoli da qualcosa di spaventoso. La madre di Ruth Ellen tiene in braccio Baby Amy, nata cinque mesi prima a Key West. « Ad... » bisbiglia, invocando il figlioletto disperso. « Oh, ti prego. »

Il motore si spegne e cala il silenzio. « Papà », interviene Thelma, mettendosi a frignare. Quando il padre la prende in braccio, la bimba si infila un pollice in bocca. Ted la consegna alla madre e poi segue la giovane donna che è uscita di casa. Non riesce a smettere di sbadigliare.

Tra i rami contorti, col vento che soffia verso terra, si vede la barca arrivare all'approdo di Smallwood, vicino a dove, prima dell'uragano, c'era il molo. Il cuore di Ted batte tanto forte che l'uomo sulla barca non potrà non udirlo e quindi mettersi in guardia. Così capirà che ci sono degli uomini in agguato fra gli alberi.

Poi, nell'ultima luce del giorno, Smallwood scorge il piccolo Addison nascosto in una fratta, intento a osservare quegli uomini armati di fucile. Lo chiama, ma la voce gli si spezza e il bambino non lo sente. Scende in fretta i gradini, ma non torna a chiamarlo.

Perché? Teme forse che i vicini scambino il suo richiamo per un avvertimento?

Messo sull'avviso o no, l'uomo approderebbe comunque.

Ora Henry Short si stacca come un'ombra dagli alberi, e si avvia verso la riva. Entra a guado nell'acqua, senza sollevare spruzzi, passando accanto a Bill House e a suo padre.

La prua della barca schiaccia gusci di molluschi morti. Silenzio.

La terra gira. Un tranquillo scambio di saluti. Smallwood respira a stento. Gli uomini si schierano lungo la riva. Si odono voci. La resa dei conti è rinviata, ma il sollievo di Smallwood è venato di angoscia.

Di lì a poco Mamie e la sua amica si azzardano a uscire. Parlano e sorridono per distendere i nervi. Si avviano verso la riva del mare.

Un rametto scricchiola, mentre cala il crepuscolo. Poi risuona uno sparo, due spari insieme. C'è tempo per un'eco, tempo per un grido lacerante, prima che l'ultima sera dei vecchi tempi sulle Isole venga sconvolta da una raffica di fucilate.

La giovane donna si ferma un momento dinanzi alla casa, come posasse per un quadro. L'abito scuro appare cupo alla luce del crepuscolo, il volto è pallido come un cencio.

Mamie le corre incontro e l'altra accoglie l'amica singhiozzante e se la stringe al seno, carezzandole i capelli, mentre guarda Smallwood al di sopra delle spalle della moglie senza batter ciglio. Appare calma. È stata Mamie a lanciare il grido. Ted se lo sente ancora nelle orecchie. Avanza verso le due donne e si sente debole e timido.

Mamie si scosta da lui, le labbra frementi. Con voce bassa e minacciosa, dice: « *Me ne vado! Vado via da questo posto maledetto! Me ne vado!* » I figli sgranano gli occhi. Ted sospinge le bambine dentro casa, mentre i ragazzi lanciano grida e i cani abbaiano. La piccola Thelma si lamenta e lui allora la scuote rudemente. « Dentro, ho detto! » La furia che avverte nella sua voce terrorizza Thelma, che corre in casa.

La giovane donna si avvicina al figlio che, correndo, è inciampato ed è caduto e ha le ginocchia imbrattate di fango. Lo stringe a sé, come per proteggerlo da quegli uomini armati che vagano nell'oscurità come fossero un unico gigantesco animale. Alcuni si voltano a guardare.

Tra un momento striscerà sotto la casa, trascinando suo figlio con sé, nel buio e nella fanghiglia del pollaio.

« No, Signore », sussurra in preda al terrore.

« Oh, buon Dio! » geme.

« Oh, Signore! » grida. « Stanno ammazzando Mister Watson! »

Henry Thompson

Noi non abbiamo mai avuto fastidi da Mister Watson e, a quanto mi risulta, lui non ha mai dato noia a nessuno dei vicini. Tutti i guai gli sono venuti da fuori.

Edgar Watson arrivò a Half Way Creek nel '92, per un po' lavorò negli orti, per un altro po' nelle canne. Era uno che non aveva paura della fatica, ma non pareva zappasse la terra per soldi. Sembrava piuttosto che tastasse il terreno, per farsi un'idea del nostro ambiente, di come stavano le cose e chi eravamo. Era un tipo robusto, simpatico, sui trent'anni, capelli rossicci, ben fatto, spalle larghe, senza un filo di grasso, almeno a quel tempo. Alto uno e ottanta, una bella figura: la gente lo notava subito. Nessuno però si prendeva confidenza con lui. Appena lo vedevi, ti veniva voglia di fartelo amico. Ecco che tipo era. Portava un cappellaccio nero e una tuta di tela sopra una giacca dalle grandi tasche. Quando si tagliavano gli alberi, due-tre cataste al giorno, con la scure e la sega — lavoro duro, ve l'assicuro — Watson non si levava mai la giacca. Diceva ridendo: « Me la tengo perché aspetto gente da un momento all'altro, da su, dal Nord ».

Nessuno sapeva da dove veniva e nessuno glielo chiedeva mai. Lì, nelle Diecimila Isole, a quell'epoca agli uomini era meglio non fargli domande. Oggi è diverso, ma allora ce n'erano pochi, nell'ambiente, che non ci avessero guai in altre parti. Altrimenti perché sarebbero venuti a seppellirsi in quelle isole della Florida, così marcia di pioggia che non ci puoi costruire nemmeno una baracca, per non parlare delle zanzare, che d'estate ti tormentano al punto che ti chiedevi se non eri arrivato dritto all'inferno.

Il vecchio William Brown stava tagliando le canne e ascoltava i compagni parlare del forestiero, di questo Ed Watson, e dire la loro su di lui, che era tanto cordiale e così via. E visto che il vecchio William non apriva bocca gli altri alla fine gli domandarono cosa ne pensava. Allora lui bevve un sorso d'acqua, con calma, e sospirò: « Mai conosciuto un delinquente che non fosse simpatico e cordiale, a modo suo. A uno che fa andare la lingua dalla mattina alla sera — e io ho fatto questo e io voglio fare quest'altro — meglio non dargli peso a uno così. Ma uno che se la prende comoda, uno che non perde mai la calma... conviene lasciarlo perdere, quello ».

Così Willie Brown, un tipo forte e vivace, che ha sempre avuto considerazione per Mister Watson, Willie Brown disse: « Vorresti dire, papà, che quest'uomo è un delinquente? » E il vecchio gli rispose: « C'è che *sento* qualcosa, ecco tutto, come si sente l'umidità ». Gli uomini portavano rispetto al vecchio William, ma nessuno di loro lo prese sul serio quel giorno.

Comunque, ce ne siamo accorti presto che non ci si poteva accostare troppo a Mister Watson. Se ti avvicinavi, lui si spostava di traverso, come un granchio. Tant Jenkins dice che una volta si avvicinò a Mister Watson che faceva un goccio d'acqua, e Mister Watson si voltò così di scatto che il poveretto pensò che volesse pisciargli addosso. Be', mica era l'uccello che aveva in mano! Tant Jenkins la vide talmente di sfuggita, quella pistola, che non era nemmeno tanto sicuro d'averla davvero vista.

Tant è sempre stato un po' sfacciato e anche spiritoso. Gli fa: « Allora, Mister Watson, aspettate gente da su, dal Nord? » E Mister Watson gli risponde: « Se qualcuno arriva, mi troverà pronto a dargli un caloroso benvenuto ». Molto cordiale, sapete, molto, molto simpatico. Ma non lasciava mai che nessuno gli si accostasse.

Per molti anni Tant Jenkins e io gli abbiamo governato le barche a Mister Watson. Specialmente quando aveva bevuto

— vale a dire quasi sempre — Tant lo prendeva bene per il naso, il povero Mister Watson. Nessun amico di Tant Jenkins, gli diceva, ha da aver paura di niente, né da nord né da sud, anche se qualche volta est e ovest potevano dargli fastidio, a Tant. Mister Watson ci si divertiva un mondo. « Allora, Tant », gli diceva, « ora che ci sei *tu*, dormirò più tranquillo. »

Edgar Watson aveva un bel po' di soldi quando arrivò a Half Way Creek, ma questo non è affar mio né vostro. Per tutti questi anni, da quando lo conobbi fino agli ultimi giorni, ha sempre tirato fuori i soldi lui, all'occorrenza. Non lo sapevamo, allora, che era ricercato, e forse persino Half Way Creek — a metà strada fra Everglade e Turner River, a est della baia di Chokoloskee — per suoi gusti era troppo vicino ai tutori della legge. Non c'è più gran che oggi tranne qualche vecchia cisterna, ma allora a Half Way Creek ci vivevano dieci o dodici famiglie, più di quante ce n'erano a Everglade o a Chokoloskee o in qualsiasi altro posto fra Marco Island e Cape Sable. C'era sì e no un centinaio di anime o poche di più, su cento miglia di questa costa, contando anche quelle di passo alle foci dei fiumi.

Mister Watson era a Half Way Creek da pochi giorni, quando comprò per contanti la vecchia goletta di William Brown, una goletta di ventitré metri. In seguito comprò la vecchia *Veatlis* da Ben Brown e rimase sempre in ottimi rapporti con quella famiglia. Faceva sosta a Half Way Creek quando era di passaggio nella baia, a parlare coi Brown di agricoltura. Non capita spesso che gente che non sa un bel niente di barche si compri una goletta, ma quando uno è bravo in un campo il più delle volte lo è anche in un altro, e Mister Watson poteva mettere le mani su qualunque cosa. Fatto sta che divenne uno dei migliori barcaioli della costa.

L'ho visto subito, io, che Mister Watson era uno che voleva arrivare da qualche parte. Così ho colto la palla al balzo e ho accettato di fargli da guida nelle Isole. Ci avevo già lavorato un anno, laggiù, a caccia di piume e roba del genere per il vecchio Chevelier, prima di passarlo a Bill House, quel Francese. Bill e io si era ragazzi allora, più o meno quattordici anni, ma un uomo a quei tempi si dava da fare presto. Fino ai primi del secolo non c'erano scuole regolari a Chokoloskee, ragion per cui s'andava a lavorare. Del resto, che altro si poteva fare?

La gente mi domanda se mi sarei messo con Mister Watson se avessi saputo quello che so oggi sul suo conto. Accidenti, mica lo *so* cosa so io oggi, e non lo sanno nemmeno loro. Si raccontano tante di quelle storie, su quell'uomo! Chi lo sa qual è quella vera! Io ero solo un ragazzo, e quello che vedevo era un uomo prestante, tranquillo e geniale a suo modo che secondo noi si comportava come un gentiluomo. Del resto, si aveva solo una vaga idea di come era fatto un gentiluomo, visto che non se n'era mai visto nessuno in carne e ossa, se non vogliamo contare il pastore Gatewood, che per primo portò il Signore a Everglade, nell'88, e se lo riportò via quando partì.

Mister Watson e io tagliavamo alberi intorno a Bay Sunday e lungo Chatham River e poi trasportavamo il legname a Key West, tre dollari a corda. Tranne Richard Hamilton, che scappò laggiù verso il 1880 e rimase nelle Isole per cinquant'anni, la maggior parte dei pionieri era gente di passaggio. C'erano anche alcuni vecchi disertori della guerra di Secessione, che non avevano mai saputo che la guerra era finita. Che non avevano mai posseduto altro che una baracca, e una barca e un fucile, e magari una brocca di *aguardiente* per scacciare le zanzare la sera. Cacciatori di piume e contrabbandieri, la maggior parte di loro, mettevano un po' di terra in una tinozza, accendevano il fuoco in barca, si facevano il caffè mattina, mezzogiorno e sera.

Uno che si faceva chiamare Will Raymond era l'unico colono lungo Chatham River — più che altro un abusivo, diciamo, accampato con la moglie e la figlia in una baracca su quella montagnola di venti ettari sull'Ansa. Come quasi tutti quelli giù alle Isole, Will Raymond aveva voltato le spalle al mondo, campava di granturco e pesci, un po' commerciava, pelli di alligatore e piume di garzetta, e un po' vendeva whisky fatto in casa agli indiani. Prima di lui, quel terreno sull'Ansa ce l'aveva il Francese, e prima ancora il vecchio Richard Hamilton. La montagnola era il più grande tumulo indiano a sud di Marco e Chokoloskee e per questo il Francese c'era andato in primo luogo. Gli indiani l'hanno sempre chiamato Pavioni. Ma a quei tempi Pavioni era incolto perché Will Raymond non era gran che come agricoltore e Mister Watson glielo diceva sempre, ogni volta che s'andava giù al fiume. Gli diceva che era un peccato sprecare tutta quella buona terra. E magari si era anche accorto che l'Ansa si trovava al di là del confine, nella Monroe County, dove la legge più vicina era lontana cento miglia, giù a Key West. Ma questo non venne in mente a nessuno, a quel tempo.

Sì, ne vedemmo parecchi come Will Raymond, nelle Isole, poveri diavoli dagli occhi incavati e i capelli neri e lisci come code di cavallo. Permalosi, loro e le loro donne dall'aria arcigna. Danno fuori di matto ogni tanto, mescolano religione e whisky e non ci pensano due volte a sparare a qualche disgraziato come loro e farlo secco. Credo che a Will gli sia successo più d'una volta; ci aveva fatto il callo.

Will Raymond era ricercato, vivo o morto, come suol dirsi. Magari avrebbe fatto bene a cambiarsi il nome e ricominciare da capo. La legge difatti lo scoprì in qualche modo, e da Key West arrivarono gli uomini dello sceriffo ad arrestarlo. Will gli disse Nossignore, che fosse dannato se si arrendeva, e gli fece fischiare una pallottola sopra la testa, tanto per dimostrarglielo. Ma quelli lo fecero secco e la carcassa la caricarono sulla barca. Poi chiesero alla vedova Raymond se lei e la figlia gradivano un passaggio sulla barca insieme col defunto, e lei rispose: « Grazie, allora veniamo anche noi ».

Dopodiché, Ed Watson rintracciò la vedova a Key West e comprò la concessione di Will per duecentocinquanta dollari. Era un bel gruzzolo, a quel tempo, ma si trattava anche di quaranta acri di terra fertile, e altra ancora al di là del fiume. Era il terreno più elevato a sud di Chokoloskee, e a Mister Watson gli era sempre piaciuta Pavioni, fin dall'inizio. Protetta su tre lati da fitte boscaglie, o ci arrivavi direttamente o non ci arrivavi. Lui apprezzava quel fiume, tante volte parlava di dragare la foce, farci un porto, uno scalo per la navigazione costiera.

È vero, faceva grandi progetti. Era l'unico, laggiù, che li facesse. Tanto per cominciare, si costruì una bella baracca di legno, con persiane e tende di tela alle finestre, ci portò una stufa a legna e un lume a petrolio e una tinozza smaltata, nel caso a qualcuno gli venisse voglia di lavarsi. Si mangiava anche bene: pesce e carne a volontà. C'era una grande padella di ferro per fare frittelle e frittate. Non me le scorderò finché campo, quelle buone frittelle.

La baracca di Will Raymond non era buona nemmeno per i porci, disse Mister Watson, e così la sistemò prima di metterci i suoi maiali. Avevamo due vacche e anche i polli, ma E.J. Watson aveva una vera passione per i maiali. Per me, un porco è solo un porco; invece quell'uomo li amava, i maiali, e i maiali amavano lui, lo seguivano da ogni parte. Mi pare ancora di sentirlo, quando li chiamava la sera giù al fiume. Li rinchiudevano ogni sera per via dei puma — ce n'erano molti in quella zona. E ai maiali gli dava da mangiare verdura mezza marcia e avanzi di cucina. Quelle bestie non sapevano di pesce a furia di mangiare granchi e ostriche, come quelli di Richard Hamilton. Aveva anche un vecchio cavallo, per arare la terra, e certe sere lo sellava e si faceva un giro per il suo podere, come se invece di quaranta fossero quattrocento acri.

Mister Watson ci faceva faticare come negri, e anche lui non si tirava indietro. Aveva fatto arrivare due negri regolari da Fort Myers, per i lavori pesanti, e li faceva sgobbare davvero: quell'uomo li sapeva sfruttare i suoi lavoranti. I negri avevano paura di lui, perché era violento, ma gli volevano bene a modo loro, quando non beveva. Lui gli raccontava barzellette e li faceva ridere per ore, ma io non le ho mai tanto capite. Si vede che io e i negri non ci abbiamo lo stesso cervello.

Sono stati gli antichi calusa a costruire quel tumulo di gusci, gli stessi che fecero fuori il vecchio Ponce de Leon, forse proprio in quello stesso posto, quattrocento anni fa. E i calusa erano ancora là, diceva il Francese, nel 1838, all'epoca della spedizione militare nelle Isole. Secondo lui, quelli di Pavioni furono gli ultimi indiani pescatori. Diceva anche che quel tumulo grande di Pavioni doveva essere stato calusa per duemila anni, come il tumulo di Chokoloskee. Certo che quei pellirosse dovevano averne buttati di gusci, prima di fare un mucchio di quaranta acri. Da qualche parte non lontano da Pavioni, in un tumulo nascosto dai fiumi, doveva esserci un camposanto sacro, diceva il Francese. Ci parlava tante volte di riti sacri e sacrifici umani e via dicendo, come se fosse roba risaputa, ma io non ci ho capito mai un'acca.

Il vecchio Chevelier passò gli ultimi anni alla ricerca di quel tumulo perduto, e per campare cacciava uccelli dal piumaggio pregiato, esemplari da museo. Quasi tutto quello che so sugli indiani l'ho imparato da lui. Non sarà stato americano, per di più senza Dio, ma era l'uomo più istruito che si era mai visto da queste parti. Buffo, che ci volesse uno straniero per saperne sugli indiani più che noialtri. Ai nostri vecchi non glien'è mai fregato gran che. Prima gli spari, a quei noiosi pellirosse — dicevano — e dopo gli fai le domande, perché quelli sono anche peggio degli spagnoli.

Quando ci stava lui, il vecchio Richard Hamilton campava di pesca, e anche a Chevelier e Will Raymond, che sono venuti dopo, non gli andava di lavorare la terra. Ed Watson fu il primo, dopo gli indiani, a strappare quei rovi, a sradicare le radici dei palmetti, grosse come una gamba e a grattar via quei vecchi gusci per farci un podere. È per questo che si chiama Watson Place, oggi. Coltivava ogni specie di ortaggi, e canna da zucchero e pomidori e pere, e da Key West li spediva a New York con la vecchia Clyde Mallory Line. Un giorno Mister Watson ritornò da Fort Myers con un sacco di patate da semente! I contadini di Half Way Creek e Chokoloskee gli risero dietro, ma Mister Watson spedì patate per tre, quattro anni, prima di capire che le patate non rendevano. Però continuò a coltivarne un po' per la nostra tavola.

Con gli ortaggi si guadagnava abbastanza, ma ne andavano a male troppi prima di arrivare al mercato generale di Key West. Coleman and Barltum, General Commission Merchants: chissà... forse sui loro libri mastri ci siamo segnati ancora oggi. E così dopo un po' lasciammo perdere anche gli ortaggi, a parte quelli che servivano per noi. Finché riusciva a procurarsi dei braccianti, così pensava Mister Watson, il futuro era nella canna da zucchero, perché non marcisce. Poi decise che conveniva fare la melassa sul posto, invece di spedire tutti quei gambi pesanti, anche perché la melassa si poteva tenerla in magazzino finché non raggiungeva il prezzo giusto.

Nel frattempo aveva anche studiato la maniera di lasciare che la canna cimasse prima di tagliarla. La melassa che si ottiene dalla canna cimata è molto più forte, quando si condensa e per di più non cristallizza. Mister Watson cominciò a produrre melassa di qualità dopo che ebbe messo insieme il primo gruzzolo grosso e si comprò una nuova goletta alla quale mise nome *Gladiator*. La metteva in lattine da un gallone, sei per cassetta, e le spediva a Port Tampa e a Key West. La nostra melassa Island Pride diventò famosa. C'erano piantatori ad Half Way Creek, come Storters e Will Wiggins, e il vecchio D.D. House a Turner River, che la facevano buona, ma quella di Mister Watson è sempre stata la migliore.

Ed Watson era l'unico piantatore a sud di Chokoloskee che guadagnava più del necessario per campare. Era il miglior agricoltore che ho mai visto. E intanto si andava anche a pesca, si vendeva un po' di pesce salato e uova di tartaruga, quando era la stagione. Si cacciavano alligatori e garzette quando erano a tiro. Su per quei fiumi, Last Houston Bay, Alligator Bay, di garzette ce n'erano tante, c'erano anche chiurli rosa, e ci capitava a volte di prendere un paio di cervi e magari un tacchino. Si prendevano in trappola lontre, procioni e puma, per vendere le pelli, e ogni tanto anche un orso. Devo dire che ero alquanto bravo a maneggiare il fucile, ma vi assicuro che Mister Watson aveva una mira portentosa. L'unico che tirava come lui era Henry Short.

Quando D.D. House trasferì il suo podere da Turner River nei pressi di Chatham River, nella zona di collinette che in Florida si chiamano *hammock*, Henry Short la domenica veniva da House Hammock per vedere come il giovane Bill se la cavava con il vecchio Francese, che viveva a Possum Key. Henry e io si andava d'accordo, mai avuto a lamentarmi di lui, ma quando andava a trovare gli Hamilton, quelli là lo facevano mangiare a tavola con loro, quel negro. Non sto parlando di James Hamilton ma di Richard Hamilton.

Oltre a me e a Mister Watson, l'unico che andava a caccia di uccelli da piume lungo quei fiumi era il vecchio Chevelier. Un giorno Mister Watson vide la barca del Francese sbucare da dietro Gopher Key. Certe volte Chevelier si portava dietro degli indiani e difatti quel giorno c'era una piroga nera che seguiva la barca, verde e liscia come un alligatore. Gli indiani delle Everglades usano tronchi scavati di cipresso come canoa, e pertiche invece dei remi. Mai visto un indiano pagaiare una canoa in vita mia.

Sulle canoe, i pellirosse stanno in piedi, perciò ti vedono sempre per primi. Anzi, eri fortunato se lo vedevi, un indiano. Ma loro sono sempre lì che ti guardano e questa è una cosa che o ti ci abituavi oppure no. Ci stavano a guardare, a noi bianchi, quando entravamo nei loro territori, e ci stavano a guardare quando andavamo via, come fanno gli animali selvatici, che si appostano e ti osservano. Ti fa un po' effetto sentirti guardato a quel modo, e cominci a pensare che forse anche gli alberi ti guardano. Però non si sentiva un rumore, tranne il ronzio delle vespe. Quei fiumi erano pieni di vespe, a quei tempi.

Se anche Mister Watson vide quella canoa, non ci fece caso. Chevelier si leva il cappello per asciugarsi il sudore e Mister Watson, con una fucilata, glielo strappa di mano. La pallottola gli sfiora un orecchio e lui, come una papera, si tuffa e va a nascondersi tra le mangrovie.

Devo dire che ero scosso. C'era un silenzio di tomba per un miglio intorno. Non si vedeva niente muoversi in mezzo alle mangrovie. Ma li sentivo, quegli occhi di carbone su quelle facce di pietra, guardarci tra il fogliame.

Mister Watson grida rivolto a quegli alberi: « Il cappello, signore, vi verrà rimborsato a Chatham Bend! » Il Francese, ci scommetto, non avrà capito lo scherzo. Lo aveva spaventato a morte, quel poveretto, perché dalle mangrovie non sentimmo nemmeno fiatare.

A Mister Watson raccontai tutto su Chevelier: che era un eremita, che andava in cerca di uccelli rari per i musei, che usava tre fucili di diverso calibro per non sciuparli, e che campava vendendo piume; che aveva libri di ogni sorta nella sua baracca, che sapeva tutto sugli indiani e sugli animali selvatici, che parlava un po' il dialetto indiano e che lo andavano a trovare certi indiani selvaggi che non sarebbero andati mai a Chokoloskee. Quei selvaggi commerciavano in pelli e pellicce tramite Richard Hamilton, che giurava di essere choctaw o roba del genere, anche se nessuno gli dava retta. Il Francese era amico di quegli Hamilton, e forse fu il vecchio Richard che portò da lui quegli indiani, la prima volta.

Non riuscivo a smettere di parlare del Francese, perché Mister Watson mi guardava tanto fisso che mi rendeva nervoso. Era uno che ti trapassava con lo sguardo, senza farti capire niente, oppure ti fissava per un minuto e più senza batter ciglio. Poi sbatteva gli occhi una sola volta, lentamente, come una vecchia tartaruga, chiudendoli un momento quasi per dargli il tempo di riprendersi dopo una visione spaventosa.

Fu quel giorno, mentre chiudeva gli occhi, che notai per la prima volta quella sua faccia di fuoco: quei capelli rossi come il sangue secco, la pelle arsa, la barba strinata dal sole. Fra quei peli c'era come un po' d'oro, pareva che splendesse dal di dentro. Poi quegli occhi celesti mi guardarono di nuovo, da sotto il cappellaccio nero di feltro che portava estate e inverno. L'unico cappello di tutte le Diecimila Isole che ci avesse un'etichetta di Forth Smith, in Arkansas.

Poi mi guarda e mi fa, con voce dura: « Che ci viene a fare qui, quell'uomo? »

Allora gli raccontai di quel tumulo di conchiglie che gli antichi calusa avevano costruito sull'altura e del canale che arrivava fin là dal mare aperto. Gli dissi anche che, secondo me, il vecchio Chevelier andava in cerca del tesoro dei calusa a Gopher Key.

Non fece nessun commento e aspettò educatamente che finissi di raccontargli tutto. Poi disse che, senza offesa, avrebbe dato parecchio per la compagnia di uno istruito come M'sieu Chevelier, e che si rendeva conto che per fare amicizia aveva scelto una gran brutta strada.

E aveva ragione. Lo conoscevo bene, quel Francese, e sapevo che aveva fegato, altrimenti non ce l'avrebbe fatta da solo nelle Isole, dove il ronzio delle zanzare è tanto forte, certe volte, che ti pare arrivi una meteora. La storia di quella fucilata fece il giro delle isole e se ne parlò per un bel pezzo. Ma da quel giorno nessuno venne più a disturbare le garzette in quella zona.

Ho lavorato per Mister Watson per cinque anni, nell'ultimo decennio del secolo scorso, e in seguito ho governato le sue barche quando lui andava e veniva. Se avesse fatto tutte le cose che gli hanno attribuito, credo che qualcosa l'avrei saputo anch'io. Tant Jenkins lavorò da Watson per un bel po' e se poteste tirarlo fuori da sottoterra Tant vi direbbe la stessa cosa. Un mucchio di persone di Caxambas, Chokoloskee, Fakahatchee, fra cui diversi miei parenti, hanno lavorato a Chatham Bend una volta o l'altra, e molte hanno trafficato con lui qua e là. Edgar Watson era molto bravo a tirar l'acqua al suo mulino — del resto aveva naso per gli affari — ma l'unico che disse che Mister Watson gli aveva fatto un torto fu Adolphus Santini, che si beccò una coltellata nel collo in una rissa a Key West. C'è chi dice che il vecchio Dolphus era ubriaco e che se l'era cercata, ma io non posso dirlo perché non c'ero.

10 gennaio 1960

Egregio Signore,

l'accluso materiale relativo a Edgar J. Watson è ricavato da interviste con pionieri della Florida effettuate anni fa per la Storia della Florida sud-occidentale, *che all'epoca attirò la sua benevola attenzione sul mio modesto lavoro di ricerca. Benché io non abbia dato particolare importanza all'argomento, queste interviste (qui in ordine cronologico) contengono parecchi commenti su «Mister Watson». In effetti dimostrano quale segno abbia lasciato quell'uomo sull'immaginario collettivo di persone appartenenti a una comunità un po' primitiva e così isolata, su quelle isole della costa.*

*Acclusi, inoltre, troverà dei ritagli dell'*American Eagle *e del foglio locale di Fort Myers,* The Press, *fra cui alcuni articoli di cronaca. Questi resoconti contemporanei mi sembrano degni di fede più dei numerosi successivi servizi giornalistici e libri in cui ricorre il nome di Edgar Watson, i quali, scritti a distanza di tempo, tendono a contraddirsi a vicenda, per quanto riguarda sia i particolari sia i fatti in generale e non riescono a definire un quadro coerente con ciò che ricordava chi conobbe meglio E.J. Watson. Anzi sollevano più interrogativi di quante risposte non diano sull'enigmatica figura che si delinea dietro i pochi dati concreti della sua oscura vicenda.*

*La breve biografia di Watson che segue — che le propongo nella sincera convinzione che corrisponda a verità tanto nella sostanza quanto nei particolari significativi — si basa più che altro su due brevi rievocazioni apparse negli anni Cinquanta, entrambe decisamente più accurate di tutti gli altri, più noti, racconti. La prima è una lettera indirizzata alla rubrica «Pioneer Florida» dell'*Herald *di Miami dal dottor M.B. Herlong, oggi defunto, il quale evidentemente aveva conosciuto da giovane la famiglia Watson, prima nella Carolina del Sud, in seguito, in Florida. Il secondo testo reca la firma di Charles Sherod Smallwood, detto Ted, che, cresciuto nel nord della Florida, divenne in seguito amico di Mister Watson nell'arcipelago delle Diecimila Isole. Il fatto che queste due testimonianze non presentino contraddizioni e vengano da persone* *che non hanno alcun legame tra loro, le rende più che attendibili.*

Edgar Watson nacque l'11 novembre 1855 nella Edgefield County (Carolina del Sud) a poca distanza dal confine con la Georgia. Secondo il dottor Herlong, nativo della stessa contea, il padre di Edgar, Elijah Watson, ex guardia carceraria, era un uomo notoriamente rissoso, soprannominato Ring-Eye Lige, Elia dall'occhio cerchiato, a causa appunto di una cicatrice da coltello che aveva intorno a un occhio. A detta di Herlong, questo Ring-Eye Lige maltrattava talmente la famiglia che sua moglie a un certo punto scappò di casa per cercare rifugio presso alcuni parenti nella Florida settentrionale, assieme ai due figlioletti.

Watson trascorse l'infanzia — su questo concordano Herlong e Smallwood — nel circondario di Fort White, nella Columbia County. Dal dottor Herlong apprendiamo che sia Edgar sia sua sorella Minnie « crebbero in questa contrada e ivi si sposarono ».

« Una bella notte di luna piena », prosegue il dottor Herlong, « udii un carro passare davanti a casa nostra. La notte era tanto chiara che non ebbi difficoltà a riconoscere Watson e la sua famiglia, su quel carro. Si venne poi a sapere che si erano sistemati in Georgia, ma non dovettero restarvi a lungo. »

Probabilmente Ted Smallwood è attendibile là dove dice che Mister Watson si sposò tre volte nella Columbia County; e si può quindi presumere che a bordo di quel carro ci fossero: un figlio di primo letto di nome Robert o Rob; la seconda moglie di Watson, Jane; la figlioletta Carrie, nata nel 1885; e un figlio ancora in fasce, Edgar junior, nato nel 1887. Un altro figlio, Lucius, nascerà all'Ovest. Quali che fossero le cause, la fuga di Watson ebbe luogo ai primi del 1888, epoca in cui viene segnalato in Territorio Indiano per la prima volta. Correva voce, allora, che, poco prima della fuga, Watson avesse ucciso suo cognato « facendolo a pezzi ». Un'altra diceria parla invece di « due cugini » uccisi. Smallwood accenna a « un conflitto a fuoco » con il cognato, ma non dice che questi restò ucciso. Herlong non parla invece di omicidi nella Columbia County in quel periodo, ma neppure avanza ipotesi circa il motivo per cui Edgar Watson partì nel cuore della notte.

Non si verrà probabilmente mai a conoscere la verità su questo episodio; resta il fatto che le successive notizie relative al suo rapporto con Belle Starr, «Regina dei Fuorilegge» nel Territorio Indiano, sono unanimi nell'asserire che, quando Watson partì per l'Ovest, era ricercato per omicidio nello stato della Florida.

Mi tengo in corrispondenza con storiografi e bibliotecari in Arkansas e in Oklahoma nella speranza che qualche dettaglio relativo al soggiorno di Edgar Watson in Oklahoma possa essere recuperato in mezzo alle tante leggende e alle innumerevoli sciocchezze che sono state scritte su Belle Starr. Qualora ricevessi del materiale, gliene farò immediatamente avere copia...

Dall'Oklahoma, Watson ritornò in Arkansas, dove fu processato e chiuso in carcere per furto di cavalli. Risulta che dalla prigione evase e fuggì in Florida. Alcune versioni parlano di un soggiorno intermedio nell'Oregon. Si accenna anche a un precedente soggiorno in Texas, sul quale non esistono prove di sorta. Per alcuni anni, a partire dal 1889, i movimenti di Watson sono avvolti nel mistero; è chiaro comunque che si era separato dalla famiglia.

Watson raccontò a Ted Smallwood che, dopo il suo ritorno in Florida nei primi anni '90, si recò ad Arcadia, all'epoca un piccolo centro rurale sul fiume Pease (divenuto «Peace», Pace su alcune mappe dopo il trattato che nel 1842 pose fine alla seconda guerra contro i seminole), dove uccise un «cattivo soggetto» di nome Quinn Bass. «Questo Bass», mi raccontò Watson, «aveva messo a terra un tale e lo stava punzecchiando con un coltello, allora Watson gli disse di smetterla, perché lo aveva tormentato abbastanza. Ma Bass si rivoltò contro di lui e così Watson gli sparò diversi colpi con la S&W 0.38, facendolo secco». (Poiché è Watson stesso l'unica fonte di questa storia, come pure dell'accenno all'Oregon, tocca a noi decidere se credergli o no.) Stando alla cronologia di Smallwood, questo episodio avvenne molto prima che Watson facesse la sua comparsa nel sud-ovest della Florida « nel 1892 o '93 ».

Da Arcadia, Mister Watson si spostò a Everglade e Half Way Creek, due piccole comunità rurali sulla baia di Chokoloskee, nella regione settentrionale delle Diecimila Isole. Questi avamposti di pionieri sulla paludosa terraferma, assieme alla vicina isola Chokoloskee, erano i punti estremi della civiltà sulla costa sud-occidentale della Florida.

Richard Hamilton

Ho fatto tante cose e sono vissuto a lungo e ne ho viste più di quante ci tenessi a vederne. Quel che ho visto, me lo ricordo. E qualcosa ne ho ricavato. Ma ero nato per scappare, come un cerbiatto, e non ho mai avuto il tempo per migliorarmi. Quel po' che ho imparato, lo devo soprattutto al vecchio Francese che era il vicino più prossimo a Mister Watson dopo di me.

La prima volta che incontrai quel vecchio cercai di cacciarlo via dal fiume Chatham. Si era nell'inverno dell'88, due-tre anni prima che arrivasse Mister Watson lì nell'Ansa. Si viveva a Pavioni allora, che oggi è chiamato Watson Place. C'erano quaranta acri di terra coltivabile sull'altura di Pavioni, ma noi ne coltivavamo solo uno, per nostro uso e consumo. Si sbarcava bene o male il lunario, salavamo il pesce, tagliavamo gli alberi, prendevamo le piume di garzette quando era l'epoca, e anche qualche pelle di alligatore; trafficavamo un po' con gli indiani e si tirava avanti.

Quella mattina sapevo che c'era qualcosa in arrivo, anche se non avevo sentito niente. Guardo giù verso sud, attraverso il campo, e vedo la mia donna, Mary Weeks, ma è come se vedessi una forestiera. Cambia il vento, c'è uno strano mutamento della luce sull'acqua del fiume, e quella che vedo non è più la mia Mary ma una grossa donna bruna dalla bocca crudele, in abito di percallina lungo, piedi scalzi callosi, un brutto ghigno seminascosto nell'ombra del cappello a larghe tese. Sta là, ritta sul greto del fiume, e come se avesse visto una visione in quel cielo abbagliante punta il dito verso il Golfo. Io non la sento, ma lei urla, urla nel vento, con la bocca rotonda come un buco.

La grossa Mary non è una che ti viene vicino; quella ti urla quello che vuole da dove si trova. Tante volte faccio il sordo, io, e non gli do retta. Ma quel giorno avevo un presentimento, sicché poso la zappa e dico agli altri due di continuare a zappare le patate, e vado oltre.

Quel vecchio rinsecchito era venuto dal Golfo a remi, tre miglia o più controcorrente. Aveva i calzoni alla zuava, la giacchetta e la cravatta sul sedile accanto a sé, come se fosse uscito a pigliare aria. Mai visto niente di più stravagante sul fiume Chatham. Verrà — mi dissi — da uno di quei battelli a vapore che d'inverno tante volte passano sottocosta nel Golfo. Che tornasse, gli gridai, da dov'era venuto. Quello fa un gesto quasi fossi una mosca e volesse scacciarmi. Poi prende il cannocchiale e guarda dentro il folto di mangrovie. Chissà che credeva di poter vederci, a parte gli alberi. E si rimette a remare come se non mi avesse nemmeno sentito. Gli tocca remare forte poiché la marea sta calando. Rapidi buffi colpetti, ma dati con forza. Ero stupefatto.

Quando tocca terra, è pallido e sfinito ma molto eccitato. « Come va? » dice, levandosi il cappello. Poi, indicando l'altra sponda: « Cucù! »

« Cucù a voi », gli faccio io, imbracciando il fucile.

Il forestiero ha gli occhi tondi, da matto, e porta occhiali spessi. I capelli neri gli stanno irti come una spazzola, ha le guance tanto ossute che sembrano caverne, umide labbra rosse e sottili baffetti che gli girano tutt'intorno alla bocca, e orecchie a punta che sarebbero l'orgoglio del diavolo.

« Niente scherzi », l'avverto.

« Cosa diavolo ci fate qui? » Il suo tono è risentito, come se quello in torto fossi io. È troppo rinsecchito per sudare, ma tira fuori un fazzoletto e si asciuga la fronte, poi allunga una mano verso lo schioppo appoggiato alla prua. Era carico a pallini e lui lo voleva soltanto spostare perché era puntato contro le mie ginocchia, ma allora io non lo sapevo, e non potevo correre alcun rischio. Allora gli punto il fucile sul muso, tanto per schiarirgli le idee.

« Cosa diavolo! » fa lui di nuovo, senza nessun motivo. Si stringe nelle spalle e tira via le mani dallo schioppo. Allora m'accorgo che non ha tutte le dita.

« Avete fatto lo stesso sbaglio un'altra volta, vedo. »

« Non vi agitate, m'sieu » fa lui, passandosi il fazzoletto sulla faccia.

Mai avuto a che fare con un tipo simile, e mi sto arrabbiando. Agguanto il suo schioppo dalla barca, lo apro e butto le cartucce in acqua. Lui alza le mani e leva gli occhi al cielo. « Mais pourquoi questo spreco? » grida. « Cosa ci avete in questo fottuto pays? »

« Non dovete sentirci tanto bene », gli dico, rimettendo lo schioppo nella barca. « Vi ripeto, tornate da dove siete venuto. »

« Siete molto screanzato, buon uomo », fa lui. Salta fuori dalla barca, scansa la canna del mio fucile e salta sulla riva. Mani sui fianchi, si guarda intorno, come se ispezionasse una sua nuova proprietà.

Alle spalle sento la mia donna che sogghigna. La vecchia Mary Weeks ha una lingua tagliente e un ghigno malvagio. Allora gli punto il fucile alle reni, e dannato se quello non si gira di scatto e me lo strappa dalle mani e poi me lo spiana contro. E quando sono indietreggiato apre il fucile, toglie le cartucce e le lascia cadere come sorci morti nell'acqua.

Ve lo giuro, mi mise paura tanto era svelto e forte, e pazzo. Uno che si comporta così con un forestiero che lo tiene sotto tiro deve essere matto per forza, oppure tanto stanco della vita da preferire di esser fatto secco piuttosto che ricevere soprusi da chiunque. C'è Willie Brown che è piccoletto, e molto forte, ma è robusto di costituzione e poi è giovane. Invece questo qui è già in là con gli anni, tutto rinsecchito e macilento. Ragion per cui capisco subito che ha il diavolo in corpo. Persino Mary Weeks è senza parole e non sogghigna più, e non è certo il tipo da lasciarsi sfuggire le occasioni.

A questo punto John Leon esce fuori dalla baracca, trascinandosi dietro la carabina. Anche a quattro anni, John Leon sapeva il fatto suo. Non dice una parola, si porta più vicino al forestiero per non sprecare polvere da sparo e far fuoco a colpo sicuro. La sua intenzione è sparare a questo *hombre* subito, e poi dopo sentire la storia.

Il forestiero mi riconsegna la doppietta, mentre Mary Weeks corre a prendere in braccio il nostro figlio più piccolo. Di me non gliene frega più niente, ma John Leon è la sua consolazione, la sua speranza.

Il vecchio si strofina la schiena dolorante, disgustato. « Prendete a fucilate gli stranieri solo perché sbarcano qui da voi? » domanda furioso. « In questo fottuto pays anche les enfants sparano alla gente come io sparo agli uccelli! »

Spolvera la giacchetta e se la mette, con tutto che fa caldo. Ha un paio d'occhiali appesi a uno spago. Se li mette e, sollevandosi sulle punte dei piedi, si guarda attorno. « È Chatham Bend? » chiede scuotendo la testa. « Voi avete occupato questo posto? Avete diritto? »

A quei tempi ci saranno state sì e no dieci anime in tutto su quelle ottanta miglia di costa, a sud di Cape Sable, ecco perché costui è tanto stupito di trovarci lì, noi pionieri. Pochi anni fa, dice, quando passò di qui l'Ansa era disabitata. Anzi, appena una settimana fa, a Everglade e a Chokoloskee, gli avevano detto che non c'era nessuno e che poteva andare tranquillo. « Da molti anni il mio cuore sognava questo posto! » esclama portando le mani al petto. « Perché nessuno sa che state qui? »

« Lo sanno che sto qui, invece », dico io.

Allora mi guarda meglio. Poi guarda la donna sulla porta della baracca, e il nostro figlioletto.

« Avete incontrato John Weeks su a Everglade? Questa donna è sua figlia, e questo qui è il mio figlio più piccolo. » A queste parole Mary si gira e rientra in casa. « O così si suppone »; aggiungo. Mary sbatte una pentola.

Dalla faccia del forestiero capisco che ha udito delle voci al riguardo. « Ah, je comprends! » dice. Non era uno yankee, questo almeno era chiaro.

Visto che il nostro visitatore se la prendeva così a male, gli dissi di restare per un po' e dare un'occhiata intorno, e lui si stringe ancora nelle spalle, come se lo facesse a me il favore. Discendiamo con la marea, per riprendere i suoi bagagli da una goletta di Key West del capitano Carey, ancorata a Pavilion Key. Il capitano gli grida: « Tutto a posto, sicuro? Quand'è che vi riprendo? » Ma il vecchio seduto a poppa sì e no gli fa un cenno, neanche si gira, e alla fine il capitano abbassa il braccio scuotendo la testa.

Il Francese è tanto ansioso di farmi domande che nemmeno aspetta le risposte. Passano i giorni. Io l'informo che un tempo questo era il fiume Pavilion, ma gli indiani di qui non capiscono niente e lo chiamano Pavioni. Allora, questo Francese sotutto-io racconta *a me* come Pavilion ha preso il suo nome. Un pirata spagnolo — dice — era accampato qui, su un'isoletta della costa, assieme a una fanciulla catturata su una nave mercantile olandese. Anche se lui le aveva ucciso i genitori, la ragazza gli disse che era pronta a subire un destino peggiore della morte purché lui le risparmiasse la vita. La ciurma però si stufò di stare a guardare quei due che se la spassavano e gli dissero: o tu o lei, e così lui non ebbe altra scelta che avvelenarla. Prima di partire, siccome l'amava, le costruì una tettoia per ripararla dal sole durante la lenta agonia. Quando una nave da guerra americana lo catturò, lo spagnolo raccontò di questa cortesia usata alla ragazza olandese, per dimostrare che lui era un cortese gentiluomo che non meritava la forca. Dopo che l'ebbero impiccato, andarono là e trovarono i miseri resti della ragazza sotto quel baldacchino impagliato. Era una specie di padiglione, quindi misero nome « Pavilion » all'isola, e ancora oggi così la chiamiamo.

Chevelier non aveva trovato nessun « Chatham » nelle vecchie carte. Secondo lui « Chatham River » doveva derivare da Chitto Hatchee, che in lingua indiana vuol dire Fiume dei Serpenti, e così infatti è chiamato sulle vecchie mappe militari del 1840 o giù di lì. E Fakahatchee, dove John Leon è nato, quello è Fork River. Il Francese conosceva la lingua degli indiani come se ci fosse nato.

Questo vecchio Francese — penso a lui come a un vecchio per via ch'era mezzo irrigidito ma in realtà non ci aveva tanti anni più di me — ci raccontò in seguito ch'era venuto dalla

Francia insieme a un « ornitologo » di nome Charles Bonaparte. Anche lui era ornitologo, ma vendeva le piume per sbarcare il lunario. Somigliava lui stesso a un vecchio uccello, con quelle penne irte sulla testa, quegli occhi a palla e quell'andatura rigida — l'aspetto di un uomo che ha vissuto troppo a lungo senza una donna. Passava troppo tempo con i suoi amici pennuti — dico io — perché quando si eccitava i capelli gli si rizzavano come la cresta di un uccello. Sembrava stesse per scagazzare, e strillava come uno di quei pappagalli della Carolina di cui andava a caccia.

Fu là, a Chatham Bend, che Jean Chevelier abbatté il primo falco coda-corta che si era mai visto in Nord America, o qualcosa del genere. Non era un gran merito visto che non era un gran che come uccello, troppo corto di coda, credo. Perché pensavo che quel mucchietto di ossa che non era buono nemmeno da mangiare lo avrebbe reso famoso, non lo so. Aveva visto anche pappagalli della Carolina, nell'entroterra: uccelletti verdi verdi, con la testa rossa e gialla, grossi come un piccione. Ma non ne aveva preso mai uno.

Quei pappagalli, gli dissi, eran fitti come pulci sulle *hammock*. E ne avevo mangiati diversi, aggiunsi quando andavo là a caccia di cervi e tacchini. « *Mangiarlo? Manger? Le perroquet?* » Sbraitava e si batteva la fronte. Tanto tempo fa, gli dissi, e da allora non se n'erano visti più. Mi hanno detto, ultimamente, che quei begli uccellini sono volati via per sempre.

Natale del 1888, il capitano Carey portò doni da Key West per i figlioli, diede a ognuno una mela, qualche caramella e un bengala. Quella sera il vecchio Chevelier mi fa: « Che ne diresti di aiutarmi a pigliare gli uccelli? » E mi elenca tutti i tipi che vuole, neanche un uccello da piume nel mazzo. Anche uova selvatiche, vuole. Io gli faccio di sì con la testa, via via, per mostrare che ho capito, e quando lui dice « falco coda-di-rondine » io sorrido e dico: « *Tonsabe* ».

Allora lui salta su come una molla. « Dove l'hai imparata quella parola? » Gli dico che gli indiani chiamano così il falco coda-di-rondine. E lui: « Quali indiani? » E io: « Choctaw », gli dico. Si tratta della tribù di mia madre. I choctaw erano indiani *buoni*, gli spiego, aiutarono il vecchio Andy Jackson a combattere contro i creek, lo aiutarono a rubare quasi tutta la Georgia agli Indiani, per i bianchi. Ma poi, quando che lo fecero presidente degli Stati Uniti, il vecchio Hickory intruppò i choctaw insieme ai dannati creek e li spedì tutti quanti in Oklahoma.

Al Francese la mia conoscenza della storia non gli interessava gran che. Mi chiede come si chiama questo fiume nella mia lingua, e io gli dico che gli antichi nomi sono andati perduti in questa. Lui annuisce, come avesse caricato una trappola. « *Tonsabe* è parola antica n'est pas? » Sogghigna. « *Tonsabe* è parola calusa, n'est pas? »

Mi coglie così alla sprovvista che mi si legge in faccia. Quella parola non viene usata né dai mikasuki né dai muskogee. Quella parola è arrivata fino a me direttamente da mio nonno, il capo Chekaika.

Ai tempi, il nome di Chekaika era una bestemmia per i bianchi. Allora dico: « Choctaw e calusa sono molto simili ». Ma lui continua a guardarmi negli occhi, annuendo con la testa come se mi leggesse nel pensiero. Quindi si siede sopra una cassetta, sicché siamo a contatto di ginocchi.

« Poche parole calusa sopravvivono », dice fissandomi.

Decido di dargli un po' di fiducia, perché non capita spesso che trovo qualcuno che mi capisce. Così gli racconto che i miei non erano proprio calusa, erano quelli che i bianchi chiamavano indiani spagnoli.

Dannato se questo non lo riempie di gioia, tanto che salta in piedi e poi si siede di nuovo. Gli indiani spagnoli, mi dice, discendevano da quei calusa che gli spagnoli portarono a Cuba. Poi gli spagnoli, essendo spagnoli, riportarono alcuni indiani su questa costa per mettere i bastoni fra le ruote quando gli americani andavano occupando la Florida. « *Donc!* Tu sei un calusa! » E siccome io non rispondo mi fa quel sorriso da teschio. « Tu lo sai dov'è il cimitero calusa! » Io mi stringo nelle spalle.

Chevelier mi disse che aveva studiato le mappe e compagnia bella, aveva letto gli archivi spagnoli a Madrid, aveva visitato tutti i tumuli delle Diecimila Isole, ed era arrivato alla decisione che a Chatham Bend c'era un importante tumulo calusa che risaliva ai tempi degli spagnoli. Non lontano da qui, i calusa, con diciotto canoe, attaccarono Juan Ponce de León e poi, a quanto pare, si ritirarono in questi fiumi nascosti per sfuggire al vaiolo, poiché il vaiolo faceva più vittime di tutte le spade e gli archibugi messi insieme. Se questa teoria era vera, allora da qualche parte, su queste isole verdi dimenticate da Dio, doveva esserci un tumulo, una montagnola sepolcrale, più alta dei tumuli dei villaggi, costruita con sabbia bianca, e un segno sarebbero le tracce di canali fra lì e il mare aperto, come già ne aveva visti sulla costa. Qualsiasi tempio doveva essere ormai scomparso e la sabbia bianca ricoperta di vegetazione ma un sepolcreto doveva esserci per forza in queste isole. Per forza. Era tutto eccitato, ma gli cascarono le braccia quando io, stringendomi nelle spalle, gli dissi: « Non so niente, non sono altro che uno stupido vecchio indiano ».

« Ecoute », dice lui, « mi interessano molto le genti indiane. Questi fottuti bianchi non sanno niente, rien de rien, sanno solo saccheggiare le tombe. Sono profanatori! » Parla così per farsi amico di uno come me che non ha tanta simpatia per i suoi vicini bianchi.

« Io intendo studiare una necropoli calusa », spiega il vecchio Chevelier, sputando l'osso.

« Tesori calusa? » Gli rivolgo il migliore sorriso che ho. Lui non risponde.

Mentre mi parlava del tuo tumulo, il Francese non mi staccava un momento gli occhi di dosso. Come un giocatore di carte. Per vedere se gli davo qualche indizio. Cominciavo a conoscerlo un po', ormai, e credo davvero che voleva studiarlo quel tumulo, proprio come voleva studiare gli uccelli, poiché era uno scienziato, un vero scienziato. Era nato curioso, era il più ficcanaso che avessi mai visto. Però le avrebbe prima saccheggiate quelle tombe, perché era un morto di fame, era avido, e quella era l'ultima speranza di far fortuna, per lui. Io lo guardavo attento come lui guardava me, e vedevo come gli tremava la mano monca, mentre parlava.

« Be' », gli faccio, « un giorno che ero andato a profanare col figlio più grande, ho trovato una dozzina di bei teschi e li ho messi in fila su un tronco caduto, per dargli aria, sapete. Ci si può ricavare portacenere. E per tenerci i sigari non c'è scatola migliore di una testa da morto, *humidor* come la chiamano gli americani. » Canticchio un po', per prendere tempo. « Quei teschi di pellirosse, lavorati a regola d'arte, sono molto ricercati dai turisti. Ci puoi guadagnare dei bei soldi, giù a Key West. »

Il Francese sgrana gli occhi. « Comment? » dice.

« Signorsì. Uno di quei teschi aveva un bel buco, e così l'ho dato a mio figlio, che ci ha infilato dentro una penna di avvoltoio. Vedeste che bello! » E lo lascio un momento a rimuginarci su.

Poi, con una voce buffa, mi domanda: « Dove era questo posto? » Non gli passa neanche per la testa che potevo scherzare.

« Nossignore », gli faccio. « Non lo direi nemmeno al mio peggior nemico. » Poi abbasso la voce e bisbiglio, toccandogli il ginocchio: « Perché quando li abbiamo messi in fila quei teschi, e c'abbiamo infilato la piuma, a un tratto gli alberi intorno divennero muti. Era un silenzio così silenzioso che *risuonava*! » Mi siedo lì e faccio sì con la testa. « Sissignore, ci siamo presi un bello spavento e ce la siamo data a gambe. Non siamo più tornati là. I dodici teschi li abbiamo lasciati in fila su quel ceppo, a sogghignare, addio addio. Quel silenzio risonante, sapete cos'era? Erano gli spiriti vendicatori degli indiani calusa. »

Così faccio l'indiano con lui, rifiutando di rispondere alle domande, proprio per il suo bene, e gli è toccato accettarlo, questo, visto il grande rispetto che aveva per i nobili pellirosse. Se ne andò, scuotendo il capo all'idea che un indiano poteva profanare tombe indiane, e deciso e risoluto a profanarne anche lui. Io sapevo qual era il tumulo che il Francese andava cercando, e da quel giorno in poi, finché non morì, uno dei miei figli gli fece sempre da guida, per tenerlo fuori pista, lontano da quel luogo il più possibile.

Ognuno di quei fiumicelli e canali aveva un piccolo tumulo di gusci presso la sorgente. Lui poteva trovarne cento senza scoprire quello giusto. Ma a sud-ovest di Possum Key, ben nascosto fra le mangrovie, c'era un grande vecchio tumulo di gusci di conchiglia chiamato Gopher Key, e c'era un canale scavato dai calusa, che noi chiamavamo Sim's Creek, che portava dritto dritto fino al Golfo del Messico. Non so quasi nulla sul vecchio Sim: forse sarà stato un disertore della guerra civile americana che si era nascosto là.

E sarà campato mangiando goferi. Gopher Key non era il posto che Chevelier cercava, ma di gusci ce n'erano abbastanza da scavare per il resto dei suoi giorni.

E là lo portammo, difatti, per tenerlo occupato. Era tutto eccitato quando vide quanto era ben nascosto, e quel lungo canale diritto scavato fra i gusci era per lui la prova che Gopher Key doveva essere stato un luogo sacro. Per diversi anni il povero Chevelier andò lì a scavare come un pazzo ogni volta che poteva. Il caldo era bestiale e le zanzare tanto feroci che alla fine il poveretto non doveva più averci una goccia di sangue francese nelle vene. Mio figlio Walter — quello di pelle scura — diceva: « Quando quelle zanzare avranno finito con lui, non avrà più una goccia di sangue francese, quel francese, e parlerà l'americano bene come noi ».

A proposito di sangue, mio nonno era un indiano spagnolo purosangue: non voleva avere niente a che fare coi muskogee e coi mikasuki creek — i seminole — che si stavano impadronendo del vecchio territorio dei calusa. Ma alla fine capì — come il capo Tecumseh ci aveva sempre detto — che se il popolo indiano non metteva da parte le faide e le lotte intestine per combattere contro i bianchi tutti assieme non sarebbe restata più terra per cui combattere. Ma, come è vero Dio, i bianchi mentivano e non stavano ai patti. Qui in Florida, miravano a chiuder dentro un recinto tutti gli indiani che non avessero ammazzati, a spedirli in Oklahoma quei pellirosse figli di cani.

Allora Chekaika prese con sé alcuni indiani spagnoli e mikasuki e risalì il Calusa Hatchee e sbaragliò il tenente colonnello William Harney e i suoi soldati che stavano impiantando stazioni commerciali in territorio indiano. Sì, Chekaika fece scappare nella boscaglia il vecchio Harney in mutande, il che non sarà mai dimenticato né perdonato. Il capo Billy Bawlegs

Gambestorte era giovane allora, e fu anche lui della partita. Dopo quella e altre imprese, Chekaika andò a Port of Entry e fece fuori il dottor Henry Perrine, il famoso botanico. Si parlò di massacro, ma quel dottor Perrine aveva consigliato di costruire un canale per prosciugare Cape Sable, in territorio calusa... Questo mica lo dicono.

Da Port of Entry, su Indian Key, Chekaika ritornò a Pavioni, ma sapeva che era quello il primo posto dove l'esercito l'avrebbe cercato, quindi prese con sé la sua gente e risalì lo Shark River fino a una grande collina, distante circa quaranta miglia dalla costa orientale. Lo Shark River a quei tempi era chiamato Chok-ti Hatchee, il Fiume Lungo, poiché è il più grande fiume delle Everglades, nasce dal lago Okee-chobee, la Grande Acqua, e scorre a sud. Non capendo la parola *Chok-ti* i bianchi pensavano che quegli stupidi indiani cercassero di dire *Shark*, squalo, e questo è quanto.

Un giorno, mio nonno mostra a mia madre il bellissimo falco coda-di-rondine, che vola fra gli alberi. *Ton-sa-be*, dice sillabando perché la figlia se li ricordasse per sempre, il sole e l'uccello e l'erba risplendente a ovest della collina *Tonsabe*. Quella parola uscì tonante come una voce che viene dalla terra. Le disse che, viste da sopra, le ali di quell'uccello riflettono il cielo azzurro, ma che solo Dio lo può vedere dall'alto. Perciò *tonsabe* era l'uccello di Dio, mandato a vegliare su di noi.

Alcuni seminole bevitori di whisky furono pagati per andare a scovare il campo di capo Chekaika, e l'esercito mandò contro di lui Harney, da Fort Dallas sul fiume Miami. I soldati lo colsero di sorpresa. Mia madre e alcuni altri corsero a rifugiarsi nei canneti, ma Chekaika, ferito a morte, fu impiccato prima che potesse morire in pace. La notte dopo, al chiarore della luna, la sua gente tornò e lo vide appeso a un albero, che girava su se stesso. Lo staccarono e gli diedero sepoltura alla maniera indiana.

I mikasuki chiamano quel luogo Colle dell'Impiccato e dicono che Chekaika era mikasuki, anche se era calusa fino al midollo. Chekaika fu l'uomo più grande che il Popolo ricorda, dicono ancora oggi i mikasuki. Alcuni mikasuki si vantano anche di capo Osceola, benché Osceola fosse mezzosangue muskogee creek. Quei poveri indiani si attaccano a tutto.

Dopo che si prese la rivincita su Chekaika, Harney si diresse a ovest, attraverso le Everglades, e raggiunse quello che oggi è chiamato appunto Harney River. I bianchi dicono che Harney fu il primo ad attraversare le Everglades. Gli indiani non contano, ovvio, non hanno mai contato. Dopo quei fatti, Harney andò nel Far West e ammazzò un mucchio di sjoux. Lo fecero generale per questo, ma il vecchio Harney non arrivò mai a essere presidente come Andy Jackson e come Zach Taylor e altri cacciatori di indiani, perché noi musi rossi gliele abbiamo sempre suonate, a Bill Harney, dal principio alla fine.

La primavera successiva alla morte di Chekaika, i pochi guerrieri superstiti fecero sapere, alla Festa del Granturco, che qualunque indiano visto a parlare con un uomo bianco sarebbe stato ucciso, così i nostri continuarono a tenersi nascosti per altri vent'anni, finché i bianchi non si stancarono di ricevere batoste e andarono a combattere la guerra di secessione.

La guerra della Florida fu l'unica guerra indiana che l'esercito USA vinse; dovettero usare l'astuzia e corrompere e rubare per farcela, e mettere gli indiani l'uno contro l'altro. Finalmente arrivarono a Billy Gambestorte, che da giovane aveva combattuto con Chekaika sul Calusa Hatchee. Lo portarono a Washington, il vecchio Billy, gli misero nome Mister William B. Legs, lo alloggiarono in un grande albergo di lusso dove i pellirosse non erano ammessi. Pochi anni dopo lo fecero ricco e Billy portò all'Ovest la sua gente, nel Territorio.

Prima di partire per il Far West — questo me l'ha detto Chevelier — quel figlio di cane di Harney raccomandò il prosciugamento delle Everglades, come già il dottor Perrine. Raccomandava la rovina della Florida meridionale, ecco quanto. Ma gli ci vorrà fino al secolo nuovo per compiere l'opera.

Mia madre si trasferì all'Ovest anche lei, a Wewoka, in Oklahoma, con la gente di Billy Gambestorte da Deep Lake, e si segnò alla missione cattolica per poter dare da mangiare ai figlioli. Io restai là, nel Territorio Indiano, per tutta la mia giovinezza. In seguito andai soldato nell'esercito dell'Unione, un intero reggimento di cavalleria composto da pellirosse e negri, a scorrazzare, stuprare e gozzovigliare per tutto il Territorio e oltre. Alcuni di quegli uomini erano mezzo rossi e mezzo neri, discendenti di quei robusti schiavi che fuggivano per selve e deserti e venivano accolti dagli indiani che apprezzavano il loro valore. Erano gli uomini più grossi e più robusti che avessi mai visto. Gli indiani ci chiamavano *buffalo soldiers* perché i più scuri fra di noi erano color bufalo, con gli stessi capelli lanosi. Le donne indiane quando ci vedevano arrivare correvano a nascondersi, se non le prendevamo prima al lazo. Questo faceva parte del gioco e loro ci prendevano gusto quanto noi. La maggior parte, almeno.

Oggi mi vergogno un po' di aver preso le armi contro il mio stesso popolo, ma quando ero soldato non le consideravo popolo né gente, quelle tribù occidentali. Quelle solitarie praterie non erano la nostra patria, comunque i kiowa e i comanci e i pawnee e compagnia bella non erano altro che rinnegati, non capivano nemmeno una parola che noi si diceva.

Fu solo più tardi che cambiai idea. Mi metto a parlare con un vecchio stregone, un creek, e lui mi domanda dove sono nato. Gli dico in Florida, e lui fa: Come mai non sei rimasto nella tua terra? Mi ci volle un po' per capire che cosa voleva dire, ma poi ho capito. Così scappai via dai bufali e mi misi in cammino verso sud-est, verso la Terra di Florida. L'ultima cosa che venni a sapere fu che l'Unione mi stava cercando, ma questo era tanto tempo fa. Ero quel che si dice un disertore e da allora ho continuato a disertare, quando si tratta di bianchi.

Per tre buone ragioni sono tornato a casa. Gli indiani di qui — mikasuki selvaggi nascosti nelle selve — erano ancora veri indiani che non si sono mai arresi alle missioni, men che mai all'Unione. Secondo le Isole sono un luogo sacrosanto della patria calusa. Terzo, Chekaika visse a Pavioni prima di ritirarsi sul Fiume Lungo, sicché Pavioni era più casa mia di qualsiasi altro luogo.

Verso il 1875 mi misi con William Allen, primo pioniere giù alle Isole. Ci stabilimmo a Haiti Potato Creek — la patata haitiana è la manioca, a quanto m'ha detto il Francese — e gli mettemmo nome Allen's River. Nome che gli è rimasto fin verso il '90, quando la famiglia Storter lo cambiò in Everglade. Non sono mai stato uno che ha paura della fatica, io, e le cose andarono bene con gli altri pionieri finché non conobbi Mary Weeks, all'isola di Chokoloskee.

Chukko-liskee, detto in indiano, vuol dire « vecchia casa », vecchia casa calusa, credo perché i cypress non c'erano ancora, i primi tempi. Nessuno ricordava nessuna vecchia casa, ma secondo il Francese doveva trattarsi di una specie di tempio. Quel gran tumulo sorge là dove il fiume Turner scende dalle Everglades con buona acqua dolce. Il Turner era un tempo Chukko — liskee Creek — ed è ben riparato da cinque miglia di isole litoranee. Gli insediamenti a Everglade e Half Way Creek sprofondavano nel fango, ma l'isola di Chokoloskee è una montagnola di conchiglie di centocinquanta acri, che si eleva fino a sette metri sul livello del mare. Quegli indiani sapevano quello che facevano e nessun uragano li avrebbe mai spazzati via da Old House Key, no davvero.

Mio suocero, il vecchio John Weeks, fra i primi a coltivare ortaggi a Cape Sable durante la guerra civile, dopo essersi trasferito a Haiti Potato Creek, girò qua e là per le Isole. Alla fine ritornò a Cape Sable prima di morire. Fu il primo a stabilirsi sull'isola di Chokoloskee. Ben presto vendette una metà dell'isola ai Santini, e dopo il vecchio Ludis Jenkins — il padre di Tant Jenkins — arrivò lì con la sua donna, una Daniels, e i figli di lei. Una delle ragazze Daniels fu poi presa in moglie da Nicholas Santini e un'altra era la madre di Henry Thompson.

Il vecchio John Weeks passava per bianco, lui, e se ne onorava, ma io ci misi parecchio prima di capire la mentalità dei bianchi. Se ero un choctaw, come dicevo io, allora ero un « buon indiano ». E se ero mulatto, come dicevano loro, allora ero un uomo libero, un libero cittadino. Ma si era nel 1876, proprio alla fine della Ricostruzione. I sudisti riprendevano a fare a modo loro in tutto il Sud e la vita si faceva sempre più dura per chi non era abbastanza bianco da andargli bene. Così quelli decisero che per proteggere le loro donne bisognava cacciar via i dannati choctaw dai loro insediamenti, e magari impiastrarli di catrame e piume, già che c'erano. L'avete mai visto un uomo ricoperto di bitume e piume?

Be', io me la svignai alla svelta, ma mi portai via Mary Weeks. Ci dirigemmo a sud e arrivammo a Pavioni.

Nessuno ci dette noia, i primi anni. Fu solo dopo l'arrivo di Watson, quando la terra alta scarseggiava e gli uomini della baia si spingevano più a sud per trovare buona pesca, che cominciarono a cambiare atteggiamento. Erano persino cordiali quando andavo lassù per il mio commercio, visto che non mettevo in mostra la mia donna. Per loro era solo una vagabonda scappata di casa con un nero, e fintanto che non me ne vantavo e non la mettevo in mostra davanti a cittadini timorati di Dio, be'... dicevano, non è colpa del nero. Così dicevano. Già, perché, quando si tratta di donne bianche, un negro non sa resistere, non può farci niente. Essendo una bestia, il povero diavolo non ragiona più.

Questo non vuol dire che quel farabutto non venisse castrato, arso vivo e linciato, perché più di tanto i bravi cristiani non sono disposti a sopportare, quando si tratta di negri. Ma finché uno rispetta i loro sentimenti religiosi, come li rispettavo io, e tiene per sé la sua baldracca e vive coi reietti e i fuggiaschi e i desperados, in quelle isole dove soltanto il diavolo è testimonio dei loro sacrilegi... ebbene, allora, Cristo, vivi e lascia vivere, dico bene, ragazzi? Che se ne curi il Padreterno dei suoi peccatori, e li faccia sprofondare il giorno del giudizio.

Certe estati grigie, quando la pioggia non smette mai, e i figli piangono, e per giorni e giorni non c'è niente tranne la fame, il fango e le zanzare, e l'afa è così pesante da soffocare i ranocchi — in quelle estati calde che non finivano mai, ti veniva di chiederti se il giorno del giudizio non era già arrivato.

Quando ci stabilimmo giù a Chatham River, quel luogo divenne il Territorio degli Hamilton. Il bianco era il benvenuto alla mia tavola, ma non più di qualsiasi altro colore. Era l'unico luogo nel paese, credo, dove potevo farla franca, ma questo non vuol dire che tutto era perdonato. Sally, la sorella di Mary, si sposò con Jim Daniels, e in seguito la loro figlia Blanche si sposò con Frank Hamilton. Suo padre, James Hamilton, si trasferì a Lost Man's River più o meno alla stessa epoca. Lui non ci era parente neanche alla lontana; anzi quello non doveva nemmeno essere il nome suo vero, ma fatto sta che questi Hamilton divennero nostri parenti e furono nostri vicini per molti anni, ma a tutti dicevano che non ci avevano legami di sangue con noi.

Da un pezzo ho rinunciato a capire. Mi guardo le mani, così scure, e so che c'è *condimento* nel mio sangue, non si scappa. Ma John Leon può passare per bianco dovunque, e anche Eugene ha la pelle bianca, e così Annie, la più piccola. Invece Walter è scuro di pelle; bei lineamenti ma pelle scura come l'altra figlia, che è di una bella sfumatura color caffè. Gli viene da mia madre, dai tempi in cui indiani e schiavi scappavano insieme per tutto il nord della Florida. Ma quella vecchia era indiana fino nel midollo, cervello e cuore da indiana.

Quanto a Mary Weeks, la madre era una seminole purosangue; pare fosse la nipote di Osceola. Quindi, se noi Hamilton non siamo indiani, allora non ci sono più indiani negli Stati Uniti.

Quel primo anno, il 1888, il Francese comprò i miei diritti su Chatham Bend. Anche se ci disse che potevamo restare lì, tranquilli, io sentivo che era il momento di sloggiare. Non ci ero mai stato bene a Pavioni, non mi era mai piaciuto quel posto. C'era di mezzo qualche brutta storia, dei tempi passati. Era quello che gli indiani chiamano un « luogo di potere », ma un potere malefico, qualcosa di oscuro.

Gli indiani badano molto ai segni, ai presentimenti, e non hanno bisogno di scuse per sloggiare da un posto dove non si sentono tranquilli. Fanno fagotto e se ne vanno da un'altra parte, ecco tutto. In quei primi anni non possedevamo gran che. Tutto quello che avevamo lo caricammo su una barca.

Si viaggiava leggeri. Fai fagotto e te ne vai e ti costruisci una baracca dove arrivi, per riposarti un po'.

Ce ne andammo a Possum Key, poche miglia in su, lungo il

fiume. C'erano sette-otto buoni acri, là, più terra di quanta ce ne occorreva. Quella primavera andai a caccia di piume per il Francese. C'erano tanti nidi lungo i fiumi delle Everglades. Possum si trova dietro Alligator Bay e non è lontana dai mikasuki, che commerciano piume e pelli di lontra. Gli ultimi rinnegati mikasuki stavano nascosti a Big Cypress, sulle alture dietro Lost Man's Slough; erano più o meno gli ultimi indiani selvaggi rimasti. Non firmarono mai nessun trattato con nessun Grande Padre Bianco. Ma a Possum Key ci venivano, ci portavano tacchini, cacciagione e roba del genere, e in cambio di piume e pelli noi gli andavamo a procurare roba da Storter e gli ordinavamo anche qualche fucile al negozio di ferramenta del colonnello Wall, a Port Tampa, e gli davamo anche un po' di liquore di canna, per farli stare allegri.

Chevelier dormiva male a Pavioni, come noi, ma gli ci volle un anno intero per ammetterlo, tanto era scientifico quell'uomo, e tanto gli dispiaceva di rinunciare a una così buona terra. Colpa della sua avidità. Quando gli dissi che Pavioni non andava bene per lui visto che non la coltivava e non riusciva a dormirci, lui si mise a urlare e ad agitare le braccia. I miei figli erano proprio bravi a scimmiottarlo: « Per chi m'avete preso? Per un superstitieux stupido pellerossa? » Ben presto, quasi tutti sulla costa imitavano Jean Chevelier. Parlavamo la sua lingua quasi bene quanto lui.

Jean Chevelier vendette i suoi diritti al primo *hombre* che arrivò, certo Will Raymond. « C'est parce que non li posso coltivare, questi quaranta acri; solo perché è un peccato mandarli sprecati! » Quindi ci portammo il Francese a Possum Key, gli fabbricammo una baracca per tenerci tutti i suoi libri e gli uccelli impagliati e per ripararlo dalla pioggia, e in cambio nemmeno grazie. Anzi, alla fine cacciò via noi.

Noi ce lo prendemmo in famiglia, il Francese, anche se lui mica lo capiva. Sino alla fine ci guardò storto, sbraitando come un procione.

Per un po' si tenne un giovane aiutante, Henry Thompson, e dopo, quando Henry se ne andò, si prese Bill House, ma non si fidò mai di nessuno dei due, mai gli diede confidenza, per paura che quelli raccontassero in giro del tesoro che era sicuro di trovare prima o poi a Gopher Key. Non li trattava certo coi guanti, quei ragazzi, e gli metteva paura. Era semplicemente troppo forte per uno dell'età sua, ecco perché la gente diceva che il demonio lo possedeva.

Certo il Francese non ci credeva proprio al Padre Nostro Che è nei Cieli. « L'uomo è fatto a immagine e somiglianza di Dio? Chi lo dice? Il negro? Il pellerossa? Di che uomo parlate? Del biondo? Dell'uomo giallo? Dio è di tutti questi colori? C'est une absurdité! L'*homo sapiens* ha da cacare, come qualunque fottuto animale! Et alors? Anche il vostro Dio deve cacare? » E si guardava intorno con aria feroce, nel silenzio estivo, scuotendo la testa. « Ma sì, forse un po' di ragione ce l'hai, Richard. Forse è proprio in questo fottuto posto qu'il l'ha faite, la cacca. »

Magari puntava il dito verso il sole, o su un riflesso d'argento nell'acqua, e diceva: « Guarda là. Vedi? Quello è Dio? Quello è *le Grand Mystère*! » Intendeva dire *Big Mister*, casomai non sapeste il francese.

Siccome era cattolica, Mary Weeks detestava quei discorsi pagani peggio che le bestemmie. Persino un Dio che andava di corpo era meglio di uno che salta su ogni volta che ti giri. « Giusto? Cacca d'uccello in testa, anche *questo* è Dio! » Per amor di pace mi limitavo a scuotere la testa di fronte a quelle sue terribili maniere francesi, ma sentivo che quel che diceva era vero — lo sentivo nelle ossa — a proposito del sole e dei riflessi d'argento e anche per la cacca d'uccello. Tuttavia, per amor della mia Mary, gli dicevo che a sentirlo sembrava uno stupido indiano.

Dunque Pavioni passò a Chevelier, poi a Will Raymond. Per un po' fu chiamata Raymond Place, quasi che Will fosse un illustre cittadino. Non credo che lo fosse. Non punto il dito, io. Mi limito a dire che il Francese e il vecchio Atwell, giù a Rodgers River, erano gli unici nelle Isole che non fossero ricercati da qualche altra parte.

Probabilmente Will Raymond avrebbe fatto bene a cambiare nome e ricominciare da capo. La vedova vendette i suoi diritti su Pavioni a un forestiero e questo forestiero ci passò quasi vent'anni qui da noi, anno più o anno meno. Può essere che il malefico potere di Pavioni lo ha turbato, ma se così è io non l'ho mai saputo. Feci amicizia con lui e cercai di restargli amico, visto che in quegli anni Mister Watson fu il nostro vicino più prossimo, sempre a un tiro di schioppo da noi.

Mister Watson era proprio un buon vicino, questo bisogna dirlo. Bravo agricoltore, anche, il primo a sfruttare a dovere quella buona terra. Si mise subito al lavoro e si costruì una baracca di tronchi di palma, due grandi stanze. Teneva un po' di maiali, due vacche e le galline rosse; si procurò anche una cavalla baia per arare e mise su un frantoio per la melassa. Faceva la spola da Port Tampa a Key West con la sua goletta, e se la cavava bene. In seguito fece venire carpentieri e buon legno di pino, si fece costruire una casa, la dipinse di bianco, costruì una darsena e costruì capannoni. Gli unici fra Fort Myers e Key West che avevano qualcosa che si può paragonare a Watson Place erano Bill Collier a Marco e George Storter a Everglade, i due uomini più facoltosi sulla costa. Ebbene, Ed Watson era all'altezza di quei due!

Comunque, io mi tenevo a distanza, e anche i miei dovevano fare altrettanto. Se Mister Watson aveva bisogno d'aiuto, noi glielo davamo da buoni vicini come lo era lui, ma quando si passava per il suo tratto di fiume non ci fermavamo certo a fare quattro chiacchiere.

Venne il giorno che di Possum Key non ne potemmo più. Le zanzare tormentavano i figli più piccoli e con tutto quello che ci aveva da fare, cucinare e badare alla casa, Mary mica poteva perdere tempo a dargli la caccia. Sicché mi trasferii con la famiglia su un'isoletta al largo della foce, dove il vento di mare teneva lontano le zanzare. L'ho sempre chiamata Trout Key quell'isoletta, per via delle trote di mare che c'erano sui fondali, mentre i bianchi la chiamavano Mormon Key, per via di quella nullità di Richard Hamilton, che aveva altri figli da una moglie illegittima che ancora viveva nei pressi di Arcadia. E così quello stupido nome rimase e anche noi lo usammo.

Quelli di Chokoloskee dicevano che ero mulatto e come mulatto mi registrarono al censimento del 1880. Parlavano male di me non tanto perché la mia pelle era scura, ma perché un uomo di colore si era presa una moglie bianca. E invece Mary Weeks, che era registrata come bianca, era ancora più scura di me e lo è ancora, ma siccome lei era figlia di John Weeks nessuno badava al suo colore. John Weeks era bianco e la madre di Mary era un'indiana seminole, quindi la pelle scura le veniva da parte di madre, a meno che non ci fosse qualcosa che il vecchio John teneva nascosto. La mia Mary ai nostri figli dice che io sono indiano, ma quando alziamo un po' troppo il gomito e litighiamo ci prende gusto a ricordare che suo padre giurava che io sono mulatto e che così mi ha fatto registrare al censimento del 1880, perché tutti lo sapessero. Sia maledetto il giorno, dice spesso, che « un uomo di colore » rubò il cuore a una ragazza bianca.

Anche Henry Short l'ha sentita e ho visto la smorfia che ha fatto. In seguito l'ho preso da parte e gli ho chiesto il perché di quella smorfia e alla fine lui tirò fuori che non era mancanza di rispetto, ma qualcuno poteva dire che scappando con Richard Hamilton mia moglie ci aveva rimesso più di me. Questa è una cosa che, secondo me, si può prendere in diverse maniere.

Henry Short veniva a trovare Bill House quando lui lavorava con Chevelier, e anche dopo continuò a vivere e si fermava da noi a Mormon Key. Un bel giovanotto robusto, con la pelle color legno chiaro. Sembrava più indiano di me. Era più chiaro di tutti noi, a parte Gene e Leon, e aveva i tratti meno marcati di Gene, ma la gente della baia lo chiamava Nigger Henry, Nigger Short. A Gene non andava che Henry mangiasse con noi. Se gli Hamilton — diceva — ammettono un negro a tavola, la gente dirà che siamo negri anche noi. Allora suo fratello Walter, quello dalla pelle scura, lo guardava fisso e Gene alla fine abbassava gli occhi. « Credo che potrà mangiare con Henry Short », diceva, « se Henry Short può mangiare con me. »

Il che non vuol dire che Gene avesse torto a proposito di quello che la gente diceva. Non aveva torto.

Secondo Jean Chevelier, ci dovrebbe essere una legge per

cui qualunque uomo che non si sposa con una donna di colore diverso viene castrato. In questo modo l'*homo sapiens* smetterebbe di preoccuparsi tanto a dire minchionate riguardo alle razze, e si tornerebbe così al colore del Primo Uomo che, secondo Chevelier, doveva essere più o meno uguale a quello di Richard Hamilton. Gli Hamilton, diceva, partono avvantaggiati perché hanno tutte le sfumature di colore, anche se ci mancava il giallo dei cinesi.

Se vivi all'indiana, allora sei indiano, il colore non conta. Conta il rispetto che porti alla terra, e non da dove vieni. Mary Weeks è una specie di cattolica, e i nostri figli sono cattolici. Io mi barcameno e leggo la Bibbia, perché sono cresciuto in una missione cattolica, là in Oklahoma. Ma in cuor mio sono ancora indiano, ecco perché cerco di spostarmi a sud, verso Lost Man's River, il più lontano possibile da quei bianchi lingua-maligna.

Loro non ne sanno niente degli indiani, sono soltanto capaci di spararli. Al tempo della prima guerra seminole, gli schiavi fuggiaschi hanno combattuto a fianco a fianco coi seminole, e molti di loro vissero come indiani. Prendi la feccia dei muskogee seminole, intorno al lago Okeechobee. Sono tanti quelli che hanno sangue negro nelle vene, ma mica lo diresti a giudicare da come si comportano con la gente di colore.

Questi indiani cypress, che sono mikasuki creek, ne sanno ancora qualcosa dei costumi indiani. Ma non durerà tanto a lungo, lo sanno, ed è per questo che tante volte agiscono così alla disperata. Ai vecchi tempi, se una donna mikasuki se l'intendeva con un negro o anche con un bianco i suoi non ci pensavano due volte a farli fuori tutti e due e lasciare il bambino a morire nel bosco. Chissà, forse questo li faceva sentire un po' meglio, ma alla fine non serviva a niente. La gente si sposta qua e là, di questi tempi, si mischiano tutti. Non importa di che colore siamo, saremo tutti neri, quando il fumo si dissolverà.

Quando Bill House se ne andò, il vecchio Chevelier per così dire adottò Leon e la piccola Liza, e Liza e Leon lo andavano a trovare e si prendevano cura di lui. Rimase a Possum Key fino a quando morì.

Fino alla seconda metà del diciannovesimo secolo, la parte meridionale della Florida era poco conosciuta, soprattutto la parte sud-occidentale della penisola. Questo labirinto di isole e isolette infestate dalle zanzare era pressoché disabitato, nonostante l'abbondanza di selvaggina e la pescosità del mare e dei fiumi. «Le Diecimila Isole», ha scritto un naturalista, «sono una regione di mistero e solitudine: tetra, monotona, strana, agghiacciante, possiede tuttavia un suo fascino arcano. Al forestiero occasionale, ogni parte della regione appare simile a tutto il resto, ciascuna isoletta sembra la copia di mille altre. Persino coloro che hanno familiarità con quei tortuosi canali spesso vi si smarriscono e vagano per giorni, disperati, in un dedalo di vie d'acqua e mangrovie.»

Fra quelle migliaia di isole, solo un centinaio — perlopiù al nord — emerge più di mezzo metro sul livello del mare; e anche su gran parte di queste la terra alta è troppo limitata per potervi edificare. Più o meno abitabili sono una trentina di isole di fronte al Golfo del Messico, con banchi di sabbia alti fino a due metri, nonché una quarantina di isole all'interno dell'arcipelago, dette hammock islands*:* hammock *o* hummock *è una bassa montagnetta, tipica della regione. Su queste isolette, per difendersi dagli uragani, gli indiani calusa costruirono enormi tumuli di conchiglie (*shell mounds*) alti fino a sette metri. Su questi colli artificiali si è accumulato uno strato di terriccio adatto alla coltivazione.*

Vi erano inoltre tumuli sulla terraferma, presso il fiume Turner, che furono in seguito coltivati dai pionieri.

Chatham Bend (l'ansa del fiume Chatham), il maggior tumulo di conchiglie fra Chekoloskee e Cape Sable (Capo Zibellino), viene descritto per la prima volta nel diario di Thomas Lawson il quale, nel febbraio 1838, durante la prima guerra contro i seminole, guidò una spedizione dell'esercito USA contro gli «indiani spagnoli» — discendenti dei calusa trapiantati a Cuba e da Cuba riportati in Florida — per stroncare un contrabbando di armi e munizioni da Cuba ai seminole.

Ci ancorammo alla foce del fiume Pavilion, sulle cui sponde scorgemmo del fumo. Risalendo quel fiume per sei-sette mi-

glia — ci assicurò il nostro pilota — avremmo trovato una ventina di famiglie di indiani del luogo, e forse anche altri venuti dall'interno del paese. [...] Qui di nuovo ci attendeva una delusione, poiché il villaggio era completamente disabitato. Il paesaggio è stupendo. La terra, su entrambe le sponde del fiume, è più fertile di quant'altra mai ne abbia vista in questa regione. Il guaio è che non c'è acqua dolce, nelle vicinanze.

Una successiva spedizione militare trovò un villaggio consistente in una dozzina di capanne dal tetto di paglia e un vasto orto. Di quali indiani si trattasse non fu possibile determinarlo: forse appartenevano all'ultima tribù selvaggia di mikasuki, guidata da Arpeika, detto Sam Jones, o forse un gruppo residuo di «indiani spagnoli». Verso il 1888, Pavioni — così gli indiani chiamavano Pavilion — fu per breve tempo occupato da Richard Hamilton, che cedette poi i suoi diritti a un francese, Monsieur A. LeChevallier, che a sua volta li cedette a un fuggiasco, Will Raymond.

Richard Hamilton e LeChevallier, trasferitisi su isolette attigue, furono per molti anni i vicini di casa più prossimi di Edgar Watson.

Nel censimento del 1880, questo Hamilton è registrato come mulatto, ma lui sosteneva di essere indiano choctaw; correva voce che fosse nipote del gran capo Chekaika, indiano spagnolo, che nel 1840 a Indian Key aveva trucidato il dottor Perrine e altri e che, di là a non molto, venne ferito a morte e impiccato nel corso di una spedizione punitiva guidata dal tenente colonnello Harney, che dal fiume Miami si spinse nelle Paludi delle Everglades.

La nostra tenda si trovava a breve distanza dall'albero da cui pendeva Chekaika. La notte era stupenda e la luna appena sorta illuminava la figura gigantesca di questo grande e temutissimo guerriero. Si diceva che fosse l'indiano più forte di tutta la Florida e che solo il suo nome fosse sufficiente a seminare il terrore fra le sue genti.

La spedizione proseguì verso sud-ovest e raggiunse quello che oggi è chiamato il fiume Harney. Quelli furono i primi uomini bianchi ad attraversare la Florida meridionale.

Su una carta geografica del 1889, Catham Bend è segnata come « the Raymond Place », ma Will Raymond morì di lì a poco, ucciso da « delegati dello sceriffo » venuti da Key West. I motivi per cui Richard Hamilton e poi Chevelier abbandonarono Pavioni dopo un breve soggiorno restano misteriosi. Resta il fatto che quel vasto tumulo aveva una triste fama. Edgar Watson, che ne acquistò i diritti dalla vedova Raymond, fu l'unico bianco che vi rimase per più d'un paio d'anni: vi abitò infatti per quasi venti.

Monsieur LeChevallier, familiarmente noto sulla costa come Jean Chevelier o semplicemente come « il vecchio Francese », fu figura di spicco nella vicenda di Mister Watson. Questo Chevelier (possiamo adottare anche noi tale grafia, visto che anche sulle mappe appare Chevelier Bay) fu probabilmente il primo cacciatore di garzette (o aironi bianchi) e di altri uccelli dalle piume pregiate, in quella regione. Nel 1879 avviò un commercio di piume ornamentali nella Tampa Bay, dove rimase per circa cinque anni. Nel 1885 noleggiò la corvetta Bonton *per trasferirsi nelle Diecimila Isole. Con lui salparono Louis e Guy Bradley, giovani cacciatori di piume.*

Guy Bradley diverrà in seguito il primo guardiacaccia della Monroe County, stipendiato dalla Audubon Society. Verrà ucciso nel 1905 — e questo sarà uno dei tanti omicidi attribuiti a Edgar Watson, il quale era già ricercato a quell'epoca.

Charles Pierce tenne un diario di quel viaggio della Bonton, *che ebbe luogo nella primavera-estate del 1885.*

> *Avevo molto sentito parlare di un vecchio francese, monsieur LeChevelier, tassidermista, collezionista di piume di uccelli, che viveva sul fiume Miami. [...] Chevelier è francese e non parla bene l'inglese. [...] Sono i pellicani lo scopo principale di questo viaggio: pellicani da imbalsamare. Poi vengono le piume ornamentali e ogni altra sorta di uccelli. Chevelier li spedisce a Parigi, dove se ne fa commercio. Per una pelle di pellicano riceve cinquanta cents, per una starna venticinque*

cents, per un grande airone bianco dieci dollari, venticinque per un fenicottero. Ma gli aironi bianchi scarseggiano, e ancor più i fenicotteri. Altrimenti il vecchio diverrebbe molto ricco.

Sebbene avesse la mano destra invalida (si era ferito da sé) Chevelier teneva testa ai giovani compagni. Il diario di bordo della Bonton *è un lungo elenco di uccelli uccisi, interrotto qua e là da vivaci resoconti di tempeste, incontri con selvaggi, avventure. A Key West, Chevelier aveva « un socio », il capitano Cary. Si tratta probabilmente di Elijah Carey (vedi interviste a Richard Hamilton e Bill House) il quale in seguito accompagnerà Chevelier a caccia di piume.*

Nelle Diecimila Isole, la Bonton *gettò l'ancora alla foce del fiume Shark e al largo di Pavioni, per dare la caccia a garzette, spatole, sule e pellicani bianchi. Più a nord, « sbarcammo su un isolotto, dove c'era una capanna di tronchi di palma in cui viveva un portoghese di nome Gomez, assieme a sua moglie. Chevelier aveva conosciuto questo Gomez diversi anni prima ». L'isolotto era Panther Key, e Gomez fece loro da guida, l'indomani, quando andarono a caccia di spatole e chiurli.*

Juan Gomez, al pari di Edgar Watson, era una leggenda nell'arcipelago. Pare che da giovane avesse visto Napoleone a Madrid e fosse stato da lui « gentilmente trattato ». In seguito si era aggregato a un bucaniere di nome Gasparilla. In base ai suoi stessi calcoli, Gomez aveva 108 anni all'epoca di quel viaggio della Bonton. *E nel 1900 era ancora là allorché un esploratore descrisse questa regione come « un dedalo di canali, un luogo che un tempo fu rifugio di pirati e dove ancor oggi se ne ricordano le gesta sanguinarie ».*

Sebbene condannato in seguito per quelli che furono definiti « dissennati stermini » (da W.E.D. Scott su una rivista, The Auk, *della Audubon Society) Chevelier era un naturalista appassionato. Senza dubbio lo sterminio di uccelli serviva a finanziare le sue indagini scientifiche. Fin dal 1869 collezionava uccelli e ne donò allo Smithsonian Institute, nonché al Museo di Storia Naturale di New York. Qui si conservavano tre uccelli rari forniti da « LeChevelier ». E lo stesso Scott elenca sette rari esemplari attribuiti ad « A. Lechevellier », fra cui due falchi coda-corta presi a « Chatham Bend » nel 1888 e 1889.*

Jean Chevelier subì un'attrazione fatale per questa costa selvaggia, dove trascorrerà il resto dei suoi giorni. Il primo anno visse sul grande tumulo calusa a Chatham Bend, avendone acquistato i diritti da Richard Hamilton (vedi interviste). Il clan degli Hamilton era, oltre che con lui, in stretti rapporti con Edgar Watson.

Bill House

Lavorai per il Francese per alcuni anni, come guida, cacciatore di piume, di uccelli da collezione, nidi e uova. Chevelier giurava che non uccideva mai uccelli rari, tranne che come collezionista, e amava ripetere che aveva insegnato a ragazzi come Louis e Guy Bradley, e anche a me e a Henry Thompson, a non sparare mai nel mucchio ma a prendere di mira solo gli uccelli ricercati. Ed era vero, perlopiù.

I cacciatori di piume non sparano mai, tranne che nella stagione in cui le uova si schiudono, quando le piume di garzetta sono veramente belle. Appena i piccolini cominciano a mettere le penne e pigolano forte perché hanno sempre fame, i padri e le madri perdono quel po' di cervello che Dio gli ha dato e si danno da fare per sfamare i loro figli. Con uno di quei fucili Flobert che non fanno più rumore di uno stecco che si spezza, ci si può appostare sotto un albero e pigliare di mira quegli uccelli uno dietro l'altro; giusto il tempo di ricaricare.

Una uccellaia devastata non è uno spettacolo piacevole. La catasta di carcasse che ti lasci dietro dopo averle spennate è veramente roba da far pena. E a pensarci bene è proprio una crudeltà, visto che non ci sono più uccelli adulti per dar da mangiare ai piccoli e proteggerli dal sole e dalla pioggia, per non parlare di corvi e avvoltoi che arrivano a banchettare. Una grossa colonia di uccelli, come in quella grande isola litoranea dove lavorava il Francese — quattro-cinquecento acri di mangrovie nere, una decina di nidi per ogni albero — diavolo, ti ci vorranno tre o quattro anni per fare piazza pulita, ma dopo... addio uccelli per sempre.

È quel silenzio di morte che seguiva gli spari che mi torna in mente oggi, anche se non mi sono mai soffermato ad ascoltarlo; me lo sogno spesso. Quegli spettrali alberi bianchi e quella terra bianca, morta, il sole e il silenzio e la puzza del guano, gli stridi e il battito di ali scure, e gli animaletti che corrono senza far rumore — procioni, topi e opossum — che mordono e rodono, e le formiche, che in lunghe file nere serpeggianti percorrono quei pallidi alberi per divorare gli uccellini che, nei nidi, aspettano col becco aperto e il gozzo vuoto il cibo e l'acqua che non arriveranno mai. I più fortunati muoiono prima che qualche uccellaccio li trovi. Sono così tanti che i predatori nemmeno ce la fanno a papparseli tutti. Gli avvoltoi si rimpinzano talmente che a stento poi riescono a volare; se ne stanno appollaiati sui rami come quelle strane escrescenze che si formano sui cipressi nel gelido inverno.

Il Francese somigliava a una specie di procione. Occhi neri e folte sopracciglia, camminata un po' sbilenca, gambe magre, pronto a mordere. Forse aveva il cuore al posto giusto, come si dice da noi, forse no.

Chevelier non aveva simpatia per il genere umano e odiava addirittura i ricchi yankee che vengono qui coi loro battelli e risalgono i fiumi d'inverno, sparando a tutto quello che si muove, e detestava quelli come Ed Watson, che a primavera fanno strage di uccelli. Io gli spiegavo che per vivere su queste isole uno deve pigliare tutto quello che c'è alla stagione giusta, ma quel vecchio mi mandava al diavolo in francese, agitando la mano monca. Poi attaccava a sproloquiare contro Watson e la sua idea di bonificare questa costa, drenando le paludi, già che c'era. L'Empereur, lo chiamava Chevelier: l'Empereur! Quei discorsi di bonifica risalivano ai tempi del generale Harney, ma non se ne fece mai niente fino ai tempi di Watson. Costruirono sì canali e dighe scavando una griglia di fossati nelle Everglades orientali, ma la parte occidentale qui da noi è più solitaria che mai perché i grossi animali e gli uccelli se ne sono andati quasi tutti. Si chiamava il Paese di Dio, questa zona, e ancora così la chiamiamo, poiché a parte Dio non c'è nessuno che abbia voglia di starci.

È vero, non avevamo alcun bisogno di invasori, e ogni volta che il governo federale metteva boe di segnalazione per i battelli noi le facevamo sparire. A noi le boe non servivano, e non le volevamo. A quanto ci risultava, nel nord della Florida non c'era fiume che non fosse stato spopolato a furia di spari. Non da noi, cacciatori di piume, ma dai turisti yankee sui battelli fluviali. I veri cacciatori non sprecano polvere per sparare a ciò che non può essere mangiato o venduto, invece quelli miravano a tutto, bastava che volasse. Ne ferivano più di quanti non ne uccidessero e poi se ne andavano, lasciando quegli uccelli morti alla corrente del fiume.

Noi non avevamo tempo per divertirci, dovevamo pensare a tirare avanti. E a combattere contro le zanzare. Nelle Isole si lavorava dall'alba all'imbrunire. Nemmeno sapevamo cosa fosse lo sport, finché non ci presero come guide per la caccia e la pesca sportiva. Questo, alcuni anni dopo. Quando la selvaggina e i pesci erano ormai scomparsi per sempre.

Il vecchio Francese ce l'aveva a morte con un certo Scut, ornitologo yankee, che aveva scritto su un giornale che Jean Chevelier aveva ammazzato più uccelli di chiunque altro sulla costa del Golfo. « Questo fottuto Scut », diceva il Francese, « è venuto qui in vacanza, a visitare i suoi fottuti amici pennuti. Visita una unica grande colonia di uccelli, a Pinellas, e diffama LeChevallier. Je serais un macellaio, il peggior macellaio della Florida occidentale! Ebbene, chi compra i miei esemplari di uccelli? Chi scrive che i picchi dal becco d'ivoire sono rarissimi e poi spara agli unici picchi dal becco d'ivoire che riesce a trovare? Chi? Questo fottuto Scut! Mi svergogna fra i miei colleghi, mi attacca alla *Au-du-bon*! Ciononostante, compra dal mio collega di Punta Rassa questo falco coda-corta che LeChevallier ha preso a Chatham Bend! E quando sarò morto vedrai! Il fottuto maledetto Scut dirà di averlo preso lui, il primo falco coda-corta nel Nord Amerique! Vedrai, vedrai, se non sarà così! »

A volte i suoi vecchi compagni di caccia Louis e Guy Bradley venivano al nord da Flamingo, alla ricerca di nuove colonie di uccelli lungo la nostra costa. Eravamo contenti di avere compagnia, ma non gli passavamo certo informazioni. Guy non parlava molto, ma ti guardava tanto fisso che ti sentivi a disagio. Fu il primo dal quale sentii dire che la caccia alle piume era in declino nella Florida di sud-ovest. « Non me la sento più di sparare a quegli uccelli. Mi manca il cuore », così disse. Non ho mai confessato a Guy Bradley che raccoglievo uova di uccello per il Francese. Quelle del falco coda-di-rondine erano arrivate a quindici dollari l'una, dipendeva da quanto erano grasse. Molta gente in America e in Europa le voleva, quelle uova d'uccello. Chissà perché.

Una sera che il vecchio ritornò da Gopher Key, gli misi accanto al piatto una bella covata di coda-di-rondine, e tutto quello che riuscì a fare fu mettersi a mugugnare contro quegli stupidi fottuti bianchi che mettevano le uova di falco dove correvano il rischio di rompersi. Non la finiva più di guardarle e riguardarle, e così capii che cosa c'era da aspettarsi. Henry Thompson mi aveva detto, quando ero stato assunto dal Francese, che il vecchio ranocchio gracidava contro tutti per nascondere quanto era solitaria la sua vita nelle paludi, sennonché quella sera avevo i miei dubbi. Allora sfoderai il mio sorriso della festa e, tutto allegro, gli gridai dalla stufa: « La cena è pronta, Mister Chevelier! Venite! » Non gli ci volle altro per uscire dai gangheri. Si gonfiò come un tacchino e cominciò a sbraitare.

« Soltanto in questa sacrée Amérique Monsieur le Baron Anton de LeChevallier poteva diventare Mister Chevelier! Questi dannati bifolchi mi chiamano Chevelier! Ma *perché*? Mi chiedo *perché*? »

Impugnò la forchetta come se volesse cavarmi gli occhi.

« Cos'è questa passione per i fucili in questo barbaro pays? La prima volta che vado a Chatham Bend, Richard Hamilton mi punta il fucile sul muso, come io ti punto questa forchetta! Poi esce fuori di casa il figlio, un angioletto biondo, pronto a spararmi! Un enfant! Vuole spararmi! Poi tocca a Will Raymond: gli sparano! Perché? Perché Will Raymond ha sparato a un altro pazzo come lui? E chi viene dopo? Questo fottuto Watson! Pazzo fottuto! A momenti mi stacca la testa con una fucilata! Perché? Pour le plaisir! Si è messo a ridere le fou! »

Sapevo, perché me l'aveva detto Henry Thompson, che Mister Watson aveva una mira infallibile e quando sbagliava lo faceva apposta. Quindi dissi al Francese che intendeva scherzare, evidentemente.

« Scherzare? Sei pazzo pure tu? » Portò il pollice e l'indice accanto all'orecchio per mostrare quanto vicina gli era passata la pallottola. « Uno che scherza con le armi da fuoco?... Scherzi li chiami? »

Il giorno dopo Chevelier mi ordinò di portarlo in barca a Mormon Key poiché voleva consultarsi con Richard Hamilton. Si doveva passare davanti alla casa di Watson e quando ci arrivammo smisi di remare. Tenendo gli occhi ben aperti, lasciai che la barca seguisse la corrente affinché Mister Watson non udisse lo scricchiolio dei remi.

Questo succedeva prima che la grande casa bianca venisse costruita. C'erano solo la vecchia baracca di Will Raymond che Watson usava per i porci e una capanna dal tetto di paglia per i cristiani. Nessun segno di Henry Thompson, ma scorsi Watson nel suo canneto e allora mi accostai alla riva perché non ci vedesse.

Che mi venga un colpo se quell'uomo non s'irrigidisce tutto come un gatto in agguato, gira la testa lento e ci guarda. Stava già per acquattarsi e appena ci vede piega un ginocchio a terra e infila una mano sotto la camicia. Lo fa con tanta rapidità che mi sento gelare il sangue.

Come mai si porta la pistola anche lì? E perché ci ha messo mano tanto svelto?

Lo scopro subito. Quel vecchio pazzo di Francese si è alzato in piedi, barcolla, e quando mi giro vedo che ha imbracciato il fucile da caccia e lo sta puntando su Watson! Gli grido *Sedetevi!* e mi metto a remare con tanta forza da levargli la barca da sotto. Lui piomba a sedere sul sedile di poppa e per poco non finisce in acqua. Io continuo a remare come un ossesso e riesco a portarmi sottosponda e girare intorno all'ansa prima che Watson riesca a raggiungere la riva e pigliarci di mira. Si era sparsa da poco la voce di quello che aveva fatto a Dolphus Santini giù a Key West, e quando finalmente fummo al sicuro dissi al Francese: « Per favore, *sir*, non puntate il fucile su Edgar Watson, non quando c'è il giovane Bill House sulla barca con voi ».

Quando Chevelier era via, giù a Key West, io andavo a lavorare dagli Hamilton, per campare. Non è che mi trovassi tanto a mio agio in loro compagnia, ma erano gentili con me. Mary Hamilton passava per bianca ma loro, gli Hamilton, non avevano tanta simpatia per i bianchi. Era per questo, probabilmente, che vivevano lontano da tutti, in fondo all'arcipelago. Erano dei reietti, più o meno, non legavano coi negri e i bianchi non volevano aver niente a che fare con loro. Naturale che il Francese diventasse loro amico. Il vecchio Richard diceva che lui era choctaw e la faccia da indiano ce l'aveva davvero, ma bastava guardare il figlio Walter per capire che non c'era solo sangue choctaw nelle loro vene.

Di tutto quel branco, solo con Eugene andavo d'accordo e fin dall'inizio Gene fu cordiale con me. Ma non diventammo mai veramente amici.

Henry Short andava spesso a trovare gli Hamilton, mangiava alla loro tavola e teneva in gran conto quella famiglia. Gli Hamilton si comportavano da bianchi, ma non penso che con Henry Short funzionasse, altrimenti non si sarebbe sentito tanto a casa sua, lì da loro.

Henry diceva che veniva a trovare me, e forse lo credeva davvero, visto che eravamo cresciuti insieme, ma in realtà ci veniva per la giovane Liza. Credo ch'è stato amore a prima vista, almeno per lui. Liza non si era ancora fatta donna, ma era di un bel color caffè dorato e io avrei dato il mio braccio destro, o il sinistro comunque, per stenderla nuda per terra sotto il sole. Mi si rimescolava il sangue solo a pensarci, e anche a Henry, ci bastava un'occhiata per scoppiare a ridere tanto la giovane Liza ci metteva il fuoco addosso.

Henry Short, che era stato cresciuto da mio padre, era negro soltanto per metà, forse meno. Aveva la pelle molto chiara e i tratti poco marcati, però aveva i capelli lanosi, come il vecchio Richard. Un giorno, mentre io e Henry eravamo dagli Hamilton, il vecchio Richard cominciò a parlare dei suoi antenati indiani e disse che anche Henry Short somigliava a un choctaw. Allora Henry mi ha guardato, agitato e nervoso come mai l'avevo visto. Lui è uno che non sopporta le panzane. Alla fine gli fa, a mezza voce: « No, diamine, Mister Richard, non sono choctaw, io, per niente; sono negro dalla testa ai piedi, ecco quanto ». Il vecchio si gira a guardare sua moglie, poi dice: « Non raccontarlo alla mia Mary, però », e sbotta a ridere. Non gliene fregava niente, basta che non lo sentisse la sua donna.

Quelli erano i giorni di Jim Crow, vale a dire brutti tempi per i negri, in questo paese, e il vecchio Richard probabilmente sapeva che Henry doveva aver detto così solo per farmi capire che il fatto di mangiare alla tavola degli Hamilton non gli metteva strane idee per la testa. Può essere che tutti quanti mi volevano prendere in giro. Insomma, non lo so. Diamine, non la conosciamo, quella gente, pensiamo soltanto di conoscerla. Buffa sensazione, essere il forestiero. Mai provata? Be', io non ci tenevo, ve lo giuro.

Di ritorno a Chokoloskee, raccontai quello che Henry Short aveva detto a Richard Hamilton e ben presto tutto fu distorto, poiché quelli volevano solo ridere alle spalle del vecchio Richard. A sentir loro, il negro Henry aveva detto al mulatto Hamilton: *Diavolo no, voi non siete choctaw! Siete negro dalla testa ai piedi, come me, ecco cosa siete*. No, no, non facevo che ripetere io, non è così che ho detto! Ma ridevo con loro e scontai quella risata per tutta la vita. Perché ancora lo raccontano a modo loro, quell'episodio; quelli se ne fottono della verità, e io ci ho i rimorsi ogni volta che li sento.

Comunque, il giovane Eugene Hamilton non dovette gradire affatto quello che Henry aveva detto. Si alzò in piedi tanto di scatto che rovesciò la scodella. « Sappi, ragazzo, che non siamo negri, noialtri, perlomeno *io*, ma facciamo senz'altro la figura di quelli che i negri li hanno in simpatia, a lasciarti sedere alla nostra tavola! » dice Eugene e guarda me più che Henry. Mi viene da pensare che questo è un messaggio che Bill House dovrebbe riferire a Chokoloskee, vale a dire che Eugene Hamilton non ci teneva a stare a tavola coi negri, anche se gli altri si rassegnavano. « Non è la mia tavola, questa », insiste Eugene, guardando di traverso il suo vecchio, « quindi non posso cacciarti via, ma non sono nemmeno costretto a star qui. » Detto fatto, prende su la scodella e va a sedersi sul gradino.

A Richard Hamilton non sono mai piaciute le scenate e non sa che fare. Ma il figlio più grande, Walter, che ha la pelle molto più scura di Henry Short, guarda Eugene che si è alzato da tavola e scoppia a ridere. « Va' all'inferno! » gli urla Gene. A questo punto arriva di corsa la madre dalla cucina e gli dà il ramaiolo sulla testa.

Incrocio lo sguardo di Walter e mi dispiace per lui. Mi aveva strizzato l'occhio, quando Gene si era alzato da tavola, ma adesso, seduto là, si vergognava a morte della sua pelle nera. Io lo guardai con simpatia, forse per la prima volta. Dopo la giovane Liza, Walter Hamilton era il più bello di tutta quella bella famiglia.

Gli Hamilton fecero segno alla *Bertie Lee* di fermarsi — il comandante era R.B. Storter — per caricare il Francese e portarlo giù a Key West. Due settimane dopo il vecchio era di ritorno assieme a Elijah Carey, che intendeva diventare nostro socio nel commercio delle piume. C'erano grandi colonie d'uccelli intorno a Cape Sable, dove andavano a caccia i Bradley insieme con i ragazzi Roberts, ma Cape Sable era troppo lontano da Gopher Key. Con Watson nei paraggi, Mister Chevelier voleva un po' di compagnia e per assicurarsela mise al corrente Carey dei progetti e delle grandi speranze a proposito del tesoro dei calusa. Era ormai troppo vecchio per scavare tutto il giorno con quel caldo infernale, ma non voleva che fossi io ad aiutarlo per paura che spifferassi tutto a Chokoloskee.

Il capitano Elijah Carey si fermò per un po' a Possum Key e si costruì anche una casa. Una sera ci raccontò quello che era accaduto a Cayo Hueso, o Bone Key — questo era il vero nome di Key West, ci informò Carey — quando si era presentato Watson, ubriaco fradicio, e aveva annunciato a Dolphus Santini che gli serviva aiuto per un diritto terriero nelle Isole.

Adolphus Santini era stato fra i primi a stabilirsi a Chokoloskee. Fu il più grosso proprietario terriero fino a quando non se ne andò, nel '99. Per primo era arrivato John Weeks nel '74, se non si conta chi aveva piantato quei grossi tigli, chiunque fosse, e poi, per avere compagnia, aveva donato metà dell'isola ai Santini che si erano presa anche l'altra metà quando i Weeks si erano trasferiti a Flamingo. I Santini costruirono la loro prima vera casa al di sopra del cumulo di detriti lasciati dall'uragano del '73, e più tardi costruirono una cappella: erano cattolici.

Il fratello di Dolphus, Nicholas, detto Tino, faceva il pescatore, pigliava uova di tartaruga per circa quattro mesi, a primavera. Diceva che i Santini venivano dalla Corsica, come Napoleone, ma non raccontò mai perché erano venuti via dalla Carolina del Sud, e mai nessuno glielo chiese. Certe domande non si facevano, nell'arcipelago. Il vecchio James Hamilton, giù a Lost Man's River, confidò solo in punto di morte che altrove era conosciuto come Hopkins, ma nessuno gli domandò perché quel nome gli fosse venuto a noia, e lui non lo disse.

Verso il 1877, i Santini inoltrarono istanza per « 160 acri, più o meno, sull'Isola Chokoloskee dell'arcipelago delle Diecimila Isole della Florida ». Una stima abbondante, visto che non ci sono centocinquanta acri di terra su tutta l'isola. Una *guida* della vecchia guerra indiana di nome Dick Turner, la stessa che aveva aiutato un reparto dell'esercito a scovare gli ultimi guerrieri di Billy Bowlegs nei pressi di Deep Lake — questo Dick Turner presentò un'istanza nel '78 per ottanta acri che già coltivava a Turner's River. In seguito vendette quel podere a uno di Key West, che a sua volta lo vendette a mio padre, Daniel David House, per duemila dollari. Per quanto ne so, quelli di Santini e Turner furono gli unici poderi, a parte gli Storter di Everglade, la cui proprietà era segnata, nero su bianco, su un pezzo di carta, ma anche questi documenti non furono convalidati fino al 1902. Gli altri avevano soltanto *quitclaim rights*, cioè diritti di cessione senza alcuna garanzia, Watson compreso. In sostanza, uno diceva a un altro: Pagami un tanto e me ne vado via. Tutto qui.

Watson sapeva di quei pezzi di carta e faceva sempre un mucchio di domande. Quello che aveva in mente, lo capimmo in seguito, era impadronirsi di quanta più terra alta poteva, da Chatham Bend fino a Lost Man's River, o magari anche oltre, fino ad Harney River, per poi inoltrare un'istanza regolare, come aveva fatto Santini. Santini sapeva destreggiarsi e aggirare la legge e così Watson si rivolse a lui per farsi aiutare. Certe voci sul conto di Edgar Watson avevano già cominciato a circolare e quindi può darsi che Watson avesse bisogno di un cittadino di riguardo come garante.

Be', io non ero presente e perciò non so cosa avvenne, ma Elijah Carey c'era e vide tutto. Anche Dick Sawyer giura che era presente — a Dick non sfuggiva mai niente — e anche lui mi raccontò tutto per filo e per segno.

Santini era il nostro cittadino più illustre e anche il più importante agricoltore, soprattutto perché era padrone di tutta la terra buona di Chokoloskee. Quest'isola è praticamente un unico grosso tumulo che gli antichi calusa cominciarono ad ammucchiare dal niente. I pomodori venivano bene, su quella terra alta, e la canna da zucchero in pianura. Gli ortaggi si coltivavano a metà strada. Nel 1884, Dolphus Santini aveva più di duecento piante di pero, e aveva anche meli di Giamaica, aranci dolci e agri, banani, *guavas* — la più grande fattoria da quelle parti del paese. Perlopiù i prodotti di Chokoloskee andavano a sud, a Key West, poiché lì ci vivevano diciottomila anime, contando yankee e negri. A quei tempi, Fort Myers, la città più grande della Lee County, faceva sì e no settecento abitanti. Sulla costa, fino a Key West, non credo ci fossero più di duecento persone senza contare gli indiani, e la metà abitava nella baia di Chokoloskee.

Dolphus ne aveva sentite fin troppe sul conto di questo Watson di Chatham Bend: Watson allevava maiali più grossi di tutti; Watson faceva crescere pomodori dai banchi di ostriche; Watson qua e Watson là. Gli era anche arrivato alle orecchie che Watson era un ricercato. Dolphus era un bevitore anche lui, e quella sera era ubriaco. Secondo il capitano Elijah

Carey, che era presente, Santini informò Mister Watson che lo Stato della Florida non avrebbe mai concesso titoli di proprietà a un cittadino che non aveva pagato i suoi debiti alla società e quindi, gli disse, gli conveniva starsene buono.

Watson non si scompose, annuì e basta, come se quello che aveva detto Dolphus fosse ragionevole. Poi infilò una mano in tasca e si portò di fianco a Dolphus, zitto zitto, e tutti si fecero da parte e gli fecero spazio alla svelta, a quell'uomo. E questo successe prima che sapessero quello che sanno adesso sul conto di Watson.

Fu l'espressione sulla faccia di Watson a spaventarli, più che altro, almeno così dice Carey. Watson era uno che urlava come un matto, quando era fuori dei gangheri, e vomitava ingiuria dopo ingiuria, ma più ti insultava e più tu ti sentivi tranquillo, perché finiva per spararne una tanto grossa che anche lui scoppiava a ridere. Quando era davvero arrabbiato, era gelido. La faccia rubizza gli si faceva rigida e morta, diventava di legno. Quel che Carey notò fu che quegli occhi di pietra non batterono che una volta sola — ecco perché ci fece caso — e quel battito fu molto, molto lento.

Sebbene Watson non lo avesse toccato, gli stava tanto addosso che Santini arretrò e finì contro un tavolo. Poi Watson gli disse che non aveva sentito bene, ma gli era sembrata una sporca calunnia e lo pregò di spiegarsi meglio. Glielo disse a bassa voce, e quel tono calmo doveva metterlo sull'avviso, ma Dolphus era troppo presuntuoso per badarci, o forse pensava di averlo sistemato una volta per tutte, Mister Watson.

Si era fatto silenzio nella sala, ma Santini era troppo preso per udirlo, quel silenzio. Si schiarì la gola e sorrise a tutti quanti, strizzando l'occhio. « Lo Stato della Florida non gradisce i desperados in fuga da qualche altro posto », disse infine.

Si trovò il coltello da caccia di Watson puntato alla gola prima ancora di finire di parlare. Watson tracciò una sottile riga rossa, poi disse a Santini di chiedergli scusa, altrimenti l'avrebbe sgozzato. Quello era troppo spaventato per parlare e così Watson, detto fatto, gli affondò la lama nel collo e per poco non gli staccò la testa. Schizzò sangue su tre staia di cetrioli. Avrebbe compiuto l'opera se non l'avessero fermato. Fu il capitano Carey, dice lui, a levargli il coltello dalla mano.

Quando puntò il pugnale alla gola di Santini, in quella frazione di secondo prima che il sangue schizzasse fuori, Watson aveva l'aria attenta di uno che spacca un'anguria. Questo — dice Carey — fu quello che più spaventò la gente. Ma quando lo presero per le braccia diede fuori di matto, e si mise a urlare che nessuno lo avrebbe linciato, Ed Watson. Ci vollero quattro o cinque uomini per inchiodarlo per terra. Quando gli tolsero il coltello, Watson scoppiò a ridere. « Soffro il solletico », ecco cosa disse, e giù a ridere.

Qualcuno corse a chiamare un dottore e Santini se la cavò, ma gli restò una bella cicatrice sul collo per tutta la vita.

Al processo, Watson alzò la mano destra e giurò che non aveva intenzione di uccidere Mister Santini. Se voleva l'avrebbe ammazzato, è logico. Lo disse, questo, con aria sincera, e tutti risero. E rise anche lui, sorrise a Dolphus, che sembrava che tutte quelle bende lo strangolassero.

Il figlio di Santini, Lawrence, mi raccontò una volta che Watson aveva accoltellato suo padre a sangue freddo, gli era saltato addosso da dietro e l'aveva scannato. Sarà, ma non è così che la racconta Carey.

A quell'epoca qui non c'era la legge, gli uomini risolvevano fra loro le liti, e non si può certo dire che l'omicidio fosse poco comune, benché le Isole non fossero poi tanto male quanto credevano i forestieri. Ma a Key West un po' di legge c'era e così Watson pagò a Santini novecento dollari in contanti per non finire in tribunale, e questo fu quanto.

Ma Key West cominciava ad averne abbastanza di Edgar Watson e lo sceriffo Frank Knight si divertiva a usare il telegrafo, perciò mandò a chiedere se c'erano precedenti penali e venne a sapere che Ed Watson era ricercato, proprio come aveva detto Santini. Un certo Edgar A. Watson era stato incriminato per l'assassinio di Belle Starr, la Regina dei Fuorilegge, nel Territorio Indiano, nel 1889.

Risultava anche un'evasione dall'Arkansas e un omicidio nel nord della Florida qualche anno prima, e un altro ad Arcadia, lungo la strada che porta fino a qui.

Watson spiegò tutto a modo suo. Disse che Edgar A. Watson era un famigerato delinquente e che lui lo aveva conosciuto di persona. Ma Edgar J. Watson era un galantuomo, un cittadino onesto. Quando arrivò l'ordine di arrestarlo e spedirlo in Arkansas, Edgar J. Watson era già tornato nell'arcipelago.

L'uomo ucciso ad Arcadia si chiamava Quinn Bass. La mia famiglia aveva vissuto per un po' ad Arcadia, prima di venire a sud, sul fiume Turner; e mio padre, che lo aveva conosciuto da ragazzo, diceva che Quinn Bass era meglio da morto che da vivo. Lo sceriffo di là, Dishong, doveva essere dello stesso parere, visto che lasciò che Watson pagasse e se la svignasse, come accadde anche con Santini a Key West. Unica differenza, Quinn Bass non intascò quei soldi.

E così si scoprì che in Arkansas, e forse anche nel nord della Florida, Ed Watson era un ricercato e quello era il motivo per cui era venuto quaggiù. Non c'è da stupirsi se la gente cominciò a preoccuparsi. C'erano abituati, a fuggiaschi e assassini da strapazzo, ma non ai famosi desperados ben vestiti, ricercati per tutto l'Ovest selvaggio.

Nessuno comunque fece domande a quell'uomo. Se la legge lo ricercava in quattro Stati, non era affar nostro. La responsabilità era sua e lui se l'assumeva. Se c'era uno che aveva davvero bisogno di cambiar nome, questo era proprio Edgar Watson, ma Ed fu sempre lui, che ti piacesse o no. Tranne Chevelier, gli volevamo tutti bene, a quell'uomo, e questo è vero quanto è vero Iddio. Si era visto dall'inizio che era un bravo agricoltore e un vicino di casa generoso, e per molti anni facemmo del nostro meglio per dimenticare tutto il resto.

« Key West » (dallo spagnolo Cayo Hueso*) divenne una base navale poco dopo il 1830, per la lotta contro i pirati e i contrabbandieri che all'epoca imperversavano. Una cronaca del 1885 ci riporta a Key West quale Edgar Watson dovette conoscerla, i primi anni della sua permanenza nelle Isole.*

Magnifico chiaro di luna sul porto. Gettiamo l'ancora vicino al molo. Molte barche e molte luci intorno a noi. Gran silenzio, a parte i galli e i cani.

Vento da sud, molto caldo, afoso... Noleggio una carrozza per fare il giro della città. L'isola misura sette miglia per tre. In certe zone le case sono graziose, col telaio in legno, le persiane verdi, circondate da lussureggiante vegetazione tropicale, alberi e fiori. Strade strette, fondo stradale di pietra arenaria. Molte pozzanghere d'acqua stagnante, per le strade. Molte le facce e le voci spagnole. Strani alberghi, strana frutta, strani usi e costumi. Prevale la palma da cocco. Ne crescono nei giardini di molte case. Molto pittoresche. Piante di alloro... mandorli... tamarindi coi loro frutti simili a fagioli. Molte varietà di acacia. E poi tigli, sappadillo, palme da dattero, meli, fichi del Banyan e molti altri alberi. Salgo al fortino abbandonato che domina il porto, scendo giù alla spiaggia, sulla quale ci sono molte spugne portate dal mare. Le spugne vengono raccolte e messe a essiccare. Ritorno sulla nave per cena. Bellissima serata. Sediamo sul ponte fino a tardi, godendo il tepore, i colori del tramonto, poi il chiaro di luna.

Henry Thompson

Mister Watson mi disse che aveva famiglia da qualche parte, ma non ne parlò mai molto, soprattutto davanti a mia madre, Henrietta Daniels. Lui la chiamava Netta. Gli governava la casa e si era portata Tant con lei. Tant Jenkins era il suo fratellastro, poco più vecchio di me.

Quel giorno Mister Watson ritornò da Everglade tutto eccitato. Tant era a caccia di piume giù al fiume. Se la svignava sempre quando Mister Watson era via, lasciava il lavoro a me. Henrietta è seduta là, sullo scalino, con Minnie appesa al collo, e Mister Watson non finisce neppure di attraccare che si mette a urlare dal pontile: « Netta, tesoro, ti tocca sloggiare! Arrivano i miei ». Mi mostra una lettera di una certa Jane D. Watson, e le foto di tre bambinetti col vestito della festa. Il giovane Eddie e il piccolo Lucius portavano colletti bianchi alti e giacchini neri coi calzoni alla zuava, e Miss Carrie un abito bianco con un gran fiocco e le scarpe con la fibbia. Dietro c'era scritto: « Rob si vergognava e non ha voluto mettersi in posa anche lui per la foto ».

« Rob non è timido », disse Mister Watson, « Rob ce l'ha tanto con suo padre che scuote la coda come un serpente a sonagli! » Non so perché, ma gli sembrava buffo e si mise a ridere. « Be' », sospirò, « non credo che la signora Watson si sarebbe messa in contatto con noi se suo marito fosse un delinquente. Tu che ne dici, Henry? » E sorride soddisfatto per come si stanno mettendo le cose. Prima di venir via da Everglade, mi disse, le aveva mandato col telegrafo i soldi per il viaggio. Contava che arrivasse a Punta Gorda verso la fine del mese.

Mister Watson era tanto contento che ai nostri sentimenti non ci pensava proprio. Ero lì che l'aiutavo a scaricare la barca e non sapevo dove posare gli occhi tanto mi vergognavo, per mia madre e per me. Andavo d'accordo con Mister Watson, e dopo due anni ero ormai di casa. Era la prima vera famiglia che avevo mai avuto e Mister Watson era buono come un padre con me, mi trattava proprio bene. Ma adesso mi toccava andare via, non sapevo dove, e ricominciare da capo.

Henrietta era una donna di buon cuore anche se un po' volgare e di scarsi principi morali. Io, lei e Tant eravamo una famiglia lì, e io mi ci trovavo bene. Non sopportavo il modo in cui Mister Watson ora la cacciava via, come una serva negra, insieme a Minnie, la loro figlia. Mi faceva male al cuore, e avevo voglia di prendere a pugni qualcuno.

Quando Mister Watson mi passò la prima cassetta di provviste, dalla barca, la sbattei sul molo con tanta malagrazia che si sfasciò.

Il colpo fu così secco e improvviso che lui lasciò cadere un'altra cassetta nella barca e si acquattò come un fulmine portando la mano alla tasca. Poi si rialzò lentamente, raccattò la cassetta e la portò sul molo, posandola a fianco dell'altra.

« Pare che hai inghiottito un rospo, ragazzo. Su, sputalo. »

Era furioso, ma io ero più furioso di lui. Mi calcai il berretto sulla testa e sputai, non tanto vicino ma nemmeno tanto lontano da quegli stivaletti che si metteva sempre quando andava in città. Non volevo parlare per paura che la mia voce suonasse stridula o impastata, allora lo guardo per traverso, come un cane, e afferro una cassetta, per fargli capire che sono qui per lavorare e basta.

Ma lui continua a guardarmi con quegli occhi di pietra, senza nessuna espressione. Mi fa venire in mente un grosso orso che ho visto con Tant una sera d'autunno a Deer Island, ritto sulle zampe di dietro. È proprio come dice Tant: il muso di un orso è rigido, non si muove mai, qualunque cosa lui pensa. Non ha l'aria cattiva o arrabbiata, finché non tira indietro le orecchie, ma resta sempre un *orso*. I guai te li vai a cercare tu; lui ti aspetta finché non ti sei deciso. Mister Watson aveva quel muso da orso per farti sapere che lui aveva detto la sua e non la ripeteva e non accettava il silenzio per risposta. Non riuscivo a guardarlo negli occhi.

« Ecco, insomma, non siete voi il padre di quella bambina? Non siamo anche noi la vostra famiglia? » La voce mi venne fuori impastata, altroché, e stridula, allora sputai un'altra volta, per far vedere che non me ne frega un accidenti. Mister Watson guarda giù, vicino al piede, e fa sì con la testa, come fosse normale ispezionare gli scaracchi di un altro, poi mi guarda di nuovo. Per tutto questo tempo non batte mai gli occhi, neppure una volta.

« Volete che finisca di scaricare le cassette o che? » gli domando strafottente.

Lui continua ad aspettare. Vuole proprio farmi sputare il rospo. Questo mi fa andare in bestia, ma che sia dannato se non mi esce un'altra stupidaggine. « Mi volete cacciar via da questo posto insieme a lei, dico bene? Non è vero? »

Lui gira gli occhi come se non sopportasse la vista, proprio come quell'orso quando fece *uuuf* e calò giù a quattro zampe. Mister Watson fa un passo indietro sul ponte e mi scaraventa una cassetta. « No », dice. « Il tuo lavoro lo farà Rob. Ma, con tutte le richieste che ci abbiamo per la melassa, ci occorre un equipaggio a tempo pieno per la goletta, quindi ci penserete tu e Tant sempre che riusciamo a tirarlo fuori dalle Everglades. »

Be', che sia dannato se mi vengono le lacrime agli occhi, e lui se n'accorge prima che mi volto. Sapete che fa? Mister Watson salta sul pontile, mi piglia per le spalle e mi rigira. Poi mi guarda dritto negli occhi: mi legge dentro. « Henry », mi fa, « tu non sei mio figlio ma sei mio socio e amico. E lo sa il buon Dio quanto ce n'ha bisogno, il povero Ed Watson, di amici. »

Poi mi arruffa i capelli e si allontana fischiettando *Bonnie Blue Flag*, per andare a fare pace con Henrietta Daniels. Io raccatto una cassetta, ma poi la poso giù di nuovo. Mi metto a guardare la mia nuova nave tanto per fare qualcosa finché non mi passa il nervoso. Mica voglio che quelli della casa mi vedono piangere. A sedici anni, almeno a quei tempi, un uomo era un uomo, e non poteva farsi vedere a piangere.

Restai lì un bel po', coi pollici infilati nella cinghia, a guardare la nave scuotendo la testa, e già mi vedevo fare il capitano. Conoscendo Tant, sapevo chi sarebbe stato capitano; Tant aveva vent'anni ed era un bravo cacciatore, ma non ne voleva tante, di responsabilità.

Quel pomeriggio, per farsi passare la luna, o forse per stare lontano da Henrietta, Mister Watson se ne andò con una zappa nel campo di granturco. Io e i negri che stavamo là a zappare le erbacce eravamo come istupiditi sotto quel cielo bianco che sembra una cappa, in mezzo alle mangrovie, ma Mister Watson cantava le sue vecchie canzoni. *Hoorah! Hoorah! For Southern rights, Hoorah!* Era l'unico che conoscevo che era capace di lavorare più degli altri e cantare al tempo stesso: *Hoorah for the bonnie blue flag that flies the single star!* E poi imitava il suono della tromba: *Ta-taratantaratà-tà-ta, Ta-taratantaratà-tà-ta* marciando intorno a noi, con la zappa in spalla.

Non si levava mai la camicia, quell'uomo, nemmeno quando gli si appiccicava sulle spalle. Una volta mi disse: « Un gentiluomo non si toglie la camicia quando lavora coi negri. Per loro va bene, ma per noialtri no ».

C'era anche un'altra ragione. Di solito portava delle camicie a strisce senza colletto che gli cuciva Henrietta con la stoffa pesante dei materassi, ma non era abbastanza pesante da nascondere la fondina della pistola. Quando era sudato, si vedeva lì sotto. Anche là, in mezzo al granturco, teneva la pistola a portata di mano. Pure i negri la vedevano, e a lui non gliene importava un bel niente. Si limitava a grugnire quando quelli si mettevano a zappare più lesti.

Un'altra volta mi fa: « Ho imparato a tener su la camicia, Henry. È buona educazione. Non si sa mai quando potresti ricevere visite ».

Quel giorno Tant con la faccia furba chiese a Mister Watson: « Una visita dal nord? » Mister Watson si gira e lo guarda; e lo guardo anch'io. Era la prima volta che mi mettevo a guardare Tant; ormai non ci facevo più caso a lui. Tant era magro come un chiodo, capelli neri ricci e un gran sorriso. Cercò di mantenerlo, quel sorriso, ma non ci riuscì. Allora Mister Watson gli fa: « Ragazzo, non fare troppo il furbo ». Lui non c'era abituato alle maniere dure, e così il sorriso sparì dal muso di Tant fino all'ora di cena.

Tant non c'era il giorno che Mister Watson, mentre spaccava una radice troppo dura, non volendo mi colpì sulla testa con l'accetta. Io ero dietro di lui e cascai lungo disteso. Tutti i negri impauriti si tirarono indietro come se fossi stato assassinato. Mister Watson continuò a menare l'accetta finché non finì di spaccare quella maledetta radice. « Ce n'è voluta! » borbotta, e poi viene da me e mi aiuta a rialzarmi. Colavo sangue dappertutto e la testa mi bruciava. « Devi dargli più spazio, a un uomo, Henry », mi fa. Mica mi dice che gli dispiaceva, solo di correre a casa e farmi medicare da Henrietta, che lui veniva tra un po'.

Henrietta era già tutta agitata e non faceva che lamentarsi. « Gli ho dato una creatura! » gridava, strapazzando la povera Minnie e dando calci alle galline e sbatacchiando il tegame delle patate. Adesso come adesso, credo che mia madre era innamorata di Mister Watson, ma a quel tempo pensavo che dovevano essere matti e malati tutti e due per andare a letto insieme.

Quando mi vide la faccia tutta insanguinata, mia madre disse subito: « L'ha fatto apposta! » Quel demonio voleva ammazzarlo, suo figlio, così andava dicendo quando poi si sparse la notizia che Mister Watson aveva ucciso da altre parti. E voleva riportarmi a Caxambas. « E intanto », mi urlò dal cortile, « non voltargli mai la schiena, mai, a quel brigante farabutto! » Avevo inteso dire che Netta Daniels era corta di cervello, oltreché di pudore, ma nessuno ha mai detto che mancasse di spirito.

Mister Watson non le badò e andò a lavarsi la testa sotto la pompa della cisterna. Era l'unica pompa di tutte le Isole, all'epoca, e noi ne eravamo molto orgogliosi. Quando si raddrizzò per asciugarsi la faccia, si mise a osservare Henrietta. Quegli occhi azzurri sotto quei sopraccigli folti mandavano scintille. Si accorse che stavo fissando la forma della pistola che si vedeva sotto la camicia tutta bagnata di sudore. Allora restò lì mezzo minuto, finché Henrietta non smise di sbraitare e cominciò a frignare. Tutto soddisfatto di averla spaventata, tirò fuori la brocchetta di liquore di canna e andò a sedersi a tavola, nell'altra stanza, al suo solito posto.

Una volta tanto Henrietta non lo assalì con le solite proteste quando lui cominciò a dondolarsi sulla sedia: quello era il suo modo di mostrargli quanta cura si prendeva della casa. La casa sta dove sta il cuore: così c'era scritto nel pannello ricamato che teneva appeso alla parete della stanza, per abbellirla e per far capire che brava moglie era per un uomo tanto sensato da apprezzare le sue virtù. Quel giorno, però, sapendo che lui l'aveva sentita accusarlo, aveva paura di parlare.

Anche lui lo sapeva. Ingollò una sorsata e sospirò. Sospirò come quella vecchia vacca di mare quella volta che le ammazzammo il figlio per procurarci carne fresca. Poi disse a bassa voce: « Ti conviene tenerla a freno, Netta, quella lingua profana. Anche una canaglia assassino come me può offendersi ». E le chiese se aveva fatto i bagagli per andarsene via.

Lei allora mi spinse fuori sulla veranda. « Io non ti lascio qui, Henry! Non si può sapere quello che gli passa per la testa, a quello là! » Bisbigliava, ma forte abbastanza per farsi sentire da lui. E lui fece un buffo ringhio da orso per risposta. « Tu vieni a casa con me, giovanotto, e questo è quanto! » concluse Henrietta.

« Casa », faccio io, roteando gli occhi. « Dove sta casa? Dove sta? Dove sta il cuore? »

« Quel bel ricamo là è un ricordo di famiglia », borbotta Henrietta in tono di rimprovero.

« *Quale* famiglia? » dico io con cattiveria, più acido del piscio.

« La *nostra* famiglia! Tua nonna si maritò con Mister Ludis Jenkins, il primo colono di Chokoloskee, e lì si stabilì vent'anni fa, assieme ai Weeks e ai Santini! »

Nessuno l'aveva mai contato, il vecchio Jenkins, che non aveva mai combinato niente e alla fine s'era sparato. Questo, però, a lei non glielo dissi. Le dissi solo: « Il padre di Tant a noi non ci era parente ».

Aveva le lacrime agli occhi mia madre, e mi si strinse il cuore. Ma era la prima volta che Henrietta diceva che voleva portarmi con sé, e così ero un po' confuso. Era molto giovane quando ero nato io. E non mi aveva allevato lei. Né mi ci aveva portato lei, lì da Watson. Ero io che le avevo procurato quel lavoro. A lei e a Tant. Lei non aveva casa, come non ce l'avevo io.

Con lei non volevo andarci, ecco cosa le dissi. E lei: Non ribellarti, sei mio figlio. E io: Da quando in qua? Questo la offese nei suoi sentimenti, credo.

Comunque — faccio io sempre parlando piano — ora sono il capitano della goletta; mica sono più un ragazzo! Da quando? fa lei, pulendomi il sangue dalla testa con malagrazia. Fa' piano! mica sono una patata! Da quando? lei ripete, e ci mettiamo tutti e due a ridere, come stupidi, senza sapere perché. Poi mi abbracciò e si rimise a piangere. Non sapevano dove andare, lei e la piccola Minnie.

Be', io mi sono commosso e l'ho abbracciata. Mi sentivo solo, mi mancava qualcuno, ma non sapevo chi. Mica l'ho mai scoperto, a tutt'oggi. Secondo i preti mi mancava Gesù.

« L'ha chiamata Minnie, come quella schifosa di sua sorella », si lamenta Henrietta fra i singhiozzi, « e io lo odio quel nome, e anche Min lo odierà! »

Sentir parlare della sorella di Mister Watson mi mise il nervoso. Lui adesso sta bevendo e il suo silenzio trapassa il muro e arriva fino a noi. Le dico di star zitta. Da un albero vicino alla cisterna viene il verso di un uccellino verde-giallo che canta anche d'estate...

Mister Watson mi chiama con voce dura: Venite qui, capitano! Dobbiamo parlare di affari!

Henrietta mi tira per la manica, spaventata. Come aveva fatto a sentirmi, quell'uomo? A udire le mie vanterie? Avevo parlato così sottovoce! Ma — come diceva Tant — Mister Edgar Watson sentiva scoreggiare un ranocchio in mezzo a un uragano. Questo non s'impara tanto andando a caccia — diceva Tant — quanto a essere cacciati.

Carrie Watson

Questo diario appartiene a Miss Carrie Watson

15 settembre 1895 - Il treno che da Arcadia porta al sud resta fermo la notte a Punta Gorda, prima di ripartire per il nord; e i ferrovieri, gentilmente, ci hanno permesso di dormire a bordo, sui sedili di velluto rosso, dopo aver spazzato via i gusci di noccioline e altre porcherie. Papà aveva dato istruzione per telegrafo che prendessimo alloggio all'albergo, appena arrivati, per riposarci, ma la mamma ha detto che la vita le ha insegnato a non fidarsi mai. Meglio non spendere soldi per l'albergo, casomai qualcosa andasse storto, come al solito, e Mister Edgar J. Watson non si presentasse. Comunque, deve trattarsi di un altro, perché suo marito si chiamava Edgar A. Watson a suo tempo. La mamma era di umore strano.

La notte scorsa ero tanto stanca che ho dormito come un sasso. Ho avuto un incubo ma non mi sono svegliata. Appena si è fatto giorno ci hanno fatto scendere dal treno e siamo stati a guardarlo ripartire, lì impalati sulla sabbia. Ha lanciato un gran fischio e sferragliando si è messo in moto. A poco a poco è diventato sempre più piccolo, fino a ridursi a un puntolino nero sulle rotaie che luccicavano sotto il sole del mattino. Noi facevamo cenni di saluto, agitando le braccia, poi il treno è scomparso. Solo due rotaie sottili come nastri d'argento che serpeggiano verso nord, da dove eravamo venuti.

La stazione è chiusa fino alla settimana prossima e non c'è anima viva. Gli avvoltoi sono padroni del cielo. Il cielo nella Florida del sud è bianco per la calura come se dal sole piovessero ceneri. Nel vento caldo, le piccole palme arruffate si stagliano nerastre e il riflesso del sole tra le foglie mosse ne sfuma i contorni. Quando il sole è alto il vento cala e gli uccelli tacciono, e incombe un'afa tremenda. Tutto è arido e secco.

La mamma cerca di rassicurarci, sorride in quel suo modo buffo e dice: Bene, bene, eccoci qua, nel profondo sud della Florida! Come se questo silenzio di morte e questo sole spettrale, tutta questa sabbia rovente e questi sterpi spinosi fossero quello che abbiamo sognato per tutta la vita.

Ancora nessun segno di Mister Watson, nessuna notizia.

Lo chiamo « Mister Watson », proprio come la mamma, che è molto molto severa quando si tratta di buone maniere, e certe volte, quando è di malumore, dice che le buone maniere sono tutto quel che ci è rimasto. Ma in cuor mio penso a lui come a « papà » perché così lo chiamavo da piccola in Arkansas. Oh, lo ricordo, lo ricordo bene! Era tanto divertente. Ci compensava di tutte le volte che la cara mamma era triste e seria. Ci portava i soldatini di stagno da Fort Smith e giocava con noi, sul pavimento della baracca. (Rob era troppo grande, naturalmente, e poi lui se la svignava non appena sentiva arrivare papà, andava a dar da mangiare ai maiali.)

A Eddie gli davo i Nordisti, i « maledetti yankee », le giubbe blu, tanto lui era troppo piccolo per capire la differenza. Lucius era un bambino, allora, e non si può ricordare di papà, anche se dice di sì. Ma Eddie e io non abbiamo mai dimenticato il nostro caro carissimo Mister Watson, e nemmeno Rob può averlo scordato.

Ho molto tempo per te, caro Diario, perché Rob ha il muso, la mamma è pensierosa e io sono stufa di badare ai fratelli più piccoli. Fu papà a suggerirmi di tenere il diario, tanto tempo fa, quando ero una ragazzina. Lo sorpresi che scriveva su un quaderno rilegato, sotto gli alberi. Gli chiesi che cos'era e lui mi prese sulle ginocchia e mi disse: Ecco, Carrie tesoro, è una specie di diario. Io lo chiamo « Note in margine alla mia vita ». Mi sorrise in quel suo modo timido, come fa talvolta quando teme di non averti divertito. Mi spiegò che la sua ortografia non era tanto buona perché da ragazzo nella Carolina c'era la guerra fra Nord e Sud e suo padre era via e lui doveva badare alla madre e alla sorella, quindi a scuola c'era andato poco. Ma teneva quel diario fin da ragazzo perché questa è una tradizione nella famiglia Watson.

Il diario di papà aveva un lucchetto e lui giurava che non l'avrebbe mai fatto leggere ad anima viva, nemmeno quando io mettevo il muso e facevo i capricci. Gli domandai: Mai? Forse un giorno, mi rispose papà. Be', la mamma aveva paura anche solo di prenderlo in mano, figurarsi leggerlo, ma io pensavo che per me era diverso. Lui mi spiegò che se un diario non è completamente privato allora non è un vero diario, non può essere del tutto sincero e quindi non è più « un amico fidato ». Perciò il mio lo tengo segreto a tutto il mondo, anche alla mamma.

Rob aveva quasi dodici anni quando papà se ne andò. Stavamo in Arkansas, allora, nella Crawford County, e Lucius era appena nato. Rob si fece avanti e affrontò quegli uomini che erano arrivati a cavallo. Li avvertì che avevano varcato la proprietà di papà e che stessero attenti altrimenti si ritrovavano con una pallottola in mezzo agli occhi. Allora uno degli uomini disse a un altro: « Sul retro », e Rob gli si avventò contro prima che la mamma potesse fermarlo. Che cosa terribile, quel pallido ragazzo bruno che tempestava di pugni il ginocchio di quell'uomo. Si tagliò malamente una mano con gli speroni e fu scaraventato per terra.

La mamma ci raccontò che papà si era assentato per affari e che era andato nell'Oregon. Restammo soli per un po' di anni, poi lasciammo l'Arkansas e andammo in Florida, e lì restammo un anno con la nonna Ellen Watson e la zia Minnie Collins e i nostri cugini.

Rob non ci voleva venire da papà. E alla fine la mamma ha confessato che era stata lei a scrivergli e lui non ci avrebbe mandato a chiamare se lei non gli scriveva, anche se non se la passava male nella sua nuova fattoria. Probabilmente si è messo con un'altra donna, ha detto Rob alla mamma. Rob ce l'ha con il povero papà; è con la mamma e le ricorda ogni tre minuti che non è suo figlio e che non è tenuto a occuparsi di lei, se a lui non va. E la mamma gli dice con calma: « Non sarò tua madre, Rob, ma sono tutto quello che hai ». E con calma continua nelle sue faccende, lasciando Rob a bocca aperta. Lui ha un'aria buffa, tutto piegato come fosse caduto da cavallo a testa in giù. Una volta mi sorprese a guardarlo e mi diede una sberla, ma non disse neanche una parola.

Rob passa per un bel ragazzo, con quei capelli neri lisci e le folte sopracciglia nere e la pelle bianca che deve averle preso dalla madre buonanima. Le uniche cose che ha preso da papà sono le lentiggini rosse sugli zigomi e quegli occhi azzurri come il cielo. Gli occhi azzurri coi capelli neri metton quasi paura. Quelle lentiggini sembrano gocce di sangue, tanto è chiara la pelle, mentre papà è talmente cotto dal sole che gli si vedono sì e no, tranne quando è arrabbiato. Allora gli splendono come il fuoco, dice la mamma. Noi figli non vediamo l'ora di vedere papà che risplende come il fuoco.

Io non somiglio né a papà né alla mamma. Mi sento come un essere straniero che la gente chiama Carrie, ma nessuno sa da dove vengo. Papà ha la faccia a cuore mentre il viso della mamma è lungo; il mio una via di mezzo, né piatto né sottile, ma zigomi alti e labbra carnose, « labbra che sembrano punte da un'ape » come dice Mister Browning nel libro di poesie della mamma. Ho i capelli castani, io, Lucius e la mamma biondo sabbia, e papà li ha castano scuro rossiccio, con fili d'oro in estate.

Eddie ha preso da papà e diventerà grande e grosso e robusto, carnagione rossiccia, ma ha i capelli e la pelle più chiari. Le sue maniere e la sua espressione, dice la mamma, sono molto differenti, come se il fuoco di papà si fosse spento. Io somiglio più a papà, secondo lei, ho i suoi « occhi prominenti e penetranti », che nonna Ellen chiama « quei pazzi occhi Watson ».

Lucius ha i tratti sottili di mamma e quella curiosa smorfietta che di rado diventa un sorriso vero. Ha gli occhi scuri e profondi. Diventerà alto, da grande. (Anch'io sono abbastanza alta — ce ne sarà tanta di Carrie, dice ridendo la mamma.) Lucius è molto sensibile, gentile. Non è serio e musone come Rob, o come Eddie, gli piace di più divertirsi. Anch'io sono un po' così. La mamma dice che ho poco cervello, non mi applico allo studio, preferisco scorrazzare qua e là, andare a *vedere*. Che altro può fare chi è curioso?

Sono stata io la prima a vedere la vela, bianca come l'ala di un gabbiano, laggiù verso la foce del Peace River. Era papà, l'ho capito subito. Non avevo mai visto una barca e volevo correre sul molo, a fare cenni di saluto. Ma la mamma diventò pallida e disse: Non siamo sicuri che è Mister Watson, dobbiamo aspettare qui.

Ben presto la vela era tanto vicina che la sentivamo schioccare al vento, e mamma disse: Casomai fosse Mister Watson, meglio alzarci in piedi così ci vedrà, senza che vada all'albergo per niente. Quindi ci mettemmo tutti in fila davanti alla stazione, tutti tranne Rob, che se ne stava da una parte. Rob non s'era voluto mettere il vestito della festa, voleva fosse chiaro che lui non c'entrava con una famiglia che andava a vivere di carità giù nel sud della Florida.

Era mezzogiorno, non c'era ombra da nessuna parte, e noi stavamo là a guardare la spiaggia, nel vento caldo. Alla luce accecante vedemmo due figure nere, una più grande e una più piccola. Pensai che il sole mi desse le vertigini. Mamma, gridai, lascia che gli corro incontro! Ma lei scuote la testa e così restiamo lì, rigidi come bastoni.

Un uomo grande e grosso, con un cappellaccio nero in testa, e un ragazzo alto e magro attraversarono lo spiazzo di sabbia bianca fra il molo e la stazione. Eccolo, finalmente, il nostro papà, e nessuno che sorridesse. Mi sentivo triste per lui! Ma nessuno di noi gli corse incontro. Alla fine si fermò a pochi metri da noi e si tolse il cappello e fece un piccolo inchino. Nessuno disse una parola. Lui aveva ancora il suo orologio d'oro con la catena e gli diede un'occhiata. « Mi dispiace che siamo in ritardo », disse. « Tempo cattivo. » La sua voce era profonda e gradevole, un po' burbera, come se non avesse nessun diritto su di noi, non ancora. Non si avvicinò.

Portava un vestito di lino, cravattino nero, stivaletti lustri e baffi impomatati, e stava a capo scoperto. Sembrava davvero felice di vedere quel branco di musoni, e ripeteva Ohimè! Ohimè! sorridendo a noi quattro in fila, cioè la sua famiglia.

La mamma si vedeva che aveva una gran voglia di sorridere ma non ci riusciva. Il grazioso cappellino rosa — per cui aveva tanto spasimato e prima di comprarlo ci aveva pensato mille volte perché secondo lei era uno spreco, tanto non l'avrebbe messo più — le era scivolato di traverso, e lei neppure se n'era accorta tanto era nervosa e stanca. Le mani rosse, di cui tanto si vergognava, se le stringeva così forte ch'erano bianche, e la faccia era pallida e smunta. A vederla così mi si spezzò il cuore, perché la nostra mamma è stata sempre triste e malaticcia. Chissà se è per questo che ha scritto a papà.

Papà disse: « Ma che bella famiglia, signora Watson, che avete con voi! »

La mamma annuì, troppo agitata per parlare. Poi rivolse un sorriso al ragazzo sconosciuto, che aveva l'aria timida e spaurita come noi. Era magro, pelle bruna, i capelli schiariti dal sole, gambe lunghe lunghe tanto che i calzoni gli arrivavano sopra le caviglie. Era scalzo, ma per il resto era vestito come Rob, camicia senza colletto e le bretelle per reggere i calzoni. Mutande, forse. No, non credo che le portasse, ma questi non sono affari miei. Dirò che pareva pulito e non mandava tanto cattivo odore.

Gli rivolsi un sorriso gentile, appena un lampo di sorriso, ma bastò a spaventarlo. Si fece rosso come un pomodoro e levò gli occhi al cielo, in cerca di uccelli. Poi abbassò lo sguardo, ma si voltò da un'altra parte e si mise a fischiettare.

Papà all'improvviso si mosse e andò verso la mamma, tendendole le mani. Io la vidi far la mossa di allungare le sue, ma le ricaddero, e allora anche Mister Watson lasciò cadere le braccia. Apriva e chiudeva il pugno. Quelle quattro mani che non sapevano che pesci pigliare facevano proprio pena!

Non ne potevo più, dovevo fare qualcosa, altrimenti quella piccola stupida Carrie sarebbe scoppiata in lacrime. Lanciai un gridolino e corsi a gettare le braccia al collo di papà e mi aggrappai a lui con tutte le mie forze, sperando per il meglio.

Sapevo che lui guardava sua moglie al di sopra della mia testa. Poi gli sfuggì un sospiro. Qualcosa si sciolse nel suo ampio petto e le sue braccia mi strinsero forte.

Quando mi voltai, la mamma stava sorridendo. E allora, dannazione, quella stupida Carrie si mise a singhiozzare, e anche la mamma, ma al tempo stesso sorrideva. Come quando piove e c'è il sole. Era un sorriso bellissimo, un po' tremante, pieno di speranza; mai vista un'espressione così dolce su quel viso sempre triste. Mi commossi ancor di più.

Quel sorriso fu come un segnale per i ragazzi, che corsero ad abbracciare il padre, non perché lo amassero come io lo amavo — loro erano troppo giovani — ma perché così si usa, così fanno tutti i figli. La mamma nascondeva molto bene le sue lacrime sgridando i ragazzi perché sgualcivano il vestito a Mister Watson, ma papà Orso stava saltellando qua e là, proprio come faceva quand'ero piccola, minacciando di portare quei bambini nel bosco per divorarli nella sua caverna. Eddie urlava per dare sfogo ai nervi, fingendosi spaventato, ma il piccolo Lucius, di appena sei anni, si lasciava strapazzare senza dir nulla, girandosi ogni tanto a guardare la mamma, tanto per assicurarsi che non se andasse via.

Per tutto questo tempo quello sciocco di Rob non si mosse d'un passo e continuò a dondolarsi avanti e indietro, con le mani affondate nelle tasche, guardando storto Mister Watson. Alla fine se ne accorsero tutti della sua malacreanza, ch'era poi quello che lui voleva. Sennonché Rob non riuscì a sostenere lo sguardo di suo padre, allora fece un cenno col mento a quel ragazzo forestiero come per dirgli: A te che te ne importa? Bada agli affari tuoi, se non vuoi che ti rompo il naso!

La mamma lo ammonì, un bisbiglio appena: « Rob! »

Papà posò giù i piccoli, poi si rassettò la giacca, con gesti lenti, meticolosi. « Dunque, ragazzo », disse, e gli si avvicinò tendendogli la mano. Quanta paura avevo che Rob si rifiutasse di stringergliela. Lo conoscevo bene. Quella mano restò tesa tanto a lungo che potei vederne i peli del dorso mossi dal vento.

Io l'avrei tirata indietro subito quella mano, ma papà no! Lui aveva indovinato quello che Rob avrebbe fatto, e stava pronto, continuava a tenere la mano tesa, minuto dopo minuto, mentre quello stupido si faceva tutto rosso in faccia e lanciava un'occhiata disperata alla mamma.

Poi Rob con una voce così cattiva come non gli avevo mai sentito prima disse: « Perché te ne sei andato via e non ci hai mai scritto e non ci hai mai mandato a chiamare? Non ci avresti mai fatti venire, se lei non ti avesse pregato strisciando e... » Si interruppe perché papà aveva alzato un braccio pronto a dargli un ceffone.

La mamma gridò: « Oh, Edgar, per favore! È sconvolto, non sa quello che dice! » Queste furono le prime parole che rivolse al marito, dopo cinque lunghi e duri anni.

Lui allora abbassò il braccio e con molta calma parlò a Rob. « Ci sono cose che devo spiegare, è vero, ragazzo. E intendo farlo, appena sarò pronto. E la prossima volta che parli con una tal mancanza di rispetto sarà meglio che ti accerti che io non possa sentirti. »

« Altrimenti mi spari? Alla schiena? »

Queste sono le esatte parole di Rob! Con una smorfia cattiva! Da non credersi! Ma adesso era spaventato; fece un passo indietro e poi corse via.

Papà sospirò e poi si voltò verso la mamma.

« Mandy », le disse, « questo giovane qui è Henry Thompson. È mio socio da alcuni anni e sarà un ottimo comandante della mia goletta. Henry, ho l'onore di presentarti mia moglie, la signora Jane Watson. È maestra di scuola e spero che provvederà alla tua istruzione, e anche alla mia, perché ne abbiamo bisogno. Questa bella signorina è Miss Carrie, e questi bei ragazzi sono Eddie e Lucius. »

Lucius ha sei anni, ma papà lo sollevò come se ne avesse due e lo tenne a mezz'aria per guardarlo meglio. « Non lo vedevo, il mio Lucius, da quando era in fasce. È venuto su proprio bene », disse.

Lucius rivolse una timida occhiata triste alla mamma per vedere se anche lei pensava che era venuto su bene come diceva papà.

Il ragazzo alto e magro strinse la mano a tutti quanti. La sua mano era dura e callosa e io la tenni stretta un attimo di più.

Anzi, non volevo lasciarla andare, volevo che guardasse di nuovo gli uccelli nel cielo, ma poi, quando vidi che papà mi guardava, la ritirai subito. Poi papà indicò Rob e disse a Henry: « E questo è il mio figliolo maggiore, Robert Watson ». E tirò fuori di nuovo l'orologio, come se il tempo di Rob stesse per scadere.

Henry Thompson gli porse la mano e Rob lo fece aspettare un attimo, prima di stringergliela. Ma quando Rob gli diede uno strattone per fargli perdere l'equilibrio, giusto per dispetto, Henry non cadde. Non mollò la mano di Rob e guardò papà, e papà si mise le mani dietro la schiena e con gli occhi rivolti al cielo attaccò a fischiettare.

Allora il ragazzo gli torse il braccio a Rob, che alla fine non ne poté più e lanciò un gridolino. Poi però strinse i denti e capimmo che non avrebbe urlato più, nemmeno se gli avessero staccato il braccio. Ma quel ragazzo non conosceva ancora Rob e così la mamma gli disse in tono gentile: « Mister Thompson, per favore ». Henry Thompson lanciò alla mamma uno sguardo imbarazzato e lasciò il braccio di Rob.

Rob si infilò le mani in tasca, poi guardò suo padre e poi di nuovo Henry, annuendo con la testa. Io so bene quello che pensava: se papà lo avesse portato con lui, quando se ne era andato dall'Arkansas, adesso sarebbe stato lui, Rob Watson, il comandante della goletta, e non quello spilungone maleducato.

Henry Thompson

Navigando nel Golfo, diretti a nord, verso Punta Gorda, trovammo mare grosso nella Baia di San Carlos; e quando arrivammo il treno era già ripartito. Proprio un peccato, davvero, perché io un treno non l'avevo mai visto. E prima che mi capiterà di vederlo, passeranno venti anni, tanto per darvi un'idea di come si era fuori dal mondo nelle Isole.

Mister Watson e io andammo a piedi alla stazione. La prima stazione che vedevo. Fino al 1900, o giù di lì, a Punta Gorda finiva il tronco di ferrovie costruito sulla costa occidentale della South Florida Railroad, dieci anni prima. Da Punta Gorda, chi doveva andare più a sud proseguiva a cavallo o in diligenza, e fino al traghetto di Alva ci volevano cinque ore. Ted Smallwood abitava vicino ad Arcadia ed era lui, quando era giovane, a fare il postiglione. Solo nel 1904, più o meno, un ponte ferroviario attraverserà il Calusa Hatchee. E il merito fu tutto dell'uomo che sposò Carrie Watson.

Miss Carrie era graziosa, proprio come nel ritratto, e mi ha fatto girare la testa appena l'ho vista. La signora Watson fu molto gentile con me, tutti furono gentili tranne Rob, che aveva un anno più di me ed era sgarbatissimo. Non somigliava agli altri nemmeno un po'; era magro, pallido pallido, e coi capelli neri.

La notte la passammo all'albergo Henry Plant, e ci fermammo lì anche a mangiare. La mattina dopo, molto presto, partiamo per le Isole e facciamo una sosta a Panther Key per passare la notte. A darle quel nome Panther Key è stato Juan Gomez, perché una volta una di quelle bestie gli sbranò le capre. Ancora oggi lo chiamano così.

Johnny Gomez, come lo chiamavamo noi, ci preparò aragoste bollite per cena. Erano le prime che mangiavamo. Gomez non la finiva mai di parlare, senza mai togliersi la pipa dalla bocca. Lui la chiama scaldanaso, quella pipa di coccio. Mister Watson si era già messo d'accordo con Gomez per fare quella sosta durante il viaggio, perché voleva che i figli lo ascoltassero raccontare di quando Napoleone gli aveva augurato *buena suerte* a Madrid e di quando s'era messo col pirata Gasparilla. Mister Watson gli fece bere parecchio liquore, a Johnny, e quello si riscaldò tanto che poi confondeva i secoli l'uno con l'altro. Almeno così mi disse in un orecchio la signora Watson. Lei faceva del suo meglio per non ridergli in faccia. Era maestra di scuola, lei, ci aveva una certa istruzione, e a me consigliò di pigliarlo, il vecchio Gomez, « con un grano di sale ».

Su una cosa non c'è dubbio: Gomez era molto vecchio. Diceva di avere combattuto con Zach Taylor nel 1837, durante la prima guerra indiana. E può essere che è vero, visto che un giorno a Marco mi capitò di sentire il vecchio padre del capitano Bill Collier raccontare che aveva conosciuto quella canaglia di Johnny Gomez prima della guerra di Secessione, e che già allora era un dannato bugiardo.

Gomez continuò a chiacchierare tutta la notte e Mister Watson beveva con lui, si dava delle gran manate sulle gambe e scuoteva la testa, ascoltando quei vecchi racconti, come non avessero aspettato altro. Guardava la faccia dei figli e ogni tanto mi strizzava l'occhio. Non l'avevo mai visto così felice in vita mia. E anche i figli erano felici, tutti tranne Rob, che non sorrideva mai e non staccava mai gli occhi da me e dal padre. Avevo capito che non gli ero per niente simpatico, e nemmeno lui a me.

Mister Watson, be'... lui sembrava un pascià, seduto là in mezzo alla famiglia, alla luce del fuoco che scoppiettava, coi figli intorno e Miss Carrie che sembrava in adorazione. Magari avesse guardato a me in quel modo! Credo che mi si sarebbe fermato il cuore e me ne sarei andato felice come un agnello incontro al Creatore.

Non ci riuscivo proprio a toglierle gli occhi di dosso, e Mister Watson mi ha preso in giro quando ce ne siamo andati a pisciare. Eravamo lì, spalla a spalla, e lui mi ha avvertito da uomo a uomo ma anche come amico di non fare stupidaggini. Può essere che quelle domande che gli avevo fatto su Miss Carrie non gli erano piaciute tanto. Mi disse che la ragazza aveva solo undici anni, mentre io credevo che andasse per i quattordici, che è l'età da marito sulle Isole, più o meno. Volevo morire, tanto mi sono vergognato, e tirai dentro il mio attrezzo più alla svelta che potei.

Tanto per cambiare discorso dissi a Mister Watson che, al posto suo, avrei preso il vecchio Gomez con « un granello di sale », e lui ridacchiò. « Ma non sei al posto mio, Henry Thompson, e mai ci sarai; quindi ti conviene andarci piano con quel sale. Già la prendi, questa vita, con un po' troppo di sale. »

Il giorno dopo soffiava un bel vento, mentre si navigava sottocosta, e moglie e figli di Mister Watson ci avevano tutti il mal di mare. Mi toccò tenere Miss Carrie per la vita, per non farla cascare in acqua. A un certo punto le arrivò uno spruzzo in faccia, ma lei si mise a ridere, senza badare ai capelli fradici. Aveva proprio uno spirito libero e, per quel che ne so, non l'ha mai perso. Spesso ho pensato a lei, questi ultimi anni, perché gli ho lasciato il cuore, a Carrie Watson, e non l'ho mai riavuto indietro.

Eddie aveva otto anni e Lucius sei, ma erano già piuttosto svegli. Gli ho innescato una lenza per uno. Sebbene avessero vomitato anche l'anima, si sono messi a pescare, e anche Carrie. Prendemmo un mucchio di sgombri e continuammo finché non gli fecero male le braccia a tutti e tre e non ce la facevano più a tirare i pesci in barca. Anche la signora Watson sembrava contenta, e chiamava i figli per mostrargli i delfini, quando passavano, o le onde che andavano a frangersi sulle spiagge luccicanti, e le verdi muraglie di mangrovie, senza segno di vita umana, e le bianche torri delle nuvole sopra le Everglades. E così guardavo anch'io dove lei indicava, come se quella costa la vedessi per la prima volta.

Rob non gridava mai, quando vedeva delfini, ma non si perdeva niente, e dopo un po' ci diede anche lui una mano a tirare in barca il pesce, che noi poi dovevamo salare e affumicare per le nostre provviste. Io conoscevo bene il mio mestiere e Rob mi stava a guardare attento, e imparava alla svelta. Ma lui non lo vedevo nemmeno, tanto ero preso a mettermi in mostra con la sorella. Quel giorno, mentre navigavamo sulla goletta, fu il più felice della mia vita, e non l'ho più dimenticato.

Durante tutto il viaggio Mister Watson non fece altro che parlare dei suoi progetti per bonificare le Isole. Guardandolo agitare le braccia e battere il pugno sul tavolo, la signora Watson sorrideva e scuoteva la testa, sempre con quell'aria malaticcia.

Se ne accorse, che la fissavo. « Me lo ricordavo », disse, « che Mister Watson agitava sempre le braccia a quel modo. » Parlava a bassa voce, per non urtarlo, ma lui la sentì lo stesso. « No, Mandy », fece, « agito le braccia solo quando sono felice. » Le parlava con gentilezza più che quando si rivolgeva a Henrietta, e allungò la mano sopra il timone per farle una carezza. Per un momento, lei sembrò triste, come se avesse un brutto presentimento.

Henrietta mica se n'era andata da Chatham Bend come gli era stato ordinato, e non aveva nemmeno badato alla casa. Si era scolata qualche bottiglia, invece, e adesso se ne stava lì, sulla porta, con in braccio Minnie e le faceva agitare la manina grassoccia per salutare i nuovi arrivati. Quegli occhi neri dei Daniels sfidavano Mister Watson. Sarebbe rimasta ancora un po', gli disse, per pulire ben bene la casa, e poi se ne sarebbe andata a Caxambas da Josie, la sorella di Tant.

Mister Watson tirò fuori l'orologio e non disse nemmeno una parola. Poi rimise l'orologio nel taschino. Aveva la pelle tirata sugli zigomi da tanto che era rigido, e la bocca serrata.

Allora Henrietta si è spaventata e si è messa a raccontare che aveva mandato a chiamare suo fratello Jim ma che lui non era venuto. Era una bugia: Jim Daniels abitava a Lost Man's Beach, vicino al vecchio James Hamilton. Henrietta era rimasta per fargli dispetto, a Mister Watson, perché sapeva che non le avrebbe fatto niente davanti ai figli.

Mister Watson si avvicinò e le mise una mano sulla spalla, vicino al collo, senza dire una parola. Noi non lo vedevamo in faccia, lui, ma lei diventò pallida e cominciò a piagnucolare: « È Tant che non è venuto, ve l'ho detto! » dimenticando che era Jim Daniels, e non Tant, che doveva venirla a prendere.

Quando Mister Watson si voltò la sua faccia si era ricomposta, ma gli occhi erano ancora di ghiaccio. Presentò mia madre come la sua governante. Ma la moglie e i figli continuavano a guardare i capelli rossicci di Minnie, lo stesso colore dei suoi. Allora, vedendo la faccia che aveva fatto la moglie e anche Rob, Mister Watson capì e tossicchiò imbarazzato. Poi, tutto d'un fiato, disse: « Questa è la tua sorellina, Rob. Si chiama Minnie, come la vostra zia ». Alla moglie rivolse un inchino, con aria dispiaciuta.

La signora Watson doveva essersi aspettata il peggio, e in seguito, quando l'ho conosciuta meglio, ho capito che per lei fu un sollievo che lui non le avesse mentito. Tirò fuori un fazzolettino di pizzo e si asciugò le labbra, poi sorrise a Henrietta. Gliene fui grato. Quando Henrietta rientrò in casa, lei si girò verso il marito e gli disse, con calma: « Peccato che la casa non sia stata pulita a dovere, prima che arrivassimo noi ».

A Caxambas ce la portai io il giorno dopo, mia madre.

Quando Mister Watson aveva deciso di far venire la famiglia a Chatham Bend, aveva ordinato il legname per una grande casa nuova. Da Tampa fece venire i carpentieri, e tutto il vicinato gli diede una mano. Usò il legno di pino della Dade County che quando è verde si lavora bene ma stagionato è tanto duro che i chiodi li ficcheresti meglio in una rotaia della ferrovia. Comunque, è il miglior legno della Florida. Finita la casa, la dipinse di bianco. E quella casa bianca spiccherà, per mezzo secolo, in mezzo a quei fiumi scuri. Tranne quella degli Storter, a Everglade, non ce n'era nessuna che reggesse il confronto con quella, da Fort Myers fino a Key West, nemmeno la casa dei Santini a Chokoloskee.

Le altre famiglie di bianchi non avevano niente di simile a quella. Quelle che nelle Isole si chiamavano case non erano altro che vecchie assi inchiodate insieme, con piancito di terra battuta e tetto di paglia. La gente coltivava un po' di ortaggi, ma perlopiù campava di selvaggina e pesce. Mister Watson, invece, sperimentava ogni sorta di colture, ortaggi, tabacco e via discorrendo, aveva cavallo e carretto, due vacche, maiali e galline. A baratto, si pigliava soltanto caffè e sale. Anche i fagioli li compravamo, e li mettevamo in sacchi di iuta, appesi a un chiodo. Si affumicava la carne, si macinava la farina di granturco, si faceva lo zucchero e anche qualche liquore. Quando gli ortaggi scarseggiavano, risalivamo i torrenti fino alle pinete, a raccogliere certe radici per ricavarci fecola e farina. Sulle alture si andava a tagliare le cime dei palmeti, che sono buone da mangiare.

Jane Watson non stava tanto bene, quando arrivò a Chatham Bend, e il marito si prendeva cura di lei. Anche quando riusciva a camminare da sola, la prendeva in braccio e la faceva sedere su una sedia all'ombra, dove tirava il venticello fresco dal Golfo, sotto quelle *poincianas* rosso sangue piantate anni prima dal vecchio Francese. Quando le passavo vicino e la vedevo, seduta là, con quel vestito azzurro come il cielo, immobile nel gran caldo, mi domandavo sempre quali dolci pensieri passavano per quella testa. Jane Watson guardava saltare i muggini e i tarponi, e gli aironi che volavano avanti e indietro sul fiume, e il grosso vecchio alligatore, che sembrava un tronco di cipresso, sulla sponda opposta. Ogni anno quell'alligatore scendeva dalle Everglades con le piogge d'estate, e i ragazzi lo chiamavano il Coccodrillo Gigante.

Un giorno mi fa cenno di avvicinarmi e mi dice: « Dato che la piccola Minnie è tua sorellastra, Henry, noi siamo un po' parenti, vero? » Io faccio sì con la testa. E lei: « Allora, per favore non chiamarmi signora Watson. Perché non mi chiami invece zia Jane? » Come ha visto che avevo le lacrime ai occhi, mi ha abbracciato subito, così potevamo far finta tutti e due che non le aveva viste.

La moglie era arrivata da poco quando Mister Watson decise di portarla a far visita al vecchio Francese. « Il passato è passato! Niente più rancori, gli piaccia o no a quel vecchio figlio di puttana », mi disse. Sperava che la compagnia di una persona istruita convincesse sua moglie che la vita sulle Isole non era poi tanto brutta. Era un po' sbronzo, ma di buon umore, tranquillo, e si portò via la brocchetta. Prese anche il fucile, « in caso M'sieu non gradisca una visita di cortesia. Comunque, non tollererò il suo turpiloquio », aggiunse, « di fronte a Mandy, no ».

Zia Jane non stava tanto bene, ma quel giorno lui non ci badò e la portò in braccio all'approdo. Ti farà sentire meglio questo viaggetto sul fiume, ecco cosa le disse. Quando tornarono, quella sera — era estate e c'era ancora un po' di luce — mi raccontò che all'inizio l'accoglienza non era stata tanto buona, ma poi tutto era filato liscio come l'olio. Alla fine disse: « M'sieu Chevelier è un ottimo padrone di casa ». A quelle parole zia Jane sorrise, quel suo sorriso debole, troppo stanca per parlare. Comunque, quella visita le fece bene davvero. A lei il Francese riusciva più simpatico che non al marito, e pensava di scambiare dei libri con lui, ma questo non avvenne mai.

Zia Jane teneva sempre i libri accanto a sé, ma a un certo punto smise di leggèrli. Mister Watson le leggeva ogni giorno qualche brano della Bibbia, perché ne aveva bisogno, e anche a noi ce la leggeva, la domenica, « ne avessimo bisogno o no ». Non si stancò mai di ripeterla questa battuta, finché lo conobbi. *Si riversi la Collera di Dio sopra la terra!...* ci faceva rimanere in ginocchio per un'ora di fila, quell'uomo, perché ci entrassero bene nella zucca, quelle parole. *E il mare divenne simile a sangue, e nel mare ogni anima vivente morì!* Montava in collera anche lui, urlando e sputacchiando — come fosse il

Padreterno in persona — oppure lo prendeva in giro, Iddio Onnipotente. Così la pensava Rob. Oggi credo che Rob forse aveva ragione. Ma per chi non lodava il Signore c'era una bella razione di frustate con la cinghia. E al povero Rob gli toccava quasi ogni domenica. Faceva pena. Tant, lui, non aveva mica tanta soggezione, però faceva finta di pregare più del necessario; alzava gli occhi al cielo e cantava gli inni a squarciagola, tanto che Mister Watson gli lanciava delle occhiatacce per farlo calmare.

Tant era impertinente con Mister Watson, perché sapeva di non correre nessun rischio. Era più benvoluto di me, nonostante fossi fedele e affezionato. E così — io mi rodevo dentro per questo — a Tant non gliene importava un bel niente di quello per cui io avrei dato un occhio; lui cercava solamente la maniera di divertirsi e non avere grane.

Certe volte Mister Watson ci leggeva qualche pagina di un libro di Rob, intitolato *Due anni in marina*. C'è un punto in cui questo capitano Thompson frusta un povero marinaio, che grida: *Oh, Gesù Cristo, oh, Gesù Cristo!* E il capitano gli dice: *Chiama piuttosto il capitano Thompson. Lui può aiutarti. Gesù Cristo non può fare niente per te, adesso!*

Restammo tutti scossi, quando lesse questo pezzo, non tanto per le parole, ma per come leggeva lui. Era esaltato. Mi prendeva in giro, e mi chiamava capitano Thompson, come quel personaggio. « Ci avresti qualcosina da imparare, da uno così », mi disse. Zia Jane, davanti a lui, mi avvertì di non fargli caso. A lui disse, a bassa voce: « Gli fai del male ».

Una volta gli domandai: « Mister Watson, *sir*, voi ci credete in Dio? » E lui mi rispose: « Crederci non vuol dire che mi fido di Lui ».

A volte prendeva in giro zia Jane e diceva che tutti i grandi inni sono stati scritti da schiavisti, perché gli schiavisti erano molto religiosi.

E la moglie magari sorrideva, ma piano piano sussurrava: « Prego che tu faccia pace con Dio, prima di morire ». Non sapevamo cosa volesse dire, e non eravamo tenuti a saperlo. E lui le rispondeva: « Sta' tranquilla », e poi si metteva a cantare con quella bella voce:

Oh com'è dolce il suono della voce
Che salvò un disgraziato come me!
Smarrito ero un tempo, or sono stato trovato.
Ero cieco ma adesso io vedo.

Molti pericoli, fatiche e insidie
Ho già superato.
La grazia mi ha condotto sin qua sano e salvo
E la grazia a casa mi riporterà.

Prima dell'arrivo della famiglia, Mister Watson non aveva nessun interesse per la religione, nemmeno un po'; e così dopo che loro se ne furono andati. E io neppure. Alla fine credevo solo a quello che vedevo coi miei occhi, né più né meno. Più avanti c'è stato chi me lo ha rinfacciato, di essere un senza Dio. Ma cosa ci potevo fare? Io non lo conoscevo, Dio, e Lui non conosceva me.

Una mattina, non molto tempo dopo l'arrivo di zia Jane e dei figli, sentii voci di uomini che gridavano, sul fiume, e capii che erano quei visitatori del Nord per Mister Watson. Scesi le scale di corsa e lo vidi che imbracciava il fucile. La moglie, tutta tremante, ripeteva: « No, Edgar, ti prego! » Non voleva guai e credo che nemmeno lui ne voleva. Allora cosa fa? Spara un colpo e gli porta via mezzo baffo, a quello che, in piedi sulla barca, stava gridando che Edgar Watson era in arresto. E così Mister Watson gli chiuse la bocca e con un colpo solo mise in fuga quelli che erano venuti ad arrestarlo.

Più tardi, Bill House mi raccontò com'era cominciata, e io gli raccontai come era finita, quella brutta faccenda. A Bill gli sembrava divertente, era tutto eccitato, e mi fece un mucchio di domande su Mister Watson. Bill House è uno di quelli che ammazzarono Mister Watson, a Chokoloskee, quel lunedì nero, nell'ottobre del 1910. E per tutta la vita non fece che parlare di Mister Watson.

Bill House

Non molto tempo dopo che Elijah Carey ebbe riparato la vecchia casa di Richard Hamilton, arrivò un ben noto cacciatore di piume e contrabbandiere, che veniva da Lemon City. Costui, attraversate le Everglades, proseguì in barca dal fiume Harney fino a Possum Key. Si sentiva odore di costa orientale lontano un miglio. Nemmeno in casa si toglieva il vecchio cappello di paglia. Portava bretelle di cuoio e una camicia abbottonata fino al colletto. La barba folta e il sudiciume gli servivano a tener lontane le zanzare. Masticava tabacco e sputava da tutte le parti, sul nostro bel pavimento pulito di terra battuta. Si chiamava Ed Brewer e pare che avesse l'abitudine di tagliare il whisky che distillava con un po' di liscivia Red Devil — dopodiché arrivava nelle Everglades e faceva ubriacare gli indiani fino a quando non riuscivano più a ragionare, e così poteva barattare quella sua robaccia, che i pellirosse chiamavano *wy-omee*, con tutte le pelli di lontra e di alligatore su cui gli riusciva di mettere le mani. Quella porcheria venduta da tipacci come Brewer ammazzava più indiani della guerra, e a noialtri, onesti mercanti, ci rovinava la piazza. Quel giorno Ed Brewer aveva con sé una squaw. Avrà avuto sì e no dodici anni ed era così ubriaca che si addormentò dietro la casa. Brewer nemmeno se ne ricordò, di lei, e la lasciò lì. In seguito la sua tribù la ripudiò perché era stata con un bianco, e fece una brutta fine.

Ed Brewer era un tipo guardingo, di poche parole, tozzo, e pigro come una vipera, fino al momento in cui fulmineamente ti aggredisce. Passava per bianco ma era certo un mezzosangue, con occhi neri da indiano e i capelli lisci. Le mani non le muoveva, ma quegli occhi saettavano qua e là in modo buffo, come se ascoltasse delle voci che, all'interno della testa, gli dicevano cose più interessanti dei nostri discorsi intorno alla tavola. Gli sceriffi lo ricercavano, su entrambe le coste, per smercio di *wy-omee* ai mikasuki, quindi quel poveretto era alla ricerca di un posto dove sistemarsi e trovar pace.

Quando infine parlò, interruppe il capitano Carey come se quello non ci fosse. « Ho inteso dire », fece Ed Brewer, offrendo in giro la sua brocchetta di whisky, « che quella vecchia montagnola indiana a Chatham Bend potrebbe essere il posto adatto per un cittadino intraprendente come me. »

Il capitano Carey, un uomo grande e grosso, dall'aria tranquilla e cordiale, bevve, tanto per gradire, un sorso del whisky di Brewer, e quasi gli schizzarono gli occhi dalle orbite. Depose la brocchetta con un sospiro che mi pareva un vecchio delfino triste in mezzo al mare. « Be'! ci sta già uno, Ed, a Chatham Bend », gli risponde alzando la grossa mano molliccia.

« Così ho sentito dire », fa Brewer. Gli altri due lo guardarono, come se aspettassero una spiegazione. Lui non gliela diede.

Il Francese si versò un po' di whisky e dopo che l'ebbe assaggiato storse il naso aguzzo e sollevò le sopracciglia come per dire, con disgusto: « Questa schifezza non è certo quella che la gente di rango ama bere nel Vecchio Mondo! » Ma il capitano Carey afferrò la brocchetta e se la portò alle labbra, tanto per far contento il nostro ospite. Poi si pulì la bocca e sputò fuori un'altra voce che circolava per Key West: a far la spia allo sceriffo, per metterlo sulle tracce di Will Raymond e impadronirsi così di Chatham Bend — si diceva — era stato Edgar Watson.

« Sì, se n'è inteso parlare perfino a Lemon City », ammise Brewer. « Un figlio di puttana che si comporta così con un suo simile è uno — se ho capito bene — che non merita niente. »

« In certo qual modo, sì e no », disse il capitano Carey, con un gesto che invitava alla prudenza. « In fin dei conti, Watson gli ha pagato una bella somma, alla vedova di Raymond. E perciò un diritto lo può vantare. Per la legge », aggiunse.

« La legge! » sbuffò disgustato il Francese. « In Francia, ah nella belle France, si tagliavano teste a tutto spiano! » Cercammo di fermarlo, ma lui si lanciò in una delle sue tirate, citando certi *Tocchevil* e *Lafaiett* e non so quali altri compari francesi che avevano qualcosa da insegnare a noialtri americani.

Non appena poté, Ed Brewer ci informò che a Lemon City circolava la notizia che quella carogna di Watson era ricercato in due o tre Stati. Era proprio una bella occasione, dice Brewer, per fare il nostro dovere di bravi cittadini e, al tempo stesso, ricavarci un po' di profitto.

E così noi bravi cittadini ci mettemmo a confabulare, mentre Brewer metteva le carte in tavola, almeno qualcuna. Morale della favola: loro tre — Brewer, Carey e il Francese — sarebbero piombati su Watson dicendo di avere un mandato di cattura, e dopo averlo legato mani e piedi lo avrebbero portato via. Anche se non c'era nessuna taglia sulla sua testa, certo Watson sarebbe stato spedito in Arkansas, a scontare la condanna, e mentre lui pagava il suo debito alla società noi onesti cittadini avremmo avuto il commercio delle piume tutto per noi.

Ecco come Ed Brewer venne a conoscere certe cose sul conto di Ed Watson. A Lemon City, un amico di Brewer, un certo Sam Lewis, lavorava come barista nel locale di Pap Worth. Sam Lewis presentò Ed Brewer a un paio di *hombres* in fuga da Dallas, Texas. Questi due ricercati erano stati amici di Maybelle Shirley Starr, buonanima; e andavano facendo domande sul conto di Watson. Ebbene, costoro raccontarono a Brewer che erano venuti in Florida anche perché avevano sentito dire che un tale a nome Jack Watson aveva ucciso, ad Arcadia, un certo Quinn Bass e, dalle descrizioni, si erano convinti che quel Jack Watson non era altri che il farabutto che aveva ucciso la povera Maybelle Starr, proprio il giorno del suo compleanno, nel febbraio del 1889. Allora Ed Brewer gli disse, a quei due texani: « Ragazzi, un tizio che sembra proprio il vostro Jack Watson ha accoltellato un tale giù a Key West ».

« *Jack* Watson? » feci io.

« Edgar Jack Watson », spiegò Ed Brewer, scansandomi con un gesto. « Lo stesso figlio di puttana maledetto di cui stiamo parlando qui stasera. »

Fu la prima e l'ultima volta che sentii dire che Watson viaggiava sotto il nome di Jack — e avevo i miei dubbi. Ma il Francese mi sibilò: « Taci, taci! » e io stetti zitto.

Bene, uno di quei due texani, tale Ed Highsmith, giurò che avrebbe fatto fuori Jack Watson non appena la sbornia gli fosse passata quel tanto che bastava per mettersi a cercarlo. « Sissignore », dichiarò Highsmith, « appena riesco a reggermi in piedi, sarà questo Jack Watson il mio passatempo. »

Mi risulta che questo Ed Highsmith non era un personaggio inventato. Infatti avevo sentito parlare di lui da Ted Smallwood che, l'anno avanti, era stato a Lemon City insieme a Isaac Yeomans.

Lemon City, a nord del fiume Miami, contava circa duecento anime, compresi quelli che vivevano nelle cascine del circondario. Alla costruzione della ferrovia lungo la costa orientale ci avevano lavorato « squadre in catene », cioè squadre di galeotti, che rigavano dritto a suon di frustate, e quelli che morivano venivano gettati nella calce viva. Con la strada ferrata arrivarono anche dei saloon e un bordello. C'era da menar le mani e si sparava anche un bel po'.

A sentire Ted Smallwood, questi due texani, Ed Highsmith e George Davis, si ubriacavano ogni sera e attaccavano briga col primo che gli capitava a tiro. L'unico con cui non vennero mai alle mani era Brewer, che gli forniva il whisky e gli prometteva di metterli sulle tracce di Jack Watson, se appena riuscivano a stare sobri per un paio di giorni di fila.

Un giorno Ted e Isaac ebbero a che dire con quei due texani, e Davis ci rimise qualche dente. Stando a Smallwood, Davis disse: « Siamo vecchi ragazzi del Texas, un po' pestati ma ancora in gamba ». Un paio di giorni più tardi quei due misero sottosopra il locale di Pap Worth quando cominciarono a lanciare palle di biliardo in testa al barista perché non la smetteva di dirgli di comportarsi da persone educate.

Il barista, Sam Lewis, era notoriamente una testa calda e aveva una mira infallibile: con il suo Marlin 0.44 era capace di centrare il buco del culo di un uomo con tanta precisione che a quello gli pareva solo di aver fatto una scoreggia. Quindi, quando Sam Lewis staccò il fucile dal muro, i due texani capirono al volo che era meglio tagliare la corda. Mentre uscivano, una pallottola di Sam andò a conficcarsi nello stipite della porta due dita sopra la testa di Highsmith, ma solo perché uno aveva avuto il buonsenso di dargli una botta sul braccio, a Sam Lewis. Highsmith e Davis si infuriarono tanto che da fuori gli urlarono, a Sam, che sarebbero tornati il giorno dopo a regolare i conti. Secondo me, quando la sbornia gli è passata si sono pentiti di averglielo detto, ma ormai era fatta, mica potevano tirarsi indietro. A quei tempi c'era ancora il senso dell'onore, e uno ci stava molto attento a non promettere niente che non poteva mantenere poi. Altrimenti nessuno lo avrebbe più preso sul serio.

Ted e Isaac stavano mangiando alla locanda di Doddy e Rob quando i due texani passarono per strada e Sam Lewis uscì fuori col suo Marlin 0.44 e glielo spianò contro. Disse a Highsmith che se non si metteva in ginocchio sul fango della strada e non gli chiedeva scusa per avere ragliato come un asino texano gli avrebbe sparato. E Highsmith gli rispose: « Spara allora o sta' zitto, brutto figlio di puttana! » Non gli venne in mente di chiedere al suo socio se quelle erano parole sensate oppure no. Sicché Lewis ficcò una palla in corpo a Ed Highsmith, e Highsmith entrò dentro la locanda dalla porta di dietro, per non dar noia a nessuno e sdraiarsi sul pavimento a pensarci su.

George Davis si voltò di profilo per essere un bersaglio più difficile, ma Lewis gli trapassò il cuore lasciandolo stecchito in mezzo alla strada. Lo trascinarono dentro e lo deposero accanto al compare. Highsmith aprì gli occhi, diede un'occhiata e li richiuse di nuovo. « Leggermente sfigurato », sospirò, « e per colpa mia. »

Ted e Isaac erano presenti e udirono le ultime parole di

Highsmith: « Dite ai Frammassoni che Ed Highsmith è morto. Ditegli che mi sono procurato la dannazione eterna senza l'aiuto di nessuno ».

Certo c'era chi pensava che Sam Lewis avesse fatto bene a dare una lezione a quegli smargiassi. Sennonché Sam Lewis, che non era del posto, non era molto benvoluto, e poi George Davis lasciava moglie e figli; quindi quasi tutti dissero che Sam Lewis era un assassino assetato di sangue, pronto ad ammazzare un padre di famiglia come niente fosse, ed essendo anche loro padri di famiglia si tennero alla larga. Nessuno s'azzardò a dargli una mano a scavare la fossa, per paura che a Sam Lewis gli venisse in mente di spedire qualche altro padre di famiglia al Creatore.

Allora si offrirono Ted e Isaac. Scavarono una bella fossa grande e i due texani andarono all'inferno insieme. Bisognava punire Sam e così Bob Douthit mise insieme una squadra — anche Ed Brewer era della partita, così dice lui; per provare l'emozione di stare dall'altra parte dico io — ma Sam Lewis aveva già tagliato la corda, era partito per le Bahamas.

Si sapeva che Sam Lewis era una testa dura. Sarebbe certo tornato a pigliar la sua roba, perché l'aveva detto chiaro e tondo che era convinto di non aver fatto niente di male. Quindi tutti lo aspettavano al varco, armati. E infatti tornò. Bussò a una porta, quando fece buio, e chiese qualcosa da mangiare. Una donna domandò: « Chi è là? » e lui, tranquillo, sapete che cosa rispose? « Sam Lewis! »

Un colono che era lì di guardia gli sparò e gli spezzò una gamba. Poi gli tolse il Marlin 0.44 e si chinò a guardarlo. La donna gli grida: « Se è davvero Sam Lewis, sparagli ancora! »

C'era anche un ragazzo di guardia, che non stava più nella pelle dalla voglia di fare il suo dovere e ficcargli una palla in corpo. Sam Lewis tira fuori una pistola, spara e colpisce il colono, e un'altra pallottola sfiora il ragazzo. Dopodiché Sam si chiuse dentro una baracca. A quelli che arrivavano per linciarlo disse che sarebbe uscito a patto che gli facessero un processo, altrimenti se ne sarebbe portati almeno due o tre all'inferno, come consentito dalla legge.

Lo portarono in carcere a Juno (Florida). Qualche giorno

dopo, il colono ferito morì — si era nel luglio del 1895 — e allora gli uomini tornarono a Juno, tirarono Sam Lewis fuori dalla prigione e lo linciarono. Ammazzarono anche lo sbirro negro, già che c'erano. Fecero insomma un bel lavoretto proprio completo.

Comunque, Ed Brewer era sicuro che catturare il famigerato Edgar Jack Watson lo avrebbe fatto entrare nelle grazie dello sceriffo, per non parlare della taglia. Ma Chevelier lo avvertì: non c'era modo di pigliare Watson di sorpresa. Il breve tratto che dava sull'Ansa era l'unico approdo, infatti la casa era circondata su tre lati da una fitta boscaglia di mangrovie dove non ci si poteva infilare nemmeno un indiano spalmato di grasso. Inoltre, la boscaglia era piena di serpenti a sonagli e bisce d'acqua, che arrivavano lì quando c'era l'acqua alta e non se n'andavano più da Chatham Bend.

« Passeremo dal fiume, quando sarà buio », suggerì Ed Brewer, « circonderemo la casa, e lo prenderemo appena esce di casa la mattina. »

Elijah Carey schioccò la lingua, poco convinto. « Watson non va mai in giro disarmato, e poi è un tiratore infallibile. » Allora Brewer gli fa: « È così, eh, capitano? » Poi prende il fucile, si fa sulla soglia e, pum, porta via di netto la testa a un uccello appollaiato su un ramo in riva al fiume. L'uccello cade in acqua a zampe in su e la corrente lo trascina via. Brewer rientra, depone il fucile e dice: « Tre contro uno, un gioco da ragazzi ».

Fino allora io non avevo fiatato. « Meglio in quattro », dico allora. Non ci ho niente contro Ed Watson, ma non mi piace esser lasciato fuori, e quanto a mira non sono niente male, nemmeno io. Ve l'assicuro. E poi non mi va l'idea che a questi ubriaconi gli venga voglia di sparare al povero Henry Thompson, che è già abbastanza disgraziato. Quelli si mettono a ridere perché per loro sono ancora un ragazzo. È così che mi sono perso l'occasione di far parte di quella squadra di vendicatori contro Watson. Mi toccherà aspettare altri quindici anni.

Secondo il capitano Carey, e lo ripeteva spesso al Francese e a me, noialtri gentiluomini si era stanchi e stufi della violenza, in Florida. Di farsi giustizia da sé, diceva Carey, c'è più bisogno in Florida che nel Far West, dove gli uomini almeno sono uomini, mentre qui da noi ci sono tanti desperados e delinquenti che si nascondono nelle paludi, e sono come la feccia che si raccoglie in fondo a una brocchetta di whisky clandestino. Il vecchio Elijah dà un pugno sul tavolo e ripete la parola clandestino, come un invito al nostro ospite a fare il suo dovere — e a me mi strizza l'occhio. Così Ed Brewer mi versa un po' di quel liquore, *glu-glu-glu*, per far prendere una bella sbronza anche a me come agli altri.

« Ora, per quanto riguarda questo Watson... » sbraitava Carey. Giù a Key West, quasi tutti dicono che Dolphus Santini fece bene a intascare quei soldi. Be'... Elijah P. Carey non era d'accordo e non gliene importava che lo si sapesse in giro. Dà un gran pugno sul tavolo che per poco non versa il whisky. « Watson ce li aveva in tasca tutti quei soldi. Novecento dollari! Disonestamente guadagnati, fino all'ultimo centesimo, potete esserne certi! »

Certi soprusi non si possono lasciare impuniti, disse il capitano Carey. Be', novecento dollari erano una bella punizione, all'epoca, secondo me. Che è poi quello che sborsarono gli Smallwood per l'intero podere dei Santini a Chokoloskee. Carey non lo conosceva, Santini, non sapeva come avesse fatto a diventare un « cittadino di riguardo », in primo luogo. Gli mostri novecento dollari, a Dolphus, e gli occhi gli si fanno vitrei come quelli di un serpente a sonagli. Era ricco, lui, in confronto a noialtri, e i quattrini se li era guadagnati, centesimo dopo centesimo, e secondo me anche quei novecento dollari se li guadagnò.

Sia come sia, intascò il denaro di Ed Watson. Forse non gli andava di pagare un avvocato, o magari era convinto che il procuratore distrettuale, compagno di bevute di Watson, ci avrebbe avuto un occhio di riguardo per lui. Del resto Watson aveva molti amici a Key West e dintorni. E può anche darsi che Watson gli avesse messo tanta paura che Santini non voleva più correre il rischio di farlo uscire dai gangheri. Fatto sta che decise di intascare quei soldi e basta. Il conto era saldato. Watson avrebbe potuto persino domandargli: Come va quella vecchia cicatrice, Dolphus? E Dolphus: Bene, bene E.J. Proprio bene!

Elijah Carey stava ancora gridando. « Come ha potuto, Santini, accettare un compenso, dopo una simile esperienza, invece che mandare quel farabutto in galera, che è il posto giusto per lui? Signori », esclama, « sono stupefatto! »

« *Stupefatto!* » sbuffò il Francese, versandosi un altro po' di whisky nel bicchiere, come fosse medicina. « Io sono *stupefatto* dal primo fottuto giorno che ho messo piede en Amérique. Quello che ci vuole è la guillotine, in ogni fottuto villaggio di questo fottuto pays. »

Potrebbe sembrare un'impertinenza, che un ragazzo si intrometta, ma essendo io di Chokoloskee Bay ero l'unico a conoscere personalmente Santini. Perciò era proprio il momento di dire la mia. « Niente di stupefacente, signori! » fa il giovane House.

Gli altri mi guardano, un po' seccati, e così mi sbrigo a dire la mia alla svelta prima che Chevelier mi chiuda la bocca. « Al vecchio Dolphus gli piacciono i soldi; per questo ce ne ha tanti. Con novecento dollari può comprarci tutta la terra che ancora non possiede, a Chokoloskee. »

Non c'era legge sulle Isole, gli dissi, un uomo si faceva gli affari suoi e i delitti non erano rari — anche se le Isole erano come gli Hamilton, per dirla con Tant Jenkins: mica tanto neri quanto li si dipingeva. Comunque, Key West ci provava, a darsi un po' di legge, dopo tanto tempo. Perciò Watson pagò a Dolphus denaro sonante per non essere trascinato in tribunale, e chi ha avuto ha avuto. Ecco tutto. Nessuno da noi ci aveva fatto tanto caso.

« È questione di principio! » sbraita il vecchio Carey. « Di principio! » E il Francese, agitando un dito: « Les principes! »

I due gentiluomini mi guardano storto, ma con una strizzatina d'occhi Ed Brewer mi fa capire che la pensa invece come me, essendo un semplice topo di palude, proprio come me.

Per farla breve, questo Brewer disse che l'impresa non poteva riuscire che bene e giurò che lui era uno che non aveva paura né degli uomini né delle belve. La sua mira era portentosa, assicurò quando ormai avevamo scolato fino all'ultima goccia il suo whisky. E anche Carey e Chevelier erano buoni tiratori. Insomma, si poteva dire che ce l'avevano in tasca, Watson. Sennonché il capitano Carey non se la sentiva proprio di imbarcarsi in quell'impresa. Può essere che si era accorto che uno dei compari era un fuorilegge ubriacone che aveva messo gli occhi sulla terra di Watson, e l'altro un vecchio *loco* di francese tanto malandato che quasi non stava in piedi, figurarsi sparare.

Ogni tanto Carey tornava a ripetere che Ed Watson quando era ubriaco a Key West sparava alle lampadine, e non ne mancava mai una. L'avrà detto mille volte che con Edgar Watson, ubriaco o non, era meglio non scherzarci, ma i compari erano troppo sbronzi per dargli retta. Alle prime luci dell'alba si misero in barca, diretti a Chatham Bend, lasciandosi trascinare dalla corrente. Il capitano Carey non ebbe il coraggio di non andare con loro.

La domenica dopo mi recai a Chatham Bend. Mentre pescavamo al fiume, Henry Thompson e io ci scambiammo notizie e impressioni su quella « spedizione ». A Henry raccontai che i tre « delegati » erano rimasti alzati tutta la notte, a farsi coraggio a vicenda; e lui mi raccontò quello che era accaduto la mattina seguente.

Forse i tre non avevano ancora smaltito il whisky e avevano i nervi a fior di pelle, perché tutto quello che fecero fu mettersi a urlare in mezzo al fiume: « Jack Watson, vieni fuori con le mani in alto! Sei in arresto! » Il fiume è piuttosto largo lì sull'Ansa, e loro si tenevano vicini alla riva opposta, quindi dovevano gridare a squarciagola per farsi sentire.

Watson si alzò dal letto e andò alla finestra, col fucile puntato. Aveva conosciuto Ed Brewer nei saloon di Key West, sapeva ch'era un distillatore clandestino e che perciò era difficile che lo sceriffo di Key West avesse delegato proprio un tipaccio simile. Così, quando Brewer si alzò in piedi sulla barca, Watson lasciò partire un colpo e la pallottola gli portò via un baffo, sul lato sinistro. Quando la palla sibilò e Brewer imprecò, il capitano Carey e il Francese attaccarono a remare con tanta foga che per poco non finirono in acqua.

Quel che avrei dovuto fare — disse poi Watson a Henry — sarebbe stato sforacchiargli la barca sotto il pelo dell'acqua e colarla a picco. Così avrebbero dovuto salvarsi a nuoto... e approdare a Watson Place, visto che non c'era altro approdo nelle vicinanze. Quando la rabbia gli sbollì, Watson ci rise sopra e disse che aveva fatto apposta a radere Ed Brewer senza colpirlo. E Henry Thompson testimoniò, per il resto della sua lunga vita, che Watson non aveva sparato per uccidere Brewer, altrimenti l'avrebbe fatto secco certamente. Naturalmente, Ed Brewer andò in giro a raccontare che Edgar Jack Watson aveva cercato di fargli saltare le cervella. Dopo la morte di Watson, si vanterà di quella sparatoria con il più terribile dei desperados che si fossero mai visti nella Florida meridionale.

Quando i tre furono di ritorno a Possum Key, Ed Brewer si rase quel che restava dei suoi baffoni, imprecando ogni volta che il rasoio finiva sul labbro bruciacchiato. E imprecava contro i suoi compari, che già erano abbastanza avviliti, e non ebbe una buona parola per nessuno. A mezzogiorno ripartì diretto a est, verso il fiume Miami.

A Lemon City, Brewer denunciò E.J. Watson per tentato omicidio, il che peggiorò ulteriormente la fama di Watson. Elijah Carey raccontò l'episodio a Key West, dove Watson fu soprannominato il Barbiere. Il primo soprannome che gli diedero. Qualche anno dopo lo chiameranno l'Empereur — fu il Francese per primo a chiamarlo così — per via delle sue grandi ambizioni. Solo quando sarà al sicuro sottoterra qualcuno oserà chiamarlo Bloody Watson, Watson il Sanguinario.

La squadra di Ed Brewer fu la prima ma non l'ultima a tentare la cattura di Watson. Dopo tutti i pasticci combinati a Key West, la legge ne aveva abbastanza di lui e così fu emesso un bando per reclutare « delegati ». L'unico che si presentò volontario fu un tale, il quale disse allo sceriffo: « Se mi piglio questa gatta da pelare, potrò anche farmi eleggere al vostro posto, quando ritorno a casa ». Ma, appena quel poveraccio sbarcò a Chatham Bend, Watson gli puntò contro un fucile e, dopo averlo disarmato, lo mise a lavorare nella sua piantagione di canna da zucchero. Due settimane di duro lavoro, prima di rispedirlo a casa. E gli disse che era fortunato a essere ancora vivo. Quel « delegato » doveva essere dello stesso avviso, poiché se ne partì di là senza rancore, e anzi raccontò a tutti, a Key West, che la piantagione di Watson Place era l'unica degna di questo nome in tutto l'arcipelago. Si diceva addirittura orgoglioso, accidenti, di avere lavorato per uno come Edgar J. Watson! E Watson di questo si compiacque fino al giorno in cui morì.

Da una parte a Watson gli dava fastidio di essere incolpato di delitti che non aveva commessi, ma dall'altra incoraggiava certe voci... Be', non è proprio che le incoraggiasse, però non negava mai in modo deciso. La sua fama di uomo svelto con la pistola e pronto a usarla teneva i « delegati » e altri guai lontani da Chatham Bend e lo aiutava ad avanzare pretese su altre piantagioni abbandonate, cosa ch'era abbastanza frequente in quella regione.

L'unica cosa era che non poteva mai saperlo prima, quando tipi come Highsmith o Brewer decidevano di piombargli addosso. A Henry Thompson diceva che aveva dei nemici e che gli toccava tener sempre gli occhi aperti e le orecchie tese. Non c'era modo di arrivare a Chatham Bend via terra, come ho detto, e la sua casa sorgeva su un'altura, da dove si poteva vedere da lontano una vela in arrivo dal Golfo. Non si muoveva nulla lungo il fiume, che Mister Watson non controllasse.

Dopo Brewer e quel « delegato », nessuno si azzardò più a presentarsi in nome della legge a Chatham Bend. Finché Ed Watson rimaneva tranquillo lì, su quel fiume solitario, la legge non gli avrebbe dato noie. E se qualche rinnegato andava di sua iniziativa a farlo fuori, tanto meglio. La legge se ne lavava le mani. Comunque, Watson era sempre all'erta. Quando si recava a Fort Myers, era sempre armato e si tratteneva poco. Arrivava verso sera, e non si faceva vedere in giro. Lo sceriffo della Lee County, il vecchio Tom Langford, non voleva averci niente a che fare, con lui, e quanto a Frank Tippins, divenuto sceriffo all'inizio del secolo, non sapeva nemmeno lui cosa voleva, a parte la bella figlia di Ed Watson.

Nei primi anni successivi all'arrivo della famiglia, Mister Watson rimase tranquillo, e si tenne alla larga dai guai. La piantagione gli rendeva bene e lui aiutava i vicini, quando poteva. Talvolta di domenica i giovani Hamilton andavano a far visita al Francese, per poi tornare a Mormon Key quando la marea risaliva. Mary Elizabeth e John Leon erano ragazzi a quell'epoca, ma Liza era graziosa e ben fatta e quando la vedevo mi si struggeva il cuore, mentre John Leon veniva su robusto. Tartagliava un po', ma sapeva sorridere alla vita e non perse mai questa virtù.

Saranno stati fratello e sorella, quei due, ma sembravano vaniglia e cioccolata, l'uno accanto all'altra. Secondo Henry Thompson, il padre di Leon era un bianco, il capitano Joe Williams, che aveva approfittato di quando Richard Hamilton si trovava a Fakahatchee. Questo lo aveva sentito dire dai Daniels, lassù. Molti, nelle Isole, ce l'avevano con il vecchio Richard, quindi può anche essere che la storia non fosse vera. Non so, del resto, come potevano conoscerla, a meno che Joe Williams stesso non se ne fosse vantato, il che non mi risulta proprio. Ma la verità non conta molto, a distanza di tanti anni, perché la gente si aggrappa a quel che gli fa comodo di credere, e non molla.

Leon e Liza divennero molto amici del vecchio Francese, fino al giorno in cui morì. Della sua morte, nessuno ne sa molto. Un giorno era arzillo e mordace come una vecchia tartaruga cattiva, e il giorno dopo era bell'e morto. Ciò accadde proprio quando cominciavano a correre voci su Watson, e così è naturale che lo incolpassero della morte di Chevelier. Tutti sapevano infatti che Watson aveva messo gli occhi su Possum Key.

Henry Thompson non crede a questa diceria. Anzi, dice che Watson aveva preso in simpatia il Francese, alla fine, tanto che aveva portato sua moglie a fargli visita. Watson chiamava Chevelier il Piccolo Ranocchio del Grande Stagno, chissà perché. Henry non capiva mai le battute di spirito. Comunque, quel povero vecchio straniero stava ormai morendo, senza l'aiuto di nessuno.

Ted Smallwood conosceva Edgar Watson fin dai tempi di Half Way Creek. Sono sempre stati amici. Le loro famiglie venivano dalla Columbia County, sul fiume Suwannee, nel nord della Florida. Ted, arrivato al sud da Fort Ogden, vicino ad Arcadia, lavorò per un po' da noi sul fiume Turner. Sposò la nostra Mamie nel 1897 e, nello stesso anno, comprò un piccolo podere a Chokoloskee, dai Santini. Su quell'isola allora ci abitavano solo i McKinney, i Wiggins, i Santini, i Brown e gli Yeomans. A Half Way Creek ci stava una mezza dozzina di famiglie, un'altra mezza dozzina a Everglade, e ce n'erano poi alcune altre sparse qua e là nell'arcipelago delle Diecimila Isole.

I McKinney avevano cominciato coltivando la terra a Turner River, come noi House. Poi misero su una segheria. Il primo anno il suolo era fertile, ma, una volta diboscato, il sole li bruciò, quei campi e C.G. McKinney non aveva più di che campare. Allora diboscò un'altra montagnola, più a valle, e il raccolto fu abbondante il primo anno, ma l'anno dopo non ci cresceva nemmeno una cipolla. Il vecchio C.G. dava dei nomi buffi a ogni cosa, e quel posto lo chiamò Needhelp, Serveaiuto.

Quando si trasferì a Chokoloskee, McKinney si costruì una casa e mise su una bottega; si faceva venire le provviste dallo scalo commerciale degli Storter a Everglade. La sua insegna diceva: NÉ BANCHE, NÉ IPOTECHE, NÉ ASSICURAZIONI, NÉ DEBITI, NÉ CREDITI. MI OCCORRE CONTANTE PER COMPRARE L'OCCORRENTE. Non aveva tanti scrupoli, riguardo a quello che vendeva. Il pane lo chiamava « nido di vespe ». Mise su un mulino da granturco e aprì un ufficio postale, s'ingegnava anche da medico dopo che il vecchio dottor Green ebbe lasciato Half Way Creek.

C.G. McKinney era un uomo istruito, in confronto a noi, e non approvava la caccia alle piume. Jean Chevelier sbraitava contro tutti quelli che cacciavano piume, tranne lui stesso, ma ce l'aveva anche con Mister McKinney e gli dava dell'« Ipocrita », poiché ai suoi tempi era andato anche lui a caccia di piume. Fatto sta che McKinney aveva smesso dopo aver visto tutti quei poveri uccellini abbandonati, preda dei corvi, e si era convinto che « Dio non lo voleva ».

Riguardo alle piume ornamentali, Ted Smallwood la pensava come McKinney, ma se si trattava di alligatori non aveva scrupoli. L'anno successivo al suo matrimonio con la nostra Mamie, il '98, fu l'anno della grande siccità e tutti gli alligatori delle Everglades avevano riempito le ultime pozze d'acqua rimaste. Le paludi si potevano addirittura attraversare sui carri. Tom Roberts, che andava per piume, si imbatté in un mucchio di alligatori presso la sorgente del fiume Turner. Allora corse a Fort Myers, si procurò alcuni carri e un carico di sale, raccolse un po' di uomini e via, a caccia di alligatori. Della squadra facevamo parte io, Ted e altri due. In tre settimane prendemmo quattromilacinquecento alligatori, in tre pozze, che era quanto restava di un lago: il lago Roberts, come fu chiamato in seguito. Non sprecavamo nemmeno le cartucce; usavamo l'accetta. Poi li scuoiavamo. Ancora adesso gli avvoltoi staranno banchettando, con tutte quelle interiora. Sul fiume trasportammo le pelli fino allo scalo commerciale di George Storter, a Everglade, vicino alla foce del Turner. Ne ricavammo un bel po' di soldi. Quell'anno, la goletta di R.B. Storter trasportò diecimila pelli di alligatore, contando solo quelli presi sul lago Roberts.

Da allora in poi, fu guerra dichiarata contro gli alligatori. Anche alle lontre davamo una caccia spietata. Bill Brown, dello scalo commerciale di Boat Landing, a est di Immokalee, portò a Fort Myers, in un solo viaggio, centottanta lontre e ne ricavò mille dollari. E di pelli di alligatore ne portò più di mille, sempre in un solo viaggio. Un primato, credo. Ma neppure gli alligatori possono reggere a un massacro di questa portata.

Sissignore, un bel po' di creature di Dio furono ammazzate, quell'anno, e questo mi metteva addosso una strana inquietudine. Bill Brown diceva che tutti gli animali acquatici sarebbero morti comunque, appena il governatore Broward avesse cominciato la bonifica delle paludi. E lui, che odia ogni spreco, decide di catturarli prima, gli alligatori delle Everglades, tutti, dal primo all'ultimo. Di lì a tre anni, vale a dire nel 1908, il commercio delle pelli di alligatore era bell'e finito. E anche gli indiani erano belli e finiti, poiché non avevano buoni fucili e buone trappole, e di prede ne catturavano giusto quelle che gli servivano. Loro non fecero stragi di animali, come noi.

Ted non disse mai se ammazzare tutti quegli alligatori fosse al servizio di Dio oppure no, ma di certo mise via un bel gruzzoletto. Due anni dopo, lui e suo padre comprarono l'intera proprietà dei Santini, a Chokoloskee. I Santini erano cattolici, come il loro genero Santana, ma facevano parte del nucleo originario di pionieri; quindi tutti restarono stupiti, quando li videro tirar su steccati di recinzione. Nicholas, detto Tino, era il marito di Mary Ann Daniels, sorella di Henrietta, la « governante » di Watson. Fu forse per questo che Dolphus Santini disse quello che disse a Edgar Watson, e di cui poi si pentì. In seguito, Tino si trasferì a Fort Myers e, quanto a Dolphus, se n'andò sulla costa orientale, il più lontano possibile da Edgar Watson.

Secondo quanto ricorda Ted Smallwood, E.J. Watson risiedeva da non molto nell'arcipelago quando aggredì « uno dei nostri migliori cittadini ». Adolphus Santini di Chokoloskee, a Key West. (Questo episodio è riferito in dettaglio da Bill House, nella sua testimonianza.)

Nelle sue memorie, Mary Douthit Conrad conferma la versione di Ted Smallwood relativa all'uccisione di Highsmith e Davis, il che rende attendibile la « Storia di Ed Watson » da lui riferita. Ed è sempre Mary Douthit Conrad che ci fornisce ulteriori dettagli: « Dopo quei tragici avvenimenti, l'Associazione di Beneficenza di Lemon City [oggi sobborgo di Miami] organizzò una colletta per rimandare la vedova di Davis e i due figli in Texas ».

Nell'ultimo anno di vita, Jean Chevelier partecipò a un tentativo di arrestare Mister Watson, assieme al sunnominato socio Elijah Carey e a un cacciatore di piume e distillatore abusivo di nome Ed Brewer. Il tentativo si concluse con un fiasco.

Data la scarsità di documenti reperibili negli archivi di Key West, poco si sa del capitano Carey; mentre Brewer appare, fin dal 1892, nella cronaca relativa a un viaggio da Fort Myers al fiume Miami, passando per il lago Okeechobee. « All'albergo [la locanda Henry di Forth Myers] parlammo con diversi uomini che erano stati alle dipendenze della Disston Drainage Co. e affermarono di conoscere bene i confini delle Everglades. Costoro ci dissero che, a parte gli indiani, un solo uomo aveva finora attraversato quelle zone: un certo Brewer, arrestato per spaccio di alcolici agli indiani e rilasciato dietro cauzione. »

In seguito Brewer fu la guida del tenente di Marina Hugh L. Willoughby, il quale attraversò le Everglades nel 1896. Willoughby diede questo positivo giudizio su Brewer, nonostante fosse stato avvertito della sua pessima reputazione:

> *Ed Brewer era sempre vissuto di caccia. Trascorreva nei boschi, e nelle paludi, lunghissimi periodi — anche sei mesi di fila — senza vedere anima viva tranne, di tanto in tanto, qualche indiano. Di media statura, robusto senza essere grasso, aveva occhi e capelli neri; era abituato alla fatica e non aveva difficoltà ad adattarsi all'ambiente. Possedeva una ca-*

noa, un tegame di latta, una coperta, una pelle di daino, una zanzariera e un fucile. Unico lusso, un paio di tavolette di tabacco da masticare. In base all'esperienza fatta andando con lui a caccia l'anno prima, sapevo che era un uomo pronto ad affrontare con me qualsiasi pericolo che l'attraversamento delle Everglades comportasse. Sebbene alcuni amici mi avessero avvertito che costui era un individuo pericoloso, io preferii fidarmi del mio intuito, del mio giudizio dell'umana natura, piuttosto che su non comprovate dicerie. Nel nostro solitario sodalizio, lontani da ogni legge che non fosse da noi promulgata, io lo trovai sempre audace e industrioso, con grande spirito di abnegazione, al punto che fingeva di non avere appetito allorché le provviste erano scarse. Molte notti restò sveglio un'ora in più, mentre io finivo di prendere appunti e fare progetti di lavoro, al fine di potermi rincalzare la coperta, quando mi fossi coricato.

Di Ed Brewer si parla con minore entusiasmo in un libro, molto interessante e utile, sull'interno della Florida meridionale in quel periodo. In questo libro viene altresì sminuita l'impresa di Willoughby, asserendo che le Everglades erano state già esplorate diverse volte fin dal 1842, allorché Harney ne aveva effettuato la traversata.

Lo stesso Brewer viene menzionato anche altrove, soprattutto in relazione al viaggio di Willoughby e ai suoi cronici guai con la legge. Quali che fossero i suoi meriti, Ed Brewer era uno con cui c'era poco da scherzare, nonostante l'umiliazione inflittagli da Watson.

Richard Hamilton

La voglia di darsi da fare, al vecchio Francese gliela levò una notizia venuta da Marco Key nella primavera del '95: Bill Collier mentre scavava limo fertile per l'orto in una piccola palude fra le mangrovie, nei pressi di Caxambas, va a urtare con la pala certi oggetti di legno lavorato dagli indiani. Si trattava di clave da guerra, mestoli e certe antiche statuette. Bill Collier era uno che faceva fruttare tutto quello che toccava, e gli venne in mente che forse aveva trovato proprio quello che il vecchio Francese andava cercando da una vita. Ma Bill Collier era anche l'unico su questa costa che aveva abbastanza ambizione da raccontare il fatto, e se voi foste indiano non ci avreste dubbi che a guidarlo erano gli spiriti calusa che avevano deciso che era tempo ormai che le loro antiche cose qualcuno le riportasse alla luce.

Come ho detto queste cose pagane ai suoi figli innocenti, Mary mi ha coperto di insulti, ha detto che ero uno che adorava gli idoli. Mary ha perso il suo retaggio indiano prima ancora di averlo trovato — a questo ci pensò suo padre, John Weeks — ma in cuor suo sapeva che era vero, quello che dicevo.

Il capitano Bill Collier mostrò tutto quello che aveva trovato a uno yankee, pescatore di tarponi, e costui lo raccontò ad altri, e ne arrivarono diversi, a scavare. Per trovare ricordini da portare su al Nord. Anche alle orecchie degli studiosi arrivò la notizia e un certo Frank H. Cushing piombò come un falco a Caxambas. Andò a visitare gli scavi di Bill Collier quella primavera stessa, poi ritornò l'inverno del '96, e si portò via un mucchio di oggetti scolpiti, roba religiosa, che gli antichi calusa avevano intagliato nel legno e nei gusci di conchiglie. C'erano braccioli di osso e tazze di madreperla, mestoli, una testa di cervo, un pesce di legno intarsiato con pezzi di guscio di tartaruga, e certe spaventose maschere di legno che portavano gli stregoni. Cushing portò tutto in Pennsylvania, e Hamilton Disston, di Filadelfia — quello che fece drenare il Calusa Hatchee — gli pagò fior di soldi.

Fu così che gli yankee rubarono la gloria al Francese. Io speravo che nessuno fosse tanto cretino da andarglielo a dire, non prima che ce lo portassi io a vedere quello che andava cercando da dieci anni. Tanto per fargli dare un'occhiata prima di tirare le cuoia. Ma all'epoca era già molto malato e non si muoveva più dal letto, con Leon e Liza che si occupavano di lui. Quando gli dico che era giunta l'ora di mostrargli un cimitero calusa, lui mi guarda come se fossi pazzo e borbotta qualcosa come: « Trop tard, trop tard! »

Quello che veramente gli diede il colpo di grazia, al Francese, fu una scultura di legno di un gatto inginocchiato come un uomo. Un disegno di quel gatto era apparso su un giornale e quando Elijah Carey gli portò quel giornale, a Possum Key, Chevelier gli dà un'occhiata furibonda, poi ricade di schianto sulla schiena. Dopo aver guardato fuori della finestra per un po', sussurra una parola: « Egiziano! » poi si mette a piangere. Come se lo avessero colpito alla spina dorsale, non si mosse per giorni e giorni.

Alla fine disse al capitano Carey: « Lo sapevo che cosa cercavo, fin dalla première fois che ho visto quei fottuti tumuli! Però cercavo nel posto sbagliato ». Non ci ritornò più a Gopher Key. Non aveva più voglia di combattere. Campò meno d'un anno.

« Ho nostalgia... » diceva ai miei figlioli, per spiegare le sue lacrime.

Quando andavano a trovarlo, i ragazzi lo sistemavano all'aperto, mentre loro pulivano la baracca, ma lui non si accorgeva di niente, non faceva altro che guardare il sole, fino a quando non gli facevano male gli occhi. Ogni tanto gli sfuggiva un lamento, era tutto. Non si lasciava nemmeno fare il bagno dai ragazzi, li scacciava con la mano. Non badava a quello che mangiava, l'inghiottiva e basta. Jean Chevelier morì per la rabbia che aveva in corpo.

Il giovane Bill House era via da Possum Key da un po' di tempo, e Elijah Carey andava e veniva. Verso la fine, solitario com'era, il vecchio si stufò del capitano Carey. « Sono solo », disse un giorno, « che lui ci sia o no. Il silenzio è meglio. »

Il capitano Carey non era un cattivo diavolo, ma raccontava troppe bugie a se stesso. Era uno che aveva bisogno di parlare, non sopportava tanto il silenzio, e siccome il vecchio non lo stava a sentire, quel poveretto teneva gran discorsi agli animali selvatici che lo guardavano dalla boscaglia, poco lontano. Stava diventando tanto matto con quel vecchio silenzioso che non faceva altro che fissare il sole, che ormai sentiva il sole ruggire e gli alberi lamentarsi, la notte, almeno così ci diceva. Gli toccava ascoltare il silenzio di Dio e quello che udiva gli metteva paura, ecco tutto. Non gli andava di starsene solo, e poi aveva sempre paura del vicino, di Mister Watson, casomai ce l'avesse ancora con Ed Brewer e compagni, e gli saltasse il ticchio d'ammazzarlo. Quanto agli indiani, era sicuro che quei diavoli lo spiavano giorno e notte.

Il capitano se n'era dimenticato di quanto li disprezzava, i pellirosse; si sentiva così solo che gli dispiaceva che quelli non facessero amicizia con lui: era un tipo cordiale, il capitano, invece gli indiani non erano per niente amichevoli a quell'epoca. Stavano covando qualcosa, secondo Carey. Prendevano quello che aveva da offrirgli, in cambio di piume e di pelli, poi se n'andavano via come erano venuti, sordi come fantasmi, senza dargli retta.

Quando non ne poteva più, il capitano Carey veniva a trovare noialtri e si lamentava di quel vecchio che era tanto cattivo e tanto ingrato che nemmeno gli parlava. Noi non avevamo niente da dire al riguardo, e comunque da noi non si parlava mica tanto, tranne che al sabato. Nessuno parlava mai tanto, nelle Isole, tranne la nostra Liza chiacchierona. Il silenzio del fiume calava sulle nostre parole come la fanghiglia che riempie un'orma fresca di procione. Però lo stavamo a sentire, lo lasciavamo sfogare, gli offrivamo caffè buono e pesce, e finiva che lui non voleva più andar via, voleva restare per la notte. E sì che non stava a suo agio, in nostra compagnia, e, come diceva Walter, il mio figlio dalla pelle scura, bisogna compatirlo un uomo che accetta la carità da gente sanguemisto. Per tutta la vita, il nostro Walter ha sempre parlato con calma, e io non ho mai capito che cosa voleva dire il suo sorriso.

Un giorno, quell'uomo bianco grande e grosso prende e parte, diretto verso il sud.

Lasciò un po' di soldi, ma non abbastanza per provvedere al vecchio socio fino al suo ritorno. Si sbracciava a salutare, alla partenza, tanto aveva paura che pensavamo male di lui — e non è che si sbagliava — perché lo sapevamo che non l'avremmo mai più rivisto, a Elijah Carey. Quella grande capanna che gli costruimmo a Possum Key sta ancora in piedi; adesso ci crescono le erbacce e gli animali selvatici entrano ed escono da lì, e spuntano i fiori anche dentro le fessure, dove il vento e il marciume fanno spazio per il sole e per l'aria.

Non molto tempo dopo che il capitano Carey se ne andò, Edgar Watson e sua moglie andarono a trovare il vecchio Francese e si fecero una bella chiacchierata. Quando Chevelier me lo disse, pensai lì per lì che se lo fosse sognato, ma anni dopo Watson mi raccontò la stessa cosa. Non ne parlavano molto, né l'uno né l'altro. Ma il vecchio Francese un giorno dichiarò a John Leon che era convinto che il nostro vicino era un assassino, e pazzo per giunta. Ci pregò di spararglì, a Watson, come a un cane, alla prima occasione.

In fondo gli volevo bene, a quel vecchio diavolaccio bisbetico. Parlava chiaro, sapeva tante cose, e mi diede un'istruzione, fin dal giorno che arrivò a Chatham Bend. Cioè quattro-cinque anni prima che arrivasse Watson. Jean

Chevelier fu il primo a capire che Mister Watson portava guai e che avrebbe cambiato la vita di tutti noialtri, sulle Isole.

John Leon e Liza si presero cura del vecchio sul letto di morte. Li chiamava figliocci e lasciò intendere che gli avrebbe lasciato le sue proprietà per ripagarli di tutto, visto che non aveva parenti. E Leon era molto contento di questo; si era affezionato a Possum Key e intendeva passarci la vita sulle Isole.

Un giorno John Leon ci portò Gene, a Possum Key, perché Liza non poteva. John Leon ci aveva dodici-tredici anni a quell'epoca, Gene due di più. Risalendo il fiume con la marea, passarono davanti a Watson Place e non videro nessuno. Ma, quando arrivarono a Possum Key, trovarono Edgar Watson che li stava a guardare sulla riva. Loro salutarono col braccio, da distante, ma lui non rispose al saluto. Gene è dell'idea di tornarsene a casa, ma il fratello più piccolo insiste che devono portare da mangiare a Mister Jean. Mister Watson rimane a guardarli finché non hanno ormeggiato la barca, poi si schiarisce la gola e dice: « Buongiorno, ragazzi ». E gli chiede che cosa vogliono. Al che John Leon spiega che portano viveri per il Francese.

E allora Mister Watson dice: « È morto di vecchiaia », e gli indica un tumulo di terra smossa, dove l'ha seppellito. Tutti e tre stanno lì per un po', a pensarci su.

Alla fine John Leon chiede: « Non ha lasciato detto niente per me e per Liza? » Watson scuote la testa. Dice che l'ha comprato lui, l'atto di cessione, e che il podere adesso è suo, questo è tutto. Leon è agitato. Grida: « Mister Jean stava bene in salute, l'altro ieri! » e Watson: « Oggi no, non sta bene in salute ».

Vedendo quell'uomo sorridere, Gene capisce che è meglio lasciar perdere e s'avvia verso la barca, seguito da John Leon. I ragazzi non sapevano niente di male sul conto di Watson — io non gli avevo mai detto niente, per non spaventarli — ma quel giorno lo sentirono da soli che c'era qualcosa di losco e tornarono a casa remando a tutta forza.

Il racconto mi lasciò un po' perplesso, perché Leon ammise

che Mister Watson non aveva detto niente per mettergli paura. E che Jean Chevelier era pronto a render l'anima, su questo non c'erano dubbi. Non aveva bisogno di una spinta da Watson, no di certo, non importa quello che dirà Gene in seguito. Quindi, forse i ragazzi si erano solo agitati nel sentire che il vecchio era morto.

L'unico mistero è come mai il mio vecchio amico aveva cambiato il testamento. Elijah Carey aveva sempre detto che Chevelier era nato ingrato, e credo che era proprio così.

Rividi poi Mister Watson allo scalo commerciale di McKinney, a Chokoloskee, ma non gli feci nessuna domanda. Non gli domandai come un moribondo pensava di spenderlo, il denaro che gli aveva dato in cambio di quell'atto di cessione, e nemmeno che fine aveva fatto quel denaro dopo la morte del vecchio Chevelier. Per quello che ne so io, quelle domande non gliele fece mai nessuno, né allora né poi, e vi spiego perché.

La gente non lo conosceva, Chevelier, e non gli era mai andato a genio. Era un forestiero — giusto? — in combutta col diavolo, e forse era stato il demonio a venirselo a prendere alla fine. Comunque, non era affar loro cosa ci avesse fatto, quel vecchio pazzo, dei soldi suoi. Magari — diceva la gente — se lo sono preso quei mulatti; o forse Carey era scappato via con quei dollari d'argento... chi poteva saperlo? Mai fidarsi dei pirati di Key West, ecco cosa diceva la gente. Nessuno gli dava la colpa a Mister Watson, nemmeno dietro le spalle, tanta paura avevano che potesse sentirli. Dopo la storia di Santini, la paura era cresciuta, come l'erba maligna in un orto a giugno. Watson questo lo sapeva e ci provava gusto a vedere l'effetto che faceva quando entrava in un locale. In seguito tutto ciò verrà usato come prova contro di lui, oltre al fatto che era più istruito di quasi tutti gli altri, nonché più furbo, miglior agricoltore e miglior commerciante.

Ma io ero in amicizia con quel Francese, eravamo forestieri tutt'e due, e non avevo quindi nessuna scusa, io, per voltargli le spalle. Watson sapeva che i miei figli dovevano avermi raccontato della fossa dove aveva seppellito il Francese, a Possum Key, e forse sapeva che non ero disposto a lasciar correre. Non gli sfuggiva mai niente. Appena entrato nell'emporio, mi accorsi subito che sapeva che io ero a Chokoloskee, e mi aspettava. Era difficile prenderlo alla sprovvista, quell'uomo.

A John Leon gli avevo detto di restare fuori. Avevo un brutto presentimento.

Ed Watson e io si era sempre andati d'accordo, naturale che ci scambiassimo il buongiorno. Lui portava la solita giacca che aveva sempre quando andava a Chokoloskee per affari, e quando mi vide piegò la testa con quel suo sorrisino, e rimise sul bancone il barattolo distrutto che aveva in mano, bruscamente. Così ci aveva le mani libere, e io ero avvisato.

Se l'affrontavi, Watson era pericoloso. Ti pareva di sentirlo tendersi come una molla. Mi avevano detto con quanta rapidità aveva colpito Santini, quanto rapidamente Dolphus da lingua-lunga era diventato gola-scannata. Ora Watson si limitava ad aspettare che facessi io la prima mossa.

« Come va, Ed? » gli dico io.

« Come va », fa lui, piatto. Non pronuncia il mio nome. La voce mi mette in guardia che non c'è modo di domandargli di Chevelier senza fargli capire che pensi che lui ne sa più di quanto dovrebbe, e mi avverte anche di tirarmi indietro finché c'è ancora tempo.

Mi tirai indietro. Non è che me ne vanto, ma è quello che ho fatto. Se tirava fuori il coltello, figurarsi poi la pistola, non c'era uno in tutta Chokoloskee a farsi avanti a difendere Richard Hamilton, perché nessun pellerossa, men che mai un negro o un mulatto, può fare certe domande a un uomo bianco. L'unico che sarebbe intervenuto era John Leon, ma non potevo lasciarlo fare, anche se avessi avuto voglia di dirgli il fatto suo, a Edgar Watson, voglia che non avevo.

Quando Watson capì che non cercavo guai, mi tese la mano e io gliela strinsi. L'unica mano che mi fu offerta, quel giorno.

« Che notizie », mi domanda, « dalla Nazione Choctaw? »

Ero cresciuto poco distante da dove Watson abitava una volta, nel Territorio di Oklahoma, quindi quella era una domanda così, tanto per parlare. Ma certi parenti di mia moglie, che erano lì, credono che è solo per farsi beffe di me, che ha detto quelle parole. E si mettono a ridere forte per lisciare il loro amico Watson. E così rido anch'io. Mi ero detto, tanto tempo prima: « Vivi e lascia vivere, non reagire alla malacreanza dei bianchi », e non me ne sono mai pentito. Gli risposi: « Gli indiani non danno mai notizie, Ed, lo sai ».

Fu mio figlio John Leon a spargere la storia che aveva trovato Watson con le mani nel sacco, per così dire, a Possum Key, e che aveva tutta l'aria di averlo fatto fuori lui, il Francese. Eugene era spaventato a morte da Watson, ma noialtri ci avevamo fatto il callo e non avevamo paura. Edgar Watson fu sempre generoso con la mia famiglia, e sempre ci aiutò nei momenti difficili. Leon diventerà addirittura suo amico, negli anni successivi, e la sua dolce moglie, Sarah, anche di più. Lo sapevano che razza d'uomo fosse, ma gli volevano bene lo stesso. Sissignori, erano orgogliosi di conoscerlo, quell'individuo.

Secondo me, Watson non lo ammazzò il mio amico Chevelier; e non comprò la terra di Possum Key e perciò non gliela pagò. Può essere che era andato là a parlarne, e aveva trovato Chevelier stecchito. La terra se la prese, ecco tutto. Dato che si trattava soltanto di quel vecchio Francese, la gente non trovò da ridire, che se la pigliasse pure.

Anche dopo la scomparsa di Mister Watson, nel '10, per un bel pezzo, nessuno andò a stabilirsi a Possum Key. Solo qualche anno dopo, quando fu chiaro che non sarebbe più tornato, la gente cominciò a mormorare che il Francese l'aveva ammazzato lui per portargli via i soldi e Possum Key. E forse è proprio questo che Mister Watson voleva che la gente pensasse, dal momento che sapeva che nessuno di noi avrebbe fatto niente contro di lui. Era meno fatica spaventarli, quei poveracci, per tenerli lontani, che spararargli.

C'è un altro episodio, nella storia di Chevelier, che non racconto spesso. Non so come, i mikasuki di Big Cypress vennero a saperlo, di quegli scavi a Marco.

Quelle vecchie cose bisognava lasciarle dov'erano, dissero. Un cimitero indiano era stato disturbato, la terra era intrisa nel sangue di uccelli e alligatori massacrati, e i mikasuki avevano paura che gli spiriti cattivi degli antichi nemici si risvegliavano.

Per metterli sull'avviso, i bianchi, lo stregone Doctor Tommie andò a Fort Myers assieme al mercante di Fort Shackleford, che è a est di Immokalee. Quel mercante aveva un carro tirato da tre paia di buoi, carico di pelli di alligatore per l'emporio di Henderson. Lo stregone ci rimase seduto per tutto il viaggio, su quelle pelli, e appena arrivato a Fort Myers si alzò in piedi per protestare contro la rovina del suo paese. Quel vecchio indiano li mise in guardia i bianchi, specialmente Bill Collier e Cushing e anche Mister Disston, che aveva tirato fuori i soldi, e disse che qualcosa di brutto sarebbe accaduto se quelle sacre maschere e le coppe da cerimonia e così via non venivano tutte restituite alla madre terra, alla quale appartenevano.

Questo succedeva ai primi del 1898, la *Maine* era stata da poco affondata nel porto dell'Avana, e la guerra ispano-americana stava per scoppiare, sicché nessuno gli diede retta, a quel *loco* pellerossa selvaggio con quello strano copricapo. Ma Doctor Tommie se n'accorse, che i bianchi non gli davano retta, e così smise di parlare e se ne tornò a Big Cypress, prima che lo spedissero in Oklahoma.

Non erano passate due settimane che la goletta *Speedwell* di Bill Collier fece naufragio al largo di Key West. Due dei suoi figli morirono annegati chiusi dentro la cabina, insieme con un'intera famiglia di passeggeri, e il capitano Bill si salvò a stento. Ma quelle piccole mani le vide, raspare sul vetro del boccaporto mentre la nave andava a fondo. Quanto a Disston, si uccise perché non sapeva che farsene di tutti i suoi soldi. E poco dopo Frank Cushing morì a meno di cinquant'anni e non gli venne né fama né fortuna dalla sua grande scoperta. La casa di Cushing andò a fuoco, dopo la sua morte. E quasi tutto quello che aveva depredato dalla sacra terra indiana alla terra ritornò.

Voi direte che sono soltanto coincidenze e nient'altro. Ma se foste indiani capireste. Per gli indiani non ci sono coincidenze, questi sono discorsi da bianchi.

Sarah Hamilton

Richard Hamilton chiese al Francese di fargli da padrino quando Leon e Mary Elizabeth, detta Liza, furono battezzati da un prete itinerante. Strano che papà Richard si rivolgesse al Francese, con tutto lo sproloquiare che Chevelier faceva contro la Chiesa, e ancor più strano fu che quell'uomo in combutta col diavolo accettasse. Ma quei due vecchi erano delle teste matte, tanto per cominciare, e papà Richard era tipo da infilzare una spilla nel sedere di sua moglie, giusto per sentirla urlare. Quanto al Francese, non avrebbe mai ammesso di dipendere dalla gentilezza di Richard Hamilton. Insomma, erano due spostati; ma papà Richard era un tipo tranquillo, non litigava con nessuno, mentre il Francese era un riccio spinoso, un gattaccio che graffiava tutti quelli che gli attraversavano la strada, tranne Liza e Leon.

Richard Hamilton era onesto e sincero, e non a tutti la sincerità va a genio. Lui diceva una cosa soltanto quando ne era più che sicuro, e non ti raccontava mai né più né meno che la verità. Non aggiungeva né toglieva nulla. Quando Gene, il fratello scemo di Leon, usciva dai gangheri e si metteva a urlare ai quattro venti prendendosela con tizio e con caio, lui non si scomponeva e, con aria innocente, come stesse ascoltando un uccello cantare, gli diceva: « Ah, è così, eh? » Secondo lui, la cosa migliore era vivere e lasciar vivere. E se a Eugene gli andava di urlare, che urlasse pure. Ma se gli chiedevi se Gene aveva buone ragioni dalla sua, lui scuoteva la testa. « No, non ce n'ha », rispondeva, e sputava, casomai non avessi capito.

Fino a che non morì — e campò quasi cent'anni — Richard Hamilton fu un uomo con la testa sulle spalle e coi piedi per terra. Aveva baffi e barba bianca, la pelle liscia come il mogano, portava un cappello tondo di paglia e le bretelle, e camminava scalzo. Papà si era tolto il suo ultimo paio di scarpe nel 1898 e da allora i piedi gli rendevano grazie ogni giorno, diceva lui. I figli in questo gli somigliano. Fino al giorno in cui lasciammo l'arcipelago, nel 1947, non c'era neanche un paio di scarpe degno di questo nome in casa nostra.

Stando a quanto raccontava mamma Mary, la madre di Richard Hamilton era una principessa choctaw che fu sedotta da un gentiluomo inglese, mercante di armi, in Oklahoma. « Spacciatore di whisky, piuttosto », precisava papà. Comunque, lui aveva lineamenti inglesi, anche se il colore della pelle era quello di sua madre: color polvere, più o meno. Fu allevato presso una missione cattolica, leggeva il Vangelo e ne seguì gli insegnamenti fin che visse. Di se stesso diceva: « Sono un indiano dell'Oklahoma ».

Mia suocera era seminole, da parte di madre, ma essendo figlia di John Weeks, uno dei pionieri della Florida, si considerava tanto bianca quanto le natiche d'una monaca. Si comportava sempre come se gli avesse fatto un gran favore, al suo uomo, a scappare con lui, anche se, secondo me, era vero il contrario. Mio marito, John Leon, era il suo prediletto, tra i figli. E anche il mio. Questa è l'unica cosa sulla quale ci siamo trovate d'accordo, quell'orrenda donna e io. Anche se per motivi diversi.

Io amavo quel robusto ragazzone perché tartagliava quando era nervoso, e sotto la scorza ruvida aveva un gran cuore generoso. La mamma invece lo amava soprattutto perché era bello e aveva la pelle chiara. Comunque, devo dire che quella donna era affezionata a tutti i suoi figli, persino a Gene. A sentir lei, erano gli unici figli in tutta la Florida di sud-ovest che valeva la pena di allevare. Diceva sempre: « Non la finisce mai la gente di ripetere che le donne si devono sentire molto sole, su queste isole che sembrano fatte di pioggia e fango, con nient'altro che le mosche e le zanzare a tenerti compagnia. Io invece dico: Diamine, no, non mi sento sola, io! Non si ha bisogno di compagnia quando si hanno figli come i miei! »

John Leon nacque l'anno in cui gli Hamilton smisero di coltivare la terra a Chatham Bend e andarono a pescare per un anno a Fakahatchee. L'anno dopo ritornarono a Chatham Bend, ma continuarono sempre a fare i pescatori. Walter, Gene e Liza sono tutti nati a Chatham Bend, negli anni Ottanta, poi nacque Ann a Possum Key, all'epoca in cui Mister Watson fece la sua comparsa. Walter era il maggiore; Eugene e John Leon nacquero a due anni di distanza l'uno dall'altro. Eugene era biondo e di pelle chiara come Leon, ma aveva il naso camuso, le labbra carnose e i capelli ondulati.

Le lingue lunghe di Chokoloskee dicevano che Leon era proprio un bianco, ma con questo intendevano punzecchiare papà Richard, che aveva osato scappare con la figlia di John Weeks. Se Leon è bianco, dicevano, è perché un uomo bianco è entrato in casa quando gli Hamilton erano via, a Fakahatchee.

Mamma Mary diceva sempre: « John Leon è un Weeks ». Non voleva che Leon portasse il cognome degli Hamilton perché era una donna stupida e cattiva, e non gliene importava di umiliare il marito, di spezzargli il cuore. Papà Richard l'avrebbe anche lasciata fare, per amor di pace, ma John Leon s'impuntò. Diavolo! Lui era Leon Hamilton, anche se essere un Weeks gli avrebbe spianato parecchio la strada nella vita. E invece Eugene, a furia di sentire questi discorsi, si vergognava di suo padre e per un po', da ragazzo, cercò di farsi chiamare Eugene Weeks, ma nessuno lo prese sul serio, tranne sua madre. Furono i cugini Weeks a fargli passare quella fantasia.

Anche se era una madre affettuosa, Mary Weeks voleva meno bene ai figli dalla pelle scura: a Liza, che era color caffè, e a Walter, il primogenito, che aveva preso tutto quello che non c'era di bianco nei genitori. Walter aveva i lineamenti fini del padre — era molto bello — ma passava per uno di colore dovunque si trovasse. Era un solitario, Walter, andava e veniva in silenzio, e da grande andò a vivere altrove, sul Lost Man's River.

Walter stava tanto tranquillo e si muoveva tanto silenziosamente che era facile per Gene far finta che non ci fosse. Eugene parlava in quel suo modo rude, che ci fosse o no il fratello, e certe volte pensavo che era così che volevano entrambi. In barca, Walter stava sempre a prua e non si voltava mai a guardare, se poteva farne a meno. Aveva un mondo tutto suo in testa, a tenergli compagnia, il povero Walter.

Leon gli ha sempre voluto bene, al fratello maggiore. Anche con Gene andava d'accordo, quando erano piccoli. Ma poi arrivarono a odiarsi. E il seme di quell'odio — mi confidò Leon — era l'atteggiamento di Gene nei confronti di Walter. Ma la verità era che Gene non si accettava com'era. Certe volte, quando erano ubriachi, i cugini Weeks e Daniels si prendevano gioco di Gene: Tuo fratello Leon somiglia a un bianco, quasi, non è vero, Gene? Allora Gene andava su tutte le furie e faceva a pugni per dimostrare che era bianco. Alla fine, era Walter che si prendeva tutte le colpe. Più in là negli anni, Leon glielo rimproverava a Eugene, questo. Gli diceva: « Se tuo fratello non è buono abbastanza per te, Gene, ebbene, tu non sei abbastanza buono per me ». Non lo poteva proprio sopportare. Ci trasferimmo a Plover Key, finché Leon si calmò un poco.

La crudele Mary Weeks giurava di esser cieca al colore della pelle e a riprova indicava il marito, ma in cuor suo era il proprio colore che lei disprezzava.

Gli indiani cypress, o mikasuki, erano creek come e quanto seminole — diceva papà Richard — solo che la loro lingua era hitchiti e non muskogee; erano soprattutto cacciatori e non agricoltori, e non allevavano bestiame. Si tenevano lontano dai bianchi, i mikasuki, ed erano molto severi. Ai tempi antichi mettevano a morte i bambini di sangue misto, e anche i loro genitori. Oggi la maggior parte degli indiani vuole essere bianca e siccome i bianchi guardano i negri dall'alto in basso anche loro si sono convinti di esser migliori dei negri. Questo li avvelena. E Mary Weeks, secondo me, appartiene a questa stirpe avvelenata.

Quindi diceva che suo marito discendeva da una principessa choctaw e che anche la propria madre seminole era una principessa. Discendente diretta del capo Osceola. Lei non era parente a nessun indiano in carne e ossa, a sentir lei, e non ammetteva legami di sangue con alcun singolo pellerossa che avesse mai pisciato sul suolo della Florida.

Questa maledetta follia del sangue puro sarà la rovina di questo paese. Come il vecchio Chevelier diceva a papà Richard, gli esseri umani erano tutti dello stesso colore quando comparvero sulla terra, e si divisero in razze di diverso colore solo dopo essersi dispersi nei vari continenti. Visto come s'incrociano oggigiorno — diceva il Francese — torneranno presto a essere tutti dello stesso colore. E prima sarà, meglio sarà — diceva — perché la vita è già abbastanza dura senza questi miserabili conflitti di razza.

Nel clan Hamilton erano presenti tutti quanti i colori. Chevelier vedeva in noi « la vera famiglia del Nuovo Mondo », poiché Richard Hamilton non badava mai al colore di chi bussava a casa sua. Chiunque arrivava, se aveva fame lui gli dava da mangiare. E voleva che così si comportassero anche la moglie e i figli. Per il resto, lasciava che Mary facesse di testa sua. Leon e io la pensavamo come suo padre: accoglievamo alla nostra mensa persone di ogni razza o fede. Per questo ci chiamavano *nigger-lovers*, amanti dei negri, quelli che non avevano il coraggio di chiamarci negri. Le persone educate dicevano invece: mulatti.

Mia madre era una Holland, irlandese cattolica, e mio padre, Henry Gilbert Johnson, non aveva nessuna parentela né con Charley Johnson di Chokoloskee né con Christ Johnson di Mound Key, il cui figlio degenere Hubert scapperà poi con Liza, e neppure con Johnny Johnson, che fu uno dei sette mariti di Josie Jenkins. La gente di Chokoloskee diceva che mio padre era un *conch*, cioè un indigeno delle Bahamas, sennonché lui era venuto dall'Inghilterra, dalle Isole della Manica, per commerciare in piume e pellami con gli Indiani. Io sono nata nel 1889, lo stesso anno di Lucius Watson. Più tardi, io e Lucius siamo stati sempre un po' innamorati, ma senza che nessuno se ne accorgesse, nemmeno lui.

Gilbert Johnson, mio padre, era accampato a Lost Man's River prima che gli Hamilton scendessero a sud del fiume Chatham. Me lo ricordo, il giorno in cui trovammo gli Hamilton a Wood Key. Avevo solo tredici anni, Leon qualcuno di più, e appena l'ho visto mi sono sentita il cuore scoppiare, e anche tutto il resto. Mia sorella Rebecca provò la stessa cosa per Eugene, e allora nostro padre ci portò via di là, ma un anno dopo quei due ragazzi sono venuti e ci hanno preso.

Mamma Mary disse: Va bene, però devono sposarsi. L'unica bianca della famiglia era lei e così prendeva tutte le decisioni naturalmente. Fu così che Eugene e Leon sposarono me e Rebecca regolarmente a Key West, nella Ocean Chapel. Non me ne sono mai pentita, ho sposato un brav'uomo. Ma il marito di Rebecca era un violento e alla fine neppure suo padre volle avere più niente a che fare con lui.

Io credo che papà Richard aveva nostalgia di Jean Chevelier perché, dopo essersi trasferito a Wood Key, cercò subito di farsi amico mio padre. E lui, quando era già vecchio e andava a pescare a Wood Key, guardava Richard Hamilton e scuotendo la testa diceva, sospirando: « Accidenti al giorno in cui mi sono andato a impelagare con questi *bloody* Hamilton! » E questo io lo ripeto a Leon da una vita.

Un elemento positivo, nella tumultuosa vita di Edgar J. *Watson, fu costituito dai suoi saldi rapporti con potenti allevatori di bestiame e banchieri di Fort Myers. Questa città della Florida, fondata durante la terza guerra contro i seminole — che all'epoca si chiamava Fort Harvie — ebbe nuovo impulso durante la guerra di Secessione, quando servì da base per le incursioni nordiste contro i treni che trasportavano rifornimenti di carni per la Confederazione. Se vi va di dargli un'occhiata, i seguenti estratti dalla mia* Storia della Florida di sud-ovest *potranno spiegarvi perché mai il matrimonio fra W.G. Langford e sua figlia ebbe tanta importanza nella vita di Mister Watson.*

Il primo allevatore di bestiame di Fort Myers, Jake Summerlin, cominciò giovanissimo la sua attività allorché barattò venti schiavi negri, da lui ereditati, con una mandria di seimila capi, intorno al 1840. Veterano delle guerre seminole, bovaro nella Prateria Alachua, spostava, assieme ai suoi cowboy, vaste mandrie attraverso la Florida, dal fiume Saint John al Calusa Hatchee. Durante la guerra di Secessione, Summerlin vendeva bestiame ai confederati e, forzando il blocco nordista, ne contrabbandava a Cuba. Durante l'ultimo anno di guerra, però, si mise a vendere bestiame ai Nordisti, che pagavano meglio.

Dopo la guerra, Fort Myers venne abbandonato, ma già nel 1869 Summerlin e soci spostavano di nuovo mandrie a sud, fino a Punta Rassa, attraversando il Calusa Hatchee. Acquartierato nella ex caserma e presi in affitto magazzini e darsene dalla International Ocean and Telegraph Company, a Punta Rassa, Summerlin accumulò un'immensa fortuna spedendo diecimila capi di bestiame brado all'anno a Cuba. Gli spagnoli pagavano i suoi buoi in dobloni d'oro, che il vecchio Jake lasciava in giro qua e là, dentro sacchetti, vecchie calze di lana e scatole per sigari.

Gli homesteaders *(i concessionari di terreni demaniali) avevano già cominciato a scendere nel sud della Florida con i loro carri coperti, tirati da due o tre coppie di buoi o di muli. Gli schiocchi, simili a pistolettate, delle loro fruste echeggiavano in quel torrido, arido paesaggio e si udivano a un miglio di distanza. Presso il fiume Calusa, questi « bianchi » protestanti trovarono terreni fertili sulle sponde dei corsi d'acqua, e costruirono case dal tetto di paglia, coltivarono buone messi, fecero esperimenti con ananas e noci di cocco, canne da zucchero e cavoli, nonché agrumeti. Ma, siccome il mercato di Key West era molto lontano, le derrate deperibili con il caldo non resistevano al lento viaggio per mare; quindi quei pionieri abbandonarono la coltivazione della terra per dedicarsi alla pesca e alla caccia. Un giorno sarebbe certamente arrivata la ferrovia, con il suo carico di turisti yankee e investitori ben riforniti di dollari; inoltre, quei treni avrebbero portato gli ortaggi, abbondanti in inverno, fino ai ricchi mercati del Nord. Il Calusa Hatchee sarebbe stato drenato, le Everglades bonificate e Fort Myers sarebbe divenuto un grosso centro commerciale, nel nuovo secolo.*

Erano anni inebrianti, quelli, allorché Hamilton Disston, magnate di Filadelfia, acquistò dallo Stato della Florida quattro milioni di acri di terreno paludoso per un milione di dollari, a condizione che fosse concesso alla sua compagnia (Atlantic and Gulf Coast Canal and Okeechobee Land Company) di drenare la regione Kissimmee-Okeechobee tramite il Calusa Hatchee, per trasformare quella meraviglia della natura in un dominio dell'uomo. E così la possente draga di Disston cominciò a risalire il Calusa, spingendosi oltre i tumuli di chiara sabbia bianca, oltre gli antichi canali che collegavano quei tumuli alle limpide acque tranquille del fiume. In mezzo a nuvole di fumo e rumore, la draga asportava enormi quantità di fango dalle Everglades. Nel 1888 il programma di bonifica fallì, ma ormai il fragile sistema idrico era stato sconvolto irrimediabilmente. Arrivarono coloni nelle zone bonificate e gli indiani superstiti vennero sospinti più a sud, nella regione chiamata Big Cypress. Tramite rozzi canali, i detriti e l'acqua che sboccava dal lago Okeechobee si riversavano nel Calusa, le cui acque fino a qualche anno prima erano limpide e scorrevano tranquille su un bianco fondale di sabbia e conchiglie fossili.

Ben presto quella bianca sabbia si coprì di mota e limo. L'unico a crucciarsene era il proprietario dell'unico albergo di

Punta Rassa, chiamato Tarpon House da quando, nel 1885, uno di New York aveva preso all'amo il primo tarpone, un « Silver King ». Da allora, ricchi yankees erano venuti a frotte, per pescare i tarponi durante le loro migrazioni invernali, nonché altri pesci pregiati: merluzzi, sgombri reali, lucci, che abbondavano nei tratti di mare smeraldino fra le isole. I milionari pagavano fior di quattrini per alloggiare « alla rustica » alla Tarpon House, dove i pavimenti erano nudi, con sputacchiere da Far West, lavabi di latta, vasellame di porcellana. Ma adesso il limo dell'Okeechobee sospingeva gli argentei tarponi sempre più lontano dalla costa, nel Golfo del Messico.

Un nuovo venuto, Jim Cole, sembrava invece compiaciuto di quella manifestazione dell'umano progresso. In società con Francis Hendry, fondò la Cole & Hendry, società commerciale specializzata in legnami. Cole si definiva allevatore di bestiame, ma era un mercante nato. Sua ambizione era fare di Fort Myers una boomtown, *una città in rapido sviluppo. Fu Cole a installare per primo lampioni stradali, a petrolio, e a pavimentare le strade con gusci di conchiglie. Nel giro di due anni il suo nome — divenuto sinonimo di progresso — veniva continuamente citato sul giornale locale,* The Press, *per le ardite, esemplari opere civiche. Di lì a poco a Cole vendette la sua quota nella Cole & Hendry a un altro allevatore, T.E. Langford, dopodiché acquistò una goletta, la* Lily White, *e cominciò a farsi chiamare capitano Cole, sebbene non avesse mai comandato soldati o navi in vita sua.*

Dopo la vittoria dei democratici alle elezioni del 1886, Cole organizzò una « crociata » per la costituzione di una nuova Contea, che si sarebbe chiamata Lee County, in onore del generale sudista Robert Lee. Gli allevatori, infatti — stanchi del disinteresse per la loro regione da parte delle autorità e per la mancanza di strade e ferrovie — volevano separarsi dalla Monroe County, con capoluogo nella lontana Key West, e creare una loro contea, appunto la Lee, con capoluogo a Fort Myers. Riuscirono nell'intento e Jim Cole e F.A. Hendry, i « padri della contea », ne divennero commissari. Con l'appoggio di Cole, il primo sceriffo della nuova contea fu un cugino di Langford. Dodici anni dopo questi fu sostituito da un ex vaccaro di nome Frank Tippins.

Nel 1887, un tronco ferroviario raggiunse Punta Gorda, trenta miglia a nord di Fort Myers, suscitando le proteste degli abitanti del capoluogo. A nome di tutti, Francis Hendry commentò: « L'America si muove, ma Fort Myers viene lasciata indietro ». Dato che non esisteva un ponte sul Calusa, questa città restava tagliata fuori dal resto del paese, tranne che via mare, e il commercio doveva limitarsi a merci non deperibili: pelli di lontra e procione, di alligatore e daino, piume ornamentali, uccelli da imbalsamare, zucchero e melassa, carni di manzo. Ma il più redditizio era il commercio di bestiame con Cuba.

Nel 1893, anno del « panico finanziario » (allorché E.J. Watson arrivò nella regione), il commercio dei bovini, da cui la città dipendeva, ricevette un duro colpo e ne risentirono anche altre attività. Ma l'anno seguente, grazie all'installazione in Florida di grandi frigoriferi, la coltivazione di agrumeti ricevette nuovo impulso e molti agricoltori si spinsero a sud del fiume Calusa. Il valore della terra aumentò e si effettuarono investimenti, poi la situazione economica migliorò ancora grazie all'aumento dei profitti da bestiame in conseguenza della guerra ispano-americana.

Senza una ferrovia, senza un ponte che la collegasse col resto del mondo, Fort Myers rimase una fangosa città di vaccari, o polverosa, secondo la stagione. Il porto di Punta Rassa, con la sua darsena e i suoi recinti per il bestiame (che verso il 1885 Langford e Hendry avevano conquistato da Summerlin), restavano ancora il principale pilastro dell'economia di Fort Myers, dove gli allevatori di bestiame cominciavano comunque a estendere i loro interessi verso il settore agricolo, commerciale e bancario.

Date le circostanze, si comprenderà quanto importante fu, per Mister Watson, il fatto che, a cinque anni dal suo arrivo nella regione, sua figlia Carrie sposasse il figlio di T.E. Langford.

Nel frattempo, Edgar Watson si era calmato, o almeno si

limitava a spadroneggiare a Key West e Tampa. Non si ha infatti notizia di sue intemperanze a Everglade o Chokoloskee — dove amici e conoscenti avevano modo di osservarlo meglio — né a Fort Myers, dove la sua famiglia era venuta ad abitare. Il genero di Watson, marito di Carrie, Walter G. Langford, era amico dello sceriffo Frank B. Tippins, fin dai tempi in cui erano cow-boy assieme, e ciò, indubbiamente, induceva i tutori della legge a una certa indulgenza, nei confronti del suocero di Langford. Inoltre, Mister Watson era protetto da amici potenti, fra cui Jim Cole.

Carrie Watson

3 marzo 1898. Che anno portentoso! Ed è appena cominciato.

Il 1° gennaio la luce elettrica è arrivata per la prima volta a Fort Myers: ha illuminato il nostro albergo e vari negozi della città, fra cui l'emporio Langford & Hendry.

Il 16 febbraio, l'ufficio telegrafico di Punta Rassa ha dato per primo a tutta l'America la notizia dell'esplosione a bordo della nave da battaglia *Maine*, che se ne stava tranquilla alla fonda nel porto dell'Avana: duecentosessanta giovani americani uccisi nel sonno! I « maledetti spagnoli », come li definisce il nostro giornale, sostengono che è scoppiata la santabarbara, ma nessuno ci crede fra coloro che vogliono scacciare gli spagnoli dalla « soglia di casa nostra ».

Ed ecco la terza notizia storica: l'8 luglio, Miss Carrie Watson si unirà in matrimonio con Mister Walter G. Langford di Fort Myers!

La sera Walter mi conduce al nuovo albergo per ammirare la luce elettrica e le magnifiche palme reali, e assistere al concerto della banda musicale di Fort Myers. Tutti i cittadini si radunano lì, per ascoltare gli inni della patria in onore dei « nostri eroici ragazzi » a Cuba, che tanta prosperità hanno arrecato alla nostra città. Dopo, mi « corteggia » (che cosa vuol mai dire?) sulla vecchia panca di legno sotto il baniano, di fronte alla chiesa protestante battista, da dove il nostro buon pastore, il reverendo Whidden, può tener d'occhio noi giovani « innamorati » dalle strette finestre della sua casa.

Chi l'avrebbe mai detto che « la bandiera dell'Unione » sarebbe stata applaudita qui a Fort Myers? Ebbene, ci sono bandiere a stelle e strisce dappertutto. Chissà quante al porto di Key West! E ora stiamo dando battaglia ai « dannati spagnoli » nelle Filippine!

Ricordate la Maine*!* gridano i nostri cow-boy, galoppando per le strade, sollevando la polvere. Di nuovo spediamo bestiame a Cuba, non più per quei crudeli spagnoli, ma per i Rough Riders, i soldati irregolari di cavalleria, di Teddy Roosevelt. Gli Hendry e i Summerlin, il capitano Jim Cole e i Langford si sentono molto patriottici in questo periodo. Il capitano Cole lo dice chiaro e tondo: « La guerra è l'affare migliore che ci sia! » Al che papà ribatte: « Questi leader civili chiacchierano troppo! »

La mamma critica il patriottismo di cartapesta degli allevatori di bestiame, tutti quegli sbandieramenti e i bei discorsi. I nostri eroici giovani, che non possono dire la loro, vengono inviati al macello affinché i grassi imprenditori possano inneggiare a questa « piccola splendida guerra », come qualche politico ha osato chiamarla. Quanto « splendida » sarà mai per quelli che vanno a trovarvi la morte? si chiede la mamma.

Anche papà è un fiero patriota (anche se le parole « prodi ragazzi yankee » gli fanno venire i brividi) ma il fatto che Mister Cole e i Langford ci guadagnano tanti quattrini, con la guerra, lo ha reso cinico. I Watson erano latifondisti nella Carolina del Sud quando tutti costoro, dice, facevano i contrabbandieri. Non sia mai detto, perciò, che si lasci trattare con condiscendenza da questi « zoticoni ».

Walter dice che Jim Cole è « un vero uomo » ma ammette che è piuttosto rozzo, come un diamante grezzo. Io non ci trovo niente di adamantino e risplendente, in lui. Il caro Walter ha le sue debolezze, come il whisky, ma è gentile, ed è per questo che tutti gli vogliono bene. Il capitano Cole è privo di fascino, dice la mamma. Porta Walter con sé per « ungere » i suoi rapporti d'affari: questa è l'opinione di papà.

A Walter piacerebbe « andar a far fuori qualche spagnolo », ma non può lasciar sola la madre, ora che il padre è ammalato, quindi resterà a casa a badare agli affari paterni. Il dottor Langford è un ottimo medico, si prende cura della mamma, ma da qualche anno — è sempre papà che lo dice — è troppo preso a far soldi e si preoccupa più del bestiame che dei cristiani. Il dottor Langford e Mister Cole allevano bovini nella Prateria Raulerson, vicino a Cape Sable, ma papà dice che le zanzare e le mosche cavalline dimostreranno quanto sono stolti, sempre che le bestie non muoiano prima di fame, data la cattiva qualità dell'erba in quella zona. Se le sue, di vacche, non le mettesse al chiuso dal tramonto all'alba — dice papà — non gli resterebbe una goccia di sangue, e men che meno di latte.

Papà ha conosciuto José Martí a Key West e ammira il suo partito rivoluzionario cubano ma — dice — i nostri interessi stanno da un'altra parte. Odia gli spagnoli, sinceramente, ma gli Stati Uniti, dice, hanno voluto attaccar briga a ogni costo, a Cuba, *Maine* o non *Maine*, si è trattato soltanto di una scusa per cacciare gli spagnoli da questo emisfero, una volta per tutte, e pigliarsi le Filippine e Portorico, già che c'erano. La guerra contro la Spagna non è per niente diversa da quella che lui chiama ancora « la guerra d'aggressione degli yankee »: il vecchio Sud, dice, fu la prima conquista dell'Impero yankee.

Il caro papà non saluta la bandiera a stelle e strisce. « Meglio morire », ripete. Tuttavia non gli va a genio quando la mamma cita Mark Twain, il quale di recente ha scritto che la nostra bandiera dovrebbe essere a strisce nere, con tanti teschietti e tibie incrociate al posto delle stelle, come un vessillo pirata. Dal momento che la patria combatte, gli americani non stanno a guardar tanto per il sottile contro *chi* si combatte — così dice la mamma, con quel suo sorrisetto. Anche papà sorride, ma poco convinto. La mamma lavora a maglia e riferisce quello che ha letto in un articolo di fondo: « Il sapore dell'Impero è nella bocca della gente, come fosse il sapore del sangue... »

« Per favore, lasciami leggere in pace! » la interrompe papà, agitando il giornale.

La mamma prosegue: « 'Questa è la guerra di Dio Onnipotente, e noi siamo soltanto i Suoi agenti' — ci credi, tu, caro? »

« Per amor del cielo, Jane, sta' zitta! »

« '*In God We Trust*': lo scriviamo persino sulle monete, che 'abbiamo fiducia in Dio'! Quindi, anche quando tormentiamo e bruciamo vivi i poveri negri liberati », la mamma parla a voce sempre più bassa, china sul suo lavoro a maglia, « siamo convinti che Dio sta dalla nostra parte. »

Poi la mamma si mette a canticchiare per rabbonire papà e per distendersi i nervi. È inquieta, lo vedo. Ai figli racconta della tremenda carestia che seguì alla guerra di Secessione, e ciò — spiega — scosse la fiducia dei nostri uomini, i quali vedevano i loro salari equiparati a quelli dei negri. Per questo, forse, molti dei nostri uomini temevano e punivano i negri, i quali cercavano di sopravvivere e vagavano qua e là per tutto il Sud.

Papà non dice nulla. Ha smesso di leggere. Dentro di me prego la mamma di stare zitta. Ma lei continua: « Gli uomini dicono che puniscono i negri per proteggere le loro donne, non è vero, caro? »

Papà le lancia una terribile occhiata ammonitrice, ma lei solleva le sopracciglia con aria innocente, senza smettere di sferruzzare. « Una donna coraggiosa », finge di rivolgersi a me, come se solo le donne potessero trovarci un senso, nelle maniere degli uomini, « ha di recente rivolto una petizione al presidente McKinley, riguardo al linciaggio di diecimila negri, quasi tutti innocenti, in questi ultimi venti anni soltanto. » E indica col ferro da calza il giornale di papà, che lui tiene sollevato per nascondersi alla sua vista. Il coraggio della mamma mi spaventa.

Papà sbatte il giornale sul tavolo. Torno subito, dice, ed esce dalla stanza. La mamma lascia che l'aria si rinfreschi un po'.

Mi stupiscono le idee « radicali » della mamma, ma Lucius ed Eddie, che adesso hanno nove e undici anni, si mettono a fare i capricci, vogliono che papà gli compri dei dolciumi al Dancy's Stand, giù al porto, prima di partire con il *Gladiator*. Tutti e due si contorcono come anguille sulla sedia, e Lucius piagnucola che ha mal di pancia, ma la mamma non cede facilmente. Spiega loro che il povero papà aveva l'età di Lucius quando scoppiò la guerra civile ed era « poco più grande di Eddie » quando la guerra finì. Nonno Elijah era andato soldato, e papà si dovette prendere cura di nonna Ellen e di zia Minnie, anche se era solo un ragazzo! Papà non si era mai lamentato, neanche una volta, ma lei aveva saputo da nonna Ellen che la sua infanzia era stata molto dura. In casa non c'era mai abbastanza da mangiare, e lui non poté ricevere un'istruzione scolastica vera e propria, « mentre voi, ragazzi viziati, bisogna *pregarvi* per farvi studiare! E vostro padre, a quarant'anni suonati, ancora cerca di imparare qualcosa sull'antica Grecia! » Indicò il libro, *Storia della Grecia*, che stava sul tavolo, accanto alla sedia. Era un suo vecchio testo scolastico e lei lo aveva portato con sé dall'Oklahoma.

Quando papà non è in casa, la mamma non fa mistero delle sue opinioni. È ancora sconvolta dalla decisione della Corte Suprema di mantenere la segregazione razziale sui treni. E a questo proposito cita le parole del giudice Harland, dissenziente: « Cosa può fomentare l'odio fra le razze meglio di una legge che proclami che i cittadini di colore sono tanto inferiori e degradati che non si può consentir loro di viaggiare accanto ai bianchi sui mezzi pubblici di trasporto? »

Secondo la mamma ne soffrirebbero anche gli indiani, di queste leggi razziste, se non ne avessimo eliminato la maggior parte, con le pallottole e le malattie. Certo in Florida non contano molto, gli indiani. Ne sono rimasti così pochi! Papà ci racconta che arrivano, adesso, a Everglade e Marco a bordo di canoe cariche di pelli e piume; e le barattano con asce, coltelli, tegami, dolciumi, caffè, pancetta, aghi e persino macchine per cucire. Le donne confezionano vestiti di calicò, nei colori giallo, rosso e nero: i colori del serpente corallo, osserva papà. Secondo lui, il serpente corallo ha un significato segreto.

Gli indiani superstiti hanno ancora paura, a quanto pare, di esser presi e trasferiti in Oklahoma. Dicono che sono mikasuki e non seminole, ma nessuno gli dà retta, tanto meno il capitano Cole. Lui li prenderebbe e li spedirebbe tutti a New Orleans, o anche più lontano, su quella sua goletta con cui trasporta il bestiame, « senza un soldo di sussidio dal governo, tanto per sbarazzarci di loro, poiché non sono diversi dai lupi e da altri animali da preda, e prima o poi ci daranno guai ».

Papà dice che questa è l'unica cosa sulla quale si trova d'accordo con Cole, a parte la rinuncia a un sussidio.

6 maggio 1898. Il capitano Jim Cole, tutto serio e compunto, ha portato un libro alla mamma. A bassa voce le ha detto di leggere un brano segnato; lui sarebbe ritornato di lì a poco. Fu l'unica volta, quella — mi dirà poi la mamma — che udì il capitano Cole parlare sottovoce, come se ci fosse un morto in casa. Quell'uomo era sempre il primo a ricevere le notizie, specie quelle cattive, osservò la mamma, rigirando quel libro tra le dita.

Era intitolato *La frontiera del diavolo*. « Santo cielo! » esclamò, e se lo tenne in mano un pezzo prima di sfogliarlo.

Le pagine segnate raccontavano la storia di Belle Starr, la Regina dei Fuorilegge, la cui vita « di ardimenti dissennati » era stata troncata il giorno del suo compleanno, il 3 febbraio 1889. La mamma sbuffò, dicendo che il suo compleanno era stato, a dire il vero, il giorno prima. Richiuse il libro. Glielo chiesi e lei me lo porse e vi lessi queste parole:

> Circa quattordici mesi prima, un uomo di nome Edgar Watson era giunto in Oklahoma assieme a sua moglie. La signora Watson era una donna istruita, molto beneducata, squisitamente fine. In quell'ambiente selvaggio, circondata da gente ignorante, ella fu naturalmente attratta da Belle Starr, ch'era così diversa da tutti. Le due donne divennero presto amiche. E la signora Watson ebbe a confidare a Belle, in un momento di estrema sincerità, il segreto di suo marito: che era scappato dalla Florida per non essere arrestato sotto l'imputazione di omicidio...

Quando Belle venne assassinata, « i sospetti caddero subito su Edgar Watson ». Rilasciato per insufficienza di prove, venne poi arrestato in Arkansas per furto di cavalli. Quindi fu ucciso durante un tentativo di evasione. Così diceva il libro.

« Bene, ecco la prova che si tratta di un altro Watson! » esclamai.

La mamma aveva ripreso a sferruzzare. Si arrestò. « No, Carrie, tesoro », mi disse. Depose il lavoro e mi prese fra le braccia.

Il cuore mi diede un gran balzo, tanto che dovetti comprimerlo con la mano. Infine la mamma mi disse, in un bisbiglio, che l'uomo ucciso in Florida era uno zio del mio fratellastro Rob. Costui era un pessimo individuo, che dava la colpa a papà per la morte della sorella, la madre di Rob. Quest'uomo abitava lontano, nella Suwannee County, e lei non poteva sapere come fossero andate le cose. La famiglia non ne parlava mai. Una sera papà, tornato dai campi, disse alla mamma di caricare tutto sul carro perché dovevano andarsene. C'era stata una sparatoria, le raccontò. Avrebbero certo dato la colpa a lui e sarebbero venuti a cercarlo. Non un'altra parola al riguardo.

La mamma mi teneva tanto stretta che non riuscivo a vederla in faccia, ma sentivo quanto era tesa. Poi mi lasciò e restammo sedute, in silenzio. Il cuore mi batteva forte forte, dunque non si era spezzato.

Prima della guerra — riprese mia madre — l'onore di un uomo poteva dipendere dall'esser pronto a battersi in duello, per qualsiasi motivo. So che alludeva a papà, quel nostro caro, strano, feroce scozzese testa-calda, che talvolta beve troppo e va a cacciarsi nei guai, specie quando ritiene di essere stato offeso nel suo onore di uomo della Edgefield County. Anche nonno Elijah, di cui papà parla di rado, si offendeva per un nonnulla, e così molti uomini della Edgefield County. Quando le chiesi se papà era di buona famiglia, mi rispose: « Tua nonna Ellen e la tua prozia Tabitha, nella Columbia County, sono persone istruite, a tuo padre furono insegnate le buone maniere, ma la sua educazione scolastica è stata purtroppo trascurata ».

Chiesi alla mamma se aveva conosciuto Belle Starr, e lei mi rispose di sì. Belle era una donna generosa, a suo modo — mi disse — tutt'altro che stupida, solo scioccamente infatuata di un romantico Ovest Selvaggio che non era mai esistito. Il Territorio dell'Oklahoma era un luogo primitivo e violento, dove la vita era dura e di scarso valore, e dove bianchi, indiani e negri — i peggiori elementi di queste tre razze — si mescolavano in un paese maledetto, di fango e solitudine e terribili tornado. Di negri ce n'erano già prima, ma dopo la guerra di Secessione molti altri si riversarono in quella che era chiamata la Terra delle Nazioni Indiane, un selvaggio paese di frontiera dove la civiltà non era arrivata. Gli abitanti erano perlopiù di sangue misto. Non c'era legge, non c'era istruzione, né buone maniere, cultura o morale. Ma il padre di Belle Starr era stato giudice nel Missouri, e Belle aveva ricevuto una certa istruzione, suonava discretamente il piano e, soprattutto, voleva essere una signora. A papà affittò un podere di buona terra; e chiese alla mamma di farle da maestra. Questa fu la base della loro amicizia.

« Mamma », le chiesi dopo un po', « l'ha uccisa papà, Belle Starr, oppure no? »

La mamma borbottò, come se citasse: « Il caso venne chiuso per insufficienza di prove a suo carico ». Di nuovo mi strinse a sé, come se ne andasse della sua vita, e all'orecchio mi sussurrò: « Mister Watson non fu mai mandato sotto processo ». Non riuscii a vedere i suoi occhi.

Un conto è sentire voci sul passato di papà, un altro è leggerlo su un libro stampato! Il capitano Cole sostiene che *La frontiera del diavolo* susciterà uno scandalo. Lo ha detto a Walter, sulla veranda: « Ci mette il naso anche chi non sapeva leggere nemmeno il proprio nome fino a ieri l'altro! » E subito dopo, accortosi di me: « Chiedo scusa, Miss! » Si guardava attorno, come fa quando dice una battuta di spirito e vuol vedere se tutti ridono. Lo sapeva che io potevo sentirlo. La mamma dice che uno come lui ha sempre bisogno di un pubblico, non parla mai soltanto al suo interlocutore diretto. Certe volte è davvero divertente e Walter, quando c'è la mamma, deve fare uno sforzo per non sorridere.

Da quando, alcuni anni fa, apparve quel famoso articolo sulla vita culturale di Fort Myers, tutti i nostri maggiorenti cercano di mostrarsi degni della loro fama; e i romanzi di avventure ambientati nel Far West, in edizione economica, sono molto popolari fra i nostri *letterati* (una parola italiana che significa « la gente che sa leggere »). Oggi in America tutti sanno chi è Belle Starr, che è stata già immortalata in un libro sulle più celebri donne americane. Le donne sono in marcia! dice la mamma agitando un ferro di calza a mo' di manganello. E mi strizza l'occhio. Papà allora si schiarisce la gola. Poi si alza e se ne va. Una volta è arrivato fino a Chatham Bend giusto per raffreddarsi un poco.

Anche se Walter non me ne ha mai parlato, il capitano Cole assicura che i Langford sanno della *Frontiera del diavolo* (Chi credi che gliel'abbia procurato? sbuffa la mamma) e ne sono « molto turbati ». Secondo il capitano Cole, sarebbe opportuno che papà restasse alle Diecimila Isole, il giorno del mio matrimonio. Ma la mamma ha ribattuto che la nostra famiglia non ha bisogno di consigli da lui, quanto a norme di comportamento; e gli ha freddamente augurato una buona giornata. Non l'avevo mai sentita usare un tono così altezzoso.

« Quell'uomo ha il tatto di un tagliaboschi! » ha esclamato, sbattendo la porta alle sue spalle. Ma era dello stesso parere, riguardo alle nozze. E anch'io. Salii in camera mia e piansi, piansi e piansi. Quante volte l'avevo sognata, la cerimonia nuziale, nella nostra bella chiesa, con il caro papà che mi accompagna all'altare — elegante in marsina nera e camicia di seta e cravatta, molto più distinto di questi « zoticoni », come la mamma chiama gli allevatori di bestiame.

Ma... ma... ma... Oh, caro e paziente Diario, se sono sconvolta è soprattutto per la vergogna di aver ceduto ai desideri altrui. Vergogna eterna! Ma ero terrorizzata all'idea che papà bevesse troppo e insultasse gli invitati, o provocasse una rissa (come gli capita regolarmente a Port Tampa e Key West, stando al capitano Cole; e anche Walter lo sa). Cosa accadrebbe allora? Walter potrebbe tirarsi indietro, o esser costretto a tirarsi indietro, povero caro. Perché nessuno lo sa, e men che meno lo stesso Walter, chi ha combinato il suo matrimonio con me. Papà sospetta che sia stato Cole, che non può fare a meno di impicciarsi di ogni cosa.

Amo Walter, d'accordo, ma non è nata certo da me l'idea di sposarlo. Mi è stato detto, semplicemente, che dovevo ritenermi fortunata « date le circostanze » (la cattiva fama di papà), e di non essere sciocca, perché gli adulti la sanno più lunga. Io sono spaventata, veramente, e ho paura di non essere all'altezza.

Dio benedica la mia cara mamma! Mi ha insegnato a cucire e cucinare. Fin da quando avevo cinque anni, mi sono sempre presa cura dei fratellini. So mandare avanti una casa, sotto la guida della cara mamma. Ma basterà, questo? La sposa, diciamo la verità, muore di paura!

Ho sì e no tredici anni. Sono abbastanza grande per maritarmi? Oh, *tutto* è così imbarazzante! Non riesco quasi a guardare in faccia le persone. Questo mio corpo dà segni di essere pronto. Pronto a fare bambini, voglio dire, ma è ancora un corpo di bambina. Un uomo adulto ne prenderà possesso, umiliando la povera bimba che vi è racchiusa dentro.

Sono una bambina, io! una bambina! È un cuore di bambina quello che mi sveglia nel mezzo della notte e si mette a palpitare forte. Il cuore fa parte del corpo? O dell'anima? Sono, l'anima e il cuore, la stessa cosa?

Il reverendo Whidden ha i brufoli, l'alito cattivo e non sa rispondere alle mie domande. (Le Sacre Scritture dicono... la Bibbia dice... il Vangelo dice...) Non fa che ripetermi che sono troppo giovane per « turbare la mia bella testolina con simili dilemmi metafisici. Le cose », ha il coraggio di dire, « si sistemeranno da sé, alla fine ». Quello che io non ho il coraggio di dire, e tanto meno a lui, è che a turbarmi veramente è quella vile creatura di carne e sangue e brutti peli che imprigiona la pura *me stessa*, la *me stessa* spirituale! Ma, siccome non posso parlare di questo al reverendo Whidden, facciamo finta che i virginei quesiti di questa dolce fanciulla abbiano origine da una più alta e più sacra sorgente.

Perché non vogliono capire? Sono ancora una bambina, una bimba cresciuta. Vado al catechismo, studio le lezioni che la mamma impartisce a me e ai miei svogliati fratellini. La sera, in questo periodo, leggiamo insieme *Romeo e Giulietta*. Giulietta aveva la mia età, quando Romeo « venne a lei », come la mamma mi rammenta quando i maschi sono assenti. Sta cercando di insegnarmi qualcosa sulla vita, finché ancora c'è tempo, ma, poverina, si fa tutta rossa in faccia e, quanto a me, vorrei correre a nascondermi. Grido *Oh, mamma*! e scoppio a piangere dall'imbarazzo.

Giuletta visse tanto tempo fa, è solo una storia, ma il mio piccolo cuore è una realtà. Un uomo che ha quasi il doppio della sua età dormirà nello stesso letto di Miss Carrie Watson! La mamma dice ch'è un bravo giovane, ma che bravura c'è a giacersi sopra una fanciulla e farle brutte cose, senza niente addosso! La mamma dice: « Tuo padre gli parlerà ». Cosa potrà dirgli? Non torcere un capello a mia figlia e non azzardarti neanche a toccarla, altrimenti t'ammazzo?

No, non è affatto buffo. Non so perché rido. Tutta la città starà già prendendosi gioco di me, a quest'ora. Oh, è spaventoso! È atroce! Come può la mamma permettere che avvenga? Non sono ancora pronta!

Certe volte piango fino ad addormentarmi.

Certe altre, mentre cavalco lungo il fiume, mi vengono dei fremiti che non sanno affatto di fervore religioso. Sono dunque una peccatrice, se ho tanta curiosità per i baci... e non solo? Una peccatrice, per immaginare che « un destino peggiore della morte » non sia poi tanto tremendo, dopotutto?

Considerato il mio peccaminoso atteggiamento, non potrebbe essere che il matrimonio è esso stesso peccato? Ti prego, Dio, perdonami, fa', ti prego, che nessuno trovi mai questo diario, altrimenti mi butterò nel fiume.

Un giorno, mentre insieme facevamo una passeggiata a cavallo, vedemmo uno stallone montare una cavalla, in un corral. Ne rimasi inorridita (almeno spero). Walter si fece tutto rosso in faccia e, afferrate le briglie, mi fece tornare indietro. Io volevo voltarmi a guardare. Non è terribile? È questo dannato corpo, che mi segue ovunque, ad avere certe curiosità!

Walter è molto timido e gentile, cerca di dirmi che sarà delicato con me, non mi farà alcun male, ma non riesce a trovare le parole adatte senza mettere entrambi in terribile imbarazzo. Crede che io non sappia dove vuol arrivare e, da parte mia, non posso certo fargli capire che ho capito, altrimenti mi prenderebbe per una donnaccia. Così ci mettiamo a sorridere entrambi come due sciocchi, rossi in faccia e confusi.

Sono questi i momenti in cui gli voglio più bene e gli do più fiducia. È ancora un ragazzo, nonostante la sua reputazione di scavezzacollo. È veramente dispiaciuto per la morte di quel cow-boy, dice che l'incidente è colpa sua, perché aveva bevuto, e si rende conto di quanto deve soffrire il povero dottor Winkler. Walter non cerca scuse per se stesso, e lo dice chiaro e tondo che non sarebbe successo nulla se lui e i suoi cow-boy non avessero tormentato quel povero negro. Promette solennemente che farà di tutto per svolgere bene il suo nuovo lavoro alla Langford & Hendry, e che non sprecherà più i soldi duramente guadagnati.

Al dottor Langford non resta molto da vivere (speriamo solo che si senta abbastanza in forze per assistere alle nostre nozze) e Walter si chiede se Mister Hendry gli darà modo di farsi valere, nell'azienda, una volta morto suo padre, oppure lo ignorerà, semplicemente, come un buono a nulla. In tal caso lascerà la società e si metterà in proprio. Dopo la terribile gelata del '95, Walter mostra molto interesse per il Sud. È andato a Caxambas con Fred Ludlow per dare un'occhiata alla sua piantagione di ananas. E poi c'è Mister Roach, il ferroviere di Chicago che lo ha preso tanto in simpatia e che è molto interessato a quello che Walter dice circa le prospettive della coltivazione degli agrumi a Deep Lake Hammock, dove Billy Bowlegs aveva i suoi orti, durante le guerre indiane.

È stato papà a parlarne a Walter. Papà se n'intende. Ha sempre avuto grandi idee, anche se non sempre è riuscito a realizzarle. Là ci sono ancora gli indiani, ma papà assicura che « non sono un problema », non ce ne sono abbastanza per intralciare il passo a un piantatore che sappia il fatto suo. Walter ha percorso quella regione in lungo e in largo, quando faceva il vaccaro, e dice che il terreno, inselvatichito, è però il più fertile che ci sia a sud del Calusa Hatchee.

Il problema maggiore sarà portare i prodotti della terra al mercato. Da Deep Lake a Fort Myers la distanza è grande e le foreste fitte; ma da lì a Everglade sono soltanto tredici miglia. Mister Roach pensa che un tronco ferroviario da Deep Lake a Everglade sarebbe la soluzione giusta. E da chi ha preso questa idea? Da papà!

Papà si è guadagnato una buona reputazione come piantatore: la sua melassa « Island Pride », che lui vende all'ingrosso a Tampa, è già famosa da queste parti. Un giorno Mister Roach ebbe a dire a Walter che è un peccato che Edgar Watson disponga solo di quaranta acri: un agricoltore come lui, pieno di iniziativa, farebbe miracoli su un podere di duecento acri di terra fertile come quella della zona di Deep Lake. Ma, quando gli ho chiesto perché mai non poteva mettersi in società con lui, Walter ha scosso la testa. « È meglio che tuo padre resti nella Monroe County », è tutto quel che ha detto.

Walter conobbe papà a bordo della goletta di Bill Collier, allorché si recò a visitare quella piantagione di ananas. Papà era andato a Fort Myers per affari. Si era nel 1895, e a quell'epoca noi vivevamo da nonna Ellen e zia Minnie, nella Columbia County, presso Fort White. Ci eravamo trasferiti là da un anno, dall'Arkansas. I Langford e papà andavano molto d'accordo, ecco perché il dottor T.E. Langford divenne il medico della mamma. Oggi, invece, Walter prende le distanze da papà. Tutti sembrano sapere qualcosa ch'io ignoro.

Lo scorso venerdì, papà ha fatto scalo a Fort Myers con un carico del suo « Island Pride », diretto a Tampa. E a Tampa ci portò anche la mamma, per assistere a un concerto di Minnie Madden Fiske. La mamma non voleva andare. Non si sente bene, in questo periodo, e sembra molto più vecchia dei suoi trentasei anni. Nessuno sa se è per colpa della cattiva salute o del suo stato d'animo che ha quel terribile colorito giallognolo. Comunque, approfittò di non so quale spiacevole episodio successo a Tampa — una lite fra ubriachi per strada — per avvertire papà che la sua presenza alle mie nozze avrebbe forse creato difficoltà.

« Si rifiuta di essere escluso dal matrimonio della figlia », disse la mamma, sospirando, quando tornò a casa. « Non intende chinare la testa davanti a questi provinciali.» Era molto tesa, e così io, soprattutto adesso che papà lo sapeva ed era tanto arrabbiato. Pur essendo un uomo così forte e sicuro di sé, è molto suscettibile, si offende facilmente, ma è troppo orgoglioso per darlo a vedere. È molto cordiale, ma insieme riservato: li tiene per sé, i suoi sentimenti.

Prima di ripartire per il Sud, papà mi portò a fare una passeggiata. Alla sua maniera cortese, rivolgeva cenni di saluto a tutti i conoscenti che incontrava. Forte e vigoroso, sprizzava energia, gli occhi azzurri dardeggiavano fieri, mentre camminava elegantemente vestito, con l'adorata figlia sottobraccio, lungo Riverside Avenue. Se ha qualcosa di cui vergognarsi, papà non lo dimostra certamente. Guarda tutti diritto negli occhi, con quel suo sorrisetto ironico, sapendo quello che le malelingue penseranno.

Alla fine gli domandai se sapeva di quel libro, *La frontiera del diavolo*. Sentii che i muscoli dell'avambraccio si tendevano, come se avesse ricevuto un colpo, e dopo un po' fece cenno di sì. Provai vergogna. Continuammo a camminare per un tratto, poi mi disse: «L'autore è convinto che Mister Watson sia morto e che quindi subirà senza reagire quegli insulti».

Lì per lì non capii che era una battuta, poi la mia risata risuonò stridula poiché la sua espressione strana mi aveva innervosita. Quando scherza così, ha uno sguardo spento, assente, non hai idea di cosa gli passa per la mente. Mi guardò ridere finché, non riuscendo a smettere, mi venne il singhiozzo. Allora mi sorrise e riprendemmo a camminare. Sembrava divertito, non dalla sua battuta, però, ma da qualcos'altro. Non parlammo più di quel libro.

Papà mi confessò che, all'inizio, era contrarissimo a quel matrimonio, non perché disapprovasse Walter (anzi, gli vuol bene, gliene vogliono tutti) ma perché non gli garbava che Jim Cole si immischiasse nei nostri affari. Cole si è autoproclamato protavoce della famiglia Langford da quando il padre di Walter è malato. Questo dannato Jim Cole — disse mio padre — sembra considerare la figlia di Ed Watson alla stregua di una proprietà negoziabile — «come una piccola schiava negra!» esclamò.

Senza fiato per la collera, si fermò sul marciapiede. Dovrà la mia bella piccola Carrie essere condotta all'altare come una vergine sacrificale, solo per ridare rispettabilità alla famiglia Watson? Questa famiglia è già molto più rispettabile di tante altre della Suwannee County! E iniziò una delle solite tirate a proposito dei suoi antenati che erano nobili proprietari terrieri, che il colonnello Robert Briggs Watson era un eroe, decorato al valore, ferito a Gettysburg — tutte storie del passato che ossessionano papà — mentre io mi guardavo attorno nervosamente, preoccupata all'idea che qualche passante potesse sentirlo.

Quando si fu calmato mi chiese scusa per il suo linguaggio volgare. Ma, così disse, solo a sentir nominare Jim Cole andava in bestia. Mi fece sorridere, imitando la sua parlata strascicata. « Un giorno o l'altro quello sputasentenze lo prendo per il fondo dei calzoni », aggiunse, « e gli faccio fare il giro della città a suon di frustate, sotto gli occhi di tutti. »

Non molto tempo prima, un ladro di bestiame del circondario aveva impallinato Jim Cole, con una schioppettata. « Peccato che quell'*hombre* non ha saputo far di meglio », disse papà, con un'espressione dura in viso.

Proseguimmo in silenzio verso Whiskey Creek. Papà sapeva a cosa stavo pensando, come sempre. Allora disse, in tono serio, che aveva acconsentito alle mie nozze poiché tornavano a beneficio della famiglia. Si fermò, lasciò il mio braccio, e si mise di fronte a me. « Ho ceduto, Carrie, ho accettato le *loro* condizioni. Non sono in grado di dettare le mie, oggi come oggi. Ma un giorno sarà diverso, sta' tranquilla. Intendo proteggere la mia famiglia *fino al limite estremo delle mie capacità*, dagli errori che ho commesso in questa vita. »

Cercai di farmi spiegare a chi alludeva con quel *loro*. E lui, dopo aver riflettuto un momento, borbottò: « Questo matrimonio conviene anche a te, figliola, te lo assicuro io ». La sua espressione mi gelò, quando cercai di replicare. « Fammi finire, ti prego! » Continuò ancora a parlare, poi mi prese le mani fra le sue. « Non chiedere a tuo padre di stare alla larga, intesi? Non chiederglielo tu. È una decisione mia.» Respirò a fondo. «È *meglio* che io resti in disparte. Ti prego di informare tua madre.»

«Non biasimare la mamma. È anche mia, la debolezza...»

«Tua madre non è debole», disse lui, brusco. «È solo fragile. Una donna debole non mi avrebbe affrontato come ha fatto lei. Macché! È una donna forte.»

Stavo singhiozzando. Mi vergognavo. Però cercavo di far finta che piangevo per la sua decisione di stare lontano. La sua speranza era rinata — sì, lo vidi — poiché attese un momento, con gli occhi sgranati come un bambino. Quando non tentai di fargli cambiare idea, lui annuì, come se tutto si fosse risolto per il meglio. Ciò mi fece singhiozzare di nuovo, e più forte.

«E Rob?» chiesi, tirando su col naso. «Verrà Rob?»

«No, non verrà.»

Lo disse in torno brusco, deciso. E fu questa l'unica punizione che mi inflisse. Non mi rimproverò, mi guardò negli occhi, stringendomi forte le dita nelle brune mani callose. «Starò sempre molto attento, a Fort Myers, Carrie», mi disse. «Dillo a tua madre, anche questo.» Mi stringeva tanto forte le mani da farmi male. «*La famiglia Langford non ha niente da temere da Mister Watson.*»

Mi lasciò le mani, e proseguimmo in silenzio. Ripensai ai giorni trascorsi in libertà a Chatham Bend, rividi gli occhi inquieti di Henry Thompson, risentii la voce di mio padre che minacciava di attaccarmi dei piombi da rete alla gonna, se non la smettevo di arrampicarmi sugli alberi.

L'oscurità discese sul mio cuore, ma io non la lasciai entrare. Quando il *Gladiator* salpò gli ormeggi, gli corsi dietro, agitando le braccia, disperatamente, per salutare Rob e papà che, poveretti, tornavano soli a Chatham Bend, nella casa nuova che era stata costruita per tutta la famiglia. Sapevo il dolore che provavano e mi sentivo straziare il cuore.

Corsi disperatamente lungo la riva del fiume, agitando le braccia. Speravo che l'amore allontanasse la sofferenza e l'angoscia. Sul ponte, il povero Rob teneva lo sguardo fisso su di me. Papà, al timone, mi fece un breve cenno con la mano, poi tornò a occuparsi del governo della barca.

Henry Thompson

Jane Watson, zia Jane, sembrava molto più vecchia di una donna di trentasei anni. La carnagione pallida era quasi trasparente e lucida come una pelle di coniglio raschiata troppo. Poco dopo la morte del vecchio Francese stava così male che Mister Watson la portò a Fort Myers. Lei non voleva andarci, non voleva abbandonarlo. Si decise solo il giorno che il marito portò via un baffo a Ed Brewer, con una fucilata. Non voleva che i figli restassero in un posto dove uomini sconosciuti potevano venire a sparare al marito — l'ho sentita io stesso quando glielo diceva, e lui allora tirò fuori quel grosso orologio e lo guardò: lo faceva sempre, quando era nervoso. Non poteva però trovare niente da ridire. Anche George Storter, del resto, mandava i figli da Everglade a Fort Myers, per farli andare a scuola, e Mister Watson già aveva intenzione di fare altrettanto.

Quando Mister Watson portò zia Jane dal dottor Langford, la moglie del dottore gli disse: « La vita su quell'isola è troppo dura per una persona tanto delicata. Resterà presso di noi finché non sarà guarita ». Ci rimase anche Miss Carrie, per prendersi cura di lei; Eddie e Lucius li misero a pensione da un'altra parte, per andare a scuola. Mister Watson gli disse addio a tutti e tornò a coltivare la sua piantagione.

Quella bella casa bianca, a Chatham Bend, era stata costruita per la moglie e per i figli e quando la famiglia se ne andò sembrava triste come un vecchio cane abbandonato. Era sudicia e anche un po' puzzolente. Noi eravamo come forestieri venuti dal fiume, accampati là, a sporcare quelle belle stanze. Mister Watson aveva perso ogni interesse per la casa. Per un anno se ne rimase cupo e malinconico, e sempre più si dava al bere. Io avevo nostalgia dei figlioli, specie di Miss Carrie, e il padre ne aveva nostalgia anche più di me. Lui e Rob non si scambiavano una parola per giorni di fila.

Quando gli chiesi, a Rob, perché mai non se n'era andato anche lui con la famiglia, mi rispose ringhiando: « Perché non è la *mia* famiglia, quella, come Jane non è *tua* zia! » Quel suo tono di sarcasmo mi fece tanta pena. « Certo ci devi avere molta nostalgia di tua madre vera », gli dissi. E Rob: « Ti sbagli come al solito, stupido. Non l'ho mai conosciuta ».

Rob e io si aveva quasi la stessa età e io volevo essergli amico, ma a lui non gli andava. Però ci facevamo compagnia perché anche i nemici sono meglio di nessuno, per passare il tempo. Da quando Bill House se n'era andato, il Francese era morto e gli Hamilton si erano trasferiti per un anno giù a Flamingo, non si vedeva mai una barca passare sul fiume, da noi.

Miss Carrie fu presto chiesta in sposa da Walter Langford, che era parente dello sceriffo Tom W. Langford; così Mister Watson non ci avrebbe più avuto guai nella Lee County, se non se li andava a cercare. Spesso, per via delle risse, era finito al fresco a Tampa e a Key West, ma a Fort Myers si comportava bene per non avere guai e, a quel che so, mai ne ebbe.

Dopo la partenza della famiglia, nel '97 o giù di lì, non si commerciava soprattutto con Fort Myers, così lui poteva far visita ai suoi. Si doppiava Punta Rassa verso sera, si risaliva il Calusa Hatchee e si sbarcava col buio. A Fort Myers, Mister Watson si vestiva elegante e parlava calmo, non portava la pistola come quei vaccari ubriachi, appesa alla cintura e bene in vista. Però un'arma ce l'aveva sempre, nascosta, e teneva gli occhi aperti. Non frequentava i saloon e non si tratteneva a lungo. Sbrigati gli affari, si ripartiva subito.

Una volta che Jim Cole gli si avvicinò da dietro e gli diede una manata sulla spalla, Mister Watson gli disse: « Ti conviene non venirmi vicino così all'improvviso, amico ». Se ti chiamava amico, era un avvertimento, non potevi sbagliarti. E Jim Cole, chiacchierone che era, si scostò tanto in fretta che finì disteso sul marciapiede e si schizzò di fango i calzoni nuovi. Certi cow-boy ubriachi gli risero in faccia e Mister Watson disse allora: « Mi sono fatto un altro nemico ». State certi che non gli dispiaceva; era Jim Cole che doveva starci attento, a dove metteva i piedi.

Nel 1898, o forse era il '99, Mister Watson trovò per la moglie una bella casa in Anderson Avenue; e anche Rob si trasferì a Fort Myers, per andare a scuola. Era più grande degli altri, e asino perché non ci metteva volontà. Si metteva sempre nei pasticci e alla matrigna gli dava solo dispiaceri. Rob diceva chiaro e tondo che quella non era la famiglia sua e che il suo posto era Chatham Bend. Lo diceva tanto spesso che alla fine la spuntò. Il padre lo riprese con sé, per farne un marinaio; e prima o poi avrebbe preso il posto mio. Rob era il figlio di Mister Watson, e questo non me lo scordavo mai.

Non molto tempo dopo che si erano trasferiti nella nuova casa, Jane Watson cominciò a stare peggio. Questo la rallegrava — a detta del marito — poiché era stanca della vita. Quando mi disse così, lo guardai bene, per capire se scherzava, come faceva tante volte. No, Henry, sono serio. È lei che ci scherza sopra. L'altro giorno faccio: Non hai paura della morte, vedo. E Mandy mi risponde: Me la sono meritata, no?

Nel dirmi questo sorrideva, ma non so se sorrideva per lo spirito di lei, o perché lei scherzava su una cosa così, oppure perché io non avevo capito dove stava lo spirito. Questo è il guaio, a non essere istruiti. Ancora adesso non l'ho capito.

Mister Watson soffriva la solitudine, a volte, anche lui. Andavamo a trovare Henrietta e Minnie, che a quel tempo stavano a Caxambas, nella pensione di George Roe; e lì lui conobbe la sorella di Tant, Josie Jenkins, che era una col fuoco nelle vene. Un giorno prese e la portò con sé a casa sua, ma non prima di avere chiesto il consenso a Henrietta, dato che Josie era la sua sorellastra. Henrietta, che mirava a sposare

Mister Roe, glielo diede — era sbronza quella sera — e gli disse: « Non me n'importa un bel niente, Mister Ed, visto che resta in famiglia, quel maledetto affare! » Tutti si misero a ridere, anch'io, tanto si era felici a sentirci tutti quanti una famiglia.

La zia Josie era giovane e vivace, piccola e svelta come un uccellino; ti strizzava sempre l'occhio e gettava all'indietro quella gran testa di riccioli neri. La zia Josie diceva di essere venuta a Chatham Bend per vedere di persona se io e Tant e « il povero Rob » eravamo ben trattati da « quella vecchia canaglia », ma io credo che era venuta per godersela, la vecchia canaglia. Faceva finta di scappar via, sbattendo gli occhi e le ali, quando lui allungava le mani, ma di tempo certo non ne hanno perso molto, quei due. La zia Josie disse: « Non è fatta per i segreti, questa casa! » e a noi ragazzi ci mandarono a dormire nella baracca.

Mister Watson era sulla quarantina, allora. Era ancora pieno di energia, e sua moglie era invalida da anni. Non posso biasimarlo, se andava a letto con zia Josie, perché lei era un tipo vivace, spiritosa. Certe volte veniva a trovarci sua figlia Jennie. Non ricordo chi era il padre di Jennie, forse non lo sapeva nemmeno Josie. Poteva essere chiunque, perché Jennie non somigliava a nessuno. Ma era una bella ragazza. Dopo Miss Carrie, la più bella che avevo mai visto.

Zia Josie ebbe una figlia, a Chatham Bend, e le mise nome Pearl Watson. E così tra Rob e Tant e Jennie, e tutti i nostri parenti a Caxambas e a Fort Myers, Mister Watson e io ci avevamo di nuovo una famiglia.

Tant era un giovanotto, allora, poco più grande di me. Era figlio di Ludis Jenkins e dell'ultima moglie di Ludis, che era poi mia nonna Mary Anne Daniels. Quando il vecchio Ludis si stufò di campare e si uccise, la vedova e i figli se ne andarono a Fakahatchee, dal figlio di lei, John Henry Daniels. La moglie di questo era mezzo indiana, e magari anche più di mezzo, perché tutti i figli ci avevano gli occhi e i capelli neri, da indiani. Di Daniels ce n'era un bel po', nell'arcipelago, e si spostavano da un'isola a un'altra, così c'erano diverse baracche abbandonate, dove Tant poteva fermarsi. Io credo che non c'è nessuno sulla costa che non ci ha un Daniels in famiglia.

D'aspetto, Tant era più irlandese che altro: capelli neri ma ricci, baffetti e il naso piccolo e aguzzo di Josie. Era un tipo simpatico, Tant, fatto apposta per tenere allegra la gente. Mai capito come facesse. Era un gran cacciatore di cervi, procioni e alligatori, e per tutta la vita ha portato cacciagione, pulci e allegria in tutte le case dei Daniels.

Mai coltivò la terra né andò a pesca, se poteva evitarlo: diceva che era lavoro da somari. Anche da giovane, andava e veniva con la sua barchetta e non sapevi mai dove era il giorno dopo. Sempre solitario, non ha mai preso moglie, mai vissuto sotto un tetto suo. Appena Mister Watson si assentava, anche lui se ne andava a caccia, e quando stava a Chatham Bend non faceva che distillare whisky. Io vivo dei doni della terra, diceva Tant, e me li bevo anche.

Tant era sempre ubriaco, anche quando lavorava. Certe volte si avvicinava a Mister Watson e gli bisbigliava in un orecchio: Non sono fatti miei, lo so, Piantatore Watson, ma a me mi sembra che quel dannato fannullone di Tant si beve tutti i vostri guadagni. Come faceva Mister Watson a ridere di quelle baggianate, non lo so proprio.

Quando era l'epoca di tagliare le canne, di Tant non si vedeva nemmeno l'ombra, a fine autunno e d'inverno. Gli aveva detto — a Mister Watson — che gli conveniva mandarlo a caccia, a procurare viveri per i braccianti: daini, anatre e tacchini, o code di alligatore, o tartarughe. Uno come lui era sprecato a tagliar canne, ecco cosa diceva. Hai ragione, figliolo, faceva Mister Watson, che non ne poteva più. Perché sei pigro e senza forze con tutto l'alcol che ti sei messo in corpo! E Tant gemeva, tutto dispiaciuto: Verità sacrosanta, com'è vero Iddio! E Mister Watson, ridendo e imprecando, lo lasciava andare.

Ora Tant era agile e robusto, oltre che pigro, ma odiava il lavoro dei campi, faticare e sudare dalla mattina alla sera sotto il sole che picchia, istupidito dalla sete e dalla noia, senza contare i rischi. Infatti, quei coltelli da canna erano affilati come rasoi e se ti scappavano di mano ci potevi rimettere una gamba come niente, specie quand'eri stanco. E le canne erano tanto aguzze che se non ci stavi attento ti cavavi un occhio.

I nostri tagliatori erano quasi tutti dei vagabondi, o dei ricercati, o negri disgraziati, oppure gente come quei Tucker di Key West, che andavano in cerca di fortuna. Mister Watson li trovava nella zona del porto, a Tampa e Key West, qualche volta a Fort Myers, e li faceva dormire in una baracca che avevamo costruito vicino alla rimessa delle barche. Per dormire non pagavano, ma per dargli da mangiare Mister Watson si prendeva metà della paga loro. Ti metteva tristezza vedere quei poveretti faticare negli acquitrini, con le scarpe rotte, senza nemmeno un cappello in testa, né guanti, né gambali di tela — a meno che non li prendevano a noleggio da Mister Watson. Da qualunque altra parte, oggi c'erano e domani chissà; invece lì, a Chatham Bend, erano incastrati, non potevano andar via. A fargli passare la voglia di scappare bastava la minaccia degli indiani, dei serpenti velenosi, degli alligatori; e poi non c'era nessun posto dove scappare, solo boschi di mangrovie e fiumi profondi, tutt'intorno. Dato che non era facile trovare lavoranti addestrati, Mister Watson faceva in modo che quelli fossero sempre in debito, e non li faceva salire a bordo della sua goletta finché non erano troppo malati o fuori di testa per lavorare. A quel punto erano disposti a rinunciare alla paga arretrata pur di andarsene da lì.

Certe volte la moglie protestava e gli diceva, a Mister Watson: Gli devi fare, agli altri, quello che vorresti che gli altri facessero a te. Allora lui rispondeva: Quelli a me mi farebbero lo stesso, se potessero — è l'umana natura. Sei duro di cuore, diceva lei, scuotendo la testa. E lui: Non sono duro di cuore, Mandy, sono duro di testa, come ha da essere uno che vuol far fruttare l'azienda e mantenere la famiglia.

L'unico a tenergli testa fu un giovanotto di nome Tucker che reclamò la paga arretrata al momento di andarsene, prima che il lavoro fosse ultimato. Mister Watson non cedette, si arrabbiò e lo cacciò via senza dargli un soldo. Ma anche Tucker era arrabbiato e gli gridò: Non è finita qui! E Mister Watson gli rispose: È finita per te, se ti fai rivedere.

L'unico a ritornare fu un vecchio vagabondo ubriacone, il

vecchio Waller, che ci aveva un debole per i maiali, come Mister Watson. Quando Waller era sobrio, lui e Mister Watson parlavano di maiali giorno e notte. Fu così che il vecchio Waller venne fatto guardiano dei porci e così poteva evitare gran parte del lavoro più duro. Una sera che Mister Watson era assente, Waller si ubriacò insieme a Tant e andò al porcile, dove tenne un gran discorso ai porci e poi gli diede la libertà. E i porci si buttarono sulla melassa e si ubriacarono insieme con Waller. Una scrofa, che poi si allontanò per smaltire la sbornia, fu divorata da un puma, insieme ai suoi maialini. Io glielo dissi — al vecchio Waller — che non c'era niente di buffo, ma lui non era d'accordo.

Decise così di tagliare la corda, insieme con Tant, la mattina dopo di buon'ora. Un anno dopo si ripresentò, con un bel maiale; disse che era pentito del suo errore e voleva fare ammenda. Mister Watson ci spiegò che il vecchio Waller aveva restituito il maiale, ma era ricercato, a Fort Myers, per un furto di maiali. Ma Waller disse: Nossignore! Il fatto è, Mister Watson, che la vita sulle isole mi è stata consigliata dal medico.

Col passare del tempo, qualcosa cambiò a Chatham Bend. Io andavo quasi sempre per mare, ma gli altri avevano preso il vizio di bere l'*aguardiente* di Tant, e così trascuravano ogni cosa. Mister Watson urlava: « Qui si batte la fiacca! Adesso basta! Non è fatto per i negri questo posto! » E quelli allora si davano un po' da fare, poi tornavano a bere. « Negri? Ho sentito bene? E allora come la mettiamo con i pezzenti bianchi? E i fuorilegge? » diceva Tant. Poi faceva finta di essere spaventato a morte e chiedeva scusa a Mister Watson per avergli dato del fuorilegge, mentre non era niente altro che un comune desperado. Mister Watson lanciava un'imprecazione e dopo un momento borbottava: Al diavolo! E si versava dell'altro whisky. Stava ingrassando.

Alla fine perse la pazienza e cacciò via tutti, non appena finito il raccolto. E senza dargli un soldo. Gli disse che se l'erano bevuta, la paga, e anche i suoi profitti. Lo fece un giorno che Tant non c'era, perché non gli andava di dare colpe a Tant, che del resto beveva più di tutti gli altri messi assieme.

Quel giorno ero appena tornato da Key West. Non avevo nemmeno finito di ormeggiare, quando ecco che arrivano le donne con i bambini, starnazzando come papere, inseguite da Mister Watson che le prendeva a calci. Mi gridò di portarle via, prima che gli facesse saltare le cervella, sempre che ce l'avessero. Mi disse di portarle al largo, nel Golfo, e di buttarle ai pescicani, per quel che gliene importava a lui.

Non credo che dicesse sul serio, ma loro sì. Quelle avevano davvero paura, quel giorno, nossignore. Non erano ubriache, erano spaventate, perché alla fine lo avevano capito che avevano scherzato col fuoco. Solo quando fummo al largo cominciarono a protestare che non erano state pagate. Se non arrivavo io, piagnucolò la cugina Jennie, quel mostro dai capelli rossi le faceva fuori insieme ai bambini, senza pensarci sopra due volte.

Negli anni a venire, quelle donne ripeteranno le parole di Jennie, ma senza malanimo, tanto per attirare l'attenzione su di loro, per farsi belle e basta, ché a Mister Watson gli vorranno sempre bene. Non ho mai dato retta a nessuna di loro, e nemmeno adesso lo faccio.

Comunque, furono quelle donne Daniels a mettere in giro la voce che Mister Watson li ammazzava, i suoi lavoranti, quando arrivava il giorno di paga; e naturalmente i nostri concorrenti nel commercio della melassa erano tutti contenti di avere una spiegazione del perché Mister Watson ci guadagnava tanto più di loro con le canne da zucchero.

Questo mi fa venire in mente una vecchia barzelletta che si raccontava a Key West. Uno gli domanda, a Watson: Cosa fate di bello, adesso E.J.? E lui, agitando la bottiglia: *Raising Cain*! *

Diamine, persino io l'ho capita, questa qui! E mi sbudellavo dal ridere, ogni volta che la sentivo, e la raccontavo a ogni

* Gioco di parole intraducibile basato sull'omofonia di *Cain* (Caino, ma anche assassino) e di *cane* (canna da zucchero), sicché l'espressione acquista il doppio senso di: « Coltivo la canna da zucchero » e: « Commetto assassinii, sono un assassino ».

occasione, finché nessuno ne poteva più. Be', dicevo, questo dimostra che non è vero che Henry Thompson non ha il senso dell'umorismo. Accidenti! Le barzellette mi piacciono come a chiunque altro! E loro ridono, a queste mie parole, ma io non capisco perché.

Comunque, per quel che mi risulta, Mister Watson è stato sempre giusto con i suoi lavoranti. Duro ma giusto. E Hiram Newell, S.S. Jenkins e tutti quelli che hanno lavorato per lui vi diranno lo stesso. Quanto ai negri, non ho mai sentito un negro dire una parola contro di lui.

Le riportai a Caxambas, quelle donne, e la sera mi fermai a mangiare da George Roe, dove ci alloggiava anche Miss Gertrude Hamilton di Lost Man's River, età anni quattordici. Frattanto Henrietta aveva sposato George Roe. Alcuni anni dopo, sarà stato nel 1903, alcuni yankee ci impiantarono uno stabilimento per mettere in scatola i molluschi, lì a Caxambas, e così tutti andammo giù a Pavilion Key a pesca di molluschi. Zio Jim Daniels era il caposquadra, e i coniugi Roe avevano il negozio e l'ufficio postale, e c'era anche zia Josie, col suo ultimo marito. Josie se n'è sposati sette, incluso quello che si è sposato due volte, e li ha sotterrati tutti quanti.

A proposito di funerali, il vecchio Juan Gomez è morto annegato nel 1900. Gli si è attorcigliata la rete da pesca intorno alla caviglia e i pesi l'hanno trascinato in acqua, a quanto pare. Era ancora tutto aggrovigliato quando due pescatori lo hanno trovato appeso alle mangrovie per i calzoni, con la bassa marea. Gli hanno fatto il funerale a Everglade e R.B. Storter, detto Bembery, buon amico di Mister Watson, ha riaccompagnato la vedova di Gomez a Panther Key. Era ancora giovane e se ne andò a stare altrove. Io ci ho fatto spesso scalo a Panther Key, con il *Gladiator* di Mister Watson, e alloggiavo nella capanna di Gomez, e ogni volta ripensavo a Carrie. Quando prese il mio posto, anche Hiram Newell faceva scalo a Panther Key ogni tanto, insieme al cognato Dick Sawyer. Dick era un altro amico di Mister Watson, così almeno diceva. Diceva anche ch'era presente quando Mister Watson aveva segato la gola a Santini, e che aveva aiutato a levargli il coltello dalla mano.

Un pomeriggio d'autunno, nel 1901, vidi una gran colonna di fumo nero levarsi da un campo di canne che andava a fuoco a Pavilion Key. Le fiamme ruggivano forte, come un gran temporale, si sentiva il fuoco scoppiettare e un odore dolciastro come di granturco arrosto. Via via che mi portavo sottocosta, vedevo i boschi rilucenti nel bagliore, e nel cielo volavano avvoltoi, falchi e garzette, pronti a buttarsi su tutto quel ben di Dio che era andato arrosto.

Lì per lì pensai che Mister Watson aveva appiccato il fuoco ai suoi campi, prima del raccolto, convinto che si faceva prima e con meno fatica, una volta bruciate le foglie e le cime delle canne. Solo gambi puliti da tagliare, meno zucchero sprecato, meno spesa per i braccianti. Sennonché lo zucchero non si estrae bene dalle canne bruciacchiate. E quello era un campo di trenta acri e lui non aveva portato i braccianti quell'anno: c'eravamo solo io e lui e Rob, e magari anche Tant, se andava bene. È diventato matto, dissi tra me: ha dato fuoco a un campo di canne che non mieteremo mai.

Quando arrivai a Chatham Bend, la prima cosa che vidi fu Mister Watson tutto solo in mezzo al campo ancora in fiamme. Non vidi Rob, e nemmeno Tant. Mister Watson era l'unico uomo in quella piantagione, e vagava sulla terra annerita come un'anima in pena portata dal vento dentro un cerchio di fuoco. Aveva il fucile con sé, e anche questo non aveva senso, visto che gli uccelli non le hanno le piume, in autunno, e poi non aveva acceso il fuoco da tre lati, come facevamo certe volte quando volevamo sparare agli animali che fuggivano davanti alle fiamme. I raggi del sole passavano attraverso quel gran fumo, e in quella luce infernale c'era un non so che nell'aria che mi impediva di chiamarlo. Non mi azzardavo ad andare vicino a uno che sembrava che si era dato fuoco da sé. Non mi avvicinai nemmeno alla casa, e mi misi ad aspettarlo in riva al fiume. Verso sera, quando le fiamme si sono spente, lui arriva, con la faccia color fuoco e gli occhi di fuori. Tossisce forte, col fiato corto. «Chi ci tieni nascosto, sulla barca?» — le sue prime parole. E continua a camminare, verso il molo, poi a un certo punto si gira di scatto e mi punta il fucile addosso.

Gli urlo: «Fermo, Mister Ed! Son venuto solo!». Già, perché gli ordini erano che, se venivo a Chatham Bend con qualcuno nascosto a bordo, dovevo attraccare in quel punto del fiume, dargli il tempo di portarsi vicino, dietro la poinciana, e tener sotto tiro chiunque tentava di scendere a riva.

Lui mica abbassa la doppietta. Me le vedo davanti quelle due bocche. Vi è mai capitato? Ti sembra di andare in pezzi prima ancora che spara. Poi lui si gira e sale a bordo. Non gli andava di voltarmi la schiena, ma ancor meno gli andava di voltarla alla goletta. E dannato se non infila quel suo schioppo dentro ogni angolo della barca, da prua a poppa.

Poi vien fuori e mi fa: «Proprio così, ragazzo, niente raccolto». Non mi spiega lì per lì, ma lo capirò più tardi. Con tutte quelle canne non mietute, aveva paura che il raccolto dell'anno dopo soffocasse, se non gli dava fuoco.

Non lo so, dov'è Rob, e non mi azzardo a domandarglielo.

Rob era giù di corda in quel periodo. Un giorno, seduto sullo scalino della porta, afferra la doppietta del padre ch'era lì appoggiata al muro. Prima si infila le canne dentro la bocca e si volta, così posso vederlo. Poi il fucile lo punta addosso a Rex, che se ne stava lì, poco distante, sdraiato sulle radici di poinciana. Io resto in casa, e non mi muovo. E lo sento che dice al cane: «Rex, se queste fottute pulci mi mordono un'altra volta, io tiro il grilletto. E se il fucile è carico tanto peggio per te. Hai finito di fare questa vita da cane, perché t'ho preso di mira».

Detto e fatto. E dopo che ha sparato dà fuori di matto, si mette a correre intorno alla casa, e urla ogni volta che passa vicino alla carcassa. Mister Watson lo prese per la coda, quel povero cane, e andò a buttarlo nel fiume. E Rob continuava a urlare, ogni volta che girava l'angolo. Avrà fatto altre nove volte il giro della casa, prima che riuscissimo a fermarlo e a farlo ragionare.

Per cena Mister Watson e io non mangiammo che avanzi di carne fredda. Non c'era pane e non preparai nemmeno la verdura. La carne era cotta male, perché Tant, ubriaco come sempre, aveva fatto spegnere il fuoco. Aveva un brutto colore e puzzava un po'.

« Carne da negri », mugugna Mister Watson quando mi vede fare le boccacce. Ma non si mette a ridere, quella sera, nemmeno una volta.

Ancora mi sentivo addosso la paura, dopo averlo visto in mezzo al fuoco e alle fiamme, e pregavo Dio che non gli venisse voglia di bere. Oltre al ronzio delle zanzare, si sentiva soltanto il rumore che facevamo masticando e rimasticando la carne. Io non riuscivo a inghiottirla, tanto avevo la bocca secca, e da quel giorno in poi la cacciagione non m'ha fatto più gola.

Lui tira fuori la bottiglia, ma non beve. Se ne sta seduto là col fucile in mano, ansimando, e guarda verso il fiume. « Certe volte mi frega », borbottò a un certo punto, ma non mi spiegò che cos'era che lo fregava.

Quella sera cominciai a pensare di trasferirmi da qualche altra parte. Era ora di mettermi in proprio: avevo quasi vent'anni e avevo già messo gli occhi sulla giovane Gert Hamilton, il cui fratello Lewis si doveva sposare con Jennie, mia cugina. Mister Watson mi aveva insegnato a lavorare la terra. Ero bravo a cacciare, ci sapevo fare col fucile e le trappole, pescavo, e spennavo le garzette... E comunque ormai l'avevo capito che i bei giorni a Chatham Bend sono finiti.

Dopo che ho lavato i piatti, lui mi fa: « Mi dispiace per come mi sono comportato. Sei mio socio, tu, no? ».

« Sì », gli rispondo, « e sono orgoglioso di esserlo. » Lui fa sì con la testa per un po'. Poi comincia a parlare, lentamente al principio, e mi racconta tutta la sua vita, come e perché è venuto nelle Isole.

Mister Watson mi confessò che era ricercato nell'Arkansas e anche nella Florida del nord. Lì, da giovane, aveva un podere in affitto, la terra era buona e rendeva bene, ma un brutto giorno si ferì al ginocchio per una brutta caduta e gli toccò restare a letto per un bel po'. E così il podere andò in malora e dovette farsi prestar soldi dal cognato. Intanto la moglie era morta di parto — la madre di Rob.

Qualche anno dopo incontrò una graziosa maestrina, Miss Jane Dyal, di Deland, Florida, ma il cognato gli stava alle costole per i soldi, e lo perseguitò « fino al giorno che morì », mi disse Mister Watson. Sorrise sotto i baffi, mentre diceva queste parole, e io gli sorrisi a mia volta, di slancio. « Si è trattato di una questione d'onore », spiegò Mister Watson, e di nuovo mi guardò. Non mi disse che l'aveva ucciso lui, il cognato, e io non glielo chiesi, ma era chiaro che gli amici di quell'uomo l'avevano data a lui la colpa.

Allora decise ch'era il caso di trasferirsi all'Ovest. « Non aveva senso farsi linciare », spiegò, « prima ancora di poter dare la mia versione di quella storia. » Caricò le masserizie sopra un carro e partì nottetempo, insieme a Rob, alla seconda moglie, Jane, e ai due figli piccoli, Carrie e Ed, diretto a nord, verso il confine con la Georgia.

La primavera seguente — si era nel 1887 — prese a mezzadria un podere in Arkansas, nella Franklin County. Dopo il raccolto si rimisero in viaggio e arrivarono nel Territorio Indiano, una settantina di miglia a ovest di Forth Smith. Lì, si sentì per la prima volta al sicuro, perché non c'era quasi ombra della legge. La polizia indiana non si interessava ai bianchi; bastava che lasciassero in pace gli indiani. « Secondo gli indiani », mi disse Mister Watson, « qualunque bianco che era nei guai con gli altri bianchi non poteva essere tanto male. »

Quella regione era un nascondiglio per i fuorilegge e per i rinnegati, dal Missouri fino al Texas, poiché lì l'unica legge era quella dell'occhio per occhio e dell'onore, quindi ti conveniva sparare prima e poi chiedere chiarimenti. Frank e Jesse James e i ragazzi che si aggregarono a Quantrill nelle guerre di frontiera e nella guerriglia contro i Nordisti, naturalmente erano latitanti, e giravano qua e là per i territori, dove gli pareva.

C'erano anche i rinnegati indiani, e il peggio di tutti era il vecchio Tom Starr, figlio di un capotribù cherokee. Questo Tom Starr era grande e grosso, e combatteva contro una tribù nemica di quella di suo padre.

« Troppi ne aveva ammazzati, e ci aveva preso gusto, mi capisci? » disse Mister Watson.

« Sicuro », feci io. Mi era parso mi guardasse in modo strano, ma chissà.

Una volta, in quella faida, Tom Starr e i suoi uomini diedero fuoco a una capanna. Un bambino di cinque o sei anni scappò fuori di corsa, ma Tom Starr lo prese al volo e lo ributtò in mezzo alle fiamme.

« Non credo che io potrei farla, una cosa del genere. E tu, Henry? » chiese Mister Watson. Si era fatto serio, come se ci pensasse bene, prima di parlare.

« Nossignore », gli risposi.

Il vecchio Tom Starr chiese a un altro cherokee se credeva che Dio lo avrebbe perdonato, per quel che aveva fatto, e l'amico gli rispose: « No, non credo ».

« Io non gliel'avrei certo data, una risposta così, a uno come Tom Starr. E tu, Henry? »

« Nossignore », gli risposi.

« Nossignore », ripeté Mister Watson.

Mister Watson non era là, quell'anno in cui qualcuno sparò una schioppettata a una donna di nome Myra Maybelle Shirley, che conviveva con un indiano, il figlio di Tom Starr. Le sparò mentre andava a cavallo, una fredda giornata di febbraio del 1889, e, quando fu per terra, le tirò un'altra scarica di pallini in faccia. Al funerale, l'indiano Starr accusò Mister Watson di averla uccisa lui, la sua adorata moglie.

« Mi legarono le mani e mi portarono a Fort Smith, in Arkansas, e Jim Starr firmò la denuncia al tribunale federale. Alcuni miei vicini resero testimonianza, accennarono alla lite, dissero che io abitavo poco lontano dal luogo del delitto. Ma io godevo di una buona reputazione presso i mercanti, ero un uomo tranquillo che andava in chiesa e saldava i suoi conti, e così i giornali locali presero le mie difese.

« E questa, Henry, è la lezione che ho imparato e che mi

servirà tutta la vita: Nessun bravo americano crederà mai che un uomo che paga regolarmente i conti possa essere un comune criminale, in nessun caso! » Mister Watson rise e quella risata pareva che salisse su dagli stivali. Risi con lui, non so nemmeno perché, e la mia risata mi rimbombò negli orecchi.

Mister Watson prese una scatola e mi mostrò un ritaglio di giornale, tutto ingiallito, dell'*Elevator* di Fort Smith. Me lo dovette leggere lui, s'intende; non c'erano scuole a Chokoloskee e io non sapevo leggere. L'articolo diceva che Mister Watson aveva retto bene il confronto con quell'arrogante indiano e aveva respinto l'accusa. E diceva che l'imputato Watson era « l'esatto opposto di un uomo capace di commettere un tale delitto ».

Mentre leggeva, Mister Watson smise di sorridere e ogni tanto mi guardava in faccia. « Perdio, Henry, tu non cambi mai. Ecco una cosa di cui posso star certo: Henry Thompson non morirà mai dal gran ridere! Tocca a me ridere per tutti e due! »

Mister Watson sospirò e bevve un sorso. Si sentiva di nuovo bene.

« Il commissario diede due settimane di tempo a Jim Starr per portare testimoni ed esibire prove, ma lui non presentò nemmeno uno straccio di prova in grado di reggere in tribunale. Il caso venne chiuso in istruttoria, fui prosciolto e non andai sotto processo. »

Frattanto i giornali si erano impadroniti di Belle Starr, l'avevano resa famosa in tutto il paese. Mister Watson tirò fuori un vecchio libro con una donna in copertina, una donna con un paio di pistole. « *Belle Starr* », lesse con voce disgustata, « *La Regina dei Fuorilegge, ovvero Jesse James in gonnella.* Questo libro è pieno zeppo di bugie. È stato scritto a New York nel 1889, meno di sei mesi dopo la sua morte, e continuano ancora a inventare bugie su di lei, in aggiunta alle fandonie che lei stessa raccontava su di sé. Ricordi, ragazzo, che una volta mi dicesti di pigliare il vecchio Juan Gomez con un grano di sale? Ebbene, ce ne vorrebbe un barilotto, di sale, per Maybelle Shirley! »

Mister Watson lasciò il Territorio Indiano ai primi di marzo del 1889, appena chiusa l'istruttoria federale. Voleva spingersi ancora più a ovest, ma gli servivano i soldi, allora si fermò nel Territorio dell'Oklahoma, dove nell'aprile del 1889 gran parte delle terre dei creek e dei seminole vennero assegnate ai bianchi in base alla nuova legge agraria. A differenza di quasi tutti gli altri, lui quella terra già la conosceva. Partì su un cavallo preso a prestito e si scelse un buon appezzamento, sul quale aveva già messo gli occhi, in una vallata. Quasi gli si spezzò il cuore — mi raccontò — quando gli toccò lasciarlo, poiché ci avrebbe fatto dei bei raccolti, alla fine della stagione, ma la moglie gli disse che non erano abbastanza lontano dal paese di Tom Starr.

Molti coloni ch'erano rimasti fuori da quella corsa alla terra erano pronti a pagare fior di soldi, e così Mister Watson vendette il suo diritto di assegnatario e, tornato in Arkansas, prese in affitto una buona fattoria. Poco dopo fu arrestato come ladro di cavalli. A incastrarlo — secondo lui — furono certi ladri amici di Belle Starr. Evase dalla prigione, scappò attraverso un fiume a nuoto, con le pallottole che gli sibilavano vicino alle orecchie. Si procurò due buoni cavalli, e provviste, e partì per l'Oregon. Prese in affitto un podere nella Willamette Valley e se la passò bene per un paio d'anni, finché una sera uno che l'aveva preso in antipatia gli sparò una fucilata e non gli lasciò altra scelta che rispondergli con lo schioppo. Non aspettò che si facesse giorno, per riprendere la strada dell'Est. E tornò nella Carolina del Sud, nella Edgefield County, dove era nato.

« Ero rimasto lontano da casa molti anni. Pensavo che mio padre fosse morto nel frattempo e che tutti i miei guai fossero morti e sepolti. E invece il vecchio era ancora vivo e non intendeva dimenticare, tanto meno perdonare. Allora andai in Florida, a trovare mia madre e mia sorella, a vedere se potevo ricominciare da capo presso di loro, ma mi dissero che il mandato di cattura era ancora in vigore e così mi rimisi in cammino.

« Non mi restava altro da fare che cominciare una nuova vita. Era giunta notizia che quelli che si erano trasferiti intorno alle Everglades non se la passavano male, e poi si sapeva che il sud della Florida era ormai l'ultimo posto dove uno poteva coltivare la terra in pace, senza che nessuno gli facesse domande.

« Purtroppo mi fermai ad Arcadia, e lì un delinquente di nome Quinn Bass attaccò lite con me, coltello alla mano, in un saloon, e così non mi restò altra scelta che fermarlo. » Mister Watson si strinse nelle spalle e piegò la testa per vedere come la prendevo. « Mi toccò pagare un bel po' di soldi per togliermi da quell'impiccio. Ma certi amici di quel Bass non sono rimasti soddisfatti di come sono andate le cose, e qualcuno, prima o poi, mi verrà a cercare. »

Annuì, come se la vendetta fosse una filosofia che aveva la sua approvazione. « Lo riconoscerò, quando verrà, e mi troverà pronto », spiegò Mister Watson. Pronto doveva tenersi sempre, per forza, perché qualunque forestiero poteva essere l'uomo che lui aspettava.

Mister Watson sembrava sincero e io mi sentii onorato che mi avesse raccontato la sua storia, anche se non riuscivo a capire bene certi particolari. Quello che non capivo, a dire la verità, era se avesse o no ucciso il cognato e Belle Starr. Ringhiava ogni volta che gli pareva ch'io volessi seccarlo con qualche domanda, però al tempo stesso quegli occhi celesti sembravano sfidarmi. A un certo punto allunga una mano e mi agguanta per un polso, poi mi guarda dritto negli occhi. Non dice niente, ma quegli occhi parlano per lui.

Allora, tanto per parlare, dico: « Chissà, mi domando, se quel tale Quinn Bass poi è morto ».

« È quello che ha stabilito il coroner », disse Mister Watson.

Lascia andare il mio polso e mi guarda, come se non riuscisse a capire una domanda così stupida. *Era* stupida, difatti. L'avevo visto talmente tante volte sparare, e quando sparava coglieva nel segno, non c'era scampo.

Quella sera Mister Watson non disse più niente. Restò lì per un bel po', senza parlare, con le mani sulle ginocchia, come se stesse per saltar su e andarsene, solo che non riusciva a ricordarsi dove andare. E infatti non c'era nessun posto dove poteva andare, nelle Isole. C'erano solo le stelle, fredde e lontane lontane, e boscaglie intricate, grovigli di rami neri, gufi e civette, e la cantilena del fiume.

Certe volte, a Key West, quando aveva bevuto, Mister Watson si vantava di come aveva sistemato Belle Starr e un suo compare che gli avevano teso un'imboscata. Lasciava capire che erano molti quelli a cui aveva dato una bella lezione, ai tempi del Far West, ma giurava di non aver ammazzato mai nessuno tranne che per legittima difesa.

Bill House mi aveva già avvertito che Mister Watson non era certo il bravo cittadino che credevo io, dato che era ricercato per omicidio in tre Stati. E i sospetti mi erano già venuti quella sera che mi aveva raccontato i fatti suoi, quando eravamo soli soletti, al buio, mentre il vecchio fiume nero scorreva tra le mangrovie verso il Golfo del Messico.

Più tardi, quella notte, me ne andai un po' fuori all'aperto, e mi sentivo piccolo e sperduto. Era come se mi fossi svegliato in un paese sconosciuto, in quella parte buia della terra dove tutti dobbiamo andare, prima o poi. Poi vidi che la goletta era scomparsa, se n'era andata, come se mi fossi scordato di ormeggiarla. Il cuore cominciò a battermi forte, e avevo così paura che volevo mettermi a urlare e a correre, ma dove? Non c'era niente altro che l'oscurità. La terra rimbombava, le stelle sembravano scoppiare. Era come se tutto il continente americano, coi bianchi e gli indiani e i negri, compreso me, stesse tirando le cuoia, come la povera Belle Starr, e mentre la fine si avvicinava le stelle a poco a poco si spegnevano. La povera Belle Starr, in punto di morte, avrà guardato il cielo come lo guardavo io, con l'universo intero che piangeva e il sangue che scorreva come un fiume.

Cos'era successo? che Rob era scappato con la goletta: aveva mollato gli ormeggi e via, con la corrente. Da solo era arrivato a Key West. Quando ce lo dissero, Mister Watson andò a riprendere la goletta, ma ben presto ripartì per altre parti, lasciando me e Tant a badare alla piantagione. Quando Tant venne a sapere come era morto Tucker a Lost Man's Key, giurò che mai più avrebbe lavorato per Mister Watson. Io l'avevo sempre visto allegro e spensierato, Tant, e mai pensavo che poteva agitarsi a quel modo. Quante volte gli ho detto: « Non l'hanno provato ch'è stato Mister Watson », ma lui non mi stava nemmeno a sentire.

Dopo che Tant se ne fu andato, io restai lì ancora un pezzo, ad aspettare Mister Watson. Visto che non tornava, chiusi la casa e me ne partii per Caxambas. Questo fu nel 1901, quando Gertrude Hamilton di Lost Man's River alloggiava alla locanda di Roe, insieme con noi. Gertrude si chiamava Hamilton, ma non era parente di Richard Hamilton; con lui non ci aveva proprio niente a che vedere. Gert stava a Caxambas per andare a scuola, ma non ci rimase molto perché io me la sposai e la riportai a Lost Man's River.

Sono nato a Key West nel 1879 e negli ultimi anni ho abitato a Chokoloskee, ma si può dire che quei fiumi sono sempre stati la mia patria.

Ultimamente mi è capitato di leggere un altro memoriale in cui si fa riferimento a Mister Watson. L'autrice è Marie Martin Saint John, figlia di Jim Martin, già sceriffo della Manatee County, il quale, nell'autunno del 1899, si trasferì con la famiglia da Palmetto, sul Golfo di Tampa, a Gopher Key, per offrire ai suoi un « assaggio » della selvaggia Florida in cui era cresciuto. Da Gopher Key, i Martin si trasferirono poi a Possum Key. Marie aveva solo cinque anni quando andò nell'arcipelago, e quindi i suoi ricordi relativi a quel periodo, per quanto vividi e senza dubbio interessanti, potrebbero essere inquinati da eventi e dicerie successivi.

Facemmo scalo a Marco, ch'era un molo d'attracco e poco più. Quindi proseguimmo verso sud, per Everglades City [sic] *e Chucoluskee* [sic], *l'una un semplice approdo e l'altra un banco di fango. Finalmente arrivammo a Watson Place, una piantagione di canna da zucchero sull'ansa del fiume Chatham.*

Watson era un famigerato fuorilegge. A tutti i tutori della legge [incluso il padre di Marie, ex sceriffo] *erano note la sua astuzia e la sua protervia. Di tanto in tanto egli veniva incriminato e ricercato, per metterlo sotto processo; ma poche piste delittuose conducevano direttamente a lui. La leggenda però persisteva. I bianchi del luogo lo temevano come un serpente a sonagli, ma gli indiani e i negri si lasciavano incantare da lui. Dato che erano spesso ridotti alla fame, andavano a lavorare per lui, nella piantagione di canne. Raramente lui pagava il salario pattuito, e se un bracciante si ribellava, pare che Watson l'ammazzasse sul posto. Intesi dire che moltissimi scheletri umani affiorarono da una palude durante un uragano. Poi la palude si colmò di nuovo e tutto proseguì secondo il solito.*

Quest'uomo spietato aveva una moglie inferma che egli adorava. Per farle piacere, teneva cinquanta gatti. Naturalmente restai colpita da lui, quando facemmo scalo nella sua tenuta. Ricordo che mi prese sulle ginocchia e mi disse di scegliere un gattino da portare via con me. Sembrava il più gentile degli uomini.

Non senza trepidazione, papà prese accordi con Watson per

farsi portare legname e altro materiale edile occorrente, da Fort Myers, per costruire la nostra casa. A edificarla avremmo provveduto noi stessi, con l'aiuto di amici. Al pari di tutti gli altri in quella sperduta regione, anche noi eravamo dipendenti da Watson e dalla sua grande barca, che faceva regolarmente la spola. Ancor più l'avvertimmo, questa dipendenza, quando, in seguito, avviammo un commercio di derrate agricole. Non v'era altro mezzo per farle arrivare rapidamente sul mercato. Il modo in cui Watson teneva in pugno l'intera regione non era dissimile dalle attività di certi uomini di legge senza scrupoli, altri delinquenti legalizzati, e persino governatori, a causa dei quali la Florida ha sempre avuto a soffrire nel corso della storia.

Era il tramonto quando arrivammo a Gopher Key, dove avremmo alloggiato fino a quando non fosse pronta la nuova casa, a Possum Key, una vicina isoletta. Per il momento ci sistemammo in una baracca, non certo la più confortevole delle dimore, e come unico vicino avevamo un assassino, a trenta miglia [sic] *di distanza.* [Forse era l'anno in cui gli Hamilton erano andati a stare a Flamingo per un po'.]

La casa nuova, a Possum Key, fu pronta a primavera. A due piani, sorgeva in un luogo noto come Chevalier Place. Questo francese vi aveva piantato alberi di guava e di avocado. Papà si mise a coltivare pomodori, e per spedirli ai mercati stipulò un contratto con Watson. Ben presto arrivarono i guai. Venne un incaricato da Watson Place e portò a mio padre una somma di denaro irrisoria. Allora papà disse a quell'uomo di tornare da Watson e riferirgli che sarebbe andato lui stesso a riscuotere il resto della somma. Il pover'uomo era atterrito e pregò mio padre di lasciar perdere. « Vi spara, quello, Mister Martin. È così che lui salda le partite. Nessuno attacca lite con Edgar Watson e vive abbastanza per poterlo raccontare. »

Il giorno dopo papà andò da Watson, assieme ai miei fratelli Hal e Bubba. Quando arrivarono, papà disse ai ragazzi di aspettare vicino alla barca e stare all'erta. Attraverso un'ampia finestra si poteva vedere la stanza di soggiorno di Watson. Alle pareti erano appese diverse armi da fuoco. Papà non ne aveva portate con sé.

Della discussione che seguì, i ragazzi poterono vedere ogni cosa. Può darsi che pensassero a quegli scheletri nella palude, allorché Watson cominciò ad alzare la voce. Poi lo videro accostarsi ai fucili. Papà non era disposto a cedere, reclamava i suoi soldi. Watson allungò una mano verso una delle pistole appese al muro. In quel momento, al culmine della tensione, un sorriso gli illuminò la faccia. Aveva visto i due ragazzi presso la barca, a meno di venti metri, ciascuno con una carabina puntata verso l'uomo che minacciava il loro padre.

« Guarda! » esclamò Watson rivolto a mio padre, ma questi pensò che fosse un trucco per farlo voltare. Watson capì, si scostò e indicò la barca. Papà sorrise ai suoi figli e rivolse un sorriso anche a Watson.

« Secondo te, Jim, pensavano che io t'avrei sparato? » gli domandò Watson.

« Pensi che ne avresti avuto il tempo? » chiese papà a sua volta.

Quell'uomo che non pagava mai i debiti sborsò tutta la somma dovuta a mio padre, fino all'ultimo centesimo. Poi l'accompagnò all'approdo. E lì non vide che due ragazzini seduti tranquillamente, con i fucili accanto, che scacciavano le zanzare.

Nonostante una chiara affinità con il mito che verrà a crearsi in seguito, nonché l'apologia del coraggio dei suoi famigliari, il racconto della Martin Saint John, quï e altrove, ha nei dettagli la freschezza dei ricordi di vita vissuta. Quindi possiamo dare un certo credito alla sua storia, anche per quanto riguarda l'atmosfera di terrore che, nel periodo a cavallo fra i due secoli, si stava creando intorno a Edgar Watson. Al contempo, però, l'immagine dell'uomo « che non pagava mai i debiti » mal si adatta alla reputazione di persona puntuale e corretta di cui lo stesso Watson godeva presso Ted Smallwood e altri. Può darsi, d'altronde, che egli tendesse a non pagare i piccoli creditori con cui poteva fare il prepotente.

Il racconto di Marie Martin Saint John giunge fino all'inizio del secolo e si arresta prima che la famosa vicenda Tucker avesse luogo. Fu forse l'ondata di terrore che investì la Florida meridionale dopo quell'efferato episodio a indurre Jim Martin ad abbandonare Possum Key, e la casa appena edificata, assieme alla moglie e ai quattro figli. A quanto pare si trasferì nelle Everglades, poiché qui infatti è registrato nel censimento del 1910.

Sarah Hamilton

Dopo il nostro matrimonio, furono tempi duri, e chi ci diede una mano in quegli anni di carestia fu Mister Watson. Quando faceva la spola tra Fort Myers e Key West, gli piaceva fermarsi da noi, e ci portava sempre roba da mangiare quando ne avevamo bisogno. E così faceva con tutto il clan degli Hamilton, anche con Eugene e Rebecca, e loro l'accettavano, il suo aiuto, anche se Gene sparlava di Mister Watson dietro le spalle.

Leon non gli chiese mai niente, neppure una volta. Mister Watson sapeva bene di cosa potevano aver bisogno, e ci portava vestiti smessi dai suoi figli, cibo, o magari ci prestava i suoi attrezzi. Noi cercavamo di sdebitarci in qualche modo, gli regalavamo del pesce, tartarughe, germogli di palma, sciroppo di guava. Ed eravamo pronti — lui lo sapeva — a dargli una mano come meglio si poteva.

Naturalmente Gene diceva a Leon che Mister Watson ci faceva dei favori per averci dalla sua parte in caso si fosse trovato nei guai. Odiavo Gene quando parlava così, ma forse non aveva torto. Leon mi diceva che ero troppo sospettosa, come Gene, ma il dubbio lo rodeva, il mio povero marito, tanto che alla fine diede ordine di non accettare più nulla in regalo da Mister Watson. Non voleva esser debitore a un altro uomo più di tanto.

Mister Watson era generoso, era un vero gentiluomo: mai che non portasse la mano a quel cappello largo e nero. Molte volte ha mangiato alla nostra mensa, e noi si era sempre felici di vederlo; era un tipo simpatico. Leon dice che Mister Watson amava i suoi figli. Ma dopo che la sua famiglia si trasferì a Fort Myers, e quelle donne Daniels andavano e venivano a Chatham Bend, Mister Watson riprese il vizio del bere e non perdeva occasione per mettersi nei pasticci.

Non che abbia ucciso tante persone quante dice la gente, però. Non ha mai ammazzato nessuno in vita sua, così ha detto a noi, tranne che per salvare la pelle, anche se naturalmente era lui — aggiungeva in tono scherzoso — che doveva decidere quando la sua pelle andava salvata. Era sempre vissuto, diceva, in una zona di frontiera dove, per sopravvivere, dovevi essere sempre pronto a difendere il tuo onore. Se ti tiravi indietro anche una sola volta, e te la davi a gambe, allora era meglio che facevi fagotto e te ne andavi da un'altra parte.

Quando cominciò a girare quella storia su Belle Star, ogni morte violenta nel sud della Florida fu attribuita a Mister Watson. Un giorno lui mangiava alla tavola di papà Richard, a Mormon Key, quando un uomo fu ucciso giù a Key West. In men che non si dica un delegato dello sceriffo si mise a dar la caccia a Mister Watson, sperando di riscuotere un compenso. Fu appunto quello che Watson disarmò e mise a lavorare nella sua piantagione, tanto l'ingiustizia lo mandava fuori dai gangheri. A Key West mandò a dire, per bocca di quel delegato, che al prossimo sarebbe toccata una sorte peggiore, e credo che a Key West lo tennero bene a mente quel messaggio, perché quelli che vennero a dargli la caccia dopo la morte dei Tucker non fecero tanto gli smargiassi.

Non si trattò di Tucker e suo nipote, come dicono a Chokoloskee, bensì di Walter Tucker e della giovane moglie, la piccola Bet. Erano due bravi ragazzi di Key West; lei lo chiamava Wally, il marito. Andarono a lavorare per Mister Watson perché volevano impratichirsi d'agricoltura e pesca, a Chatham Bend. Buono com'era di cuore, Mister Watson fece costruire per quei due una baracca vicino alla riva del fiume, lontano dalla casa, dietro la rimessa. Come tutti i giovani, quei due dovevano volergli un bene dell'anima.

Quando il loro contratto arrivò alla scadenza, Mister Watson aveva ancora bisogno di braccianti per finire il raccolto, che si protrae dall'autunno fino a inverno inoltrato. Siccome quelli insistevano per andarsene, Mister Watson gli disse che erano degli ingrati, dopo tutto quello che gli aveva insegnato, e che non li avrebbe pagati se non a raccolto ultimato. Questa è la storia che raccontò a noi, alcuni anni dopo. Ma confessò anche che in quel periodo beveva molto e che andò tanto in bestia che cacciò via i Tucker da Chatham Bend senza dargli la paga. I due, in viaggio per Lost Man's, si fermarono da noi a Wood Key, per procurarsi delle provviste e delle sementi. Si era nel 1901, l'anno in cui gli Hamilton, da Wood Key, cominciarono a spedire pesce sotto sale a Key West e a Cuba.

Già da tempo gli Atwell vantavano diritti su Lost Man's Key, però consentirono ai Tucker di diboscarla e costruirci una baracca. C'era molta selvaggina e molto pesce, un appezzamento di terra fertile e una sorgente d'acqua dolce presso la foce del fiume, non lontano dall'estremità settentrionale di Lost Man's Beach. Walter Tucker era convinto di saperne ormai abbastanza per mettersi in proprio. Bet era incinta, e Richard Hamilton non era lontano: era lui che assisteva tutte le partorienti, nelle Isole. I Tucker intendevano comprare dagli Atwell l'atto di rinuncia non appena avessero messo da parte un po' di denaro.

Sia il clan degli Hamilton sia quello degli Atwell erano piuttosto numerosi e potevano perciò contare su assistenza e compagnia. Era impossibile, altrimenti, resistere alla solitudine e al caldo e agli insetti, su quei fiumi, e al silenzio che incombeva su ogni cosa, come muffa nella stagione piovosa. Costrette com'erano a occuparsi dei lavori più pesanti, tormentate dalle zanzare, senza nessuno con cui parlare tranne i cani e i bambini, erano soprattutto le donne che impazzivano nelle Isole. Gli uomini bevevano whisky e diventavano violenti, per sopportare quel silenzio che gli faceva saltare i nervi.

Con i Tucker succedeva il contrario. Era Walter a non avere i nervi abbastanza saldi per tirare avanti a Lost Man's Key, mentre a Bet la forza d'animo non mancava. Senza la sua Bet, quel giovane si sarebbe messo a ululare come un lupo, per quelle paludi, nel giro di un anno.

Leon Hamilton

Nel '99 vendemmo il nostro diritto su Mormon Key a Edgar Watson e ci trasferimmo dieci miglia più a sud, sul Lost Man's River, a metà strada fra Chokoloskee e Cape Sable, e più vicini all'inferno di quanto si può arrivare. Ci stabilimmo fra Hog Key e Wood Key, dove la brezza del Golfo tiene lontane le zanzare. Essiccavamo e salavamo il pesce per il mercato dell'Avana.

Vi diranno, magari, che gli Hamilton se ne andarono dal fiume Chatham perché avevano paura di Mister Watson, come gli altri. Ebbene, io ero il più giovane dei fratelli, avevo diciassette anni, e tutti e tre — Water, Eugene e io — eravamo bravi a sparare quanto nostro padre, e anche la mamma sapeva maneggiarlo, un fucile. Con Ed Watson, eravamo in amicizia, e comunque, amici o no, gli Hamilton eran lì per restarci, e Watson lo sapeva. Non era certo per paura che gli Hamilton avrebbero fatto fagotto.

Richard Hamilton si trasferì perché non gli piaceva la compagnia. La famiglia — diceva — gli bastava. Morto Chevelier, non avevamo motivo di restare a Chatham Bend. Gli abusivi stavano appollaiati su ogni altura fra Marco ed Everglade, e certi già calavano più a sud. Gregorio Lopez e i suoi ragazzi stavano sul fiume Huston, che oggi è chiamato Lopez River, e il clan degli House coltivava una montagnola sulla baia di Huston, e gente nuova, i Martin, avevano costruito a Possum Key. Ma, a sud di Chatham River, gli unici stanziali oltre a noi erano gli altri Hamilton, quelli di James Hamilton, e gli Atwell sul fiume Rodgers.

In quel periodo arrivò la notizia che su un libro c'era scritto che Edgar Watson aveva ucciso Belle Starr, la Regina dei Fuorilegge. Il giudice George Storter lo vide, quel libro, quando andò a portare i figli a scuola, a Fort Myers. Il giudice Storter sapeva leggere bene e quella notizia la vide con i propri occhi e la riferì a Chokoloskee.

Non molto tempo dopo io andai a Chokoloskee insieme a Watson. E Isaac Yeomans ci vide entrare nell'emporio di McKinney. Isaac ci ha sempre avuto una gran faccia tosta. Radunati un po' di amici, entra dentro e gliele canta. Vorrei sapere, dice, cosa c'è di vero in quella storia su un tale a nome Watson e la Regina dei Fuorilegge.

Mister Watson stava pagando al vecchio McKinney e vidi la sua mano fermarsi sul bancone. Quella mano restò lì per un momento, picchiando su un dollaro d'argento. Poi lui si voltò lentamente e guardò Isaac, finché Isaac, per la paura, non si mise a ridacchiare, come avesse scherzato. Allora Watson tornò a girarsi lentamente e continuò a contare i soldi. Quando ebbe finito si appoggiò al bancone e si mise a fissare quegli uomini, che si erano radunati tutti sulla porta.

« Quello stesso libro dice che questo Watson fu ucciso mentre tentava di evadere dalla prigione. » Tirò fuori il suo grosso orologio e lo guardò, per dargli il tempo di pensarci su, poi si rivolse a Isaac e aggiunse: « Ma chiunque fosse tanto ficcanaso da fare domande indiscrete su Watson non ci dovrebbe fare troppo affidamento su quell'ultima parte della storia ».

A Isaac gli sfuggì un gridolino di spavento, che voleva essere comico, alla maniera di Tant, e gli altri fecero del loro meglio per ridere. Anche Watson sorrise. Ma quegli occhi celesti di pietra non sorridevano, nossignore, e neppure ammiccavano, e ben presto il sorriso sparì e lui restò lì a guardarli, quei somari, finché non smisero di ragliare a uno a uno. Poi guarda me e mi strizza l'occhio, e usciamo fuori.

La vita non era più la stessa, sulle Isole, da quando quelle storie avevano cominciato a circolare. Certo, i vicini gli volevano bene, a Edgar Watson, certi lo chiamavano familiarmente « Ed » e ci tenevano a far sapere ai forestieri che erano buoni amici dell'uomo che aveva ucciso Belle Starr. Ma le loro donne non la pensavano alla stessa maniera. Per la maggior parte di loro, Ed Watson era un assassino e un desperado, che non ci pensava su due volte a uccidere le donne, e quel suo modo di fare tranquillo, che alle donne piaceva tanto — ci aveva sempre saputo fare, lui, con le donne — lo rendeva semplicemente più pericoloso. Si viveva isolati, il vicino più vicino era troppo lontano per udire un colpo di fucile, tanto meno un grido d'aiuto. Gli uomini lo sapevano, questo, ma non volevano ammetterlo. Avevano simpatia per il vecchio Ed — era impossibile non trovarlo simpatico — ma in cuor loro erano tutti spaventati a morte.

Sul finire del secolo, la selvaggina era diventata ormai tanto scarsa e diffidente che molti cacciatori si diedero alla pesca. Certi facevano da guida ai turisti yankee d'inverno, poi d'estate tornavano a pescare i muggini, a sparare ai chiurli e a calare le reti per le trote sottocosta a Mormon Key. La volevano, la nostra isoletta, per piantarci le loro tende, e la notte urlavano dalla riva: Voialtri dannati mulatti non avete diritto di possesso!

Ci molestavano in ogni maniera, tanto che noi avevamo solo voglia di farne secco uno, per dare una lezione a tutti. Ma era proprio quello che volevano loro, che gli si sparasse, così avevano una scusa per farla finita con noi una volta per tutte.

Già il pesce scarseggiava poiché tutti i corsi d'acqua dell'arcipelago eran pieni di cacciatori di piume e di alligatori, senza contare gli sportivi che arrivavano con quelle grandi barcone d'inverno e i pescatori d'estate e i distillatori abusivi tutto l'anno. Ogni tanto incontravi un forestiero, là dove prima passava un anno senza veder anima viva; e lo guardavi in cagnesco, quel forestiero, non lo salutavi neppure, restavi solo a guardarlo finché non era scomparso, poi proseguivi per la tua strada.

Dunque papà vendette Mormon Key a Edgar Watson. Nessuno gli avrebbe dato noia, a uno come lui, né chiesto se ci aveva la concessione. Noi comprammo da Tino Santini il diritto su Lost Man's River, quando Tino si trasferì a Fort Myers. Ma, prima di andare a stabilirci là, andammo per un anno a Flamingo, perché mamma voleva stare vicino a suo padre, John Weeks, prima che morisse. Poi ritornammo e ci sistemammo a Wood Key. Costruimmo delle buone baracche di legno e sistemammo gli orti. Continuammo a salare pesce fino al 1905, quando cominciarono ad arrivare le barche attrezzate per conservare il pesce sotto ghiaccio e lo portavano via fresco.

Fu nel 1901, l'anno che noi cominciammo con la pesca, che Edgar Watson ci seguì giù al sud e comprò la concessione su Lost Man's Key da Shelton Atwell. Quest'isoletta si trova alla foce del Lost Man's River, ha una superficie di sette acri, abbastanza terra alta per un orto, buona legna da carbone, mangrovie nere e altre piante, e una delle poche sorgenti su tutta quella costa. C'è una piccola insenatura, sul lato est, dove sulle mappe del vecchio Francese era segnato un tesoro sepolto.

Gli Atwell furono i primi veri coloni in quella zona, ci vennero da Key West verso il 1870 e da allora vantavano una concessione su Lost Man's Key. Ma, dopo i danni provocati dall'uragano del '73, abbandonarono la costa e, risalito il fiume Rodgers, trovarono un buon tratto di terra riparato dal vento e dall'alta marea. In seguito, trascorsi diversi anni senza uragani, i figli di Shelton Atwell ripensarono a Lost Man's Key che, grazie ai venti di mare, aveva assai meno zanzare e in più aveva una sorgente; ma non misero mai in pratica il proposito di tornarci. Dicevano che la madre era troppo vecchia ed era meglio restare dov'erano. Frattanto lasciavano andare e venire gli abusivi, per tenere l'isoletta diboscata e dissodata. E nel 1901 a Lost Man's Key si erano sistemati Walter Tucker e sua moglie Bet, che l'anno prima erano stati braccianti nella piantagione di Edgar Watson.

Ora su Lost Man's Key ci avevano messo gli occhi anche gli

Hamilton, ma c'era Ed Watson che la voleva, e non perse tempo a farcelo sapere. Quello che aveva in mente era di recuperare la vecchia draga della Disston Company, abbandonata nel Calusa Hatchee, rimorchiarla fino al Lost Man's River, rendere più profondo questo corso d'acqua, fare un buon porto e impiantare uno scalo commerciale come quello che il vecchio Joe Wiggins aveva a Sand Fly Key, e dar lavoro a tutti quanti. Invece di spedire le nostre derrate a Key West e farne andar male una metà, le avremmo vendute direttamente a Ed Watson. Lui contava di rifornire di ortaggi freschi e melassa, carne e pesce, acqua dolce, ferramenta, ami da pesca, cartucce e così via i cacciatori e i pescatori e le barche dei turisti yankee. Insomma, fare di Lost Man's Key il posto più famoso di tutta la costa di sudovest. Se erano amici suoi a coltivare i pochi appezzamenti di terra alta, lui avrebbe controllato tutte le Diecimila Isole. Era con idee come questa che si era guadagnato il soprannome di Imperatore Watson. E non erano idee pazzesche, poiché sulla costa orientale qualcosa del genere era già stato avviato.

Per il suo piano, Watson aveva bisogno di mettere le mani su Lost Man's Key, l'isolotto alla foce del Lost Man's River; quindi doveva impadronirsene a tutti i costi, non appena il vecchio Atwell avesse « visto la luce ». Gli Atwell non capivano cosa intendeva, con queste parole, e non erano tanto ansiosi di scoprirlo. Ma, non volendo essere scortesi con Mister Watson, fecero sapere in giro che stavano pensandoci, a quell'affare, ma intanto non si muovevano mai dal fiume Rodgers e men che meno si facevano vedere dalle parti di Chatham Bend.

Non che agli Atwell gli fosse antipatico Edgar Watson, anzi, gli volevano bene. Una volta, quando il loro canneto era stato invaso dall'acqua salata in seguito a una mareggiata, Shelton e il suo figlio maggiore, un ragazzo soprannominato Winky, andarono a chiedergli semi di canna per ripiantare il canneto, e Watson li trattò da re. Li alloggiò per quattro giorni nell'Ansa e li rimandò a casa carichi di selvaggina e prosciutti, tutto quel che volevano. Gli Atwell non smettevano mai di ripetere che Watson era stato molto gentile con loro, in quell'occasione. Ebbene, anche noi Hamilton avevamo avuto accoglienze simili. Quanto a ospitalità, non c'era un vicino migliore di Watson, nella Florida meridionale.

Gli Atwell ci stavano da venticinque anni, sulle Isole, più di chiunque altro prima di noi. Avevano due piantagioni e un bel po' di alberi da frutto, coltivavano cavoli, cipolle, zucche, meloni, patate dolci e anche patate irlandesi. Tuttavia intendevano tornarsene a Key West. La vecchia signora Atwell si era impuntata e diceva che venticinque anni fra quelle mangrovie erano abbastanza, lei voleva tornare dove era nata e lì morire in pace. E se qualcuno voleva restare che restasse pure. Venne fuori che tutti quanti avevano una gran voglia di andarsene via di lì, ma nessuno osava proporlo per primo.

Gli occorreva un bel gruzzolo, per ricominciare da capo, e così, per prima cosa, Winky e suo fratello andarono a Chatham Bend per vendere la concessione su Lost Man's Key a Edgar Watson. Poi passarono a salutarci, prima di partire. Come mai non l'avete offerta a noi, quell'isola? gli domandammo. « Perché non volevamo contrariarlo », confessarono. Non gli avevano fatto sapere, però, che intendevano lasciare le Isole, per timore che lui ne approfittasse. Ma non era nello stile di Edgar Watson, non era meschino, lui, su queste cose. Era tanto eccitato all'idea di impadronirsi di Lost Man's Key, e tanto felice perché quel suo progetto stava procedendo senza intoppi, che si limitò ad annuire, senza battere ciglio, quando quelli gli dissero il prezzo richiesto.

Sì, Mister Watson era molto eccitato. Troppo eccitato, raccontò Winky. E solo dopo che ebbe intascato il denaro Winky gli disse che gli Atwell intendevano lasciare le Isole per sempre. Gli angeli della palude hanno avuto finalmente la meglio su di noi, disse Winky — era così che il vecchio McKinney chiamava le zanzare maledette. E Watson gli rispose, tutto allegro, che era ben contento che fossero le zanzare, e non lui, a cacciarli via di là.

Insomma, quel giorno Mister Watson si comportò con gli Atwell da perfetto gentiluomo. Si era messo il vestito migliore e offrì loro il suo miglior whisky. Sissignori, disse, Lost Man's Key era il cuore del suo progetto di bonifica della regione. Bisognava fare delle rilevazioni — spiegò — perché quasi tutta la Florida di sud-ovest era terra paludosa e alluvionale, e finora lo Stato non aveva provveduto a nulla, tanto che le Everglades e le Diecimila Isole erano ancora terre selvagge, dove nessuno sapeva come stavano le cose. Ma lui era amico di Joe Shands, agrimensore di Fort Myers, e Shands gli aveva detto questo, quello e quell'altro... e così via.

Naturalmente gli Storter di Everglade e gli Smallwood di Chokoloskee sapevano bene come regolarsi con i diritti di proprietà terriera, i *land claims*, e quelle famiglie oggi sono benestanti. Ma, nelle Isole, Watson era l'unico a volere un catasto. Gli altri preferivano che non ci fosse alcuna burocrazia. Noialtri non si voleva né rilevazione né catasto né diritti di prelazione e roba del genere, anzi non volevamo nemmeno saperlo che cosa era un catasto. Non ci era mai entrato nella zucca che, se non si presentava una richiesta, la terra, in seguito reclamata da un qualsiasi forestiero, ci poteva essere tolta da sotto il culo, rubata legalmente con l'aiuto di qualche politico corrotto. Poteva presentarsi uno sconosciuto, sventolando un pezzo di carta su cui era scritto che il padrone della terra da noi lavorata era lui — un podere che avevamo diboscato e dissodato prima ancora che quel tizio avesse mai sentito parlare della Florida sud-occidentale — e un paio di delegati dello sceriffo venivano a dargli man forte per far sì che gli abusivi se ne andassero alla svelta e senza fare scherzi da mulatto a questo figlio di puttana di città che ora si proclamava legittimo proprietario.

Una cosa sola sapevamo noi, che niente di buono sarebbe venuto da una rilevazione nella zona del Lost Man's River. Presentare una richiesta voleva dire sborsare soldi che non avevamo per acquistare un podere che avevamo già fatto nostro a prezzo di duro lavoro. Per non parlare delle tasse che ci toccava poi pagare, e in cambio di niente: né scuole né leggi né ospedali né niente.

Insomma, non erano solo le tasse che volevamo evitare, ma l'intero apparato governativo, le autorità, federali o di contea, tanto era la stessa parrocchia. Uno che va a vivere in un posto solitario come le Diecimila Isole è uno che non accetta interferenze di sorta. Uno che non sa che farsene del genere umano, compresi certuni — che non nomino — della sua stessa famiglia. Oppure è lui che non va a genio ai vicini — non importa. L'uomo di cui parlo è uno che non vuole comunque averci niente a che fare con quei cittadini che sventolano pezzi di carta e che vorrebbero dirgli, a lui, dove andare a cacare.

Ed Watson non la pensava come noialtri delle Isole. A noi non ce ne importava niente se il mondo ci lasciava indietro. Lui no, lui si mise a parlare con gli Atwell di « libera impresa e di progresso »: ecco, disse, quel che fa grande il nostro paese. Le Filippine! Le Hawaii! Portorico! L'America porta la luce e la civiltà, espandendo i suoi commerci in tutto il mondo, come un tempo l'Europa nell'Africa Nera! Ma ci siamo mai soffermati a pensare — chiedeva — a tutti quei milioni di cinesi? Milioni di clienti che ci stanno ad aspettare? Insomma — mi raccontò Winky — Ed Watson era pieno di entusiasmo e buon umore.

Era presente anche il figlio maggiore, Rob, ma se ne stava in disparte. Non disse una parola. Se ne andò non appena il padre attaccò a bere. Era presente anche la sorella di Tant Jenkins, venuta giù da Caxambas, e ci servì un buon pasto a base di prosciutto e piselli. Il vecchio Ed, euforico, le tastava il culo ogni volta che gli passava vicino, e lei gli dava una mestolata sulle nocche. Era una bella ragazza, allegra e vivace, e aveva una figlia appena nata, la piccola Pearl. A quel tempo la moglie di Watson era ancora viva, a Fort Myers, quindi Josie diceva: « Meno se ne parla, di Pearl, e meglio è ».

Ed gli diede da bere un bel po', ai ragazzi Atwell, raccontò loro storielle divertenti sui negri che la famiglia sua possedeva una volta nella Carolina del sud. Ne imitava la parlata: « *You doan want to 'rest me foh Miz Demeanor, Shurf! Ain't nevuh touched* no *lady by dat name!* »*

L'aveva raccontata, questa storiella, anche a casa degli Ha-

* « Non potete arrestarmi per Miss Demeanor, sceriffo. Non l'ho mai nemmeno toccata, una signora con questo nome! » Equivoco fondato su *misdemeanor*, reato di lieve entità, che nella pronuncia può suonare, appunto, come Miss Demeanor. (*N.d.T.*)

milton. Siccome non ci fece tanto ridere, lui osservò: « Forse ai choctaw non gli piacciono le barzellette sui negri ». Ci sfotteva, lo capivamo, ma a papà sembrava non gliene importasse gran che. Disse soltanto: « Sarà così, Ed », e si scambiarono un sorriso lui e l'ospite, come se la sapessero lunga sulla vita, e credo che fosse proprio così.

Comunque, Ed Watson si riscaldò e prese a vantarsi con gli Atwell, e gli raccontò che sua figlia Carrie si era maritata con uno dei « re del bestiame », e questi signori avrebbero fatto sì che nessuno desse noia a Edgar Watson. Quanto a procurarsi atti e titoli di proprietà, gli amici del genero avevano amici alla capitale, quindi Ed Watson era in un ventre di vacca. Non lo ferma nessuno, uno in gamba, disse.

Brindarono quindi al suo successo e lui brindò alla loro felicità a Key West, poi li accompagnò fino alla barca, sotto il sole, con quel cappellaccio nero in testa, gli stivali lustri, i pollici infilati nella cintura.

« Verrò domani, giù dalle vostre parti, e darò un'occhiata alla mia nuova proprietà! »

Mentre scioglieva gli ormeggi, Winky decise che era meglio dire al nuovo proprietario di Lost Man's Key che su quell'isoletta c'era una coppia di abusivi, Walter e Bet Tucker. Finora non aveva avuto il coraggio di dirglielo, ma adesso il whisky lo rendeva ardito.

Mister Watson prese la notizia con estrema calma. Si avvicinò alla barca, lentamente, e mise un piede sopra una fune d'ormeggio che Winky si preparava a sciogliere, inchiodandola. L'altra fune, a poppa, era stata già sciolta e la corrente fece rigirare la barca mandandola a sbattere contro i piloni. Watson aveva in mano un bicchiere di whisky e l'aria ancora affabile, ma teneva ferma la fune sotto il piede. Stava zitto e gli Atwell non sapevano più che fare.

Conoscendo Winky, credo che sbattesse gli occhi in continuazione, cercando di non guardare lo stivale di Watson che si trovava più o meno allo stesso livello della sua faccia. Ed Watson aveva un piede molto piccolo, per uno della sua statura, quella era una cosa che notavi subito.

Alla fine, Winky cominciò a parlare e, tutto d'un fiato, disse a Watson che Walter Tucker non aveva alcun diritto su quell'isoletta, nossignore, nessun titolo, solo... solo che si trovava lì... da un po' di tempo... e...

« Lo so da quanto tempo è lì, quel figlio di puttana. »

« E... e dato che a noi non serviva, quella terra, non abbiamo mai avuto il cuore di cacciarlo. »

Watson annuì e per un po' continuò ad annuire, mentre i due fratelli Atwell cercavano di fargli capire che erano assolutamente d'accordo con lui. Annuivano quindi insieme a lui come due piccioni.

« Ve lo dico io cosa dovete fare », concluse Watson, dopo un po'. Si schiarì la gola e sputò al di là della barca, e i fratelli Atwell guardarono, in silenzio, quello scaracchio che galleggiava sull'acqua. « Gli andate a dire, a quel figlio di puttana *conch*, che l'isola è stata venduta a Edgar Watson e che lui deve andarsene via al più presto e tornarsene a Key West, ch'è casa sua. Intesi? »

Dato che anche gli Atwell erano delle Bahamas, a Winky poco gli piacque quel dispregiativo *conch*, ma disse soltanto: « D'accordo, Ed, va bene ».

Era proprio in collera, Watson, e Winky s'impaurì, ben sapendo che sotto la giacca quello teneva un'arma. Si era dimenticato della lite di Watson con Tucker, se mai ne aveva saputo qualcosa. Ma il whisky che si era scolato gli diede un po' di coraggio e così cercò di rabbonire Watson: « Fatto sta che questo Tucker si è costruito una capanna e un moletto d'attracco. Ha dissodato un bel pezzo di terra, e l'ha seminata, e poi la moglie aspetta il primo figlio... » Gli Atwell, aggiunse, sapevano quanto era generoso Ed Watson e quindi... forse... poteva aspettare la fine della stagione, prima di farli sloggiare.

Watson scosse la testa. Dovevano andarsene subito. E non voleva occuparsene lui. Erano stati gli Atwell, a metterli là, e quindi che li mandassero via loro. Giusto?

Winky si affrettò a dargli ragione: « Giusto, Ed, proprio giusto ».

« C'è qualcosa però che ti rode », disse Watson dopo un po', e tirò fuori l'orologio.

E Winky: « No, no, no, Ed! C'è il fatto che quel Tucker è un giovanotto orgoglioso e non gli garberà tanto di dover fare fagotto così sui due piedi, senza niente da mangiare né un posto dove andare, né un soldo per tutte le fatiche fatte».

Watson stava guardandosi il piede che bloccava la fune e in quel silenzio agli Atwell gli venne una gran voglia di mettersi a urlare. Non si udiva altro suono, in quella calura, che il mormorio del fiume tra le mangrovie. Alla fine Watson disse: «Non mi piace per niente sentire un bianco parlare a questo modo. Al mio paese, un maledetto abusivo può essere orgoglioso quanto gli pare, ma l'orgoglio non gli dà nessun diritto, quando c'è qualcuno che ha un titolo legale. Un abusivo è un abusivo. E al mio paese la legge è legge».

Winky non trovò niente da ridire su questo. Solo non riusciva a credere che un uomo che poco prima era stato gentile potesse mostrarsi spietato a tal punto. Winky non era un cattivo soggetto e si rendeva conto che gli Atwell erano dalla parte del torto. Avrebbero dovuto mettere le cose in chiaro con Tucker fin dal principio.

Allora decise di restituire i soldi a Watson. Con un gesto brusco — era nervoso e agitato — si infilò una mano in tasca per prendere la busta col denaro, ma in men che non si dica si trovò una Smith & Wesson 0.38 puntata in faccia. Era così vicino che sembrava un cannone.

Lentamente, Winky tirò fuori la busta e Watson, lentamente, rinfoderò la pistola.

Ma non prese il denaro che l'altro gli offriva. Era furioso per avere estratto la pistola e teneva lo sguardo fisso nel vuoto, come se pensasse a un'altra cosa. Winky borbottò che gli dispiaceva molto di avere causato a Mister Watson tanto fastidio. Watson si limitò a grugnire, guardando il fiume con l'aria di quello che sta pensando come sbarazzarsi del cadavere di quei due ragazzi. Winky s'impaurì di nuovo e con voce rotta disse che gli Atwell erano disposti a restituire il denaro finché la faccenda non si fosse risolta. Ma Watson scosse la testa. Alla fine Winky si stancò di tenere il braccio teso e si rimise la busta in tasca.

A quel punto gli Atwell non desideravano altro che andarsene al più presto. Ma Watson continuava a tenere il piede fermo sulla fune. E Winky cercava di non guardarlo. Alla fine Watson sbatte gli occhi e sembra sorpreso di trovarli lì, quei due estranei, come se si fosse appena svegliato da un lungo sonno.

Poi disse, con voce cupa: « Voi potete anche restituirli a me, quei soldi, o regalarli a quel fottuto di Tucker, oppure ficcarveli su per il culo. Potete farne quello che vi pare! Comunque Edgar Watson l'ha comprata, quell'isola, e vuole che gli abusivi se ne vadano, entro lunedì prossimo ».

Un discorso così duro sciupò tutto il piacere di quella visita. E Winky rispose: « D'accordo, Ed. Perché non metti per iscritto quel che vuoi? Così glielo facciamo vedere, a Willy Tucker, quel pezzo di carta ».

Watson allora corse in casa, a buttar giù due righe. Quando tornò, non aveva più la giacca. Consegnò il foglio e li guardò partire, senza un cenno di saluto. Discendendo con la corrente verso l'Ansa, i fratelli Atwell lo videro dirigersi verso il campo. Il figlio Rob, intento a zappare, non voltò nemmeno la testa a guardarlo.

Walter Tucker era biondo, né alto né basso. Il troppo sole gli aveva cotto la faccia. Lentamente lesse il biglietto di Watson, poi guardò in faccia i fratelli Atwell, che invece non sapevano leggere.

Winky gli chiese: « Cosa dice, dunque? » E Tucker lesse:

> Il diritto su Lost Man's Key è stato legalmente venduto al sottoscritto in data odierna. Si avvertono gli eventuali occupanti abusivi che devono immediatamente sgombrare dall'isola in questione, appena ricevuto il presente avviso, o andranno incontro a gravi penalità.
>
> (firmato) E.J. Watson

Dopo aver letto quelle parole ad alta voce, Tucker diventò tanto furioso che scagliò lontano il foglio di carta. Ma Winky lo raccolse prima di andar via. Tucker si voltò a guardare la sua nuova casetta e la giovane moglie ritta sulla porta. Agli Atwell disse che Watson, una volta, aveva tastato il culo a Bet e lei gli aveva dato uno schiaffo. Lui allora l'aveva insultata. « Non me l'aveva mai raccontato, questo episodio, fino a ieri. Ora sta per partorire », aggiunse come fra sé, « e non ci voleva, questa brutta faccenda. »

Per un po', Tucker e i fratelli Atwell restarono in silenzio, a guardare il mare e prendere fiato. Poi Wally cominciò a lamentarsi e intanto tracciava delle croci sulla sabbia: « La nostra casa, avete dato via! Ci avete tolto la terra sotto i piedi. Avete venduto qualcosa che non vi apparteneva. Non avevate alcun diritto, per legge. Questa è terra demaniale, credete che non lo so? Gli Atwell non hanno diritti. E non ci avete mai fatto nemmeno migliorie ». Accennò con la testa alla casa e al moletto. « Se qualcuno andava pagato, quello ero io. »

Winky lanciò un'occhiata al fratello Edward, poi tirò fuori la busta coi soldi di Watson. « Non è così che si ragiona sulle Isole, ma siccome vogliamo essere giusti faremo a metà con te. » Per la seconda volta, quel giorno, quel denaro venne òfferto, e per la seconda volta nessuno lo prese. Poi Tucker l'afferrò, sfilò sessanta dollari dal mazzo, e restituì il rimanente.

« Ditegli che non ho preso il suo sporco denaro », gridò, « ma solamente quanto mi doveva di salario arretrato. » Per un attimo parve spaventato, poi strinse le mascelle. « Io da qui non me ne vado », bisbigliò. « Non intendo dargliela vinta. »

Il coraggio di Tucker li sorprese e, allarmati, lo misero in guardia, perché con Watson c'era poco da scherzare. Tucker guardò Winky in modo strano e disse: « Mi sono già scontrato con Ed Watson, e non m'ha fatto paura. Fintanto che non gli volto la schiena posso stare tranquillo ».

Poi scrisse un biglietto per Watson. Gli Atwell glielo portarono il giorno dopo. Winky non lo seppe mai cosa c'era scritto, perché Watson si limitò a leggerlo in silenzio. Quindi se ne andò nel campo, senza dire una parola, senza ascoltare ragioni. Gli Atwell gli gridarono che erano pronti a restituirgli tutti i soldi, ma lui neppure si voltò indietro.

Gli Atwell se ne tornarono a casa. Erano preoccupati. Durante il viaggio si fermarono da noi, a Wood Key. Ci pregarono di far ragionare Tucker e noi gli promettemmo che saremmo andati da lui. L'indomani gli Atwell partirono per Key West, lasciandosi ogni cosa alle spalle.

Un pescatore, Mac Sweeney, arrivò la sera stessa a Wood Key. Era un vagabondo, viveva in una barca con la tettoia di paglia e un « focolare » nella stiva per cuocersi il cibo. Non aveva dimora da nessuna parte e campava di quello che trovava qua e là. Era alla ricerca di un pasto a sbafo, al solito. Era passato davanti a Lost Man's Key all'alba, raccontò, e aveva visto la barca di Tucker, là. Appena uscito dal fiume aveva sentito sparare.

« A qualche bestiaccia, forse », disse mio fratello Gene, senza guardarmi.

Il giorno in cui Mac Sweeney venne da noi, era da poco che noi ci eravamo trasferiti lì a Wood Key per avviare l'attività peschereccia. Gilbert Johnson ci abitava di già, e Gene e io avevamo messo gli occhi sulle sue due figliole.

La mia Sarah era una ragazza esile e graziosa, di carattere aperto, correva come una cerbiatta e rideva e saltava e diceva tutto quello che le passava per la testa. Un giorno era seduta sulla sabbia, abbracciandosi le ginocchia, quando a un tratto le venne in mente qualcosa di così buffo che si rovesciò all'indietro e sollevò le gambe, scalciando con i piedi in aria. Teneva la gonna ben stretta intorno alle gambe, s'intende, ma io glielo vidi lo stesso, il sedere a forma di cuore, un bellissimo cuore capovolto. Voglio dire, l'amavo per la gioia che aveva dentro, per quella sua risata allegra, ma ero anche attratto da lei. Era come se lei fosse una parte di me che avevo perduto e che dovevo riprendermi altrimenti sarei schiattato. In seguito, abitammo a Lost Man's Key.

Un'unica volta me la vidi brutta, e fu con un serpente. Ero andato con Sarah a mettere le trappole per i procioni, in una zona paludosa, e a un certo punto salto per superare una pozza e atterro, scalzo, sopra un grosso serpente velenoso, un mocassino acquatico. Quello scattò come una molla e mi si avvinghiò alla gamba. Riesco a liberarmene e con un balzo mi allontano, ma il morso l'ho sentito. Mi appoggio a un albero. Sono troppo debole per ucciderlo. Mi sento sempre peggio, ogni minuto che passa.

Sarah grida: « Cosa è successo? »

« Penso che mi ha morso un serpente. »

« Pensi? Ti ha morso o no? »

Attraversa il tratto paludoso, si avvicina e mi tira su il calzone per guardare: nessun segno, niente.

« Be'... penso che mi sento un po' meglio », faccio io.

« Non pensare troppo » rispose, irritata. Punzecchia il serpente, per fargli sollevare la testa, e poi lo fa secco con una randellata.

Sarah e Rebecca conoscevano bene Bet Tucker. Era una che aveva davvero lo spirito del pioniere, dicevano, per affrontare gli stenti e la solitudine. Il marito, invece, era un bravo ragazzo, simpatico, ma non aveva il fegato e la grinta per la vita dura delle Isole.

Ma il giovane Tucker aveva più grinta e più fegato di quanto pensavano Sarah e Rebecca. Osò opporsi a Ed Watson, il che non era da tutti. Watson era bravo a sparare, ed era *pronto* a sparare, si diceva. Molti di noi erano buoni tiratori, ma non ci saremmo certo messi con Watson, se non c'eravamo costretti, e nel momento in cui sapevi che ci eri costretto eri già morto.

Sarah Jonson aveva solo dodici anni, allora — ci saremmo sposati due anni dopo — ma era un tipetto volitivo e metteva bocca negli affari degli uomini. Bet era per lei come una sorella maggiore, disse, quindi voleva andare a dare un'occhiata. Ma io non ero d'accordo. Ci saremmo andati l'indomani, di buonora, noi uomini. Miss Sarah Johnson sarebbe rimasta a casa.

Una volta tanto Sarah non protestò. Forse perché mi amava davvero tanto. « Se Bet perde il bambino, la colpa è di Wally », disse soltanto. E Gene sbottò: « Se è solo il bambino che perde, può dirsi fortunata! » Lo sapevamo tutti, s'intende. Ma non c'era bisogno che Eugene la mettesse in agitazione la mia ragazza.

Questa giovane femmina sapeva prenderlo per il verso giusto, Edgar Watson, e riusciva a rabbonirlo. Lui voleva molto bene a Sarah, la rispettava, e anche dopo mi sono sempre stupito a vedere quanto timido sembrava vicino a lei quell'uomo così duro, quasi avesse bisogno della sua approvazione. Oh, lei non ci pensava sopra due volte a chiedergli la verità sulla sua vita. Lui sembrava quasi contento che ci fosse qualcuno che ci teneva a conoscere la sua versione della storia, e finì per fidarsi di lei completamente. Le raccontava cose che a nessun altro avrebbe confidato. Forse alcune erano vere, forse no. Ma Sarah non poteva credere che Mister Watson avrebbe « mai e poi mai fatto del male a una così dolce creatura ».

Ci stavamo consultando sul da farsi quando arrivò Henry Short, a trovare Liza. Non lo diceva mai, che veniva per lei. Non poteva. Non lo nominò nemmeno, benché la sentissimo cantare in cucina. Il poveretto sapeva che gli volevamo molto bene, e che era il benvenuto da noi, ma sapeva anche che la nostra madre non avrebbe mai permesso a un ragazzo « scuro » di far la corte a Liza, anche se Liza aveva la pelle più scura della sua.

A quei tempi, in tutto il paese linciavano i negri a destra e a manca, se solo mettevano gli occhi sulle nostre vergini bianche. La maggior parte dei coloni, da quelle parti, era calata al Sud per non partecipare alla cosidetta « Ricostruzione », dopo la guerra civile, quindi si portavano dietro il loro odio per i negri, non li tolleravano. In quello stesso anno di cui parlo, qualche mese prima, era apparsa sui giornali la notizia di un negro di New Orleans tanto disperato da opporre resistenza quando erano venuti per arrestarlo. Si scoprì così che era un grande tiratore — strano, visto che era un negro — e fece secchi diversi poliziotti prima di tirare le cuoia. Quindi adesso a Chokoloskee correva voce che anche Henry Short era un grande tiratore. E chi mai aveva insegnato, a un negro, a sparare così bene? Non ci aveva sale in zucca la gente?... roba del genere. Quindi Henry Short passava adesso molto tempo nelle Isole. Si aggregava spesso al clan degli House. Non voleva guai.

Ebbene, Henry Short trovava sempre qualche scusa per venire da noi e c'erano dodici miglia da House Hammock a Wood Key. Disse di aver dimenticato il coltello da tasca o altre stupide scuse del genere, e noi facemmo finta di niente, per non metterlo in imbarazzo. Tutti tranne Eugene, ch'era pieno di sé e pieno di cacca, sempre pronto ad attaccar briga. Gene gli disse: « Quel dannato coltello non c'è qui, ragazzo, e nemmeno Liza c'è ».

Per metter pace, chiedemmo a Henry se aveva notato qualcosa, da Watson, venendo, e lui annuì. « Buffo », disse, « noto sempre ogni cosa, io, là da Mister Watson. » Quel giorno non aveva visto nessuno. Non c'era la barca all'attracco. Niente, nessun segno di vita. Nessuno l'aveva salutato. Sul campo non c'era nessuno. Chatham Bend era silenzioso come una tomba. Allora Mac Sweeney esclamò: « Oh, Gesù Cristo! È come vi ho detto io, ragazzi! »

La mattina dopo, di buonora, andammo a Lost Man's Key. Eravamo armati di fucile, ma arrivammo troppo tardi. Si levava del fumo dalla capanna. Già prima di approdare, sentivo che avremmo trovato qualcosa sulla riva. Fu Henry Short il primo a vederlo.

C'era qualcosa arenato sul basso fondale, cullato dalla corrente. « Dio mio, cos'è? » gridò Mac Sweeney.

« È lui », dissi.

I capelli di Tucker ondeggiavano nella risacca. Aveva gli occhi infossati. Non doveva esser lì da molto perché ancora le orbite non gli si erano riempite di lumache del fango. Aveva gli stivali ai piedi, viscidi come grasso per via dell'acqua salsa. Mio fratello Walter lo afferrò per un piede, per trascinarlo a riva, ma gli sfuggì dalle mani. Io lo presi per le ascelle. In distanza, vidi l'ombra d'uno squalo.

Tirammo il corpo in secco, sulla sabbia. Perdeva sangue, ma non per il morso d'uno squalo, bensì da un foro che aveva sul petto. Gli aveva trapassato il cuore. « Oh, Cristo! » esclamò Eugene, e si mise a tossire. Walter si era fatto grigio in faccia. Henry Short era livido.

Io non so di che colore sono diventato, ma certo non avevo un bell'aspetto. Tiravo respiri profondi per non vomitare.

« Alla schiena, gli hanno sparato », disse Henry. E noi tre ci mettemmo a imprecare contro quel bastardo vigliacco, per non scoppiare in lacrime. Henry scuoteva appena la testa, ma smise quando Eugene lo guardò.

Vicino alla capanna distrutta trovammo la cassetta sulla quale Tucker stava seduto, intento a rammendare la rete, quando gli avevano sparato: c'era infatti sangue secco sulla rete e per terra. Nessuna traccia della barca di Tucker. Nessuna traccia di sua moglie Bet. Sulla spiaggia c'era un grande castello di sabbia, come quelli che fanno i ragazzi, ma non c'era nessun ragazzo, lì. Doveva averlo costruito Bet, per passare il tempo; era ancora una bambina. Speravamo che fosse scappata a nascondersi. La chiamammo a lungo. Ma ci risposero solo gli uccelli marini.

Avvolgemmo Wally Tucker in un pezzo di telone e lo issammo sulla barca. Nessuno voleva trovare Bet, ma continuammo a cercarla, spingendoci dentro la Lost Man's Bay. Percorremmo tutta la costa, fino al fiume Rodgers, a sud.

« Figli di puttana! » gridò Eugene, quasi piangendo.

Chiamammo ancora. Ci rispose una civetta, da lontano, tra gli alberi. Scendeva il crepuscolo fra le mangrovie e quando tornammo a Wood Key era già buio.

Sarah si avvicinò alla barca. Guardò il corpo avvolto nella tela — spuntavano solo gli stivali. « Perché lo avete portato qui? » chiese.

« Non volevamo lasciarlo solo », le risposi.

Lei allora bisbigliò: « Anche Bet è sola ». Una delle poche volte, in questa vita, che ho visto la mia Sarah piangere.

La mattina dopo Mac Sweeney partì per Key West. Non vedeva l'ora di prendersi una sbronza, e poi voleva esser il primo a portare la brutta notizia. Sarah disse che dovevamo riportare Wally a Lost Man's Key e seppellirlo vicino alla sua casa. Quindi noi tre fratelli e Henry Short tornammo là, col morto.

Attraversando le secche, vidi la traccia di una chiglia sulla marna. Il cuore mi diede un balzo e urlai, poiché avevo riconosciuto l'impronta della barca di Watson. L'avevo già vista altre volte e non potevo sbagliarmi.

« Mister Watson », disse Henry. Anche lui la conosceva, quella traccia. Del resto, c'erano altri che l'avrebbero riconosciuta, nelle Isole. Notare piccoli segni è una buona abitudine, quando si vive in luoghi selvaggi. Te l'insegna l'istinto.

Sentivo che Bet era vicina e infatti poco dopo la vidi. Durante la notte, la poveretta era venuta a galla in una pozza d'acqua ferma, dove la corrente del fiume l'aveva trascinata, al riparo d'un promontorio. stava a faccia in giù, ricoperta di limo... lei che era così giovane e vivace. Rideva e agitava le braccia, per salutarci, l'ultima volta che l'avevo vista. Ed era incinta. La spinsi verso la barca con un remo, e lei si rigirò lentamente. Quello che avevo scambiato per limo di fiume erano piccole nere lumache del fango. Le stavano mangiando la faccia, quelle lumache. E già non c'erano più quegli occhi celesti, a rimproverarci, e non c'erano più nemmeno quelle labbra carnose. Senza labbra, con i denti sporgenti, somigliava a una cavallina.

Eugene le afferrò un lembo della gonna, poi, anziché prenderla sotto le ascelle per issarla a bordo, la prese per una caviglia. Gene è sempre così, fa tutto di furia. Per non stare a discutere, l'afferrai a mia volta per l'altra caviglia. Così, quando la issammo, la testa le andò sott'acqua e la gonna si impigliò sullo scalmo e lasciò scoperte le cosce bianche e il pelo del pube, e il ventre gonfio. Il modo indecente in cui l'avevamo issata a bordo mi mandò in bestia. Quando feci per tirarle giù la gonna, questa si lacerò, poiché era marcia.

Gene, come al solito, grida: « Porta un po' di rispetto! » Poi strappa la tela che ricopre il cadavere di Wally e me la tira perché ci ricopra il cadavere della moglie. « Salva almeno la decenza! » dice, col suo solito tono imperioso.

Bet Tucker ha la testa trapassata da una pallottola. Non c'è modo di renderla decente, mai più. Ma la cosa più indecente è la furia di Eugene. Guarda storto Henry e gli fa eco: « Non voglio che i negri le guardino sotto le gonne, chiaro, Henry? »

Henry Short non ha alcuna espressione sul viso, non più di quanta ce ne sia su quello del povero Tucker, allora Gene urla più forte.

« Intesi, ragazzo? »

« Ti abbiamo sentito, Gene », fa Walter. « Non sono ammessi i negri. »

Una volta ancora Walter è sceso in campo aperto. Gene chiude la bocca, ma Walter no. « Ti abbiamo sentito, Gene », ripete. « Niente dannati negri. » Quei cadaveri hanno sconvolto anche lui.

Sebbene sia il maggiore, Walter è la vittima, il perdente, e così io rimprovero Eugene per difendere l'altro fratello. Naturalmente Gene se la prende con Henry. Henry evita il suo sguardo, ma non abbassa gli occhi. Guarda diritto oltre la spalla di Gene, come se volesse indovinare che tempo farà e il modo come stringe gli occhi sembra una smorfia di dolore.

Gene si fa tutto rosso e grida a Walter: « Se ci tieni a passare per negro, fa' pure ».

Gene vuole essere considerato un bianco, quindi la pensa come i suoi amici di Chokoloskee. Per questo è benvoluto da loro. Io e Walter lo prendiamo in giro e lui dice: « Davanti a questi morti, ancora vi va di scherzare? Portate un po' di rispetto! »

Scendemmo a terra e cercammo dappertutto finché non trovammo la pala di Wally Tucker. Ci servì per scavare due fosse, dove la terra era alta, al di sopra della linea di marea. Ci mettemmo sopra due rozze croci, conficcate nella sabbia. Per prima seppellimmo Bet, fango, sangue, creatura non nata, e tutto. Eugene stava buttando una prima palata di sabbia sul viso, ma Walter lo fermò. Si tolse la vecchia camicia e la distese sopra la morta.

« Quella camicia puzzolente non serve granché », borbottò Gene, e Walter gli disse: « Sta' zitto, spala e basta ».

Andai alla barca e, trattenendo il fiato, presi il cadavere di Wally sotto le ascelle. Walter e Gene lo afferrarono per le caviglie. Al sole, quel corpo si era scaldato un po', ma sotto era freddo, rigido, carne puzzolente.

Un uomo morto pesa molto più di un vivo, non chiedetemi perché. Quando gli sollevai la testa per superare la murata, i capelli gli piovvero sulla fronte e mi parve che sospirasse. La cinghia gli si impigliò e dovetti tirare per liberarla. Mi venne un conato di vomito per la puzza, dolciastra e pesante, e ancora me la sento nelle narici a distanza di tanto tempo.

Lo calammo supino nella fossa, un braccio dietro la schiena — non avevamo potuto ricomporlo, era diventato troppo rigido. Gli occhi sembravano pesti ma erano spalancati sul cielo, vuote orbite grigie. Feci per chiuderglieli, ma non ci riuscii. Sembrava che il povero Tucker non si fidasse di noi. Mi vergognai del genere umano, me compreso. « Mi dispiace che siamo arrivati tardi... » queste parole mi uscirono a forza dalla bocca contratta, e furono seguite dalle lacrime, ma Eugene non mi sentì né mi vide. Si appoggia alla pala e sputa sulla sabbia, sputa fuori quel sapore di morto.

Presi io la pala e ricoprii il corpo più in fretta che potevo, perché mi veniva da vomitare. Gli coprii quella faccia rivolta verso il cielo, che invocava misericordia. Non mi fermai per togliermi la camicia — non volevo imitare Walter, per orgoglio. Gli coprii entrambi gli occhi con una palata e con un'altra gli riempii la bocca assetata. Ma gettargli sabbia calda in bocca mi scosse talmente che emisi un gemito e alla terza palata colpii Gene sulla pancia, per farlo smettere di sogghignare. Gene si guardò bene dal dire una parola.

Poi, a ogni palata una bestemmia. Non so quali cose terribili ho gridato. Urlavo e basta. Ho seppellito altri morti, dopo d'allora, uomini e anche bambini, ma la sepoltura dei poveri Tucker fu la cosa peggiore della mia vita.

Una volta riempite le fosse, mi guardai attorno per prendere fiato. C'era tanto silenzio su quell'isoletta, sotto quel cielo bianco, che sentivo i battiti del mio cuore. Se ripenso a quell'episodio, e sono passati ormai cinquant'anni, mi sembra ancora di sentire quel silenzio e quell'odore di morto.

Essendo il più vecchio, dopo aver infilato la pala nella sabbia Walter borbottò una preghiera: « Dio Onnipotente, ecco altri due mansueti che erediteranno la terra ». O qualcosa del genere. Io e Henry dicemmo: Amen, mentre Gene emise una specie di raglio e diede una manata sulla schiena a Walter.

Cercavo di controllare il respiro. Che fare, adesso? Avrei avuto voglia di andar di corsa a Chatham Bend e fargli saltare le cervella, a quel bastardo dai capelli rossi. Chiunque altro li avrebbe sepolti, quei morti, o perlomeno se ne sarebbe sbarazzato in qualche modo, magari andandoli a gettare in alto mare... Avrebbe avuto la decenza, voglio dire, di nascondere le sue malefatte, pulire dove aveva sporcato. Anche se, lo doveva sapere anche lui, niente si può nascondere al Signore.

Una volta, non molto tempo prima di morire, il Francese mi aveva messo in guardia su Watson. « È veramente charmant. Mi piace! Non posso farci niente! » Annuì e poi soggiunse, puntando un dito. « Ma lo odio! Io odio Watson. Tu as compris! John Leon! Ti avverto: quell'uomo non è un delinquente comune, è qualcos'altro, è... » Non gli veniva la parola. « Pazzo? » feci io. Lui si batté un dito sulla fronte, poi agitò le mani, come un ranocchio arpionato. « No, non pazzo. È... *maledetto*! »

Non ci liberammo più dell'idea che Watson non poteva farci niente, perché era vittima di una maledizione. Questa era la scusa per giustificare la simpatia che avevamo per lui. La mia Sarah, che era piena di buon senso, pensava che il Francese aveva ragione. E così la pensavano molti, a Chokoloskee. Ma non so cosa si intendeva veramente, con *maledetto*, a meno che non fosse stato Dio a maledirlo. Se era stato Dio, a chi dovevamo dare la colpa: al Padreterno o a Edgar Watson?

A Chokoloskee nessuno conosceva i Tucker — non avevano mai mangiato e scherzato con loro, come noi che li avevamo seppelliti — e quindi dopo pochi anni la storia cambiò. Henry Short la sapeva la verità, ma fu sempre tanto furbo da tener chiusa la bocca, anche quando da Key West arrivò una voce a proposito di un giovane che era andato a trovare Wally Tucker. Da qui nacque la storia, messa in giro da Ted Smallwood e da altri, secondo la quale Watson aveva ucciso « Tucker e un suo nipote », poiché non si voleva credere che un « così buon vicino » avesse potuto uccidere una giovane donna. Erano stati gli Hamilton — si disse — a inventarselo. E alla fine anche mio fratello Gene, che pure aveva visto coi suoi occhi la povera Bet, accettò quella versione della storia.

Noi di quel nipote non ne sappiamo niente. Sappiamo però

che Watson — o qualcun altro — insieme a Wally Tucker uccise anche sua moglie Bet, quel terribile giorno.

Qualche giorno dopo si presentarono due delegati dello sceriffo di Key West e dissero che era stato avvertito di due efferati omicidi avvenuti a Lost Man's Key. La denuncia era stata fatta da Mac Sweeney, il quale non aveva nominato alcun presunto responsabile, ma lo sceriffo Knight aveva motivo di sospettare Edgar Watson. « E ci ha detto di delegare voialtri mulatti di Wood Key », spiegò uno dei due.

Papà non gli disse di no chiaro e tondo e cominciò a prenderli in giro. Con una voce cupa che sembrava il muggito di una vacca prese a lamentarsi borbottando che i suoi figli erano troppo giovani per morire solo perché un paio di delegati andavano a cercar guai e che, comunque, Mister Watson era un amico, un vicino generoso, perciò come potevano gli Hamilton mettersi contro di lui?

Walter era uscito da casa non appena la legge era entrata, e quella fu la sua risposta. E tu, ragazzo? Due dollari, mi dissero, soltanto per farci da guida. E io: Nossignore, non ci sto. Ero nauseato e arrabbiato con Ed Watson, e mi chiedevo cosa avrebbe detto papà se avesse visto e maneggiato, come noi, quei cadaveri, ma ai delegati dello sceriffo dissi solo che non volevo immischiarmi.

Nostra madre sbuffava con aria disgustata — lei era disgustata quasi sempre, in linea di principio. Allora papà disse a quei due: « Potete delegare quella donna bianca là », indicando la moglie che stava sgusciando piselli. « È dura come una noce, sa maneggiare il fucile e non si accontenta di mezze misure. »

La mamma sbatté il tegame sul tavolo e uscì dalla stanza.

I delegati avevano paura di Mister Watson e si sentivano i nervi a fior di pelle. Si trattava di un caso di omicidio a sangue freddo e non avevano nessuna voglia, dissero, di stare ad ascoltare facezie da mulatti. « E due », feci io. « È meglio che ci state attenti, a chi date del mulatto. »

Papà mi zittì. Poi disse: « Non pensate male. Questa famiglia è contraria agli omicidi a sangue freddo, e anche a quelli a sangue caldo, perché, a differenza di voialtri, noi cattolici romani non ammettiamo l'omicidio in nessuna forma né dimensione, né razza, né colore, né fede». Due persone, aggiunse, erano state assassinate, su questo non c'erano dubbi, ma per quello che lo riguardava non aveva visto nessuna prova contro Edgar Watson.

Nel frattempo era arrivato Gene. «Accidenti, papà!» esclamò. «Abbiamo visto l'impronta della sua chiglia! Non è una prova, questa?» E papà gli rispose: «Sarà anche una prova, ma io non l'ho vista».

Aveva concluso, con queste parole. Ma Gene non si diede per inteso. Ci teneva a farsi bello con quei due. Così accettò di essere delegato a sua volta. Impettito come un tacchino, gli fece persino un saluto militare. Una volta delegato, cominciò a sbeffeggiarci: «A quanto pare, papà e il suo prezioso John Leon hanno paura di Edgar Watson, si cacano sotto».

Papà mi afferrò per un polso prima che lo prendessi a pugni. Poi disse, con voce normale, soltanto molto fredda: «Hai parlato abbastanza, Gene. Vediamo adesso come te la cavi».

Quando Gene partì, per guidare i due delegati, aveva già cominciato a sudare. Si voltava continuamente indietro, nella speranza che nostro padre gli proibisse di andare. Ma lui non gli badò e rimase lì, seduto al sole, a intagliare un pezzo di legno di mangrovia per ricavarne un ago da rete. Aveva chiuso con Gene, che aveva agito contro il volere di suo padre. Per il resto della sua vita, sarà sempre gentile con lui, ma mai più gli parlerà come a un figlio. Così era fatto nostro padre. Non si arrabbiava mai, ma, quando aveva chiuso, aveva chiuso davvero. Era finita. La vita è troppo corta, diceva, per perdere tempo a guardarsi indietro.

Quando la barca scomparve alla vista, papà disse: «Forse Gene è tagliato per fare il delegato dello sceriffo, che ne pensi, tu?» E infatti un vicesceriffo è proprio quello che in seguito Eugene Hamilton divenne.

Quando i due delegati riportarono a casa mio fratello prima di proseguire verso Key West, non volevano dirci niente di quello che avevano visto. Gene moriva dalla voglia di raccontarlo, ma gli avevano ordinato di tenere la bocca chiusa. Però Liza fu tanto brava a fargli gli occhi dolci che quelli spifferarono tutto alla svelta, come un'oca che caca.

Avevano trovato Watson Place deserta, non un'anima viva. Sul tavolo c'era il messaggio del povero Wally Tucker, scritto a caratteri grossi, con una matita. Edgar Watson non si era dato la pena di bruciare quella prova e i due delegati non pensarono di portarsela via, poiché non sapevano leggere. Era stato Gene ad aver tanto buon senso da infilarsi in tasca quel foglio spiegazzato. Quando lo tirò fuori, i due delegati ci dissero, seccati, che in tribunale biglietti come quello non valevano nemmeno la carta su cui erano scritti.

Miss Sarah Johnson gli diede un'occhiata e poi disse, alquanto brusca: « Questo biglietto non significherà niente per i delegati, ma costituisce la prova che Wally Tucker era uno stupido ed è per colpa sua che Bet è stata assassinata! » Tra le lacrime, ce lo lesse ad alta voce:

MISTER WATSON
NON ME NE ANDRÒ DA LOST MAN'S KEY SE NON DOPO IL RACCOLTO, SI SCATENI L'INFERNO O LA PIENA.

L'inferno si scatenò prima di quanto il povero Wally Tucker pensava, e venne anche la piena.

Alle imprese di Edgar Watson nelle Diecimila Isole si accenna già in Florida Enchantments (Incanti della Florida) *pubblicato a New York nel 1908. Il libro è il resoconto delle avventurose vicende di Anthony Dimock, ricco uomo del Nord, e del figlio Julian, che gli faceva da fotografo, nelle terre selvagge della Florida.*

Almeno tre personaggi della vicenda Watson appaiono anche nel libro di Dimock: Bill House e George Storter, che gli fecero da guida; e Walter Langford, che lo ospitò nella sua piantagione di agrumi a Deep Lake.

Dato che Edgar Watson era ancora vivo e vegeto, il suo nome viene cambiato in J.E. Wilson nel libro, ma non sussistono dubbi circa la vera identità di quest'uomo « geniale » descritto qui come « il più pittoresco personaggio della costa occidentale della Florida ». L'autore sembra avere un reverenziale timore di « J.E. Wilson » e mostra di essere stato affascinato dalle leggende che già cominciavano a nascere su di lui. Fu dunque il primo, ma non certo l'ultimo scrittore, a subire il fascino di Mister Watson.

Dimock non fa specificamente cenno all'episodio di Santini, ma conferma che Watson era il terrore dei locali pubblici di Key West.

A tale riguardo si veda anche « The Bad Man of the Islande » (« Il cattivo delle isole ») apparso su Pioneer Florida *a firma di D.B. McKay, già sindaco di Tampa, vivace cronaca di un episodio verificatosi nel negozio di ferramenta Knight & Wall di Tampa, allorché Watson, ubriaco, avendo udito parlare di una scuola di ballo, « estrasse una grossa pistola e sparò un colpo in terra, dicendo: Vediamo come ballate bene! » Non ci furono feriti e Watson fu portato in prigione.*

Il libro di Dimock parla del fallito tentativo di arresto da parte di Ed Brewer e di un altro analogo tentativo da parte di un delegato dello sceriffo di Key West, il quale venne disarmato e messo a lavorare nella piantagione di Watson. Non è stato possibile determinare in quale anno esattamente ebbe luogo questo episodio poiché non esistono più i vecchi registri dello sceriffo di Key West. Secondo Dimock, questo ex delegato divenne un grande ammiratore e amico di Watson.

Il libro di Dimock conferma la tesi secondo la quale Edgar Watson non era che uno dei tanti malfattori, in quella regione selvaggia:

> *Le condizioni di vita nella Florida meridionale sono primitive. Ben poco nel paesaggio è mutato dai tempi in cui le selve consentirono agli indiani seminole di prolungare una resistenza al governo degli Stati Uniti che non sarà mai completamente vinta. Tre contee (Lee, Dade e Monroe) racchiudono più territori inesplorati di qualsiasi altra parte del paese.*
>
> *Nelle Diecimila Isole la popolazione è scarsa e l'organizzazione sociale pressoché inesistente. Uno dei maggiorenti della costa mi ha detto che la giustizia è «troppo costosa» per questa regione e che ci si aspetta che la gente risolva da sé le proprie vertenze: costume, questo, che a me è costato quattro guide nel corso delle mie esplorazioni.*
>
> *I labirinti delle Diecimila Isole rappresentano un santuario per i latitanti, fin dalla guerra di Secessione, e anche da prima. Allora davano ricetto ai disertori dell'esercito sudista, alcuni dei quali continuarono a risiedervi anche a guerra finita.*
>
> *Spesso, nelle terre paludose delle Everglades e territori limitrofi, incontri uomini che girano il viso da un'altra parte, o che si mettono a ridere quando gli chiedi come si chiamano. Questi reietti si dedicano alla caccia di lontre, alligatori e uccelli, e ne vendono le pelli e le piume a mercanti che si tengono segretamente in contatto con loro, oppure tramite indiani che spesso offrono loro aiuto e mai li tradiscono.*
>
> *Talvolta questi fuorilegge si uccidono l'uno con l'altro, di solito per contrasti a proposito di un terreno di caccia o una colonia di uccelli. Ho visto l'accampamento di due di questi cacciatori, dov'erano appese diverse pelli di lontra. Pochi giorni dopo venni a sapere che entrambi erano stati uccisi, probabilmente da un terzo fuorilegge che voleva impadronirsi di quelle pelli di gran valore.*

Dimock descrive una piantagione abbandonata sul fiume Rodgers. Probabilmente si tratta di quella degli Atwell. «Il terreno era in vendita, ma non c'era nessuno disposto ad acquistarlo. Vi crescevano splendide palme da dattero, palme reali, palme nane e tamarindi. Ma su questi alberi c'erano cartelli con un teschio e due tibie incrociate e perciò tutti se ne tenevano lontani, impauriti anche da sette delitti misteriosi avvenuti nelle vicinanze. La storia di questi omicidi, e i nomi di coloro che li commisero, sono sulla bocca di tutti, persino dei fanciulli, sulla costa. Ma di prove certe non ve ne sono. »

Nonostante il prudente plurale (« coloro che... ») non v'è dubbio che si alluda a una sola persona: Wilson/Watson. Nelle sue memorie, anche Ted Smallwood dice che Watson era accusato della morte di sette persone, fra cui Quinn Bass e « Tucker e suo nipote », ma almeno due dei sette elencati da Smallwood morirono dopo che il libro di Dimock fu pubblicato.

Bill House

I nomi dei compratori di piume me li diede il Francese e io ho sempre fatto del mio meglio per mostrarmi alla sua altezza, nel lavoro. Per un po', prima che gli uccelli se ne andassero, i vicini mi davano una mano, perché erano tutti poveri a Chokoloskee, tutti tranne Smallwood. Si pigliavano cardinali e fringuelli maschi con le trappole e si vendevano ai ricchi cubani, i re dei sigari, a Key West. E quei cubani li mettevano in gabbiette; gli piaceva sentirli cantare. Ma dopo due grossi uragani intorno al 1910, il commercio dei sigari si spostò più a nord, a Tampa.

Anche gli indiani catturavano qualche garzetta e la vendevano insieme alle pelli di lontra, barattandole con polvere da sparo e whisky. Le uccellaie intorno al lago Okeechobee vennero spopolate nel giro di quattro anni. All'inizio del secolo, già gli uccelli si eran fatti più rari sulla costa occidentale della Florida, da Tampa a Cape Sable. Se pensate che quelle piume rendevano due volte il loro peso in oro, capirete perché gli uomini arrivavano a uccidersi l'un l'altro pur di mettere le mani su quelle miniere d'oro. I ragazzi Roberts erano in società con i Bradley e facevano buona caccia nella zona di Flamingo, ma in altri posti gli uccelli si erano fatti tanto scarsi che noialtri cacciatori regolari mettevamo guardie intorno alle poche colonie rimaste. Quegli Audubon si agitavano più che mai, e nel 1901, l'anno in cui Mister Watson scomparve per un lungo periodo, la caccia alle piume venne proibita in Florida per legge. Sissignore, il nostro stesso stato mise una legge contro il nostro sistema di vita locale!

Ciò servì solo a far salire i prezzi. Quella legge fu fatta per tenere buoni gli yankee amanti degli uccelli, ma nessuno la faceva rispettare. L'unico a prenderla sul serio era Guy Bradley, il primo guardiacaccia dello stato della Florida, che prendeva troppo sul serio il suo mestiere, tanto che ci rimise la pelle.

Gli spararono nel 1905, non molto tempo dopo che Watson era ricomparso, e quando da Flamingo arrivò la notizia la colpa la diedero a lui, come al solito. Quando un altro giardiacaccia fu ammazzato a colpi d'ascia nel 1908, presso Punta Gorda, anche questo delitto fu attribuito a Watson, ma tutti a Punta Gorda sapevano bene chi era stato. Nessuno fu mai arrestato, a quel che ne so. Non dico che è una buona cosa — ho i miei dubbi — ma da queste parti un giudice si guarda bene dal dar noia a un vecchio clan, quando questo si prende ciò ch'è suo per diritto divino. Un terzo guardiacaccia venne ucciso in quel periodo nella Carolina.

Prima che papà si azzoppasse con l'accetta e io tornassi a casa ad aiutarlo, andai a lavorare per uno sportivo yankee, Mister Dimock. Con lui c'era il figlio, che faceva le fotografie. Quel ragazzo passava buona parte del giorno con la testa dentro un sacco nero. Anthony Dimock era un bel po' in là con gli anni, a quel tempo, ma come la maggior parte degli sportivi sparava a tutto quello che gli capitava a tiro, non solo daini e uccelli, ma anche alligatori, coccodrilli e lamantini. Pescavamo anche pescispada nella House's Bay, dove la mia famiglia aveva la sua piantagione di canna da zucchero, a nord di Watson Place. Gli si tagliava la spada e la si vendeva come souvenir. Mister Dimock aveva un buon mercato su al Nord, così noi tagliavamo la spada a quei grossi pesci e lasciavamo il resto a marcire. Non è che ne avesse bisogno di quei soldi. Era solo una scusa per ammazzare quei pesci. Forse lo faceva sentir meglio. Comunque questo ci servì almeno a salvare qualche rete da tartaruga che altrimenti i pescispada ci avrebbero fatto a pezzi.

Si arpionavano pescispada da Chatham River giù fino a Cape

Sable, e in quel periodo raccontai a Mister Dimock diverse cose sul conto di Edgar Watson. Non parlavamo d'altro a quell'epoca, noi delle Isole.

Mister Dimock le ha poi messe nel suo libro quelle storie. Mai letto — io non so leggere — ma me ne hanno parlato bene. Lo chiama Wilson nel libro, perché altrimenti Watson poteva fargli causa per diffamazione, ma non c'è alcun dubbio che si tratta di lui. C'è anche l'episodio del baffo di Ed Brewer.

Insomma, il libro di Dimock dice chiaro che questo J.E. Wilson uccise sette persone da queste parti. Dannazione se lo so, chi possono essere quei sette, a meno che non fossero negri vagabondi mai sentiti nominare. E se noialtri del posto non lo sapevamo, come faceva a saperlo quello yankee? Per un bel po', dopo che gli Atwell se ne andarono da Rodgers River e i Tucker morirono ammazzati a Lost Man's Key, c'erano sì e no sette persone in tutto, da quelle parti, se non si contava il clan degli Hamilton. Quelli erano uomini duri. Anche se Watson uccise qualcuno degli Hamilton, i parenti tennero la bocca chiusa.

Ed Watson non era certo l'unico, da noi, che aveva fatto fuori qualcuno. Di delitti se ne commetteva un bel po', a quei tempi, ma la legge non se ne occupava tanto, tranne per dire « ben gli sta » e buonanotte. Gli sceriffi non sapevano certo chi ci viveva nelle Everglades; era troppo difficile seguire le tracce di uomini che viaggiavano leggeri e continuavano a spostarsi. Certi erano molto vecchi, molto diffidenti, non si lasciavano mai avvicinare, e si dileguavano come lontre in mezzo alle paludi. Ce n'era uno che era venuto dall'Inghilterra. Ted Smallwood lo chiamava l'Uomo del Vaglia, perché ogni sei mesi arrivava all'ufficio postale di Ted un assegno per lui, che veniva subito convertito in whisky. Era uno che voleva dimenticare, si vede.

Mister Dimock raccontò le sue avventure in un libro famoso intitolato *Incanti della Florida*. Doveva essere matto — forse le punture delle zanzare lo avevano fatto impazzire — per trovare incantevoli queste paludi dimenticate da Dio. Be', devo dire che anche noi ci eravamo affezionati a quel posto, mai capito perché. Me lo mandò, quel libro, e io me lo feci leggere dalla mia promessa sposa, Miss Nettie Howell. C'è una fotografia in cui si vede una guida vicino a un pescespada; è molto scura, ma potrei essere io.

Dopo che ebbi lasciato Mister Dimock, l'uomo che prese il mio posto fu trascinato in mare da un pescespada e morì sventrato prima ancora di potersene rendere conto. Era un forestiero, venuto dalla costa orientale. Non era abituato al nostro modo di fare le cose nelle Isole.

Nove anni dopo la morte di Mister Watson, un articolo apparso su Home and Farm, che invitava alla pesca sportiva nelle acque di Chokoloskee metteva però in guardia i suoi lettori contro un pericolosissimo individuo a nome Watson. A costui venivano attribuiti numerosi omicidi. Ma nelle storie che circolavano sul suo conto c'era molta esagerazione, molta fantasia. In ogni caso, come riconosce anche Dimock nel suo libro, non si avevano prove certe. Né per quanto riguarda la colpa di Watson né per quanto concerne il numero dei delitti realmente avvenuti.

In un periodo in cui i negri non contavano nulla, non stupisce che non una delle sue presunte vittime negre sia stata registrata. D'altro canto, però, anche alcune delle presunte vittime bianche sono senza nome e ciò induce a ritenere che il loro numero sia esagerato. In effetti, le uniche vittime identificate dai suoi vicini, durante il soggiorno di Watson nelle Diecimila Isole, sono il vecchio Jean Chevelier e i due Tucker. È tutt'altro che accertato che il vecchio Francese sia stato ucciso. Anche tra coloro che andavano ripetendolo in giro, non c'era nessuno che ci credesse realmente, tanto meno gli Hamilton, amici sia di Chevelier sia di Watson.

In segno di cortesia e ospitalità, gli informatori indigeni interpellati ritengono di farti un favore dando un'interpretazione il più sensazionale possibile alla leggenda Watson; e si suppone che così fosse anche ai tempi dei Dimock. Costoro non erano certo due ingenui sprovveduti; avevano viaggiato in lungo e in largo nella Florida meridionale per diversi anni, conoscevano il paese e i suoi abitanti tanto bene quanto ci si può aspettare da forestieri, e osservavano le cose con una certa ironia. Nondimeno, la leggenda di Watson può annoverarsi fra gli incanti della Florida.

Il ritratto più fosco di Watson lo hanno dipinto e perpetuato gli stessi isolani, poiché, come ebbe a osservare Charles Dickens dopo il suo viaggio negli Stati Uniti, « questi americani le amano veramente, le canaglie ». Nel corso di decenni, in una regione dove i « personaggi » sono assai pochi, i contemporanei di Watson e i loro discendenti hanno finito per assumere un atteggiamento di reverenza nei confronti di Edgar Watson, che dal ruolo originario di assassino a sangue freddo è divenuto un pittoresco eroe popolare, al pari del rapinatore John Ashley che, con la sua *banda, terrorizzò la Florida orientale dopo la prima guerra mondiale.*

Mister Watson è notevolmente più complesso ed enigmatico di John Ashley il quale, in fondo, era un comune fuorilegge. Resta il fatto che Edgar Watson era un buon marito e un padre affettuoso, un esperto e appassionato agricoltore, un accorto uomo d'affari, un vicino generoso. Tali virtù — che di solito non sono prerogative di famigerati assassini di tipo comune, quasi mai interessanti per quanto riguarda i loro rapporti sociali e la loro mentalità — attraggono la nostra attenzione e spiegano perché Watson fosse tanto affascinante, non solo per i Dimock e per successivi scrittori ma anche — oserò ammetterlo? — per il sottoscritto. Storiografo di professione, mi ritenevo immune da tale passionalità: e invece il mistero del nostro protagonista aumenta anziché diminuire via via che nuovi dati di fatto vengono alla luce, per quanto si sgonfi la leggenda popolare. Come spiegare altrimenti che, a sette decenni dalla morte, Ed Watson resta ancora il cittadino più celebre che la Florida di sud-ovest abbia mai prodotto?

Dei « sette omicidi » cui accenna Dimock abbiamo testimonianze per quanto riguarda l'uccisione di Tucker e sua moglie, o, secondo altri, suo nipote. La precisa identità dei Tucker resta vaga e vaghe le circostanze: secondo gli Hamilton, che abitavano poco lontano, le vittime furono Walter, detto Wally, ed Elisabeth, detta Bet, sua giovanissima moglie. Subito dopo il fatto Watson scomparve per alcuni anni dalla regione e ciò tende a confermare che sia lui l'assassino.

Quindi, dei sette omicidi solo questi due possono essere con certezza attribuiti a Watson; e questo è probabilmente il rapporto esistente fra verità e leggenda quando si considera l'intera vicenda di Watson. Secondo un altro mio informatore, Buddy Roberts, il totale degli omicidi commessi da Watson ammonterebbe a ben cinquantasette. Questa cifra sarebbe stata annotata dallo stesso Watson nel suo diario segreto, che il figlio Lucius avrebbe avuto modo di leggere. Si hanno buone ragioni per dubitare della veridicità di questa storia: se non altro, Lucius Watson fu sempre molto restio a parlare di suo padre. Che Watson tenesse un diario è peraltro attestato da Sarah Hamilton.

Tale diario era intitolato Footnotes to My Life (Note in margine alla mia vita).

Diffusa è la voce che Watson avrebbe costretto un suo figlio ad aiutarlo a uccidere i Tucker. Se ciò fosse vero, si tratterebbe di Rob Watson (dato che nel 1901 Eddie e Lucius vivevano a Fort Myers).

Poco dopo il delitto di Lost Man's Key, Rob Watson fuggì a Key West con la goletta del padre. Lì vendette la barca e quindi sparì per sempre. Watson inseguì il figlio fino a Key West. Non riuscì a rintracciarlo. Se la prese con un certo Collins, che pare avesse aiutato Rob a fuggire. Di lì a non molto lo stesso Watson lasciò la Florida meridionale e rimase assente per diversi anni. La prima traccia del suo ritorno in questa regione è in una lettera del 1904, di provenienza sconosciuta e indirizzata a Ted Smallwood, in cui si accenna all'« amico Watson » per riferire che si era messo in contatto con l'agrimensore Joseph Shands della Lee County.

Frank B. Tippins

Avevo già sentito parlare di Edgar J. Watson un bel po' prima che la sua famiglia venisse a stabilirsi qui a Fort Myers. Sono nato ad Arcadia e verso il 1890 facevo il vaccaro. Un giorno, un giovane pistolero di nome Quinn Bass venne ucciso in una rissa da un forestiero. Questo Quinn apparteneva a un clan di allevatori della zona vicino al Kissimmee River, e i suoi parenti e amici presero d'assalto la prigione per linciare quel « forestiero » — più per fare un putiferio che non per amore di giustizia, dal momento che nessuno di loro negava che Quinn se li fosse andato a cercare, i guai. Le solide mura della nuova prigione resistettero all'assalto della marmaglia. E lo sceriffo della De Soto County, Ollie H. Dishong, si comportò valorosamente. Affacciato alla finestra del secondo piano, salutava e sorrideva alla folla, come fosse un comizio per la sua rielezione. Ma dentro di sé non era tanto calmo, mi raccontò poi, perché gli animi si andavano scaldando sempre più, col passare delle ore, in quella notte senza luna. Temeva proprio di non farcela a salvare la pelle al prigioniero e portarlo sano e salvo al processo. Comunque — pensava tra sé — qualunque cosa gli succedeva, a quel Watson, non sarebbe stata commessa una grave ingiustizia. Per non farsi distruggere la prigione nuova di zecca, Dishong aprì la cella del prigioniero e gli disse di andarsene pure.

Watson, dopo aver dato un'occhiata fuori della finestra, se

ne tornò in cella e si sdraiò sul tavolaccio. Che ti prende? gli chiese lo sceriffo. E il forestiero gli rispose, ironicamente, che la via della libertà era piena di pericoli. Lo sceriffo insistette, per convincerlo ad andarsene; gli disse che non aveva prove sufficienti per trattenerlo ancora e che così aveva almeno qualche probabilità di salvarsi. Chiudete quella porta, gli rispose il prigioniero. Mi sento più tranquillo dietro le sbarre.

Più tardi, il prigioniero mandò del denaro per offrire da bere a tutti quelli che l'aspettavano fuori per linciarlo, e così, distratta la loro attenzione, poté lasciare il carcere. Lo sceriffo lo accompagnò a cavallo fino ai confini della città e lì gli disse di andare al diavolo e di restarci. Il forestiero gli rise in faccia e gli rispose: Chi vi dice che non siamo già arrivati?

Ricordando queste parole, Dishong scuote la testa: « Quel dannato Jack Watson è il più simpatico figlio di buona donna che ho mai visto », mi dice.

« Vuoi dire *Edgar* Watson, no? »

« Edgar? » Scuote la testa di nuovo. « Dev'essere che divento vecchio. Ho detto Jack? »

Quella storia mi fece venir voglia di diventare a mia volta un tutore della legge. Ma prima feci un altro paio di mestieri. E studiai, anche. Avevo quindici anni quando trovai lavoro come apprendista tipografo presso il giornale di Fort Myers, *The Press*, che in una città di trecento abitanti era pronto a stampare qualsiasi notizia. Si era nel 1884 e, tanto per darvi un'idea, un articolo di prima pagina di quell'anno riguardava il dibattito svoltosi alla locale Accademia letteraria per rispondere alla domanda: « Sono le donne abbastanza intelligenti per votare? » Fra parentesi, la maggioranza dei partecipanti diede una risposta affermativa. In quello stesso anno io composi la prima inserzione pubblicitaria per l'Emporio Roan's che offriva « prezzi imbattibili » per pelli di daino e alligatore e piume di uccello. Fu anche l'anno in cui il « mago dell'elettricità » Thomas Alva Edison venne in visita nella nostra città e acquistò una casa in Riverside Avenue, intendendo fare di Fort Myers la sua residenza invernale. E fu l'anno in cui Jim Cole arrivò da noi. Anche uno come Jim Cole faceva notizia, allora.

L'anno seguente, la notizia principale riguardò la festa organizzata — con fuochi artificiali, palloncini e grigliate di ostriche — per celebrare l'elezione di Grover Cleveland, il primo presidente democratico in un quarto di secolo. Ebbe così termine il periodo della cosiddetta « Ricostruzione » postbellica, quei terribili anni bui in cui i negri venivano trattati meglio dei bianchi.

Dopo quattro anni come apprendista tipografo, mi stancai della vita al chiuso. Trovai quindi lavoro come vaccaro, che da noi si chiamava « cacciatore di vacche », *cow hunter*, perché si trattava di radunare i bovini sparsi, allo stato brado, nella palude di Big Cypress. Certi giorni cavalcavo verso est fino alle Everglades, lunghe silenziose giornate sotto un cielo abbagliante, col vento caldo che sferzava i pini, dove gli unici rumori erano lo scricchiolio della sella e gli sbuffi del cavallo. Per anni avrò nostalgia del silenzio di quelle terre selvagge, del tempo che scorreva lento, lentissimo, dei fuochi da bivacco, dell'odore di resina, del muggito delle vacche, degli animali selvatici, del verso di un picchio o del fruscio di un serpente, e soprattutto del sommesso sbuffare del mio cavallo, un piccolo roano dal corpo tozzo. Sapeva sempre trovare la strada più breve per tornare a casa dall'inferno, quel cavallino. Avevo con me anche un buon cane, Trace, per radunare il bestiame. Ed ero in gamba con la lunga frusta di pelle intrecciata che a noi serviva da lazo.

Ogni volta che trasferivamo i nostri recinti, una famiglia indiana accorreva a piantare un orto in quel terreno ben fertilizzato e dissodato, e ci coltivavano patate dolci il primo anno, poi granturco e arachidi. Dato che stavano sempre a guardare, arrivavano immediatamente. Mi domandavo che cosa ne pensassero gli indiani della draga della Disston Company che andava arrugginendo, a est dell'Okeechobee; la sua sagoma enorme si stagliava contro lo sfavillante orizzonte di quello che i seminole chiamavano Pa-hay-okee, Fiume d'Erba. Un tempo quella draga faceva un infernale rumore e mandava fumo e puzzo quando era in azione. Ora non più: tutto finito senza aver concluso nulla, solo la rovina del bellissimo Calusa Hatchee. L'antico silenzio era tornato, ma la macchina dell'uomo bianco si levava ancora al di sopra di quel fiume che, intorbidato dal fango, non sarebbe mai più tornato limpido, mai più. Quella era la draga che Ed Watson intendeva usare per scavare il Lóst Man's River.

Intorno al 1890 divenni amico di Walt Langford, che faceva il vaccaro per i soci di suo padre. Il giovane Walt cavalcava bene e riusciva sempre a ritrovare le bestie che si allontanavano dalla mandria. Ci teneva anche troppo ad accattivarsi le simpatie di tutti, voleva far vedere che non era solo il figlio di un ricco allevatore ma un tipo in gamba, quindi beveva e attaccava briga come niente, sempre in testa nelle galoppate e nelle sparatorie che tenevano la brava gente rintanata in casa il sabato pomeriggio. Fort Myers non era turbolenta come Arcadia, lì non c'erano vere e proprie guerre per il bestiame, né « pistole mercenarie ». Tuttavia, quel pandemonio del sabato rammentava ai cittadini che il capoluogo della nuova contea, la nostra Lee County, era ancora una città di vacche, sulla sponda sbagliata di quell'ampio lento fiume, sempre più retrograda rispetto al progresso d'un paese moderno.

Molte giornate solitarie trascorsi nella palude di Big Cypress, ma era il sabato che mi sentivo veramente solo, quando gli altri, già mezzo ubriachi, si precipitavano urlando a spendere la paga di una settimana nei saloon di Fort Myers.

La domenica andavo alla missione di Immokalee, mi facevo venti miglia per assistere alla funzione religiosa. Gli indiani accorrevano numerosi. Non potevano seguire il sermone, ma venivano per vedere noi bianchi. Sedevano in cerchio sul pavimento. Ben presto smisi di fare il vaccaro per prestare servizio alla missione, a tempo pieno. Ero ancora là nel 1897, quando sentii dire che Watson aveva ammazzato Quinn Bass e che la bella ragazza che alloggiava presso il dottor Langford, Carrie, era figlia di quel fuorilegge. Carrie, sui tredici anni, era una bella ragazza snella, con grandi occhi neri, capelli scuri e lunghi fino a mezza vita, seno alto. Quando vidi per la prima volta quella fanciulla saltare la corda davanti alla bottega di Miss Flossie, capii che era la donna del mio destino. A suo tempo l'avrei chiesta in sposa al padre e avrei al tempo stesso stretto la mano a quel desperado.

Gli allevatori spadroneggiavano in questa città prima ancora che fosse una città, fin dai tempi di Jake Summerlin. Il vecchio Jake era spietato, diceva la gente, ma almeno ci aveva sterco di vacca e gli stivali. Questi nuovi allevatori, soprattutto Jim Cole, lavoravano perlopiù con le scartoffie, come sensali, comprando e vendendo bestiame mai visto, men che meno annusato. In anni recenti, insieme a Langford e agli Hendry, Cole ha fatto una fortuna rifornendo i Rough Riders. In un solo giorno di luglio del 1899, secondo *The Press*, questi patrioti-profittatori spedirono tremila capi da Punta Rassa al loro mattatoio di Key West, per macellarli e poi mandare le carni a Cuba.

Jim Cole accumulò un'altra fortuna con il rum cubano, che faceva venire di contrabbando dall'Avana a Key West quando le sue golette ritornavano scariche. Naturalmente, gli allevatori erano all'avanguardia nella lotta contro la proibizione degli alcolici, che invece era invocata a gran voce dall'Unione delle Donne per la Temperanza Cristiana. Nel 1898 vinsero i fautori del « regime secco » — detti « gli asciutti » — dopo la morte accidentale di un cow boy ubriaco. Il saloon di Taff O. Langford venne chiuso e trascorreranno due anni prima che « i bagnati » alla riscossa gli consentano di riaprirlo. Però gli allevatori vivevano in base alla propria legge e lo sceriffo Langford bevve whisky di contrabbando alle nozze, celebrate quello stesso anno, in luglio, fra Walt Langford e Miss Carrie Watson.

Anche se avevo messo su uno stallaggio per conto mio quello stesso anno, avevo una mezza idea di presentarmi candidato alla carica di sceriffo alle elezioni del 1900. Stavo ferrando un cavallo, quando questo Jim Cole, che doveva aver saputo delle mie intenzioni, venne a offrirmi il suo aiuto, avendo capito — cosa di cui io invece non mi ero reso conto — che avrei vinto comunque, anche senza di lui. La gente non ne poteva più delle prepotenze degli allevatori, che ignoravano tutte le proteste contro il bestiame che vagava per le pubbliche strade e lo sceriffo in carica, quel culo lardoso di Langford, aveva perso il sostegno della popolazione perché aveva protetto i cow boy dopo quella sparatoria.

Walt Langford e alcuni altri avevano preso a zimbello un vecchio negro e gli avevano ordinato di ballare, altrimenti gli sparavano ai piedi. La gente si era barricata in casa, ma sentì tutto. Quel vecchio negro, che aveva quasi ottant'anni ed era mezzo zoppo, li implorava: No, *boss*, non so ballare, sono troppo vecchio! E quelli; Be', ti conviene ballare lo stesso! E cominciarono a sparare in terra, vicino ai suoi piedi.

Allora il dottor Winkler uscì fuori con la sua carabina e gridò: Andate via di qua, ragazzi, e lasciate in pace quel povero vecchio. Al negro ordinò di andare a rifugiarsi dietro la casa. I cow boy continuarono a divertirsi sparando ai piedi del negro e allora il dottor Winkler sparò un colpo in aria, sopra le loro teste. Purtroppo, proprio in quel momento un cavallo si impennò e la pallottola colpì uno dei cow boy, uccidendolo.

Su richiesta di Jim Cole, lo sceriffo Langford decretò che si era trattato di un incidente. Walt Langford e i suoi amici non furono arrestati e non fu aperta un'inchiesta. Il dottor Winkler fu lasciato in pace con i suoi rimorsi. Ma quella morte assurda provocò nuovo risentimento contro gli allevatori e una nuova campagna contro l'alcol. La famiglia Langford accettò il consiglio di Jim Cole, di dare moglie al giovane Walter, così si calmava.

Fra le giovani da marito di Fort Myers, l'unica sulla quale Walter aveva messo gli occhi era una Hendry, ma i genitori le proibirono di ricevere in casa « quel giovane scapestrato ». Ciò provocò una ruggine fra le due famiglie, che porterà allo scioglimento della società Langford & Hendry.

Be', il mio amico Walt non poteva non aver notato — dal momento che abitava proprio in casa sua — la bella ragazza delle Diecimila Isole. La madre era una vera signora, ex insegnate di scuola, persona religiosa, istruita e benvoluta, e il marito le comprò poi una casa in Anderson Avenue affinché i tre figli potessero frequentare la scuola di Fort Myers. Ma in un libro, uscito di recente, che passava di mano in mano in città, c'era scritto che un certo Watson aveva ucciso la famosa Regina dei Fuorilegge, Belle Starr, e pareva che questo tipaccio non fosse altri che il marito della fine e delicata Jane Watson. I pochi che avevano incontrato Mister Watson erano rimasti sconcertati, constatando che quel « pericoloso » individuo era un bell'uomo, si presentava bene, era un cristiano devoto, un piantatore benestante, un accorto uomo d'affari che godeva buon credito presso i mercanti, insomma, nel complesso, assai più distinto dei notabili di frontiera che spettegolavano sulla sua reputazione.

A ciel sereno, i Watson annunciarono il fidanzamento della loro diletta figliola con Walt Langford. Fu tanto improvvisa, la cosa, che molti ritenevano che la ragazza avesse concesso delle libertà a Walter e la famiglia stesse ormai aumentando. Ebbene, non era vero niente. Lei non era assolutamente il tipo. Io prendevo a gran voce le sue difese ogni volta che sentivo mormorare che si trattava di un matrimonio riparatore. Mi accaloravo tanto nel difendere la sua castità, che la gente cominciava a guardarmi in modo strano. Magari si chiedeva se non fosse Frank Tippins, il padre del nascituro. Magari!

Conoscendo Walter Langford, credo che quel matrimonio era inevitabile. Senza dubbio, la fama equivoca di Mister Watson rendeva Carrie più romantica agli occhi di quel giovane smargiasso di buon cuore. Ma Carrie non aveva ancora tredici anni e nessuno sapeva come mai si fosse arrivati all'accordo di maritarla l'anno successivo. A quel che si sentiva dire, era stato Jim Cole a persuadere entrambe le famiglie circa i vantaggi di questa unione. Cole si era incontrato con Watson, ma nulla era trapelato del loro colloquio.

Walt e Carrie si sposarono nel luglio del 1898, proprio allo scoppio della guerra ispano-americana che tanta prosperità porterà agli allevatori di bestiame. Mi recai anch'io allo sposalizio, e mi sentii spezzare il cuore guardando la giovane sposa, con quegli occhioni sgranati e la bocca carnosa — così diversa dalle donne che frequentavo io. Quando il pastore chiese se c'era qualcuno che fosse a conoscenza di qualche impedimento alle nozze, avrei voluto farmi avanti io: *Perché la amo!*

Amore, amore, amore... Mah, chi ne sa qualcosa? Non io, certo. Non l'ho mai dimenticata, questo è quanto. A quello sposalizio ci andai solo per la curiosità di vedere il padre di Carrie. Sennonché lui non c'era. Il noto piantatore Edgar Watson non era presente alle nozze di sua figlia.

Carrie Watson

10 maggio 1898 - Frank Tippins crede di amare la fidanzata del suo amico Walter!

Mister Tippins ha un aspetto gradevole, lo confesso, alto, poco oltre i trenta, baffi neri dalle punte spioventi che gli danno un'aria pensosa, o forse malinconica. Accanto ai cavalli si trova a suo completo agio, con gli stivali e il cappellaccio che portava quando faceva il vaccaro nella regione di Big Cypress. È là che lui e Walter sono diventati amici. Il mio nuovo ammiratore mi ha detto più di una volta che quel vecchio cappello, oltre a ripararlo dal sole, gli serviva anche da lavabo. Può darsi che ancora lo usi per lavarsi, come un catino, a quel che ne so!

Frank Tippins vuole diventare sceriffo. Con quel vecchio vestito nero della festa, tutto sformato, la camicia un tempo bianca, cravattino e panciotto, con quel cappellaccio e quegli stivali, assomiglia proprio a Wyatt Earp, il famoso sceriffo del Far West, protagonista di romanzi d'avventure tanto in voga nella modesta cerchia di lettori della nostra città. Al pari dei suoi colleghi del Far West, Tippins è calmo, cortese, pacato, più a suo agio con le armi da fuoco e i cavalli che con le donne, e molto religioso: teme solo il Padreterno.

Secondo Jim Cole, Frank Tippins sarebbe lo sceriffo fatto apposta per noi, soprattutto perché, essendo un ex vaccaro, può ben capire i problemi degli allevatori di bestiame, per quanto riguarda l'abigeato, la condotta turbolenta dei mandriani, l'eccessiva severità delle norme che regolano gli spostamenti delle mandrie e via discorrendo. Questo è quanto Mister Cole, che sostiene la candidatura di Tippins, ha promesso agli allevatori. A questi ultimi Tippins piace perché è molto affabile con i rari visitatori yankee, ai quali descrive come pregi quelli che per noi sono i difetti principali della nostra città: le mosche, lo sterco delle vacche e le strade polverose. Per Tippins, la nostra maggiore disgrazia è la mancanza di una strada maestra e di una ferrovia che colleghino Fort Myers al resto della nazione e le consentano l'ingresso nel ventesimo secolo.

Walter è stato molto bravo a imitare Frank Tippins: « Ma via! Questa è la città più importante dello stato per l'allevamento del bestiame, e dopo il Texas la Florida è lo stato che ha più bovini. Solo il Texas ci batte. Ve lo dice un ex cow boy! »

Tippins racconta che quando arrivò qui dalla De Soto County, poco dopo il 1880, a Fort Myers non c'era un giornale, non c'erano scuole e in chiesa non ci andava nessuno. Nel porto facevano scalo soltanto piccole imbarcazioni. Gli ultimi lupi della Florida ululavano ancora nelle pinete a est, e i puma facevano strage di bestiame alle porte della città.

« Dovete essere contento, Mister Tippins », gli disse la mamma. « La vostra città è splendida, per chi come me è vissuto nelle Diecimila Isole, per non parlare del Territorio Indiano! » Scosse la testa. « Persino meglio di Fort White, dove Mister Watson mi ha conosciuta. » Poi tacque, avendo avvertito la grande curiosità di Mister Tippins riguardo a mio padre. « Fort Myers è meravigliosa! » concluse, già esausta.

Da giovane Tippins ha lavorato per *The Press* e ha appreso qualcosa di storia locale e di grammatica, benché il suo modo di parlare sia ancora alquanto rozzo. Quando la mamma e io eravamo da poco in città, fu lui a informarci che i francescani spagnoli furono i primi allevatori di bestiame in questo paese. La prima battaglia fra cow boy e indiani ebbe luogo in Florida nel 1647, quando i *vaqueros* spagnoli passarono con una mandria attraverso piantagioni indiane.

Indubbiamente Mister Tippins ritiene di far bella figura mostrandosi istruito, e pensa che così un'ex maestra di scuola lo trovi degno della sua bella figlia, anche se è già fidanzata! Quando parla cerca di mostrarsi rispettoso e modesto, per conquistarsi le nostre simpatie.

La mamma, naturalmente, è discretamente interessata a quello che le racconta sulla storia di Fort Myers. Perciò lui le ha portato un articolo apparso sul *Times-Democrat* di New Orleans dopo la spedizione del 1882 nelle Everglades, cui il capitano Francis Hendry fece da guida. La mamma ha cercato di mostrarsi gentile dicendo che il Calusa Hatchee — con le sue rive lussureggianti di vegetazione, ove, fra le piante selvatiche, spiccano le palme da cocco e i guaiavi piantati prima della guerra civile — dev'essere senz'altro il più bel fiume della Florida. (Comunque l'acqua di questo fiume è insalubre: malaria e dissenteria sono qui endemiche.)

« Sì, signora, qui si allevò bestiame fin dall'inizio » — una notizia che entrambe noi trovammo meno sorprendente del nostro improvviso interesse per le abitudini del bestiame. Fino a non molto tempo fa, ci informò Mister Tippins, non c'era agricoltura in questa regione, ma solo allevamenti, a parte qualche agrumeto e un po' di pesca lungo la costa. Immokalee era uno stanziamento indiano, ma ben presto divenne una città di vaccari. « Immokalee significa mia casa. »

Tacque per vedere se tanta erudizione aveva fatto effetto su di noi. Poi proseguì dicendo: « Gli indiani sono quasi del tutto scomparsi. Gli Hendry e i Langford pascolavano mandrie in questa regione quando non c'erano ponti sui corsi d'acqua; si attraversavano a guado, col fucile e i bagagli sopra la testa.

« Anche a Fort Thompson si allevava bestiame. Il capitano Hendry aveva un ranch, là, e riuscì a creare una nuova contea, separata dalla Lee County, con capoluogo Fort Thompson che lui ribattezzò La Belle, in onore delle sue figlie, Laura e Belle. Fort Thompson è oggi La Belle. »

« Laura e Belle! Ma davvero? »

« Sì, signora. Naturalmente i cow boy si assomigliano tutti, in qualsiasi parte del paese. A noi ci chiamavano *cow hunters*, perché dovevamo dare la caccia a tante di quelle giovenche disperse qua e là. Sapete che nome gli davamo a quei bovini? *Hairy dicks* [uccelli pelosi], perché non stavano in branco con gli altri... »

« *Heretics* [eretici], vorrete dire », lo corresse subito mia madre, imporporandosi le guance pallide.

E Mister Tippins abbassò gli occhi, come se avesse una mezza idea di mozzarsi i piedi: « Sì, signora. Quegli *heretics*, come dite voi, si nascondevano nelle boscaglie, ecco perché a noi ci chiamavano cacciatori di vacche. Certe volte ci chiamavano anche *crackers cow boys* perché facevamo schioccare lunghe fruste dal manico di noce.* Oltre che la frusta, ciascuno di noi aveva anche fucile e pistola, per tenere lontani i predoni a quattro, o magari anche a due gambe. Con la frusta, un bravo *cow hunter* è capace di mozzare la testa a un serpente. E lo senti a tre miglia di distanza lo schiocco di quelle fruste. Cavalcavamo *wood ponies*, cavalli piccoli e tozzi, dalle corte orecchie, di razza spagnola. Avevamo cani da mandria per aiutarci a radunare i bovini e all'epoca della marchiatura atterravamo i giovenchi a forza di braccia. Per il resto non eravamo tanto diversi dai cow boy del Texas o del Montana ».

Lo guardavo con gli occhi sgranati, mordendomi il labbro, piacevolmente divertita. Lui lo sapeva, che lo prendevo in giro, ma non riusciva a smettere di parlare, come un ragazzo che si butta di corsa in discesa per fare una bravata. Tuttavia il mio cuore palpitava per lui. Il modo in cui Frank esprimeva certe cose che Walter non era in grado neppure di capire mi toccava, anche quando non riusciva a trovare le parole giuste.

« Fra gli ululati dei lupi, i richiami degli uccelli e gli sbuffi degli alligatori a primavera, le notti non erano certo silenziose, nell'interno; e tanto meno le domeniche a Fort Myers. I ragazzi arrivavano al galoppo il sabato sera, per giocare d'azzardo e ubriacarsi, ma non c'erano case di malaffare, da

* *Cracker*, letteralmente « schioccatore » (di frusta), vuol dire, in slang, anche « smargiasso » e indica inoltre i bianchi poveri della Georgia e della Florida. (*N.d.T.*)

noi, come sulla costa orientale, o almeno non ho mai saputo che ci fossero. »

Risi alla lieve esclamazione scandalizzata della mamma, e Mister Tippins tornò a guardarsi la punta delle scarpe, convinto di avere offeso a morte le pudibonde signore Watson. Ma la mamma esclamò: « Continuate, vi prego, Mister Tippins! »

« Be', la chiesa aveva molta influenza, qui, il che significa donne coraggiose e forti », spiegò Frank Tippins per farsi perdonare. « Forse è per questo che alcuni dei ragazzi si scatenavano tanto. Oh, questa era una città selvaggia, altroché! Una volta i cow boy entrarono a cavallo in una locanda e mandarono in pezzi il vasellame a pistolettate. Certo, il fatto che il gestore era uno yankee doveva averci qualcosa a che fare. La locanda fu chiusa, per sempre, e in seguito il proprietario andò a fare il manovale. Un bianco! Non s'era mai visto prima. »

« Voi eravate uno di quei cow boy, Mister Tippins? » domandai, anche se sapevo che lui non c'era. E quando scosse il capo aggiunsi: « Ma il vostro amico Walter, sì, non è vero? »

« Non lo so, Miss Carrie », mi rispose.

« Certo siete un buon parlatore, Mister Tippins! » dichiarò la mamma, con molto tatto, al che mi venne tanto da ridere che dovetti uscire dalla stanza. Naturalmente mi fermai sulla porta ad ascoltare.

Il nostro aspirante sceriffo cercava di spiegare con grande fervore che la nostra città aveva fatto qualche progresso negli ultimi anni, da quando lui era arrivato lì da Arcadia.

Arcadia era la sua città natale. « Allora, però, si chiamava Tater Hill Bluff. »

« Tater Hill Bluff! Ma davvero? »

« Sì, signora. »

Fort Myers era ancora una città di vaccari, questo era il guaio. « Naturalmente gli Hendry e i Langford... Voglio dire, signora, che oggi gli allevatori stanno facendo soldi a palate grazie alla guerra contro la Spagna, come li fece Summerlin grazie alla guerra di Secessione. »

« Il dottor Langford era un uomo eccezionale », dichiarò la mamma, per fargli capire che non avrebbe ammesso critiche nei confronti del suo benefattore. « Quando arrivai qui da Chatham Bend, gravemente ammalata, il dottor Langford mi fece promettere che non sarei mai ritornata nelle Isole, in nessun caso. Offrì cure e ospitalità a un'estranea... »

« E alla figlia di quell'estranea », aggiunsi io, rientrando con un vassoio di tè e pasticcini.

« ...finché Mister Watson non ci avesse trovato un alloggio. Poi il caro dottor Langford, che pure aveva un anno appena più di mio marito, si ammalò! Certo non avrei mai pensato che potesse precedermi nella tomba! » Sapendo quanto queste parole avrebbero fatto ridere papà, fece uno sforzo per restare seria, ma un vago sorrisetto le incurvava gli angoli della bocca. « Ero così debole che mi si poteva gettare a terra con una piuma », aggiunse allegramente, e chiuse gli occhi per non vedere le mie smorfie.

« Mamma! » bisbigliai. « Quanto sei sciocca! » E scoppiammo insieme a ridere. Ma Frank Tippins si sentiva troppo a disagio per potersi unire a noi.

« Qual era il vostro nome da ragazza, signora? » le chiese, arrossendo di nuovo. Chissà, forse sapeva che in un'altra vita si sarebbe innamorato della mia dolce mamma, non soltanto di me.

« Jane Susan Dyal, da Deland », rispose mia madre. « Da giovane mi chiamavano Mandy, ma nessuno mi chiama più così. » E sorrise di nuovo, vagamente irritata da quei ricordi dolceamari.

« Tranne papà », le rammentai.

« Tranne Mister Watson. »

Frank Tippins disse: « Io credo che una visita a Deland vi farebbe bene ».

Lei allora scosse il capo. « No, credo di no. Ero già scappata da Deland, quando Mister Watson mi incontrò a Fort White, dove facevo la maestra di scuola. »

« Questo fu prima che Mister Watson si mettesse nei guai? » domandò Tippins. Ma la sua aria innocente non ci trasse in inganno e lui se ne accorse.

« Fu prima che ci trasferissimo in Arkansas. »

Dopo un attimo di gelido silenzio, che suonò come un

rimprovero, la mamma alzò gli occhi dal lavoro a maglia. « Il padre di Carrie è molto generoso, Mister Tippins. Non è un uomo meschino. Si prende buona cura della sua famiglia, aiuta i vicini, paga i suoi conti. Quanti, fra i nostri maggiorenti, posson dire altrettanto? » Riprese a sferruzzare. « Non credo che questo colore mi doni. Che ne pensate, Mister Tippins? » E sollevò lo scialle di lana blu che stava confezionando. « Sarà meglio che lo regali a Carrie. »

Frank B. Tippins

Una sera del 1901, Jim Martin, ex sceriffo della Manatee County, venne nel mio ufficio a denunciare che Mister Watson aveva ucciso « qualcuno » a Lost Man's Key. Conoscevo Jim Martin: non era il tipo da lasciarsi impressionare; e tuttavia aveva portato via la famiglia da Possum Key, trasferendola più a nord, a Fakahatchee. Dissi a Martin che Lost Man's Key non rientrava nella mia giurisdizione, poiché faceva parte della Monroe County. Potevo intervenire solo su richiesta dello sceriffo di quella contea. Il giorno dopo venne da me il giovanotto dell'ufficio telegrafico, con la richiesta da parte dello sceriffo Frank Knight di Key West di fermare un certo E.J. Watson.

Giravo quasi sempre disarmato per Fort Myers, ma quella mattina avevo un revolver infilato nella cintura. Di solito mi toglievo il cappello e dicevo « Come va? » a tutti quelli che incontravo, ma quel giorno non avevo tempo per i convenevoli. Ero preoccupato e tirava dritto per la mia strada senza guardare in faccia nessuno.

Per trovare Mister Watson, la cosa più logica era recarsi a casa sua, ma, siccome l'adorata madre di Miss Carrie era in punto di morte, decisi di non disturbare quella infelice famiglia. Mi recai invece all'ufficio di Walter Langford, per sentire che notizie aveva da darmi. Se Walter ne avesse approfittato per mettere il suocero sull'avviso, questa non era responsabilità dello sceriffo, e del resto io non avevo un mandato di arresto.

Avevo paura di affrontare Edgar Watson o era solo prudenza la mia? L'una e l'altra, credo. Poteva darsi che si nascondesse in casa della moglie, ma comunque non sarei stato certo io ad andare a telegrafare a Key West la notizia.

Ripensai a Carrie nel giorno del suo matrimonio e alla mia invidia per il mio vecchio compagno. Ero convinto che Walt non se la meritava, una così bella ragazza. Era un ubriacone e non l'avrebbe trattata con la dovuta delicatezza. Questi pensieri mi fecero tornare l'antico rimpianto e sputai nella polvere, in mezzo alla strada. Carrie era sposata da tre anni e talvolta andava ancora a saltare la corda da Miss Flossie. Quanto a me, mi interessava più di quanto avrebbe dovuto il fatto che ancora non aveva figli.

Per consolarmi, avevo continuato a fare visita a sua madre anche dopo il matrimonio di Carrie. La signora Watson abitava coi due figli maschi in Anderson Avenue. Walter e Carrie abitavano ancora presso la madre di lui, la vedova Langford. Non avendo figli, Carrie usciva spesso e andava a trovare la madre. Le mie visite mi davano modo di osservare se vi fossero segni di insoddisfazione in Carrie, nonché di raccogliere qualche notizia su Mister Watson. A quell'epoca lo avevo visto soltanto una volta: un pezzo d'uomo dalle larghe spalle, con un abito di buon taglio e un cappellaccio nero in testa, che si dirigeva al porto una mattina di buonora.

La signora Watson, che intuiva il perché del mio interesse, riversò acqua fredda riferendomi che, allorché i novelli sposi erano tornati dalla luna di miele a New Orleans, la madre di Walter gli aveva fatto trovare due camere da letto separate, dicendo: « Non riesco ad abituarmi all'idea di quei due figlioli che dormono nello stesso letto! » La signora Watson mi guardò arrossire e mi consolò con un caldo sorriso.

« A proposito del Far West, signora! » dissi io per cambiare argomento. « Avevamo bisonti anche qui in Florida, fino ai primi dell'Ottocento. » Ma subito ricordai da chi avevo appreso quelle notizie: da Walt Langford, che a sua volta l'aveva saputo da Mister Watson. Diventai rosso come una ciliegia, mentre la signora Watson e sua figlia si fingevano sorprese. Esclamarono in coro: « Bisonti? In Florida? »

Feci quasi cadere la sedia, nella fretta di alzarmi, e distolsi lo sguardo per non vedere sorridere. Mi diressi verso la porta e mentre mi voltavo indietro dissi tutto d'un fiato: « Fu proprio qui a Fort Myers, *ma'am*, che Billy Gambestorte, il capo indiano, si arrese con i suoi guerrieri e si imbarcò per Wewoka, in Oklahoma! »

Come tutti i piccoli empori della città, quello di Langford & Hendry si trovava in First Street, in una vecchia costruzione di legno alquanto sconnessa, non dipinta. La strada era coperta di polvere ed erbacce, i marciapiedi erano di legno. Le vetrine erano sgangherate, c'erano saloon, stalle e botteghe di maniscalchi.

Presso l'ingresso laterale dell'emporio, che portava agli uffici del piano superiore, vidi Billie Conapatchie, un indiano mikasuki allevato dalla famiglia Hendry. Portava una lunga camicia di calicò con vivaci nastri gialli e rossi, un fazzoletto rosso al collo, e in testa una bombetta, invece del tradizionale copricapo. Aveva infilato la camicia in un paio di calzoni che gli arrivavano alle caviglie. Era a piedi scalzi.

Accosciato in questo o quel punto della città, Billie ne spiava la vita, il viavai, assisteva alle funzioni religiose, alle pubbliche adunanze e agli spettacoli teatrali, senza perderne uno, che capisse o no le parole. Per avere imparato un po' d'inglese nel 1878, aveva corso il rischio di essere eliminato dalla sua stessa gente e dopo, per molti anni, era stato l'unico indiano di Fort Myers. In seguito aveva mandato suo figlio, Josie Billie, alla scuola seminole fondata dai missionari a Immokalee, dove mia nipote Jane Jernigan aveva sposato William Brown, un mercante indiano. Quando facevo il cow boy e andavo a trovare i Brown, avevo avuto modo di conoscere bene la famiglia di Billie.

« Di' a Josie che presto andremo a caccia insieme », gli dissi. Billie Conapatchie annuì appena. Aveva imparato l'inglese ma non aveva perso la sua indifferenza indiana per gli strani costumi dei bianchi.

Alle spalle di Billie, vidi un uomo tarchiato venire verso di me, agitando una mano, col dito puntato. Era Jim Cole. Al contrario del vecchio indiano lui odiava il silenzio. Era il tipico uomo di città. Passava da un gruppetto all'altro lanciando battute scherzose per attrarre l'attenzione su di sé e cominciava a parlarti prima ancora di arrivarti vicino. « Assicurarti il voto degli indiani, è questo che vai cercando? Se continui così, ci toccherà proprio concederglielo, questo diritto! » E dopo questo esordio seguì immancabile una manata sulla schiena. Jim Cole alzava quella mano carnosa con la stessa facilità con cui un cane alza la zampa. Ma io non sorrisi alla sua battuta e quando la sua mano rimase a mezz'aria portai la mia al cappello, ma non me lo tolsi. Non mi piaceva sentire offendere gli indiani e mi limitai a dire: « Ah, è così, capitano? »

Lui abbassò la mano per aggiustarsi il cavallo dei pantaloni. « Chi l'otterrà per primo, Frank: gli indiani o le donne? »

Sotto lo sguardo di Billie Conapatchie, noi uomini bianchi sorridemmo con aria di disgusto. Chissà cosa passò allora per la mente dell'indiano. Billie ci guardava di sottecchi, non come una spia ma come una sentinella, simile al corvo solitario. Si aggirava qua e là per la città, ascoltando tutto, in modo da poter avvertire la sua gente di qualsiasi pericolo potesse venire dai bianchi.

Jim Cole si fece beffe del silenzio di Billie. « E allora, capo, come va? Non ci sfondare i timpani con la tua parlantina, però! » Fece una risatina, simile a un rutto, e mi seguì su per le strette scale.

Bussai alla porta di Walt Langford. Sulla soglia della porta accanto apparve per un attimo il vecchio James Hendry. Prima di ritrarsi, mi rivolse un cenno d'intesa, per mettermi ancora una volta in guardia nei confronti di Jim Cole.

Tempo prima mi aveva già avvertito di non accettare il suo aiuto per la campagna elettorale. « Non lo so perché l'hanno cacciato dalla Taylor County. Ma, quando arrivò qui, Cole aveva dei pallini di schioppo ancora caldi nelle chiappe, questo posso assicurartelo », mi aveva detto.

Come altri allevatori, Jim Cole aveva acquistato una grande casa in First Street con parte dei profitti di guerra, ma a differenza degli Hendry e dei Summerlin, e anche dei Langford, lui non aveva il senso della terra. Come Summerlin era solito dire, Cole stava in sella con lo stile di un sacco di merda di cavallo. Nonostante la rozza parlata da mandriano, poche volte Jim Cole aveva percorso a cavallo il selvaggio territorio fra il fiume Calusa e Big Cypress.

Appena entrato nell'ufficio di Langford esclamò: « Guarda chi siede sulla sedia di suo padre! E il cadavere non è ancora freddo! » Poi fece quella sua risata roca, senza alcun riguardo per i sentimenti di Walter Langford.

Ma questi sorrise al vecchio amico di famiglia. « Era il mio ufficio, una volta », spiegò Jim Cole, sprofondando nell'ampia poltrona e posando le mani sui braccioli di cuoio. I rozzi stivali incrostati di fango avevano lasciato tracce sul pavimento. Mise i piedi sul tavolo e la stanza si riempì di puzza di sudore e di sigari.

« Come sta la moglie-bambina, brutto ladro di culle? Come mai non si vedono ancora eredi? »

Ignorai la sua strizzata d'occhio, ma mi ero fatto anch'io tante volte la stessa domanda. Provavo vergogna e mi faceva pena Walter, costretto a ridere a quella volgare battuta.

Walt era più rosso del solito in faccia poiché doveva avere bevuto di prima mattina. Chiaramente James Hendry gli dava troppo poco da fare, nell'azienda.

« Devo parlarti di una faccenda, Walt », dissi. Ma quando Jim Cole intervenne — « Sputa l'osso, dunque! » — restai zitto.

Langford rispose, rassegnato: « Inutile cercare di tenere qualcosa nascosto al capitano Cole. Uno non può neppure scoreggiare, qui a Fort Myers, a sua insaputa. Dico bene, Jim? »

Jim Cole ridacchiò e rispose con un'altra delle sue battute. Mi piacesse o no, dovevo ammettere che c'era un non so che di sagace e simpatico in quell'uomo, qualcosa di estremamente sincero nella sua mancanza di scrupoli. Tuttavia mi riuscì difficile sorridere.

Aspettavano dunque che io parlassi. Esitai ancora un momento, ascoltando i rumori della strada, un lontano abbaiare di cani. Infine dissi: « Pare che tuo suocero sia in città ».

Langford si scostò dalla scrivania. « Ah, sì? » esclamò, e lanciò uno sguardo a Cole, il quale aveva alzato gli occhi al soffitto. Si sedette e mi invitò con un cenno ad accomodarmi.

Mi tolsi il cappello ma rimasi in piedi. Guardavo fuori della finestra, le vetrine di fronte. Ripensai al giorno delle elezioni, quando un comizio di miei sostenitori era stato disperso da una raffica di spari proveniente dal saloon di proprietà di Taff O. Langford, cugino dello sceriffo in carica. Io invece ero rimasto immobile dov'ero, finché alcuni dei miei non erano tornati a radunarsi. Allora avevo pronunciato la frase che mi aveva dato la vittoria: « Loro hanno i Winchester, signori, voi avete il diritto di voto ». Il giorno dopo lo sceriffo Langford aveva perso il posto.

« Merda! » esclamò Jim Cole, spazientito, facendo traballare la poltrona. « Non startene lì impalato, Frank, solo perché sei tanto alto! » Il suo sorriso sembrava puntato con gli spilli. « Qualche rancore nei confronti della famiglia Langford, sceriffo? » Gli occhi erano duri, nel viso molliccio: l'opposto di Langford. Cole aveva una bocca ben disegnata, dalle labbra tumide — una bocca da puttana, direi — e le narici, un po' dilatate, sembravano buchi rosei pelosi, frementi e bramose di odori maturi. « Hai appena iniziato a fare il tuo nuovo mestiere e già ti sei messo a dar la caccia al suocero di quest'uomo, e nemmeno rientra nella tua giurisdizione! E il padre di Walter è morto da meno di un anno! E la madre di Carrie sta morendo sotto i nostri occhi! Con tutti i pensieri che Walt ha per la testa, ci mancavi anche tu, adesso! Ma, Cristo, ragazzo, non hai uno straccio di decenza!... »

« Calma, adesso! » esclamò Walter alzando le mani. « Frank e io siamo amici da un pezzo. È giusto che... »

« No, non è giusto! » urlò il capitano Cole, interrompendolo quasi con rabbia, come avesse timore che Walt potesse concedere qualcosa, o sbilanciarsi troppo.

A rendere rabbioso Jim Cole era soprattutto il fatto che, tre mesi prima, lo sceriffo della Lee County si era rifiutato di avallare il suo alibi allorché una vedetta della guardia di finanza aveva sequestrato la sua goletta *Lily White* a Punta Rassa. Dopo aver scaricato bestiame da macello a Key West, la *Lily White*, anziché tornare a Fort Myers con le stive vuote, si era incontrata in alto mare con una nave cubana e aveva preso a bordo un carico di rum di contrabbando. La *Lily White* era rimasta sotto sequestro a Key West da cinque settimane, finché Jim Cole — pur continuando a dichiararsi innocente e a portare testimonianze in favore delle sue patriottiche virtù — aveva pagato al governo federale una multa salata, non perché aveva perso il processo d'appello, che non si era infatti ancora celebrato, ma perché il mancato guadagno gli doleva più della perdita di una reputazione di onestà. Aveva perfino gridato al pubblico ministero: « Non vi rendete conto che c'è una guerra in corso? » Il suo avvocato aveva dovuto rammentargli che la guerra era finita.

Per non perdere il posto, il comandante della *Lily White* aveva sostenuto la tesi di Cole: ma nessuno che conosceva Cole poteva credere a quella versione dei fatti: che cioè il contrabbando avveniva a sua insaputa. È incredibile l'avidità dei ricchi, che li spinge a eludere le leggi di un paese del quale si dichiarano peraltro orgogliosi, e a frodare il governo facendo pagare più del lecito i loro « patriottici » servizi, e inoltre a evadere il fisco: non già per sbarcare il lunario, ma per accumulare ricchezze.

« No, non è giusto! » stava gridando Jim Cole, tanto forte che la gente in strada si fermava a sentire.

Mi rivolsi a Langford. « È successo un fattaccio, Walt... »

« Lo so », disse Langford.

« Lo sai. È in città, dunque? »

« No, non c'è. » Guarda Jim Cole, che continua a fissare me con occhi di fuoco. Poi aggiunge: « È passato per di qua, diretto al nord. Voleva vedere per l'ultima volta sua moglie. È a lei che ha raccontato che c'erano stati guai. La signora Watson lo ha riferito a Carrie ». Walt alza le mani, come se avessi detto: Questa è una rapina. « Io non l'ho visto. Non so cosa ha detto esattamente a sua moglie. E non so dove era diretto. Quindi non chiederlo a me. »

« Ma non ha nessun diritto, Walt, di chiederti niente! » esplode Jim Cole. « Non ha giurisdizione, perdio! Il fatto è accaduto nella Monroe County, Tippins! Nella Lee County lui è pulito, e intende restare pulito! »

Pulito, solo perché ha ucciso oltre il confine di contea? Ma preferisco ignorare Jim Cole e non stacco gli occhi da Langford. « Lo sceriffo di Monroe ha mandato un telegramma: lo vuole per interrogarlo. Se è ancora in città, devo notificarlo a Key West. »

Cole sbuffa e fa un gesto sprezzante della mano; ma Langford, con un cenno del capo, mi ringrazia per averlo avvertito.

« A chi è toccato? » mi domanda poi.

« A un giovanotto di nome Tucker. E a sua moglie, secondo alcuni. Altri dicono un ragazzo. Lo sceriffo di Monroe non è riuscito a stabilirlo di preciso. Questo Tucker occupava abusivamente un terreno reclamato da Watson, e non intendeva andarsene. »

« Erano negri? » interviene Jim Cole. « E non volevano andarsene? »

Questa volta è Langford a ignorarlo. « E al solito si sospetta del padre di Carrie? Vero? » mi domanda.

« Testimoni, ch'io sappia, non ce n'è. Non ci sono né indizi né prove. Ma nemmeno molti dubbi al riguardo. » E mi calco il cappello sulla testa.

Langford mi accompagna sul pianerottolo. « Non c'è legge, vorrai dire. »

« Forse, secondo lui, nelle Isole bisogna farsi giustizia da soli. Per questo se n'è andato, credo. » Mi avvio giù per le scale.

« Non tormentare Carrie, Frank, d'accordo? In città lui non c'è più. Ti do la mia parola. »

Porto la mano al cappello. Non dovrò affrontare Edgar Watson e questo mi procura sentimenti contrastanti. Ho perso un'occasione che forse non si presenterà mai più.

Walt Langford sorride. « Questo non vuol dire che se torna verrò a dirtelo », conclude.

Jim Cole grida: « Se torna, lo proporrò come sceriffo, quel figlio d'un cane! »

Riesco a sorridere, per buona educazione, ma Langford si mette addirittura a sghignazzare, troppo forte e troppo a lungo. « Il vecchio Jim », dice poi con un sospiro, « non cambia mai. »

« Il vecchio Jim, già », ripeto io, con calma, per aiutare Walt.

Bill House

Ai primi del secolo, il mercato ortofrutticolo di Key West cominciò a morire. Ted Smallwood aveva duecentocinquanta alberi di avocado sull'isola di Chokoloskee, e li mandava a Punta Gorda, da dove poi proseguivano per ferrovia. Gli Storter coltivavano canna da zucchero a Half Way Creek — e così pure Will Wiggins — ma nessuno ci abitava più. I Lopez abitavano sul fiume Lopez; D.D. House aveva casa a Chokoloskee, ma la piantagione era a House Hammock, a nord del fiume Chatham. Ed Watson coltivava adesso terreni su entrambe le sponde del fiume, a Chatham Bend, e se la cavava meglio di tutti noi. C.G. McKinney coltivava ancora un po' di terra sul fiume Turner, e Charlie Boggess a Sandfly Key aveva un orto; ma gli agricoltori di Chokoloskee rinunciavano, a uno a uno. Pioveva troppo, o non pioveva abbastanza. Le mareggiate portavano acqua salata. Il terreno scuro sulle montagnole di conchiglie non conteneva abbastanza sali minerali e dopo qualche anno diventava sterile, come le donne. Si guadagnava di più con le piume d'uccello, le pelli di alligatore, le pellicce di lontra e procione. Poi anche gli animali selvatici scomparvero. Per fortuna c'era bisogno di molluschi da mettere in scatola, nel nuovo stabilimento, altrimenti non sapevamo a che santo votarci.

Watson se n'era andato via da anni, e nessuno coltivava la terra a Chatham Bend, anche se i terreni buoni scarseggiavano. Noi House si andava e veniva da Big House Hammock, ma gli altri abitanti della zona migravano a sud, a Lost Man's e oltre.

Un tempo c'erano tre piantagioni sul fiume Rodgers, c'erano bellissime palme reali, palme da dattero e tamarindi. I diritti di queste terre erano in vendita, ma non c'erano compratori. Dopo tutto il sudore e le fatiche che gli Atwell ci avevano messo per quasi trent'anni, tutto stava andando in malora: le case marcivano, le caldaie arrugginivano, le cisterne si ricoprivano di melma verde e imputridivano per via dei poveri animaletti che ci cascavano dentro cercando di abbeverarsi. E i campi erano invasi da erbacce. Il fiume nero si portava via tutto. Insomma, la selva tornava a regnare come ai tempi degli antichi calusa. In seguito, quando i ragazzi Storter e Henry Short risalirono il fiume a pesca di muggini videro cartelli sulle rive: cartelli con sopra un teschio e due tibie incrociate, rozzamente dipinti. Nessuna legge vieta di mettere cartelli; sarà stato uno scherzo di qualcuno, ma non dico di chi.

La gente arrivava e poi se ne andava. Non restavano a lungo, non resistevano al silenzio. Per alcuni anni ci vissero solo due famiglie, intorno a Lost Man's. Il clan di Richard Hamilton, a Hog Key e Wood Key; e il clan di James Hamilton, a sud della foce del fiume. Di questo clan era entrato a far parte, dopo il suo matrimonio, anche Henry Thompson. Lui era in buoni rapporti con Watson, e anche gli Hamilton. Henry Thompson un po' lavorava la terra e un po' pescava; aiutava il vecchio James e suo figlio Jesse a costruire una strada di conchiglie fino all'antico tumulo calusa che noi chiamavamo Royal Palm Hammock. C'era un grande palmeto, là, e sradicare quelle palme reali conveniva. Gli Hamilton dicevano che intendevano coltivare la terra, lì, poiché ovunque le palme reali si elevano al di sopra delle mangrovie vuol dire che il terreno è molto fertile. Ma io non credo che era questa la sola ragione. Quel grosso tumulo era strano, sorgeva molto lontano dall'acqua, come se gli antichi indiani volessero tenerlo nascosto. Il vecchio Chevelier aveva raccontato a tutti la storia del tesoro sepolto; e poi c'erano stati i ritrovamenti di Bill Collier a Marco; senza contare i racconti di Juan Gomez a Panther Key. Insomma, Henry Short si era fissato; sognava di trovare un tesoro e di andarsene via. Non lo so, però, dove poteva scappare un negro a quei tempi.

Andando verso Shark River, si vedevano quelle belle palme reali lungo Lost Man's River, per un tratto di almeno cinque miglia. Non ci sono più, adesso, quelle magnifiche palme.

Uno dei re del bestiame, Jim Cole, diceva che erano sprecate lì dov'erano, e così le faceva sradicare da noi poveri isolani, per poi trapiantarle in città e abbellire le strade. Per attirare i turisti del Nord. Per dare l'idea di un paradiso tropicale. Naturalmente, la maggior parte di quelle palme moriva — nessuno gli dava acqua — quindi tanto valeva che continuassero a vivere dov'erano nate. Questo avveniva quando Cole e Langford portarono la ferrovia fino a Fort Myers. I turisti cominciarono allora ad arrivare, a migliaia. Dio onnipotente! Peccato che Jim Cole non ordinò dei gumbo-limbo, perché questi alberi, tipici della Florida meridionale, sono molto pittoreschi. Noialtri li chiamiamo gli alberi dei turisti.

Fu in questo periodo, più o meno, che C.G. McKinney commise l'errore di non tenere il denaro dell'ufficio postale a portata di mano. Si era nel 1906 o giù di lì. Raramente veniva un'ispezione. Ma, quando arrivò, i soldi non c'erano. Non che fossero spariti, erano solo in uso, mi spiego? McKinney non li aveva a portata di mano, come invece avrebbe dovuto per legge. Così Ted Smallwood gli prestò la somma necessaria per tirarsi fuori dai guai e poi, in men che non si dica, l'ufficio postale cominciò a gestirlo lui. E anche un negozio; era padrone di quasi tutta l'isola Chokoloskee e noi ci rotolavamo nella polvere. Per i seguenti trentacinque anni e passa, gli Smallwood furono la principale famiglia dell'isola.

Il 1906 fu l'anno in cui Mister Watson tornò nella Chokoloskee Bay con la nuova moglie. Per prima cosa andò a trovare gli Storter e aprì un conto da loro; e poi da Smallwood, dall'altra parte della baia. Era convinto che, se si faceva amici i mercanti, gli altri lo lasciavano tranquillo.

Mamie Smallwood

Ricordo bene il giorno in cui, nel 1906, Mister Watson tornò a Chokoloskee: lo ricordano tutti, credo, poiché arrivò con la prima lancia a motore che avevamo mai visto. La sentimmo arrivare, col suo *pot-pot-pot*, da Sandfly Key. Uomini e donne abbandonarono le loro faccende per correre a vedere; i bambini si erano radunati vicino all'approdo. A Chokoloskee eravamo molto indietro, rispetto ai tempi moderni, anche se non lo sapevamo, e c'era una gran voglia di novità.

Era almeno a un quarto di miglio di distanza, in mezzo al canale, ma la figura al timone ci appariva fin troppo familiare: quel robusto torace, quel cappello a larga tesa. Quando vide la folla raccolta sul molo, lui si portò la mano al cappello e si inchinò e il sole gli incendiò i capelli rossi: color del sangue secco, diceva nonna Ida. E più avanti saranno molti a chiamarlo Bloody Watson, Watson il Sanguinario. Fu quel lieve inchino a confermarci che era proprio lui. Il cuore mi balzò in gola. E non soltanto a me. Uno strano silenzio cadde su Chokoloskee, come se la nostra piccola comunità trattenesse il respiro, come se attendessimo una tempesta, di quelle che scoppiano d'estate, all'improvviso, sopra le Everglades e sono precedute da una calma così.

« Quando si parla del diavolo... » dice nonna Ida, rassettandosi i capelli, anche se nessuno ne aveva parlato ultimamente, a quel che ne sapevo. Lei sapeva comunque che proprio di

Satana si trattava. *Quell'uomo osava tornare in mezzo a noi!* Tutte quante le donne, sul molo, portarono la mano alla bocca e si scambiarono occhiate smarrite. Poi tutte insieme tornarono a guardare e tutte insieme cominciarono a gemere. Può essere che anch'io mi sono impaurita. Sembrava proprio il giorno del giudizio. Non c'era nessuno che si strappava gli abiti o i capelli, questo no, ma un paio di donne scapparono via spaventate, insieme ai loro figli, gridando e starnazzando come galline, non perché temevano davvero che Mister Watson gli facesse del male, ma per far vedere alle altre comari che loro non avrebbero lasciato i loro angioletti in balia di un assassino.

Naturalmente quelle due galline si fermarono a metà della salita, quando sentirono le altre donne ridacchiare tutte eccitate, e, sollevate le gonne, tornarono indietro di corsa. Avranno avuto paura di Mister Watson, ma più ancora avevano paura di perdersi qualcosa.

Quando Mister Watson si scappellò e fece un inchino, ci accorgemmo che vicino a lui c'era una donna con un bambino in braccio. Di lì a non molto, la barca attraccò e lui aiutò la donna a scendere sul molo. Molte di noi erano nel frattempo corse a casa per mettersi un cappellino, o un paio di scarpe adatte alla grande occasione mondana.

Dite pure quel che vi pare sul conto di Mister Watson, ma lui aveva tutta l'aria di un eroe, almeno come noi ce lo immaginavamo. Era là, splendente nel sole con quel vestito di lino bianco e un leggero cappello di panama, non quelli di paglia grossolana che si confezionano da noi. La donna che gli dava il braccio indossava un abito di lino color paglierino e stivaletti abbottonati, e in testa aveva un cappellino da sole adorno d'un gran nastro rosa. Era molto graziosa. Non si era mai vista una coppia così ben assortita!

Per alcuni momenti rimasero a guardare la piccola folla di curiosi, come se posassero per un ritratto. E me lo rivedo davanti agli occhi, quel quadro, se ripenso alla scena che si svolse, una buia sera d'ottobre, quattro anni dopo: lui, lì, solo, in quello stesso posto; la giovane donna che si volta lentamente a guardarmi; la bambina che piange in un cantuccio come un coniglietto in trappola e quella selvaggia accozzaglia di uomini armati.

Dopo la strage di Lost Man's Key si era molto parlato di Edgar Watson e gli uomini dicevano che se mai fosse tornato avrebbero formato una squadra per andare ad arrestarlo e consegnarlo allo sceriffo, e magari gli avrebbero anche dato una lezione se mai gli veniva voglia di fare il gradasso. Sennonché Mister Watson stette alla larga da Chokoloskee quando tornò da queste parti, nel 1904: fece solo una sosta a Chatham Bend, e via. Ci tornò, alcuni mesi dopo, in quello stesso anno, e si trattenne un po' più a lungo: diede fuoco alla sua piantagione, che ormai si era inselvatichita. Si seppe che era stato là, soltanto dopo che lui se n'era già andato. Ma nel frattempo la gente si era abituata all'idea che poteva tornare.

Che lo abbia fatto apposta o no, bisognava ammirare il coraggio di Mister Watson. Lasciò che la collera degli uomini sbollisse. Tutti dicevano che non sarebbe mai rimasto, a Chatham Bend; dicevano che intendeva solo venderlo, quel podere; dicevano tutto quello che gli saltava in mente. E intanto lui badava agli affari suoi: si incontrò con l'agrimensore della Lee County riguardo al titolo di proprietà sulla sua terra, fece venire un falegname dalla Columbia County per costruire una veranda e ridipingere tutta quanta la casa di bianco. Non a calce, badate, bensì con vernice a olio. L'unica casa verniciata a smalto in tutta questa costa. Sennonché quel carpentiere morì a Chatham Bend e, naturalmente, cominciarono a circolare voci. Watson sparì di nuovo. Questo avveniva l'anno in cui fu ucciso Guy Bradley e alcuni attribuirono a lui anche quel delitto, dopo la sua partenza.

Passò un anno intero senza farsi rivedere. Pareva proprio che se ne fosse andato per sempre. Gli uomini davano ormai per sicuro che l'aveva ucciso lui, quel carpentiere, come aveva ucciso il Francese e i due Tucker. Si ricominciò a parlare di linciaggio. Alcuni dei nostri erano veramente furiosi.

E adesso, eccolo qua, a portata di mano. Ma non sento nessuno parlare di arresto o linciaggio. Anzi, tutti si accalcano su quel molo e fanno a gara per stringergli la mano. Tutti vogliono rendere omaggio a Edgar Watson e dargli il bentornato. Che nessuno s'azzardi a dire una mala parola, sul suo conto! Alle mogli diranno poi: Be', quei Tucker erano due *conch* delle Bahamas, dopotutto, e magari hanno avuto solo quello che si meritavano. Chi può mai saperlo?

Sì, tutti quanti fecero festa a Mister Watson, quel giorno, al buon vicino che torna dopo una lunga assenza. Charlie T. Boggess gli chiese che motore aveva la sua barca. E Watson gli rispose: un Palmer a un cilindro, Charlie, ed è una meraviglia! E allora tutti gli altri si danno di gomito, e si strizzano l'occhio, fanno cenni di approvazione e si danno arie da intenditori, come se tutti — tranne Boggess — avessero capito subito ch'era un Palmer, appena l'avevano udito in lontananza. Charlie ed Ethel Boggess sono nostri cari amici e sono sposati dal 1897, come Ted e me. Insomma, abbiamo sempre avuto molta stima per lui, sennonché Boggess quel giorno si comportò come uno sciocco con Watson. E gli altri anche peggio.

Era presente anche Eugene Hamilton, che aveva dato una mano a seppellire i poveri Tucker a Lost Man's e qualche anno prima andava dicendo che Mister Watson bisognava linciarlo. Mi ricordo che uno dei Daniels gli rispose, a quel tempo: « Non fa differenza, se quell'uomo è colpevole o no. Non tocca a te, di parlare di linciare *nessun* uomo bianco! » Ed Eugene ribatté: « Vorresti dire che non sono bianco, io? » E presero a darsele di santa ragione. Ci mancò poco che Gene Hamilton l'ammazzasse, quel suo cugino Daniels. Ma quel giorno anche Gene se ne stava là a bocca aperta, come tutti gli altri.

L'unico a tenersi da parte era mio fratello Bill, e io ero fiera di lui. Bill House era curioso, senza dubbio, Mister Watson lo aveva sempre incuriosito e interessato, però aveva parlato con Henry Short, il quale aveva aiutato gli Hamilton a seppellire i Tucker. Anche se Henry Short non aveva mai accusato nessuno, Bill si era convinto che lo spietato assassino era proprio Mister Watson; e non cambierà mai idea. Bill non aveva nessuna istruzione. Prese il posto di papà quando, ormai in là con gli anni, si storpiò con quella scure, giù a House Hammock. Dovendo prendersi cura di tutti, Bill non aveva tempo per studiare; ma ha molto intuito per quel che riguarda la gente.

Mister Watson se lo dovette sentire addosso lo sguardo di Bill, poiché si girò a metà di una frase e gli disse con calma: « Salve, Bill ». E Bill gli rispose, disinvolto: « Mister Watson », e si tolse il cappello per riguardo alla giovane donna. Biondo, largo di spalle, Bill era cotto dal sole e saldo come un albero.

« Lieto di rivederti », aggiunse Mister Watson, come per metterlo alla prova. Ma Bill non gli diede corda, anche se aveva le buone maniere degli House e detestava mostrarsi poco cordiale. Comunque, gli fece solo un cenno, senza dir nulla, e si rimise il cappello in testa a mo' di risposta.

Mister Watson lo squadrò da capo a piedi per un momento prima di annuire a sua volta. Ma ci teneva ad avere Bill House dalla sua. E così lo presentò per primo alla moglie.

La rivedo oggi com'era allora: una bella donna della mia età, con i capelli castano-rossicci. Teneva in braccio una bella bambina che aveva i suoi stessi capelli e il sorriso sonnacchioso del papà. Mister Watson disse: « Ora, ragazzi, badate a come parlate, perché questa giovane signora è figlia d'un predicatore ». Scherzava, naturalmente. Nessuno, a Chokoloskee, avrebbe comunque detto parolacce davanti a delle donne.

Ida Borders House non gliela fece passare liscia, però. Sbuffò alla sua maniera, con aria di disapprovazione, poi disse ad alta voce: « Grazie al cielo, non c'è alcun bisogno di fargli la predica, ai battisti della Florida, contro la bestemmia e il turpiloquio! » E lo fissò con occhi di fuoco, ma lui evitò il suo sguardo.

Scrutavo la giovane moglie, per cercare di capire quanto ne sapeva. Si accorse che la guardavo e abbassò gli occhi. Doveva sapere molte cose, ma non tutto. Quando rialzò la testa mi sorrise; come se avesse visto in me una nuova amica, o una nemica. Mi avvicinai per darle il benvenuto e le altre donne mi seguirono.

Nonostante i sorrisi e i convenevoli, tutti quanti erano a disagio per quello che era accaduto ai Tucker, giù a Lost Man's. Ma del resto, come Ted non si stancava di ripetere, non c'era neppure uno straccio di prova contro Watson. Questo,

Mister Watson lo sapeva, e si mostrava tranquillo e disinvolto, paziente, con le mani allacciate dietro la schiena. Sorrideva, contento di essere tornato a casa come e più del figliol prodigo. Non alzava mai la voce, né rideva forte come gli altri, forse anche un po' imbarazzato a causa della lunga assenza. Tormentava la terra con la punta dei suoi stivali, e aspettava che l'atmosfera si facesse meno tesa.

Ma mentre sorrideva e annuiva, però, osservava quegli uomini a uno a uno, e ben pochi, a parte Bill House, gli tenevano testa. Poi ammiccò a sua moglie e quell'ammicco ci fece sussultare, come se avesse capito dalle loro facce quali erano quelli che avevano parlato di linciarlo, e quali no, e con quali si riprometteva di fare i conti più tardi. Gli uomini si resero conto di questo e a uno a uno ammutolirono.

Il pensoso silenzio fu rotto da Mister Watson, il quale dichiarò che avrebbe gradito di dare un'occhiata al nostro nuovo negozio. Allora mandai avanti Ted a sloggiare di là uno dei Daniels (non dirò quale) che dormiva sul bancone, più ubriaco di uno zampone di maiale sott'aceto. Mister Watson fece strada e, siccome il negozio era in casa nostra, si tolse il cappello nell'attraversare la veranda: fu forse il primo, a parte il vecchio Richard Hamilton, a entrare nel nostro negozio a capo scoperto. Quel giorno, però, quasi tutti gli altri uomini seguirono il suo esempio.

Mister Watson si guardò attorno e si congratulò con noi, disse che non c'era bottega migliore della nostra, da Tampa in giù, anche se tutti sapevano che l'emporio di Storter, dall'altra parte della baia, era due volte più grande. Scuoteva la testa come se stentasse a credere ai propri occhi, e parlava con Ted dei bei tempi, quando si erano conosciuti, a Half Way Creek negli anni Novanta. E quanta strada avevano fatta, tutti e due, da allora! Al mio Ted non gli piaceva vantarsi e per timidezza e modestia si affrettò a cambiare discorso. « Non ci sta quasi più nessuno a Half Way Creek, Ed, ormai. Gli Storter hanno comprato tutto. »

Ted non aveva ancora vent'anni ai tempi di Half Way Creek, mentre Watson aveva già superato la trentina. È pur vero che aveva una piantagione come non ve ne sono altre nelle Isole —

ogni cosa che lui coltivava si trasformava in oro — ma non credo proprio che gli sia andata bene quanto a Ted. Nel 1906, Ted Smallwood gestiva l'ufficio postale e il negozio ed era il maggior proprietario terriero di Chokoloskee, senza mai rubare né uccidere per arrivare dov'era arrivato.

Aveva sempre lavorato sodo, se l'era sudato il suo benessere. Il problema era farlo *smettere* di lavorare. Quando si presenta un cliente, denaro alla mano, Ted scende giù in camicia da notte per servirlo, anche di domenica. A questo Watson il denaro non è mai mancato, fin dal primo giorno che mise piede qui, ma Dio solo lo sa da dove venivano quei soldi. E quanto sangue innocente era stato versato.

Quell'anno c'era da noi un giovane pastore che le zanzare non erano ancora riuscite a mettere in fuga, e quest'uomo di Dio si precipitò a incontrare il nuovo venuto, e invitarlo ad assistere al culto, la domenica. Mister Watson gli disse che Chatham Bend era alquanto lontana dalla casa del Signore, ma lui intendeva restar fedele alla sua abitudine di leggere ad alta voce la Bibbia, nel giorno del Signore, ne avessero bisogno o no i suoi familiari.

Tutti risero, ma C.G. McKinney invece si accigliò. Si stiracchiò la lunga barba e tossicchiò, per far capire a tutti che lui apprezzava gli scherzi ma non gli garbava che si scherzasse sulla Bibbia. Inoltre, McKinney era il nostro umorista e non incoraggiava mai le spiritosaggini altrui. Da poco avevamo preso il suo posto, all'ufficio postale, e ora lui passava il tempo scrivendo articoli di cronaca locale per il giornale della contea. Se c'era qualcosa da raccontare era il nostro cronista a farlo. E così si mise a raccontare un aneddoto sul Reverendo Gatewood, primo parroco di Everglade. Vi era arrivato nel 1888, a bordo del *Ploughboy*, e, appena giunto, il suo primo compito fu celebrare le esequie di un uomo che era stato ucciso durante il viaggio, nel corso di una lite, dal comandante stesso della nave, il capitano Joe Williams. Costui era un donnaiolo, sempre nei guai con questo o quel marito, e l'uomo ucciso era molto benvoluto dalla gente, ragion per cui il capitano Williams dovette starsene buono buono, dopo di allora, per diversi anni.

Questo Williams era lo stesso individuo che comprò l'allevamento di api dal fratello di William Wiggins, a Wiggins Pass. La gente diceva che il capitano Joe aveva dato un po' del suo miele a Mary Hamilton, a Fakahatchee, all'insaputa del marito mulatto di lei, e così le aveva fatto fare un figlio con i capelli color del miele.

Sono certa che Mister Watson la conosceva già, quella storiella, ma fu così cortese da fingere che gli giungesse nuova. Disse che sperava che il capitano Williams avesse scontato tutti i suoi peccati, poiché nelle Isole c'era proprio bisogno di legge e ordine. Udendo questo, Isaac Yeomans scoppiò a ridere, e rise finché non gli vennero le lacrime agli occhi. Persino Mister Watson dovette ridere un po', ma piano piano. Era noto a tutti, peraltro, che Mister Watson parlava tanto più calmo quanto più era arrabbiato.

Allorché si era sparsa la voce su Belle Starr, dopo il fatto di Santini, un'altra storia aveva preso a circolare: che durante le guerre di frontiera Mister Watson si era aggregato ai fuorilegge di Quantrill. Per mesi, allora, non si parlò d'altro. Sembrava che quei desperados fossero i più grandi eroi americani dopo Lighthorse Harry Lee. E una specie di eroe, ai loro occhi, era anche Watson. E se si fosse presentato con in mano una brocchetta di whisky e una tromba nell'altra, gridando: *Avanti, ragazzi! Siete o non siete americani? Saltate su quelle barche e salpiamo per le Filippine, a dare il fatto loro agli spagnoli!* ebbene, una metà di quegli sciocchi lo avrebbe seguito, bandiere al vento, lacrime negli occhi, senza chiedersi se era giusto o ingiusto, agli occhi di Dio.

«Misteriose sono le vie del Signore», ci disse Mister Watson. «Bisogna pregare sia per i violenti sia per le vittime.» Queste parole stupirono molto il nostro pastore, il quale, con la faccia che aveva, somigliava piuttosto a una pecora. Si limitò a belare: «Amen».

Poi, a un tratto, Mister Watson assunse un'aria feroce e si mise a battere il pugno sul palmo della mano. Tutti stavano zitti, come in chiesa quando sta per cominciare il sermone. «Se le Diecimila Isole hanno un avvenire, e io, per me, voglio far sì che lo abbiano, ebbene, coloro che si pongono al di sopra della legge non possono avere posto in una società di galantuomini. »

Tutti lo guardavano, e lui li fissava con cipiglio, sembrava un padreterno. Poi gridò: « Amen! » e Isaac sbottò in una risata, ma s'interruppe di colpo, come se lo avessero strozzato. Anche il mio Ted osò abbozzare una risata, ma senza convinzione, e smise subito. Poi Boggess lo imitò e allora Isaac attaccò di nuovo a ridacchiare, dandosi grandi manate sulle cosce. Alcune donne si scandalizzarono. Sacrilegio! mormoravano, ma erano tutte eccitate.

« Meno male che tu non sorridi, ragazza », mi disse nonna Ida con uno sbuffo, per farsi sentire da Watson. No, non sorridevo. Anzi, ero seccata, perché quel grand'uomo ci trattava come tanti sciocchi. Mister Watson se ne accorse che lo avevo capito e mi fissò con quei suoi occhi di pietra. No, Mamie e i suoi fratelli non erano disposti a dimenticare i Tucker, e lui lo sapeva, sapeva che non l'incantava, la famiglia House. Quindi mi strizzò l'occhio, un ammicco di quelli che fanno sembrare sciocchi e inutili tutti i nostri sforzi, tutte le nostre speranze, per la follia e l'avidità del genere umano. Mi morsi il labbro per non ridere, finsi di non averlo visto, poiché quell'ammicco significava che *niente ha importanza. Non importava* se i nostri giorni mortali erano intrisi di sangue, crudeli e vuoti, e alla fine non ci aspettava niente altro che malattia e tenebre.

Mister Watson sospirò e disse che in quegli ultimi tempi aveva provato molta nostalgia per Chatham Bend, e che era felice di aver fatto ritorno nell'arcipelago.

La giovane moglie sorrideva educatamente, e al tempo stesso parlottava con la figlioletta. Aveva buone maniere, ma era sciupata, smunta. Poverina, teneva una bambina in braccio e un altro figlio era in viaggio... Ted mi disse all'orecchio che era opportuno ospitarli in casa nostra per la notte. Non mi andava, ma dovevo farlo. A parte Laura Wiggins, nessuno aveva una stanza per gli ospiti, da noi. E poi non volevo che altri ospitassero Watson, che era amico di Ted in primo luogo.

La zia Lovie Lopez era gelosa e non riusciva a nasconderlo. Lovie era una Daniels e aveva sposato Gregorio Lopez. Mi venne vicino e mi sussurrò: « Cosa? Intendete ospitare un desperado sotto il vostro tetto? Non avete paura? » Be', io paura ne avevo, ma mio marito no, e questo mi bastava. A me non basterebbe, disse zia Lovie, e sì che mio marito non è tenero per niente.

Infatti Gregorio Lopez aveva una scorza durissima. Be', dovevi esser duro per forza, se eri spagnolo, perché gli spagnoli non erano certo benvoluti nella Florida. Neppure i cubani. E questa è una cosa che non cambierà mai, secondo me.

Quella sera Mister Watson ci dà notizie della Columbia County, terra di origine degli Smallwood. Quello è stato sempre un legame fra Watson e Ted. La signora Watson mi parla del bel cascinale nuovo che il marito ha fatto costruire nei pressi di Fort White; mi dice che ha reso di nuovo fruttificare una terra da tempo incolta e che intende fare altrettanto, ora, a Chatham Bend. Lei è nativa di quella contea e sa — me lo confida — delle colpe che si son date a Mister Watson quando era giovane, a causa della sua indole focosa. Se anche conosce la cattiva fama di cui il marito gode qui, certo non lo fa capire. Lo scopo della sua vita è redimerlo. È la sua santa missione sulla terra. Mi sembra sincera.

Si chiama Kate Edna Bethea. Lui solo la chiama Kate, tutti gli altri la chiamano Edna.

« Si è messo in una faida, là in Columbia », mi bisbigliò Ted quando fummo a letto quella sera.

« È per questo che gli è venuta la nostalgia di questi posti? »

Ted allungò una mano per tapparmi la bocca: i Watson dormivano nella stanza vicina e c'era solo un tramezzo sottile. Non mi andava che Ted si lasciasse incantare così da Mister Watson. Tutto fiero di avere un assassino per amico — anche se non lo avrebbe mai ammesso.

Me ne stetti zitta. Ascoltavo il vento agitare le palme, le onde lambire l'approdo, nella fitta oscurità. Ero piena d'angoscia, ero certa che quell'uomo nella stanza vicino non ci avrebbe portato nulla di buono. Ted era inquieto, come un vecchio cane sordo, non trovava pace, si girava e rigirava nel letto. Io non avevo nessuna intenzione di mostrarmi curiosa, ben sapendo che non aspettava altro, lui. Alla fine non ne poté più e disse: « Una faida tra famiglie. Un paio di malviventi, certi Tolen. Watson è venuto qui per freddarsi un po' ».

« E li ha freddati anche loro? O sono ancora vivi? »

« Ancora vivi, credo. »

C'era come un'euforia, nella voce di mio marito, e non mi piaceva per niente. Era lo stesso tono che usava quando raccontava le sue imprese giovanili sulla costa orientale, a Lemon City. Era un brav'uomo tranquillo, odiava le liti, ma al tempo stesso era affascinato dagli uomini violenti. Lì da noi, a Chokoloskee, gli abitanti erano perlopiù gente pacifica, ma non si può mai sapere cosa cova sotto la cenere. Comunque, nonostante quell'aria da uomini duri, avevano una gran paura dei malviventi, proprio come Ted.

« *Perché* ti ha raccontato tutto questo? » domandai dopo un po', con un filo di voce.

« Può essere che vuole che gli amici lo sappiano, che non va in cerca di guai; ma, se i guai arrivano, lui reagisce per legittima difesa. »

« E noi siamo suoi amici? »

Ted sospirò. Poi si rigirò dall'altra parte. Ma io insistei. « Anche per quel Bass, ad Arcadia, si trattò di legittima difesa, non è vero? Se il nostro amico è un tipo tanto tranquillo, come mai tutte quelle persone lo attaccano? »

« La moglie crede in lui, l'hai visto anche tu, e lei era là, con lui, in Columbia. Conosce il suo passato. È figlia di un pastore! Se crede in lui, non abbiamo motivo per non crederci anche noi. »

Capii allora che Mister Watson aveva Ted in pugno. Ted non aveva voglia di rispondere ad altre domande, ma io volevo andare fino in fondo. Due creature innocenti, le nostre figlie, Thelma e Marguerite, stavano dormendo sotto lo stesso tetto con un assassino. Così dissi: « Forse, quei Tolen gli erano d'intralcio. Come a suo tempo i poveri Tucker. Chi ti dice che un giorno non gli starà fra i piedi anche la famiglia Smallwood? »

Allora Ted rispose: « Non è giusto parlare in questo modo.

Sappiamo che ha quasi sgozzato Santini, ma questo è tutto quello che sappiamo. Non è stato mai condannato per nessun crimine, per quel che ne so io. Non ci sono le prove che ha ucciso nessuno ».

« Come mai se n'è andato da qui subito dopo la storia dei Tucker? E di nuovo ha tagliato la corda due anni fa, dopo la morte di quel carpentiere. »

« A quello gli è venuto un colpo. Edgar lo sapeva, che la colpa l'avrebbero data a lui. E così è stato. Aveva paura che lo andassero a prendere, e non gli si può mica dar torto! Quando Guy Bradley morì ammazzato, chi incolparono? Eppure Watson era mille miglia lontano da Flamingo, dove avvenne il delitto. »

Dissi: « Non ci credo, che aveva paura che lo andavano a prendere! È troppo incallito nel peccato per avere paura di alcunché! Fa quello che gli pare, ride di noi e ci sfida a fermarlo! »

La mano di Ted mi tappò nuovamente la bocca.

Io ero sconvolta, come se avessi detto per caso un'atroce verità e me ne fossi resa conto solo dopo averla detta. Ted mi prese fra le braccia, per darmi conforto, come lui sapeva fare, da quell'uomo grosso e robusto che era, con quella bella testa di capelli e quei baffoni neri e quella voce profonda che bastava che l'alzasse per far scappare gli ubriachi e i vagabondi dal negozio. « Ed Watson è un bravo agricoltore », mi ricordò. E tutte le donne della nostra isola avranno udito quello stesso discorso dai loro mariti, quella notte. « È uno che lavora sodo e che ha una buona testa per gli affari. Sempre pronto ad aiutarti, poi. Lo sanno tutti, questo. »

Dopo un po' aggiunse: « Può darsi poi che la moglie ci abbia una buona influenza su di lui. Edgar ha aperto un conto, stasera, nel nostro negozio: ha sborsato duecento dollari, solo per aprire un credito. Quindi non avevo altra scelta. Visto che è l'unico cliente che non è arretrato coi pagamenti ».

« Hai detto bene: una buona testa per gli affari. È la tua amicizia che s'è comprato, con quei duecento dollari di anticipo. Se ha te dalla sua parte — e il clan degli House — non avrà niente da temere qui a Chokoloskee. Questo è il suo ragionamento. Ma non ce li ha gli House dalla sua. No, no. Né papà, né Bill, né il giovane Dan. Non si fidano, loro. Solo tu ti fidi. »

« E mia moglie? » bisbigliò Ted. Non gli risposi nulla. Allora si girò dall'altra parte. Era chiaro cosa intendeva dirmi voltandomi la schiena così.

Restai zitta e buona. Volevo chiedergli: ma da dove viene tutto il denaro che ha? Se non aveva un mucchio di quattrini, a quest'ora sarebbe in prigione per tentato omicidio, dopo il fatto di Santini! Ma Ted, lo so, mi avrebbe risposto che i soldi se li guadagnava coltivando la terra e commerciando. Ora sta' zitta e dormi, mi avrebbe detto.

La stima che Ted aveva per Watson era sincera, naturalmente. Anche papà House lo stimava: ammirava i suoi successi, rideva delle sue battute, apprezzava le sue buone maniere. E siccome quell'uomo riusciva simpatico — era impossibile non subirne il fascino — tutti erano pronti a concedergli il beneficio del dubbio. Dopotutto non era l'unico a farsi giustizia da sé, e molti di quelli che lo criticavano — diceva Ted — si sarebbero comportati come lui, e peggio. I cacciatori di frodo e i distillatori clandestini — diceva Ted — sono molto più pericolosi di lui: guarda cos'hanno fatto a Bradley!

Era stato Gene Roberts a raccontarci che certi cacciatori di piume di Key West avevano assassinato Bradley nei pressi di Flamingo. Ai cacciatori di piume come Gene Roberts non garbano interferenze di sorta. Però Gene era furioso per la morte di Bradley e sputava veleno contro i suoi assassini. La Florida del sud non entrerà mai nel secolo ventesimo — diceva Gene Roberts — finché la gente sarà tanto lesta a saldare da sé i conti, con lo schioppo!

Tutto questo Ted me l'aveva raccontato con un tono di trionfo, perché gli aveva tolto ogni dubbio una volta per sempre. Ma, quando gli domandai se quello che Gene Roberts aveva detto a proposito dei conti saldati da sé non mi dava invece ragione a proposito di Watson, Ted si limitò a sospirare con l'aria di chi pensa: È fatica sprecata cercare di far ragionare una donna.

L'ufficio postale era l'unico ufficio governativo, da noi, quindi la gente aspettava di vedere come si comportava Ted Smallwood. Mio marito e Daniel David House, mio padre, erano praticamente i capi della comunità. Anche mio fratello Bill andava acquistando importanza. Gli House coltivavano terreni poco distanti da Chatham Bend, quindi non volevano una faida con Watson, loro vicino più prossimo. Se Smallwood e House decidevano di dare fiducia a Watson gli altri isolani si adeguavano. I Boggess, i McKinney, i Wiggins e alcuni dei Brown erano già dalla sua parte: quasi la metà della popolazione.

Finii per rimettermi alla volontà di mio marito. Del resto, Edgar Watson era un vero signore; senza quelle ricercatezze che mettono in sospetto gli uomini, però; e le donne non potevano fare a meno di gradire i suoi complimenti, ammirare i suoi bei vestiti e l'eleganza della moglie Edna. Alla primogenita Ruth Ellen si aggiunse, nella primavera del 1907, un maschietto cui fu messo nome Addison. Edna era la terza moglie di Watson. Della prima non sapevamo nemmeno il nome. La seconda, Jane, era morta a Fort Myers non molto tempo dopo il suo arrivo qui. Io non l'avevo mai vista. Mio fratello Bill dice che Jane era dolce come Edna, ma meno graziosa.

Non furono solo le buone maniere di Mister Watson a conquistarmi. Fu soprattutto il suo comportamento. Un tantino distaccato. Quel che occorre — mi spiegò una volta — è controllarsi bene e tenere gli occhi ben aperti. Un piccolo errore, una svista, e sei rovinato, mi disse. E poi non c'è modo, all'inferno — perdonatemi, *madam*! — di correre ai ripari.

Gli chiesi: « Come mai un uomo di così belle maniere va a cacciarsi in tanti guai? »

Mi guardò, quanto basta per rendermi nervosa. Poi a voce bassissima rispose: « Io non vado in cerca di guai, *madam*. Ma, quando i guai mi vengono a cercare, ebbene, so come sbrigarmela ».

Ripensandoci, in seguito, mi dissi che forse voleva scherzare. Ma il modo in cui aveva detto « so come sbrigarmela » mi fece sussultare. Il mio cuore diede un gran balzo, come se volesse fuggir via.

Nel 1906 e 1907, i coniugi Watson si divisero fra Chatham Bend e la Columbia County. Talvolta, durante il viaggio, si fermavano da noi. Altre volte dai Wiggins, sull'altro versante dell'isola. Di tanto in tanto andavano a far visita ai McKinney. Mister Watson preferiva la compagnia dei commercianti a quella dei pescatori e dei vagabondi che abitavano nelle capanne sulla riva. Edna fece amicizia con Alice McKinney, futura moglie di J.J. Brown. Il commercio della melassa aveva ripreso ad andar bene e Mister Watson aveva intenzione di mettersi in società con il genero, nel nuovo grande agrumeto di Deep Lake. « Non c'è verso di tenerlo fermo, un uomo in gamba » — ecco cosa ci diceva.

Ai primi del 1908 partì come di consueto per il Nord, ma questa volta non lo si rivide per un intero anno: era finito in prigione. Il giovane Walter Alderman, che per un certo tempo aveva lavorato per Watson, ci raccontò che si era messo di nuovo nei guai. Lui, Alderman, era venuto via per non essere costretto a testimoniare. Di più non volle dirci: Watson poteva sempre tornare nelle Isole. E difatti vi tornò ai primi del 1909, e stavolta per sempre.

Stando al racconto del dottor Herlong, Mister Watson tornò nella Columbia County dopo la morte violenta dei Tucker. Su questo omicidio non furono mai svolte indagini, a giudicare dal fatto che non si tentò neppure di procedere all'arresto di Watson. Smallwood osserva che il duplice delitto « costò caro » a Watson. Probabilmente vuol dire che non migliorò certo la sua reputazione.

Watson mancava da Fort White da almeno dodici anni. Lì c'erano la madre e la sorella pronte a dargli rifugio. Di soldi ne aveva. Era inoltre protetto dal clan dei Collins. Per questo poté rimpatriare a Fort White.

Qui, stando a Smallwood, acquistò una fattoria in rovina e la rimise in sesto. Nel frattempo aveva sposato in terze nozze la figlia di un pastore. Non tardò però a mettersi, anche qui, nei guai.

Herlong dice che i migliori amici di Watson erano Mike e Samuel Tolen e che la moglie di Samuel era amica della nuova moglie di Watson. Si diceva in giro che la signora Tolen, gravemente ammalata, nel suo testamento aveva nominato l'amica Edna erede di un pianoforte e di certa argenteria. Alla morte della moglie, però, Sam Tolen si rifiutò di rispettarne le ultime volontà. Poco dopo fu ritrovato ucciso, insieme al suo cavallo, in una zona solitaria. Secondo alcune versioni anche il fratello Mike sarebbe stato ucciso. Ma Herlong parla solo dell'assassinio di Sam.

Watson venne arrestato. Poiché c'era pericolo di linciaggio, lo sceriffo lo fece trasferire nella Duval County. L'avvocato di Watson chiese e ottenne un ulteriore trasferimento, nella Madison County. Qui Jim Cole, amico di suo genero, che aveva amici potenti a Tallahassee (capitale della Florida), intervenne a suo favore, nella società dei giurati. Il pubblico ministero riuscì a produrre un solo teste d'accusa: un negro. Watson venne assolto. Jim Cole fu udito dirgli: « Adesso tornatene alle Diecimila Isole, più presto che puoi. E restaci! »

Tutto ciò è riferito dal dottor Herlong, il cui racconto appare assolutamente degno di fede e obiettivo. In più punti collima con le memorie di Ted Smallwood. Anche Herlong si lascia però prendere la mano dalla leggenda e il finale del suo racconto è degno di un romanzo popolare: « Nessuno potrà mai dire che cosa fu a tramutare un bravo figliolo in uno spietato assassino. Non si saprà mai, credo, quante vite umane sono state da lui spente ».

Quanto al numero delle sue vittime, credo che vada riveduto e corretto. Furono molto meno di quelle che la fama gli attribuisce. Inoltre, non sono d'accordo con Herlong quando lo definisce « spietato assassino » (heartless killer) *lasciando intendere che fosse uno psicopatico. Lasciatemi ripetere che Edgar Watson aveva mirabili virtù domestiche, quasi mai appannaggio degli spietati assassini, i quali, in genere, sono incapaci di stabili rapporti umani. Rissoso e violento, lo era, specie quando ubriaco, facile all'ira e incline alla paranoia, se minacciato; e poi visse sempre in località « di frontiera », in un'epoca in cui farsi giustizia da sé era prassi alquanto comune nelle zone retrograde dell'America: si può anzi osservare come tale principio fornisse le basi filosofiche di quella politica nazionale che portò alla conquista delle colonie spagnole e di altri territori nei Caraibi e nel Pacifico. Non tutti, certo, si comportavano come Mister Watson: ma quel clima « da frontiera » contribuì senz'altro a fargli compiere azioni che, a lui, sembravano giustificate dalle brutali asprezze della sua vita.*

Carrie Langford

Natale 1908 - Quando Walter, Eddie e Jim Cole sono tornati dalla Madison County, dopo il processo contro papà, solo Jim Cole appariva soddisfatto.

Innocente? ammiccava. Naturalmente! Non è stato forse assolto? E sghignazzava anche più forte, se io mi accigliavo. Crede ch'io sia affascinata da lui, è incredibile! Come può essere tanto ignorante e pieno di sé? Quel vecchio bifolco, diceva la mamma. Oh, mamma, come sento la tua mancanza!

Papà farà ritorno nella Florida di sud-ovest. Per sempre, dice Eddie. Non so che cosa provo, al riguardo. Di fronte a Walter, stasera ho chiesto a John Roach se c'è modo di trovare un posto per papà a Deep Lake. Walter è subito intervenuto: Assolutamente no! John Roach stava invece dicendo, con molto tatto: « Vostro padre ha buona testa per gli affari, senza dubbio! »

Walter non mi parla mai in tono così brusco. Sono sconvolta. « Non è detto che mio padre sia un criminale! » ho esclamato. « È stato assolto! Persino sul giornale di Madison si parla bene di lui! »

« Comunque », ha detto Walter con quel tono testardo di quando punta i piedi, « comunque, se Jim Cole non avesse sistemato alcune cose, la sentenza poteva essere ben diversa. »

« È colpevole, allora? » gli ho chiesto più tardi. « È questo che intendevi dire, di fronte a un estraneo? a uno yankee? »

«John Roach non è un estraneo», mi ha risposto Walter. E ha fatto per stringermi fra le braccia. Cosa che io non tollero quando ha bevuto. «Non abbiamo anche messo il suo nome a nostro figlio?»

Solo sentir nominare quel povero nostro bambino è bastato a farmi scoppiare in pianto e mi sono stretta a Walter. E lui mi ha battuto sulla schiena, ma senza alcun calore, e con poca pazienza.

«Non pretendo di sapere se tuo padre è colpevole o innocente», mi ha detto fra i capelli. «So solo che tu sei poco gentile con il capitano Jim, visto e considerato tutto quello che ha fatto per tuo padre.»

30 dicembre 1908 - Per la prima volta da quando siamo sposati non riesco a smuovere Walter. Si trattasse di qualcos'altro, ne sarei felice!

Mi ha detto: «Ho dovuto mentire per lui. Ho giurato il falso. Tutti abbiamo mentito. Questo però non vuol dire che egli è il benvenuto in casa mia». Anche se non lo dice chiaro e tondo, Walter è convinto che papà è un assassino e non vuole più avere niente a che fare con lui. Per quanto abbia insistito, non sono riuscita a farlo recedere. È uscito di casa per andare in banca, sconvolto lui pure.

Papà è arrivato martedì, assieme a Edna e ai due figlioletti.

Fay e Beuna sono corse verso la porta d'ingresso, gridando: *Nonno!* ma io le ho fermate e, benché piangenti, ho ordinato loro di salire di sopra dallo zio Eddie.

Mio fratello Eddie abita presso di noi, ma sta per trasferirsi alla pensione di Taff Langford. Frank Tippins gli ha procurato un impiego presso il tribunale. Eddie ha testimoniato a favore di papà, al processo, dichiarando che uno dei fratelli Tolen gli aveva teso un'imboscata a Fort White. Adesso però è d'accordo con Jim Cole e Walter e dice che ha giurato il falso e che più di così non intende fare. Non è neppure sceso a salutare suo padre. Quanto a Lucius, non era in casa. Non sapendo dell'arrivo di papà, era andato a caccia.

Da dietro le tendine ho guardato mio padre bussare alla

nostra porta. È chiaro che non hanno più tanti soldi: tutte le loro masserizie erano caricate su un carretto. Unico servitore, un negro macilento. Mi ha fatto tornare alla mente quei profughi che, quando eravamo bambini, ci facevano tanta pena nel Territorio Indiano.

Questa volta, a quanto pare, resterà al Sud per sempre.

Papà aveva la barba lunga, era dimagrito e pallido, dopo la prigione. Edna aveva gli occhi infossati, smunta in viso anche lei. E i bambini non avevano nemmeno la forza di piagnucolare. Difficile pensare a quelle povere creature come al mio fratellino e alla mia sorellina. Santo cielo! Son più piccoli delle loro nipoti. E hanno l'odore dei poveri.

Ho mandato la serva ad aprire, mentre io mi ricomponevo, e mi ha chiesto se doveva farli entrare. Le ho risposto di no con un cenno della testa. « Portagli un po' di latte e dei biscotti », le ho detto.

Dopo un po' sono andata alla porta e ci siamo trovati faccia a faccia. C'era come una specie di nebbia in mezzo a noi. Io cercavo di non vedere quella luce selvaggia e tremenda che c'è negli occhi di papà, e che mi atterrisce. O era frutto della mia immaginazione, dopo tutte quelle dicerie? « Oh, papà », gli dissi, prendendogli le mani, « che sollievo, dopo quel terribile processo! »

La mia voce suonò falsa e distaccata. Lui mi lesse dentro. Anche se sorrideva, non una scintilla vidi nei suoi occhi. Le fiamme erano spente. Si limitò ad annuire, aspettando di vedere se lo invitavo a entrare. « Volevo solo augurare buon anno a tutti voi », disse. Cercava di mostrarsi allegro e io stentavo a ricacciare indietro le lacrime. Che vergogna, non accogliere in casa mio padre, quando aveva più che mai bisogno di affetto e di aiuto!

Non cercò di abbracciarmi, il che era strano. Il povero papà temeva che lo respingessi. Poi, tutto d'un fiato, disse che non potevano entrare perché stavano andando di fretta al porto: il capitano Collier li avrebbe portati con l'*Eureka* fino a Pavilion Key e, di là, avrebbero proseguito in barca fino a Chatham Bend.

Prima di andarsene chiese delle nipotine: « Si nascondono forse dal nonno cattivo, quelle dolci creature? » Era offeso e dispiaciuto perché sapeva quanto bene gli volevano Fay e Beuna, che di solito accorrevano festose al suono della sua voce. Forse Eddie le aveva trattenute, impedendo loro anche di salutarlo dalla finestra.

La serva portò latte e biscotti per Ruth Ellen e Addison. Quella sciocca era spaventata a morte da papà: tutti i negri lo temono. Come vengono a saperle, certe cose, non lo so. Depose il vassoio, alla svelta, su un gradino della soglia. Non potei fare a meno di avvicinarmi a quelle due povere, sporche creature e le baciai, e baciai la mia matrigna — che è più giovane di me — e dissi buongiorno al servo negro.

Papà si accigliò, poiché costui non mi rispose e non si tolse il cappello. La mamma diceva sempre che quello che scambiamo per stupidità o malacreanza nei negri è spesso solo paura. Comunque, tanta scortesia mi stupì e temevo che papà potesse picchiarlo lì in mezzo alla strada. Ma lui si limitò a toccarlo su una spalla e allora il negro, sussultando come un cane svegliato all'improvviso, si tolse il cappello.

Il poveretto non voleva essere scortese, ma era solo immerso nei suoi pensieri, in preda a una sconfinata malinconia. Più tardi chiesi a Walter se, secondo lui, i negri potevano sentirsi malinconici al pari di noi. E Walter mi rispose che era possibile anche se non ci aveva mai pensato. Eddie, quando lo sentì, esclamò: « È ridicolo! » Eddie si esprime con tanta decisione quando si sente poco sicuro di sé.

Papà spiegò: « Quest'uomo è andato sotto processo insieme a me, su al Nord. Per poco non ci ha rimesso l'osso del collo, e ancora non si è ripreso ». E, sorridendo, gli strinse le dita intorno alla gola, facendogli strabuzzare gli occhi come un impiccato. Papà era arrabbiato e nei suoi occhi non c'era il sorriso. Edna lanciò un gridolino di spavento e si voltò dall'altra parte.

Io cercai di rimediare in qualche modo, per amore di papà. Invitai i bambini a prendere un biscotto. Ma lui, indicando il vassoio posato sul gradino, disse con sarcasmo: « Non sono gattini randagi ».

« No, no, naturalmente! » E afferrai il vassoio, scoppiando in lacrime.

« Addio dunque, figliola », mi disse papà. E furono le ultime parole che mi rivolse.

Bill House

Watson fece ritorno nella Columbia County, dopo i fatti di Lost Man's, e là sposò la figlia di un pastore battista. Mia sorella Mamie, che l'ha conosciuta bene, dice che Edna Watson era una donna graziosa e gentile. Tutti speravano che gli facesse mettere la testa a posto, al marito, anche se lui, a vederlo, sembrava adesso l'uomo più calmo del mondo. Ma poco dopo il ritorno al Nord, nel 1907, Watson si mise di nuovo nei guai. Accusato di omicidio, passò nove mesi in prigione e poi, assolto, tornò al Sud. Disse che ci sarebbe rimasto per sempre. Probabilmente aveva detto la stessa cosa nel 1901, quando tornò nella Columbia County dopo quattordici anni.

Gli uomini avevano tutti paura di Watson, adesso, anche quelli che gli avevano dato il benvenuto. E Watson lo sapeva che tutti lo temevano, ma faceva finta di non accorgersene. Nessuno voleva guai con lui. Pensavano tutti di non correre nessun pericolo finché stavano dalla parte di Watson, il quale era sempre stato amico dei suoi vicini.

Un tempo Watson aveva tenuto nascosto il suo passato e non gli piaceva che si raccontassero storie su di lui; ma poi aveva capito che poteva sfruttare la nomea di amico di famosi fuorilegge nel Territorio Indiano per farsi rispettare. Sapendo che ben pochi avevano il coraggio di chiedergli qual era la verità, si limitava a sorridere. Per lui erano come scherzi divertenti: così almeno diceva a Henry Thompson. La fama di uno svelto con la pistola serviva a tenere lontani i delegati dello sceriffo e a spianargli la strada quando avanzava pretese su poderi abbandonati.

Un giorno, a Everglade, Watson entrò nell'emporio di Storter e barattò caffè e tabacco con una cassetta di melassa. Era stato il primo, lui, a mettere la melassa dentro lattine da un gallone, col coperchio a vite: sei lattine per ogni cassetta. Io avevo bevuto un po' di rum, quel giorno; ero su di giri. Ridendo, lo presi un po' in giro, alla maniera di Tant Jenkins. Ci andavo abbastanza d'accordo, con Watson. C'erano altri, presenti, quindi mi azzardai a domandargli come mai un bravo agricoltore come lui si cacciava di continuo nei guai.

Forse un altro giorno ci avrebbe riso su. Non si sapeva mai come poteva prendere le cose. Invece, quel giorno, gli occhi gli si fecero di ghiaccio, come le scaglie morte intorno agli occhi d'un serpente quando cambia pelle. Non disse niente per un po', e mi fissava cercando di capire quello che c'era dietro la mia domanda. Poi guardò a uno a uno gli uomini presenti, per vedere se c'era qualcuno che aveva qualcos'altro da dire. Be', in quel momento nessuno, nel locale, avrebbe ammesso di essere amico di Bill House, nemmeno se gli offrivo dieci dollari.

La cagna nera di Storter si era accucciata al sole, presso la porta. Era una bestia mansueta, sempre pronta a lasciarsi accarezzare. Be', che sia dannato se non se la svigna, con la coda tra le zampe, come se l'avessero sgridata. Quando gli occhi di Watson tornarono a posarsi su di me, anch'io avevo la coda tra le gambe e avrei tanto voluto essermene andato dietro la cagna.

Quel giorno ho capito cosa deve provare un animale braccato da una muta di cani, senza via di scampo, mentre il cacciatore si avvicina, senza fretta, sicuro del fatto suo. È a questo punto che ti metti a urlare, a saltare, a fare qualcosa di stupido, tanto per spezzare quella insopportabile tensione.

Watson mi fissava senza battere ciglio. Io sbattevo le palpebre, certo, e avevo un sorriso ebete inchiodato sui denti.

« Io non vado in cerca di guai, ma quando i guai mi vengono

a cercare, ragazzo, so come sbrigarmela.» Così dicendo si guardò di nuovo attorno per essere sicuro che tutti avevano capito l'antifona.

Mia sorella Mamie ricorda questa frase, dice di averla sentita da lui, ma sono stato io a riferirgliela.

Una interessante fonte di notizie, riguardo la vita quotidiana nella Chokoloskee Bay, è costituita dalla rubrica di colore locale che C. G. McKinney teneva regolarmente, firmandosi Progress, *su* The American Eagle. *Il bottegaio McKinney iniziò questa sua attività giornalistica nel 1906, dopo essere stato sostituito da Ted Smallwood come responsabile dell'ufficio postale.*

Il 3 giugno 1909 — mentre Fort Myers è in festa per l'avvento della luce elettrica che « lungo tutta Riverside Avenue, fino alla residenza di Mister Edison, rende vivaci le notti, assieme al rombo delle automobili e alle loro melodiose trombette » — McKinney scrive fra l'altro nel suo pezzo di cronaca: « Si sono avuti casi di ubriachezza molesta, in questi ultimi giorni... Mister D.D. House sta sarchiando il suo canneto... »

La settimana successiva, un Comitato Nazionale organizza una colletta a favore dei negri e ad Arcadia due negri vengono impiccati a furor di popolo. Questo linciaggio ispira un articolo di fondo in cui si invitano i proprietari terrieri a non drogare i negri con la cocaina per farli lavorare di più, dato che ciò li rende « folli ». A Fort Myers si fanno « follie » per il baseball. Le uova costano 25 cents la dozzina. A Chokoloskee, D.D. House si accinge a piantare pomodori, pere alligatore (avocado) e granturco. Da Flamingo sono giunti in visita Louie Bradley e i suoi genitori. Andrew Wiggins sta per trasferirsi a Lost Man's. A Needhelp sono state rinvenute quaranta carcasse di cervi scuoiati dagli indiani cacciatori di pelli.

Primi di luglio: William Wiggins riceve la visita di Gene Roberts e famiglia da Flamingo. I Roberts intendono acquistare una casa a Chokoloskee. Bill e Dan House si recano in Honduras. A Caxambas, J.E. Cannon ha fatto ritorno da « Sheviler Bay », dove coltivava la terra già appartenuta a Chevelier.

Metà agosto: Mister Waller va a caccia di alligatori. Il pastore Slaymaker avvia un commercio di biciclette. Giunge in visita Mister E.J. Watson.

Settembre: Miss Hannah Smith di Needhelp è malata. In ventitré anni — osserva il cronista McKinney — non si era mai vista tanta abbondanza di mosche né di guava. I fratelli House, a caccia di alligatori in Honduras, hanno fatto un buon bottino. Si preannuncia un ottimo raccolto di pomodori. A Fort Myers infuriano le polemiche per il transito di bovini sulle pubbliche vie. Il capitano Jim Cole è andato a New York per comprare un vaporetto da adibire al servizio passeggeri e merci fra Punta Rassa e Key West.

Il 12 ottobre un uragano si abbatte sul litorale, con raffiche di vento fino a centoventi miglia all'ora. I danni a Key West sono tali che viene imposta la legge marziale contro gli sciacalli. Novantacinque vascelli fanno naufragio, nove fabbriche di sigari sono distrutte, scoperchiato il tetto della First National Bank. Fra le imbarcazioni naufragate, quella di D.D. House.

Fine ottobre: Charley Johnson macella i suoi maiali e ne vende le carni a 15 cents la libbra. Mister Waller, lasciata Needhelp, lavora alle dipendenze di Watson a Chatham Bend.

In novembre, il mercantile Ruth *compie l'ultimo viaggio della stagione. « D'ora in poi Chokoloskee sarà più morta del solito », scrive McKinney. « Non abbiamo un pastore, né una scuola di catechismo, né una sala da ballo. Ma non manca il whisky di contrabbando. »*

Ai primi di dicembre, le condizioni di salute di Hannah Smith peggiorano. Gene Roberts e Charlie McKinney (figlio del cronista) vanno a caccia di daini e tacchini nella zona di Needhelp. E di nuovo la rubrica denuncia l'eccidio di daini da parte degli indiani cacciatori di pelli. Bill e Dan House fanno ritorno dall'Honduras con una scimmia e quattro pappagalli.

Il grande freddo del dicembre 1909 rovina il raccolto dei pomodori. Nel gennaio 1910, McKinney riferisce nella sua rubrica che: prosegue la caccia a lontre e procioni; la scuola di Chokoloskee ha riaperto; è giunto un nuovo pastore; le galline fanno uova « nonostante le abbondanti piogge fuori stagione »; Wiggins, House e Storter producono melassa in quantità, ma scarseggiano le lattine, per cui si usano anche bottiglie di vetro.

Febbraio: Hannah Smith ha effettuato il suo ultimo raccolto di patate; Bill House si reca a Key West per comprare una barca.

È stata avvistata la Cometa di Halley. Tornerà a maggio.

Questa cometa fu segnalata per la prima volta nel 1682 dall'astronomo Edmond Halley. Essa riapparve nel 1910 e provocò grande costernazione: si temeva che avrebbe causato l'estinzione della razza umana mediante « gas cianogeno ». Gli abitanti di Chokoloskee erano certi che l'apparizione della Grande Cometa avrebbe annunciato il Giorno del Giudizio, preceduto da alluvioni, tempeste, pestilenze e altre calamità, non poche delle quali sarebbero state addebitate a Mister Watson.

Mister Edgar Watson ha portato a termine questa settimana [siamo ai primi di marzo] la produzione di melassa. Ammonta a quasi ventimila galloni.

Miss Hannah Smith ha raccolto duemila libbre di patate e ucciso il suo ultimo maiale: conta di lasciare Needhelp con il suo cane e i suoi due gatti non appena raccolti i cavolfiori, che intende spedire a Key West con la nuova barca di Bill House, la Rosina. *Bill e Dan House sono ora soci ed effettuano trasporti via mare di canne, melassa, frutta e ostriche.*

Charley Johnson e Walter Alderman, contagiati dalla « febbre dell'Honduras », parlano di recarsi là in cerca di fortuna.

« Tutti approvano il nuovo pastore, Fratello Jones, ma il maestro Daughtry ha chiuso la scuola per mancanza di allievi. »

Grande è l'attesa per l'incontro di boxe che opporrà il campione negro Jack Johnson a Jim Jeffries, la Speranza Bianca.

« In aprile, il tempo sulla costa è ancora asciutto e scarseggia l'acqua potabile. La pesca dà scarsi risultati, ma nuove ghiacciaie vengono costruite per la stagione estiva. »

Pochi hanno ballato alla festa data da Gregorio Lopez, osserva il cronista McKinley, poiché erano o troppo vecchi o troppo giovani. E poi mancava da bere. Shorty Weeks fa la spola, col battello postale, fra Marco e Chokoloskee.

« John Johnson e Leroy Parks sono giunti oggi nella nostra isola da Pavilion Key. » (Il primo, era uno dei sette mariti di Josephine Jenkins, madre di Pearl Watson; il secondo, uno dei figli della stessa Jenkins.)

« Bill House, suo fratello Dan e il loro padre partiranno domani per Fort Myers con un carico di piante ornamentali per le case dei maggiorenti. »

« Miss Hannah Smith ha lasciato Needhelp e si è trasferita a Chatham Bend, presso Mister Watson. »

Bill House

Lo ricordo bene il giorno che Watson ingaggiò la povera Hannah Smith. Si era in aprile, nel 1910, e il vecchio Waller si presentò con una donna enorme, tre volte la taglia normale, e disse che era capace di fare il lavoro di tre uomini, durante la mietitura, e magari anche di insegnare qualcosa a un cavallo, al momento dell'aratura.

Watson allora gli rispose che un cavallo ce l'aveva di già — Dolphus — però era vecchio e malandato; ma i braccianti di Chatham Bend — aggiunse strizzando l'occhio a Waller — non valevano granché; quelli non riuscivano a versar piscio dentro uno scarpone, neanche con le istruzioni scritte sul tacco. Era la prima volta che la sentivamo, questa, e scoppiammo tutti a ridere. Fu offerto un giro di whisky, dopodiché decidemmo che ce ne voleva un altro. Watson disse che Hannah Smith forse poteva insegnare a quel ladro di maiali di Waller a maneggiare un'ascia e, perché no?, magari fare il paio con Dolphus per arare la terra.

Tutti risero tranne il vecchio Waller. L'avevo capito subito, io, che Waller ci aveva un debole per Hannah. La quale era bella come può esser bello un uomo — somigliava infatti a un uomo con la parrucca — mentre lui era brutto, zoppo, tutto ossa e rattoppi. Era malandato, perché la vita era stata sempre dura per lui. Watson lo prese un po' in giro — come faceva sempre quando aveva bevuto e diventava prepotente — e la grossa Hannah stava sulle spine. Ma Waller ruttò, semplicemente, poi assunse un'aria vaga, come se quello fosse un rutto che meritava una certa considerazione.

Prima di arrivare a Chatham Bend, Hannah Smith, originaria di Okefenokee Swamp in Georgia, aveva vissuto per un paio d'anni nella Chokoloskee Bay. Aveva una sorella, Sadie, accampata nelle Everglades, poco lontano da Homestead, che oggi si chiama Paradise. I parenti mandarono a dire a Sadie che sua sorella Hannah si trovava a Everglade e la pregarono di andarla a trovare e di vedere un po' come se la passava.

Sadie Smith era chiamata la Donna Bue e per andare da Homestead a Everglade, dalla parte opposta della Florida, anziché circumnavigare la penisola aggiogò un paio di giovenchi a un carro e si incamminò via terra, attraverso le boscaglie e le paludi delle Everglades, aprendosi la strada a colpi d'accetta. Fu la prima volta che si fece una cosa del genere, e forse l'ultima. Risalì prima a nord, costeggiando lo Shark River, poi piegò a ovest seguendo i sentieri indiani attraverso Big Cypress, abbattendo intere foreste per aprire una strada al suo carro. Sbucò presso la sorgente del fiume Turner e di là scese verso la Chokoloskee Bay. Quando si presentò, un bel giorno, aveva il suo cappello nero da sole e puzzava come un'orsa.

Fino ad allora, Hannah Smith era la femmina più grossa che si era mai vista dalle nostre parti. Gli indiani la chiamavano Big Squaw. Ebbene, Sadie era ancora più grossa di lei, una spanna più alta, fatta come una cisterna, con un sorriso che le spaccava la faccia come si spacca un cocomero. Disse che era venuta fin lì a trovare la sorella, o per sapere che fine aveva fatto. E ce n'erano altre due, ancora più grosse di loro — ci raccontò la Donna Bue — lassù a Okefenokee. Sua sorella Lydia era tanto grossa che, seduta sulla dondolo in veranda, prendeva il marito sulle ginocchia e gli cantava la ninnananna. Faceva il mestiere del barbiere, questa Lydia, ed era tanto brava — ci disse Sadie — che radeva in una sola volta una barba di tre giorni. Sia Hannah sia Sadie erano più in gamba di qualsiasi uomo nel maneggiare un'ascia. La facevano cantare, la scure. Insomma, avevano la tempra delle donne dei pionieri, scese giù dagli Appalachi. Si è perso lo stampo, di donne così, altrimenti ne avremmo una a capo del governo.

Hannah aveva una bella voce, oltre alla forza fisica e alla simpatia. La sera si infilava il vestito buono e sul moletto di McKinney cantava *Barbry Allen* agli indiani venuti a barattare. Quando ripenso a quel donnone enorme che canta dolcemente sotto la luna, con gli indiani seduti attorno al fuoco che stanno ad ascoltare, mi corre un brivido sotto la pelle. Naturalmente ero troppo giovane per lei — e probabilmente troppo piccolo — e comunque avevo intenzione di sposare Nettie Howell.

Tant Jenkins era un esperto cacciatore; il lavoro dei campi o qualsiasi altro lavoro — diceva — non andava d'accordo con lui; e io una volta gli dissi: « Tant, se sei furbo come dicono, sposati una delle sorelle Smith, grandi e grosse e sole sole, e lei faticherà al posto tuo, ti manterrà a whisky e ti cullerà la sera per farti addormentare quando torni a casa, ubriaco e disgustoso ». E Tant mi rispose: « Mica male, come idea. Per me non ci ho niente in contrario ».

Così le gigantesse di Okefenokee diedero una festa e ci vennero anche Tant e due Daniels e uno dei Lopez, un giovane. Sadie disse che quei quattro ragazzi la facevano sentire a casa sua, ma l'unico guaio era che non c'era abbastanza terra da coltivare, qui da noi. Lei aveva bisogno di spazio! Quindi, il giorno dopo aggiogò i buoi al carro e ripartì per il Nord. Si trovò una bella collinetta a Immokalee e là visse per un bel pezzo, e là morì, già che c'era. Forse di crepacuore per la piccola Hannah.

Non molto tempo dopo la partenza di Sadie, Hannah decise di tentare la sorte a Chatham River. Si era stancata di coltivare la terra tutta sola a Needhelp, e poi aveva nostalgia del suo vecchio rognoso ammiratore, il quale se n'era andato da Watson per badare ai maiali e dargli una mano a tagliare le canne. E così lui la venne a prendere.

Questo Waller — diceva Watson — poteva anche giurare di essere un contadino timorato di Dio, ma in realtà non valeva mica tanto di più di quello che si vedeva e... annusava. E la prima volta che spariva un maiale a Chatham Bend c'era caso che sparisse anche un ben noto ladro di maiali.

Waller ci rideva a queste battute, ma non rideva affatto di Hannah, poiché era innamorato sul serio. Di donne ne aveva avute proprio poche in vita sua. Anzi, Big Hannah era la prima. E non gliene importava niente che lo si sapesse. Mia madre se l'è fatto promettere in punto di morte — diceva sempre Waller — che sarei sceso nella tomba vergine, casto e puro come lei mi aveva fatto. Questa promessa l'aveva fatta morire contenta, quella povera donna. Sennonché Satana ora gli aveva mandato questo gran pezzo di femmina, a Needhelp. E lei — gridava il vecchio Waller — è molto più forte di me. E in men che non si dica, ragazzi, mi ha steso per terra e ha cominciato a fare porcherie!

Intanto Big Hannah aveva messo la sua roba in un sacco di juta, da portarsi in spalla — tutto quello che possedeva, a parte l'ascia e il fucile. Il giorno in cui partì per Chatham Bend fu l'ultima volta che la vidi su questa terra.

Quella vergine enorme e timida e il suo vecchio — aveva pochi anni più di Watson, ma al confronto sembrava decrepito — vissero in peccato mortale nella capanna ch'era stata dei Tucker, in riva al fiume, dietro la rimessa. Hannah andava a far legna da ardere per la caldaia della melassa, aiutava nelle faccende di casa, poi si dava una lavata sotto le ascelle e andava a prendere il suo ladro di maiali e lo metteva a letto. Ed Watson diceva che ululavano tutta la notte come una coppia di volpi.

Mamie Smallwood

Mister Watson frequentava cattive compagnie ma amava molto la sua famiglia, e tutti quelli che l'hanno conosciuto dicono lo stesso. Nel 1907 portò Edna nella Columbia County, per la nascita del piccolo Addison. E la portò a Key West a partorire Amy May, nel maggio del 1910. Mister Watson non avrebbe mai affidato la giovane moglie al vecchio Richard Hamilton, quel mulatto che magari non ci pensava due volte a usare un coltello da ostriche come ferro chirurgico. A Ted non garbava sentirmi parlare così e diceva che Mister Watson non aveva niente contro quel vecchio mulatto, ma preferiva che la sua Edna avesse il meglio che c'era a disposizione. Ted parlava così solo perché gli Hamilton erano suoi clienti e non voleva che passassero a McKinney.

Però, dentro di sé, Ted non aveva nessuna simpatia per gli Hamilton, tranne forse per Gene, come non ne avevo io. Gente che non sapeva stare al suo posto, ecco cos'era. Comunque, bisogna riconoscere che il vecchio Richard ci sapeva fare, come levatrice.

Molto prima che nascesse Amy May, nel 1910, Mister Watson aveva già rimesso in sesto Chatham Bend e ne aveva di nuovo fatto la migliore fattoria dell'arcipelago. E i braccianti erano ben accetti, a Watson Place, senza distinzione di razza o di sesso, e senza tante domande. Né si aveva notizia di guai, laggiù, altrimenti saremmo venuti a saperlo, perché Hannah Smith si teneva in contatto con i suoi amici di Chokoloskee. E anche Jim Howell — sua figlia Nettie era fidanzata con mio fratello Bill — lavorava giù all'Ansa al tempo del raccolto. Mister Watson ci sapeva fare con quelli che prendeva a lavorare con lui. Jim Howell diceva di essere « spaventato a morte dalla mattina alla sera », ma che non era mai stato trattato meglio in vita sua. Anche quelli che vivevano nel terrore di Mister Watson cominciavano a rinfrancarsi perché pareva proprio che quell'uomo fosse cambiato in meglio.

Qualche dubbio cominciò a venirmi dopo che ebbi parlato con Henry Thompson, che ancora badava alla goletta di Mister Watson, di tanto in tanto. Ormai Henry stava a Lost Man's, adesso, però aveva lavorato per Mister Watson fin da quando era ragazzo e lo conosceva meglio di chiunque altro, nei suoi alti e bassi.

Un giorno Henry si trovava a Fort Myers per commercio, quando gli si avvicina una vecchia negra e gli domanda se il figlio era ancora a lavorare da Mister Watson. Non aveva più sue notizie da quasi un anno. Anche un altro bracciante che lei conosceva non era mai tornato; nemmeno lui. Ebbene, a Henry gli pareva di ricordare che proprio Watson aveva riportato quel negro a Fort Myers, alla fine dell'ingaggio. Lì era andato a trovare la figlia Carrie e poi era tornato a Chatham Bend portandosi dietro un altro lavorante negro.

« Strano che non l'abbiamo visto, allora », disse la vecchia.

« Può essere che è andato a spendersi la paga a Key West », le rispose Henry Thompson. « Avrà sentito dire che lì i negri li hanno in simpatia. » Non voleva certo farsi beffe della donna; Henry non scherzava quasi mai, e nemmeno si dava pensiero dei sentimenti dei negri.

Un'altra volta arrivarono a Chatham Bend due uomini su un piccolo sloop e dissero che venivano da Key West e che stavano facendo un giro nella zona. Mister Watson, però, ci aveva qualche dubbio: pensava che fossero due delegati dello sceriffo che aspettavano il momento opportuno per mettergli le mani addosso. Ma ormai le canne erano pronte per essere tagliate e così lui li prese a lavorare, tenendoli d'occhio. Ebbene, un giorno Henry Thompson arrivò da Port Tampa e vide che lo sloop era ancora lì ma quei due non c'erano più. Mister Watson gli spiegò che la barca gliel'avevano venduta quei due e poi lui li aveva portati a Marco, li aveva pagati e gli aveva dato il nome e l'indirizzo di certa gente cui potevano rivolgersi, in Oklahoma, a Shawnee. Henry non ci pensò più ma un giorno, pulendo lo sloop, trovò la foto di una donna e alcune lettere d'amore, in un ripostiglio sotto il tetto della cabina. Come può uno, si chiese, lasciarsi dietro certe cose? E le conservò, in caso che qualcuno si facesse vivo. Non si fece mai vivo nessuno.

Un giorno presi Henry in disparte e gli chiesi: « Secondo te, Mister Watson li ammazza, i suoi lavoranti, piuttosto che pagarli? Se non hai questo sospetto, come mai vai raccontando in giro certe storie? »

Henry sgranò gli occhi e si tirò subito indietro. Mi prese a male parole. Ecco, disse, come nascono le dicerie. Giurò che lui non ci credeva a certe storie su Mister Watson e che quell'uomo era come un padre per lui. Potevo chiederlo a Tant. Tant mi avrebbe detto lo stesso. Sennonché Tant non aveva più rimesso piede a Chatham bend dopo l'uccisione dei Tucker. E poi io lo conoscevo bene Henry Thompson, fin da quando era piccolo. Abbiamo la stessa età. A me non m'incantava, Henry Thompson.

A Mister Watson è sempre stato fedele. Almeno finché non diventò vecchio e aveva bisogno di soldi per comprarsi da bere. E qualche soldo lo racimolò con quell'intervista sugli anni pericolosi che aveva trascorso in giovinezza vicino a Watson il Sanguinario.

Forse cominciò a lasciarsi sfuggire qualcosa per scaricarsi la coscienza, perché non c'è dubbio che Henry era turbato. E se era turbato lui, figurarsi io.

Un altro che sapeva molte cose di Mister Watson era Henry Short, e anche Henry lo conoscevo molto bene: era il nostro negro. Lo chiamavano Nigger Short, o Black Henry, per distinguerlo da Henry Thompson e Henry Smith. Aveva la stessa età di mio fratello Bill e in casa degli House ci era cresciuto.

Negli ultimi anni del secolo scorso, quando Bill lavorava per il vecchio Francese, Black Henry andava spesso a trovarlo. Alloggiava dai mulatti Hamilton e per un po' governò la goletta di Watson, il *Gladiator*. Quando questa naufragò in una burrasca al largo di Cape Sable, lui fu tratto in salvo da Dick Sawyer. E andò subito a portare la brutta notizia a Mister Watson. Mica tutti avrebbero avuto tanto coraggio. Come diceva sempre Gregorio Lopez: « Quel negro era troppo spaventato per pensare alle conseguenze, quando andò a portare una tale notizia a Edgar Watson ».

Mister Watson andò a recuperare la sua goletta — e dovette contenderla agli sciacalli di Key West — ma non alzò mai la voce con Henry. Fu buono con lui, e Henry non se l'è mai scordato. Henry Short andava sempre vantandosi di quanto lo trattava bene questo o quel bianco, perché non gli conveniva dire altrimenti. Ma, quando si trattava di Mister Watson, non era solo perché gli faceva comodo, *ringraziava* davvero Dio che gli fosse stata risparmiata la vita. Non aveva mai dimenticato il giorno in cui, insieme agli Hamilton, aveva seppellito i Tucker.

Dopo la scomparsa di Mister Watson, nel 1901, domandai a Henry se era stato Watson ad ammazzarli. Black Henry non mi rispose e continuò a fare la cernita degli avocado. Era già l'epoca di Jim Crow, e non tirava aria buona per i negri: crudeli punizioni attendevano chi solo osava parlare con una donna bianca. Quindi gli chiesi di aiutarmi a sistemare i pomodori e poi andammo sotto la tettoia, dove gli uomini potevano vederci ma non sentirci. Gli domandai a bassa voce: « Rispondimi! È stato lui o no? »

Henry Short guardava da un'altra parte e, come se parlasse alle mosche, mi disse: « Mister Watson è sempre stato buono con me ». Fu in questo modo che mi fece intendere che, secondo lui, Watson aveva ucciso i Tucker.

Quando Mister Watson tornò qui, nel 1909, cercò di convincere Henry ad andare a lavorare da lui di nuovo. Henry sapeva fare di tutto: lavorare la terra, pescare, governare le barche, rammendare le reti, andare a caccia. A quell'epoca era occupato saltuariamente nel podere degli House e pregò mio padre di dire a Watson che non poteva cedergliela. Quel negro era terrorizzato da Mister Watson.

Certe volte, durante quell'ultima lunga estate, Henry Short andava a caccia di muggini con i ragazzi Storter e il loro negro Pat Roll, presso la foce del Chatham. Ebbene, non molto tempo fa, Claude Storter mi raccontò che mai una volta Henry passava davanti a Watson Place senza tenere il fucile carico a portata di mano. Può darsi, ma comunque Black Henry voleva molto bene a Mister Watson.

Mister Watson dava asilo a un evaso, un desperado che aveva ucciso una guardia a Key West; e da lui ci stava anche un uomo anziano, Green Waller, che era stato in prigione. L'unica lavorante in regola con la legge era Hannah Smith, una donna grande e grossa e robusta. Hannah aveva coltivato per un anno un podere di McKinney, in località Needhelp, e aveva la forza di un uomo.

Green Waller era stato a Needhelp per un po' di tempo e quei due solitari erano andati d'accordo come rum e burro. Quando Waller tornò a Chatham Bend per badare ai maiali di Watson, Hannah si stancò di starsene lì da sola, a combattere le zanzare, senza un uomo che l'aiutasse e con il vecchio mezzosangue Charlie Tommie che cercava di approfittarne. Così, nell'aprile del 1910, Green Waller venne a prenderla e la portò a Chatham Bend. Lì c'era anche una donna indiana ch'era stata scacciata dalla sua tribù per aver osato giacere con uomini bianchi, e poi c'era un negro che era venuto dalla Columbia County insieme a Watson. Se questo bracciante aveva un nome, io non l'ho mai saputo.

Nel 1910, un anno di siccità quant'altri mai, un cattivo presentimento sembrava incombere sulle Isole. Persino il mio Ted era convinto che qualcosa di brutto bolliva in pentola. Quello che fece saltare il coperchio della pentola fu « John Smith », che capitò a Chokoloskee quella stessa primavera. Era un uomo ancora giovane, robusto, di aspetto decente, con i capelli castano scuri lunghi fin sulle spalle e due occhi verdi dallo sguardo duro sotto folte sopracciglia. Portava una giubba nera, una specie di marsina fuori moda, sopra gli abiti rattoppati da contadino: sembrava una via di mezzo fra il predicatore e il baro.

Ted diffidò di questo straniero a prima vista. Com'è vero l'inferno, mi disse, quell'*hombre* è scappato da qualche parte. Non faceva che tirarmi per i lacci del grembiule e bisbigliare contro quell'individuo. Un uomo timorato di Dio non può avere una faccia come quella. Sotto la giubba nasconde un intero arsenale! Io non gli badavo gran che, sapendo bene quanto si eccita il mio Ted quando annusa un fuorilegge.

Gli chiedemmo, a «John Smith», se per caso non era parente di Hannah Smith, oppure degli Smith di Chokoloskee. E lui rispose secco: «No, non mi sono parenti». Cercava Edgar Watson. Gli dicemmo che Mister Watson era a Key West, con la moglie che stava per partorire. «Allora lo aspetterò», fu tutto quello che rispose.

Si fece portare in barca da John Demere, a pagamento, fino a Chatham Bend. Dopo che se ne fu andato, mio marito mi disse: «Ci scommetto che è quell'uomo del Nord che Watson aspettava da tanto tempo. Non credo che sarà tanto felice di vederlo».

Quando Ed Watson ritornò da Key West con la moglie e la figlia appena nata, viaggiarono in vapore fino a Fort Myers e da lì presero il postale per Chokoloskee, prima di proseguire per Chatham Bend. Ted allora lo avvertì che un forestiero era venuto a cercarlo e lo stava aspettando. Mister Watson si voltò di scatto, per guardarsi alle spalle, poi fissò Ted spazientito. Ted disse: «Ti sta aspettando a Chatham Bend».

Quando veniva colto di sorpresa, Mister Watson teneva la bocca chiusa, a differenza di tanti. Si rivolse poi a me, con un piccolo inchino, e mi disse: «Posso abusare della vostra ospitalità ancora una volta? » Mi chiese se la moglie poteva restare presso di noi qualche giorno, mentre lui la precedeva per vedere come fosse la situazione a Chatham Bend. « Di buon grado », risposi, tanto più che la compagnia di Edna Watson mi piaceva.

Prima di partire, lui domandò: « Aveva l'aria da indiano, quell'uomo? » E Ted: « Capelli neri e lisci. Sarà un mezzosangue ». Poi Watson domandò: « Ci ha l'aria di un prete spretato? » Io feci cenno di sì, ma Ted si affrettò a dirgli: « No, non ha l'aria di un pastore ». Ted Smallwood non avrebbe tollerato alcuna somiglianza fra quel forestiero e un uomo di Dio.

Non contraddissi mio marito, ma Mister Watson, cui non sfuggiva mai niente, mi aveva visto annuire. Sorridendo allora esclamò: « Se questo John Smith è chi dico io, allora assomiglia a un prete ma non lo è ».

Gli chiesi se John Smith era il suo vero nome e lui mi rispose: « Oggi, sì ». E se ne andò.

Il giorno dopo tornò a prendere la famiglia. Li udii litigare, moglie e marito. E lei, quando scese, aveva gli occhi pieni di lacrime. Chiunque fosse il forestiero, era chiaro che per Edna il suo arrivo era un duro colpo. Mentre andavano al molo, cercò ancora di convincere il marito a lasciarla da noi per qualche giorno. Fu inutile. Salita a bordo della lancia con la piccola in braccio, mi rivolse un cenno di saluto. Aveva l'aria molto triste. Io non le chiesi chi era quell'uomo. E comunque lei non mi avrebbe mai detto niente. Né allora né in seguito. Si sarebbe limitata a ripetere: « Mister Watson non vuole », anche dopo che Mister Watson era morto e sepolto.

Pochi mesi prima della venuta di quel forestiero, Mister Watson aveva perso il suo caposquadra. Allora diede l'incarico a quel John Smith, perché il vecchio Waller beveva troppo. Sennonché il caposquadra di prima, che era scappato, all'improvviso ritornò. E rivoleva il posto. « E com'è vero che mi chiamo Dutchy Melvin lo riavrò », annunciò.

Ted lo disse subito: « Ci saranno guai ». E io: « Bene.

Quei due si accopperanno a vicenda, e sarà meglio così ». Però ero furiosa soprattutto con Mister Watson, che aveva portato nella nostra comunità due brutti ceffi come John Smith e Dutchy Melvin.

Mister Watson si è sempre comportato bene con noi, è sempre stato buon cliente del nostro negozio. Un anno che la vendita di melassa era fiacca e lui ricevette delle merci da Snow e Bryan, su a Tampa, in cambio di alcune centinaia di galloni di melassa, gliele vendemmo noi su commissione, quelle merci. A quei tempi, da noi, casa e bottega erano tutt'uno. Solo nel 1917 ci costruimmo una casa nuova. E nel 1925 ne fabbricammo un'altra, su palafitte. Giusto in tempo, altrimenti l'uragano del '26 l'avrebbe spazzata via. Fu un gran brutto uragano, uccise diverse persone, quando il lago Okeechobee ruppe le dighe. Ma non tremendo come quello che sconvolse le Isole nel 1910.

L'anno prima, nel 1909, c'era stata una terribile tempesta. A Key West aveva spazzato via l'industria dei sigari, l'aveva scaraventata fino a Tampa. Nessuno si aspettava un altro finimondo così presto. E fu ancora peggiore, nel '10. Fatto sta che era apparsa nel cielo quella cometa malefica. In aprile era apparsa, gran brutto segno. E per tutta l'estate ci fu una grave siccità. Le messi appassivano, il pesce scarseggiava dappertutto. Perfino Tant Jenkins dovette andare a pesca di molluschi per sopravvivere.

Nel corso di quella lunga estate secca del 1910, Edna Watson veniva ogni tanto a Chokoloskee coi figli; passava più tempo da noi che a Chatham Bend. Alloggiava a casa nostra, oppure dai Wiggins, oppure presso Alice McKinney o Maria Lopez. Maria Lopez aveva sposato Walter Alderman, lo stesso Alderman che aveva lavorato per Mister Watson nella Columbia County e ne era scappato dopo l'arresto di Watson per non testimoniare al processo. Alla moglie proibì di parlarne con chicchessia, di quanto era accaduto, tanto aveva paura che *chi-dico-io* gli chiudesse la bocca per sempre.

Sammie Hamilton

Edgar Watson era l'uomo più simpatico che si può desiderare di conoscere, e il miglior agricoltore che ha mai dissodato un pezzo di terra. Faceva crescere qualsiasi cosa. Mio zio Henry Thompson lavorò per Watson diversi anni. Anche Tant Jenkins, e non ebbe mai a dir male di lui.

Mio zio Lewis Hamilton è stato sposato, per un po', a Jennie Roe, che diceva di essere stata violentata da Mister Watson. Nessuno le dava tanto retta. Jennie Roe era una gran bella ragazza, ma non guardava tanto per il sottile. Sua madre poteva essere Josie Jenkins, a meno che non fosse Henrietta Daniels: doveva essere una di queste due sorelle, a quel che ne so. Quelle famiglie di Caxambas erano tutte intrecciate insieme. Entrambe le sorellastre Josie e Netta ebbero una figlia da Mister Watson. Prima nacque Minnie, l'anno in cui Jane Watson tornò dal marito. Minnie aveva i capelli castano-rossicci del padre. La figlia di zia Josie, coi capelli paglierini, nacque a Chatham Bend sul finire del secolo e le misero nome Pearl. Minnie si sposò l'anno del grande uragano, nel '10, con uno di Key West, un certo Jim Knowles, che forse era figlio di quel Bob Knowles che faceva il cuoco a bordo dell'*Eureka* di Bill Collier. Minnie abita a Key West, e Pearl è rimasta a Caxambas.

Tant era più cacciatore che pescatore e lavorare la terra non gli piaceva proprio. Anche quando era con Watson, più che altro andava a pesca e a caccia. Poi la selvaggina divenne scarsa e anche a Tant gli toccò andare a raccogliere molluschi col fratellastro Jim Daniels, a Pavilion Key.

L'ultima volta che Mister Watson andò a Pavilion, appena Tant lo vide si mise a urlare: « Guarda chi arriva! Quel terribile desperado! Lo vedete che occhi da pazzo che ha? »

Tutti corsero a nascondersi, ma Mister Watson si limitò a sorridere. E cosí Tant si mise a pavoneggiarsi. « Non sono il tipo, io, da farmi spaventare da nessuno, fosse pure un desperado come Watson. A me, la merda non me la fa mangiare nessuno! »

Oh, Mister Watson gli voleva un gran bene a quell'uomo tutto ossa, accettava tutto da Tant, mentre a un altro gli avrebbe rifilato una coltellata. Lo conosceva fin dai tempi in cui Tant e Henry Thompson abitavano a Chatham Bend, ed erano tutti una famiglia. Mai un rimprovero, a Tant. Ma Tant se ne andò dopo il fatto dei Tucker, per sempre. E da allora le sue battute avevano sempre un non so che di tagliente. Tant si metteva a camminare impettito, buttando indietro la testa, e guardava Watson dalla testa ai piedi, gli faceva le boccacce, sputava per terra vicino ai suoi stivali. Accidenti, non ho mica paura di te, anche se ci hai tante di quelle armi sotto la giubba che sì e no riesci a camminare! E si metteva a ballargli intorno, a Mister Watson, agitando i pugni, coi baffetti irti, sbuffando e dicendo: Fatti avanti, se hai coraggio! Te lo do io, il fatto tuo!

Quando c'era Tant intorno, Mister Watson rideva fino a doversi asciugare gli occhi. Insomma, Tant lo metteva di buonumore. Ma se si azzardava a ridere, anche solo un po', allora la bocca di Mister Watson si chiudeva come un'ostrica, e Tant cominciava a roteare gli occhi come se la sua fine fosse prossima. Mister Watson si schiariva la gola, a volte tirava fuori l'orologio, a volte no. Poi diceva qualcosa, tipo: « Mai sentito di quel tale che è morto ridendo? » E Tant si limitava a scuotere la testa e a dare calcetti in terra. Ma non smetteva di punzecchiare Mister Watson, nemmeno se gli davi quattordici dollari. Perché Tant *sapeva*.

Comunque, Mister Watson era benvoluto nella nostra famiglia, noi non avemmo mai niente contro di lui.

Nell'arcipelago, a quei tempi, non si viveva certo nell'abbondanza, e le famiglie si aiutavano a vicenda per tirare avanti. Certe volte noi si andava a Chatham Bend a prendere qualcosa in prestito, e Mister Watson regalava a mio padre, Frank Hamilton, un gallone della sua buona melassa. A noi ragazzi ci faceva fare il giro del podere, ci mostrava il suo cavallo — gli aveva messo nome Dolphus Santini — ci portava a vedere le mucche e i maiali. Mai lo dimenticherò. L'uomo più gentile che ho incontrato in vita mia. Aveva maiali enormi, addomesticati come cani. C'era una grossa scrofa, Betsey, che sapeva perfino fare degli esercizi. I porci li guardava il vecchio Waller.

Caposquadra era Dutchy Melvin, un desperado di Key West. Aveva dato fuoco a un paio di fabbriche di sigari perché non gli avevano pagato la tangente. Diceva che aveva ammazzato una guardia e che se l'era cavata perché era molto giovane e ci sapeva fare! Poi l'avevano scoperto a saccheggiare dopo l'uragano del 1909 e lo avevano mandato ai lavori forzati, in una di quelle squadre di galeotti. Era evaso e aveva cercato rifugio a Watson Place, perché lo sapevano tutti, a Key West, che Mister Watson non guardava tanto per il sottile quando doveva assumere i lavoranti, bastava che non avessero paura della fatica.

Dutchy Melvin non andava mai da nessuna parte senza le sue pistole e le teneva dove tutti potevano vederle. Piuttosto all'inferno — diceva — che tornare ai lavori forzati, e neanche all'inferno ci andrò senza portarmi dietro qualcuno. Fra le squadre in catene e l'inferno, a quel tempo in Florida, c'era poca differenza.

Melvin era di corporatura media, avrà pesato ottanta chili, di pelle scura. Mio padre conosceva la famiglia: brava gente di Key West. Melvin aveva un che di spagnolo, ma lui li odiava a morte, gli spagnoli. In un certo modo assomigliava a Mister Watson; era garbato, parlava pacatamente, riusciva simpatico. Però era un malvivente. Persino Watson ci andava cauto con lui.

Dutchy Melvin era un vero acrobata. Un giorno, sul molo, si tolse la cintura, la consegnò a mio fratello Dexter e poi eseguì una serie di capriole e salti mortali per noi bambini. L'unica volta che lo vidi senza le pistole.

Mister Watson l'aveva fatto subito caposquadra perché incuteva rispetto ai braccianti, che con lui non battevano mai la fiacca. Era uno che non aveva più niente da perdere. Però litigò con Mister Watson perché voleva pagarlo soltanto a raccolto ultimato.

Allora Melvin, di nascosto, gli guastò mille galloni di melassa versandoci dentro il sale. Scappò a New York e di là mandò una cartolina a Mister Watson: *Mentre voi ve la spassavate a Key West, io mi sono divertito a salarvi la melassa.* Mister Watson si infuriò e bestemmiava come un turco, ma Henry Thompson mi ha raccontato che quando gliela consegnò, quella cartolina, Mister Watson scoppiò a ridere come un matto. Erano passati ormai quindici giorni e la rabbia gli era sbollita. Così, dopo aver letto la cartolina, lì sul molo, si mise a ridere e disse: « Ha fatto bene ad andare a New York, quel ragazzo, prima di scrivermi queste cose! »

Ebbene, ci credereste? Quel pazzo ci ebbe il coraggio di tornare, nell'estate del 1910. E rideva e scherzava con tutti. Era tanto arrogante che certo doveva esser convinto che Mister Watson gli voleva ancora bene. Magari era vero. Ma voler bene non vuol dire perdonare.

Frattanto era arrivato un forestiero e aveva preso il posto di Melvin. Si faceva chiamare John Smith, ma poi risultò che il nome vero era Leslie Cox.

L'ho visto un paio di volte, questo Cox, ma non abbiamo mai fatto conoscenza. Non si è fermato qui da noi tanto a lungo. Henry Thompson diceva: « Non mi ricordo che aspetto aveva, quel Cox, ma mi ricordo che non mi piaceva per niente ».

Cox era un ricercato, ma nessuno a quel tempo lo sapeva. Aveva conosciuto Mister Watson chissà quando, e chissà dove. Qualcuno diceva che era suo cugino, e qualcuno, invece, che una volta gli aveva salvato la pelle, nel Far West. Poi venimmo a sapere che era un assassino e che era evaso dai lavori forzati, come Melvin. Anche Cox parlava pacatamente, con una voce stridula e sommessa, ma il suo tono era sempre minaccioso.

Melvin non andava d'accordo con Cox e non gli andava di prendere ordini da lui. Voleva farlo scappar via dal podere, quel figlio di puttana — così disse a Mister Watson. Lo disse sorridendo, ma parlava sul serio. Non c'era posto per tutti e due, giurava Melvin. Aveva promesso alla nonna, glielo aveva giurato di non far mai lega coi comuni criminali, e tutti e due ci risero sopra; poi Mister Watson smise di botto e con quell'aria bieca che aveva certe volte rimase a guardare Melvin che continuava a ridere. Lo zio Henry, che non capiva mai le battute, notò quel brusco mutamento d'umore. Melvin invece, troppo divertito, non si accorse di nulla. E fu la sua fine.

A quei tempi gli indiani non lavoravano per nessuno, ma Tant Jenkins, a caccia nelle Everglades, tornò quella primavera con una giovane squaw e la lasciò a Chatham Bend. La famiglia l'aveva scacciata perché si era lasciata possedere da Ed Brewer e se Tant non l'incontrava, su a Lost Man's Slough, certo sarebbe morta di fame. Mister Watson la prese come bambinaia, dato che Hannah Smith aveva altre cose da fare.

Nessuno a Chatham Bend parlava indiano, nemmeno qualche parola per far capire a quella ragazza dove andare a dormire; e forse pensavano che gli indiani dormissero nei boschi. Leslie Cox, senza perdere tempo, la prese e la violentò, nella rimessa, e continuò così regolarmente. Alla fine quella poveretta rimase incinta. Sapendo che la famiglia non l'avrebbe mai ripresa e non avendo nessuno a cui rivolgersi, perse la testa e si impiccò nella rimessa delle barche.

Di questa storia non si seppe niente, se non molto più tardi. Il corpo fu fatto sparire. Alle chiacchiere dei negri nessuno ci badò. Ma gli indiani lo vennero a sapere. Ero in buoni rapporti con loro, quando stavo a Possum Key. Ma come regolarono la questione, non lo vollero mai dire.

Mio nonno James Hamilton, mio padre e gli zii stavano a Lost Man's all'epoca in cui Mister Watson comprò dagli Atwell il podere che comprendeva Lost Man's Key e un pezzo di terra a Little Creek, al di là del fiume. Anche l'altro mio nonno, Jim Daniels, era laggiù a quel tempo. E vide il fumo levarsi dalla barca dei Tucker, che in fiamme andava alla deriva nel Golfo, verso ovest, nella luce rossa del tramonto. Pareva che a incendiarla fosse stata la palla di fuoco del sole, e poi il mare la inghiottì.

Mister Watson non si fece vedere, dopo di allora, per alcuni anni, perciò pensavamo che se ne era andato per sempre, e ci mettemmo quindi a coltivare Little Creek, ch'era poco distante da casa nostra a Lost Man's Beach. Poi sentimmo che Mister Watson era tornato, cordiale come sempre, come se non avesse mai sentito parlare di Wally Tucker, e non ci diede noie, riguardo a Little Creek. Del resto, aveva il suo da fare per rimettere in sesto Chatham Bend, e inoltre doveva badare a quell'altro suo podere nel nord della Florida. La giovane moglie sembrava averlo alquanto calmato, e poi gli conveniva non mettersi in lite coi vicini.

Comunque non gli erano rimasti tanti soldi e di lavoro ce n'era anche troppo, quindi prendeva tutti i braccianti che gli capitavano. E fu così che Chatham Bend divenne il rifugio dei galeotti evasi e dei negri vagabondi. Poi cominciò a girare la voce che laggiù la gente scompariva. Naturalmente, non c'era modo di seguire le tracce di quei fuggiaschi, e nessuno sapeva quanti ce n'erano, a Chatham Bend, ma sempre più spesso si sentiva dire in giro che Watson, anziché la paga, gli dava la morte ai suoi lavoranti. C'era un carpentiere, un certo Jim Dyches, laggiù, quell'ultima estate, che si mise talmente paura che fuggì, con la moglie e i figli, senza aspettare il giorno di paga. Salirono a bordo della barca postale di Gene Gandees e via.

Persino a mio zio Henry Thompson non gli piaceva più l'atmosfera di quel posto. Ve lo dirà lui stesso. E sì che zio Henry era uno che non mancava mai di mettere una buona parola per Mister Watson.

Dalle cronache di McKinney apprendiamo che nel maggio del 1910 il clima rimase secco e i pesci erano pochi. Scarso il raccolto di pere, molte le mosche ma relativamente poche le zanzare. Alla fine del mese la siccità mise in pericolo gli agrumi e gli ananas.

« La caccia agli alligatori ha dato scarsi risultati, apprendiamo da Jim Demere. »

« Bill House è salpato con la Rosina, *carica di maiali, uova e polli, nonché legname. »*

« Walter Alderman si è trasferito nella casa lasciata libera da Gene Roberts, di proprietà di Andrew Wiggins. »

« L'abbiamo vista quasi tutti, la cometa. Pare che presto ricomparirà nel cielo di ponente. »

In giugno viene promulgata una legge che autorizza il drenaggio del Calusa Hatchee. La draga ha già iniziato i lavori. Si procede alla vendita di terreni demaniali nelle Everglades. Governatore della Florida è Napoleon Broward, che morirà in ottobre.

In maggio viene effettuato un censimento, nella Monroe County, da cui risulta che a Chatham Bend risiedono, oltre ai coniugi Watson e i loro due figli (il terzo nascerà di lì a poco), anche Green Waller, 53 anni, Hannah Smith, 40, Lucius Watson, 20, e un altro bianco, John Smith, di 33 anni.

Ai primi di giugno, il cronista annota: « Vivo qui da ventiquattro anni e non avevo mai visto gli alberi da frutto tanto stenti. È riapparsa la cometa a occidente ».

Walter Alderman riceve la visita di suo fratello Horace. Horace, noto contrabbandiere, verrà impiccato nel 1925 a Fort Lauderdale per l'omicidio di due guardie costiere.

Nella Lee County viene promulgata una legge per la protezione degli alligatori.

Alla fine di giugno arriva finalmente la stagione delle piogge, con due mesi di ritardo.

Walter Alderman, Henry Smith, C.G. McKinney, Jim Howell, Willie Brown, D.D. House e Charlie Boggess coltivano ortaggi per il mercato di Key West.

Primi di luglio: McKinney scrive battute sul pastore Jones il quale non fa che differire le sue visite a Chokoloskee perché gli « angeli della palude » (le zanzare) lo tormentano.

Mentre l'ammiraglio Peary scopre il Polo Nord, Henry Smith e Tant Jenkins continuavano a pescare molluschi a Pavilion Key.

Charlie McKinney e Kathleen Demere sono uniti in matrimonio il 28 luglio dal giudice George Storter.

Ai primi d'agosto, la Rosina *salpa per Key West con a bordo John Henry Daniels e moglie.*

Verso la fine di agosto, i temporali si fanno frequenti. Chi coltiva orti deve anche difendersi dai conigli selvatici.

Il 20 agosto nasce una bambina ai coniugi Wiggins.

L'ultima domenica del mese si sposano Bill House e Nettie Howell, « come ci si aspettava ormai da un paio d'anni ». Gli sposi vanno in viaggio di nozze a Key West con la Rosina.

Primi di settembre: Lillie Daniels, figlia di Jim, sposa Jack Collier a Caxambas. A Caxambas è segnalato Lucius Watson, venuto probabilmente a visitare le giovani sorellastre Pearl e Minnie, che fanno parte del clan dei Daniels-Jenkins.

Henry Short ha ripreso a pescare. Adesso i pesci abbondano, ma le galline non fanno uova.

Riapre la scuola, a Chokoloskee. Gregorio Lopez e i figli sono andati a caccia di alligatori in Honduras.

Bill House

Verso il 10 di ottobre, Mister Watson portò la famiglia a Chokoloskee. Sua moglie ha detto a mia sorella che non può sopportare la presenza di Leslie Cox a Chatham Bend. Non le ha raccontato però che cosa sa sul conto di Cox. Ha solo detto che dove arriva quell'uomo i guai non si fanno aspettare.

Con Mister Watson c'era Dutchy Melvin, uno dei fuorilegge che alloggiano presso di lui. Riusciva a tutti simpatico, questo Melvin. Stavano sul chi vive in sua presenza, ma con lui si divertivano. Quel giorno di ottobre, c'era una certa tensione fra Watson e Melvin, per via di Leslie Cox. Melvin si ubriacò e divenne volgare. Si faceva beffe di Mister Watson di fronte a tutti. Faceva finta di scherzare, ma non scherzava proprio. Non lo chiamava « Mister », ma « E.J. » o anche « Ed », semplicemente. A un certo punto gli disse: « Non lo so cosa ti rode, Ed. Ma perché non la risolviamo subito questa dannata faccenda, adesso e qui? »

Mister Watson gli spiegò con calma che nessuno, neppure Edgar Watson, poteva prendere la pistola da una tasca più rapidamente di uno che l'estraeva dalla fondina. « Se proprio mi vuoi morto a tutti i costi, allora sparami alla schiena. » E Melvin gli rispose: « Ho inteso dire che è la tua specialità, sparare alla schiena ». Mister Watson alzò gli occhi e piegò la testa. Dopo un po' rispose: « Non sei abbastanza attento per essere uno che parla con tanta insolenza ». E Melvin: « Sto attento, sì, sempre più attento ». Ma sotto lo sguardo di Mister Watson gli tremarono le labbra, appena appena, e i presenti se ne accorsero.

Quando Mister Watson gli voltò le spalle, tutti quanti trattennero il fiato. Ma Watson conosceva il suo uomo. Melvin non avrebbe mai sparato alla schiena a nessuno. « Quello che ci vuole è qualcosa da bere », disse Ed Watson. E così bevvero insieme. E portarono con loro una brocchetta, per il viaggio di ritorno a Chatham Bend. Fu l'ultima volta che vedemmo Dutchy Melvin.

Henry Daniels racconta volentieri di quella volta che Mister Watson andò a trovare Pearl e Minnie a Pavilion, e forse fece anche una visita a Josie Jenkins già che c'era. Tant Jenkins, come al solito, si mise a dire battute pesanti, tanto per ridere, a Mister Watson. Melvin, che era presente, fu così sciocco da credere che anche lui, come Tant, poteva fargli qualche scherzo. Be', sapete cosa fece? Gli fece dondolare la passerella sotto i piedi e Mister Watson finì nel fango e inzaccherò gli stivali lustri e anche il fondo dei calzoni buoni. Melvin voleva mostrare a tutti quanti che lui non aveva paura di Watson. E come non bastasse si mise a ridere mentre Mister Watson arrancava nella mota. Nessun altro dei presenti si azzardò a farlo.

Dutchy Melvin gli voleva bene, a suo modo, a Mister Watson. Aveva molta stima di lui. Era come un cucciolo che abbaia e cerca di giocare con un grosso cane pericoloso e tranquillo. Si aspettava una reazione, dopo quello scherzo, ma restò deluso.

Mister Watson non si voltò neppure indietro a guardare e continuò a camminare. Ma Henry Daniels lo vide in faccia, quando gli passò vicino, e capì che Melvin aveva i giorni contati. « Ci avrei scommesso tutto quel che avevo », disse Henry Daniels.

Sammie Hamilton

Se Mister Watson aveva ucciso quei Tucker per un pezzo di terra, poteva venirgli voglia di mettere le mani su dell'altra, più a sud, e ammazzzare qualche Hamilton per prendersela. Secondo nonno James, Mister Watson immaginava che noialtri Hamilton si aveva qualche soldo da parte e quindi avrebbe preteso quei risparmi per l'affitto. Avrebbe detto che lui aveva sborsato quattrini agli Atwell per il podere di Little Creek, che noi si coltivava. Questo, tanto per farvi capire come la paura cresceva nelle Isole. La paura era sempre nell'aria, come il puzzo di bruciaticcio di un incendio lontano. Più noi giovani ci pensavamo e più eravamo sicuri che Mister Watson ci avrebbe fregati, prima o poi. Io avevo degli incubi, la notte. Vedevo Mister Watson davanti alla finestra — quelle spalle larghe, quel cappellaccio in testa — con la luna che faceva luccicare i baffi e il fucile.

Nostra madre non voleva crederci. « È sempre stato un vicino generoso, non è un ladro! » diceva. Ma poi, per farci andare a letto, ci minacciava di chiamare Mister Watson, come se fosse l'orco. Alla fine smise, vedendo che ci spaventava troppo, e forse anche lei un po' di paura ce l'aveva.

Mister Watson venne sul serio, due-tre giorni prima dell'uragano. Udimmo la barca a motore nel Golfo. Un rumore come tanti colpi di fucile, uno dopo l'altro, attutiti dalla lontananza. Gli aveva messo nome *Brave*, a quella lancia, ma noi ragazzi la chiamavamo *May-Pop*, perché ogni tanto si guastava. Era l'unica lancia a motore dell'arcipelago, prima del '10, quindi nessun dubbio che era lui che arrivava.

Quando il motore si spense, tutto d'un tratto, pensammo che era approdato e che arrivava di soppiatto lungo la costa. E invece eccolo apparire, poco dopo, remando con una pertica, all'indiana. Attraccò al nostro moletto e lì, toltasi la giacca, si mise a rimestare nel motore. Magari faceva finta che gli si era guastata proprio lì da noi, e così eravamo sulle spine.

Mio padre, Frank Hamilton, era andato con zio Jesse e Henry Thompson a sradicare palme reali, perché i tempi erano duri. « Speriamo che lo hanno sentito quel motore », disse nostra madre. L'avevano udito, infatti, e vennero più presto che poterono, ma non abbastanza presto.

A quell'epoca, nell'autunno del 1910, lo stato della Florida aveva fatto una legge contro il commercio delle piume, e gli alligatori e le lontre erano ormai tanto scarsi sui fiumi che non valeva più la pena di cacciarli. Nel commercio del pesce non potevamo competere con quegli altri Hamilton che avevano un ranch a Wood Key, dove venivano le barche col ghiaccio a prendere il pescato. I nostri pochi ortaggi non valevano più niente, a Key West, anche ammesso che ci arrivassero prima di guastarsi. Non restava che sradicare le palme reali destinate ad abbellire le strade di Fort Myers, oppure tagliare legna per fare carbone. Bisognava tagliarne dieci cataste da tre metri cubi e mezzo l'una ogni giorno, ricoprirle di erba e sabbia, con qualche buco in basso e uno sfiatatoio in cima. Ne ricavi venti sacchi di carbonella e ti spezzi la schiena, per non parlare del caldo e della sporcizia; e venti sacchi non bastano per sbarcare il lunario.

Il nonno diceva: « Ti alzi all'alba, lavori come un mulo fino a sera, che sei troppo stanco per lavarti, vai a letto che puzzi e le zanzare ti divorano. Il giorno dopo ricominci da capo. Ci ha un senso, dico io? »

Lui non ce la faceva più. Era troppo vecchio per andare a far legna. Ormai ci conveniva andarcene da Lost Man's e trasferirci a Pavilion Key, dove nonno Jim Daniels era a capo delle squadre di uomini che raccoglievano molluschi. Oppure andare a Caxambas a lavorare nello stabilimento, a fianco a fianco coi negri. Mister Watson era perciò pronto a impadronirsi di Long Man's Beach, e il nonno ce l'aveva con lui in linea di principio, non perché gli aveva fatto qualche torto. Per lui era ormai troppo tardi per ricominciare da capo.

Noi siamo sempre andati incontro ai visitatori all'approdo, come è costume fra gli isolani. Quel giorno, invece, il nonno restò dentro la capanna, poiché l'artrite non gli dava requie. Tuttavia imbracciò il fucile e dalla finestra, tenendosi nascosto, tenne sotto tiro Watson. Alla nuora disse: « Senti, Blanche. Se quel fuorilegge fa una mossa falsa, io gli sparo! » E le raccomandò di tenere i figli lontano dalla linea di fuoco. Mia madre lo rimproverò di averci spaventato, noi ragazzi, per niente. Lui allora le gridò che lui lo conosceva bene Watson. Io credo che era proprio così.

Mister Watson lo capì subito di non essere il benvenuto. Non scese neppure dalla barca, non la ormeggiò. Il vento la teneva vicino al moletto, ma le onde la facevano sbattere contro i piloni. Non l'ho mai dimenticato, quel sordo rumore, *tomp*, *tomp*, simile a spettrali rintocchi.

« Buona giornata, Mister Watson », lo saluta mia madre. Aveva le mani bianche intorno alle nocche, tanto le stringeva forte; e la voce era quasi un lamento. Ma era più preoccupata di non potergli offrire un boccone che del fatto che fosse magari venuto ad ammazzarci per prenderci i soldi.

Lui si tolse il cappello, ma non le rispose. Cosa insolita, date le sue buone maniere. I vestiti non erano sudici, ma stazzonati, come se ci avesse dormito; aveva gli occhi infossati e la barba lunga e puzzava di whisky. Il silenzio intorno non pareva turbarlo. Era attento, cercava di sentire quel che c'era nell'aria. Si sarà chiesto dove era mio padre, dove era Thompson — aveva certo visto la sua barca — e perché mai il nonno non era uscito a salutarlo.

Anche se non guardava fisso da quella parte, Mister Watson però non perdeva di vista la finestra con la coda dell'occhio. Come quando un orso sbuca fuori dai cespugli, molto vicino a te; e tu cerchi il fucile alla svelta, ma lo carichi tranquillo, senza fare mosse false; non vuoi spaventarlo, non lo guardi negli occhi, l'orso, perché l'orso non sopporta di essere sfidato in alcun modo; potrebbe assalire.

Mister Watson esplorava con lo sguardo l'intera radura ma poi tornava a guardare quella finestra, dietro la quale il nonno si era appostato.

La povera mamma sembrava che ci avesse il ballo di san Vito, non riusciva a stare ferma; e ci metteva in imbarazzo, a me e a Dexter, che già facevamo fatica a non farcela sotto dalla paura. Mister Watson rimase calmo, sorrise enigmatico, come sperasse che un uccellino gli rivelasse perché quei due ragazzi erano tanto impauriti e la loro madre pareva ammattita. Ma la calma di Mister Watson era il suo modo di tenersi pronto, come una vipera che raccoglie le spire.

La mamma si mise, un po' troppo di furia, fra Mister Watson e la finestra. Lui non ci badò, ma aveva capito benissimo, tant'è vero che teneva le mani discoste dal corpo, così da farsi vedere da chiunque lo stava prendendo di mira. « Buona giornata anche a voi, Miss Blanche », disse alla fine, con un caldo sorriso per noi ragazzi. « Non c'è Henry ?»

La mamma risponde: « Sì, che c'è. E ci sono anche Frank e Jesse! » Per fargli intendere che eravamo ben protetti. Ma ottenne l'effetto opposto. E se ne pentì subito. Sentendo che gli uomini erano lì, Watson poteva decidere di restare ad aspettarli.

Per distrarlo gli chiesi con voce stridula: « Come sta Betsey? » Quel tono fece ridere mio fratello, ma Mister Watson rimase serio. Betsey, mi disse, aveva mangiato i suoi figli e lui aveva una mezza intenzione di mangiare lei. Giusto per insegnarle a non rifare più certi scherzi. E strizzò l'occhio alla mamma, che scoppiò a ridere nervosa. In seguito disse: « Un uomo che scherza così sulle scrofe, non è uno che ha in mente di uccidere ». Ma il nonno le rispose: « Una che parla così, è una che non ne sa niente, degli assassini! »

Qualche anno più tardi, in punto di morte, venne fuori che il nonno ne sapeva qualcosa, al riguardo. Ecco perché abitavamo a Lost Man's River, senza vicini di casa, se non si contano quegli altri Hamilton, che però non erano parenti nostri, diceva zia Gert. A me sono sempre stati simpatici. A quel che mi risulta, non avevano alcun assassino, in famiglia; e avevano più diritto di noi al loro cognome.

Quel giorno, Mister Watson ci disse che stava tornando da Key West e si era fermato da noi per sentire se Henry Thompson era disposto a fare un viaggio a Tampa per lui, perché aveva quattromila galloni di melassa da spedire. Se avevamo bisogno di qualcosa da Fort Myers bastava dirglielo, visto che lui ci andava di lì a pochi giorni.

La mamma lo ringraziò e gli rispose che non ci mancava niente. Vale a dire che non avevamo i soldi per comprare neppure un sacchetto di faglioli. E rimase lì a torcersi le mani, senza invitarlo a mangiare un boccone, ma Mister Watson si comportò come se non si fosse accorto di niente. Disse che volentieri si sarebbe fermato un po' da noi, ma aveva fretta di tornare dalla moglie e dai figli. Appena riparato il guasto sarebbe ripartito.

Solo un piccolo gemito rivelò quanto la mamma si vergognava per la stoltezza della gente. Gemette così per non mettersi a urlare come una pazza. Non era forse Mister Watson un po' nostro parente? Non aveva una figlia con zia Netta Daniels e un'altra con zia Josie? Si morse il labbro, poi disse qualcosa di gentile, sempre cercando di tenersi sulla linea di fuoco del nonno, nel caso Mister Watson mettesse la mano in tasca per tirar fuori il fazzoletto e soffiarsi il naso, e il vecchio premesse il grilletto.

Mister Watson notò quelle strane mosse e ci guardò negli occhi. Non sapeva chi si nascondeva in casa, ma era certo che c'era qualcuno. Da quella distanza il nonno poteva farlo secco come niente, a meno che non fosse troppo emozionato.

Tirava vento da nord-est, c'erano state piogge e burrasche negli ultimi due giorni, e si temeva una grossa tempesta. Non avevamo la radio a quei tempi, ci si doveva regolare a lume di naso. Mister Watson guardò il cielo nero e annunciò che un uragano era in arrivo.

Il vento rafforzò, scuotendo le palme nane, eppure tutt'intorno il mondo sembrava immobile. In seguito venimmo a sapere che era stato lanciato l'allarme — si era al 13 di ottobre — ma Mister Watson non poteva averne avuto sentore. Tuttavia, prevedendo il peggio, aveva già portato la famiglia a Chokoloskee e — così disse — era pronto a portare anche noi.

La mamma lo ringraziò per la premura, ma rispose che, in caso gli uomini lo ritenessero opportuno, ci poteva portare Henry Thomson, a Chokoloskee, col *Gladiator.* Naturalmente quella vecchia goletta apparteneva ancora a Mister Watson, e lo zio Henry la teneva con sé fra un viaggio e l'altro. Mister Watson sorrise e la mamma arrossì come un peperone.

« Allora, vado », concluse Mister Watson.

Si chinò per avviare il motore con la manovella e mia madre si spostò per coprirlo. La lancia si mise in moto senza difficoltà. Mister Watson allargò le braccia, poi portò una mano al cappello e salutò mia madre. Poi fece una scappellata anche verso la finestra vuota.

« I miei rispetti a Mister James », disse. « E a Frank e a Jess. E anche a Henry Thomson. »

A questo punto mia madre non riuscì più a trattenersi: « Mi dispiace molto, Mister Watson. Mi dispiace che non potete trattenervi un po', voglio dire ».

Lui capì che cosa intendeva dire veramente e abbozzò un piccolo inchino (che noi ragazzi poi imitammo per anni). La mamma gli fece un buffo inchino, come un uccello, senza far la riverenza. Era tanto mortificata che poi pianse a lungo. In quel luogo fuori dal mondo, aveva dimenticato anche quel po' di buone maniere che a suo tempo aveva imparato a Caxambas, a scuola, e non vedeva l'ora di tornare in un posto civile, come Fakahatchee.

Mister Watson si allontanò con la corrente senza voltarsi indietro. La sua sagoma si stagliava nera contro la sottile striscia di luce a ponente, da dove il maltempo avanzava su di noi dal Golfo.

Io non ho mai avuto niente contro E.J. Watson, ma credo che fu l'uragano a salvarci. Come venimmo a sapere in seguito, quei terribili fatti avevano avuto luogo a Watson Place lunedì 10 ottobre, cioè tre giorni prima di quella visita di Mister Watson. A noi aveva detto di venire da Key West, ma non era vero. Veniva dal fiume, gli uomini avevano udito il motore un bel tratto più a monte. Quindi era giunto a Lost Man's River attraverso acque interne. Aveva seguito quel percorso perché non voleva che nessuno, lungo la costa, sapesse da dove veniva o dove era diretto.

Di lì a poco mio padre arrivò con i due miei zii. C'è sempre questa luce prima di un uragano, disse, quando gli riferimmo le previsioni di Mister Watson. Comunque, fu Mister Watson a dirlo per primo, nessuno aveva parlato di uragano prima della sua visita. Papà corse allora ai ripari, affannandosi qua e là per legare agli alberi quel poco che avevamo. Papà faceva sempre le cose nei momenti sbagliati e la mamma si lamenterà di questo per tutto il resto della vita.

Hoad Storter

Nell'ottobre del 1910, io e mio fratello Claudius e Henry Short si andava a pesca nelle paludi a nord-ovest della foce del fiume Chatham — in quella che oggi sulle carte geografiche si chiama Storter Bay — e si vendeva il pescato a Pavilion Key. Andando su e giù lungo il Chatham si doveva passare per forza davanti a Watson Place e così Henry Short portava sempre con sé il fucile. Nessuno gli chiedeva perché, naturalmente, però eravamo contenti che ce l'avesse. Era un vecchio Winchester modello 1873, ma quel negro lo sapeva maneggiare proprio bene. Era un bravo cacciatore e aveva una mira infallibile. Non l'ho mai visto né tirarsi indietro né perdere la testa. Ma per qualche motivo aveva una gran paura di Mister Watson. Quell'uomo lo spaventava a morte.

Una sera che stavamo vendendo muggini a Pavilion, ecco che arriva Jim Cannon, tutto allegro, con il figlio Dana. Questo Cannon coltivava ortaggi sul terreno che era stato del vecchio Chevelier a Possum Key, ma la gente era convinta che andava alla ricerca del tesoro sepolto a Gopher Key. C'era chi diceva che era il gruzzolo raggranellato dal Francese stesso, chi invece che si trattava di oro spagnolo finito nelle mani dei calusa ai tempi antichi. Comunque sia, il tesoro fu il motivo per cui Mister Watson fece fuori il vecchio Chevelier, così dicono. Del resto, ormai danno a lui la colpa di ogni omicidio nella Florida di sud-ovest. Fosse ancora in galera, non farebbe nessuna differenza: la darebbero lo stesso la colpa a lui. Una cosa però posso dire, che ci fu un delitto e chi lo commise lo fece sapendo di passarla liscia perché la colpa l'avrebbero comunque data a Mister Watson.

I Cannon, padre e figlio, portavano rifornimenti a quelli che raccoglievano molluschi, come noi. Di banane e guaiavi ce n'era in abbondanza a Possum Key — se gli orsi non facevano man bassa — e poi c'erano un paio di avocado e qualche arancio, tutti piantati dal Francese. L'orto veniva tenuto sgombro dalle erbacce e la cisterna pulita, anno dopo anno. La casa che era appartenuta a Chevelier era scomparsa, e se ne dava la colpa a Richard Hamilton. La casa del capitano Carey invece era andata a fuoco. I cacciatori di piume e i distillatori clandestini si accampavano spesso a Possum Key. Può essere che, ubriachi, avevano appiccato incendi.

I Cannon ci avevano fatto un bell'orto, ma dopo il ritorno di Watson, nel 1909, non passavano mai la notte a Possum Key. « Mi piace svegliarmi, la mattina », spiegava Jim. Padre e figlio si accampavano a Pavilion Key e risalivano e discendevano il fiume Chatham con le maree.

Quella mattina, mentre risalgono il fiume, è ancora buio a causa del maltempo, ma il ragazzo vede qualcosa affiorare dall'acqua e grida: « Pa'! ho visto un piede spuntare fuori! Là! » E il padre: « Un piede? Macché! Sarà stata una frasca, o chissà che! » Dana insiste: « Nossignore! Ho visto un piede ». Ma il padre non gli bada, così proseguono lungo il fiume.

Ma il ragazzo era sicuro di quello che aveva visto, e al ritorno comincia a gridare di nuovo. Si trovano a circa duecento metri da Watson Place, sulla sponda nord, dove il fiume formava un mulinello.

Allora Jim Cannon accosta con la barca e vede qualcosa di bianchiccio affiorare... Be', è proprio un piede umano che si muove con la corrente. Il riflusso è così forte che devono legare la barca a un ramo sporgente. Guardano meglio: è un piede di donna, ma non c'è niente da fare, è impossibile issarla a bordo. Pesa come un bue ed è legata a qualcosa che la tiene sul fondo. Per poco la barca non si capovolge, mentre tentano di tirarla su.

« È legata! » grida Jim Cannon, che si sente gelare il sangue. E il ragazzo è ancor più spaventato. Si intravedeva una faccia spettrale, sul fondo, coi capelli ondeggianti come alghe nere. Jim allora dice: « Al diavolo! » ma poi borbotta una specie di preghiera concludendo: « Riposi in pace, amen ». Il ragazzo intanto è scoppiato a piangere, trema e ha il mal di mare.

Il padre cercò di calmarlo, poi disse: « Torniamo indietro, andiamo ad avvertire Mister Watson ». Ma il ragazzo ci aveva più buon senso del padre — lo ha sempre avuto. « No, pa', io non ci vengo », rispose. Aveva sentito le storie che si raccontavano sul conto di Watson e aveva paura. Ricominciò a piangere.

Jim si mise a riflettere sul da farsi. « Sono stato lì a pensare per un mucchio di tempo », ci disse poi a noi. Era chiaro che quella poveretta non era annegata ma era stata ammazzata, e chiunque aveva compiuto quell'opera nefanda non ci aveva niente da perdere a far fuori anche i testimoni. Più ci pensava e più aveva paura. E allora decise di andare a chiedere consiglio.

Il giorno dopo, di buon'ora, alcuni uomini risalirono il fiume. Con loro c'era Tant Jenkins, l'unico che non aveva paura di Mister Watson. Tirarono su la morta: era Hannah Smith. Quasi un quintale e mezzo. Era stata sventrata, come si sventra un orso per levargli le viscere. Era ancorata a un grosso pezzo di ghisa. Ma, testarda com'era sempre stata, Hannah Smith non si era smentita nemmeno dopo morta, e così si era gonfiata e gonfiata, e nonostante il peso era riuscita a tirar fuori un piede per far segno alla prima barca di passaggio.

Big Hannah aveva ancora il fidanzato ladro di maiali attaccato, per così dire, ai lacci del grembiule. E infatti lo intravidero sul fondo, anche lui legato a un pietrone. Fosse dipeso dal vecchio Green Waller, se ne sarebbero rimasti zitti e buoni tutti e due in fondo al fiume, ma lei no, lei non si era rassegnata e l'aveva tirato fuori, anche lui.

Nessuno voleva guardarli, quei due, tanto meno averli sotto il naso. Gli scavarono una fossa, a una decina di passi dall'argine del fiume, sulla sponda opposta a Watson Place, dove Mister Watson aveva l'altro suo campo di canne. Forse qualcuno borbottò una preghiera, forse no. Non si aveva pratica di certe cose, da noi.

Erano presenti anche i nostri due negri e diedero una mano a scavare la fossa, ma si guardarono bene dal toccare la donna bianca, anche se era bell'e morta. Gli uomini erano furibondi, a vedere una brava donna sventrata così, come un animale. Persino Tant rinunciò, quel giorno, a fare lo spiritoso. Una volta seppelliti quei poveretti, pensarono di andare a casa di Watson, a fare qualche domanda. Ma non ci andarono. Né lui venne a vedere cosa stavano combinando sul suo campo di canne.

Risalirono in barca e, mentre discendevano il fiume, dopo un po' si imbatterono in Dutchy Melvin, in mezzo alle mangrovie. Era tutto gonfio e ormai putrefatto anche lui, e in parte sbranato dagli alligatori. Lo presero a rimorchio e andarono a seppellirlo vicino agli altri. A Tant gli venne da vomitare, e non soltanto a lui.

Durante il viaggio di ritorno a Pavilion Key, Tant non disse una parola. L'unica volta che tenne la lingua a freno in vita sua. Henry Daniels gli chiese a cosa stava pensando e lui gli rispose che pensava a Mister Watson.

È ancora là, quella tomba. Potete andarla a vedere. Non ci cresce niente sopra, buffo, no? E lì, sotto quella terra brulla, riposano tre anime perdute. La potreste riaprire, quella fossa, e dare un'occhiata all'Inferno.

Eravamo tornati da poco all'accampamento, dopo avere seppellito i tre morti ammazzati, quand'ecco che arriva il negro da Watson Place, un pezzo di negro robusto, con i vestiti a brandelli. Era scappato da Chatham Bend con un battellino: impresa disperata, poiché era un bracciante e non un barcaiolo. Si era spellate le mani, a furia di remare. Batteva i denti, gemeva e borbottava, senza riuscire a dire una parola. Poi di colpo si zittiva e pareva diventato calmo. Allora Henry Smith gli appioppò un ceffone, per farlo parlare da cristiano. E lui, finalmente, sputa il rospo: tre bianchi sono stati orrendamente assassinati a Chatham Bend.

« Questo lo sappiamo già! » grida uno di noi. « Chi è stato? »

« Il caposquadra di Mist' Watson! »

Tant gli chiede se è stato Mister Watson a ordinare quei tre delitti. Il negro risponde subito di sì. Lo sentimmo tutti. Dice che Watson era presente, a Chatham Bend, quando Cox aveva ucciso Melvin.

Nessuno di noi parlò più. Quello che avevamo sentito ci aveva lasciato senza parole. Mister Watson ci faceva paura, ma quel negro che osava accusare un uomo bianco ci faceva rabbia. Magari si era detto, in quella testa matta: Mi crederanno, qualunque cosa dico contro Watson.

Allora il capitano Thad Williams diventò furioso e gridò: « Accusi Mister Watson? » Il negro ci guardava con gli occhi fuori della testa, era troppo spaurito per rispondere. Ma forse faceva solo il furbo.

Il capitano Thad gli consigliò di starci ben attento, a chi accusava, perché rischiava di venire impiccato, senza tanti riguardi, prima dell'ora di cena. Gli animi eran molto eccitati.

Tant Jenkins e sua sorella Josie, e anche Netta Daniels — che erano, si può dire, culo e camicia con Mister Watson — proposero infatti di farla subito finita con quel negro. Allora, visto che tirava aria cattiva, il negro cambiò musica. « No, signori, mi sono sbagliato. Mist' Watson non c'era, Mist' Watson era andato a Chokoloskee, non ne sapeva niente! » disse.

Quando gli raccontano che il cadavere di quella donna enorme è venuto a galla, il negro caccia un urlo: « *Oh, Lawdamercy!* Oh, misericordia di Dio! » Lo prendono allora a ceffoni, per farlo stare zitto, perché devono riflettere sul da farsi e gli urli gli danno sui nervi. Il negro si calma e subito dopo ci scodella un'altra storia: è stato Mist' Cox a ordinargli di dare tutta la colpa a Mist' Watson. Non solo, lo ha anche costretto a sparare sul cadavere dei morti e a dargli una mano per buttarli nel fiume.

Quel negro doveva essere fuori di testa per andare a raccontare una cosa del genere a quegli uomini. Gli confessa di avere preso parte al delitto e di avere sparato a una donna bianca, sia pure morta, e chissà... anche di peggio! Magari era stato d'accordo con Cox dal principio alla fine... Così dissero gli uomini, tanto erano sconvolti. E uno cominciò a menar botte al negro, tanto per sfogarsi. « Hai sparato a una donna bianca! Così hai detto? Le hai messo addosso quelle tue manacce nere? »

Erano fuori di sé. Per fortuna non c'erano alberi, nei paraggi, altrimenti l'avrebbero impiccato lì per lì.

Ma, se era colpevole, perché era venuto da noi? Perché aveva raccontato tutto? Non potevo credere che fosse tanto stupido, quel negro. Lo guardai negli occhi gialli e scossi il capo, come per dirgli: Ragazzo, te lo sei voluto tu! Ma lui aveva tutta l'aria di uno che sa quello che fa. Imprudente, sissignore, ma non matto.

Sui giornali scrissero che quel negro era giovane e spaventato, che non faceva che lamentarsi e comportarsi come se avesse il diavolo alle calcagna. Be', sarà anche sembrato giovane, ma certo non lo era: aveva le tempie ingrigite. Pareva spaventato, ma dietro quelle urla e quei gemiti di negro c'era una mente astuta. Solo dopo avere gettato i sospetti su Watson, infatti, aveva cambiato la sua storia, per salvarsi la vita. Quando alzò gli occhi, glielo lessi dentro tutto questo, e lui se ne accorse; fatto sta che li riabbassò subito. Era più arrabbiato che impaurito, ecco cosa ci lessi nei suoi occhi, e amareggiato, tanto amareggiato.

Henry Short ed Erskine Roll, detto Pat — i nostri due negri — si erano allontanati, non volendo scontare gli errori del loro fratello. E quella sera se ne andarono a dormire di là dal fiume, per evitare guai. Gliela prestai io la barca.

Frattanto, gli uomini avevano continuato a bere ed erano pieni di rabbia e di frustrazione. Giunsero presto alla conclusione che il negro di Watson conveniva linciarlo, tanto per andare sul sicuro. Ma intervenne il capitano Thad, e disse che non faceva salire a bordo del suo vascello chi osava torcere un capello a quel negro. La sua barca era l'unico mezzo per arrivare sani e salvi a casa, se scoppiava la tempesta.

Ciò detto, Thad Williams rinchiuse il negro sottochiave

nella cabina della sua goletta, per sicurezza. Più tardi io salii a bordo e gli dissi, al negro, di stare calmo e ragionare, perché la sua vita proprio da questo dipendeva. Era ancora molto scosso, o fingeva, ma più di ogni altra cosa temeva che Cox o Watson venissero a sapere quello che aveva raccontato.

Gli chiesi come si chiamava. Mi rispose che Mist' Watson lo chiamava Little Joe, di solito. Il che era buffo, visto che piccolo non era di sicuro. Quel nome, mi spiegò, valeva un altro, dal che capii che era un ricercato, come quasi tutti i braccianti di Watson. Conosceva Mist' Watson da un sacco di anni, lo aveva incontrato qua e là, ma non riusciva a ricordare dove esattamente. Insomma, non parlava chiaro. Ogni cosa che diceva poteva avere due o tre significati. Moltre altre cose sapeva sul conto di Cox e Watson — le vedevo ribollire dietro a quegli occhi gialli — ma non fece che ripetere la storia dei delitti che ci aveva raccontato, aggiungendo altri particolari.

I guai erano cominciati quando quell'indiana si era impiccata perché Cox l'aveva messa incinta. Il maltempo che durava ormai da giorni aveva reso tutti nervosi. Quella sera, mentre preparava la cena in cucina, il negro aveva udito quello che nella stanza vicina dicevano i tre bianchi — Cox, la donna e Green Waller — ubriachi.

Era stato Waller a trovare l'indiana impiccata. Hannah era sconvolta e disse a Cox: « Il minimo che puoi fare è seppellirla ». E Cox: « Quella squaw non è affar mio. Se ci tieni tanto a seppellirla, fallo tu. E fatti aiutare dal negro ».

« Cioè da me », precisò Little Joe. E di nuovo vidi nei suoi occhi qualcosa che non mi piaceva per niente.

« Non è uno scherzo », l'ammonii.

« Nossignore, non lo è. »

Hannah era una con la lingua sciolta e così se ne uscì con una battuta sulla virilità di Leslie Cox, che a lui non garbò affatto. La prese a male parole. « La chiamò con un brutto nome », spiegò il negro. A lui Miss Hannah era sempre stata simpatica, le aveva sempre portato rispetto — lo disse due volte, per essere certo che avevamo capito — perciò non osava ripetere quel « brutto nome », ma l'insulto di Mist' Cox mandò in bestia il vecchio Waller. « Quello non è il modo di parlare a una signora », gli disse a Cox. E lui: « Io non parlo a nessuna signora, a meno che non intendi questa cicciona scappata da un circo ». E Waller: « Un pezzente bianco come te non la riconosce, una signora, nemmeno se va a tirar fuori tua madre dal bordello ». Al che Hannah gli gridò, al suo vecchio, di chiudere quella boccaccia da ubriaco perché lo sapeva, lei, che parlare a quel modo della madre di Cox era un brutto errore. Anche la feccia bianca ci ha il suo onore!

Cox disse: « Questo è troppo! » e tirò fuori una pistola. Waller si mise paura ma continuò a sghignazzare. Era proprio pazzo d'amore per quella grossa donna, e voleva farsi bello ai suoi occhi, per farle sapere che non era un ubriacone ladro di maiali come diceva Watson. Si mise la mano sul cuore e disse: « Saresti tanto carogna da sparare a un uomo che ci ha il doppio dei tuoi anni? »

Forse Waller si credeva che Cox fosse un altro Dutchy Melvin, uno sbruffone di buon cuore. Hannah Smith, invece, non si faceva tante illusioni. Fa per alzarsi e andare a mettersi in mezzo a quei due, gridando: « Non badare a quello che dice questo idiota ubriaco! »

E anche Little Joe accorre dalla cucina — così almeno lui ci disse — gridando: « Non ci badate, Mist' Leslie, scherza! » Ma Cox ci aveva già una buona scusa, più di quanta gliene occorre a un tipo simile. Prende Waller di mira e, siccome è ubriaco, gli trema la mano. « Sta' fermo, figlio di puttana! » dice.

Waller continua a ridacchiare, ma quando vede la pistola la risata gli si strozza in gola. Alza le mani, lentamente, per calmare quel balordo. È il momento di stare seri, il divertimento è finito.

Mai sentito sparare in una stanza chiusa? Al negro gli sembra che viene giù il soffitto. Tutti restano lì immobili, per un minuto, guardando fisso Waller, che ci ha un'aria come stupita. Cerca ancora di ridacchiare come fosse soltanto uno scherzo, ma invece del riso gli viene uno sbocco di sangue.

« Diavolo! » bisbigliò il vecchio Green Waller, e queste furono le sue ultime parole. Hannah gli diede una scrollata. Il negro si ritirò in cucina.

Hannah mormorò, a bassa voce: « Oh, Cristo santo, Green, ma non imparerai mai? Oh, Green. Oh, Gesù benedetto... »

Poi si precipitò in cucina urlando di dolore. Cox le corse dietro con la pistola in pugno. Sulla soglia fece appena in tempo ad abbassarsi e schivare un colpo di accetta. Per un pelo Hannah non gli staccò di netto la testa. La scure andò a conficcarsi nello stipite della porta. Cox sparò e la colpì a una spalla. Hannah lasciò cadere la scure e andò verso le scale, a cercare un'arma. Certo non poteva sperare di darsela a gambe nei campi.

Cox era scivolato. Si rialzò e puntò l'arma su Little Joe, furibondo perché il negro non l'aveva avvertito che la donna aveva preso la scure in cucina. « Non ti muovere, ragazzo. Ho da fare i conti, con te. »

Miss Hannah era talmente grossa e lenta che Cox la raggiunse sul primo pianerottolo. Le lasciò spazio, sapendo quanto era forte. Si fermò due gradini più in basso, mentre riprendevano fiato. Sembrava che ringhiassero, disse il negro. Hannah non era il tipo da chiedere pietà e comunque Cox non era uno che si lasciava impietosire. Little Joe — così ci disse lui — prese coraggio e cercò di fermare Cox, ma Miss Hannah gli gridò: « Scappa finché puoi, ragazzo, altrimenti ti fa la pelle! »

Al primo sparo il negro corse fuori. Era arrivato alla cisterna quando gli spari cessarono. Non aveva messo bocca nella discussione, lui, però aveva paura che Cox volesse farlo fuori perché aveva visto tutto. Poi sentì Cox che gli gridava di tornare indietro e di dargli una mano con quella scrofa — così la chiamò.

Cox non aveva una buona mira, e poi era ubriaco. L'aveva crivellata di colpi e Hannah perdeva sangue come una scrofa sgozzata. Pesava quasi un quintale e mezzo, quindi Cox non ce la faceva a trascinarla via. Perse l'equilibrio e ruzzolò giù per le scale, si fece male a una spalla e fu allora che si mise a chiamare il negro.

A questo punto Little Joe si era nascosto fra le mangrovie e non aveva nessuna intenzione di uscir fuori. Allora Cox gli grida dalla finestra che non gli farà alcun male, ha bisogno del suo aiuto, ma, se non torna subito indietro, sarà peggio per lui.

« Quando ti trovo, brutto negro, ti sparo nella pancia e ti lascio in pasto agli orsi e ai serpenti e agli alligatori... a quello che ha più fame e arriva prima », gli grida.

Il negro ha tanta paura che il cervello gli si squaglia, fatto sta che poco dopo esce fuori dal suo nascondiglio. Il battello di Watson è legato alle mangrovie, vicino alla casa, ma per arrivarci bisogna fare un tratto allo scoperto. Il negro sa che Cox ha bisogno di lui, almeno per il momento. E stare al gioco è l'unica speranza che ci ha di raggiungere il battello... Questo è quello che il negro ci raccontò, a noi, e io non credo proprio che un negro ci abbia tanto cervello da inventarsi una storia così.

Quindi aspetta un po' — così a Cox gli sbolle la collera — poi viene fuori, e quando quello gli punta la pistola invoca pietà. Cox lo fa entrare in casa, gli mette in mano una pistola e gli ordina di sparare su tutti e due i cadaveri: « Adesso ci sei dentro insieme a me », gli dice.

Solo un negro lo sa, secondo me, perché non sparò invece a Cox. Può essere che Cox lo teneva sotto tiro. Comunque, sparare a un bianco non è cosa che a un negro gli viene in mente lì per lì, perlomeno così era a quei tempi. E se a Chatham Bend tremava come tremava a Pavilion Key, non l'avrebbe colpito, uno magro come Cox, neanche dopo dieci colpi.

Cox gli dice che lui ormai è complice nel delitto e verrà impiccato come assassino se fiaterà con qualcuno.

Trascinarono la povera Hannah giù per le scale e fuori di casa, schizzando sangue dappertutto. « Bisogna sventrarla », disse Cox, « così non torna a galla per via dei gas. » Le misero un peso di ghisa — Waller lo legarono a un pietrone — e li scaricarono tutti e due nel fiume. Ma la ragazza indiana la lasciarono appesa dov'era. Cox continuava a comportarsi come se quella poveretta non ci fosse.

Al negro gli ordina di lavare via tutto il sangue che imbratta la casa: « Tutto deve essere pulito e in ordine quando torna Miss Edna ». Cox è eccitato e continua a bere. Spinge verso Little Joe il bicchiere dove Waller aveva bevuto il suo ultimo sorso e gli dice: « Non mandare sprecato un liquore così buono, ragazzo! » Gli ripete che ci sono dentro insieme, in quell'affare, quindi meglio essere amici. « Siediti e bevi con me. Parliamo un po'. » A quanto pare si erano conosciuti da qualche altra parte, ma il negro non ci ha voluto dire né dove né quando.

Parlare, non parlano tanto. Non fanno che bere, fino a sbronzarsi. Cox tiene la pistola sul tavolo. Little Joe ha paura di sedere alla stessa tavola con un bianco e anche che Cox gli faccia saltare le cervella da un momento all'altro. Gli gira la testa. Forse Cox ha intenzione di far fuori il complice negro, appena ripreso fiato. La sua unica speranza è che Cox non ci abbia tanta voglia di restare solo coi morti. E così i due vanno avanti a bere e a guardare le mosche sul muro. A un certo punto Cox informa Little Joe che Mister Watson vuole Dutchy Melvin morto. « Una volta sistemata questa faccenda », dice Les Cox, « tutto filerà liscio. »

Dopo un po' il negro taglia la corda e corre a rintanarsi nel bosco. Ci rimane due giorni interi. Quando trova il coraggio di metter fuori il naso, vede Cox che vagola qua e là, urlando e bestemmiando. Era il 13 ottobre, pochi giorni prima dell'uragano. Cox non ha dormito e ha i nervi a fior di pelle. Giura che non gli farà del male, a Little Joe, però deve dire a Mister Watson che lui non ha nessuna colpa. « Digli che quei due pazzi ubriachi mi sono saltati addosso senza nessun motivo... C'è anche il segno lasciato dalla scure sullo stipite della porta!... Io non avevo scelta: ho dovuto sparare per difendermi. E se Mister Watson ti chiede perché abbiamo buttato i morti nel fiume tu devi dirgli: Diamine! Perché così non viene nessuno a ficcanasare e a seccare Mister Watson con stupide domande. »

A Little Joe gli pareva strano che Les Cox fosse tanto spaventato. Secondo lui Mister Watson non ci avrebbe mai creduto a quella storia, ma decise che era meglio stare al gioco. E così esce dal suo nascondiglio, ma Cox lo prende e lo chiude nella rimessa. Vuole essere sicuro di trovarlo, gli dice, se avrà bisogno di lui.

Quella stessa sera — era giovedì — sente il motore della lancia, *pot-pot-pot*, che risale il fiume. Cox arriva di corsa, libera il negro e l'avverte che gli conviene far bene la sua parte.

Cox prese la doppietta di Waller e andò ad appostarsi nella rimessa delle barche, dietro la porta. Lì si mise ad aspettare — senza badare alla povera squaw appesa che dondolava lentamente alle sue spalle, nella luce polverosa — finché Watson e Melvin non sbarcarono sul moletto, poco lontano dal punto dove ha buttato i corpi di Hannah e Waller.

Non era un gran che, la sua vita, ma a Dutchy Melvin gliela tolsero nel fiore degli anni. Cox lo fece secco, attraverso la fessura della porta, col fucile appoggiato su un cardine. Il giovane Melvin, sempre tanto sicuro di sé, si prese una scarica in piena faccia, e morì scalciando in aria come un pollo. Non ebbe il tempo di metter mano alle pistole.

Mister Watson non dice una parola, fa rotolare il morto con un piede, gli sfila le due Colt dalle fondine e poi risale sulla barca. Cox grida: « Dove diavolo andate, adesso? » E Watson gli risponde: « Da nessuna parte. Nemmeno sono stato qui, in primo luogo ».

E così Little Joe è tornato alla prima versione della storia. Lui sa che io lo so, ma non mi lascia il tempo di farglielo notare. Dice subito: « No, signore. No! Mi sono sbagliato. Mist' Ed Watson scaricò Melvin sul molo e poi ripartì subito. Lui non ha visto niente, non sa niente, non ha visto neanche quegli altri due morti! »

Gli chiedo dove era diretto Watson. Mi risponde che non lo sapeva. « Perché non è tornato indietro, Watson, quando ha sentito sparare? » gli domando. E lui: « Avrà pensato che Mist' Leslie sparava a qualche animale, per cena ».

Ne ho abbastanza delle sue bugie e così gli grido: « Come mai Cox non t'ha fatto fuori? Questo vuol dire che eravate d'accordo! »

E lui: « Mist' Leslie avrà avuto paura di tutti quei morti, e magari ci aveva bisogno di parlare con qualcuno. Può essere che pensava che i negri non contano, perché nessun negro avrebbe il coraggio di raccontare nessuna storia su nessun uomo bianco. Può essere che a Mist' Leslie gli bastavano, per un po', quelli che aveva già ammazzato ». Comunque Little

Joe era scappato col battello, spellandosi le mani sui remi, per paura che Cox cambiasse idea.

Tutto questo era pazzesco, anche logico; però io non ero soddisfatto.

Non riuscivo a capire perché era venuto a Pavilion Key a raccontare quella storia; e perché mai aveva lasciato capire che conosceva Cox da un pezzo, quasi fossero compari. E perché, poi, aveva confessato di avere sparato sui cadaveri e di avere messo le mani sue di negro su una donna bianca, per cavarle le budella e buttarla nel fiume? E perché era andato in cerca di guai, gettando sospetti su Watson? Se diceva che quei tre li aveva uccisi Cox, a nessuno gli sarebbero venuti dei dubbi!

Adesso, invece, nessuno gli credeva, nemmeno io. Secondo il mio modo di vedere, quel negro era troppo spaventato per inventare bugie. O troppo cocciuto e inferocito per non dire la verità.

Alla fine, ragionandoci su, ho capito che quel negro faceva finta di essere spaventato. Aveva cambiato la sua storia perché non voleva morire linciato, ma all'inizio aveva corso il rischio e aveva detto la pura verità. Magari sapeva di essere perso comunque, e voleva che si facesse giustizia, a qualunque costo.

Il giorno che il negro si presentò a Pavilion Key era il 14 ottobre. Hannah e Waller dovevano essere stati ammazzati il 10 o l'11. Da diversi giorni il tempo era variabile, con piovaschi e burrasche. Lo venimmo a sapere dal giornale, una settimana dopo, che l'Ufficio meteorologico aveva lanciato l'allarme il 13. E il 14 aveva comunicato che l'uragano si stava dirigendo su Cuba. Ma il 15 aveva cambiato di nuovo rotta e stava allontanandosi verso ponente. A noi, invece, sembrava proprio che stesse per abbattersi sulle nostre teste.

Be', noi poveri abitanti delle Isole non l'avevamo la radio, non sapevamo nemmeno che esisteva un aggeggio così. Sapevamo solo che il cielo non prometteva niente di buono e che quel vento ci dava pensiero. Sicuri com'eravamo che c'era una tempesta in arrivo, quello che era successo a Watson Place ci sembrò un cattivo segno, proprio come quella cometa che era apparsa nel cielo a primavera.

Il vecchio Belzebù aveva preso il sopravvento, come disse zia Josie. Lei voleva punire quel negro che aveva cercato di dare tutta la colpa a Mister Watson. Ci avrebbe pensato lei stessa — disse — se solo qualcuno di quei buoni a nulla dei suoi ex mariti le dava una mano. Ma, quando Thad Williams avvertì che se linciavano il negro lui li lasciava a piedi, gli uomini decisero di chiedere giustizia al tribunale. Josie gli diede dei vigliacchi senza spina dorsale. E giurò che lei sulla barca di Thad non ci metteva piede neanche a morire, né lei né il figlioletto appena nato e che non aveva mai negato essere figlio di Watson. Be', aveva bevuto e così la lasciammo dire.

Quel sabato ci preparammo perciò a tornare a Marco con la goletta di Thad Williams. Tutti tranne Josie Jenkins. Josie affidò la figlia Pearl all'ultimo marito, Albert, e col piccolo in braccio ci guardò salpare. Se la sarebbe cavata, disse. All'ultimo momento chiese a suo fratello Tant di restare con lei. Tant ci rivolse una comica occhiata, ma a lei gli rispose di sì.

Sicché il capitano Thad salpò da Pavilion Key il 16 ottobre. Il tempo era buono, tirava un vento leggero ma c'era uno strano colore violetto nel cielo sereno. Noi Storter partimmo sulla nostra scialuppa, insieme a loro. Incontrammo burrasca nei pressi di Rabbit Key, la domenica pomeriggio. Ma in serata arrivammo a Chokoloskee. La signora Watson alloggiava presso Walter Alderman, sentii dire, però non la vidi, né lei né i figli. Prima di ripartire per Everglade, mio fratello Claude incontrò Mister Watson nell'emporio di Smallwood e gli raccontò quasi tutta la storia, dal principio alla fine.

ATROCI DELITTI DI SANGUE

Un bianco e un negro compiono una strage su una delle Diecimila Isole

Estero, 20 ottobre 1910 - *Un orrendo triplice omicidio è stato commesso in località Chatham Bend, sul fiume omonimo (Monroe County) nella tenuta di Edgar J. Watson. Si conoscono pochi particolari della strage, ma apprendiamo che un negro ha confessato di essere stato costretto con le minacce a dare man forte a tale Leslie Cox, il quale ha assassinato tre persone, una donna e due uomini, che lavoravano per Watson. I loro corpi sono stati gettati nel fiume. Il corpo della donna è stato rinvenuto, galleggiante, da un uomo di passaggio, il quale lo ha spinto sotto le mangrovie per nasconderlo mentre andava a cercare aiuto. Al suo ritorno il corpo era scomparso, ma una traccia sul terreno indicava dove era stato trascinato. Seguendo questa traccia, Cox e il negro furono trovati accanto al cadavere. Nella sua confessione, il negro ha indicato Watson quale mandante.*

Mamie Smallwood

Quando Mister Watson venne qui a trovare la famiglia — ai primi di ottobre — ci disse che c'era da aspettarsi un uragano. « Si sta preparando qualcosa di brutto », queste furono le precise parole. A ripensarci oggi, mi vengono ancora i brividi.

Non lo so come poteva prevedere l'uragano, quell'uomo, ma così è. Secondo me era il segno del suo fragile destino.

Mister Watson portò i suoi figli qui, poiché Chokoloskee è il terreno più elevato a sud di Caxambas. Era sicuro che la sua casa di Chatham Bend era abbastanza robusta da resistere, ma non voleva correre rischi, con una figlioletta di appena cinque mesi. In seguito dirà allo sceriffo Tippins di aver portato qui la famiglia perché Leslie Cox voleva sterminarla.

Con lui c'era il giovane Melvin, e insieme ripartirono. Alcuni giorni dopo, precisamente il 16 ottobre, Mister Watson tornò qui da noi, solo. Era domenica.

Quella stessa domenica, sul tardi, Claude Storter arrivò da Pavilion e portò la notizia di orrendi delitti avvenuti a Chatham Bend. Ci disse che il negro di Watson aveva accusato Mister Watson di avere ordinato quei tre omicidi. Poi il negro aveva cambiato la sua storia e aveva dato tutta la colpa a Leslie Cox.

Udito il racconto di Claude, gli uomini decisero che bisognava arrestare Watson per poi consegnarlo allo sceriffo. Ebbene, proprio in quel momento — quando si parla del diavolo!

— ecco arrivare Mister Watson all'emporio! Andò a sedersi al suo solito posto, in un angolo, e ci disse che l'uragano, secondo lui, era vicino.

Siccome nessuno osava guardarlo in faccia, Mister Watson diede un'occhiata in giro, poi si alzò in piedi e si sistemò la giacca. Forse non avrà rizzato i peli sul collo e non avrà ringhiato — come dice Charlie Boggess — ma di certo aveva fiutato il pericolo. Si rivolse proprio a Claude Storter e gli chiese: « È successo qualcosa, Claude? » Conoscendo il suo carattere e sapendo che era armato, Claude prese coraggio e lo mise al corrente, con molta calma, dei fatti di sangue. Però non fece il nome, per prudenza, dell'uomo che il negro aveva accusato in primo luogo.

Mister Watson, che intanto si era rimesso a sedere, balzò in piedi di scatto. « Perdio! » esclamò. « Questa, qualcuno la dovrà pagare! Lo voglio vedere impiccato! » Annunciò che andava immediatamente a Fort Myers, a prendere lo sceriffo, prima che « quel sanguinario figlio di puttana — chiedo scusa, Miss Mamie! — trovi il modo di scappare! »

Ma quello che scappò fu invece Edgar Watson e sotto il naso dei nostri uomini. Sembrava talmente sincero, quando diceva che voleva fosse fatta giustizia, che gli credettero — così almeno continueranno a dire per anni.

L'unica a sospettare che lo sdegno di Watson mirava solo a farci fessi sono stata io. Mai visto un uomo sconvolto con occhi così calmi. Corre di sopra, abbraccia la cara moglie e i diletti figli, torna giù di corsa, col fucile da caccia in mano, e prima che a qualcuno gli venga in mente di fermarlo è già fuori. Anzi, tutti si sono fatti da parte per lasciarlo passare.

I nostri uomini non erano dei vigliacchi — almeno la maggior parte — ma Mister Watson li prese di sorpresa. Inoltre, non avevano un capo. Anche i più spavaldi restarono confusi. E poi sapevano che Ted, mio marito, era amico di Watson. Suoi amici erano anche William Wiggins e Willie Brown. Gregorio Lopez era in Honduras. I miei fratelli erano molto giovani. D.D. House e Bill erano a House Hammock. E C.G. McKinney, che abitava sull'altro versante dell'isola, disse di non aver sentito niente.

Hoad Storter

A un certo punto, nella settimana che precedette l'uragano, Mister Watson fu visto a South Lost Man's dagli Hamilton, ai quali raccontò che stava cercando Henry Thompson. Un paio di giorni dopo, eccolo a Chokoloskee. Era la sera di domenica 16 ottobre. Quando mio fratello Claude gli diede le notizie, tutto quello che lui disse fu: « Dove diavolo l'hanno portato, quel maledetto negro? »

Il capitano Thad intendeva consegnarlo allo sceriffo Tippins, a Fort Myers. Quando Watson seppe che il negro era sotto custodia, disse che andava a prendere lo sceriffo per portarlo a Chatham Bend a sistemare la faccenda. Lo sceriffo Tippins, perché era buon amico di suo genero e perciò poteva essere più favorevole a lui dello sceriffo della Monroe County, a Key West. Può anche darsi che pensasse di raggiungere il negro a Marco, e regolare i conti con lui prima dello sceriffo.

Il giorno dopo, di buonora, Mister Watson raggiunse Everglade a bordo della sua lancia. Pagò in contanti mio fratello Claude perché lo portasse a Marco, quella stessa mattina. Affidò la lancia a mio zio, George Storter, di cui era buon cliente. Non so perché non fece il viaggio con la *Brave*. Forse perché mancava carburante. Inoltre il barometro stava scendendo rapidamente, quindi era più prudente viaggiare su una barca più grossa.

Mio padre e mio fratello non avevano nessuna voglia di mettersi in mare con quel tempaccio, ma visto che Mister Watson era un vecchio amico finirono per accettare. Mia madre era agitata, preoccupata per il marito e per il figlio in balìa della tempesta, e anche per gli altri della famiglia, dato che Everglade non era altro che banchi di fango, a quei tempi. E poi aveva paura che Mister Watson facesse qualche brutto scherzo. La notizia dei morti ammazzati si era sparsa per tutta la baia. Sennonché, Mister Watson non era uno che gli si poteva facilmente dire di no. Meglio accontentarlo.

C'erano forti raffiche di vento, fino a cinquanta miglia all'ora, quando uscirono dal canale di Fakahatchee. La *Bertie Lee* imbarcava acqua. Nei pressi di Caxambas la situazione peggiorò. Era proprio una bufera, ormai. Il vento si faceva via via più forte e veniva da sud-ovest. Da Marco Island fino a Punta Rassa, una piccola imbarcazione poteva tenzersi al di qua delle isole litoranee, ma a mio padre non gli piacevano per niente quelle nuvole che si addensavano in quel cielo scuro. Era sempre più in ansia per la famiglia e alla fine disse a Mister Watson che non poteva portarlo fino a Fort Myers, ma doveva per forza lasciarlo a Caxambas.

Mister Watson restò muto a guardarlo per un intero minuto. Si era fatto di legno, in faccia. Claude aveva paura che tirasse fuori la pistola per ordinare a nostro padre di proseguire. O magari poteva anche ammazzarli tutti e due, gettarli in mare e governare da sé la barca.

Sennonché, dovette capirlo da solo che di guai già ne aveva abbastanza, senza uccidere il fratello del giudice di pace e suo nipote. Si mise a bestemmiare e li coprì di insulti, ma alla fine rinunciò. Oltretutto, aveva sempre voluto bene a mio padre. Quando lo lasciarono a Caxambas, augurò loro buon viaggio di ritorno e si avviò verso Marco a piedi.

La *Bertie Lee* non riuscì a ritornare a Everglade. Dovette riparare a Fakahatchee, dove papà e Claude trovarono rifugio presso Jim Martin.

Quella notte la goletta ruppe gli ormeggi e fu sospinta fra le mangrovie. Papà e Claude non chiusero occhio, tanto stavano in ansia per la famiglia. Il mattino dopo, mio padre prese in prestito un battello e fece a remi le otto miglia da Fakahatchee a Everglade. Lì trovò che lo zio George ci aveva preso tutti a bordo della grossa chiatta che un tempo si usava per il trasporto di canna da zucchero e con essa avevamo risalito a forza di pertiche il fiume Storter, fin dove si poteva. Durante la notte il fiume ingrossò e la chiatta fu trascinata in mezzo agli alberi. La marea cominciò a rifluire prima dell'alba, e davanti ai nostri occhi passavano barilotti, cassette, vacche morte, tutto il creato insomma, e persino la nuova scuola. I ragazzi si divertivano, ma noi eravamo in ansia per Claude e papà. Temevamo che fossero annegati. Finalmente, il giorno dopo la bufera, nostro padre arrivò, in barchetta, e ci chiese come stavamo.

L'uragano durò trenta ore e pareva proprio che fosse arrivata la fine del mondo. Il barometro a Key West segnava 28,40 — il valore più basso che si era mai registrato negli Stati Uniti. L'uragano del 1910 fu davvero disastroso, il peggiore a memoria d'uomo.

La gente non ci impiegò molto a collegare l'uragano con quella cometa che aveva infuocato il cielo a primavera. La Grande Cometa fu avvistata per la prima volta il 22 aprile, 25-30 gradi al di sopra dell'orizzonte, e ci aveva una coda che sembrava un enorme punto interrogativo.

Il pastore Jones tuonò dal pulpito e disse che era scoppiata la guerra fra il Bene e il Male e che quella cometa era una messaggera di Armageddon. Il buon Dio voleva far piazza pulita del mondo intero e punire noi poveri peccatori una volta per tutte, salvando solo pochi, i più puri di cuore, per ricominciare da capo.

E così, alla fine della predica, i puri di cuore erano gli unici che stavano tranquilli, ma di puri di cuore non ce ne sono mai stati tanti, nelle Isole, e una volta spediti i peccatori all'inferno sarà molto solitario questo posto.

Fu così che quando l'uragano si abbatté su di noi, poco dopo la notizia di quei morti ammazzati, lo prendemmo come l'inizio del giudizio universale. In quel terribile silenzio che pesava sulla terra, nessuno poteva dubitare che Satana avesse sollevato la sua brutta testa fra le genti peccatrici delle Diecimila Isole.

Tutti quei segni dal cielo e dalla terra non potevano essere altro che la collera di Dio contro Edgar Watson e forse, chissà, l'Onnipotente aveva qualcosa di peggio in serbo per noi. Chi poteva saperlo?

Mamie Smallwood

Quella domenica sera, all'emporio, i nostri uomini non la finivano più di discutere. Mister Watson si era già messo al sicuro, quando alcuni cominciarono a dire che dovevano tenerlo prigioniero, e altri a ribattere: No, perdio! Ed era a Chokoloskee, non poteva averli ammazzati lui quei poveretti a Chatham Bend! C'era chi sosteneva che era stato Cox a costringere il negro ad accusare Watson e chi, come me, era invece sicuro che, anche se minacciato con una pistola, nessun negro poteva esser tanto stupido da raccontare frottole sul conto di uno come Watson.

Ted mi udì dire questo e non gli andò a genio, ma io tenni duro, senza guardarlo. Ero convinta di avere ragione: il negro di Watson doveva avere avuto i suoi buoni motivi.

A quell'ora Mister Watson era in viaggio per Everglade. Sapeva bene con quanta rapidità un gruppo di uomini eccitati può trasformarsi in una folla minacciosa, pronta a passare a vie di fatto. Avrebbe certo convinto Storter a portarlo fino a Marco. Ma non sarebbero bastate le belle parole, doveva anche pagarlo. E parecchio. Gli Storter non fanno mai niente per niente. E questo gli Storter lo dicono di noi Smallwood.

La tempesta arrivò l'indomani mattina e diventò sempre peggio durante la giornata. La nostra casa, costruita dai Santini e acquistata da Ted nel 1899, aveva retto bene all'uragano del '96 e poi a quello del 1909, ma per quello del 1910 non fu abbastanza robusta. Pioggia e mare erano mescolati insieme, la bufera soffiava intorno a noi come un drago, gli alberi non si vedevano più, in quel finimondo. Grigie onde pesanti come pietre si abbattevano sulla spiaggia come se la nostra isola si trovasse in mezzo al Golfo, e l'isola stessa si faceva sempre più piccola, sempre più piccola, mentre l'acqua saliva. Sembrava di andare alla deriva in alto mare.

Secondo C.G. McKinney, che fra noi passa per uno istruito, nove decimi dell'isola di Chokoloskee vennero sommersi. Ci toccò abbandonare la nostra casa e rifugiarci nella scuola, che si trovava tre metri e mezzo sopra il livello del mare. C'era anche Edna Watson, lì, con i suoi tre figli: Ruth Ellen, Addison e la piccola Amy. Poi si dovette abbandonare anche la scuola.

La tempesta raggiunse il culmine intorno alle quattro di mattina. L'acqua a quel punto era salita dieci pollici più su del pavimento della scuola. Gli uomini cominciarono a costruire una zattera con le assi di legno dell'edificio della scuola e il rumore dei martelli era più forte dell'ululato del vento. Intanto avevamo portato i bambini in cima a Injun Hill.

La povera Edna, con Amy in braccio, Ruth per mano e Addison aggrappato alla sottana, era fuori di sé. Nata e cresciuta all'interno, non credeva che il mare potesse infuriarsi a tal punto. Voleva rimanere lì, nella scuola, al riparo della pioggia. Alla fine riuscimmo a convincerla a venire con noi in cima al colle.

E così ci ritrovammo tutti lassù: tutte e dieci le famiglie dell'isola, appollaiate come uccelli zuppi su quell'altura, sotto il cielo nero. Era ottobre, non dimenticatelo: battevamo i denti per il freddo, sotto la pioggia. Per tutta la notte avevamo guardato l'acqua salire, inesorabilmente. Finalmente il Signore Iddio udì le nostre preghiere. I tuoni si fecero meno forti e ci accorgemmo che l'acqua non saliva più e aveva cominciato a defluire, a torrenti, lasciandosi dietro un oscuro silenzio gocciolante, fango e rovina.

All'alba del 18 non si fece giorno. Il cielo rimase buio. L'acqua ancora vorticava intorno a casa nostra e le masserizie che non erano già finite in mare venivano inghiottite dal fango. Avevo perso il mio nuovo servizio di porcellana fra le altre cose, e di fronte a tanta rovina mi veniva da ridere e piangere insieme. Nonna House mi gridò: « Come puoi ridere, ragazza, quando tutta la tua roba è finita nella melma? » E io le risposi: « Ringrazio il cielo che siamo ancora vivi e lo possiamo raccontare ». Mia madre, invece, era molto delusa del Padreterno.

L'unico ferito era Charlie Boggess, che si era fratturato una caviglia per mettere in salvo le barche. Era saltato sul molo, e il molo non c'era più. Il vecchio McKinney lo aveva fasciato alla meglio e Ted lo aveva portato sulle spalle a casa sua, al di là del colle, e gli aveva raccomandato di non muoversi e di non procurare altri fastidi. Da allora Charlie Boggess ha continuato a zoppicare per un pezzo. E per questo è arrivato per ultimo quando gli uomini si sono radunati qui, sul nostro approdo, alcuni giorni dopo, ad aspettare Watson. Però è venuto lo stesso, anche se era zoppo. Non era il tipo da perdersi niente, lui.

Sammie Hamilton

Per un po' domenica venne fuori il sole e spirava un vento leggero, ma alle dieci di sera del 16 ottobre il barometro cominciò a scendere e il vento di nord-est soffiava a raffiche che raggiungevano le cinquanta miglia orarie. All'alba, l'alta marea arrivò fino alla nostra capanna e il mare sommergeva la spiaggia di Lost Man's. A mezzogiorno il vento, sempre più forte, cambiò direzione e nel pomeriggio del 17 prese a soffiare costante da sud-ovest, dal canale di Yucatan al di là del Golfo.

Ero piccolo, allora, avevo solo sette anni, ma non ho mai dimenticato quel tremendo cielo nero che sembrava volesse schiacciarci. Il mondo intero si era fatto nero a mezzogiorno. Il mare si staccò dall'orizzonte e si scaraventò contro la costa, non si udiva più una singola onda infrangersi sulla riva, era tutto un unico boato. E la pioggia cadeva a rovesci, mulinando col vento che agitava gli alberi, una folata dietro l'altra. La nostra povera capanna fu scoperchiata e le poche masserizie che avevamo andarono in malora. A mezzanotte sapevamo di essere gli ultimi rimasti al mondo, con l'intero universo che crollava su noi povere anime perdute.

Dopo mezzanotte, l'acqua era salita tanto che dovemmo abbandonare la nostra casa e, saliti sul battello, ci lasciammo trascinare dal risucchio nel folto delle mangrovie nere. Legammo saldamente la barca, e pregavamo Dio Onnipotente che ci venisse in aiuto. Ci tenevamo stretti, bianchi in faccia, infreddoliti, come opossum su un ramo, ora dopo ora. Oltretutto eravamo in pensiero per la famiglia di zia Gert. Anche loro, i Thompson, avevano affrontato la bufera su una barchetta, come noi. Leslie Thompson, mio cugino, detto Shine, era piccolo allora e la zia Gert lo mise sotto una tinozza capovolta per tenerlo all'asciutto. L'uragano trascinò la scialuppa di zio Henry tanto lontano, nelle paludi, che non la recuperammo più. Dev'essere ancora là.

Allo spuntar del giorno, il peggio era passato, il vento stava calando, ma il fiume era straripato e uno strato di fango ricopriva ogni cosa. Vedevamo passare alberi sradicati, trascinati dalla corrente, e sopra c'erano animali selvatici che si voltavano a guardare, con gli occhi sbarrati, mentre la piena li portava verso il mare aperto. L'isoletta di Lost Man's era completamente sommersa, sicché il fiume sembrava largo un miglio, con l'alta marea, e il fiume e il mare erano mescolati insieme, in un grigiore di piombo, come se tutti i colori della vita si fossero dissanguati.

Chiesi alla mamma se era arrivato il giorno del giudizio di cui tanto si parla nella Bibbia. Eravamo all'inferno o al purgatorio? E lei mi disse: « No, dolcezza, a quel che mi risulta siamo ancora sulla terra ». E nonno James allora fa: « Per me è inferno, questo qui ». E Frank Hamilton, mio padre, disse: « Questo è come il diluvio dei tempi di Noè, che Iddio ci manda per avvertimento ». E capimmo che alludeva a Mister Watson.

Nel corso di quella lunga notte, il nonno non aprì mai bocca, se ne stette zitto, e quando il vento calò per un po' si guardò intorno, in quel silenzio, come si fosse appena risvegliato. Tutto ciò che il povero nonno aveva messo insieme nella vita era andato in malora, ma lui non fece scene disperate, non imprecò, aveva solo quell'aria smarrita, come un bambino piccolo. Poi si mise a borbottare, e non la finiva più. Parlava fra sé — a vanvera, disse mio padre — ma io credo che erano più che altro vecchi ricordi di tempi passati.

Il mercoledì seguente Henry Thompson si recò in battello fino a Watson Place e rimase stupito quando nessuno rispose ai suoi richiami. Sembrava — disse — che quella grande casa fosse andata alla deriva e si fosse arenata lì, perché tutto intorno era spianato, devastato, i capannoni demoliti, le baracche scoperchiate, gli alberi sradicati. Lo zio Henry pensò che Mister Watson aveva sgombrato prima dell'uragano. La sua goletta si era salvata, ormeggiata alle grandi poinciane, gli unici alberi rimasti in piedi.

Allora Henry Thompson si disse che Mister Watson non avrebbe avuto niente in contrario se lui prendeva in prestito il *Gladiator* per portarci, noi Hamilton, su a Chokoloskee.

A Chokoloskee arrivammo il 21 ottobre 1910 e fu allora che avemmo notizia del fatto di sangue. Henry Thompson sudò freddo a ripensarci, perché certamente, quando lui era andato a Chatham Bend, nel terribile silenzio che incombeva, Leslie Cox lo aveva sempre tenuto sotto tiro, da una finestra in alto. Noi ce lo immaginavamo, Cox, con la bocca stretta come quella di un serpente, con una specie di sorriso, e ci pareva di vedere la lingua biforcuta, nera e lucente, guizzare dentro e fuori.

Quindici giorni dopo, quando gli dissero che Ed Watson era stato ammazzato a Chokoloskee, il nonno scosse la testa. Non ci voleva credere. « Ditegli, a quel demonio sanguinario, che gli cedo volentieri il mio diritto su Lost Man's, se riesce a trovarlo. »

La maggior parte degli Hamilton si trasferì a Lost Man's River dopo che l'uragano del 1910 li ebbe cacciati da Wood Key. C'era chi, di tanto in tanto, andava a stare per un po' sul nostro vecchio territorio, ma quei choctaw, o cosa diavolo erano, furono gli unici che non se ne andarono mai. Sto parlando di quanti conducevano un'onesta vita di lavoro, sulle Isole, non dei rinnegati e dei contrabbandieri che andavano e venivano.

Mia nonna Sallie Daniels e la vecchia Mary Hamilton erano due sorelle Weeks, di Marco Island, quindi Walter e Gene e Leon erano cugini di mia madre. Ma fra le due famiglie i rapporti non erano stretti poiché noi non si era tanto fieri di loro; non ci consideravamo cani dello stesso branco. Certuni di loro erano molto scuri di pelle, anche se di lineamenti regolari, e le ragazze erano molto carine. Mia madre e sua cognata, la zia Gertrude Thompson, decisero che non gli eravamo parenti per niente a quegli altri Hamilton. Come erano arrivate a questa conclusione, non lo so.

Non ero fiera dei miei cugini, però siamo sempre andati d'accordo. Come ho detto, non mi vergognavo di loro, tranne magari di quello che sembrava vergognarsi di se stesso. No, Dexter e io non abbiamo mai avuto guai con quei ragazzi. Brave persone, bravi pescatori, solo volevano essere lasciati in pace. Ma alla gente non piaceva quel loro tenersi in disparte.

A quel che mi risulta, una volta il vecchio Richard Hamilton disse a Henry Short che lui era un indiano choctaw dell'Oklahoma. E Henry Short gli disse: « Macché choctaw, voi siete un negro come me! » Henry Short era un bravo negro, e credo che ancora lo è, sempre se non è già morto.

Fedele al suo motto («Qui giammai non c'è tempesta, Tutto l'anno si fa festa»), il giornale di Fort Myers, The Press, *dopo il Grande Uragano del 17 ottobre uscì con questo titolo:* È arrivata la tempesta ma noi siamo sempre qui. *Sì, le Isole erano state devastate e i danni erano ingenti, ma «si guarda al futuro con ottimismo».*

Fort Myers, 20 ottobre 1910 - *A Key West la tempesta ha messo fuori uso gli anemometri presso l'Ufficio meteorologico, ha smantellato la nuova darsena in costruzione per conto del ministero della Guerra e ha finito di distruggere la fabbrica di sigari della Havana-American Company, già danneggiata dall'uragano dello scorso anno. I venti hanno raggiunto la massima velocità nel pomeriggio di lunedì 17, con raffiche a 110 miglia orarie. Non si è invece potuta misurare la quantità di pioggia caduta perché le apposite apparecchiature sono andate perdute in mare.*

La recente tempesta è presente nella mente di tutti. Siamo molto addolorati, soprattutto, per i piccoli proprietari di case, le cui abitazioni, costruite a prezzo di grandi sacrifici con materiale scadente, non hanno resistito alla furia degli elementi; e sono state distrutte oppure danneggiate in modo tale che per rimetterle in sesto ci vorranno ingenti somme. La popolazione di colore ha subito pesanti perdite...

Estero, 20 ottobre 1910 - *Una singolare caratteristica del vento era che soffiava teso e costante per un minuto e più con crescente violenza, piegando gli alberi innanzi a sé, e poi, d'un tratto, arrivava una raffica che sembrava avere un moto circolare e sferzava gli alberi fino a sradicarli. Verso mezzanotte il vento cominciò a girare da nord-est in direzione sud, finché, entro martedì mattina, non ebbe completato il giro del quadrante, soffiando nella direzione opposta, cioè da sud-ovest. Solo allora si è calmato.*

Chokoloskee, 21 ottobre 1910 - *Siamo ridotti in condizioni pietose. Molti di noi hanno perso la casa e non hanno altri indumenti che quelli che avevano indosso quando la tempesta si è abbattuta la sera del 17.*

Mister J.M. Howell è rimasto senza tetto, e così pure molti altri lungo la costa e a Fakahatchee. Tutti i raccolti sono andati perduti. L'acqua è salita di circa otto piedi, riempiendo di acqua salata numerose cisterne. Molti hanno cercato rifugio in cima agli alberi. Altri hanno trovato scampo sulle alture, al freddo e all'umidità. I pescatori hanno perso barche e reti.

Una povera donna, a Pavilion Key, si è vista strappare dalle braccia il figlioletto neonato dalla furia del vento e delle acque turbinose. A stento è riuscita a salvarsi lei stessa su un albero. E ha dato sepoltura al bambino quando le acque si sono ritirate.

Siamo in gravi difficoltà. Le vettovaglie scarseggiano poiché molte provviste sono andate perdute nei magazzini.

Benché l'acqua raggiungesse gli otto piedi di altezza in alcuni pascoli, molti bovini son riusciti a sopravvivere. Ho visto molti conigli morti. Un gran numero di galline sono annegate nei pollai.

Mister C.T. Boggess si è fratturato una caviglia, o quanto meno si tratta di una slogatura. La sua barca da pesca è fuori uso.

Sulle rive si ammucchiano muggini e altri pesci morti in grande quantità. Muoiono soprattutto perché il fango gli entra nelle branchie e non riescono a nuotare.

La scuola di Everglade è stata scalzata dalle fondamenta e trascinata via dalla piena.

Mister William Brown ha perso il raccolto e la sua cisterna si è riempita di acqua salmastra, sul fiume Turner. Inquinate tutte le cisterne di Everglade.

Molti abitanti di Chokoloskee, che avevano trovato rifugio nella scuola, hanno dovuto abbandonarla quando l'acqua è arrivata fin lì. Con le porte, gli infissi e le lavagne della scuola è stata costruita una rudimentale zattera. Quasi i tre quarti dell'isola Chokoloskee sono stati sommersi. Cominciamo a capire il motivo per cui gli indiani costruirono questi grandi tumuli.

Tutti stanno cercando, qui, di recuperare le masserizie e gli oggetti che l'alluvione ha portato via dalle loro abitazioni e che il fango ha sommerso. Alcuni di noi hanno già ripreso a seminare la terra. Nel mio orto alcuni peperoni stanno mettendo i germogli; e anche i pomodori e i cavoli, rimasti per ore sotto l'acqua, hanno ripreso a crescere. Il gombo invece non ce l'ha fatta a sopravvivere. Però le rape si stanno, almeno in parte, riprendendo.

Sammie Hamilton

Il giorno in cui Mister Watson venne a Lost Man's era un venerdì: tre giorni prima dell'uragano e quattro dopo la strage di Chatham Bend. Dove era stato nel frattempo? A noi ci disse che stava tornando da Key West, ma in seguito venimmo a sapere che era stato visto a Chokoloskee insieme a Dutchy Melvin. Venne da noi dopo averlo scaricato? E dove era diretto? Voleva crearsi un alibi? E Cox dov'era? Stava forse nascosto nella cabina della lancia?

Sono convinto che Mister Watson sapeva della strage e che cercava di crearsi un alibi. Perché di certo sapeva di essere nei guai, fosse o non fosse lui il mandante di quei tre delitti. Oppure intendeva impadronirsi dei nostri risparmi, raggiungere Key West oppure Port Tampa e imbarcarsi su una nave diretta all'estero. Tampa, più probabilmente, visto che a Key West lo cercavano. Se è così, ci fu però qualcosa che poi gli fece cambiare idea. Infatti tornò a Chokoloskee, dove arrivò quasi contemporaneamente alla notizia del fattaccio e riuscì a cavarsela dando a intendere che andava a chiamare lo sceriffo. Giurò che avrebbe consegnato Cox e invece tagliò la corda.

Quando l'uragano arrivò, Leslie Cox era tutto solo a Chatham Bend, se non si contano la squaw impiccata e i tre cadaveri seppelliti. Chissà cosa gli passava per la testa, ubriaco o no che fosse. La tempesta gli sarà certo sembrata come l'ira di Dio, per levarlo dalla faccia della terra.

Anche a noi l'uragano ci riempì di paura. Quel vento che urlava e l'acqua che ruggiva facevano gelare il sangue alla gente timorata di Dio. Figurarsi a un peccatore come Cox, che aveva ucciso tre povere anime e sventrato le loro carcasse come fossero porci. Se ancora gli era rimasto un barlume di umanità, Cox avrà trascorso quella notte in ginocchio a implorare, ululando, il perdono del Signore. Se lo ha ottenuto o no, nessuno lo sa.

Pochi giorni dopo, Mister Watson tornò a Chatham Bend, da solo, a cercare Cox. Tante volte me lo sono figurato che si aggira nei dintorni della sua casa, chiamando a gran voce e porgendo orecchio — tormentato da quei vecchi fantasmi. Può essere che si sono incontrati, lui e Cox, e magari hanno parlato. Quel che sappiamo per certo è che Henry Thompson, quando ci andò dopo l'uragano, a Chatham Bend non ci trovò nessuno. Naturalmente, zio Henry allora non sapeva che c'erano tre morti seppelliti presso il fiume, e non s'immaginava certo che Leslie Cox era là a osservarlo da una finestra o da un nascondiglio. Quando più tardi ci ripensò, gli si gelò il sangue nelle vene.

Sissignore, l'uragano del 17 ottobre 1910 fu una prova della fine del mondo. Ventidue pescatori, sorpresi a Plover Key, poi riuscirono a stento a tornare a Caxambas, a forza di remi. Arrivarono esausti. E raccontarono che Josie Jenkins aveva perso il figlioletto. Le era stato strappato dalle braccia, dalla furia del vento e dell'acqua, a Pavilion Key. Lei si era salvata con l'aiuto del fratello Tant, in cima a un albero. Passata la tempesta, ritrovò il cadaverino: le piccole braccia spuntavano dal fango, come se tendesse le mani. In seguito venimmo a sapere che era figlio di Watson; e la zia Josie non lo ha mai smentito. La gente chiacchierò molto sul fatto che quel figlio di Watson fu l'unica vittima del tremendo uragano.

Non ci furono infatti altri morti, anche se i danni furono enormi. Noi Hamilton ce la cavammo, grazie a Dio, ma quell'uragano tolse alla mia famiglia ogni voglia di lottare. Ci ritrovammo senza casa e senza orto, dopo la tempesta. E così andammo a cercare aiuto a Chokoloskee.

Dopo tanti anni era venuto il momento di dire addio a Lost

Man's River. Nonno James ormai era vecchio e in cattiva salute. Lo portammo a Chokoloskee e poi a Fakahatchee. Non si riprese più e morì poco tempo dopo. Prima di rendere l'anima disse ai suoi figli che il suo vero nome era James Hopkins. Veniva da una ricca famiglia di Baltimora, ma da giovane era scapestrato, e dopo aver ucciso uno in duello — o qualcosa del genere — gli era toccato cambiar nome e andare altrove in cerca di fortuna. Allora i suoi figli andarono a Everglade per parlare di questa faccenda con il giudice Storter, il quale gli disse: « Siete venuti al mondo con il nome di Hamilton, e tanto vale che ve lo teniate finché non ve ne andrete ».

Frank B. Tippins

« Ragazzi, lo conoscete, lo sceriffo Tippins », dice Collier.

A Marco Island, quasi tutti gli uomini sono riuniti all'emporio di Bill Collier. È un piccolo edificio in pietra arenaria che sorge accanto al Marco Hotel, che appartiene sempre a Collier. L'albergo ha venti piccole stanze, un salotto, una sala da pranzo e un bagno. Costruito appena un anno fa, il Marco Hotel presenta una fenditura, larga tre pollici, dal tetto fino a terra, causata dall'uragano; e cola ancora acqua; tutte le palme ornamentali intorno le ha bruciate il sale.

« Secondo me, quel negro ha detto la verità: è quel pazzo di Watson che ha ordinato i delitti. »

C'è molto nervosismo, nell'aria. Gli uomini sono esausti e hanno bevuto troppo. Due giorni prima, alla vigilia dell'uragano, il capitano Thad Williams ha consegnato il negro detto Little Joe alle autorità di Fort Myers.

Da Fort Myers io sono venuto qui a Marco Island, dove i Cannon e Dick Sawyer e Jim Daniels mi hanno confermato quanto ha raccontato il capitano Thad: cioè che in un primo momento il negro accusò apertamente Edgar Watson.

Risulta che Watson è passato qui a Marco lunedì, e da qui ha raggiunto il continente prima dell'uragano. « A quest'ora sarà a Fort Myers », mi dice Bill Collier. « Andava là a chiamare lo sceriffo, mi ha detto. Magari, già che c'è, cercherà anche di fare i conti col negro. »

« Il negro ha cambiato la sua storia », rispondo io. Lo sceriffo di Monroe è stato avvertito. Manderà a prelevarlo. E io mi chiedo se non è il caso che torni subito a Fort Myers per impedire a Watson di mettere le mani sul negro, nel frattempo.

Teeter Weeks beve un sorso, si pulisce il mento ispido col dorso della mano, poi dice, rivolto ai miei stivali: « Quei fottuti banchieri e possidenti lo proteggeranno di nuovo, gliela faranno passare liscia anche stavolta. Dico bene, sceriffo? Chissà, magari, ci hanno in tasca anche voi... »

Bill Collier lo interrompe. Lo solleva di peso da terra e lo sbatte giù in malo modo. Teeter Weeks si rivolta e fa la mossa di prendere Collier a pugni. È convinto che qualcuno lo fermerà in tempo. Siccome nessuno interviene, fa finta di perdere l'equilibrio, per portarsi a rispettosa distanza, e si mette a saltellare intorno, barcollando. Per questo lo chiamano Teeter, « Traballa ». Si ubriaca da quando aveva quindici anni. Tutti ridono. Allora lui si rinfranca e, sputandosi sul palmo delle mani, fa: « Accidenti a te, Bill Collier! Vuoi fare a pugni? Hai trovato il tipo giusto! »

Bill Collier è un uomo dalle spalle larghe, calmo, che non è facile a perdere le staffe. Suo padre fu il primo a stabilirsi a Marco, nel 1870. Oggi il figlio è commerciante, tiene l'ufficio postale, è capitano di nave e albergatore. Ha una piantagione di copra con oltre cinquemila palme da cocco; e un agrumeto, a Henderson Creek sul continente, con millecinquecento aranci. È proprietario della chiatta galleggiante, costruita su suo disegno, che serve per raccogliere i molluschi a Pavilion Key.

Fu Bill Collier a scoprire quelle strane maschere calusa, presso Caxambas; e poco dopo due figli gli morirono nel naufragio della goletta *Speedwell*. È uno che ne ha fatte tante e ne ha viste ancora di più. Senza badare a Teeter Weeks, riprende il lavoro che stava facendo: intrecciare una fune.

Chiedo se qualcuno conosce il caposquadra di Watson.

« Il negro l'ha visto per ultimo, a Chatham Bend. Nessuno sa dove è adesso. »

Quello che *dovrei* fare è questo, mi dico: delegare alcuni uomini, andare con loro a Chatham Bend, giurisdizione o non giurisdizione, e arrestare il sedicente John Smith. Ammesso che sia rimasto là. Il che è improbabile.

« A certi figli di puttana », grida Teeter, « bisognerebbe ammazzarli quando sono ancora in fasce, mica aspettare che... »

Qualcuno lo interrompe: « Andrete a Chatham Bend, sceriffo? » mi domanda.

E un altro fa: « Fuori contea? »

E io: « Ah, non fa parte della Lee County? Mi sono preso la carta geografica ».

Gli uomini sorridono ma continuano a tempestarmi di domande.

« L'avete scoperto chi è veramente questo John Smith? »

« Il negro lo sa di certo. Ma non vuole dirlo. »

« Se lo lasciate a me, lo faccio parlare io. »

« Può darsi. »

Agitati com'erano, gli uomini lo stavano sì e no a sentire Dick Sawyer, che raccontava come, una volta, aveva salvato la vita a Watson.

« Un giorno, a Key West, c'era in porto il *Gladiator*. Chiamo e chiamo, ma nessuno mi risponde. Allora salgo a bordo. C'era Watson, ammalato di febbre tifoidea. Non poteva né muoversi né parlare. Subito corro a chiamare il dottor Feroni, che lo cura e lo guarisce. Be', dopo tutto questo neanche grazie mi ha detto, il vecchio Ed, per avergli salvato la vita. Ed è strano, perché Watson è sempre stato una persona educata. »

« D'accordo. Ha sempre pagato i conti, i bottegai non avanzano un soldo da lui, ma », dice Jim Daniels, disgustato, « a mio figlio gli deve ancora ottanta dollari per la riparazione d'un motore. Anzi, gli ha detto pure di andare al diavolo. Però glielha detto con le buone maniere perché, come dici, è una persona educata. Specie quando vuole che fai quello che piace a lui. E ci riesce quasi con tutti. »

« Anche a un paio di tue sorelle, Jim, gli ha fatto fare quello che piaceva a lui, se non mi sbaglio », ridacchiò Sawyer.

Jim Daniels allora si alza di scatto e lo interrompe. È sulla cinquantina, robusto, con qualche filo bianco nei capelli neri. Oltretutto è preoccupato per sua sorella Josie, giù a Pavilion Key.

« Ero a Lost Man's, nel 1901, da mia sorella Blanche, e una sera vedo una barca che brucia, in alto mare, nel Golfo. Vado là per vedere se posso far qualcosa. Mi avvicino. Era la scialuppa di Tucker. Nessuno a bordo. Un lavoro da persona educata, certo, fatto con le buone maniere. » Guarda torvo Sawyer. « Prima erano solo voci. Solo dopo la morte dei Tucker la gente si mise paura di lui. Se se ne fuggiva a nord, poteva impadronirsi di tutta la terra che voleva, tranne quella di Richard Hamilton. »

« Il vecchio Richard è parente di tua moglie, vero, Jim? »

« Non pare proprio, Dick. »

« Dài, Netta e Josie... »

« Parli delle mie sorelle, Albert? »

« Parlo delle loro figliolette. Non è forse Watson il padre di tutte e due? » Gli risponde un tipo arcigno, la cui moglie, Josephine, gli ha sfornato da poco un bambino coi capelli castani. Sua moglie è appunto Josie Jenkins, la sorella di Jim Daniels. Josie si è rifiutata di lasciare Pavilion Key prima dell'uragano. Il marito, che se ne era andato senza di lei, da due giorni non faceva che bere, per annegare i rimorsi. « Credevo che lo sapessero tutti », aggiunge, vedendo l'espressione di Jim. « Voce di popolo... »

« Meglio chiedere a Mister Watson, riguardo alle voci di popolo, Albert. Può essere che ti riferisce un'altra voce di popolo che però tu dovresti già sapere! »

Tutti scoppiano a ridere. Allora Albert, l'attuale marito di Josie, ubriaco, posa di scatto il bicchiere. Sembra pronto a fare a botte. Ma interviene Bill Collier a ristabilire la calma.

« A proposito », dice, « questo mi fa venire in mente che una volta Mister Watson, di ritorno da Fort Myers, si fermò qui da noi e aveva bisogno di una barca per andare a Chatham Bend. Quella di Hiram Newell, che usava di solito, era in riparazione. Allora tutti e due andarono da Dick Sawyer. Dico bene, Dick? E Hiram gli disse, a Dick, da fuori, che lì c'era Mister Watson che voleva essere portato a casa. Dick credeva che Hiram scherzasse e da dentro gli gridò: 'Andate al diavolo, tu e il tuo Mister Watson!' Poi viene sulla porta e, quando vede chi c'è, dolce come il miele dice: 'Oh, salve, Mister Watson! Come state?' Te lo ricordi, Dick? »

« E ce lo portai, a casa, quel figlio di puttana, altroché! » fa Dick Sawyer. « Ero troppo spaventato per dirgli di no. »

Albert, il marito di Josie, dice allora a Dick Sawyer: « Sei sempre stato amico suo, tu. Dico bene, Dick? Amico anche di Walt Smith. Cose ne pensi, adesso, di queste due brave persone? »

Lo sapevano tutti che Dick Sawyer era in buoni rapporti con Walt Smith, all'epoca in cui quello aveva ucciso Guy Bradley.

« Lavoravo per Walt Smith, è vero », ammette Dick Sawyer. « Ma, subito dopo quei fatti, l'ho piantato a Key West e sono venuto qui. Da allora non sono più stato amico di Walt Smith. E non sono più amico di Watson. No, non più. » Accigliato, batte un pugno sul banco. Poi però scoppia a ridere: « Il vecchio Ed, me l'ha detto lui stesso ».

Dopo un po' riprende: « Una volta, io e Tom Braman eravamo nella taverna di Eddie, a Key West, quand'ecco che entra Ed Watson, ubriaco da legare, e offre da bere a tutti. In quel momento arrivano due negre e ordinano rum, perché a Key West, essendo una città della Marina Militare, ai negri è permesso di comportarsi a quel modo, fin da dopo la guerra fra gli stati. Watson si volta a guardarle e una delle due negre alza il bicchiere, per brindare alla sua salute. Era ubriaca. Seguì un brutto silenzio. Watson non rispose al brindisi. Tutti diedero un sospiro di sollievo quando Watson, senza dire una parola, si alzò e uscì dal locale. 'Mai nessuno lo vedrà, Edgar Watson, a bere un bicchiere coi negri!' dico io, tanto per far capire a quelle due come stavano le cose. Fatto sta che lì fuori c'erano due negri che aspettavano le loro donne. Uno dei due gli disse, a Watson: 'Come va?' e per tutta risposta si beccò una coltellata. Udimmo un urlo e corremmo fuori, gridando: 'No, Ed, non farlo! dacci retta. Noi siamo amici tuoi!' Allora lui ci venne incontro, col fiato corto, con il pugnale insanguinato in mano. Quando andò per tirar fuori il fazzoletto e pulire la lama del coltello, tutti diedero un sobbalzo, pensando che stava per impugnare la pistola. Ma lui si limitò a dire, calmo: 'Io non ci ho amici'. Senza un'ombra di rimorso. Era solo un po' confuso, sapete, come se non riuscisse a ricordarsi di qualcosa ».

« Così ha detto? » fa Jim Daniels. Pareva stupito.

« Proprio così: *Io non ci ho amici*. Domandatelo a Tom Braman. » Dick Sawyer si guarda attorno, con aria di trionfo. « Dopodiché s'è messo il cappellaccio in testa ed è andato al porto, dove aveva la sua goletta. Strada facendo, incontra un delegato dello sceriffo e gli fa: 'Delegato, correte da Eddie, prima che ammazzano qualcuno'. E invece era lui che aveva appena fatto fuori un negro! Quando andarono per prenderlo, lui era già salpato, era in alto mare. E nessuno partì per Chatham Bend, nessuno si fece ottanta miglia di mare, per un negro morto ammazzato. »

« A quel che mi risulta, Dick, tu non eri presente. L'ho saputo da Braman, e tu non c'eri. »

« Non c'ero, Jim? E dov'ero allora? »

« A quel che mi risulta, non ci andò di mezzo un negro. Watson venne alle mani con un sangue misto, lo stese per terra, tirò fuori il coltellaccio e disse: 'Lo faccio a fette, questo qui...' C'erano i Roberts, Gene e Melch e Jim Roberts, lì presenti. E cercarono di fermarlo. Gene Roberts era molto amico di Watson. E gli disse: 'Ed, non andare a cercare altri guai, ché ce n'hai già abbastanza. Dacci retta, che noi siamo amici tuoi!' Ed Watson si guardò attorno, guardò tutti quanti, sbatté gli occhi come se si svegliasse da un sogno, ripulì la lama del coltello nei capelli di quel sangue misto e lo lasciò andar via gattoni, mezzo morto, come se non l'avesse mai visto né conosciuto. Si alzò in piedi e richiuse il coltello, lo rimise in tasca e si spolverò la giacca. Poi guardò in faccia quegli uomini, di nuovo, a uno a uno, e disse con calma: 'Ragazzi, io non ho amici!' »

Hiram Newell, che aveva navigato per conto di Watson, al comando della sua goletta, si schiarisce la gola. « Non mi vergogno, io, di essere amico di Edgar Watson. Se Tant era qui stasera, diceva la stessa cosa. Ed Watson ci ha un cuore grande così! »

« Gesù! » sbuffa Jim Daniels, e batte un piede per terra. « Ci ha un gran cuore, oltre alle buone maniere. Peccato che non ci sono qui i Tucker, stasera, a dire la loro, perdio! »

« Dov'è Tant, a proposito? »

« A Pavilion Key, a meno che non l'ha spazzato via l'uragano », fa Daniels. Poi guarda il marito di Josie: « È rimasto a Pavilion, Tant, per badare alla sorella ».

« È sorella anche a te, no? Sorellastra, perlomeno. »

« Famiglia numerosa », dice Jim Daniels.

« La ragione per cui Watson e io non siamo più amici », spiega Dick Sawyer, approfittando di una pausa di silenzio, « è questa. Una volta, a Wakulla Springs, lui si era messo nei pasticci e doveva tornare a Chatham Bend. Allora viene da me e mi chiede di portarcelo. Non c'era la luna, quella notte, e nemmeno le stelle. Non mi andava di mettermi in viaggio. Ma lui mi guardava in quel certo suo modo e così non gli ho potuto dire di no. Appena preso il largo, lui va sottocoperta per dormire. Dopo un po' si riaffaccia e dà uno sguardo in giro. Scuote la testa e fa: 'Non ci si vede gran che, mi pare!' E io: 'Non ci si vede niente. Non si può navigare con questo buio'. Mi aspettavo che lui mi dicesse di tornare in porto. Invece mi fa: 'Be', allora sta' attento, perché, se ti areni, ti ammazzo'. Fu la prima volta, quella, che mi chiesi se Watson era davvero mio amico. Può essere che scherzava, come fa quando è sbronzo, ma non potevo farci assegnamento. Quindi mi allontanai dalla costa, poi aspettai che la marea fosse alta prima di avventurarmi sulle secche al largo di Chatham River. Ci andò bene. Non raschiammo il fondo con la chiglia neppure una volta. Lo scaricai sano e salvo sul molo. Lui sbadiglia, si stiracchia e mi fa: 'Vieni a bere da me e a mangiare un boccone'. E io: 'Volentieri, Ed. Ti raggiungo fra un minuto'. Ma, appena lui entra in casa, me la filo. Lui uscì fuori e guardò, ma non mi richiamò. Rimase là, sotto la luna, davanti alla grande casa bianca, e mi seguì con lo sguardo fino all'ansa del fiume. »

Dato che le probabilità di trovare Cox erano scarse, dovevo prima rintracciare Watson. Stavo giusto pensando a questo quando la porta si spalancò, entrò un uomo e la richiuse appoggiandovisi contro. Tutti si fecero da parte, dando in esclamazioni soffocate. Una mano infilata nella tasca destra della giacca, il nuovo arrivato guarda soltanto me. Certo mi aveva visto dalla finestra e aveva calcolato il suo vantaggio.

« Mister Watson. »

Il saluto di Bill Collier è un avvertimento ai presenti. A me Collier rivolge uno sguardo di comico stupore, ma a Watson non sfugge la mossa che ho fatto per liberare la fondina; quindi sollevo lentamente un ginocchio, con entrambe le mani allacciate, e appoggio il piede, piano piano, su un barile di chiodi.

Watson capisce il segnale e mi fa un lieve cenno. Toglie la mano di tasca ma resta dov'è, contro la porta, per coprirsi le spalle e tenere sott'occhio l'intera stanza. Ha l'aria stanca di chi non ha dormito, il viso profondamente segnato, il respiro ansante. Al tempo stesso sta all'erta, appare persino euforico, tutt'altro che disposto a fare una mossa che lo metterebbe alla nostra mercé. Essendo in pericolo, è molto pericoloso.

« Mister Watson. »

Watson annuisce. Sorride. Ha bevuto. Ma potrebbe venir qui ubriaco fradicio e nudo come un verme, e coglierci lo stesso alla sprovvista, tanto siamo sbigottiti. Da dove viene? Come è arrivato fin qui? Tutti guardano me, aspettano di vedere cosa farà lo sceriffo. E io cerco di ragionare con chiarezza.

Teeter fa per avviarsi verso la porta. Watson si gira. Teeter si blocca, come un cane alla punta. Il bicchiere di stagno gli cade per terra. Una voce geme: « Gesù! »

Watson si toglie il cappello e lo appende a un piolo. Tiene le mani abbandonate lungo i fianchi, e divarica un po' i piedi. Porta una camicia bianca, tutta sudicia e senza colletto, pantaloni rozzi e una giacca della festa tutta logora. Sulla sua faccia la cordialità scompare, come un'ondicina di mare risucchiata dalla sabbia.

« Non sono stato io, ragazzi. Questo sia chiaro. »

La sala è silenziosa.

Poi Dick Sawyer dice: « Nessuno lo ha detto, Ed, che sei stato tu ».

Watson annuisce, sprezzante, come se quelle parole gli avessero confermato la cattiva opinione che ha di Sawyer. Poi, rivolto a me: « Cosa vi ha portato qui, sceriffo, con questo tempaccio? »

Mi tolgo il cappello. Potrei tentare di arrestarlo, con tutti questi uomini di Marco alle mie spalle, ma se Watson fa resistenza qualcuno ci potrebbe andare di mezzo. Probabilmente io.

« Ho sentito che mi cercavate, Mister Watson. »

« Dipende. Sarà meglio parlarne, sceriffo. E stabilire un po' chi cerca e chi è cercato. »

Mi alzo lentamente, e tiro un profondo respiro per calmarmi. Ecco l'incontro che ho sempre desiderato, e le budella mi si torcono, emettendo un brontolio. La mia voce è stridula quando dico: « Voialtri restate qui, ragazzi ».

« Nessuno va da nessuna parte », dice Bill Collier, continuando a intrecciare la sua corda.

Watson mi apre la porta. Non ho nessuna voglia di voltargli la schiena. Comunque esco fuori per primo. La porta si richiude alle mie spalle, togliendo la luce.

Nell'oscurità, mi punta la pistola alle reni e mi disarma.

« Qualcuno vi ha portato in barca... »

« Sì, fino a Caxambas. Da Caxambas a qui ho fatto la strada a piedi. »

Ci avviamo verso il molo. Nere nubi sfilacciate oscurano a tratti la luna. Con quella canna puntata, mi pare di avere la schiena nuda.

Sul molo, dove il *Falcon* è all'attracco, mi giro, tenendo le mani sui fianchi. Non riesco a vedergli la faccia sotto la tesa del cappello, solo la sagoma che si staglia contro il cielo, spalle larghe e piedi piccoli.

« Dopo di voi, Frank », dice Edgar Watson, educatamente.

Seduti a un tavolo, nella cambusa della goletta, ci troviamo faccia a faccia al lume di una lanterna. Watson si appoggia all'indietro, contro la murata, così non può essere visto da fuori. Gli dico: « Stareste più al sicuro in prigione ». Non mi sono ancora calmato.

« Mai sentita quella storia di Ted Smallwood riguardo a Lemon City? La folla lo va a prelevare nella cella, quel tale, e già che c'è ammazza anche il carceriere negro. »

« A voi non vi lincerebbero, a Fort Myers. »

« No? E che ne dite di un linciaggio legale, come un paio d'anni fa gli toccò a quel forestiero che aveva ucciso uno del posto per legittima difesa, un gradasso che aveva attaccato briga con lui? Fu praticamente linciato, mi ha raccontato Carrie, non perché meritava di morire ma perché così reclamava a gran voce la popolazione. E nessuno doveva sporcarsi le mani, tranne voi. » Rimette in tasca l'orologio, poi fa un cenno con la mano per farmi star zitto, come se il vento notturno, teso, gli avesse rammentato che il mondo lo stava incalzando. « Lo so, lo so, la legge è legge, e quello era il vostro dovere. »

« Conoscevate quel tale? »

« Nessuno lo conosceva. È per questo che è stato impiccato. »

Dopo sei mesi trascorsi in cella, il prigioniero portava ancora il cappello in testa, come se fosse sicuro di tornare in libertà da un momento all'altro. Lo invitai a uscire dalla cella per consumare un dignitoso ultimo pasto sulla mia scrivania. Si tolse il cappello. Era un vagabondo, si chiamava Edwards. Quasi calvo, aveva la pelle escoriata. Quando ebbe finito di mangiare, sollevò gli occhi dal piatto di stagno. « Sceriffo », mi disse, « non sono stato io ad attaccar lite. A quel punto toccava o a me o a lui di morire. Se toccava a me, quel tale oggi sarebbe in libertà. Lo sapete bene, come lo so io. » Si pulì la bocca. « C'è un piantatore, da queste parti, a nome Watson. Questo Watson è scampato al capestro, perché la figlia ha sposato un direttore di banca, a quanto mi risulta. Io invece sono un forestiero, senza un soldo, quindi devo pagare con la vita, domattina. »

Andò al lavandino, a lavare il piatto. « Giustizia sarà fatta », borbottò.

« Non occorre che lo laviate », gli dissi.

Lui continuò a lavarlo con calma. « Che razza di giustizia è questa, secondo voi? » insistette.

Non sapendo cosa rispondergli, mi strinsi nelle spalle, come per dire: La legge è la legge. Lo disse lui per me, con amarezza: « La legge è la legge ». Poi aggiunse: « Ne ho abbastanza della gente, se volete saperlo. Abbastanza di voi, e soprattutto di me. È la prima volta in vita mia che sono stanco di tutto ». Posò il piatto dopo averlo asciugato con cura. Si rimise il cappello. « Grazie per la cena », disse. Tornò in cella e chiuse la porta.

Sdraiato sul letto, tutto rannicchiato e rivolto verso il muro, quell'uomo attese l'alba, muto e immobile, come se aspettasse di nascere. Quando andai a chiamarlo, vedendo i due buchi rotondi sulle suole dei suoi logori stivali, fui colto da un'ondata di pietà per quel vagabondo, che era giunto alla fine della sua strada. Avrei voluto toccarlo su una spalla, dirgli qualcosa, ma non c'erano parole che potevano consolarlo.

Poco dopo arrivò il pastore, ma il condannato lo rifiutò. « Fratello, il vostro Dio e J.P. Edwards si sono detti addio da un pezzo. » Se la fece sotto, prima della pubblica impiccagione, nel cortile. Chissà se Dio stava a guardare o no.

Watson, intanto, mi stava dicendo con voce alterata: « Quindi non venitemi a dire che non l'impiccherebbero, Edgar Watson, alla prima occasione, perché non potete saperlo! »

L'eco di queste parole rimane a lungo. Poi Watson estrae di tasca una fiaschetta. « Un goccio di Island Pride? »

Accetto. Poi, cercando di non sorridere: « Ho letto un articolo, lo scorso agosto, su un giornale di Kansas City. Edgar Watson — diceva — è stato impiccato a Kansas City, nel 1890 o giù di lì. C'è qualcosa di vero? »

« Se veniste sottovento, in questi giorni, lo pensereste proprio. Non abbiamo molto tempo per lavarci sotto le ascelle, noi ricercati. » Mi riempie il bicchiere. « Non sono il ricercato che ricercate », mi dice.

« E dov'è che lo trovo, quell'altro? »

« Delegatemi. Andremo insieme a prenderlo. »

« È ancora là? »

« Non ha modo di andarsene. La mia lancia si trova a Chokoloskee. Il negro si è preso il battello. E questo John Smith ha paura dell'acqua, da morire, e non s'azzarderebbe a manovrare da solo la goletta — sempre che sia ancora a galla, dopo l'uragano. E poi non ha idea del guaio in cui si trova. Quindi, non sospetterà di me. Posso andar là tranquillo. »

« Non sospetterà di voi. »

« Non sa che qualcosa è andato storto. »

« Qualcosa è andato storto, dunque. »

Gli occhi di Watson si appiattiscono, per misurarmi. La pausa, prima che mi risponda, è un po' troppo lunga.

« Se ci foste voi nei panni di questo Smith, e veniste a sapere che l'unico testimone del vostro crimine è andato a Pavilion Key e ha spifferato tutto, non direste che qualcosa è andato storto? » Torvo, mi scruta. « Si sospetta di me, dunque? Io non c'ero. »

« Il negro ha detto che voi siete il mandante. »

Sotto il cappellaccio nero, gli occhi si fanno stranamente pallidi, come se l'azzurro sbiadisse nel bianco. Un lupo o un gatto, alle strette, mostrerebbero più agitazione di quest'uomo; magari il guizzo di un orecchio, un movimento degli occhi, un tremito del labbro. Lui no. Non batte ciglio. Come un orso che attende imperscrutabile. O come un'antica maschera calusa, priva di ogni espressione.

Mi sento come svuotato. « Così ha detto, in un primo momento », rispondo. La mia voce è lontana, ma stranamente calma. « Quando l'hanno avvertito che doveva sostenere quest'accusa di fronte a voi, allora ha cambiato versione. E ha dato tutta la colpa al vostro caposquadra. »

La vita ritorna sul viso di Watson. « John Smith », bisbiglia.

« Come mai non usate il nome Cox? »

Watson rifiuta di mostrarsi sorpreso. « Perché non lo usa lui, immagino. »

« Qual era il movente di Cox, Mister Watson? »

« Non gli occorre un movente, a quello, per uccidere. »

« Sapendo questo, lo tenevate là con vostra moglie e i vostri figli? »

« Gli occorre un movente per lavorare, forse, ma non per uccidere. » Siccome non sorrido, aggiunge: « I miei stavano quasi sempre a Chokoloskee. E poi, gli dovevo un favore, a Les Cox ».

« Dovevate un favore a Les Cox », ripeto. « Volete parlarmene? »

« Nossignore. » Watson aggrotta la fronte. Beve, per reprimere un impeto di collera.

« Perché siete venuto a cercarmi, se non intendete parlare con sincerità? »

Gli occhi gli si fanno piatti di nuovo.

Allora dico, in tono più cauto: « Mi avete avvertito due volte di non cercare di arrestarvi. È come opporre resistenza all'arresto. E così anche puntare una pistola alle costole dello sceriffo della Lee County. Se volete il mio aiuto, vi conviene smetterla di infrangere la legge. » Sto parlando troppo, ma non riesco a smettere. « La prossima volta che vi avrò sotto tiro, vi porterò dentro. »

« Minacciate il padre di Carrie Langford? » Poi, aggiunge: « Non ha senso litigare noi due, Frank ». Un'altra pausa. Poi, con voce stanca: « Se mi terrete sotto tiro, vi converrà sparare. Perché in galera non mi ci portate ». Scuote la testa. « Non è una minaccia, sceriffo. Volevo solo informarvi. »

« Cominciamo da capo. Chi è Leslie Cox? »

« Merda! » sbotta Watson, come se gli facessi perdere del tempo prezioso. Batte un pugno sul tavolo. « Sono andato a Fort Myers, nonostante un tremendo uragano, per denunciare un orrendo crimine e fornire la mia versione dei fatti, prima di ritrovarmi con la corda al collo! Credete che non lo so cosa pensano di me? Se ero colpevole, non andavo a cercare lo sceriffo! »

« Lo sceriffo della Lee County. Ma gli omicidi hanno avuto luogo nella Monroe County. » Faccio una pausa. « Giocate d'azzardo perché contate di ottenere un miglior trattamento a Fort Myers. » Altra pausa. « Pensate che gli amici di vostra figlia potranno aiutarvi. »

« Mi sbaglio forse? » Mi porge la fiaschetta. Scuoto la testa. « Perché non sono scappato? È questo che vi chiedete? Veramente, ci ho pensato su. Potevo benissimo prendere il treno per New York. » Beve. « Ebbene, sono stanco di scappare. Ho deciso di restare e di difendermi. »

Restiamo in silenzio per un po', ascoltando la goletta che sbatte contro i piloni del molo. Il vento morente sibila ancora fra le sartie.

« Sentite. Voglio raccontarvi come sono andate le cose. Statemi a sentire, poi deciderete. D'accordo? » Piega la testa e mi fissa attentamente. Poi: « Non ho mai dato ordine a Cox di uccidere quelle persone. Mi avete chiesto quali potevano essere i moventi di Cox. E i miei? Che motivo avevo io per farli ammazzare? Sono il proprietario della miglior piantagione, della casa migliore di tutto l'arcipelago. In ogni cucina, da Tampa a Key West, si usa la mia melassa. Ho figli grandi e ho due nipotine a Fort Myers. Ho una moglie giovane e tre figli piccoli. Ho un piano di bonifica dell'intera costiera. Ho il beneplacito del governatore, al riguardo. Perché dovevo andare a cercare guai? Diamine, ho conosciuto Broward a Key West, ai tempi in cui trasportavo fucili a Cuba con il *Three Brothers* ».

« Il governatore Broward è morto. Due settimane fa. »

La nave beccheggia e cozza contro il molo. Il fasciame scricchiola.

Watson si stringe nelle spalle. « Conoscete John Roach? Ha comprato un terreno a Deep Lake, con mio genero, per coltivarci un agrumeto. Quei due fanno assegnamento su una nuova strada che attraversi la Florida, per il trasporto dei loro prodotti, ma, vista la lentezza con cui si muovono i politici, ci vorranno anni. Raccolgono gli agrumi, d'accordo, ma marciscono. » Watson si sporge in avanti. « Henry Ford venne a Fort Myers anni fa, a trovare Edison, e quei ragazzi si sono incontrati con lui. Gli ho detto, a Roach: 'Perché non costruire una ferrovia a scartamento ridotto, da Deep Lake a Everglade? Sono dodici miglia. E da lì li porti via mare gli agrumi, a Key West oppure a Tampa'. » A Watson, adesso, gli brillano gli occhi. Diventa espansivo. « A John Roach l'idea è piaciuta. E mi ha fatto capire che, se sto lontano dai guai per qualche anno, potrò andare a Deep Lake come fattore. Perché Deep

Lake ha problemi e io ho idee. Persino Jim Cole lo ammette che Ed Watson ha buona testa per gli affari. E una volta finita la bonifica delle paludi sarà tutta una distesa di campi, laggiù. Questo si chiama progresso! E io intendo esserci dentro! »

Non so che cosa dire.

« Un uomo che fa prosperare quaranta acri di terra dura, in mezzo a selve di mangrovie maledette, cosa non sarebbe capace di fare, quest'uomo, con trecento acri di terra fertile a Deep Lake, eh? » Beve ancora. « Questa è la domanda che Roach ha rivolto a Langford! » Si schiarisce la gola. Poi, con più calma: « Non credete che io voglia vederla orgogliosa di me, Carrie, anziché spaurita e vergognosa? »

Mi sento stanco, stanco di Watson, perché mai? E stanco di Frank Tippins, anche. Quell'accenno a Carrie mi ha messo addosso una strana malinconia. Ora tutto mi è indifferente. I miei due figli mi danno più pensieri che soddisfazioni, e così la loro madre, Fannie Yates della Georgia.

« Se io fossi quell'assassino che dicono certi, credete che i miei parenti — che mi conoscono meglio di chiunque — mi sarebbero ancora fedeli? Fila o non fila, il ragionamento? L'unico che ho contro è Jim Cole. E Cole è il più grosso farabutto dell'intera contea. Si è fatto sostenitore della temperanza perché così sale il prezzo dei suoi alcolici di contrabbando. Usa la legge per violare la legge, ecco quanto! »

« È una grave accusa, questa... »

« Se non lo prendete, è perché non volete farlo. Siete in debito con lui, come lo sono io. Ma neanche a voi piace, quel bastardo sbruffone. Compra e vende, senza produrre nulla. Ha comprato l'albergo Royal Palm e dopo un anno lo ha rivenduto. Ha comprato la prima automobile, quella dannata Reo rossa con cui l'anno scorso scorrazzava per le strade, spaventando i cavalli. E l'ha già rivenduta, per farsi una Cadillac. »

« Se non era per Cole, finivate impiccato due anni fa, dicono. »

A Watson gli viene un attacco di tosse. « Ha manipolato la giuria del tribunale di Madison County, è questo che avete inteso dire? Ebbene, ha fatto la sua parte. Ha risparmiato uno scandalo ai Langford, e verrà ben ricompensato per questo, vedrete. » Annuisce, da ubriaco. « Anche voi lo dovrete compensare, un giorno o l'altro. » Piega la testa. « Deep Lake. Manodopera di galeotti. » Si stringe nelle spalle. « Sapete a cosa alludo, sceriffo? »

Mandare dei forzati a lavorare a Deep Lake, per aiutare Walt Langford: questa era stata un'astuta trovata di Jim Cole. Ma a lui, mi aveva confidato una volta, l'aveva suggerita Watson.

« Un'idea vostra, esatto? » dico. Poi mi stringo nelle spalle a mia volta.

« Sentite », mi fa lui. « Io ho anche altri progetti; non c'è soltanto Deep Lake. Grossi progetti. Come la bonifica delle Everglades. Lo sapete cosa vuol dire, questo? Progresso e prosperità per tutta la costa! E ciò avverrà presto! Lo vedremo! »

Di fronte a quella ostinata speranza, mi sento cadere le braccia.

« Ma Ed Watson non farà in tempo a vederlo? È questo che state pensando? »

Io continuo a tacere. Ascolto il vento.

« Perché avrei fatto ammazzare quella gente? Diamine, erano amici miei! Miss Hannah. Green Waller. Persino Melvin mi era simpatico, certi giorni. » Alza la voce. « Credete che non so che cosa si dice? Sì, certo, ho dei debiti. Quegli avvocati mi hanno rovinato. Ma risparmiare qualche salario... non è questo che mi può aiutare! »

Aspetto.

« Sono un uomo d'affari, io, vi dico. Ci tengo ad avere credito. Chiedete a Ted Smallwood. Chiedete a McKinney. Non ho avuto fastidi, da quando sono tornato nelle Isole. Mia moglie me lo aveva detto, che non dovevo prendere quel Cox. Sennonché gli dovevo qualcosa, ecco quanto. Un uomo deve far fronte ai suoi obblighi. 'L'onore è il bene supremo' — mai sentita questa? Platone lo disse. Non l'avete mai letto Platone? »

Scuoto la testa, e Watson mi imita. « Insomma, io ho pagato il mio debito con Leslie Cox. E lui ora dovrà pagare il suo, per questa faccenda. Se voi mi delegate. »

« Delegare un uomo che mi punta contro una pistola? »

Watson allora mi restituisce la pistola dopo avere sfilato le cartucce, che lascia rotolare sul tavolo. Me la porge, dalla parte della canna. « Prendete », mi fa. Quando l'afferro per la canna, che è puntata al mio petto, lui stringe forte l'impugnatura e mi guarda negli occhi, prima di lasciarla. « Non la caricate », dice.

Metto via la pistola. Quindi appoggio le mani sul tavolo, a indicare che il colloquio è terminato. Ma lui alza di scatto una mano appena mi muovo.

« Voglio solo... »

« Se Cox viene preso vivo, allora sarebbe la sua parola contro la vostra. E, data la fama che avete, la sua parola potrebbe farvi impiccare, anche se siete innocente. Quindi a voi conviene o ammazzarlo o fare in modo che tagli la corda. » Mi sento mancare il fiato. « Voi ora intendete andare là e uccidere Cox, poiché, oltre a eliminare un testimone, questo dimostrerebbe che Ed Watson sta dalla parte della giustizia. E volete che lo sceriffo venga con voi, per rendere la cosa legale. »

Watson annuisce. « È così che la pensate? » Lentamente, prende la sua pistola e la osserva. « Un uomo che avesse il sangue freddo a tal punto... »

« Non lo so come la penso », dico io, interrompendolo. Non ho voglia di sentire la fine di quella frase. A guardarlo in faccia, mi mette tanta paura che quasi me la faccio sotto. Dov'è Bill Collier? E tutti quegli uomini? Perché non vengono?

Dopo, mi chiederò perché mai ero tanto spaventato. Ma poi, di colpo, la paura passò e ritrovai la calma sufficiente per dire: « Voi siete sospettato, Mister Watson. Non posso mettermi con voi, e non lo farei nemmeno se potessi ». Riprendo fiato. « Per quel che riguarda la Lee County, voi siete in arresto. »

Watson resta in silenzio, continua a osservare la sua pistola.

Allora mi alzo lentamente in piedi. « Non avete precedenti penali nella Lee County... »

« Oh, state zitto! » si alza in piedi barcollando e, indicando con la pistola, mi invita a uscire nella notte. Incespica, vacilla. Quando si volta per chiudere la porta, mi dà le spalle. Non ha fretta: è così che mostra il suo disprezzo. Sa che non gli salterei addosso da dietro, né chiamerei aiuto. Sa che non tenterò di arrestarlo. Ma, se è per paura oppure per pietà, questo non lo saprà mai. E nemmeno io.

Mentre mi volta la schiena, gli dico: « Io torno a Fort Myers, per incontrare lo sceriffo di Monroe. Se voi uccidete Cox o lo fate scappare da Chatham Bend prima del nostro arrivo là, sarete perseguito ai termini di legge ».

Watson mi scruta, ma ha già la mente altrove. Se io vado a Fort Myers, lui avrà tre giorni di vantaggio su di me.

« Tornate all'emporio », risponde, « senza voltarvi indietro. »

Attraverso lo spiazzo sabbioso e mi avvio verso l'emporio di Collier. Mi discosto dall'ingresso fiocamente illuminato e, sotto la gronda, al buio, mi metto a pisciare, con un senso di sollievo, sferzato dal vento notturno, ascoltando lo sciacquio dell'acqua nel canale. Dopo aver ripreso fiato, ripesco nella tasca le cartucce e carico la pistola.

Bill House

La casa di Ed Watson, a Chatham Bend, era solida e fu probabilmente l'unico edificio a sud di Chokoloskee che si salvò dall'uragano del 1910. Sorgeva su una collinetta, uno dei luoghi più elevati — e più sicuri — di tutto l'arcipelago. Quindi vi chiederete: perché mai, alcuni giorni prima dell'uragano, Watson portò la moglie e i figli a Chokoloskee, se non perché voleva levarli di mezzo, in previsione di quel che sarebbe successo? Portò con sé anche Melvin, così « John Smith » poteva fare il suo sporco lavoro in santa pace.

Watson disse che aveva trasferito la famiglia a Chokoloskee perché, se la cisterna si inquinava, i bambini rimanevano senza acqua pulita. A Ted Smallwood gli raccontò che lui e Melvin tornavano a Chatham Bend « per portare soccorso » — parole sue — a quelli che erano rimasti là: Cox, Waller, Hannah Smith, il negro e la ragazza indiana. Ma ci tornò solo, il giorno prima dell'uragano, a Chokoloskee. E disse di avere lasciato Melvin a Chatham Bend e di avergli ordinato di legare ogni cosa perché non la spazzasse via l'uragano e poi tenersi pronto con tutti gli altri, ad andarsene. Dopodiché — così raccontò — lui andò a Lost Man's per controllare la sua goletta e vedere se Henry Thompson e i suoi avevano bisogno di qualcosa. Da Lost Man's tornò indietro con la lancia, verso nord, e si fermò a Chatham Bend. Ma qui nessuno rispose ai suoi richiami. Il luogo era silenzioso come una tomba. « Pensai», disse, «che li aveva caricati un peschereccio di passaggio; e così proseguii per Chokoloskee.»

Qui giunse la mattina di domenica. Ed era presente quando Claude Storter — la sera — portò la notizia del fattaccio.

Sennonché, dopo l'uragano, gli Hamilton diranno che Watson si era presentato a Lost Man's venerdì. E dato che a Chokoloskee si farà vedere solo la domenica mattina, dov'era stato nel frattempo, tutta la giornata di sabato? E cosa aveva fatto Leslie Cox in tutto quel tempo prima che Watson tornasse a dargli la caccia?

Può essere che Cox se ne stava appostato per sparare a Melvin, quando quello sbarcò. E questo è quanto affermerà Watson. Ed è praticamente l'*unico* punto su cui Watson e il negro sono d'accordo. Quello che non sappiamo è se fu davvero Watson il mandante. Secondo me, sì. E anche secondo mio padre. E io credo che Watson sapeva di quei due cadaveri nel fiume, quando proseguì con la lancia verso Lost Man's, per vedere gli Hamilton o essere visto da loro.

Quando Claude Storter portò a Chokoloskee la notizia della strage, Watson rimase terribilmente sconvolto e andò su tutte le furie. Per quelli che come Ted cercavano di discolparlo, questa era una prova dell'innocenza di Watson. Certo che *era* sconvolto. La sua collera era sincera, perché aveva scoperto, in quel momento, che il negro aveva spifferato tutto a Pavilion Key; perché aveva saputo sapere che il cadavere di Hannah Smith era venuto a galla e indicava col suo grosso piede proprio verso casa sua! Il suo complice aveva combinato un bel pasticcio — ecco cosa venne a sapere in quel momento — e allora agitò il pugno e giurò davanti a Dio che Leslie Cox avrebbe pagato il fio delle sue malefatte, quant'è vero che lui si chiamava Edgar Watson. Mai visto un uomo altrettanto sincero, in vita mia.

Naturalmente non si parlava d'altro che di Cox. E così, vedendo quanto tutti avevano paura di quell'assassino forestiero, Watson decise di cambiare musica. Prima di partire, disse che era convinto che la sua casa, costruita con legno di pino della Dade County, era abbastanza robusta da resistere a qualsiasi tempesta; e anche la cisterna. A Ted confidò quindi che aveva portato moglie e figli a Chokoloskee non per paura dell'uragano o dell'inquinamento, ma solo perché quel farabutto di « John Smith » (così infatti continuava a chiamarlo) aveva intenzione di assassinare lui e la sua famiglia. Perché aveva cercato di portare in salvo quello stesso farabutto, quando ripassò per Chatham Bend, dimentico però di dirlo. E continuava a chiamarlo « Smith », come se stesse ancora nascondendo la sua vera identità. Il che mi rese sospettoso allora e ancor oggi mi mette in sospetto.

Watson partì più presto che poteva. Con l'alta marea si recò a Everglade quella sera. Qui alloggiò presso il suo amico R.B. Storter e lo convinse a condurlo in barca fino a Caxambas. Da lì proseguì a piedi fino a Marco. Qualcuno lo portò a Wiggins Pass, dove oggi c'è Naples. Qui prese in prestito un cavallo e raggiunse Bonita Springs, che a quel tempo era chiamato Survey. È lì che si trovava la sera di lunedì, quando l'uragano si abbatté con tutta la sua furia e imperversò fino all'alba di martedì. Cessato l'uragano, o almeno diminuita la sua intensità, Watson raggiunse Punta Rassa e da lì, in barca, si fece portare a Fort Myers. Seppe che Frank Tippins non era in città e così, il giorno dopo, lo raggiunse a Marco. Fu il giorno seguente — giovedì — che passò per Chokoloskee, diretto a Chatham Bend.

A questo punto tutti avevano paura di Watson, sapendo che poteva essere lui il mandante di quei delitti. E così alcuni uomini, fra cui mio padre, si presentarono a lui, in gruppo, e gli dissero: « Vi conviene aspettar qui lo sceriffo ». Al che Watson rispose che aveva aspettato anche troppo, e che Cox se la sarebbe svignata, se lui non si affrettava a piombargli addosso a Chatham Bend. Notammo che non lo chiamava più John Smith.

Watson dichiarò che non aveva alcun bisogno dell'aiuto di nessun « codardo poliziotto » per sistemare una carogna come Leslie Cox; e che era suo preciso dovere, nei confronti dei suoi cari amici assassinati, dare una lezione a quel sanguinario figlio di puttana, prima che tagliasse la corda.

A dimostrazione di quanto era sincero, Watson disse che lasciava mogli e figli in ostaggio: « Che il diavolo se lo porti, ragazzi, se Edgar Watson non torna, fra due giorni, con la testa di Cox! » Di fronte a tutti giurò di ucciderlo.

La gente aveva più paura di Cox che di Watson, e lui se ne approfittò. Un conto era un assassino padre di famiglia, un altro conto era un assassino forestiero a piede libero. E, se Watson non ammazzava Cox, Cox avrebbe ammazzato Watson. In ogni caso non li avremmo visti più, nessuno dei due.

Ebbene, perdio, i suoi vicini di casa l'applaudirono, e poi l'applaudirono di nuovo quando comprò una provvista di cartucce a pallettoni per la sua doppietta, all'emporio di Smallwood. Mio padre e gli altri non se n'erano accorti, che la doppietta con cui li aveva convinti a lasciarlo andare era scarica. Mio padre era ancora dell'idea di arrestarlo, ma nessuno degli altri aveva abbastanza fegato. Se ci fossi stato io, a dar man forte a mio padre (e, secondo lui, dovevo esserci) allora lo avremmo fermato, a quel punto.

« Be' », dissi io, « qualcuno sarebbe stato fatto secco, senz'altro. E forse sarebbe toccato a te! »

Oh, D.D. House andò su tutte le furie. Quei fessi che lui si vergognava di avere come vicini — disse — si erano lasciati « mettere nel sacco » da Edgar Watson. Per tutto il resto della sua vita, mio padre mi darà la croce addosso perché ero rimasto a House Hammock, a riparare i danni dell'uragano, come del resto m'aveva ordinato lui.

Fu così che gli uomini che avevano formato una squadra per arrestare Ed Watson lo guardarono partire e salutarli col cappello dalla barca. Uno solo di loro rispose al saluto agitando a sua volta il cappello: mio cognato Ted Smallwood.

Sta di fatto che quegli uomini erano gente comune, che non aveva alcuna voglia di mettersi contro un desperado, ed erano ben felici di essersi fatti mettere nel sacco, evitando una resa dei conti. Dunque, Watson si salvò ancora una volta con le chiacchiere. Era un politico nato, quell'uomo.

Appena scomparso alla vista, i nostri cominciarono a discutere fra loro, incolpando questo e quello della mancata cattura di Watson. Erano avviliti e furiosi. Ma si consolavano dicendo che, la prossima volta che gli capitava tra le mani, gliel'avrebbero fatta pagare, anche questa. Si sarebbero sbarazzati di quel fuorilegge, garantito, alla prossima mossa falsa.

Non passò molto che alcuni di loro presero a dire: « Sta' a vedere che Watson è andato là apposta per aiutarlo a scappare, quel Cox, altroché ». Trascorsero due giorni senza che Watson si rifacesse vivo. E allora cominciò a girare la voce che aveva accompagnato Cox fino alla più vicina stazione ferroviaria. La strada ferrata quell'anno era già arrivata fino a Long Key. Tutto bene, purché se ne fosse andato via anche Watson, insieme a Cox. Nessuno lo diceva chiaro e tondo, ma era quello che tutti speravano, dentro di sé. Non avevano tanto sete di giustizia quanto voglia di dormire tranquilli la notte.

Mamie Smallwood

Nonna House dichiarò ch'era giusto che Mister Watson fosse scomparso durante la tempesta, da quel demonio che era. Credevamo tutti, infatti, di averlo visto per l'ultima volta quand'era partito per il nord alla vigilia dell'uragano. Ma Mister Watson non aveva ancora chiuso con noi. Tornò infatti da Fort Myers il 21, a trovare la moglie e i figli. Aveva gli occhi rossi ed era tanto stanco che si sdraiò sul nostro bancone, mentre parlava, senza smettere di tener d'occhio la porta. Ci raccontò che lo sceriffo Tippins era tornato a Fort Myers ad aspettare rinforzi dallo sceriffo della Monroe County; « E siccome non mi ha voluto delegare, a me », disse, « mi sono delegato da solo. » Stava appunto andando a Chatham Bend per « arrestare quel farabutto », prima che tagliasse la corda.

Nel nostro emporio comprò alcune cartucce per la doppietta. A quei tempi le cartucce erano rivestite di cartone; e quelle lì le avevamo recuperate dopo l'alluvione, quindi erano tutte gonfie. Gli dissi: « Non sono adatte, queste cartucce, per la caccia all'uomo! » Volevo che l'ammazzava, quel Cox, senza pietà. Lo volevano tutti. E lui mi strizzò l'occhio, allora, e rispose: « Oh, be', Miss Mamie, se queste sono le cartucce migliori che avete, per me andranno bene ».

La famiglia House era tornata a Chokoloskee e così Lovie Lopez e i suoi figli, e anche Tant Jenkins e Henry Smith, da Pavilion Key. Altri arrivarono poi alla spicciolata, da Lost

Man's: i Thompson, gli Hamilton, il giovane Andrew Wiggins. Nessuno di loro fece più ritorno al sud, perché la tempesta non gli aveva lasciato nulla a cui tornare.

Papà House, Charley Johnson e alcuni altri avevano in mente di arrestare Ed Watson, ma non dissero niente a nessuno, fino a che non se ne andò. Mister Watson aveva la doppietta, con sé, e non avrebbe permesso a nessuno di fermarlo. Nessuno quindi gli sbarrò la strada, anche perché sembrava ubriaco dalla stanchezza e con gli occhi fuori della testa.

Disse: « Tornerò! » come per sfidare chiunque aveva in animo di fermarlo. E papà House gli rispose: « Se intendete tornare, vi conviene portare Cox insieme a voi ». E Mister Watson: « È un avvertimento, questo, Mister House? » E D.D. House: « Potete prenderlo così, Mister Watson ».

A Mister Watson non gli andò a genio, questa risposta, nemmeno un po'. Disse: « Vivo o morto? » E D.D. House: « Morto per noi va bene ».

Mister Watson salì a bordo della barca. « Se non vi porto lui, vi porto il suo cappello », concluse, avviando il motore.

Poi si allontanò in direzione di Rabbit Key, *pot-pot-pot*. Per la seconda volta in una settimana sperammo che non si facesse più rivedere.

Ma Mister Watson — come dice Ted — non sapeva mai dove tirare una riga. Non era il tipo. Forse noi avevamo finito con lui. Ma lui non aveva finito con noi. Tanto più che la famiglia era rimasta lì, a Chokoloskee.

Mister Watson non era ancora sparito alla vista quando la moglie, poveretta, cominciò a capire che tirava aria cattiva per lei sull'isola. Tutti la evitavano, non la guardavano nemmeno in faccia. E lei non si fidava a lasciarli soli, i suoi figlioli, aveva paura che potesse succedergli qualche disgrazia.

Il silenzio che circondava quella povera donna, a Chokoloskee, era fatto di odio e di paura. Paura del marito e odio verso di lei, perché non poteva non sapere che razza di uomo era il padre dei suoi figli. E la paura era dovuta soprattutto al fatto che la sua presenza fra noi poteva bastare a richiamare quel demonio. I più freddi, verso di lei, erano proprio quelli che l'ospitavano a casa loro.

Bill House

La nostra casa si trovava poco lontano dall'emporio di Smallwood. La stavamo riparando dai danni dell'uragano, quando udimmo il motore della lancia, *pot-pot-pot*. Nostro padre emise un sospiro e si raddrizzò sulla schiena. Depose la scure, piano piano. « Ragazzi, è lui. »

Pa', Dan, Lloyd e io prendemmo i fucili e scendemmo verso l'approdo di Smallwood. Henry Short ci seguì a qualche passo di distanza. Mi stupì, quando vidi che aveva con sé il vecchio fucile che pa' gli aveva regalato tempo prima. Nessuno gli aveva detto di venire e nessuno gli disse di andarsene via. Lui non aprì bocca e si andò a mettere sotto gli alberi. Non so cosa gli passava per la mente, non ne abbiamo mai parlato, ma Henry Short era uno che ci aveva testa e stava sempre al posto suo. Se era lì, con noi, era perché in quel momento era giusto così.

Mio suocero, Jim Howell, e Andrew Wiggins, marito di un'altra figlia di Jim, Addie, anche loro erano con noi. Eravamo una ventina, uno più uno meno: quasi tutti gli uomini di Chokoloskee, dunque. Molti avevano un fucile, per non sfigurare, ma solo pochi erano disposti a usarlo, e anche loro avevano paura. Lo sceriffo non si era visto, quindi dovevamo tentare di arrestarlo noi, e si sperava per il meglio. Alcuni — non dirò chi — da giorni ripetevano che se Watson si ripresentava bisognava spararGli, senza perdere tempo a fargli domande. Non volevano altro che quella brutta storia venisse chiusa una volta per tutte. Meglio farlo fuori — dicevano — perché, date le amicizie potenti di suo genero e soltanto la parola d'un negro contro di lui, se la sarebbe cavata anche stavolta. L'avrebbe fatta franca come sempre.

Dicevano di non poter più sopportare l'ingiustizia. Ma io credo che avevano soprattutto paura della vendetta di Watson, se rimaneva vivo. Era uno che saldava i conti, lui, come diceva sempre Ted. Occhio per occhio, questo era il motto di Watson, se ce ne aveva uno.

Pa' disse: « Non può ammazzare venti uomini ». Lui voleva arrestarlo, non ucciderlo. E i suoi figli erano dello stesso parere. In seguito, però, si dirà che gli House lo volevano morto ad ogni costo, poiché l'Imperatore Watson, con le sue caldaie da centocinquanta galloni e le moderne attrezzature, aveva in mente di mettere le mani anche sulla nostra piantagione a House Hammock, e sbatterci fuori.

Ted Smallwood uscì dal pollaio sotto casa ma non volle unirsi a noi. Disse che lui non ci aveva niente a che fare, con questa faccenda. Watson era il suo miglior cliente e non aveva niente contro di lui. E d'altronde non aveva niente contro nessuno di noi. E poi, aggiunse, gli aveva ripreso la malaria. Ma a me pareva in buona salute, invece.

Ted parlò troppo. E più ne diceva più era difficile capire cosa voleva.

In seguito la gente dirà che Smallwood fu l'unico a restarne fuori. Non è vero. Anche altri vennero con noi disarmati, ma ci vennero. Credo che tutti, dal primo all'ultimo, non vedevano l'ora di farla finita.

L'uragano aveva portato via il moletto di Smallwood, quindi Watson approdò con la *Brave* sulla spiaggia. Era l'ora del tramonto. Certo li aveva visti, quegli uomini armati, a un centinaio di metri dalla costa, e perciò sapeva che era arrivata la resa dei conti. Perché allora approdò lo stesso? Ecco cos'è che mi tormenta. Non ebbe un attimo di esitazione, spense il motore e lasciò che le onde lo sospingessero a riva.

Approdando così rapidamente, e sicuro di sé, colse tutti di sorpresa. Aveva gli occhi spalancati e un'aria stupita, come se non li avesse mai visti tutti insieme, i suoi vicini. Salutò col braccio e sorrise, lieto di una simile accoglienza, a parte gli sguardi truci e i fucili. Sembrava ansioso che mettessimo a parte anche lui del nostro scherzo, che gli facessimo sapere cosa si aveva in mente.

Certi vi diranno, oggi, che non scese neppure dalla barca, ma non è vero. Saltò subito a terra, col fucile che gli penzolava sul fianco sinistro. Certo aveva calcolato il rischio di quella mossa ardita, cioè di beccarsi subito qualche scarica come benvenuto. Ma conosceva i suoi vicini di casa, sapeva che non avevano grande esperienza, non ci avevano l'abitudine di puntare un fucile carico contro qualcuno, e men che meno di premere il grilletto. Stavamo là, in branco, sentendoci sempre più stupidi.

Quel sorriso innocente, quel fare cordiale avevano tolto la voglia di battersi a quei pochi, fra noi, che non erano già spaventati a morte.

« Ebbene! » disse guardandosi intorno e sorridendo. « Dove sono mia moglie e i figli? » Fu così che ci ricordò che era un padre di famiglia e un vicino di casa. Ed Watson sapeva quello che faceva, ci aveva già messo nel sacco due volte negli ultimi quindici giorni, e intendeva farlo anche stavolta. Tanto per non rischiare, infilò la mano destra nella tasca dove aveva la pistola. La folla rabbrividì.

Daniel David House era il più vicino a Watson. Io gli stavo accanto, sulla destra, e Dan e Lloyd sulla sinistra. Gli altri stavano sparsi.

Henry Short si era avvicinato e adesso stava di fianco a me. Era entrato a guado nell'acqua, fino al ginocchio. Teneva il fucile sul lato destro, pronto a imbracciarlo.

Ed Watson lo vide. Sollevò le sopracciglia e fece un cenno con la testa come per chiedere a quel negro spiegazioni: Perché mai era lì? Henry un tempo aveva lavorato per lui ed erano andati d'accordo. Ma adesso a Watson non gli andava di vederselo davanti armato. La collera gli si dipinse sul viso, rapida come il lampo.

Lentamente Henry alzò la sinistra, si tolse il cappello di paglia e poi se lo rimise. « Buonasera, Mist' Ed », disse, ma a voce tanto bassa che lo sentii soltanto io. Watson gli fece un cenno e borbottò qualcosa, con calma, ma non capii bene le sue parole perché mio padre si agitava vicino a me per scacciare le zanzare. Noi altri eravamo tanto tesi che non ce ne accorgemmo neppure, dei morsi delle zanzare.

A mio padre non gli è mai piaciuto aspettare. Disse subito: « Allora, Mister Watson? Dov'è Cox? »

Watson rispose: « Ragazzi, ora vi racconto tutto ». Gli aveva sparato non appena sbarcato, quando Cox gli era venuto incontro sul moletto, e l'aveva colpito alla testa. Ma, quel dannato era scivolato in acqua. Per due giorni aveva cercato di ripescarlo, con l'alta e la bassa marea, ma inutilmente. Il fiume era in piena, dopo l'uragano. Niente da fare, ragazzi. L'unica cosa che aveva recuperato era il cappello di Cox. E, sogghignando, tirò fuori dalla tasca un vecchio cappello di feltro.

Ce lo fece vedere: c'era un foro, come se questo dimostrasse qualcosa. Era un insulto. E Watson lo sapeva che era un insulto. Infilò un dito in quel foro e ammiccò, come se cercasse di incantare dei ragazzini, o degli idioti. Ci stava prendendo per i fondelli, con quel cappellaccio, ci sfidava a far qualcosa.

Fu Lloyd House, credo, a bisbigliare: « Cox non portava mai il cappello. L'ho visto ».

Mister Watson attese, con fare garbato. Sembrava che se la godesse, quella brezza e il rumore della risacca che a noi, invece, segava i nervi peggio del ronzio delle zanzare. Probabilmente pensava che il tempo giocava in suo favore. Continuava a mostrarci quel cappello e, intanto, ci scrutava in faccia a uno a uno. Quasi tutti sussultarono, quando lui tolse una mano di tasca per schiacciare una zanzara. A dire il vero, la pizzicò fra indice e pollice. Poi si guardò i polpastrelli insanguinati. E spalancò gli occhi, a quella sua maniera ch'era quasi comica — ma non del tutto.

Nessuno fiatava. Nessuno rise. Si davano schiaffi alle zanzare, questo sì. Era l'ora in cui sono più cattive, la sera. Magari gli « angeli della palude » punzecchiavano anche me, ma io ero troppo teso per accorgermene. Quella sera l'unico ad apparire disinvolto — l'unico che sembrava « vivere nella propria pelle », come diceva il vecchio Francese — era Edgar Watson.

Finalmente mio padre scosse la testa e mi disse, non ad alta voce, ma nemmeno troppo piano: « Diamine, non basta ».

Watson lo sentì, perché pa' voleva che lo sentisse.

« Mister House! Mettete in dubbio il mio onore? »

« Ho detto che quel cappello bucato non basta, ecco tutto. »

« Non basta per cosa? » La voce di Watson era calma e molto fredda.

Vedendolo tanto sicuro di sé, Isaac Yeomans tossisce e sputa, forse più sonoramente di quanto voleva. Poi, indicando il cappello, ringhia: « Quel buco non è mica stato fatto da quello schioppo lì ».

Watson lo guarda un momento. Poi: « Mi dai dunque del bugiardo, Isaac? »

E Isaac, cercando con lo sguardo il nostro aiuto, risponde: « Ti ho fatto una domanda ».

Watson annuì, con molta, molta calma. « Non è affar vostro, né di nessuno, ma comunque ve lo spiego. Sta di fatto che avevo posato la doppietta, per non insospettire Cox. E ho usato la pistola. »

Al che mio padre gli disse che gli dispiaceva, ma occorreva mandare qualcuno a Chatham Bend a controllare. Il corpo di Cox doveva ormai essere stato ributtato sulla riva. Mister Watson si renderà conto, gli disse, che dobbiamo trattenerlo finché il corpo non si trova, o finché non arriva lo sceriffo. Senza rancore, disse, ma non sarebbe una cattiva idea se Mister Watson ci consegnasse il fucile.

A questo punto udii un rumore alle mie spalle. Non avevo bisogno di voltarmi per sapere chi stava pronto a darsela a gambe.

Watson rispose, quasi con un ringhio: « Nossignore, non mi pare una buona idea ». E un'altra cosa che non capiva, disse, era perché mai i vicini si mostravano tanto sospettosi. « All'epoca dei fatti, non mi trovavo forse a Chokoloskee, io? » E ci rivolse un mesto sorriso deluso, scuotendo la testa.

Mio padre venne al sodo, com'era nella sua natura. « Vi ordiniamo di deporre quel fucile, Mister Watson. »

Ed Watson guardò, al di sopra delle nostre teste, verso l'emporio. I suoi amici di Lost Man's stavano là, sui gradini, a guardare. Nessuno disse una parola. Lui dovette capirlo che quelli intendevano tenersi a distanza, fuori portata della doppietta. Forse vide sua moglie, forse no, poiché di nuovo scosse tristemente la testa e incurvò un po' le spalle.

Per un momento appena parve incerto, come chi si risveglia da un sogno in un luogo forestiero. E provai pena per lui. L'unica volta che provai pietà per lui fu quando lo vidi così insicuro. Ma mi passò subito, ve l'assicuro. E a lui, in un batter d'occhio, passò quel momento di incertezza. Riprese il tono arrogante, e quell'aria astuta e cattiva di un uomo che è pronto a toglierti la vita senza pensarci due volte.

Nossignore, disse, non riusciva proprio a capire perché mai i suoi vicini e amici lo trattavano a quel modo, quando sapevano bene che con quei delitti lui non c'entrava. Era Les Cox l'unico colpevole, e Cox era morto.

« Finché non ne avremo la prova, voi siete in arresto », dissi io, per far intendere a mio padre che lo spalleggiavo.

Watson fece una smorfia. Si succhiò i denti e sputò, poi calpestò lo sputo sotto un piede, con durezza.

« No, non sono in arresto », rispose, « poiché non avete nessun mandato, voialtri. » E passò di nuovo in rassegna le nostre facce, soffermandosi su quella di Henry Short, con uno scatto del mento.

Quella collera, così improvvisa e così fredda, intimorì la fila di uomini, e alcuni — non dirò chi — cominciarono a far sì con la testa, come per dire che Mister Watson non ci aveva tutti i torti e che era meglio tornare tutti a casa e pensarci un po' su. Alle mie spalle udii bisbigliare: « Be', ragazzi, visto che non c'è un mandato di cattura, io dico che forse è meglio lasciar stare e badare ai fatti nostri ».

Ma D.D. House non intendeva mollare. Era il tipo da tener testa a Watson, lui. In seguito la gente dirà che si comportò così spavaldamente perché, essendo vecchio, non aveva molto da perdere, lui, e non pensava che anche dei giovani potevano rimetterci la pelle, compresi i suoi figli. Ebbene, non è così. Non è affatto così. Fatto sta che mio padre, Daniel David

House, intendeva portare a termine quel che aveva cominciato, perché, figli o non figli, non vedeva altra via d'uscita.

Perciò disse: « Mister Watson, deponete quel fucile ». Era l'ultimo avvertimento. E che i figli stessero pronti a sparare alla prima mossa falsa.

Fino a quel momento Watson aveva cercato di guadagnare tempo, sperando di logorarci i nervi. Può essere che sospettasse che l'avremmo ucciso comunque, anche se si arrendeva. Doveva prendere una rapidissima decisione.

Conoscendo Watson, sono sicuro che aveva già fatto i conti delle sue probabilità, prima ancora che mio padre gli intimasse di deporre le armi. Anzi, prima ancora di approdare con la barca. Probabilmente pensava che, se fosse arrivato al processo, aveva qualche possibilità di cavarsela, visto che solo un negro lo aveva accusato. E lo stesso negro si era poi rimangiato tutto. Non c'erano prove contro Watson.

Furbo com'era, sapeva anche che proprio per questo potevamo decidere di linciarlo, per non correre rischi. Dopo averla fatta franca tante volte — in Oklahoma, ad Arcadia, nella Columbia County — forse temeva che la fortuna non l'assistesse più. Quelle facce rigide gli avran fatto capire che questa volta non poteva salvarsi con le chiacchiere, ma dato che era tanto pieno di rabbia non gli venne in mente di arrendersi. Doveva essersi accorto che quegli uomini avevano paura, e quindi erano pericolosi, ma al tempo stesso era un vantaggio per lui.

Quando mio padre si mosse, Watson alzò una mano, come una specie di profeta biblico. Pa' si fermò.

Oltre alla doppietta, Watson aveva una pistola. Forse due. La distanza tra lui e noi era proprio quella giusta per farne secco qualcuno con una scarica e mettere in fuga gli altri. Dopodiché poteva saltare sulla barca, tenendoci a bada con la rivoltella. Insomma, avrebbe potuto cavarsela, cogliendoci di sorpresa, prima che ci rendessimo conto di quello che succedeva: prima che ci entrasse in testa che un uomo, nostro vicino di casa da vent'anni, poteva sparare nel mucchio, come fossimo tacchini.

Alcuni dicono, oggi, che videro un rossore improvviso sul

viso di Watson e un lampo di folle collera nei suoi occhi. Ma non ci fu tempo, e non c'era nemmeno abbastanza luce, per vedere cose del genere. Quelli che dicono di averle viste, ci avevano tanta paura, in quel momento, che non vedevano un bel niente, oppure, probabilmente, non c'erano nemmeno lì. Ma io giuro, e giurerò fino alla morte, che sentii stridere i suoi denti, quando Watson imbracciò il fucile e ce lo puntò contro.

Pensai che era finita, e mi si gelò il sangue nelle vene. Mi morsicai la lingua per non gridare. Anche mio padre, lo so, credette che era giunta la sua ora.

Ma il fucile di Watson fece cilecca. Le cartucce erano bagnate. La polvere esplose a malapena, con un botto attutito.

Mio padre ce l'aveva puntata al petto, quella doppietta, e vide le bocche da fuoco sussultare — così dirà — tanta era la forza con cui Watson premette il grilletto.

Stava mettendo mano alla pistola, quando io feci fuoco.

P-dum! Quello sparo fatale mi rimbomba ancora nelle orecchie. Seguì subito un altro sparo. Due colpi quasi simultanei. Dopodiché scoppiò l'inferno.

Watson mosse alcuni passi, portato dalle gambe, chino in avanti come un uomo sul ponte di una barca in mezzo alla tempesta. Ma, mentre camminava, stava cadendo a faccia avanti, lentamente dapprincipio, come un albero abbattuto. La pistola gli era sfuggita di mano. Vidi la sua bocca contorcersi in un atroce spasimo.

Credo che era già morto quando stramazzò a terra, e che le gambe abbiano trasportato un cadavere, in quegli ultimi passi. Credo che a ucciderlo è stata la prima pallottola. Ma continuò ad avanzare per un buon tratto. Tutti possono confermarlo. Tanto è vero che, vedendolo farsi avanti a quel modo — bell'e morto — parecchi si misero a urlare e darsela a gambe anche dopo che stramazzò a terra.

Ethel Boggess, che era poco distante, giura che Watson, dopo morto, fece sette o otto metri prima di cadere a faccia in giù. Imbottito di piombo com'era, fino all'ultimo non volle rassegnarsi. Era il diavolo che aveva in corpo, a portarlo, dirà sempre mia nonna. Solo un demonio poteva spaventare i cristiani anche dopo morto.

Poi tutti si accalcarono intorno al morto, e quasi mi scaraventarono per terra. Continuarono a sparare per un pezzo! Erano scatenati, adesso, urlavano e imprecavano, i ragazzini correvano su e giù, abbaiando come cani, mentre le pallottole fischiavano nell'aria. Fu un vero miracolo se non ci furono altri morti.

Mai visto un uomo stramazzare così. Giaceva con la faccia sulla terra insanguinata, e il vento gli faceva ondeggiare i lunghi capelli sulla nuca, sollevava i lembi della giubba sforacchiata in più punti.

Quei capelli e quella giacca erano le uniche cose che si muovevano. Mister Watson era morto senza un gemito. Mai visto un uomo tanto morto in vita mia.

Hoad Storter

A Everglade, le cisterne eran tutte inquinate, dopo l'uragano. E non c'era acqua potabile. Dopo la tempesta seguì un lungo periodo di siccità, che durò più di un mese. Il cielo si era prosciugato, grigio come vecchi stracci.

Nel tardo pomeriggio del 24 ottobre, mio fratello George e il giovane Nelson Noble andarono in barca a Chokoloskee, per attingere acqua da bere. Avevano appena superato il promontorio, quando udirono una sparatoria, improvvisa, come fuochi d'artificio. Era già buio abbastanza per vedere il bagliore delle bocche da fuoco. Durò più d'una decina di secondi. Poi silenzio assoluto. E in quell'improvviso silenzio si udì, distintamente, il verso di un gufo.

Il moletto di Smallwood era stato spazzato via, la *Brave* era arenata sulla riva e Mister Watson giaceva là come se fosse piombato giù dal cielo. A parte due o tre cani che l'annusavano, nessuno gli andava vicino. I nostri ragazzi si tennero a distanza, con le brocche in mano.

Alcuni di quegli uomini erano stravolti, altri furiosi, altri ancora sembravano scossi, non parlavano con nessuno. Altri, invece, non facevano che parlare. Parlavano e basta — sembravano matti — e giuravano che Watson aveva cercato di ammazzarli tutti quanti e che aveva camminato per un pezzo dopo morto. Al disopra delle loro voci si udiva sempre il verso del gufo.

George e Nelson tornarono a casa a tarda ora. George ci raccontò tutto quello che aveva visto e sentito. Noi lo tempestammo di domande, senza sapere ancora cosa pensare. Mister Watson era benvoluto dalla nostra famiglia. Quando veniva a pranzo o a cena da noi non mancava mai di portarci qualcosa in regalo, fossero solo barzellette o notizie da fuori. « Non parlerò contro Ed Watson », disse nostro padre. « Si era amici e lui mi ha sempre aiutato e non mi ha mai fatto del male. » Tuttavia non riuscì a nascondere che si sentiva sollevato anche lui.

Watson aveva annunciato che aveva ucciso Cox e D.D. House aveva detto che si andava a controllare e gli aveva ordinato di deporre le armi. Watson invece gli aveva puntato contro la doppietta e aveva premuto il grilletto. Ma il fucile aveva fatto cilecca. C'era qualcosa, però, in questa storia, che non quadrava. E tutt'oggi non siamo riusciti a capire che cosa.

Mio padre disse: « Se il fucile non ha sparato, come fanno a essere certi che lui ha premuto il grilletto? »

« L'hanno visto sobbalzare », spiegò George.

« Così ti hanno detto, ragazzo? O te lo sei sognato? »

Eravamo tutti stravolti.

« Mica dubiterai delle parole di tuo figlio », disse mia madre.

« Delle sue parole no, ma di *qualcosa* dubito. »

In seguito, alcuni diranno che non ne potevano più di Watson e che la sua uccisione era stata organizzata, anche se non tutti i presenti lo sapevano. Altri giureranno che non era vero e che se l'avessero saputo non avrebbero preso parte alla cosa. Quindi, gli animi erano già divisi riguardo a Edgar Watson.

Mio padre disse: « L'unica cosa certa è che l'hanno ammazzato ».

Anche Harry McGill, che in seguito sposerà mia sorella Eva, faceva parte della squadra. E così Charley Johnson. Il vecchio House e i suoi tre figli non negarono mai di avere sparato. Non so chi altri c'era — molti hanno cambiato storia — ma credo che erano presenti quasi tutti gli abitanti di Chokoloskee. Almeno una ventina, fra tutti.

La figlia di Nelson Noble, Edith, dirà che c'era anche suo

padre. Ma non è vero. Nelson arrivò dopo, insieme a mio fratello George.

E molti che dissero di essere andati lì per arrestarlo, Watson, e non per spararagli, be', non è vero. Anche loro *spararono.*

Molti ancora mi fanno domande su Edgar Watson. Non mi piace parlare di lui. Mi piace ricordare il gentiluomo che era. Così lo ricordiamo infatti noi altri Storter. Non lo so, cosa ci aveva dentro. Per me era un uomo simpatico, un amico.

Mio padre era solito dire che Watson era il tipo da regalarti il suo ultimo dollaro con la sinistra e sgozzarti con la mano destra. Si sente spesso questa battuta, adesso. Ma nessuno diceva così quando Watson era vivo, ch'io ricordi. Aveva però una certa fama già allora.

La gente si stancò semplicemente di lui, credo.

Bill House

La mia Nettie mi ha letto un libro famoso, sulla Florida, dove sta scritto che a sparare il primo colpo fu Luke Short, un pescatore bianco. Non è vero. Ma non è questa l'unica bugia. Quel libro dice che il capo della squadra che fece giustizia di Watson era McKinney, che rimase ferito. Ebbene, non solo McKinney non era il capo, ma non faceva nemmeno parte della squadra. E nessuno fu ferito da Watson, quel giorno.

I libri e i giornali che ne parlano non fanno mai i nomi di chi c'era in quella squadra, per il semplice motivo che nessuno glielo ha detto. Quando vengono certi forestieri a far domande, nessuno ci tiene a parlarci, con loro. Io non lo so per certo chi ha sparato e chi no, ma sono convinto che pochi si sono tirati indietro.

Se il fucile di Watson non faceva cilecca, mio padre sarebbe morto. Sapendo questo, lui voltò la schiena a tutto quel finimondo e si allontanò di là subito dopo. Gli si erano rotte le bretelle e si doveva reggere i calzoni. Camminava lentamente, come se avesse la gotta. Non me lo scorderò mai, quel passo. Non lo avevo mai visto, mio padre, come un vecchio.

Noi figli gli andammo dietro, anche se avevamo voglia di restare. Mio fratello Dan piangeva, era furioso, non sapeva nemmeno lui per cosa. Sia quelli che avevano sparato, sia quelli che si erano tirati indietro, tutti quanti provavano sollievo e, al tempo stesso, erano dispiaciuti. Ché a tutti riusciva simpatico

Ed Watson e nessuno aveva niente di personale contro di lui. La maggior parte di noi aveva goduto della sua generosità, in un modo o nell'altro. Questo cercammo di sputarlo fuori, in seguito, ripetutamente. Ma mio padre, D.D. House, non ne parlerà mai. Ci restò male, si intristì e divenne vecchio in poco tempo.

Quando la folla si disperse, Charles Boggess andò là con una lanterna insieme a Ted Smallwood. Lo rigirarono, lo coprirono con un telo. Ted cercò di piegargli le braccia sul petto ma, lentamente, quelle braccia tornarono a spalancarsi, come le tenaglie di un granchio. Così almeno racconterà Boggess, che è famoso per le sue bugie. Si spaventò di più a vedergli aprire le braccia a quel modo che non a guardare il buco che aveva al posto dell'occhio destro, racconterà Boggess negli anni successivi, quando tutti avranno dimenticato la verità, compreso lui.

Ted cercò anche di chiudergli l'altro occhio, ma non ci riuscì. La palpebra tornava a sollevarsi. Allora cercò qualcosa per coprirgli la faccia e trovò una bandierina in un cumulo di macerie spazzate via dall'uragano. Gliela mise sul viso. Forse poteva essere un sacrilegio su al Nord, chi lo sa. Al Sud erano passati cinquant'anni sì e no dalla guerra fra gli Stati, e D.D. House, che era partito soldato, non si era mai abituato alla bandiera a stelle e strisce, lui.

Lasciare quel morto all'aperto tutta la notte non mi andava. Non mi sentivo in colpa o altro, ma non riuscivo lo stesso a prendere sonno, con Watson steso là per terra in riva all'acqua, così andai a rendergli omaggio sotto la luna. Ted e Charley lo volevano trascinare dentro, ma non l'avevano fatto; io andai là con la stessa intenzione, ma neppure lo toccai. Non c'era posto per lui, non era gradito nemmeno lì dov'era. I cani, o i bambini, avevano tolto il telo e la bandierina. Tornai a ricoprirlo e mi tolsi il cappello. « Mister Ed, non mi pento di quello che ho fatto, ma tengo a dirvi che non c'era niente di personale », dissi.

Orbo, Ed Watson guardava le stelle in cielo, a braccia spalancate come a dare il benvenuto. Era strano, senza quel cappello nero in testa. Di rado lo si era visto senza. La barba era intrisa di sangue e di polvere, come il naso di un orso dopo il pasto. Al lume della lanterna l'unico occhio guardava sbarrato fra i grumi di sangue secco sulla fronte. Uno stivaletto era sforacchiato, l'altro gliel'avevano tolto — qualcuno forse se l'era preso come ricordo — e il piccolo piede sembrava pasta di pane grigio-bianca con le unghie gialle. Non c'erano più né quella larga cintura di cuoio da cow boy del Far West, né quel cappello nero di buona fattura.

Già i ragazzini, nei loro giochi, mettevano in scena la morte di Bloody Watson; li udivi gridare *pim pum pam* per tutta l'isola. Erano tanto eccitati che ci volle una settimana buona perché si calmassero. Del resto era naturale, poiché era la prima morte violenta cui avevano mai assistito.

Quella sera fu deciso, senza discutere, che non lo si sarebbe seppellito a Chokoloskee: anche dopo morto, quell'uomo faceva paura agli isolani. Si decise di portarlo a Rabbit Key. Quando andammo a prenderlo, al levar del sole, aveva perso anche l'occhio buono, beccato da un corvo o da un gabbiano.

Alla cruda luce del giorno, si vedeva che era tutto sforacchiato: fucilate, ma anche buchi di pallottole. Il vestito di buona stoffa era lordo di sangue. Una rigida carcassa cieca fra la polvere, la camicia strappata, l'ombelico peloso, pallini neri sotto la pelle e tutti quei fori rossi come morsi e le mosche che ronzavano. La bocca era la cosa più tremenda, coi denti in fuori, le labbra spaccate e tirate come se stesse ringhiando, ma con una smorfia che sembrava un sorriso. Vedendo questo, gli uomini si spaventarono di nuovo, e dicevano che Mister Watson sogghignava imperterrito come quando si era avventato attraverso la scarica di fuoco.

Mi guardai intorno, ma non vidi Edna Watson. Mia sorella non le aveva permesso di vedere il marito così sfigurato. « Datemi una mano », dissi, ma solo Tant si fece avanti. Tant, che non aveva preso parte all'uccisione, aveva gli occhi lucidi, doveva aver bevuto. Lo prese per le caviglie. Sollevandolo, disse che, secondo lui, i morti pesano tanto perché i loro corpi hanno brama di riposo, sottoterra.

« Questo, poi, è pieno di piombo », gli dissi.

« Non c'è da scherzarci, Bill », rispose Tant, perché lui gli voleva bene, a Watson.

« No, naturalmente, no », dissi io.

Un gemito si levò dalla folla presente, quando issammo il cadavere sulla murata. Nessuno ci diede una mano, per deporlo in fondo alla barca. Non volevano nemmeno toccarlo — come portasse scarogna — ma credo che era piuttosto paura. Alcuni annunciarono allora che non sarebbero saliti in barca assieme a lui, quasi che una goccia di quel sangue nero bastasse a contagiarli. Ci toccò sentire tutte quelle idiozie superstiziose mentre stavamo ancora tentando di caricarlo a bordo.

Poi la barca rollò e Mister Watson ci sfuggì di mano, scivolò giù dalla murata e piombò nel fango. Andai fuori dei gangheri e gridai: « Al diavolo, facciamola finita! » Mi sentivo indignato e non sapevo perché. Fui duro. E me lo rinfacceranno, in seguito, per dimostrare che gli House ce l'avevano con Watson. Afferrai una corda e, dopo avergli legato le braccia, gliela passai intorno alle caviglie; lo sollevai come fosse un alligatore morto, poi con una cima lo agganciai alla barca. Avviai il motore e trascinai il cadavere al largo, come fosse un tronco d'albero a rimorchio. Si rovesciò sul ventre e venne dietro, piedi avanti e faccia in giù. I ragazzini gli corsero dietro fin dove l'acqua era bassa, gridando e dandogli calci e frustate. Vidi Jimmy Thompson, Raleigh Wiggins, Billy Brown e altri due o tre. Mi pare che fosse Raleigh che aveva in testa il cappellaccio di Watson.

« Andate via! » La mia voce risuonò stridula. Dove diavolo erano i loro genitori, che fino a ieri si proclamavano amici di Watson? Perché lasciavano che i loro figli si comportassero come cani maleducati? La sera prima, nessuno dei suoi cosiddetti amici aveva cercato di avvertirlo, di farlo andar via, e nemmeno gli aveva consigliato di deporre le armi. Avevano forse paura di mettersi contro i loro vicini? Non credo. No, non quella gente di Lost Man's River. Sempre stati piuttosto testardi, sempre fatto a modo loro.

Secondo me, persino i suoi amici sapevano che era arrivata la sua ora. E forse se n'era reso conto anche lui, visto quanto sconsiderata era la sua condotta, da ultimo. Persino Ted Smallwood lo sapeva, anche se lo nega. Ma devo dire questo a suo merito: Ted non stette a guardare. Gli altri, invece, in fila davanti all'emporio, assistettero allo spettacolo, quando noi l'ammazzammo.

In viaggio per Rabbit Key, il cadavere si incagliò su un banco di ostriche, sfigurandosi ulteriormente. Quei piccoli piedi spuntavano fuori dall'acqua mentre lui si rovesciava. Quella povera testa sbatteva contro il basso fondale. Feci fatica a disincagliarlo, e avevo voglia di vomitare. Finalmente imboccammo il canale e lo rimorchiammo senza altri intoppi fino a destinazione. Ma fu un viaggio lungo e faticoso, poiché un motore di barca a quei tempi faceva più rumore che altro e quel peso morto ci frenava come un'ancora galleggiante. Quando arrivammo a Rabbit Key, aveva gli abiti a brandelli e anche la faccia. Non sembrava quasi più un uomo, ma un mostro marino vomitato dalla tempesta.

Con quella stessa corda lo trascinammo dalla riva fino alla fossa, legato come un pollo. Gli uomini erano ancora così impauriti che lo seppellirono a faccia in giù. « Così questo diavolo guarderà l'inferno! » è quel che disse uno. Gli sistemarono sopra due lastroni di roccia corallina, una di traverso alle cosce e l'altra di traverso alle reni per essere sicuri che non si levasse dalla tomba, nottetempo, per andare a tormentare quelli che gli si erano rivoltati contro. Prima di ricoprire la fossa, uno di quei prodi — non faccio il nome perché è mio parente — gli mise un cappio al collo e legò l'altro capo della fune a una mangrovia che sorgeva solitaria lì accanto. L'unico albero che aveva resistito all'uragano, su quell'isoletta.

Quel prode era uno di quelli che avevan le idee più confuse, dal momento che Watson non corrispondeva all'idea che si erano fatti di un delinquente. Per loro, un delinquente aveva l'aria subdola, era tutto sozzo, pieno di pustole e di cicatrici, con la pelle butterata, magari un orecchio mozzo, o orbo d'un occhio. E Watson non era certo così. Oh, sì, dicevano che Watson aveva « certi occhi da pazzo »... Ed era vero, quei suoi occhi azzurri avevano a volte una strana luce, quando ti fissavano. Ma perlopiù erano d'un azzurro pallido che si intonava bene — come diceva Nettie — con la pelle abbronzata e i capelli rossicci. Insomma, era un bell'uomo robusto e i suoi abiti erano puliti. Un uomo di bell'aspetto. Forse lo odiavano e lo temevano — come dicono oggi — ma lo stimavano anche.

Il suo fare deciso e audace li sgomentava; ma fu proprio quel suo temperamento a rovinarlo. E adesso, sfigurato a quel modo, faceva pietà. Non era più « Mister Watson » e qualsiasi gaglioffo poteva insultarlo impunemente, cosa che non avrebbero mai osato quand'era ancora « a immagine e somiglianza di Dio » come noialtri.

Se era ridotto così era anche per colpa mia, per come lo avevo trascinato. Anche per me era un sollievo che fosse morto, ma avevo al tempo stesso nostalgia di lui. Ho conosciuto tanti, in vita mia, meno simpatici di Mister Watson, ve l'assicuro.

Là sulla riva, Tant stava dicendo che Mister Watson lo aveva sempre trattato bene. Quando vedemmo che legavano al ramo dell'albero la corda che usciva dalla fossa, Tant si strinse nelle spalle e non si immischiò, ma io uscii dai gangheri. Gli dissi di sciogliere quel cappio, perché quell'uomo era già tanto morto quanto la legge consente di essere.

Uno di loro dice: « Oh! Bill pensa che impiccarlo non sta bene, a un signore così, vero, Bill? » E un altro dice: « Non scaldarti, Bill, questa corda serve solo da segnale, casomai che quei re del bestiame mandano a riprendere il cadavere ».

« Intorno al collo? » chiedo io.

Ma li ho tutti contro, perché tutti hanno una gran voglia di attaccar briga, come me. Io ero tanto disgustato che me ne lavai le mani.

E così è nata la leggenda di Watson impiccato dopo morto e poi sepolto sotto due pietroni così grossi che ci vollero dei forzati negri per sollevarli, quando i parenti da Fort Myers mandarono a recuperare il corpo, alcuni giorni dopo.

Lo sceriffo Tippins era già arrivato, assieme allo sceriffo della Monroe County, quando noi ritornammo a Chokoloskee, verso mezzogiorno. Li aveva portati Bill Collier col *Falcon*, da Marco.

Gli uomini dissero che Watson non lo aveva ammazzato nessuno: avevano sparato tutti assieme per legittima difesa.

« Vi ha sparato lui per primo? » domanda Tippins.

Gli uomini si grattano la testa e si guardano attorno, per vedere se c'è qualcuno fra loro che se ne ricorda. È Isaac Yeomans che risponde con un ringhio: « No, signore ».

« Ci ha provato », dico io.

Tippins mi guardò. Mi squadrò da capo a piedi, come fa lui. Poi ripeté, in tono ironico: « Ci ha provato ». Al che lui e il collega di Monroe si scambiarono un'occhiata, che doveva voler dire qualcosa, ma che non diceva proprio niente, perché niente sapevano, loro.

Frank Tippins era nervoso quanto noi, non riusciva a stare fermo un momento. Aveva bisogno di qualcuno con cui sfogarsi. Se la prese con me. « Tu ti chiami House », disse, come se quel nome bastasse a incriminarmi. « Sei tu il caporione, mi dicono. »

« Non avevamo nessun caporione. E nemmeno un capo. »

Mi guarda di nuovo dalla testa ai piedi. E così pure l'altro sceriffo, che ha un cappello da cow boy.

« Com'è che ti scaldi tanto? Ti vergogni di qualcosa? »

« Nossignore. Non ci ho niente di cui vergognarmi. »

Tippins cercava di farci uscire dai gangheri, così magari finivamo per lasciarci sfuggire qualcosa. La morte di Mister Watson era un omicidio, disse, e i responsabili dovevano andare a Fort Myers per un'udienza.

Chi non andava di sua spontanea volontà ci sarebbe andato ammanettato.

Charley Johnson pregò Smallwood di venire anche lui, per testimoniare che eravamo gente timorata di Dio, dato che Ted era quanto di più simile a un illustre cittadino avevamo noi. Bill Collier disse che avrebbe volentieri portato anche la signora Watson e i figli, gratis.

Mamie era terrorizzata, voleva andarsene via dalle Diecimila Isole per sempre. Sapeva bene che tipo era Watson, ma odiava gli uomini che prima gli avevano leccato gli stivali e poi l'avevano ucciso. Mia sorella l'aveva presa male.

Quegli uomini non erano leccastivali, nient'affatto. Noi si era gente comune, gente pacifica. Non avevamo mai saputo come prenderlo, quell'*hombre* selvaggio, finché non l'avevamo steso a faccia in giù per terra. Ora venivamo condannati per aver fatto quello che chi ci condannava voleva da noi.

Io non ero mai stato tenero con Watson e non ho avuto mai rimorsi, né quel giorno né poi. Avevamo fatto quel che bisognava fare. Ma, lo ammetto, ancor oggi mi vergogno per come hanno continuato a spararagli dopo ch'era morto, come per cancellare il ricordo di lui dalle loro coscienze. Alcuni spararono finché non finirono le cartucce.

Si decise, tutti quanti, di lasciar fuori Henry Short. Non volevamo procurargli fastidi, poiché sapevamo che Tippins non era tenero coi negri.

Non si è mai saputo che fine ha fatto quel negro che, a Pavilion Key, aveva dato per primo la notizia dei delitti di Chatham Bend. E che era stato consegnato allo sceriffo Tippins, a Fort Myers. Non ricordo il suo nome, ammesso che ne aveva uno. Si dice che lo mandarono a Key West, ma nessuno crede che sia mai arrivato vivo al suo processo.

C'è una cosa che non dimenticherò mai. Dopo tutto quel chiasso scese un silenzio quasi solenne, come se il Signore si preparasse a inviare un messaggio dal cielo. Si udiva solo lo stupido verso di un uccello spaventato. E fu allora che la sentimmo, la voce alta e chiara di Edna Watson: « Oh, Signore! Stanno ammazzando Mister Watson! » In quel momento, è ovvio, lui era già all'inferno.

Mamie era lì, immobile, a proteggere quella donna distrutta dal dolore e i suoi figli. Mia sorella aveva uno sguardo disperato. Il suo dolore mi penetrò nel profondo del cuore. Sapevo, dalla mia Nettie, che le donne dell'isola, da qualche giorno, evitavano Edna Watson. Capii che era terrorizzata, aveva paura che quegli uomini, dopo aver assaporato il sangue, potessero mettere a morte anche la moglie e i figli della loro vittima.

Odio dirlo ma, sapendo quanto esaltati erano alcuni di loro, aveva ragione.

I più pericolosi fra loro erano quegli stessi che per anni avevano sempre fatto finta di non vedere, quelli che dicevano che Watson non aveva mai ucciso nessuno, tranne magari un paio di negri, i quali del resto se l'erano andati a cercare, i guai. Ed erano gli stessi che, per sfogare i nervi, avevano riempito di pallottole il cadavere. Tanto gli bruciava che Watson li avesse spaventati che adesso volevano spaventare la vedova. E a tal punto le misero paura che cercò rifugio assieme ai figli nel pollaio sotto casa. Andarono a nascondersi là, carponi, prima che Mamie potesse fermarli. Erano gli stessi che provavano gusto a fare battute volgari su quel vecchio stallone di Watson che aveva la fortuna di montare quella bella puledra e che si fecero beffe di lei quando, mentre correva a nascondersi, le si sollevò la sottana, impigliandosi in un'asse. Se Watson avesse potuto vedere come quegli sciagurati schernirono e spaventarono sua moglie e i suoi figli, sarebbe tornato dall'inferno per ammazzarci tutti.

Mi sentivo nauseato. Mi misi in ginocchio, davanti all'usciolo del pollaio, e la chiamai: « Signora Watson! Non dovete aver paura! » Povera donna, avrà pensato che ero pazzo, a dir così, con il fucile ancora caldo e suo marito ancora sanguinante.

Ebbene, io non ero affatto migliore degli altri. No, quella giovane donna mi faceva salire il sangue alla testa, scatenava le mie voglie, ogni volta che la vedevo, che Dio mi perdoni! E sì che ero sposato da poco con Nettie Howell. Mi vergognavo talmente di me stesso che mi misi a gridare per cacciare via gli altri, come se avessimo sorpreso per sbaglio una signora a fare i suoi bisogni dietro una fratta.

Gli « angeli della palude » erano più tremendi che mai quella sera, ma quella povera donna e i suoi tre figlioletti rannicchiati nell'oscurità assieme alle galline putrefatte non emisero neppure un gemito, tanto avevano paura. Stavano lì, immobili come coniglietti appena nati. Mamie fece del suo meglio per tranquillizzarli, parlando loro attraverso le assi del pavimento, divelte dall'uragano, usando il tono dolce di una bambina che invita un gattino spaurito a scendere dall'albero. Quando infine riuscì a calmarli e a farli uscire di là sotto, puzzavano talmente di galline putrefatte che nella casa dove alloggiavano non li rivollero più. Non possono entrare in una casa per bene — dissero — con quel puzzo d'inferno addosso. Era già buio e i bambini piangevano, chiamavano il padre, avevano fame. Non avevano dove andare. E a quella povera donna cominciava a dar di volta il cervello.

La paura era solo una scusa. Fatto sta che nessuno voleva averci niente a che fare con la vedova e gli orfani di Watson, dato che Cox era ancora libero.

Il marito ci mandò la moglie a dire a Edna Watson che non potevano più ospitarla. E sì che era stato grande amico di Watson. Aveva fatto parte anche lui del gruppo che aveva giustiziato Watson. In seguito dirà, però, di non aver premuto il grilletto. Il che vuol dire che era con noi per motivi sbagliati. Non importa, se sparò o no.

Non occorre che io faccia nomi. Gli uomini che spaventarono la vedova e gli orfani di Watson e quelli che li cacciarono di casa sanno bene di chi parlo.

Quindi Mamie prese Edna e i figlioletti nella sua casa devastata dall'uragano, e quella povera famiglia non si scorderà mai di tanta gentilezza. Mamie aveva certo i suoi pregiudizi, però era una donna di fegato e di gran cuore, senza dubbio. Molte persone di Chokoloskee sono della stessa sua pasta. Si potrà criticare la loro ostinata ignoranza, e certe loro idee, ma bisogna lo stesso ammirarle. Sono buone d'animo, solide, oneste, timorate di Dio. Gli è toccata in sorte una vita difficile, e non si lamentano.

Gli sceriffi si recarono a Chatham Bend a bordo del *Falcon*, prelevarono il cavallo di Watson e quattromila galloni di melassa, per venderla a Fort Myers. Quattromila galloni! Quell'uomo aveva lavorato sodo, per dissodare quella terra avara e farla fruttare. Al suo posto, mi si sarebbe spezzato il cuore, a perdere tutto questo. Lo scopo della sua vita era quella piantagione che con tanta fatica aveva strappato a una boscaglia infestata di serpi.

Oh, sì, era proprio una gran bella piantagione. Mi pare ancora di vederla, quella solida casa bianca, il molo, i capannoni, la rimessa. Chatham Bend era quello che aveva da mostrare al termine del suo arduo cammino: quello che dava un senso alla sua vita. Non era più giovane, era stanco di scappare... ma la morte lo aveva raggiunto.

Dopo un po', alcuni di coloro che avevano voluto bene a Ed Watson e avevano rimorsi per la brutta fine che aveva fatto cominciarono a dire che tutti i guai erano nati da malintesi e chiacchiere, che la colpa era tutta di Cox, che era stato Cox a dare a Watson una cattiva fama. Per alcuni anni la gente ebbe paura che Cox si aggirasse ancora nella nostra regione, perché quello era uno capace di sparare a un uomo solo per vederlo contorcersi.

A meno che non l'avessero beccato prima gli indiani, Mister Watson mise Cox in salvo oppure lo uccise. Altrimenti sarebbe ancora là, poiché Chatham Bend è un'isola fra quei fiumi e Cox non sapeva nuotare bene, e poi aveva paura di quei grossi alligatori che scendono con la corrente dopo un uragano, dalle paludi, in cerca di pesci e tartarughe lungo i bordi dell'acqua salsa. Nessun altro poteva averlo condotto via, tranne Watson, dato che la tempesta aveva spopolato le isole intorno.

Alcuni anni più tardi, uno dei Daniels riferì di aver visto Cox a Key West. Appena Cox si era accorto di lui, aveva subito tagliato la corda. Fu la prima e l'ultima volta che avemmo notizie di Cox.

Nessuno, che io sappia, ci ha mai creduto che Watson aveva ucciso Cox. Anche perché Cox non era tipo da rimanere lì ad aspettare. Ma, allora, come ha fatto a venir via? E dov'è andato? E dove sarà oggi?

Comunque, riesumarono la salma di Edgar Watson e le diedero una nuova sepoltura accanto alla seconda moglie, Jane, nel cimitero di Fort Myers. Mi riprometto sempre di andar là, a dare un'occhiata, ma non mi decido mai. Ho inteso dire che i figli di secondo letto gli hanno fatto costruire un monumento funebre, a Edgar Watson, lì in quel cimitero, ma può essere che non è vero. Comunque, è sempre là, immagino, a riposare in pace come chiunque altro, per quel che ne so io.

Fort Myers, 30 ottobre 1910 - *Il 23 ottobre, una settimana fa, gli sceriffi che indagano sugli atroci fatti di sangue avvenuti a Chatham Bend, sono partiti per Chokoloskee, dove sono giunti il 25 ottobre.*

Proprio allora un gruppo di cittadini stava rientrando da Rabbit Key, dove — dissero — avevano sepolto Edgar J. Watson, proprietario della piantagione dove i delitti hanno avuto luogo.

Lo sceriffo Tippins è stato informato che, dopo il loro incontro a Marco il 19 ottobre, Watson aveva fatto tappa a Chokoloskee per avvertire sua moglie che stava recandosi a Chatham Bend. Gli abitanti di Chokoloskee erano in stato di agitazione, in seguito a quei delitti, specialmente per l'assassinio di Hannah Smith, con la quale molti di loro erano stati in cordiali rapporti. Data la fama che lo circondava, Watson era sospettato di essere implicato nel triplice omicidio, ma nessuno tentò di trattenerlo. Gli dissero però che doveva mostrare Leslie Cox, vivo o morto, oppure accettare le conseguenze; al che Watson affermò che sarebbe tornato con la testa di Cox.

Quando Watson ritornò a Chokoloskee, la sera del 24 ottobre, esibì un cappello sforacchiato da una pallottola, e dichiarò che apparteneva a Cox. Disse che aveva ucciso Cox e che quella ne era la prova. Si era intanto formata una squadra di cittadini i quali, dichiaratisi insoddisfatti, gli ordinarono di tornare con loro a Chatham Bend ed esibire il cadavere. Watson si rifiutò, affermando che il corpo di Cox era caduto nel fiume e solo il cappello era rimasto a galla. Questa dichiarazione venne contestata. Allora, a quanto pare, Watson perse le staffe, accusando i vicini di non credere alla sua parola di gentiluomo. Una parola tira l'altra. I testimoni affermarono che, quando gli fu ordinato di deporre il fucile, Watson invece lo imbracciò e tentò di sparare sulla folla. E allora fu ucciso.

Così si conclude una delle più oscure tragedie che la cronaca della Florida abbia mai registrato. Leslie Cox — se è ancora vivo, come molti ritengono — si aggira dunque a piede libero nelle Isole. Anche ammesso che si possa accettare il resoconto del negro sul triplice omicidio, la verità su quanto accadde quel giorno, e perché accadde, non si saprà forse mai.

Mamie Smallwood

Non mi va di parlare di quei fatti. I tre ragazzi House e il loro padre vi presero parte. Forse vi diranno perché, forse no. Ted non vi ha preso parte. È uno dei pochi che potranno camminare a testa alta nei lunghi anni successivi, poiché non ebbe mai motivo di vergognarsi. Nemmeno gli House hanno provato mai vergogna, naturalmente. È proprio per questo che c'è ruggine fra le nostre famiglie.

Lo sceriffo Frank Tippins arrivò a Chokoloskee, finalmente, il 25 ottobre, assieme allo sceriffo della Monroe County, Clement Jaycox. Arrivarono a bordo del *Falcon*, col capitano Collier. A una settimana dall'uragano, stavamo ancora riparando i danni. Gli uomini dissero allo sceriffo che era arrivato troppo tardi, così, erano stati costretti a « prendere la legge nelle loro mani », come si dice da noi. In altre parole, a farsi giustizia da soli.

Alcuni andarono, assieme agli sceriffi, alla ricerca di Leslie Cox. Ma non ne trovarono neppure l'ombra. Tornarono da Chatham Bend con un carico di melassa.

Lo sceriffo Tippins mandò una citazione a tutti quelli che avevano preso parte all'uccisione di Mister Watson. Ne aveva autorità in quanto nel 1910 Chokoloskee faceva ancora parte della Lee County. Gli uomini chiesero a Ted di andare con loro a Fort Myers e farsi garante della loro integrità morale di cittadini. Mio marito accettò. L'unico a non andare fu proprio quello che aveva sparato il primo colpo mortale. Non contava, immagino.

Quando glielo chiesi, a mio fratello Bill, lui si limitò a scuotere la testa. « Insomma, Bill! Che cosa intendi dire: sì o no? » E lui mi rispose: « Non c'è modo di spiegarlo, Mamie. Non è questione di sì o no. Quindi, lascia perdere ».

Abbiamo fatto del nostro meglio per dimenticare l'uccisione di Mister Watson, ma nessuno ha dimenticato quell'uragano, qui da noi. Seminò rovina dappertutto, case distrutte, alberi sradicati, cisterne inquinate, e fango, fango, fango. Sembrava che il nostro mondo si fosse tutto ricoperto di fango, che non sarebbe più venuto via. Sulla spiaggia, i pesci morti formavano uno strato alto trenta centimetri. Dopo un mese, dal pollaio sottocasa arrivava ancora, attraverso le assi sconnesse, il puzzo disgustoso di galline putrefatte. Ted non era riuscito a recuperarle tutte. E poté fare pulizia completa solo dopo aver rimesso in sesto il negozio.

La povera Edna ci fu molto grata per l'ospitalità che le demmo, ma la puzza di morte e corruzione era terribile. La mamma disse che era il puzzo di Satana che veniva su dall'inferno. Ciò sconvolse Edna, che finì per confondere quel puzzo di polli morti con tutto il resto. Temeva — disse — che le sarebbe rimasto nelle narici sino alla fine dei suoi giorni.

Chokoloskee, 27 ottobre 1910 - *Siamo ancora nei guai, qui. Il 24, Mister E.J. Watson, arrivato da noi a bordo della sua lancia, proveniente da Chatham Bend, ebbe un litigio con la gente del posto. In seguito a un piccolo malinteso, Mister Watson imbracciò il fucile per far fuoco sui nostri vicini. L'arma fece cilecca e lui perdette la partita, restando ucciso all'istante. La sua salma fu portata a Rabbit Key e ivi sepolta il 25. Non mi risulta che vi siano altre tombe, colà. Diversi uomini si sono recati, il giorno dopo, a Chatham Bend per dare la caccia a Leslie Cox, ma non lo hanno trovato. Cox sarebbe l'autore materiale dei delitti.*

Fort Myers, 27 ottobre 1910 - *Thomas A. Edison, il famoso inventore, ha telegrafato martedì per conoscere la profondità dell'acqua nel Calusahatchee...*

La vedova e gli orfani di Edgar Watson sono attesi in serata, provenienti da Chokoloskee.

Hoad Storter

Diversi anni più tardi, il vecchio Willie Brown dirà che lui cercò di fermare quegli uomini, quel giorno, che tentò di parlare con il giudice Storter per avere un consiglio e ottenere un mandato di cattura per Mister Watson. Sennonché la barca di Willie Brown si trovava ancora all'ormeggio, dopo la sparatoria, accanto alla *Brave*, quindi non so se lui ricorda bene oppure no.

Mio zio, George Washington Storter junior, era giudice di pace per la Chokoloskee Bay: ciò che di più prossimo alla legge avevamo, a quei tempi. Sennonché lo zio George si trovava a Fort Myers, insieme a C.G. McKinney: dovevano far parte di una giuria. Erano i cittadini più illustri della zona, loro due e Ted Smallwood. Erano presenti in tribunale quando lo sceriffo Tippins portò là diversi uomini di Chokoloskee per un'udienza, e finì invece per delegarli. Li nominò « delegati dello sceriffo » per arrestare un uomo che era già morto, ucciso da loro stessi, e sepolto a Rabbit Key.

Prima di delegarli, lo sceriffo Tippins raccolse alcune testimonianze sulla morte violenta di Watson, e l'impiegato che trascrisse quelle deposizioni non era altri che Eddie Watson, figlio di secondo letto dell'ucciso. Sua madre era morta nel 1901. Per un po', Eddie e suo fratello Lucius avevano abitato presso la loro sorella, Carrie, sposata a Langford; poi Eddie era andato a stare col padre nel nord della Florida, da dove era tornato nel 1909. Walter Langford e Tippins erano buoni amici ed è stato Tippins a procurare a Eddie quell'impiego presso il tribunale.

Ebbene, allo zio George fece molta pena vedere Eddie lì, quel giorno. I figli dello zio George avevano studiato a Fort Myers, sicché lui conosceva i figli grandi di Watson, e gli voleva bene. Quel giorno, in tribunale — così ci disse lo zio George — sembrava che Eddie Watson lo avesse colpito un fulmine. Stava lì, con le spalle curve e il capo chino. Non si scompose mai, ma nemmeno sollevò mai la testa. È uno che ha sempre fatto il suo dovere, in vita sua, da buon padre di famiglia; e in chiesa lo vedevi sempre in prima fila. Divenne assicuratore, dava pacche sulle spalle a questo o a quello, raccontava qualche barzelletta, ma c'era sempre, in Eddie Watson, un non so che di rigido, come un albero cavo, morto dentro, che se cadeva si spezzava in due.

James Hamilton e Henry Thompson, con le famiglie, lasciarono Lost Man's River per sempre. E così quasi tutti gli altri. Le loro case erano state spazzate via e i loro orti bruciati dall'acqua salsa. Dovevano per forza ricominciare da capo altrove, perché l'uragano non gli aveva lasciato niente. Quindi c'erano parecchi profughi a Chokoloskee, il giorno in cui fu ucciso Mister Watson.

Quella gente rimase aggrappata a quelle isole dopo gli uragani del 1873, del 1894 e del 1909, ma l'uragano del '10 cacciò via tutti definitivamente. Secondo me se ne andarono anche a causa di Watson e Cox. Quelle scure muraglie di mangrovia che recingono il mondo, con le Everglades a est, dove il sole si leva, e la distesa del Golfo a ovest, dove il sole tramonta, il silenzio e le zanzare e la solitudine, il grigiore della terra e del mare durante le piogge, e in più sapere che, per quanto semini la terra e per quanto ci costruisci, dopo anni e anni di fatica un giorno o l'altro la furia degli elementi scatenati si porterà via tutto, nel giro di poche ore... be', mettete tutto questo assieme e aggiungeteci la paura che qualsiasi forestiero intravisto qua o là può essere l'uomo che si faceva chiamare John Smith che viene a togliervi la vita. Insomma, il terrore li aveva scacciati da quel luogo dove il sangue scorreva con l'acqua di quei fiumi neri.

Frank B. Tippins

Quando quegli uomini mi dissero in che modo era morto Edgar Watson, restai impassibile, a braccia conserte: non approvai, non feci alcun commento, mi limitai a grugnire. La loro eccitazione si spense a poco a poco.

Ci mancava qualcosa in quella storia. E lo dissi. Lo sceriffo Jaycox raccolse l'imbeccata e si mise a fischiettare e a succhiarsi i denti, con aria scettica. Vedendo messa in dubbio la loro versione, quegli uomini serrarono i ranghi, acquattati come quaglie. Le loro facce si chiusero. Avevano detto la loro. Gli sceriffi potevano crederci o no; quanto a loro, non avrebbero cambiato neppure una parola.

Ebbene, ragazzi, la legge è la legge, li informò Jaycox, e loro avevano « preso la legge nelle loro mani », laddove non è consentito farsi giustizia da sé. Non importa se Watson « se l'era voluto »: era stato commesso un omicidio nella Monroe County, disse lo sceriffo Jaycox. Chiedo scusa, sceriffo, feci io, Chokoloskee fa parte della Lee County, da quando è stato riveduto il catasto nel 1902. Watson era stato ucciso nella Lee County e lo sceriffo di questa contea non poteva lavarsene le mani. Inoltre, il defunto aveva parenti a Fort Myers: persone importanti.

« Be', noi non stiamo tanto a guardare per il sottile », disse Charlie Boggess. « Quello che vogliamo è la legge. Non s'è vista, finora. » Boggess, mio lontano parente, pensava di poter parlare senza peli sulla lingua. Ma quando tirai fuori di tasca il taccuino moderò il tono e spiegò che lui, azzoppato dall'uragano, non aveva preso parte all'uccisione di Watson, ma non se la sentiva di biasimare i suoi vicini, i quali avevano agito per legittima difesa.

« È così? » chiesi.

« Così la vedo io », concluse Boggess, con fare modesto. Tutti annuirono. Tranne Smallwood che, con le mani dietro la schiena, si schiarì la gola come per incoraggiare noi sceriffi a dar corso alla legge e alla giustizia.

« Molto bene », dissi, cautamente, « però io devo condurre i responsabili a Fort Myers, per ricevere le loro deposizioni formali, nel caso di un'udienza del gran giurì. » Ciò gli mise paura. E alcuni di loro pregarono Smallwood di accompagnarli per spiegare la situazione. Anche se lui non approvava quello che avevano fatto.

Smallwood, che aveva il negozio a soqquadro, ci pensò su un minuto, ma poi accettò. « D'accordo, Bill? » chiese al cognato.

« Dipende da te », gli rispose Bill House, che quel giorno non aveva quasi aperto bocca.

A Chatham Bend non trovammo traccia di Leslie Cox, né trovammo la donna indiana morta. Da lì erano cominciati tutti i guai, a quanto pare. Qualcuno disse che erano venuti a prenderla i famigliari. Ma come facevano, gli indiani, a sapere che era morta? Aveva forse mentito, il negro, su quella squaw impiccata? E in tal caso perché? E se aveva mentito riguardo alla squaw, quali altre frottole aveva raccontato?

Prendemmo a bordo quattromila galloni di melassa, perché non andasse perduta. Il vecchio cavallo di Watson non era impastoiato e scorrazzava per i campi. Gli uomini ci persero mezzo pomeriggio nel tentativo di catturarlo. Per quel che ne so, quell'animale dagli occhi spiritati è ancora là.

A Chokoloskee, facemmo tappa per imbarcare i testimoni e portarli a Fort Myers. L'unico ad avere con sé una valigia era Mister D.D. House. Se ne stava in disparte, le mani sui fianchi, vicino al punto di ebollizione. Bill House allora disse, in chiare note, che non era giusto trascinar via suo padre come fosse un criminale, quando era nota a tutti la sua onestà. Se si lasciavano in pace suo padre e i suoi fratelli, promise, avrebbe « parlato lui anche per loro ». Dan e Lloyd erano tutti tirati a lucido, si eran messi le scarpe, pronti a partire, ma il loro padre li ricondusse a casa con sé. Il vecchio D.D. House si allontanò di là senza salutare, senza voltarsi indietro, senza dire una parola.

La vedova e gli orfani si preparavano anch'essi a salire sul *Falcon*. Ma all'ultimo momento, davanti agli uomini che avevano ucciso suo marito, Edna si mise a tremare tutta e scappò via, assieme ai figli.

Uno le gridò dietro: « Ve lo potete ripigliare, il corpo, se trovate la corda ». Bill House gli disse di stare zitto. « La corda? Che corda? » feci io. Gli uomini abbassarono lo sguardo. Andai a casa di Smallwood.

Trovai la vedova Watson ancora tremante e i bambini in lacrime. Calmatasi un po', mi disse che li perdonava, quegli uomini, ma non se la sentiva di viaggiare con loro sul *Falcon*. Mamie Smallwood disse che ci pensava lei alla vedova e agli orfani. Li avrebbe imbarcati sul postale di lì a pochi giorni. Era furiosa. Mi riaccompagnò alla barca e qui si mise a gridare: « Chi è che gli ha rubato l'orologio? » Nessuno le rispose. Anche loro erano arrabbiati.

Durante il viaggio per Fort Myers, più d'uno mi parlò, all'insaputa degli altri, del proprio ruolo nell'uccisione. Tutti però erano d'accordo su un punto: si era trattato di legittima difesa, anche se era difficile credere che un uomo solo avesse minacciato venti uomini armati. E tutti raccontarono che avevano sparato nel medesimo istante, impossibile quindi identificare l'assassino. « Dovreste impiccarci tutti quanti », disse Isaac Yeomans, ridacchiando. Alcuni però erano sicuri di non aver colpito Watson. Uno affermò di aver mancato il bersaglio a bella posta. Solo Bill House non fece commenti, non negò nulla e non cercò scuse.

Mentre parlavano, io ripensavo alla settimana avanti, allorché Watson sedeva di fronte a me, a quello stesso tavolo, a bordo del *Falcon* ormeggiato. Non avevamo fatto amicizia, non esattamente, ma il tono era stato amichevole, in certo qual senso. Non riuscivo a levarmi dalla mente la voce di Watson. Forse, quando disse di aver ucciso Cox, era la verità.

Non ne potevo più, di quella gente. Più mi ripetevano la stessa storia, meno mi sentivo soddisfatto. Tuttavia credevo nella loro sincerità di fondo. Questi pionieri di Chokoloskee sono brave persone, onesti coloni. Vivono di agricoltura e pesca, hanno moglie e figli, assistono alle funzioni religiose quando un prete itinerante passa dalle loro parti, da anni patiscono il caldo, la pioggia e le zanzare, e cercano di metterci le radici, su quelle isole. Nessuno di loro ha la puzza del bugiardo. E tuttavia, quando venti uomini ne uccidono uno, non li si può non biasimare. Speravo solo che in tribunale, sotto giuramento, venisse fuori la verità, tutta la verità.

Bill Collier costeggiò Rabbit Key, così che potessi vedere quella fossa. Rabbit Key dista quattro miglia da Chokoloskee, a ovest: il confine fra le due contee ci passa in mezzo. Uno degli uomini disse: « Ci siamo stati attenti, a seppellirlo sul lato della Monroe! » E un altro: « Lo abbiamo finalmente cacciato fuori dalla Lee County, quel demonio! » Nessuno rise. Si zittirono subito.

A Rabbit Key era rimasto in piedi solo un albero, una vecchia mangrovia contorta dal vento. Il vecchio Gandees disse: « I ragazzi ci han legato una corda a quell'albero. Segui quella corda, scava e troverai la carcassa ». Gli chiesi: « Perché quella corda? » Lui si strinse nelle spalle. Gli altri voltarono la testa.

Isaac Yeomans spiegò che, con mani e piedi legati, era stato più facile tirare a rimorchio il cadavere, ma udendo ciò Ted Smallwood emise un sibilo tra i denti: « Non è questa la sola ragione! Ci avevano paura che Watson si levava dalla tomba e tornava a Chokoloskee », disse disgustato.

Chiesi perché mai lo avevano portato a rimorchio anziché avvolgerlo in un telo e caricarlo sulla lancia. Allora Smallwood disse che, trattando Watson come una cosa immonda, avevano la sensazione che fosse stato giusto ucciderlo. Se lui era sudiciume, loro forse si sentivano più puliti.

A Bill House non gli piacque questa teoria, e dopo averci riflettuto disse: « Come fai, Ted, a dire cosa provavamo noi, quando non sai neppure cosa provavi tu? » E Smallwood: « Non la risolveremo, questa, Bill, nemmeno tra un anno ».

Ted Smallwood si tolse il cappello, quando il *Falcon* passò davanti alla tomba. Gli altri rimasero zitti, a capo coperto, guardando dalla parte opposta.

Il *Falcon* proseguì il suo viaggio. Per un pezzo, tutti stettero zitti. Poi ci mettemmo a parlare di quello strano tempo che faceva. Dopo l'uragano non era caduta una sola goccia di pioggia, e non c'era stata una sola giornata di cielo sereno.

Al largo di Panther Key, Collier indicò il punto dove Hiram Newell e Dick Sawyer avevano trovato il corpo di Juan Gomez nel 1900. Qualcuno disse che gli Hamilton e i Thompson intendevano trasferirsi a Fakahatchee e che non volevano più saperne di Lost Man's River.

Quando la marea cambiò, le acque si agitarono. A Isaac Yeomans venne il mal di mare. I compagni lo presero in giro. Poi finì che il discorso cadde su suo fratello Jim.

Jim Yeomans aveva ucciso un tale a Fakahatchee, a causa di un debito non pagato.

« Il giorno dopo il delitto », ci raccontò Isaac, « la vedova, che non sapeva ancora niente, si presenta da mio fratello, con i soldi, per pagare il debito. E Jim le dice: 'Che peccato che non siete venuta ieri sera!' »

Dopodiché si diede alla latitanza. Isaac continuò il racconto: « A un certo punto, Jim viveva a Clearwater, tranquillo. Alloggiava in una barca. Un giorno, mentre passa davanti allo spaccio, badando ai fatti suoi, non l'incontra proprio il nuovo sceriffo? Quello lo vede, lo risconosce e lo arresta ».

« Tippins, mi pare che si chiamava lo sceriffo », disse Bill House.

« Sì, qualcosa del genere, Bill », feci io.

Isaac riprese: « Mio fratello fu mandato sotto processo. In tribunale, la moglie di Jim testimonia che il marito le aveva giurato che l'avrebbe ammazzato, quel tale, se non gli pagava il debito. Ragion per cui — disse la donna — il mio Jim non aveva altra scelta che mantenere il giuramento fatto. Il caso è chiuso, annunciò lo sceriffo. E invece niente da fare. Visto che era la moglie, la sua testimonianza non valeva nemmeno la carta su cui era scritta. Lo mandarono assolto, Jim, per mancanza di prove ».

« E tornò a casa, a quel che mi risulta », dissi io, più calmo che potevo.

Isaac si voltò e guardò verso Fakahatchee. « Forse sta ammazzando qualcun altro, a quest'ora », rispose.

« Non mi sorprenderebbe », dissi io.

Yeomans sputò. « Te li ricordi, Ted, quei due texani a Lemon City? Eran venuti per far fuori Ed Watson, ma Sam Lewis fece fuori loro due, prima. » A Lemon City — disse Isaac — avevano paura di Sam Lewis come da noi di Cox.

« Ogni volta che Sam Lewis premeva il grilletto, c'era un uomo di meno », spiegò Ted Smallwood. Chissà quante volte l'aveva ripetuta, quella battuta. Isaac protestò, perché voleva dirla lui. E allora Ted: « Su, raccontane un'altra ». Ma, quando Isaac cominciò a raccontare di un ragazzo che, a Lemon City, smaniava dalla voglia di ficcare qualche pallottola in corpo a Sam Lewis, tutti si agitarono.

Dissi allora, con durezza, per scuoterli: « Mi risulta che tipi così c'erano anche intorno a Watson, dopo morto ». Nessuno fiatò più. Tutti guardavano il mare, pensierosi. Poi qualcuno disse: « Sarà stato uno di loro, allora, a pigliargli l'orologio ». Isaac finì alla svelta il suo racconto, poi chiese a Ted Smallwood: « Non è così che te la ricordi anche tu? » E Ted: « Più o meno, sì ».

« Comunque », fece Isaac, stizzito, « quei due texani di Dallas erano amici di Belle Starr e volevano vendicarla facendo fuori il vigliacco bastardo che l'aveva uccisa a tradimento. »

Ted: « Be', così si diceva, ma erano solo voci, Isaac. E quei due non possono più parlare, ormai ».

Isaac: « Ma sì! È vero! I due pistoleros texani stavano dando la caccia a Edgar Watson. Ted Highsmith lo disse a Ed Brewer, questo. E anche a qualcun altro, lo disse ».

« *Ed* Highsmith », lo corresse Smallwood.

Isaac era pronto a venire alle mani, ma Bill House gli disse di calmarsi, altrimenti lo scaraventava in mare.

Era la seconda volta che Bill House apriva bocca. Si era sempre tenuto in disparte, cupo e silenzioso. Gli dissi: « Ma via! Sei convocato come testimone, ecco tutto ». E lui mi rispose che non gli andava di doversi presentare in tribunale dal momento che, a parer suo, non era stato commesso nessun crimine. Non avevano forse sparato tutti assieme per legittima difesa? « Mettete forse in dubbio la nostra parola, sceriffo? »

« La vittima ha forse ferito qualcuno, prima? »

A questa domanda, tutti gli altri si guardarono attorno come se cercassero di ricordare se qualcuno era stato ferito. Bill House rispose: « No. Ma lui ci ha provato, altroché ». Intanto mi voltò la schiena, sapendo che io non avevo intenzione di cedere. Me l'aveva già detto, che a lui Edgar Watson era simpatico: « Non poteva fare a meno di piacerti ». Tuttavia non aveva né dubbi né rimorsi, per quanto era accaduto. « Chi vive dove la legge non c'è, deve farsi giustizia da sé, per forza », mi disse Bill House. E, nel dire questo, mi guardò diritto negli occhi.

Il *Falcon* fece scalo a Caxambas, per fare rifornimento di acqua. Caxambas significa « pozzi » nella lingua degli indiani arawak, ci informò Collier. Il vecchio Henry Smith allora disse che aveva trascorso buona parte della vita su quella costa e non l'aveva mai saputo che Caxambas voleva dire qualcosa.

Al pari di Everglade e di Chokoloskee, il piccolo insediamento sembrava essere stato scaraventato lì da chissà dove. L'uragano aveva scoperchiato lo stabilimento Burnham, e aveva sconquassato l'emporio di Jim Barfield. Gli abitanti erano stati alloggiati al Barfield Hotel, su un'altura.

Josie Jenkins, rientrata da Pavilion, aveva bevuto parecchio. Venne sul molo, assieme alla figlioletta Pearl, per fare una chiassata contro « gli uomini che avevano massacrato il padre di Pearl ». Pearl Watson aveva una decina d'anni e guardava in tralice con occhi rossi e spaventati. Aveva un visetto grazioso, capelli rossicci, un corpo magrolino. Troppo piccola e ossuta per capire come sarebbe stata da grande.

« Vergogna! » gridava sua madre. « Dovreste vergognarvi! Vi ci siete messi in venti, per poterlo accoppare! »

Quella piccola donna selvaggia portava i capelli sciolti, il che non era considerato decente a quei tempi, e scuoteva quella nera criniera lanciando i suoi improperi, finché non l'avvertii: stava disturbando la quiete pubblica. « Ebbene, sceriffo », disse, « una signora si è concessa un po' di spirito » — cioè bevande alcoliche — « perché ha il cuore spezzato. È forse un reato? » Alla fine, però, prese per mano la figlia e con aria dignitosa si allontanò.

Era noto, ormai, che Josie Jenkins aveva perso il figlioletto di pochi mesi a Pavilion Key: le era stato strappato dalle braccia dalla furia delle acque. Lo aveva ritrovato il giorno dopo, sepolto nel fango. Le era stato strappato dalla mano di Dio, diceva Josie, e gli uomini di Chokoloskee erano d'accordo. Quello era un figlio maledetto; il figlio di colui che aveva portato quel castigo di Dio su tutti loro. Per questo, la sua era l'unica vita che fosse andata perduta nelle Isole. « La prova vivente »: così Charley Johnson definì quel bambino morto.

Quando arrivammo al tribunale, il giovane Eddie Watson era al suo posto dietro la scrivania. Lo avevo fatto assumere io, dietro raccomandazione di Walt Langford, suo cognato. Eddie mi aveva assicurato, allora, che non me ne sarei mai pentito. E così fu. Almeno fino a quel giorno.

Quello stupido era venuto lo stesso, anche se era la sua giornata di libertà.

Pensai bene di non presentarlo, ma alcuni lo conoscevano già, e lo riferirono agli altri. Bill House mi disse all'orecchio: « Per amor del cielo, sceriffo, perché non lo rimandate a casa? » Non mi piacque affatto, il tono di Bill, e lo guardai storto; però aveva ragione. Presi Eddie Watson in disparte e gli dissi di prendersi una vacanza, gli avrei trovato un sostituto. Eddie rifiutò, disse che non avrebbe battuto ciglio davanti a quegli uomini. Veniva pagato per fare quel lavoro e intendeva svolgere le sue mansioni, dichiarò, quasi con orgoglio. A fatica nascosi la mia irritazione.

Eddie alloggiava presso la pensione di Taff O. Langford. Aveva testimoniato a discarico di suo padre, due anni prima, al processo, ma cosa pensava al riguardo non lo so. Era molto riservato. Tuttavia ci teneva a far presente che non era Edgar Watson junior, lui, bensì Mister E.E. Watson, padrone di se stesso.

Eddie andò a sedersi al tavolo del cancelliere, rigido come un bastone. Aveva preso dal padre i capelli rossicci, era robusto come lui, aveva la stessa aria ostinata, ma non aveva lo stesso fuoco, gli stessi occhi arditi.

Gli uomini sembravano più a disagio di Eddie. Alcuni cercarono di mostrarsi indignati, quando andarono a deporre, tanto per giustificare se stessi; altri invece si mostrarono mesti, quasi a lasciar intendere che quell'esperienza li aveva colpiti più di quanto non aveva colpito Watson. Qualcuno abbozzò un sorriso a Eddie, che li ignorò. Il giovane stava chino sul suo quaderno, come se svolgesse un tema in classe. Terminate le deposizioni, richiuse quel quaderno con rabbia, per far capire come la pensava: al diavolo le vostre bugie e false testimonianze! Voialtri lo avete linciato!

Bill House fece un cenno del capo a Eddie prima di iniziare la sua deposizione, un cenno amichevole e niente più. Non sorrise. Mentre Eddie metteva a verbale la sua testimonianza, era chiaro che Bill si sentiva sempre più a disagio. Ma ripeté la versione già data in precedenza, sulla morte di Watson. Parlò praticamente a nome di tutti. Gli altri non aggiunsero che alcuni dettagli. Per ultimo depose Ted Smallwood: disse di non aver assistito alla sparatoria. L'aveva solo sentita. « Non ho ragione di mettere in dubbio quello che ha detto William Warlick House », concluse.

Questo fu quanto. Invitai i testimoni a firmare. A parte Smallwood e altri due, tutti fecero una croce. E ci impiegarono un bel po' a tracciarla in modo che non si confondesse con quella degli altri. Gli dissi che potevano tornare a casa e attendere il responso del gran giurì, che li avrebbe o prosciolti o incriminati.

« Dovete decidere se siamo o no criminali? » chiese House. « È questo che intendete? »

« Non è lo sceriffo che lo decide », gli risposi.

Nel frattempo erano arrivati Walter Langford e Jim Cole. Cole protestò, alzando la voce come al solito: « Come può un gran giurì incriminarli, quando gli unici testimoni sono gli imputati stessi? Secondo la costituzione americana, nessuno è obbligato ad accusare se stesso. Insomma, non ha senso convocare il gran giurì! »

Langford alzò entrambe le mani per cercare di calmarlo. Il presidente della First National Bank aveva messo su pancia. Aveva l'aspetto di un vero banchiere, adesso. In tutto quel grasso si era persa ogni traccia dell'antico, onesto cow boy. Portava colletto inamidato e cravatta, ben intonati a quel sorriso da un milione di dollari, che faceva da contorno a tutto quello che diceva. Le sue unghie erano rosee e i capelli color miele appiccicati al cranio, con la brillantina, come il piumaggio di un'oca. Il vecchio Walt puzzava come una bottega di barbiere, ma nessuna lozione poteva coprire l'odore del whisky. Era un bevitore, Walter. Sempre stato e sarà. Però cercava di bere solo nelle ore libere dal lavoro.

Mi parlò, a voce bassa, « in nome della famiglia della vittima », lanciando continue occhiate a Cole per essere sicuro di fare il discorso giusto. Mi disse che « la soluzione più misericordiosa » sarebbe stata « dimenticare questa tragedia » al più presto, senza « sprecare denaro pubblico per trascinare queste persone in tribunale » dal momento che non c'era « modo di fare giustizia ». Tanta ansia aveva, di sputar fuori questo rospo, che non badò al figlio della vittima, lì accanto, né ai convocati.

Molti di loro lo udirono e Isaac Yeomans gli gridò in faccia: « Giustizia è stata fatta, brutto pezzo di bastardo, e io sono fiero di aver fatto giustizia! » Gli uomini, già sconvolti per la presenza di Eddie, persero allora le staffe. Bill House batté un pugno sul tavolo, poi si alzò in piedi dicendo: « La sua morte non è una tragedia! Una tragedia è stata quei morti ammazzati di Chatham Bend! »

Langford si fece tutto rosso. « Oh, Signore Iddio! Io sto cercando di aiutarvi, voialtri! »

« Vattene a casa, allora », gli disse Isaac Yeomans.

Ristabilita la calma, ricordai al banchiere e al suo amico che comunque un delitto è un delitto, e non può essere ignorato dalla legge. Bisognava perciò compiere i passi necessari per stabilire le responsabilità di quella sparatoria: istruttoria, udienza del gran giurì, incriminazione, processo.

A questo punto, Cole mi prese in disparte, con quel fare furtivo che aveva. Soffiandomi in faccia con l'alito che puzzava di cipolla, mi disse: « Perché non lasciar perdere? Chiudere il caso e via! »

« La Lee County non può 'lasciar perdere' un omicidio. »

« Non sarebbe un omicidio, se tu li delegassi quegli uomini, Frank. »

« È un po' tardi, Mister Cole. »

« Ma no. Conosco il Procuratore dello stato. È più di un amico: mi deve un favore. Non baderà alle date. Non farà tante domande. Parola mia. »

« Parola vostra », dissi, sentendomi di nuovo uno straccio. « E la giustizia, dove la mettiamo? »

« La giustizia, Frank? » Cole si fece una risata e mi diede una manata sul braccio, per rammentarmi che anch'io gli ero debitore di un favore. Per ricordarmi che, dieci anni prima, il giovane Frank B. Tippins era diventato sceriffo anche grazie a lui.

Sarà stato anche vero, ma ero onesto, allora. E non l'avevo chiesto, il sostegno di Jim Cole. Il giovane Tippins aveva poi appreso, a caro prezzo, che gli allevatori e i loro amici facevano il bello e il cattivo tempo, nella nostra città. Per poter svolgere il mio lavoro, avevo dovuto imparare a venire a patti con i re del bestiame, avevo dovuto apprendere l'arte del do ut des. E a qualche compromesso ero pur sceso. Il mio errore più grosso era stato togliere i forzati dal lavoro sulle strade per mandarli invece all'agrumeto di Deep Lake: manodopera a buon mercato. Cole aveva brigato per farmi avere da Langford nove dollari a settimana per ogni galeotto, più il soldo per gli indiani che dessero la caccia ai fuggiaschi.

Pagare i galeotti delle « squadre in catene » per il lavoro svolto contro la legge. Io, intascati quei soldi, mi ripromettevo di consegnarli a ciascuno di loro, una volta scontata la pena. Ma ben pochi venivano a reclamare la paga. Scomparivano e basta. Quel fondo era illegittimo comunque. Quindi vi avevo attinto dei prestiti per le mie spese personali.

Jim Cole era solito ammiccare, ogni volta che mi portava il denaro pattuito. « Ma non dargli neanche un soldo, a quei negracci, Frank! Non voglio che il nostro sceriffo faccia niente di illegale! » e mi dava una manata sul braccio — come adesso — per rammentarmi che mi aveva in pugno.

Ebbene, tornai di là, nell'aula del tribunale, e feci prestar giuramento come « delegato dello sceriffo » a tutti quegli uomini, esclusi Bill House e Smallwood. Non si fece più niente, né allora né dopo, per stabilire eventuali responsabilità, poiché la delega rendeva legale la sparatoria.

Langford e Cole erano contenti che il caso venisse chiuso così — evitando uno scandalo — e anche il giovane Eddie sembrava dello stesso parere. Quanto ai miei delegati, se ne tornarono a casa con la coscienza più tranquilla per quel che avevano fatto il 24 ottobre, cioè solo il loro dovere.

Unici scontenti, Bill House e io. House dichiarò, di fronte a tutti, che non gli garbava il modo subdolo in cui erano stati prosciolti, dal momento che, secondo lui, nessun crimine era stato commesso. Preferiva andare all'inferno, disse, che venir delegato in maniera così disonesta. Ed era pronto ad affrontare il processo da solo, se era l'unico modo per far valere i suoi diritti.

Bill House restò indietro, quando gli altri se ne andarono. E a me, che stavo rileggendo il verbale, chiese in tono accusatorio: « Che ne sarà di quel negro, sceriffo? »

« Key West », gli risposi, senza alzare gli occhi, per dargli a vedere che ero occupato. E siccome aspettava dell'altro, aggiunsi: « Giustizia ». Lui stava ancora lì, allora sollevai la fronte e gli dissi: « A quell'uomo sarà resa giustizia, Bill ».

Cercai di sorridere, ma non ero dell'umore giusto. E lui nemmeno. Restammo un bel pezzo a guardarci negli occhi.

Distolsi per primo io lo sguardo, e gli dissi: « La stessa giustizia che voi avete reso a Watson, se la vostra storia è vera ».

House si fece d'un brutto colore, pericoloso.
Gli tesi la mano: « Senza rancore ».
Lui scosse la testa, mi voltò le spalle e uscì dal tribunale per raggiungere i compagni giù al molo.

Cox aveva saldato la partita con Dutchy Melvin, che era l'uomo più ricercato di Key West. Quanto a Green Waller, aveva precedenti penali qui a Fort Myers come ladro di maiali: due volte condannato nell'ultimo decennio del secolo scorso. Dopodiché, se ne erano perse le tracce. Era andato alla deriva nelle Diecimila Isole, dove Watson aveva abbastanza maiali da farlo felice, e Hannah Smith aveva dato un po' di calore umano alle sue stanche ossa.

Cox poteva essere ancora vivo, e saltar fuori da qualche parte, chissà quando. Così la pensavano quelli di Chokoloskee. Avevano deciso che era pazzo e che avrebbe ucciso di nuovo. Se Watson lo aveva portato in salvo, lui avrebbe cercato di vendicarlo: sarebbe arrivato furtivo, nottetempo, e avrebbe fatto fuori qualcuno dei suoi « giustizieri ».

Cox era un forestiero. E da un forestiero ci si può aspettare di tutto.

In seguito, cercando di ricostruire i fatti, mi trovai davanti a molte domande che non avevano risposta. Di una cosa mi convinsi: quel negro aveva ingannato tutti, a Pavilion Key, recitando la parte del tonto spaventato, dopo aver fatto del suo meglio, però, per mettere di mezzo Watson. Ci passai ore a interrogarlo, in cella, ma quel negro cocciuto continuò a ripetere la storia che aveva raccontato a Thad Williams la seconda volta: *No, signore, nossignore, Mist' Ed non ne sapeva niente! L'ho accusato perché Mist' Leslie mi aveva detto di accusarlo!*

Era stato proprio Thad Williams — mettendo in dubbio che fosse stato Watson a ordinare i delitti — a spingere il negro a rimangiarsi tutto quello che aveva detto prima. Thad non ha mai nascosto le sue simpatie per « il vecchio E.J. » e voleva a ogni costo credere nella sua innocenza. Non era il solo. Ma, se

Watson non c'entrava, perché mai il negro lo aveva accusato in un primo momento, a rischio di mettersi in grossi guai? Aveva davvero tanta paura di Cox da non capire più niente?

Secondo me, il negro raccontò la verità la prima volta. E a Pavilion Key ci andò *apposta* per raccontarla. Se Jim Cannon e suo figlio non avessero visto quel piede affiorare dal fiume, gli squali e gli alligatori si sarebbero divorati ogni prova del delitto; e se quel negro non avesse detto la verità a Pavilion Key, nessuno ne avrebbe saputo niente, del triste destino di quelle tre povere anime perdute. Ci sarebbero state soltanto altre « voci » su Watson.

Consegnai il prigioniero allo sceriffo Jaycox, che lo avrebbe portato a Key West. Sul molo di Fort Myers, prima della partenza, Jaycox riassunse la situazione, in presenza del prigioniero.

Quindi concluse: « Mi sembra uno spreco di pubblico denaro, celebrare un processo quando il verdetto si conosce già ».

« Ma veramente... »

Jaycox si calcò il cappello in testa e attese che continuassi. A me la cosa non piaceva tanto, però non completai la frase. Mi voltai a guardare il prigioniero che, con le mani legate dietro la schiena, ci stava osservando.

« Cos'hai da guardare, *nigger boy*, eh? » gli chiese Jaycox, in tono dolce, aggiustandosi la cintura.

« Il prigioniero adesso è affidato alla Monroe County », dissi, per trarmi d'impaccio, « quindi dovete regolarvi come ritenete opportuno. »

Jaycox mi strizzò l'occhio, per farmi intendere che aveva capito. « È stato un vero piacere collaborare con la Lee County, Frank », mi disse. E strizzò di nuovo l'occhio.

Stavo ancora cercando di far abbassare lo sguardo a quel negro, fissandolo. Ma lui non chinò la fronte. Certo sapeva di non aver più niente da perdere.

Gli dissi: « Per l'ultima volta, ragazzo: è stato Watson a ordinare di uccidere quei tre, oppure no? »

Ma lui non mi rispose. Non si mosse. Non batté ciglio. Un tipo di negro molto, molto pericoloso. Non mi stupii, quando giunse da Key West la voce che era annegato, nel tentativo di darsi alla fuga.

Quando Carrie Langford venne al tribunale, per occuparsi delle spoglie, gli uomini se n'erano già andati, grazie al cielo. Apprendendo da Eddie che la « macabra carcassa » (parole sue) del loro padre era stata sepolta nella nuda terra, su un'isoletta deserta, Carrie scoppiò in lacrime. Ebbi così occasione di stringerla fra le braccia, per la prima volta in vita mia. Le dissi che avrei fatto riportare le spoglie di suo padre a Fort Myers, per dargli una decente sepoltura. Come lei desiderava.

« Le spoglie... » mormorò.

Sarei andato anch'io con lei, per assicurarmi che tutto si svolgesse in modo decoroso. L'indomani decisi di portarmi appresso il coroner. Jim Cole mi chiese perché, dal momento che né la famiglia né le autorità volevano un'autopsia. Nessuno la voleva, tranne io. Poteva essere eseguita a Fort Myers, naturalmente, ma preferivo che il cadavere, una volta composto nella bara, non ne venisse più tolto. Così ci portammo dietro una cassa. Il coroner, lo ammise, aveva paura di vedere Edgar Watson che lo fissava dal fondo della fossa. « Nessuna paura », gli dissi, « è stato sepolto a faccia in giù. »

Lucius Watson somigliava a sua madre: delicato, gentile, dai modi aggraziati. Così tranquillo che spesso non ci si accorgeva della sua presenza. Nonostante ciò, era molto testardo. Non te lo saresti aspettato, da lui. Voleva venire con noi a Rabbit Key.

« No, figliolo, tu non vieni, e questo è quanto », gli dissi. Ma lui mi seguì fino al porto, silenzioso come la mia ombra. Era alto e snello e andava, allora, per i ventun anni. Insisté: « Voglio venire anch'io, sceriffo. Voglio assicurarmi che sia trattato con rispetto ».

Il giorno prima aveva criticato la decisione di non perseguire gli uccisori di suo padre, che invece sua sorella e suo fratello avevano approvato. Secondo Lucius, quegli uomini di Chokoloskee andavano processati. Secondo lui non si era trattato di legittima difesa.

« La faccenda non è così semplice, figliolo... »

« Un omicidio è un omicidio. Voi avreste potuto incriminarli anche senza il beneplacito della nostra famiglia. »

Benché fosse furibondo, Lucius non se la prese. Neppure alzò la voce. Aveva le sue buone ragioni, senza dubbio. Può darsi che Bill House e gli altri mi avessero detto la verità e nient'altro che la verità: ma non era certamente *tutta* la verità. Ne ero certo.

Comunque, su un punto intendevo tener duro. « No, tu non vieni », dissi, quando Lucius fece per salire sulla barca. « Un giorno mi ringrazierai. » Ma lui non mi diede retta. E, testardo, salì a bordo.

Mister Watson giaceva bocconi, sotto due lastroni di pietra corallina. Aveva polsi e caviglie legati, come per impedirgli di muoversi dalla tomba. La carne intorno si era tanto gonfiata che la fune non si vedeva quasi più. La salma, sollevata da due negri mediante un'imbracatura, fu deposta su un telone cerato che aveva portato il coroner. La vista di quel corpo devastato e l'orrendo puzzo fecero arretrare gli improvvisati becchini.

Il fu Edgar Watson era tutto incrostato di sangue raggrumato e sabbia, gli occhi ridotti a due buchi neri, aveva la mascella fracassata, con i denti che sporgevano, il naso era spappolato, tutto il corpo sforacchiato dalle pallottole.

Fui percorso da un brivido. Un unico terribile brivido. Lucius tossiva. Si allontanò per vomitare. Di lì a poco tornò. Si inginocchiò per tagliare i nodi e parve sorpreso che le mani di suo padre, appena slegate, non scattassero.

In tono vago, domandò: « Siete sicuro ch'è lui? »

Il coroner si voltò, con un bisturi in mano, e parve offeso, come se si fosse messa in dubbio la sua abilità professionale. « Torna in barca », gli disse.

« Sembra una cosa ributtata dal mare », sussurrò Lucius, pallidissimo. Mi avvicinai a lui, per paura che cadesse a terra svenuto.

« A me non pare », rispose il coroner, il dottor Henderson. Gli tremavano le mani, tanto era sconvolto. « A me sembra il più macabro omicidio che mi sia mai capitato di vedere nella mia vita. »

Lucius si alzò, barcollante. Era bianco come un cencio e tremava tutto.

Gli dissi: « Ecco quel che sei venuto a vedere. Adesso vattene e non voltarti indietro ». Ma lui nemmeno mi sentì. Continuava a tremare. Lo schiaffeggiai, tre volte. E ogni volta ripetevo: « Dimenticalo! » Poi lo presi per le spalle, lo feci voltare e lo condussi alla barca. « Aspetta qui, finché non abbiamo finito. »

Il coroner tagliò gli ultimi brandelli dei vestiti. I ferri chirurgici scintillavano. L'autopsia venne eseguita sotto il sole a picco, nell'aria salmastra, mentre le onde si frangevano sulla sabbia bianca e l'acqua verde mandava barbagli. I gabbiani stridevano volando nel cielo caliginoso di quella giornata ancora calda di fine ottobre. Trascorse un'ora. Trentatré pallottole, una dietro l'altra, tintinnarono in una bacinella. Il dottor Henderson non si diede la briga di estrarre anche i pallettoni.

Lucius tornò. Schiaritasi la gola, chiese a bassa voce: « Lo avete tagliato abbastanza, non vi pare? »

Le orecchie del coroner avvamparono. Le sue mani si arrestarono, ma lui non alzò gli occhi. « Probabilmente dentro ce ne sono altri, di proiettili », disse.

« Non lo saprete mai », fece Dick Sawyer, e strizzò l'occhio a Lucius. « A meno che non lo squartiate, non lo saprete mai. Eh, sì, come diceva il vecchio Ed: fortunato chi scende nella tomba tutto d'un pezzo. »

Dissi allora al coroner che la Lee County si dichiarava soddisfatta: le cause della morte erano state sufficientemente accertate. Sawyer scoppiò a ridere, ma il coroner mi lanciò un'occhiata di rimprovero. Non c'era niente da ridere, disse, in quel povero corpo che giaceva sulla sabbia. « In certo qual senso », aggiunse coprendo pietosamente il cadavere, « io lo considero come un mio paziente. »

« Portate la bara », ordinai.

Il coroner ripulì i ferri chirurgici con uno straccio. I becchini sollevarono il cadavere e lo misero dentro la cassa. Prima di toccarlo, si erano fasciati le mani con dei cenci. E non ci fu verso, per quanto urlassi, di farli smettere di gemere e pregare. Tra le ferite e i tagli del bisturi, quel cadavere rigonfio e livido somigliava più a un animale scuoiato che non a quell'uomo pericoloso insieme al quale avevo bevuto whisky a bordo del *Falcon*.

« Avevo sentito dire che li imbottiscono di piombo, nel Far West, ma non credevo mai di vedere una cosa simile qui in Florida », disse Dick Sawyer.

« Parli troppo », replicai.

Lucius si inginocchiò e toccò la fronte di suo padre con la punta delle dita. Disse: « Il Signore abbia misericordia di te, papà ». Poi posò il coperchio sulla cassa, si fece dare il martello e i chiodi da Sawyer e fece del suo meglio per chiudere lì dentro anche quel fetore insopportabile.

Come Dick Sawyer dichiarerà per anni: « Ebbene, lo portammo via di là, com'è vero Iddio. Ma chiunque sbarcasse a Rabbit Key lo sentirebbe ancora oggi il puzzo di quel vecchio demonio! »

Carrie Langford

25 ottobre 1910 - È finita, ormai. Sono esausta, come se, in questi ultimi vent'anni, non avessi fatto che scappare, piena di affanno e disperazione. E di paura.

Buon Dio, lo sapevo che questo giorno di dolore sarebbe arrivato prima o poi. Il mio cuore è lacerato dalla pena. Una pena fatta di rimpianto e angoscia, che mai sarà lenita su questa terra. *Sua figlia avrebbe potuto far qualcosa, ma non l'ha fatto. Ha chiuso la porta in faccia a suo padre.*

Il tormento è reale. Ma il dolore è sincero?

Oh mamma, se tu fossi qui! Se ci fossi tu a dirmi cosa devo pensare! Non c'è nessuno, accanto a me, che capisca. La vita è quella che è, e il Signore Iddio sembra lontano. Quindi apro il mio cuore a te, mamma, e ti prego di perdonarmi, di guarirmi, perché sai che gli volevo bene anch'io, a papà.

Sono *contenta*, mamma. Provo dolore, ma sono contenta. Mi pento, ma sono contenta.

Sono contenta! Che Dio mi perdoni...

27 ottobre 1910 - « È finita, Carrie » — questo è tutto quel che Walter mi dice per confortarmi.

« È per il meglio », dice Eddie (ch'è tanto pomposo, nell'imitare Walter, quanto Walter che imita Jim Cole). Non riesco a immaginare cosa passi per la testa di Eddie. Gli voglio molto bene e mi duole vederlo così chiuso. Mi vien voglia di prenderlo a calci. Da ragazzo era invece molto aperto, pieno di curiosità; ma quando tornò dalla Florida del nord qualcosa in lui si era guastato. Oggi non sembra curioso di niente. Parla, parla anche troppo, ma senza mai aprire il suo animo. È fiero del suo impegno al tribunale, ma tutti sanno che lo deve alle raccomandazioni di Frank Tippins. Porta quel sorriso in pubblico come una cravatta da quattro soldi.

Quando gli ho chiesto: « Ma come hai potuto, Eddie, mettere a verbale le bugie raccontate in tribunale da quegli uomini schifosi? » lui mi ha risposto: « Chi può dirlo, quali siano le bugie? E poi non sono uomini schifosi. Sono uomini e basta ».

Fa tanto il saccente che lo prenderei a schiaffi. Fuma la pipa, per posa, e si stringe filosoficamente nelle spalle. La pipa gli serve solo a prender tempo, per pesare le parole. Che non hanno alcun peso, per me.

Quando si fa il nome di papà, Eddie diventa sordo. È così da quando tornò a casa dal processo contro papà. In due anni non gli ha parlato quasi mai. Gli ho chiesto, in tono implorante: « Ma papà era innocente, non è vero? » Mille volte glielo chiesi. E alla fine lui mi rispose: « Così ha stabilito il verdetto della giuria ». Dopodiché si è sempre rifiutato di parlarne.

A causa di questa ferita che abbiamo in comune, ma di cui non si può parlare, siamo come due estranei. Non è colpa del povero papà, questo, s'intende.

Eddie abitava con papà, nel nord della Florida, quando avvennero quei fatti; ma non vuole parlarne con nessuno. Dice che è « un capitolo chiuso ». Neanche con il povero Lucius vuol parlarne. Lucius ce l'ha più con i cosiddetti amici di papà che con i suoi assassini. Ce l'ha con coloro che non vollero intervenire.

Comunque, Lucius ha chiesto a Eddie la lista degli inquisiti. Eddie gliel'ha rifiutata, dando prova di un minimo di buon senso. Ne è nata una brutta discussione, fra i due fratelli, in pubblico. Cosa penserà la gente della nostra famiglia rovinata? Eddie dice che si preoccupa dell'incolumità del fratello minore; inoltre, è contrario all'etica professionale di divulgare segreti d'ufficio. Lucius lo accusa di non pensare a suo padre, ma solo al suo stupido titolo di cancelliere, che poi non è importante quanto lui crede!

Perdere la testa e mettersi a gridare a quel modo non è da Lucius. Fatto sta ch'egli l'ha presa peggio di tutti, la morte di papà. Due anni fa, Lucius è rimasto a lungo presso di lui, a Chatham Bend, ed era amico di quei disgraziati che sono stati uccisi. Si rifiuta di credere che un uomo generoso e gentile come suo padre possa essere stato uno spietato assassino come alcuni lo dipingono. Intende ora recarsi a Fort White, per apprendere la verità, dopodiché si recherà nelle Isole, a svolgere un'analoga inchiesta. Ha già parlato con alcuni testimoni. Sta compilando una lista di tutti quelli coinvolti.

Strizzando l'occhio a Walter, Eddie ha ammonito « il caro fratellino »: conviene lasciar perdere, gli ha detto, ma in un tono tale che Lucius l'ha preso come un insulto a nostro padre e ha reagito, ordinando al fratello di mostrarsi più rispettoso.

Mio marito, frattanto, continuava a leggere il giornale, fingendo di non accorgersi di niente.

Ho visto Eddie serrare i pugni, a una frase impertinente di Lucius. Però si è controllato e si è stretto nelle spalle, come se niente di quello che dice il fratello minore vada preso sul serio.

Walter ha accompagnato Lucius alla porta e, quando è tornato, ha detto con aria preoccupata: « È il suo modo di sfogare il dolore. Ma non farà male a nessuno ».

Al che io, spazientita: « Te l'immagini, Lucius far male a qualcuno? »

Lui non ha risposto e ha ripreso a leggere il giornale.

Questo suo modo di fare mi fa impazzire. « Insomma, Walter! Tu cosa ne pensi? »

« È meglio che non ci vada, a indagare laggiù. »

« Fermalo, allora. Nemmeno io voglio che ci vada! »

Mio marito però non intende interferire nelle faccende della famiglia Watson. Mai si è immischiato e mai s'immischierà. « Quel ragazzo è testardo come suo padre », ha detto, dopo essere tornato a nascondersi dietro il giornale. « Nessuno riesce a fermarlo. »

Per la rabbia, gli ho strappato il giornale di mano.

« Se lo conoscò, Lucius », mi ha detto, gentilmente, riprendendo il giornale, « continuerà a indagare e a far domande per tutta la vita. »

30 ottobre 1910 - Quant'è cambiata, la giovane vedova Watson, rispetto a quella che era quando papà la portò qui, solo quattro anni fa! A Edna mancano l'eleganza e l'istruzione della povera mamma, ma quel suo spirito allegro, i suoi fianchi generosi, la sua parlata semplice erano più adatti a papà di quanto non lo fossero mai state le virtù intellettuali della mamma.

Oh, era proprio una giovane cavalla! E papà era ringiovanito, accanto a lei. Aveva smesso di bere — be', quasi — e faceva grandi progetti per il futuro delle Isole. Era pieno di vita!

Tutta questa terribile faccenda « è un capitolo chiuso », dice Edna. Ha preso questa frase da Eddie? O è un'espressione corrente a Fort White?

La mia matrigna ha tre anni meno di me. Sono andata a trovarla all'albergo. Ha gli occhi vitrei, l'aria assente. Ha fatto del suo meglio per mostrarsi educata, ma evita di parlare di quanto è accaduto. Non è strano? La figlia grande piangeva e si soffiava il naso, e la giovane vedova non versava nemmeno una lacrima, se ne stava là, spaurita, come inebetita, sbriciolando un biscotto senza mangiarlo, senza assaggiare il tè. Non intende tornare dai suoi a Fort White, ha detto; andrà da sua sorella, nella Florida orientale, dove nessuno la conosce. Vuol starsene in pace, a riflettere, ha detto. Su cosa desideri riflettere, non riesco a immaginarlo.

I vestiti di Edna sono eleganti (a ciò ha provveduto papà) ma non li sa portare, sbaglia le combinazioni: e poi sembra che abbia dormito vestita. Forse è così. Ho invitato i miei figli a giocare con la loro « zietta » Ruth Ellen, ma i figli di papà sono creature disperate, in questo periodo. Addison non fa che chiedere: « Dov'è papà? Quando torna? » Baby Amy è agitata anche quando succhia il latte materno. Ha sì e no cinque mesi di vita e già ha paura!

Ma Edna non bada ai suoi figli, non li sente neppure. Si occupa di loro come trasognata. Normalmente è una madre premurosa, ma adesso non sa che cosa ne sarà di lei, di loro. Mio marito le ha spiegato che le spese legali degli ultimi tempi avevano costretto papà a indebitarsi. Lei lo stava a sentire sì e no. Sembrava non curarsene. Né ha trovato parole per ringraziarlo, quando Walter le ha promesso di inviarle il ricavato della vendita della melassa, una volta saldati i debiti. Ci sono poi le proprietà: case e barche, animali e attrezzi agricoli. Walter le ha anticipato il denaro per il viaggio. E lei gli ha rilasciato la procura. L'avrebbe rilasciata a chiunque gliel'avesse chiesta.

Quando le ho detto che avremmo trasportato la salma per dargli decorosa sepoltura nel cimitero di Fort Myers, Edna ha chiesto semplicemente: « Accanto alla signora Watson? » Senza risentimento verso la mamma, ma solo per mostrarsi educata. Così come poteva dire: « Che bello! » Dopo cinque anni di matrimonio e tre figli, lei non si considerava ancora la moglie di papà!

Al pari di Walter e di Eddie, anche Edna ritiene che meno si parla di papà e meglio è. L'importante è proteggere i figli dalle malelingue. Più facile per lei che per noi. La nostra vita è qui, non possiamo scappar via, lasciarci tutto dietro, compresa la salma! Edna è convinta che lei e i figli non sono al sicuro, qui, quindi non intende neppure aspettare per assistere alla sepoltura. Questa non gliela posso perdonare.

No, non è vero, mamma. La perdono di tutto cuore. Solo a pensare a quello che ha passato, poveretta! Quell'aria smarrita tradisce il suo sgomento. Non vede l'ora di andarsene da questi luoghi maledetti.

L'abbiamo accompagnata al treno con la nuova Ford: il suo primo viaggio in automobile! Stava rannicchiata in un cantuccio, abbracciata ai figli. E si guardava curiosamente indietro: come se gli uomini di Chokoloskee la inseguissero!

Così Edna è uscita dalla nostra vita. Le ho detto: « Ci si rivedrà, un giorno ». Lei ha distolto gli occhi, ma poi ha mormorato: « No, non credo ». Non voleva essere cattiva, ma non esprimendo alcun rimpianto mi ha ferita lo stesso. Sono dunque tanto sciocca? Eppure, avevo voglia di abbracciarla. Dopotutto è la mia matrigna.

« Digli addio per me », mi bisbigliò all'orecchio, piangendo per la prima volta, come se le lacrime gliele avesse strappate il treno, mettendosi in movimento.

Lo seguii per un tratto lungo la banchina. « Addio? »

« Addio a Mister Watson », disse Edna.

3 novembre 1910 - Tirava un forte vento da nord, il giorno in cui abbiamo seppellito papà. Una luce fredda e dura si rifletteva dal fiume sulle ultime foglie di magnolia. Il nostro piccolo gruppo, radunatosi sotto il banano, ha seguito il feretro oltre i cancelli del cimitero.

Abbiamo sepolto papà accanto alla mamma. È di conforto pensare che adesso è riunito alla cara mamma, sia pure mal in arnese, come direbbe lui. Quando l'ho detto a Eddie, lui mi ha risposto: « No, non sono insieme. La mamma è in paradiso, e quell'uomo all'inferno ».

I manovali negri si sono fermati a guardare, togliendosi il cappello. Certo sapevano chi c'era dentro quella bara, e in che stato era. Sono sicura che lo sapevano.

È venuto Frank Tippins. L'ho sentito, alle mie spalle, ordinare rudemente a quei negri di tornare al lavoro. La voce dello sceriffo è risuonata nella quiete del cimitero.

Lo sa il cielo se la nostra triste piccola comitiva non aveva bisogno di tutto il sostegno morale che potesse trovare; e Frank Tippins è stato gentile a venire; per amicizia verso mio marito, suppongo. Avrei preferito però che non fosse venuto. Vestito di nero, accanto al feretro, aveva un'aria feroce: come se stesse consegnando un prigioniero al Signore. Quando lo ringraziai per essere venuto, esclamò: « Mister Watson aveva il mio rispetto, *madam*, nonostante tutto! » Poi rimase imbarazzato, come se avesse detto qualcosa di scorretto o di volgare. Di nuovo si rivolse a quei poveri negri. Aveva l'aria confusa. I baffi, troppo lunghi e spioventi, gli danno un'aria da cane bastonato. Frank crede di essere sempre stato innamorato di me.

Dopo il processo a papà, quando mi resi conto che se l'era cavata grazie a influenze politiche, tentai a mia volta di usare un po' di influenza politica, per così dire. Andai dallo sceriffo per intercedere in favore di quel tale che era stato condannato a morte. Non ricordo come si chiamasse. Una volta tanto, papà e Walter erano d'accordo. Erano convinti che il prigioniero meritasse clemenza, dato che aveva ucciso per legittima difesa. Quando glielo dissi, Frank si mostrò inquieto. Poi annuì, come se fossi riuscita a persuaderlo. Mi sentivo emozionata. Avevo salvato una vita! Forse la mia buona azione avrebbe compensato qualche malefatta di mio padre.

Invece, Tippins mi disse: « Miss Carrie, questo si chiama sviare il corso della giustizia ».

Montai in collera. « È forse 'giustizia' impiccare uno che ha agito per legittima difesa? Mio padre dice che si tratta di un linciaggio bell'e buono! »

Lo sceriffo rispose: « Il prigioniero è stato giudicato colpevole da un tribunale e condannato a morte. Non sarà giusto, ma è giustizia, certamente. Giustizia in nome della legge ».

Presso la tomba di mio padre, bisbigliai all'orecchio di Frank Tippins: « È stata fatta giustizia anche qui? »

Lui capì a cosa alludevo e si agitò. Rispose: « No, *madam*. Senza processo. È stato un omicidio ».

Avendo parlato a voce troppo alta, si fece rosso in faccia, e rimase là impettito, borbottando come un tacchino. Poi aggiunse, sottovoce: « Sì, *madam*. Sì, è stato un omicidio, Miss Carrie. Ma al tempo stesso credo che sia stata anche fatta giustizia ».

Solo tre uomini erano venuti dalle Isole. Se ne stavano in disparte, rigidi e timidi, in abiti fuori moda, con le camicie bianche inamidate, senza cravatta. Non parlai con loro finché Lucius non li presentò: il capitano R.B. Storter, Gene Roberts, Willie Brown. Dov'è — pensai — il suo amico Smallwood? Dove sono Henry Thompson e Tant Jenkins, che ci conoscevano da bambini, sulle Isole?

Con loro c'era una donna, piccola, ordinaria — ma graziosa, mi parve — con luminosi occhi neri e lunghi capelli sciolti. Non raccolti come richiedeva la sua età. Aveva con sé una bimbetta di una decina d'anni, bruttina, con gli occhi rossi di pianto. Era il loro dolore sincero, non i poveri abiti, a distinguerle. Quando la bimba si vide osservata, tentò di sorridermi, poi subito distolse lo sguardo.

Quando chiesi a Lucius chi fossero, lui arrossì e mi rispose: « La sorella di Tant, e sua figlia Pearl ».

Chiesi: « Quella che faceva da governante a papà? Che ha perso un figlio nell'uragano? »

Lucius annuì.

« È quella che lui chiamava Netta? »

« No, questa è Josie, la sorellastra di zia Netta. »

Insistetti, con cattiveria: « Anche lei, come la tua 'zia Netta', era intima con papà? Perché fa quella faccia? La commuovono i funerali? »

Lucius mi guardò, non sapendo cosa io sapessi. « È addolorata, credo », mi rispose, con quel suo mezzo sorriso, che sempre mi ricorda la povera mamma.

Frank Tippins stava facendo cenno a Lucius, scuotendo la testa. La gente aveva cominciato a guardarci. Lucius si scostò.

« Mio padre non era un santo », dissi, per togliere Tippins d'imbarazzo.

« No *madam*, non lo era. ».

« Quella bambina è la mia sorellastra, non è vero? »

« Sì, *madam* », rispose lo sceriffo.

Quella fossa aperta nella nuda terra era desolante. Per fortuna soffiava un vento forte, poiché il puzzo che veniva dalla bara era terribile. Certo molti dei presenti, pur mostrandosi afflitti, dovevano aborrire l'uomo che veniva sepolto, in stato di putrefazione. Mi sentii nauseata — e mi vergognai della mia vergogna — poiché chi era carne della mia carne, e sangue del mio sangue, mandava un odore così tremendo. Il puzzo infernale di Satana — sembravano dire quelle facce compunte — che si leva dall'inferno. Gli uomini parevano imbalsamati, tanto trattenevano il fiato, e le donne tossivano e si premevano un fazzoletto sulla bocca. Tutti si sforzavano di far finta che non ci fosse niente che non andava.

Oh, Signore, fa' che i miei resti vengano sotterrati prima che alcuno possa pensare ai vermi, al puzzo, ai capelli e alle unghie che, dicono, continuano a crescere ancora, ai poveri morti, nella tomba. Fa' che mi ricordino qual ero: una sciocca ragazza romantica, Miss Carrie Watson!

Walter mi cinse le spalle con un braccio, per consolarmi con il suo tenero affetto.

Lucius non riusciva a star fermo. Era furioso. Con Dio, suppongo. Si allontanò da noi famigliari e andò a mettersi accanto alla donna che era stata la serva-amante di papà, e a quella gracile bimba che fino a poco prima non sapevo che era la mia sorellastra. Quanto a Eddie, poveretto, era tanto sconvolto che se ne stava rigido come una statua di legno e sembrava sul punto di crollare dentro la fossa anche lui.

L'unico a portare di continuo un fazzoletto al naso, l'unico che facesse smorfie di disgusto e sputasse, era Jim Cole. Era arrivato a bordo della sua nuova Cadillac, tutto azzimato, come se fosse il grande Edison a venir seppellito. Mi infastidiva, la sua presenza. Non lo salutai neppure. Persino Walter gli rivolse appena un cenno con la testa, poi gli voltò le spalle. Non c'era posto per lui, fra noi parenti. Jim Cole odiava papà perché papà aveva del disprezzo per lui e non lo nascondeva.

Sono ingiusta con il capitano Jim? Sì, ma non me ne importa. Non manca mai, lui, là dove c'è qualcosa di scandaloso, di cui farsi beffe in seguito.

Neppure la povera mamma lo poteva sopportare quell'uomo che *The Press* definisce « cittadino di prim'ordine ». Una volta mi disse: « Tuo padre ha i suoi momenti di violenza, è maledetto, e io temo per la sua anima immortale, ma egli è anche gentile e generoso, è un vero uomo e non segue vie traverse. Quest'uomo avido e crudele, nonostante le apparenze, usa violenza allo spirito, e capirei meglio il Signore Iddio se sapessi chi dei due Egli salverebbe, il giorno del giudizio ».

Quando papà passò per Fort Myers, poco prima che la mamma morisse, lei capì che stava scappando. Lui le disse addio e se ne andò, per sempre, maledicendo il destino che gli impediva di prendersi cura di lei. La mamma mi disse che gli aveva chiesto dove fosse il povero Rob. E papà le aveva risposto: « Se Iddio lo sa, a me non l'ha detto ». Quando mi riferì questo, appariva sbigottita, come se si chiedesse — in quegli ultimi istanti di vita — se lo conosceva, suo marito, dopotutto.

La mamma giaceva a letto, con quelle sue mani fini sulla trapunta, mani dalle lunghe dita sensibili che avevano un colore cereo in vita come in morte. Stava raccogliendo le forze, suppongo. Quando scesi di sotto a preparare il tè, lei scrisse questo biglietto:

> C'è una ferita, nel tuo povero padre, che io non sono mai riuscita a sanare, e possa il Signore che gli ha dato la vita aver misericordia di lui e perdonarlo, alla fine, e donargli pace. Poiché anche papà è fatto a immagine e somiglianza di Dio. È un uomo, un essere umano, la cui violenza è solo il lato oscuro della sua indole, ma c'è anche un lato buono, vivifico, che in lui risplende di piena luce. Questo lato è affettuoso, allegro, pieno di coraggio ed è il lato che voi dovete amare, figlioli, sapendo che egli vi ama teneramente.

Si era convenuto, in famiglia, di non tenere un'orazione funebre. Ma io avevo con me quel pezzo di carta, e lo lessi ad alta voce accanto alla tomba di papà. Vi caddero sopra altre lacrime, ma eran come le ultime gocce di pioggia quando il sole è tornato già a brillare. Lucius scoppiò in pianto senza cambiare espressione: le lacrime gli scendevano silenziose giù per le guance. Io speravo che quella lettera placasse in parte la collera di Eddie e gli consentisse di provare dolore. Ma non lo capii, che effetto gli fecero quelle parole della mamma. Sembrava ignorare le mie implorazioni, si comportava addirittura come se non fosse presente.

Papà e mamma riposano a fianco a fianco, in quell'angolo del cimitero dove sono sepolti anche i due figli che mi morirono appena nati, nel 1906 e nel 1907.

Seppelliranno anche me, a suo tempo, accanto a mio padre. Sulla sua lapide sta scritto soltanto:

EDGAR J. WATSON
11 novembre 1855 - 24 ottobre 1910

Mia figlia Fay ha chiesto, con la sua voce argentina, cosa significava quell'iniziale « J ». Tutti si sono mostrati sorpresi. Tutti lo conoscevano come E.J. Watson ma non si erano mai chiesti quale fosse il suo secondo nome, finché una bimba non aveva posto la domanda! La mamma una volta mi aveva detto che il nome di battesimo di papà era E.A. Watson. Quando aveva cambiato la « A » in « J » e perché, nessuno lo sapeva. Nonna Ellen non può più dircelo, perché è morta prima di suo figlio — pochi mesi fa — per misericordia di Dio. La zia Minnie, che dicono che fosse tanto bella, non è potuta venire: « indisposta », ci hanno scritto i famigliari.

La donna di Caxambas, serva-amante di papà, stava già andando via quando udì la domanda di Fay. Si voltò e, con voce rauca, disse: « Jack ». Gentilmente, Lucius la sollecitò ad andarsene, sospingendola. Ma lei si voltò ancora e gridò: « Edgar Jack Watson! »

Mentre uscivamo dal cimitero, la zia Poke, sorella di mio marito, chiese a mio fratello Eddie, ad alta voce: « Perché non ti fai chiamare col secondo nome, Elijah, come tuo nonno, anziché Edgar come tuo padre? » Intendeva dire che, cambiando nome, gli sarebbero state risparmiate molte difficoltà, in futuro. « *Vale a dire, se intende restare qui a Fort Myers* », precisò la zia Poke.

Ci avevamo pensato tutti quanti, al cambiamento di nome, ma solo la zia Poke lo disse chiaro e tondo. Eddie sapeva che la zia Poke parlava « a nome della famiglia ». E così io. Pensammo che gli suggerisse, anche, di trasferirsi altrove. Eddie si fece rosso ma riuscì a controllarsi e non disse nulla di sconveniente.

Ma Lucius, con voce piatta, affermò: « Cambiar nome vorrebbe solo dire che Eddie ha qualcosa di cui vergognarsi ». E lanciò alla zia un'occhiata di rimprovero, sfidandola a dire cosa pensava veramente. L'anziana signora portò una mano alla gola ma non fiatò. Solo in seguito dirà a Walter: « Quel ragazzo ha qualcosa di suo padre, non trovi? »

Io ero orgogliosa di entrambi i miei fratelli, e il dolore arrivò, piano piano, finalmente. Finalmente.

NARRATIVA FRASSINELLI

Nikos Kazantzakis, *L'ultima tentazione*
Alice Walker, *Meridian*
Toni Morrison, *Amatissima*
Alice Walker, *Non puoi tenere sottomessa una donna in gamba*
Barry Unsworth, *L'isola di Pascali*
Thomas Keneally, *Attori per un giorno*
D.M. Thomas, *Summit*
Alice Walker, *La terza vita di Grange Copeland*
André Brink, *Un'arida stagione bianca*
Sybille Bedford, *Mosaico*
William Wharton, *Dad-Papà*
Pat Barker, *Lettere d'amore*
Carla Cerati, *La cattiva figlia*
Anton Giulio Majano, *Tre addii*
Elfriede Jelinek, *La voglia*
Camilo José Cela, *Cristo versus Arizona*
Pascal Quignard, *Le scale di Chambord*
Susan Brownmiller, *Un posto a New York*
Barry Gifford, *Cuore selvaggio*
Françoise Sagan, *Il guinzaglio*
Luigi Magni, *Nemici d'infanzia*
Carla Cerati, *Un matrimonio perfetto*
Toni Morrison, *Sula*
John Kennedy Toole, *La Bibbia al neon*
Giovanni Battistini, *Il tè e le arti marziali*
Pupi Avati, *Bix*
Gaetano Cappelli, *Mestieri sentimentali*
Alexandre Jardin, *Fanfan*
Renzo Rosso, *L'adolescenza del tempo*
Peter Matthiessen, *Uccidere Mister Watson*

Finito di stampare nel maggio 1991
dal Consorzio Artigiano « L.V.G. » - Azzate (Varese)
Printed in Italy